ハヤカワ・ミステリ

JAMES ELLROY & OTTO PENZLER

ベスト・アメリカン・ミステリ
ハーレム・ノクターン

THE BEST AMERICAN
MYSTERY STORIES 2002

ジェイムズ・エルロイ&オットー・ペンズラー編
木村二郎・他訳

TOKYO HAYAKAWA BOOKS

A HAYAKAWA
POCKET MYSTERY BOOK

目次

装幀／勝呂　忠

まえがき

最近、アメリカ南部の文学的メッカの一つであるミシシッピ州オックスフォードに旅行したとき、本や文章を非常に真剣に受けとめている文学的な人々――作家、書店主、編集者、出版人、教授――と一緒にかなり長い時間を楽しく過ごした。ウィリアム・フォークナーの家やミシシッピ大学の特別所蔵図書館、スクエア書店（ジョン・グリシャムが偶然にもサイン会を開いていた）も訪ねて、美味なるワインと冷たいビールと会話で長い時間を過ごしたのだ。

普通の会話ではなかった。少なくとも、わたしにとっては。わたしと同じように文学が大好きで、文学を熱烈に愛している人たちとの会話だった。話題は自由気ままに変化していった。ある作家は〝ちょっとした自惚《うぬぼ》れ屋〟だと見なされたが、そのあとすぐに、ミシシッピ州のもっとも優れた作家の一人だと認められた。まもなく、その作家のどの作品が最高作であり、どれが最低作なのかという円卓の議論が始まり、二人以上の酒飲みが――おっと、討論参加者と言うべきだった――その作家の作品から当を得た見事な文章を引用したのだ。

これがここにふさわしい話題だという理由は（少なくとも、わたしはそう思っている）、例外なく、その議論に加わった人たちはミステリ小説を愛しているからだ。トマス・ウルフがフォークナーやヘミングウェイよりもうまい作家だと一人が主張し（彼がバドワイザー・ビールを一ケース近く飲んだという理由で、わたしは彼を赦《ゆる》した）、コーマック・マッカーシーがフォークナーと同じくらいか、よりうまい作家かどうか、ほかの人たちが言い争いながらも（忘れないでほしい。この会話はフォークナーが長く住んだ家で交わされたので、フォークナーはアメリカ人作家全員の物差しとして使われたのだが、ヘミングウェイが二十世紀最高の作家であり、そのあとにレイモンド・チャンドラーが続くことは、わたしたちの大半が知っている）、ある一つのことには合意があった。ミステリ及び犯罪小説は、長いあいだそうであったように、今の時代の最高の文学作品に匹敵《ひってき》するということだ。

その毎晩の談笑に加わった人たち全員が、ホートン・ミフリン社発行のこのアンソロジー・シリーズを鋭敏にも熟知していた。そのうちの幾人かの作品が掲載されたことがあり、数人は作品がまだ選ばれていないことで（やんわりと表現させていただくと）失望していた。そのうちの誰も〝ミステリ作家〟とはみなされないだろう。彼らはできる限りもっとも良質で、力強く、情熱的で、現実的な小説を書いている。それでも、その全員が殺人かほかの犯罪行為が行なわれる短篇か長篇小説を書いたことがあるのだ。

このシリーズの最初の五巻でもそうだったが、この卓越した傑作選に収録されている二十篇の作品は、ミステリ小説の範囲を広げるのに役立っている。ミステリ小説とは、犯罪か犯罪の脅威がテーマかプロットの核をなす作品である。わたしはそう定義づけている。探偵小説は非常に大きく広がっていくこの文学形態の一つのサブジャンルにすぎない。

今回のゲスト・エディターはこの範囲の広がりを反映している。〝アメリカのドストエフスキー〟とジョイス・キャロル・オーツに称されたジェイムズ・エルロイは、鋭い切り口と独創的な文体を持ちながらも、伝統ミステリの作家として始まった。処女長篇『レクイエム』は私立探偵小説である。二作目の『秘密捜査』（いずれもハヤカワ・ミステリ文庫）は、あとに続く数作と同様に、警察小説である。警察や私立探偵さえも彼の作品群に登場し続けるが、何層もの政治問題や法律問題や社会史が盛り込まれている。彼はミステリ小説と文芸小説の境界線を不鮮明にさせる手助けをした——もともとその二つが区別される必要があったとすればの話だ。ダシール・ハメットやジェイムズ・M・ケイン、ホレス・マッコイ、レイモンド・チャンドラー、ロス・マクドナルド、ロバート・B・パーカーが第一級のミステリ小説を書きながらも社会批判を書いていないという示唆《しさ》は、その読者が要点のほとんどを見逃していることを意味している。

話は変わるが、依怙《えこ》贔屓《ひいき》か身内贔屓か何とか贔屓が感じられる可能性について、一言言い添えておく必要がある。ホートン・ミフリン社のこのシリーズのほかに、わたしはほかのミステリ・アンソロジーも編纂していて、何年も前から続けている。ほかのアンソロジーは、わたしが特別に作品を寄稿してほしいと依頼するという面で異なる。二〇〇一年刊のミステリ・アンソロジーは、野球（*Murderers' Row*）とボクシング（*Murder on the Ropes*）の特別テーマを扱ったものだった。わたしが敬服する作家に作品の寄稿を依頼することは、わたしにとって自然に思えるので、わたしはそうしたのだ。

二〇〇一年も終わりに近づくにつれ、わたしはその年に発表されたベストの短篇ミステリを探していた。わたしが編纂したアンソロジーやそれに作品を寄稿した作家を無視することはできなかった。案の定、それらのアンソロジーにはその年におけるベストの短篇ミステリのいくつかが収録されていた。そして、そのうちの数篇が傑出していて、このアンソロジーに収める価値があることに、エルロイも同意してくれたので、このアンソロジーの中に見つかるのである。

ある一つのテーマを扱った作品をたくさん収めることの危険性は、そのアンソロジーが一つのタイプの物語に大いに偏《かたよ》りすぎているように見えることだ。ボクシングを扱った作品を一つのアンソロジーに三篇も見つけたら、かなりたくさんのボクシングの話があると思うだろう。香水やブルースやシマウマを扱った偉大なアンソロジーがあったとしても、同じことが言えるだろう（わたしに言わせれば、猫を扱ったアンソロジーがすでに多すぎる）。

言っておくが、これは謝罪ではなく、説明である。じつのところ、このアンソロジーに収められたボクシングの作品は本当に素晴らしいし、野球の作品も同じように素晴らしい。むしろ、経緯をあまりにも承知しているので、そのアンソロジーに寄稿した作家の幾人かにはきびしかったかもしれない。このアンソロジーには――言い逃れる方法はない――異質のスポーツ物語が数多く見られる。しかし、六年続いたこのアンソロジー・シリーズの中で、それらがもっとも独創的で忘れがたい作品の数篇だとわたしは信じている。

もう一つ。このアンソロジーに収録する作品を選ぶ唯一の基準は、文章の素晴らしさである。前回のアンソロジー（『アメリカミステリ傑作選2003』DHC）には、わたしが知っている作家の作品がひと握りしか載っていなかった。今回は違う。ミステリ界の偉大な名前の数人が登場する。これらの上質な文章の成功例を読んでいただくと、作家が有名だからではなく、作品が優《すぐ》れているから、ここに収められていることに即座に気づかれることだろう。

このアンソロジーに献身的に取り組むために時間を割いてくれたジェイムズ・エルロイには、このうえない感謝の念を捧げる。彼の序文は彼のほかの作品を特徴づけているのと同じ派手な流儀で多くのことを伝えている。彼の最新作『アメリカン・デス・トリップ』（文藝春秋）は二〇〇一年に《ニューヨーク・タイムズ》のベストセラー・リストに載った。

もちろん、わたしの同僚である世界一の閲読者ミシェル・スラングにも感謝する。彼女がいなければ、この年刊アンソロジーを完成するのに三年の年月を要することだろう。彼女が一年じゅうオリジナル小説を選《え》り分けてくれるおかげで、わたしは有望な候補作を読んで、そのリストを上位五十篇にせばめることができる。そして、ゲスト・エディターが最終的に二十篇を選択するのだ。

あらゆる一般雑誌や何百もの小規模な刊行物のほか、オリジナル小説を提供する本やインターネット・サイトを読んでいるにもかかわらず、ありそうにもないことだが、収録する価値のある作品を見逃しているのではないかという恐れを抱いている。そのため、あなたがある作品を気に入っていて提出したいと思っている作家か編集家か出版人か第三者ならば、遠慮なく提出していただきたい。掲載ページでも掲載刊行物全体でも結構だ。

資格のある作品は、アメリカ人かカナダ人によって書かれ、二〇〇二年のあいだにアメリカかカナダの本か刊行物に初めて発表されたものでなければならない。最初にインターネット・サイトで発表されたものなら、ハードコピーを提出しなければならない。一年の早い時期に作品を受け取れば受け取るほど、嬉しい気持ちで作品を歓迎する傾向がわたしにはある。世界じゅうがクリスマス・シーズンを祝っているときに、(二〇〇一年の年末のように)百篇を超す作品を読むと、わたしは『クリスマス・キャロル』のスクルージのようになってしまうからだ。

作品の送り先は、Otto Penzler, The Mysterious Bookshop, 129 West 56th Street, New York, N.Y.10019 である。よろしく。

——オットー・ペンズラー

(木村二郎/訳)

序文

短篇小説は長篇小説の縮小版である。啓示のために圧縮されているのだ。その特徴は本質の顕現《けんげん》と、極限における人間の生である。小型化はむずかしい。まるで、部品の代わりに言葉を扱う腕時計職人だ。

わたしは長篇小説のほうを好むが、深刻な極限における人間の生に連動して、〝あらゆる言葉が重要だ〟という短篇小説の金言《きんげん》を理解している。十二作の長篇小説と同じ数の短篇小説を書いた。長篇小説は全体としては何年もの作業を必要とするが、短篇小説は一ページにつき、一文につき、一語につき、それ以上の時間を必要とする。編集者である友人がわたしをこの世界に引きずり込んだ。そうしてもらって、わたしは嬉しいのだが。

短篇小説は物語の筋と人物描写を釣り合わせ、プロットの範囲を制限する。短篇小説の形式はもっと単純に構想して報酬を圧縮することを長篇小説家に教えてくれる。短篇小説の形式はもっと確実に率直に考えることをわたしに教えてくれた。短篇小説の形式は読者の観点を受け入れ、プロットへの信頼度を減少させることを教えてくれた。短篇小説の形式は登場人物たちを際立たせるために、主題面で簡潔さを評価して活用することを教えてくれた。

編集者である友人は無理やりわたしをこの形式に導いた。わたしは彼に借りがある。わたしは短篇小説に対する関わり合いで、その借りを返済した。その借りは厄介な作業に見せかけた贈り物だとわかった。短篇小説は長篇小説の並行宇宙である。持続的集中からの中休みであり、その瞬間にはさらに懸命に集中するための特訓講座である。だだっ広い領域からの一時的解放であり、領域の入門書である。建築家や大規模なエンジニアに教える腕時計職人の作業である。

プロットと人物描写は即座に結合し融合しなければならない。啓示は読者の心をとらえ、強くつかんでいなければならない。世界は明解な語句と含蓄《がんちく》から成り立たなければならない。バランスは完璧にとられなければならない。

短篇ミステリ小説は技術の中の技術である。プロットの必要性は例のバランスを厄介にさせる。ミステリ小説は犯罪小説である。犯罪小説は優れた筋と対等の人物展開の技能を有する普通小説である。プロットの網をひろ〜く放り投げることは比較的たやすい。その網を短篇小説の寸法に収縮させることは長篇小説家を傷つける。うん――だが、その傷はあまりにも心地よすぎるのだ。

簡潔。正確。本質を抽出しろ、さもなければ、読者の嘲笑に晒《さら》されろ。物語で刺せ、啓示でたたけ、プロットで破裂させろ。

言語で衰弱することはできない。対話でおろおろすることはできない。無駄な牧歌を大目に見ることはできない。見たり選んだり言ったりする必要がある。

この形式は突き当たるたびに、解放する。ミステリ小説はいつも平凡なものよりも非凡なものを誉めたたえる。個人的名誉と堕落。分裂した社会。道徳的怠慢としての殺人。ミステリ小説の《偉大なテーマ》は普通小説のミニマリズムや詳細を打ちくだく。それは狂喜させ、啓発し、楽しませる。浮かれ騒いで、しばしば過度に旋回することもある。陰気なメロドラマとして混乱する。文学としてときたまログインする――脈動する俗化された文学として。

長篇ミステリ小説は大きくとらえられた非凡な世界である。短篇ミステリ小説は顕微鏡で拡大された世界である。作家の技能はその過剰範囲の外側をまわる。立派な作家は陰気なメロドラマと論争して、あがきながら、そこから生還する。ミステリ小説は並外れた出来事を分析し激賞する。それは罠であり、飛びあがることのできる選択肢でもある。

ひどい長篇ミステリ小説は暗闇の中をさまようものだ。その大規模な出来事の描写は非常識に振る舞い、ミニマリズムをよく見せる。ひどい短篇ミステリ小説はそのサイズに毒された企みである。腕時計職人の仕事の廃物として、みだらにも余計にひどく漂う。

うん――だが、優れているときは、あらゆるものを手に入れる。

バン――巧みな心理作戦が結晶化した時間と場所に遭遇する。バン――まっさらで、どこかにいる。ポン――停滞状態の生の表面がある。ポン――それは見かけとは異なる。

ここにミステリがある。犯罪に関連しているかもしれないし、いないかもしれない。時間と場所が何層にも重なっている。サスペンスと驚きがある。読者諸君は登場人物たちがのぼりつめたり、殺したりするのを見守る。怖れで切り身にされる。悲嘆と苦痛が打ち込まれる。物語は短い。そのサイズにしては緻密に圧縮されているかもしれない。単なる思いつきか前提を基にしているかもしれない。諸君は即座《ラピードマン》に魅了される。

優れた短篇小説は諸君の全力疾走であり、一気に読むカクテルだ。強く効き、すぐに終わる。熱を起こし、終わっても、あとに残る。その圧縮された形式は諸君の役割をさらに相互的《インタラクティヴ》に作用させる。解決すべき犯罪があり、調査すべきミステリがある。すぐに手が届くところに啓示がある。わずかなページ数自体が緊張感を創り出す。諸君は一気に短篇小説を読むことができる。一気に読むべきなのだ。パシッ――諸君はあっという間に一周する。大きな衝撃、瞬時の吸収を得られる。そして、自分のものになり、味わい、あとで頭の中でいじくりまわす。

全力疾走で読むことは諸君の活力を奪い、消耗させ、活気づかせ、感動させ、怖がらせる。短篇ミステリ小説はその多様性と範囲の広さで諸君を驚かせるだろう。多くの優秀な作家たちがこのアンソロジーで腕時計職人の技能を見せている。読んで、全力疾走して、獲物になりたまえ。

——ジェイムズ・エルロイ

ベスト・アメリカン・ミステリ
ハーレム・ノクターン

ベフカルに雨は降りつづける

It Is Raining in Bejucal

ジョン・ビゲネット　藤田佳澄訳

ジョン・ビゲネット（John Biguenet）の最初の短篇集*The Torturer's Apprentice*は二〇〇一年に発表され、高い評価を受けた。彼の短篇は《エスクァイア》《プレイボーイ》《ストーリー》などの雑誌に掲載されており、O・ヘンリー賞も受賞している。二〇〇二年には長篇デビュー作*Oyster*も発表した。本作はフランシス・フォード・コッポラが主宰する《ゾーエトロープ》誌に発表された。ビゲネットは、もともとのアイデアはコッポラ自身のものだと語っている。現在はニュー・オリンズ在住。

1

その手紙が届くときには雨が降っている。だが、ベフカルに雨が降っていないときなどあるだろうか？　際限なく空から落ちてくる雨粒が、開拓地のトタン屋根を叩かないときがあるだろうか？　ガラス窓はあまり見かけないが、その表面を雨滴の跡が滑り落ちないときがあるだろうか？　褐色の川面に、ドーニャ・アナナのあばた面のような穴がぽつぽつと開かないときがあるだろうか？　ドーニャは十二歳のとき、首都に住むいとこに会いに行き、そこで天然痘にかかったのだ。

そんなわけで、手紙は雨のさなかに届く。首からサンダルをぶらさげた裸足の男が、サザン・クレセント・トレーディング・カンパニーの屋根板に石の重しをのせた掘っ立て小屋から、泥はねをあげながら道を横切ってやってくる。その手には、丸められて雨に濡れた青い封筒がすでに握られている。男は酒場のベランダで立ち止まってサンダルを履き、麦わら帽子を脱ぐ。男は社の作業監督だったが、それでもそうするしかない。帽子をかぶったままだったり、靴を履いていなかったりして店にはいっていこうものなら、情け容赦ないドーニャ・アナナ婆さんに、そういう所業に及んだ他の連中と何ら変わりなく、雨の中へ追い返されてしまうからだ。「うちはちゃんとした店なんだよ、文句あるかい？」婆さんがひれ伏す日雇い労働者たちに向かって鉈《なた》を振りあげながら、そう怒鳴るのを彼は聞いたことがあった。そこで、ポンチョのひだのあちこちからまだぽたぽたと滴をしたたらせながら、作業監督は髪を後ろに撫でつける。

町の男たちは皆その店に顔をそろえ、テーブルについて背中を丸め、マテ茶を飲みながら雨がやむのを待っている。誰も急いでいない。今日、片づかないことがあるなら、明日か明後日にやればいいのだから。テーブルについても、ひと言も口をきかない者たちもいる。ここにいるほとんど誰もが一緒に育っているので、互いのことは何もかも知りつくしている。天気の話はもう何年も前にしなくなっていたから、話すことなどあるだろうか？

知り合いからタビと呼ばれている作業監督は、ドーニャ・アナナにうなずきかける。彼女はにやにや笑う。子供のときから、タビはこの婆さんに嫌われているのを感じていた。タビはホセ・アントニオ・ロペスに大股で近づく。ホセ・アントニオはカウンターのスツールに腰かけ、両手でからになったビアマグを握っている。作業監督は彼の隣に腰を下ろし、封筒の宛名になっている旧知の友の前に、雨滴のついた青い封筒を無言で滑らせる。タビは犯罪を別の人間に依頼して報酬を支払う男のような仕種《しぐさ》で、手紙をこっそり渡した。彼は何をするのも芝居がかっている。別の場所に住んでいたら、公証人かセールスマンになっていたかもしれないが、ベフカルでは社で働く労働者をまとめ、五週間毎に巡回部長から伝えられる命令を受け、首都から三百マイルも川を上った場所にある、このジャングルの中の辺境の開拓地に手紙を配達する作業監督にすぎなかった。

ドーニャ・アナナは壁際のベンチでドミノ遊びをしているふたりのインディオをにらみつけている。タビは婆さんと目を合わせる。「セニョーラ、ビールを頼む。こちらさんにも」

作業監督がぬるいビール二杯分の代金として十ペソ札を置くと、ドーニャはエプロンのポケットから釣り銭を出す。「偉そうに」と彼女がぶつくさ言うのが聞こえる。婆さんがタビの前のカウンターに硬貨を一枚一枚音をたてながら置いているあいだ、ホセ・アントニオは左手の親指で青い封筒の差出人を隠している。

「開けてみないのか？」ドーニャが染みだらけのカーテンの向こうにある小さな厨房に姿を消すと、タビはささやくような声で尋ねる。

「あとで開けるよ」ホセ・アントニオは手紙を両手で持ち、打ち出された全国宝くじ事務所の住所を親指で撫でている。どちらも手紙に書かれているはずの内容はもうわかっている。全国宝くじ事務所は、毎年、首都で行なわれる抽選会の後で、あなたのくじは大司教が引き当てることなく、数千枚のはずれくじと共にまだ大きな鉄製のかごの底に残っています、という知らせを公式の便箋に記し、薄青色の封筒に折って入れ、市民に知らせるような、そんな無駄はしない。

どちらもそれを知っている。ふたりがクラスメートで、くじに参加できる十五歳になったときから三十二年間、誠に残念ながら今回も当選されませんでした、という知らせは一度も受け取ったことがなかったのだから。口に出したり、自ら認めたりしなくても、それが宝くじの教えだと理解するようになっていた。お決まりの敗北だと。自明のことを確認するのに、どうして紙を無駄遣いする必要があるだろうか？

それでも毎年秋になると、サザン・クレセント社の巡回部長の保護下、宝くじの代理人が数名の警備員を連れてやってくる。小柄なその男はまさにこの店のテーブルに、来春、想像を絶する巨額の賞金が当たります、と宣伝する枠入りの広告をしつらえる。それからまた村人をひとりひとり台帳に登録すると、金庫を開ける。昨年のように、一昨年のように、そのまた前の年のように。それぞれの名前は、余白に印刷された装飾のある数字の横に書き込まれる。それと同じ番号が、眼鏡をかけた紳士が賭け金の領収書として渡してくれる青い宝くじ券にもはいっている。

だから、ホセ・アントニオは二つの肩胛骨の間に携えている鞘《さや》から剣をすらりと抜いて、封筒のとじ目を開け、その中身がプエルト・トゥルビドにある全国宝くじ事務所で、当たりくじ券と引き替えに賞金がもらえるという招待状だということを確かめる必要はない。

「どうした、アミーゴ、中身を見ようぜ」とタビは急きたてる。

しかしホセは封筒をポケットにしまい、断固として拒む。「あとで見る」ホセ・アントニオはカウンターの後ろにある曇った鏡に向かってうなずく。雨宿りで混雑する店の客たちの黒い影が映っている。

タビは溜息をつく。「酒を一本持って、行ってもいいか

?」

「ああ、あとでな……」ホセの声は、タビがしばしば友を見失う、道なき荒涼たる記憶と夢の中へ消えていく。

タビはグラスをあけると友の肩をぽんと叩き、こうささやく。「神がおまえに微笑んでるんだよ」しかし、ホセ・アントニオの耳に届いていないことはわかっている。

2

子供の頃から住んでいるその家は、ここ数年ですっかり荒れ果ててきている。もちろん屋根は雨漏りする。二階の寝室では、滴が落ちるとあちらこちらに置いた鍋が音を立てる。それは何かが沸騰しはじめているような音で、まるでホセ・アントニオが村人全員のお茶を沸かしているかのようだ。

午睡《シエスタ》のとき、せめてもと部屋の真ん中へ引きずってきたベッドでうとうとしながら、彼はそんな想像をしている。濡れていない床は、そこだけなのだ。聖母マリアが壁に掛けた額縁の画《え》の中から彼を見つめている。炎の中で両手を胸元に当て、双眸《そうぼう》から涙を流している聖母マリアが。

聖母マリアの画を見れば、真夜中に母の悲鳴を聞きつけて戸口に駆けつける五歳の自分にまた引き戻されるだろう。父はまだ母を罵倒しながら、彼を押しのけ、階段を駆け下りて逃げていく。まさしくこのベッドで、血の海になったシーツに身を横たえた母が、最後に目にしたものが聖母マリアの画だった。彼はすぐ目の前で、腹部の深い傷を押さえる母の長い指の間から血が流れ出していたのを覚えている。そして、どんなふうに真っ赤な血だまりができ、母の丸めた身体の真ん中で、どんなふうに暗赤色に変わっていったのかを覚えている。

きめの粗いリンネルのシーツに染みついた血は、彼の大叔母が川の土手で灰汁《あく》を使ってごしごしこすっても、インディオの女たちが代々すべすべになるまで使い込んだ洗濯石にこすりつけても落ちず、褐色の血痕が熱い鉄で焼かれたかのようにそこに残っていた。けれども、老いた大叔母はたいそう倹約家で、まだ使える物を捨ててしまうことなどできなかったため、姪の死の床に敷かれていた血痕のあるシーツの上で十二年間眠った。ある日の午後、うわごとで司祭を罵倒しながら彼女自身もそこで死を迎えるまで。

ホセ・アントニオの記憶の中では、母の顔と壁に掛かっている額縁の聖母マリアの顔との区別がつかない。母エレナの写真は一枚も残っていなかった。子供の頃は、もしかしたら母は聖母マリアに似ていたのかもしれない、と自分自身を納得させようとしていた。口をすぼめ、息子を思って悲嘆にくれる青い目の聖母マリアに。しかし、そのことを大叔母に話すと大笑いされた。「うちの家族に青い目だって？」老女はあざ笑うように言った。でも、それから口調を和らげてこう言った。「おまえのたったひとりの母さんは聖母マリア様だよ、ニニョ。そう、たしかにおまえの母さんはマリア様の顔をしているんだよ」

そんなことがあってから、大叔母は毎晩、画の前に正座して祈りなさいと言った。毎年、復活祭週間がくると、大叔母は額縁の上に差し込んであるシュロの小枝を、司祭の祝福を受けた新しいものに取り替えた。針のような緑色の葉は、敬虔なるクリスチャンの家とそこに住まう人々を守ってくれると信じていたのだ。他に教会が奨励しているありとあらゆる迷信と同様に。実を言えば、大叔母が最期の儀式を執り行なった巡回司祭に爆発させた怒りは、聖水には腸にできた腫瘍を小さくする効き目がなかったことが原因だった。初めのうち、大叔母は毎月ミサの前に、洗練とは無縁の礼拝堂の入り口をはいってすぐの場所にある、彫刻の施された聖水盤に二本の指を浸し、その指をスカートの下に滑り込ませ、腫瘍をなでていた。しかし死期が迫ってくると、激痛が彼女を襲い、彼女を愚痴ばかりこぼす頭のおかしな女にしてしまった。ホセ・アントニオは大叔母が木の湾曲部にたまった雨水を飲む痩せたサルさながら、聖水盤の水をぴちゃぴちゃ舐めるのを目にした。

彼は大叔母が血痕のついたシーツの上でのたうち回るのを、何もできずに見ていた。大叔母は今際《いまは》の際の苦しみで、しなびた胸に両膝をつけるようにして死んでいた。若きホセ・アントニオは母の亡霊を大叔母の墓に埋葬したと思っていたのだが、葬式を終えて帰ってくると、それがまだ厳然と残っているのを目にした。マットレスの布地にかすかに残る母エレナの死の影が。彼はベッドのシーツをはがし、マットレスに新しいトウモロコシの皮を詰め、両腕を肩まで突っ込んでかたまった部分を平らにならすたびに、まだそれを目の当たりにする。そしてときにはベッドの横にひざまずき、母の褐色の血痕に頬を寄せ、深々とマットレスに指を入れて、夜毎眠りを妨げる乾燥した皮の固い芯を見つけ、子供のように声を上げて泣くことができたのだった。

母を思うとき、ホセ・アントニオは聖母マリアの画の前にひざまずいて、三十年以上も捧げてきた祈りを繰り返す。そして宝くじのおかげで、父を探し出して殺すという誓いを、今、ようやく守れると母に語りかける。

それから十字を切り、壁際で立ち上がって聖なる画の額縁の裏側に手を入れる。大叔母の死後、毎年彼が変えつづけてきたシュロの葉の剛毛のすぐ下に。画の裏側の台紙を固定している額縁の溝の部分に手を入れると、指先に薄い券が触れ、かさかさと音をたてた。彼は数字が押印された青い券をひらひらさせながら、ほっとしてひとりほくそ笑む。その券には一連の栗色の数字と、全国宝くじ事務所の華麗なかぶと飾りの紋章がはいっているはずなのだ。

3

ホセ・アントニオの手紙を運んできた汽船は、明日の明け方にはプエルト・トゥルビドへ向けてまた戻っていく。サザン・クレセント社はここより上流にある村とは交易を行なっていない。タビは荷物を積み込む労働者の一団をすでに集めていた。インディオがベフカルから六日間のきつい行程を歩いて集めてきた、珍しい蘭のはいった箱や、名もない谷の斜面にいる玉虫色の蝶の羽のはいったかごといった荷物だ。雨期なので、社の倉庫はからに近い状態だった。濡れて黒くなった材木は重すぎて、轍《わだち》だらけのぬかるんだ林道を荷車に載せては運びだせないし、ジャングルでの収穫は雨が止むまであとひと月かふた月は始められない。

従ってこの時期、サザン・クレセント社は小型船を出して小さな開拓地を回り、あまり長居をせずに首都に戻ってくるようにしている。

ホセ・アントニオは波止場で船荷証券を確認している友を見つけると、連れだってタビの事務所へ歩いていく。雨が百もの小さな舌となってふたりの顔を舐める。

サザン・クレセント社の小屋にはいると、タビはサザン・クレセント社が辺境の開拓地に置いている金庫の前で腰をかがめる。ベフカルにある金庫は骨董品で、タビが父親から金庫のダイアル錠の番号を教わったのは二十二年も前のことだ。今や番号をつぶやかなくても、彼は真鍮のつまみを回して最初の数字に合わせ、次の数字に取りかかる。タビは親指と人差し指でつまみを左右にくるくる回して金庫を開け、三カ月近く前になる前回の給料日からの賃金を数える。ホセ・アントニオが受け取った証《あかし》として元帳に署名すると、タビはこの年来の友人とはもう二度と会えないだろうと思う。誰がこんな辺鄙《へんぴ》な場所へ戻ってきたりするだろうか？

「帰ってくるときは、ウィスキーを一ケース買ってきてくれよ」タビは赤い元帳を金庫に戻して錠をかけながら言う。「祝祭《フィエスタ》のためにな」約束する声が後ろから聞こえる。

やるべきことはいろいろあるが、ホセ・アントニオは急ぐのに慣れていない。寝室の床の根太《ねだ》の間に隠してある金庫に、いまもしまいこんだままの父親の金時計を売って金を作り、もらったばかりの賃金を合わせれば、首都へ行くのに十分な資金になるだろう。村を出る前に、借金を返済したとしても。ドーニャ・アナナの店に一カ月分の酒代のつけがある。去年の春、カヌーが転覆して、ザビエルから借りていた斧を川のよどみでなくしてしまったので、その代金も弁償しなければならない。それにマシサにも何かしてやらなければならない。

寝るためのマットと、額をひっかかれないよう裏側にテープを張った新しい麦わら帽子もいる。衣類を洗濯して、それをバッグに詰めなければならない。サン・イグナシオ滝の下の干潟で、手鏡と交換してインディオから手に入れた手織りのバッグだ。ナイフを研がなければならないことも思い出した。

その日は絶え間なく霧雨が降りつづける。ホセ・アントニオは足首に飛びついてくる子犬のように、しつこく追いかけてくる義務が苦手だった。他の用事をすべて終えて、マシサに使いの少年を送るころには、すでに辺りが暗くなっている。

揺り椅子の横に、昨夜か一昨夜から忘れられているラムの壜が置いてあり、灯火を浴びて光っている。ホセ・アントニオはワンフィンガーかツーフィンガーだけ残っていたラムを二つのグラスに注ぎ、二階にいる女のもとへ運ぶ。彼女はもう服を脱いで、ベッドで彼を待っている。

マシサは彼が酒を渡すと匂いを嗅ぐ。

「飲めよ、ラムだ」

「どうして今夜は飲むの？」マシサは彼の不安を察知する。

「明日、旅に出る」彼は、彼女の視線が自分に注がれているのを感じる。「長い旅になる」

「どのくらい？」

彼は肩をすくめ、黒い液体を飲む。それから衣服を脱ぐ。

彼女は正座をしてマットレスに頬をつける。そのうち仰向けになるが、白人女性のような格好をするのを恥ずかしがる。彼女は恥ずかしさから歓びの声も抑える。彼はその声を聞くのが好きなのに。そこで彼はくたびれたベッドの上で彼女の背後に膝をつき、彼女の背中の丸みに沿って両手を移動させ、彼女の両肩をしっかりつかむ。

しばらくして、彼は自分が戻ってくるまで、この家に住んでいてほしいと頼む。

「戻ってくる？」と彼女は笑う。「どうして戻ってこなくちゃならないの？」

「先のことはわからないよ」彼は闇の中でささやく。「きみがいなくて寂しくなるかもしれない」

「まあ、まさか」彼女はまんざらでもない顔をする。

「でも、もし戻ってこなかったら、この家をもらってくれ」

まだ男に背を向けている女は、その贈り物の約束に感動を覚えながらも心が痛む。

4

一時間ほどすると、ホセ・アントニオはもう甲板の下のピストンの音が気にならなくなっている。袖口に刺繡を施したブラウスと部族独特の魔よけがついた胸当てつきのエプロン一梱《ひとこり》の上に腰掛けながら、船尾が航跡に残す水のうねりを観察する。しかし視線を上げると、うねりは落ち着き、やがてまるで船など通らなかったかのように、二十ヤード後方は静けさを取り戻す。

彼はこれまでの人生で、時計が必要だと思ったことは一度もなかった。しかし今、褐色の川面を滑るように進み、遠くまで来ると、さっき先に見えた湾曲部がまだ視界から消えないうちに、乗組員に何時かと尋ねる。

「さっき訊かれてから、十分しかたってないよ」と船員が辛抱強く答える。

「そうか、悪かった。船に乗っていると時間がたつのが遅くてね」

「やらなきゃならない仕事がなければね」船員は、ヒヌトランから荷車でベフカルに運ばれ、首都に向けて船積みされた三梱のブラウスと胸当てつきのエプロン、祭り用スカートに防水シートをかけて紐で縛りながらぴしゃりと言う。船の甲板には繊維製品が積まれている。船倉に積むと、湿気でプエルト・トゥルビドに着くはるか前から、生地に白カビが生えたり、染みができたりするからだ。

ホセ・アントニオは船員が他の仕事をしに立ち去るまで待ってから、衣類の山三つとそれを覆う防水シートの上で手足を伸ばす。間に合わせのベッドでうつらうつらしながら、金を持つとはどういうことか最初の教えを学ぶ。金持ちとは、往々にして退屈に耐えるものなり。

彼は自分の感情に困惑している。今日はもうすでに、ベフカルにいるときの一週間にたいていこなす以上のことをして、ものを見て、発言していた。今、起きていることを考えているときでさえ、船の揺れが眠りを誘う。

オウムの鋭い鳴き声がして、彼は慌てて飛び起き、寝ていた梱から滑り降りる。船縁《ふなべり》の手すりにとまっているオウムが、川の土手に張り出している木を目指してけたたましい鳴き声を上げながら飛んでいく。オウムがとまった重みで枝が小刻みに揺れる。

ホセ・アントニオは腹がへっている。どれくらい眠っていたかわからないが、まだ昼前だ。ある夢にしつこく苛《さいな》まれるが、それは水面直下にいた巨大な魚——ピラルクかもしれない——が深く潜っていくように消える。バナナの皮を剝く。

船旅はこんな調子で続き、寝ては食べ、ジャングルとそこを流れる川から遠ざかっていく。やがてはホセ・アントニオも、一週間、一カ月、そして言われるままの期間、船旅を続けているような気になるだろう。

翌日から数日間で船倉はいっぱいになり、甲板も繊維製品、低いしわがれ声で鳴くコンゴウインコのかご、仲間によじのぼるカメのはいったブリキのバット、酢の中に浮いている人間の指のようなもののはいった桶で、足の踏み場もなくなる。キャンバス地の日よけの下でうとうとしながら午後を過ごせるかもしれないと思っていたが、その隅っこも紐で縛っていない積み荷に占領される。しかし、ホセ・アントニオは気がついてもいない。まるで拘束されているかのように船首を行ったり来たりしている。檻に入れられたオセロットか、転び止めにつながれた小さなヘソイノシシのように。

首都に着いて、記憶しているかぎりほぼずっと繰り返し祈ってきた誓いを実行に移すのが待ちきれなくなる。しかし、聖母マリアの前にひざまずいた一万回もの夜——いや、それ以上の夜、たえず彼を悩ませていたのは、母の復讐をするという誓いをどのように実行するか、ということだった。父は逃亡し、追いかける手段もないのに。誰の助けも借りずに、どうすればこんなに年月がたってから、人殺しを追跡できるのだろうか？　もつれた時間の中に隠れている獣をどうしたら狩れるのだろうか？　黒髪が白髪《しらが》まじりになり、ハンサムな顔が年を取って皺だらけの顔になり、鋭い目が変色した硬貨のように曇ってしまっていたら？　しかし、褐色の川がはいり込めないジャングルから静かに蛇行しながらプエルト・トゥルビドへ向かって流れているように、もう見えない道がすっかり開けようとしている。

ホセ・アントニオの気持ちが落ち着くことは、もう二度とないだろう。足下のエンジンの鈍い単調な音によっても、湿ったそよ風のけだるさによっても、索具が緩やかに装備された下桁の揺れによっても。ジャングルの倦怠――滴のしたたる小枝にぶら下がっているミユビナマケモノの重い足取り、ジャイアントケイングラスを抜けたところにあるバクの流血現場、大蛇アナコンダのまどろみ――は襲われるものの慎重さ、襲うものの油断のなさに屈服する。彼は次の湾曲部の先を見ようと油断なく気を配っている。

ついに次の湾曲部の先に、一群の小屋が現われる。それらの小屋は、打ち寄せる川のぬかるみに沈んだ脚柱の上に危なっかしく建っている。そして、その先の空き地にあるトタンの小屋から子供たちがじっと見ている。

ジャングルの木々が減り、低木に変わる。低木が藪にしだれかかる。藪も消えて焼かれた平原になる。炎が地平線を焦がす。

煙の中から人々が現われる。最初、闇の中からひとり、ふたりと出てきて広がっていく。やがて闇が濃くなり人の集団になる。突然、平原全体が生きものでうごめき、当てもなく円を描いて動き、煤《すす》にまみれる。

川の両岸にある泥の土手には足跡があり、ごみが散乱している。船は滑るように進む。

泥は固いむきだしの壁になり、粗野な家になる。密生する葉のような黄色い煙の下には、巨大な木の幹のような焼却炉が突き出している。工場が土手にうずくまっている場所は、川の中ほどが決まって泡立っている。錆びた倉庫、波止場沿いに並ぶ平底荷船がその間の空間を埋めている。

水漆喰を塗った建物と桟橋の複合体に近づくと、船長は船の速度を落とす。汽笛を長く一回、短く一回鳴らして合図を送り、港長からの返事を待つ。それから向きを変えて、二階建ての小屋がある波止場へ慎重に船を進める。

ホセ・アントニオが船長に別れの挨拶をして、渡り板を降りる前から、もう港湾労働者たちは船に乗り込み、積み荷を肩に担いでいる。

彼は川沿いに波止場を歩き、いくつもの倉庫を通り過ぎて港の中心部に出た。そこから周囲を見渡すと、くすんだオレンジ色の夕日を背景に、古い植民地時代の要塞の展望塔、市庁舎の小さなドームに挟まれた大聖堂の三つの尖塔、マストの上の塔や停泊している大型船の煙突が突き出しているのが見える。

何日も前にベフカルを出発してから初めて彼は恐れを抱く。ごったがえす人々、さまざまに響く音、建物の迷路。彼は広大な教会の広場で困惑して立ちつくし、自信を失う。安全な場所を求めて、大聖堂の彫刻のある巨大な扉の一つについた木製の小さな出入り口をくぐり、ヘビに姿を変えた悪魔を踏みつけている聖母マリアの彫像の前にひざまずく。土手のように並んだろうそくの炎が彫像の足下で揺らめく。ホセ・アントニオは神のお導きがありますようにと祈り、視線を上げてヘビに気づく。毒蛇のブッシュマスターだ。知識が彼の心を静める。プエルト・トゥルビドがどんな場所に見えようと、まだ自分はジャングルの中にいるのだと悟る。

5

ホセ・アントニオが部屋を借りた未亡人の経営する下宿から歩いてすぐの場所に、《十二月三日平和広場》というまた別の大きな市の広場がある。

夜明けに目覚めたホセ・アントニオは、身体を起こしてベッドの上でじっとしている。八時になると、セニョーラ・マチャドが下宿人たちに朝食を出す。夫を亡くすには若すぎる気がする。夫人はマンゴーの皮を剝いて青い深皿に入れ、彼に差し出す。

彼女に教えられた通り、彼は革命大通りを広場に向かって数ブロック歩く。この周辺には、花柄のカーペットの周りに装飾の凝ったスツールを置くように、政府機関が集中している。すなわち、広場の周りをずんぐりとした建物で飾っているように彼の目には映る。

全国宝くじ事務所は国立銀行の二階にある。銀行の正面は立派だったが、奥にある階段を上り、乳白色のガラス窓のついた簡素なドアを見たホセ・アントニオは、これが未来への扉なのかとがっかりする。事務所の中にはいり、インディオや自分のような田舎者の集団に加わり、彼らがメインオフィスとマホガニー材のゲートで仕切られた入り口の間をうろついているのを見て驚く。

ふたりの事務員がそれぞれの机について、前に座った人たちと静かに議論している。入り口の間にいる集団に背中を向けたひとりの男が机を叩く。彼と話している事務員は機嫌を損ねたかのように両手を上げ、ふたりの間に置いてある台帳を閉じる。怒っていた男が肩を丸める。遠くからでも彼が謝罪し、事務員に台帳をもう一度開くように頼んでいるのは明らかだ。若い事務員は軽蔑するように鼻を鳴らし、態度を軟化させる。ホセ・アントニオは、奥の壁の大窓の下で、事務長が繊細なカップで飲み物を飲みながら、ふたりの部下を観察しているのに気づく。

待合室はさらに混んでくる。一時間後、ホセ・アントニオはようやくマホガニー材のゲートを開けて、机の前に立つ。事務員は彼に手振りで座るように促し、宝くじ券の提示を求める。ホセ・アントニオはうなじに手を伸ばし、鞘にはいったナイフを取って机の上に置く。それを見た若い事務員の顔が恐怖に青ざめるのがわかる。一時間前、彼が別の男に懇願させる場面を見ていたので、ホセ・アントニオはその事務員に好感を持っていない。そこで彼は片手で鞘を持ち、もう片方の手でゆっくりとナイフを引き抜く。ホセ・アントニオが手に握った鞘の縁で机を叩くと、怯えながら無駄口をたたいていた事務員がぴたりと口をつぐむ。彼は鞘を高く掲げて、くしゃくしゃの青い宝くじ券を出す。

事務員が青ざめた手で券のしわを伸ばし、神経質そうに笑うのを見て、ホセ・アントニオは満足感を覚える。彼にはこの石のジャングルで自分のなすべきことがわかっている。

事務員は券と台帳を照合していたが、突然その頁に顔を近づける。そして失礼しますと断わってから事務長の机へ向かい、そこで青い券を振りながら興奮して上司にささやく。彼は戻ってくると、上司が担当しますとホセ・アントニオに告げる。

「セニョール」ホセ・アントニオが立ち上がって部屋の奥へ歩きはじめると、事務員は大声で呼び止める。「ナイフをお忘れですよ」

ホセ・アントニオは笑みを浮かべながらさっとナイフを鞘に収める。その鞘は頭上を超えてシャツの背中に消える。事務員は台帳のとある頁を開き、それを持って素早く彼の後ろにつく。

ホセ・アントニオは年配の事務長と重々しい握手を交わす。「セニョール・ロペス、神があなたに微笑んでいますよ」

「あなたにも、でしょう、セニョール」

「おそらくは。たしかに、われわれは異例の状況に置かれています。あなたが私の部下に渡された宝くじ券には大当たりの番号が記されています」

ホセ・アントニオはうなずく。「手紙にそう書かれていました」

「ええ、われわれはそのような手紙を多数送っています。しかし、二次抽選の当選者にです」

「二次抽選？」

年配の事務長は部下に微笑む。「やっぱり、どなたも規定をお読みくださっていませんね」

「規定？」とホセ・アントニオは問い返す。

「広告の裏にもれなく書いてあるんですよ。そう義務づけられているんです。しかし、ご心配はいりません。あなたのことではありませんから、セニョール・ロペス。二次抽選の当選者はあの哀れな連中です」事務長は混雑する入り口の間のほうを漠然と手を振って示した。「百ペソ、二百ペソ、運がよければ五百ペソか。彼らは遠くからここへやって来ますが、それで何が得られるでしょう？　帰りの費用が関の山でしょう——おそらくは」

「それが彼らの運命《フォーチュン》（富の意味もある）だと？」

「いえ、運命《フェイト》です」

ホセ・アントニオは溜息をつく。「で、私の運命《フェイト》は？」

「いえいえ、運命《フォーチュン》ですよ」事務長はにこやかに笑う。「それから台帳をちらりと見て訂正する。「かなりの大金《ア・スモール・フォーチュン》です」

「いくらもらえるんでしょうか？」

「計算をしなくてはなりません。三等当選者のパーセンテージを。そこから当然、手数料を引かせていただきます」

「手数料？」

「管理手数料です。すべて規定にはっきりと書かれていることです」

事務員は数字を計算して間違いがないか確かめ、それからそれに署名して事務長に渡す。事務長は引き出しから青いレターヘッドの便箋を出して、その数字を書き写し、便箋を半分に折ってから机の上を滑らせてホセ・アントニオに渡す。

青い便箋を開いて、彼は仰天する。たしかに、彼がこれまで手にしたことがないような金額だったが、巨万の富とまでは言えない額だ。おそらくこの首都でも立派な家を買うことはできるだろう。ベフカルでいままで通りの生活をするなら、おそらくこの先かなり長い間、暮らしていけるだろう。しかし、ドーニャ・アナナの酒場の広告で約束されていた想像を絶する巨額の賞金は、他の誰かの手に渡ったにちがいない。それでも、彼が手にした賞金は、彼がここへ来た目的を達成するには十分な額だった。

ホセ・アントニオはうなずき、机の上を滑らせて便箋を返そうとするが、事務長が押しとどめる。「受領証として、そこに署名していただかなければなりません。賞金の引き渡しと書類手続きがありますので、ディアスがあなたを下の銀行へお連れします」事務長は立ち上がり、握手の手を差し出す。「おめでとうございます、セニョール・ロペス」

ホセ・アントニオはもう一度うなずく。

「もう一つだけ」事務長は、彼に恥をかかせまいとするかのようにそっと打ち明ける。「あなたのような高額宝くじ当選者は、このたびの幸運を祝して、われわれのような哀れな役人にチップをくださるのが習わしです」

「それも規定に書かれているんですか？」

「規定？」事務長は笑う。「いや、参りましたよ、セニョール。どうやらお互いに理解し合えたようです」事務長は部下に合図する。「ご心配はいりません。階下に降りたら、ディアスがお教えいたしますから」

ディアスは銀行の口座に賞金を入れておくよう忠告するが、ホセ・アントニオはサン・イグナシオ滝で手に入れた織物のバッグに入れて、持って帰ると言って譲らない。昨夜、まさにこのために、中にはいっていた衣服を取り出してきたのだ。また、全国宝くじ事務所の事務員に賞金から一ペソ渡すという習わしを彼が断わると、若い事務員は怒って抗議するが、彼はこれもまた無視する。

6

台所のテーブルで夕食用の豆を洗っていた若き未亡人は、ホセ・アントニオの話に同情しながら聞き入る。彼は、二階にある部屋の重い大型衣装箪笥のコーニスの裏に、宝くじの賞金を隠していることは黙っている。エレナが殺されたときの状況についても黙っている。しかし、彼が五歳で母親を亡くし、父にも捨てられ、大叔母に育てられたこと、彼女の死後は自活するしかなかったことは話す。彼はセニョーラ・マチャドに、父を探し出して仲直りをするためにプエルト・トゥルビドへ来たのだと話す。

未亡人が物憂げな溜息をつく。それが自分のためではなく、幼い息子エンリケのためについたのだとホセ・アントニオは気づく。彼女はエンリケが木製のウサギで遊んでいるテーブルの下からスカートを引っ張ってくるたびに、息子を撫でてやっている。

「でも、どうやって父を探したらいいのだろう?」彼女が息子を猫可愛がりしているときに、下宿人は尋ねる。

子供は大人の会話から母親の注意を引こうとする。「誰のこと?」

「おじさんのお父さんだよ」

「探偵が必要よ、セニョール・ロペス。プロフェッショナルのね。ドクター・イダルゴに訊くといいわ。どこへ行けばいいか教えてくれるわよ。今夜の夕食の席で訊いてみましょう」

「探偵を探すのに探偵が必要みたいだね」

未亡人の笑い声は、石の上を流れる水のようになめらかだ。

残念ながらドクター・イダルゴは探偵をひとりも知らないが、患者のひとりに弁護士がいるという。翌朝、弁護士は、最近出所してきたばかりだという依頼人の元警官を推薦する。「まあ、たしかに癇癪持ちだが、あれほど正直な男はいないよ。法廷では、言い訳もアリバイもなしだった。彼は立ち上がって裁判官にこう言うんだ。〝たしかに私が彼を殺しました。彼は癪にさわる男でしたから〟。どうかね？　すぐそこの法廷にいる。ルイス・メネンデスこそきみにぴったりの正直者の男だよ」

ホセ・アントニオが日暮れに未亡人の下宿に戻るときには、メネンデスはユアン・ロペスの捜索を引き受けていた。彼は、成長した息子が家族を捨てた父親を探すという話に感動する。警察にいたころの旧友と、刑務所で知り合った新しい友人がついているから、きっと父親の居所を突きとめられるだろうと自信満々だ。ちょっと費用はかかるが——誰もが金を寄こせと手を出すから、と元警官は文句を言って、かぶりを振る——行方不明の父親をきっと見つけ出せると信じている。

下宿屋の女将《おかみ》が玄関でホセ・アントニオを出迎える。「それは何なの？」彼女は彼が持っている青いワニのぬいぐるみを指さす。

「きみの息子さんにね」彼は恥ずかしそうに答える。

「はいって」女将は彼の腕を取って微笑む。「夕食の準備ができているから」

夕食をとり、ドクター・イダルゴの患者たちの悩みの種についての話を聞いたあと、部屋のベッドで横になっていると、ホセ・アントニオは誓っていた復讐がついに始動するのを実感する。寝具をはねのけ、すり切れたラグの上にひざまずき、ベフカルで最後に過ごした夜に、ベッドからマシサに見守られながら聖母マリアの画の前で祈って以来、口にしていなかった誓いを繰り返す。

眠りに落ちるとき、ホセ・アントニオは思い出せるかぎり昔から毎夜想像してきた場面を練習する。

彼がドアをノックする。父は答える。彼は父の腹にナイフを突き刺す。

一つだけ決めていない点がある。それは足下に血だまりが広がり、そこで死に絶えようとしている父に何を言うべきかだ。「僕はあんたが殺した女の息子だ」と名乗るべきだろうか？　父を罵るだけにすべきかもしれない。あるいは何も言わず、何の説明もせず、ひと言も発せずに、老いた父を死なせるべきだろうか？

いつものように決断がつかないまま、彼は眠りに落ちる。

次にメネンデスと顔を合わせると、探偵は何の確証もつかんでいないが、相変わらず楽観的だ。「時間を十分かければ見つかるよ」元警官はホセ・アントニオに請け合う。「それと金をかければね」メネンデスは自ら公証人記録保管所へ足を運び、過去三年間の記録を徹底的に調べたが、該当する年齢と出生地のユアン・ロペスの記録は見つからなかった。依頼人が発破をかけると、売渡証、課税、国勢調査の記録を調べる助手を雇えれば捜索はもっと速やかに進展するだろうと、探偵は認める。

「たしかに」とホセ・アントニオは同意する。「誰でも必要な人間を雇ってくれ。金に糸目はつけない。とにかく父親を見つけたいんだ」

「きみのような息子がほしいね」探偵は溜息をつく。

メネンデスがユアン・ロペスの息子に相談を持ちかけるたびに、ユアン・ロペスの捜索規模が拡大する。グアダヒエルノ、サンタマリア、そしてこの件を担当している西部諸島の退職警官までが捜索に携わっている。弁護士の言葉通り、メネンデスは正直者で、ホセ・アントニオが払い戻す諸費用の領収書をすべて用意している。一度、探偵は手元に持っている現金について尋ねる。「遺産だよ」とホセ・アントニオは答える。「母の遺産なんだ」メネンデスはその答えに納得して、二度とその話題には触れない。

下宿人が息子のエンリケをプレゼント責めにするのに閉口したセニョーラ・マチャドも、金について尋ねる——こちらは間接的にだが。ホセ・アントニオが働いていないのは知っているが、かといって彼は金持ちにも見えない。

「自分を変えるには、金がはいったのが遅すぎたんだ」彼はどもりながら答え、うつむいて両足をもぞもぞと動かす。

未亡人は彼に恥ずかしい思いをさせたと感じる。「そうじゃないの、セニョール・ロペス、謝ったりしないで。お金持ちがみんなあなたのようだったら、貧乏人はお金持ちを嫌ったりしないのに」

ホセ・アントニオは遠くまで散歩に出かけるが、市の境界標石を歩き尽くすことはない。それは地平線までずっと続いているように思えるときがある。自分が粗末な服装をしていると気づくと、彼は都会人の格好をしはじめる。ある日の午後、セニョーラ・マチャドとふたりきりで家にいるとき——彼女は〝アルマ〟と呼んで、と言って譲らない——彼は新しい襟の付いたシャツとリンネルのジャケットに合わせて買ったネクタイの結び方を尋ねる。彼女が喉元でネクタイを結んでいるとき、とても華奢《きやしや》な肩をしているな、と彼は思う。彼はマシサの褐色の筋肉質の背中や広い肩幅を思い出す。彼が若い未亡人の青白い顔に触れると、彼女は頰を彼の手に押しつけてくる。

このときから、昼間、他の下宿人たちが仕事に出かけ、子供が昼寝をしている間に、ふたりは彼の部屋で愛し合う。

しかし、そうした慎重さは無意味で、どちらも相手への優しさを隠しきれない。まもなく下宿人全員がその取り決めを容認する。掃除の手伝いをしているインディオの少女は、ドアが閉まっているときには決してふたりの邪魔をしない。その他の人たちに対して、ドクター・イダルゴは、若い母親が——彼はここで注意深く言葉を選ぶ——ひとりでいるのは不健康だと、年老いてきた間借り人たちに忠告する。ドクターはホセ・アントニオに好感を持っている。探偵の件で忠告を聞き入れたばかりでなく、夜、診察にまつわる話に熱心に耳を傾けてくれるからだ。

ある日の午後、エンリケが応接間に駆け込んでくる。ホセ・アントニオはそこで新聞を読み、アルマはお茶を飲んでいる。エンリケは窓の外の木の枝で歌っている鳥の名前を尋ねる。ホセ・アントニオがカナリアだと答えると、エンリケは不思議そうに言う。「でも何て歌っているの、パパ?」ホセ・アントニオは子供の母親をちらりと見る。彼女は悲しげな笑みを浮かべ、自分にはどうにもできないという諦めからうなずく。

ホセ・アントニオが初めて港の上にそびえる大聖堂の尖塔を見てから、半年が過ぎていた。父の捜索の報告は全国から寄せられ、五十件近くに上っていた。アルドラのすりがメネンデスにタバコ商人のユアン・ロペスについての報告をするが、このロペスはスペインからの移民で、年齢が十歳若いと判明する。別のユアン・ロペスは海辺のある漁村にいる。年齢は合うが、生まれつき右手がかぎ爪のように曲がっていて、結局、同じ漁村の氷室で今も働いていることが確認される。探偵はもう少し辛抱するようにと助言する。

しかし、メネンデスは依頼人を都会の人間だと勘違いしている。ホセ・アントニオは辛抱強くはなかった。彼はジャングルで狩りをするように、父親を狩っていた。探偵の目に映った彼の態度は、恭《うやうや》しく、受け身といってもいいほどで、無関心であるようにすら見えた。ホセ・アントニオは、読んでくれと差し出したファイルをぱらぱらめくってから溜息をつき、肩をすくめ、ファイルを返してくる。けれども元警官は、ヘビが二つに裂けた舌でそよ風の香りを味わうときの沈黙が退屈に思える。ホセ・アントニオは毎朝、ポケットに入れて持ち歩いている小さな砥石でナイフを研いでいた。午後、アルマはもつれたシーツにくるまってまだまどろんでいたが、彼はマホガニー材のベッドの支柱から革ひもと鞘をそっと持ち上げ、背中に背負い、通りへ戻った。なかなか捕まらない獲物を探し出そうと見知らぬ近所を夜までうろつき、なじみのない通りを歩いて、市の外れにあるスラム街や辺鄙な場所にあるあばら屋まで足を延ばした。まるで獲物を追うジャガーのように一心不乱で、疲れ知らずだった。そして毎日の締めくくりに、聖母マリアの前にひざまずいて必ずやり遂げると誓うのだった。

一年目が終わるまでに、メネンデスはホセ・アントニオに二百の手がかりを報告したが、どれも人違いだった。そこで探偵は捜索範囲を広げる。今や彼のエージェント（彼は依頼人に調査費を請求するときに、彼らをそう呼びはじめる）はプラト・ネグロのホアキン・ロペス、ティタルパから十キロ離れたどこだかの山村にいるユアン・ロパタ、アプルコ・ヴァレーで橋を建設しているイギリス人エンジニアのジョン・ロービングにいたるまでの調査書類を送る。

ホセ・アントニオは礼儀正しさのゆえにひとりで寝ているベッドの脇で、今も毎晩同じ誓いをたてている。しかし、彼は父親が見つからないのではないかという可能性を考えはじめる。彼自身は市内を縦横に探し、行方不明の父親を探す見捨てられた息子の話に耳を傾けてくれる者には、その手に銀貨を握らせた。彼が老いた父をひたすら探す姿を見て、何百人もの単純な人々は、彼に神のご加護がありますようにと祈った。「もしうちの息子が……」人々は次々に嘆きを口にしたが、最後まで言葉を続けられたものはほとんどいなかった。しかし、プエルト・トゥルビドのような大都市でさえ、石畳の通りもついには泥道になり、泥道はジャングルを囲む野原になる。首都を一年も歩き回ると、人々は彼の顔を覚えはじめる。彼が話を聞いてもらえる人はひとりもいなくなる。親父は死んだのかもしれない、彼はそう考えるようになる。

彼は復讐を諦めようかと考え、ほっとすると認めるつもりはないが、残った金でアイスクリームの店でも始めようかと想像するといい気分になる。一年前は、フローズン・カスタードの存在さえ知らなかったのに、今はシエスタの後にチョコレート・アイスクリームを食べそこなおうものなら機嫌が悪くなる。そしてアルマが妻になり、エンリケが息子になり、自分が下宿屋の主人になることを想像して、悪くないと思う。

彼は下宿屋の女将にプロポーズをして、子供も引き取ろうと決心する。結婚式の計画さえ立てはじめる。母への義務は果たした、と自分自身に言い聞かせて。これ以上何ができただろう？　彼はメネンデスの労をねぎらい、捜索の打ち切りを告げる。しかし、ある日曜日の朝、ミサが終わったあと、メネンデスがホセ・アントニオの父、ユアン・ロペスが見つかったという知らせを持ってやってくる。次第に減ってきた賞金で買った指輪をアルマに渡せないでいるうちに。

7

「これだけ時間をかけたのに、彼はわれわれの目と鼻の先にいたよ」探偵は肩をすくめる。「それも、最初からファイルの中にあったのに、気づきもしなかったんだ。想像できるかね？　報告書番号八番だ。しかし、誕生日がさかさまに記入されていたんだよ。一八五四年ではなく一八四五年とね。それで彼を見落としたんだ」

ホセ・アントニオは最初のグループにあったそのファイルを覚えている。メネンデスにもう一度調べ直すようにさえ頼んだのだ。八番は酷似しているように思えた。しかし、次に会ったとき、探偵は八番が父、ユアン・ロペスである可能性はないと言い切ったのだ。他に目を通してもらわなければならない人が大勢いる、と前科者の探偵は説明していた。彼は南部に住む男が、ほとんど完璧に条件に合うという手がかりをつかんでいた。それを調べるにはもう少し費用がかかることは認めていたが、それでも捜索中のユアン・ロペスだと確信していた。その南部に住む男が左利きだとわかったとき、メネンデスはホセ・アントニオ以上にがっかりしているようにさえ見えた。

「それでどうして間違いに気づいたんだ？」

「運命だよ、セニョール・ロペス、神の為せる業《わざ》だ。あんたから捜索を打ち切ると言われて、ファイルを箱に入れていたら、八番の中身がどういうわけか手から床に滑り落ちたんだ。タイルの上に対象者の出生証明書と、私が日付を写したノートの頁が並んで落ちたんだよ。なぜか日付の食い違いに目が吸い寄せられた」

ホセ・アントニオはメネンデスをじっと見る。「全部、チェックしたんだな？」

「信じてもらえないだろうけど、あんたの親父さんはここから十ブロックと離れていないアパートメントにいて、別の名前を使っている。ユアン・サンチェスと名乗っているんだが、使っているのは母親の名前だからね。出生証明書にも旧姓として載っている」

「父はずっとここにいたのか？　この界隈に？」

「世間は狭いということだろう、セニョール」探偵は溜息をつく。「しかし、あんたの親父さんは頭がいいね。ユアン・ロペス・イ・サンチェスを縮めてユアン・サンチェスにしただけなのに、今この市には、彼の正体を知る者はひとりもいない。あんたと私以外には」探偵は微笑み、成し遂げた仕事にプロとしての誇りを見せる。「きっと親父さんは妻子を捨てたことを恥じているにちがいないよ」

メネンデスは依頼人にファイルを渡し、マニラ・フォルダーの一番上に最後の請求書を置く。「これで最後だが」と彼は説明しはじめて咳払いをする。「もちろん、最初の約束通り、父上を発見したので成功報酬も上乗せさせてもらってるよ」

ホセ・アントニオは、突然、探偵の陰謀に気がついて嫌悪感を覚える。それは腰まで沼にはいって出てきたら、丸々と太ったヒルが腿についているのを見て覚えるような嫌悪感だ。メネンデスに干からびるほど血を吸い取られたのだ。元警官はホセ・アントニオの父親の居場所を最初から知っていたにちがいない。

「報酬は払うよ」ホセ・アントニオは請求書を見ながら約束する。「親父の所へ連れて行ってくれたらね」

探偵は躊躇する。

「今夜九時に。どこで落ち合おう？　大広場の噴水の前はどうだ？」

メネンデスは気が進まなそうだったが、最後の報酬を絶対にふいにはしたくなかったので復唱する。「今夜九時に、噴水の前だな」

「そう、じゃあ今夜に」ホセ・アントニオは念を押すと、探偵を家から追い出す。

一時間後、アルマと下宿人たちが日曜日の正餐の席に着く。ホセ・アントニオはアルマが冗談を聞いて笑っているのを見ながら、今日が安息日なのを残念に思う。ごちそうを食べたらシエスタのためにそれぞれの部屋に戻るだろうが、他の下宿人たちが午後の眠りについているときに、彼女が彼のベッドにもぐり込んでくることはないだろう。彼女は日曜日に男と寝るのを恥じている。

ホセ・アントニオはひとりで部屋にこもり、小さな暖炉で父のファイルを燃やしながら、小さな砥石の上でナイフの刃をゆっくりと研いでいる。

九時になる直前、ホセ・アントニオはナイフのはいった鞘をベフカルから着てきた古びたシャツの下に隠し、《十二月三日平和広場》の中央にある大噴水へ続く花咲く小径を歩いていく。噴水に近づくと、一日中降りそうで降らなかった雨が落ちてきて、若いカップルたちを広場の石のベンチから、広場を囲む建物のポルチコの下にあるカフェへ追いやる。なかなかその場を立ち去ろうとしなかった年かさの売春婦たちも後に続く。広大な石造りのプールに張った水を小さな両手でたたいているような雨粒を見て、ホセ・アントニオは故郷を思い出す。紐で首にかけている麦わら帽子をかぶる。

メネンデスは時間通りに現われる。「そんな格好をしているから、あんただと気づかないところだった。田舎から出てきた日雇い労働者みたいに見えるよ」

「父のためでね。父の記憶の中の僕はこの格好をしているから」

探偵は肩をすくめ、広場から静かな通りへ出て依頼人を案内する。通りすぎる家々の壁は、首都のごく初期の建築物に使われている褐色の粘土で作られたもので、光沢がある。この界隈は一種のスラム街で、近隣の人々は〝旧市街〟と呼んでいる。雨脚が強くなる。

メネンデスは濡れないように襟を立てる。「教えてくれないか、セニョール。どうして老いた父親を探し出すことがそんなに重要だったんだ?」

「母に誓ったからだよ」ホセ・アントニオは説明する。「父を決して忘れないと」

「いい話だ」探偵はうなずく。それから指で差す。「あれだよ、通りの向かい側の」

ふたりはみすぼらしい建物の廊下に急ぎ足ではいる。木片をドアの下に挟み、玄関のドアを開けたままにしている。「ここのやつらときたら」とメネンデスはかぶりを振りながら文句を言う。「愚かもいいところで、雨が降っているのにドアも閉めない」それから自分たちが誰を訪ねに来たかに気づく。「親父さんのことを言ったんじゃないよ。婆さんのことを言ったんだ、そこに住んでいるね」彼は右手に並んだ郵便箱の隣のドアを指す。

メネンデスは以前ここに来たことがあるんだ、とホセ・アントニオは心に留める。

ふたりは階段で二階に上がる。探偵は傷だらけのドアを乱暴にノックする。

「誰だ?」甲高い返事が返ってくる。木のドアごしにも、ぜいぜい息をしているのがわかる。

「警察です、セニョール・サンチェス」メネンデスは依頼人にウインクする。「あなたの持ち物が発見されたんです」

「鍵はかかってないよ」咳込みながらも、なんとか返事が返ってくる。

「いよいよ親父さんに会えるな」探偵はノブを回しながらささやく。

ドアが開くと、室内の壁にろうそくの明かりが揺れている。

ユアン・ロペスはベッドに横たわっている。彼は小柄な男で、息子とは似ていない。話す前に喉がごろごろ鳴っている。「おれの何が見つかったって?」

ベッドに横たわる肉体は衰弱している。顔もげっそりとしている。父は肺結核だ。ホセ・アントニオは、ドクター・イダルゴがある晩話してくれた肺結核患者の悲惨な死を思い出してそう悟る。

ぜいぜいと苦しそうに息をしながら、メネンデスの答えを待っている。

探偵は依頼人の肩に手を置く。「あなたの息子さんです、セニョール・ロペス」

メネンデスは思いがけないパンチを見舞ったばかりのボクサーのように間を入れるが、老人はたじろがない。「おれに息子はいない」ロペスは呼吸の合間にうなるように言う。

「父さん? 僕だよ、父さん、ホセ・アントニオだよ」

「まさか、そんな」

ホセ・アントニオはうなずく。「母さんが僕をここに寄越したんだ」

「あの尻軽女が――」しかし咳が出て止まらず、その先は言葉にならなかった。

「侮辱にむせてろ、この人殺しが」

ロペスの咳が少しずつ収まる。「水を」と彼は懇願する。「頼むから、水を一杯くれ」

ホセ・アントニオは自分の方へ伸ばされた震える手を無視して、ベッドの反対側へ歩いていく。メネンデスがナイトテーブルの上に置かれた水差しからグラスに水を注ぐ。ロペスがぜいぜい息をしながらその水を飲み干すと、ホセ・アントニオは身を乗り出して聞こえるか聞こえないかの声でささやく。「あんたは死ぬんだよ、父さん」

笑いではなく、咳がロペスの口から噴き出し、水が寝具にかかる。老人は胸元から濡れたシーツをはがす。着ている下着に黄色い痰の染みがいくつもついている。「もちろんおれは死ぬ」ロペスは息を切らしながら言う。「それから、おれを〝父さん〟と呼ぶのはやめてくれ。おれはおまえの父親じゃない」

「あんたはユアン・ロペスだろ？　違うのか？　エレナ・アルティエレスの夫の？」

「ああ、そうだ、その通りだ。だがホセ・アントニオ・ロペスの父親じゃない。そいつは私生児だ、おまえはね」

ホセ・アントニオは声を震わせる。「それじゃ、僕の父親は誰なんだ？」

老人は肩をすくめようとするが、また咳込みはじめる。「どこかのインディオだ」彼は息を詰まらせたが、深呼吸を繰り返して咳を落ち着かせる。「男が妻を殺す理由は何だと思う？　男は息子を見て、まったく自分に似てないと気づく。女は、尻軽女はそれをあざ笑う」彼はひとりで笑う。「男は当然、女にナイフを突き立てる」

「ご両人」メネンデスが間に割ってはいる。「どうやらおふたりには話し合うべきことがあるようだ。私は失礼するよ」しかし、前科者はその場に立って待っている。ホセ・アントニオは寝たきりの老人から視線を上げる。「セニョール、支払いの問題がまだ残っていて……」

「ああ、そうか、すまない。まだ支払いが残っていたね」

探偵はうなずく。依頼人がベッドの周りを回ってくる。

ジャングルに限って言えば、死はどのようにもたらされるか、ホセ・アントニオは知っている。ジャングルのヘビの牙から毒素が滴り落ちるのは速い。まだ飲み込み終わってもいないのに、ネズミは消化されている。また、毒牙に咬まれたサルは瞬時に死に至り、枝から木の幹の周りに生い茂った湿った葉へと落ちていく。従って、彼が背中からナイフを引き抜き、流れるような一連の動作で、宝くじの賞金のほぼ全額を騙しとった男の心臓を一突きしたとき、太った身体は抗議のうめき声さえあげずにベッドに崩れ落ちる。

ホセ・アントニオは父親に向き直る。

「動けない」ロペスは咳込む。重い死体でしなびた脚がマットレスに固定されている。それから状況を理解した彼はせせら笑う。「やれよ、殺せ、尻軽女の息子よ」

しかし、ホセ・アントニオは父の骸骨のような手を取って、メネンデスの胸にまだ突き刺さっているナイフのつかを握らせる。老人は、身体にのしかかっている死体の下から自分の血まみれの手を引き抜こうとする。

「朝には誰かが来るだろうよ。あんたの朝食を持ってくる階下の婆さんかな？」ホセ・アントニオは毛布で手をぬぐいながら説明する。「で、あんたはどう釈明する、セニョール・サンチェス？　あんたの部屋で、あんたのナイフで、この元警官が殺されていることを？　そのナイフはあんたのだよ。母さんの腹から僕が引き抜いたナイフだ」

老人は挑戦的に言う。「おまえのことを話すさ、このろくでなしが」

「あんたは自分がエレナ・アルティエレス殺しの犯人、ユアン・ロペスだと名乗る気か？　若い母親殺しは、この殺人より罪が重いぞ。妻を殺害した罪で死刑になりたいのか？　いずれにしても、それが正義というものだろう？」ホセ・アントニオは身を乗り出して、ナイトテーブルのろうそくを吹き消す。「考えておけよ、父さん。朝、誰かがここに来るまで、一晩中考えておけ」

「おまえはおれをこのままにして帰れるわけがない」老人は暗がりの中で、ぜいぜいと苦しげで哀れな声を出す。

「あんただって僕をこんなふうに置き去りにしたんじゃな

いか?」と暗がりが答える。

8

ときには視線より高い植物に囲まれているジャングルにいても、家へ帰る道の見当がつく。磁石も陸標も必要ない。ただすでに知っていることに耳を傾ければいいのだから。

月曜日の午後二時。アルマは階段を上ってホセ・アントニオの部屋のドアを二度叩き、そっとドアをあける。午後の訪問を心待ちにしている恋人に会えると期待しながら。彼は朝食のときは下りてこなかったが、早朝の散歩に出かけて、いつもシエスタには戻ってきていた。

しかし、ベッドの上には棺台の上の死体のように、彼の着ていた都会的な服がきちんと並べてある。リンネルのパンツ、その上にリンネルのコート、その中には襟の付いたシャツがあり、アルマがかつて結び方を教えたネクタイが結んである。彼女が身をかがめて布に触れると、ネクタイにダイアモンドのついた結婚指輪が通されているのに気づく。シャツのポケットには百ペソ札が詰め込まれている。札束に巻きつけられた手紙は、やがて彼女の涙に濡れることになるだろう。

ホセ・アントニオが乗った内陸へ向かう汽船は、すでにプエルト・トゥルビドの郊外の煙が上がっている平原を後にしている。彼は船首に置いたウィスキーのケースの上に腰を下ろしている。残った賞金をはたいて祝祭《フィエスタ》のために買った酒だ。こうして、褐色の藪が青々としたジャングルへ変わっていくのを見ていると、彼の心は癒される。

二塁打
Two-Bagger

マイクル・コナリー　古沢嘉通訳

マイクル・コナリー（Michael Connelly）は、すでにアメリカ探偵作家クラブ賞、アンソニー賞、マカヴィティ賞、ネロ・ウルフ賞、バリー賞などアメリカの賞のみならず、フランス、イタリアなどのミステリ賞も総嘗めにしており、日本でも高い人気を誇っている。本作はオットー・ペンズラー編の野球ミステリ・アンソロジー*Murderers' Row*に書き下ろされた作品。コナリー自身は野球をプレイした経験はないそうだが、ロスアンジェルスで本作の題材となったドジャースの試合に魅せられたという（ちなみに一九八八年の歴史的シーンは観戦しておらず、今でも悔いになっているという）。本書の翌年版の『ベスト・アメリカン・ミステリ』では、ゲスト・エディターをつとめている。

バスは四十分遅れていた。

スティルウェルとハーウィックはバス停から一ブロック離れた〈マクドナルド〉の隣りの縁石に停めた六年落ちのボルボのなかで待っていた。ステアリングを握っているスティルウェルがその場所を選んだのは、ヴァションがバスをおりると〈マクドナルド〉に向かうだろうと踏んだためだった。そこから尾行を開始する予定だった。

「ああいうやつら、つまりムショに四、五年くらいこんだ連中は、出所すると、酒、女の順にほしがるもんだ」スティルウェルはあらかじめハーウィックに話して聞かせていた。「だが、娑婆《しゃば》行きのバスをおりて、一ブロック先にあの黄金のアーチが待ちかまえているのを目にすると、不思議なことが起こる。クオーターパウンダーとフライドポテト、それにケチャップ。ほら、刑務所じゃ、連中はその手のジャンクフードを喰いたくてたまらないんだ」

ハーウィックは笑みを浮かべた。

「ほんとの金持ちはどうなるんだろう、といつも不思議に思っているんだ。貧しい育ちで、ファストフードを喰っていたのが、金なんてなんの意味も持たないくらいの大金を稼いでしまった連中さ。ビル・ゲイツとか、そんな連中。連中がいまでもときどき〈マクドナルド〉に脂肪分補給に行くと思うかい？」

「たぶん変装してな」スティルウェルが答えた。「リムジンやなにかで乗りつけるとは思えんがな」

「ああ、たぶん」

あたらしいパートナー同士の軽口だった。きょうは、ふたりが仕事に出る初日だった。ハーウィックにとって、GIUでの初日でもあった。スティルウェルは先輩パートナーだ。ベテラン《ベテラーノ》捜査官。ふたりはいま、スティルウェルの数ある任務のうちのひとつをおこなっているところだった。

四十五分が経過し、バスはまだ来なかった。スティルウェルは言った。「で、なにを訊きたい？　おれのパートナーのことを訊きたいんだろ、訊けばいい」

「じゃあ、なぜそいつはずらかったんだい？」

「激しさに耐えられなかったんだ」

「そいつは特別機動隊に行ったと聞いたところからすると、仕事の激しさじゃなくて、あんたの激しさにということかな」

「やつに訊いてみんとわからん。おれは五年間で三人のパートナーと組んだ。おまえが四番目だ」

「ラッキー・フォーだな。次の質問だ。いま、おれたちはなにをしているんだい？」

「コルコランからのバスを待っている」

「そこんところはもうわかってる」

「ユージン・ヴァションという名の覚醒剤の密造屋がそのバスに乗っている。おれたちはそいつを尾行し、そいつが目にするものを目にするんだ」

「ふーむ」

ハーウィックはさらに説明があるのを待った。ヴァイン・アヴェニューを半ブロック北上したところにあるバス停から目を離さずにいた。やがてスティルウェルはヴァイザーに手をのばし、取りだした写真の束から輪ゴムをはずした。写真に目を通し、目指す一枚を見つけると、ハーウィックに手渡した。

「それがやつだ。四年前の写真だ。ミルキーと呼ばれている」

写真に写っているのは、三十代前半の男で、ポニーテールにしているかのように銀髪をひっつめにしていた。肌は新品のランプシェードのように白く、目は洗いざらしのデニムに似たライトブルーだった。

「エドガー・ウィンターズ」ハーウィックが言った。

「なんだと？」

「ウィンターズを覚えていないかい？　七〇年代のアルビノのロックスターみたいなやつだ。この写真の男に似ている。兄貴がいたんだ、ジョニーという。たぶんジョニーもアルビノだった」

「知り損なったな」

「で、このミルキーがどうした？　あんたが狙いをつけている以上、こいつはロード・セイント団のはずだ、だろ？」

「ミルキーは、むずかしい立場に立たされているんだ。やつらのために覚醒剤を密造していたが、正規の構成員になることはなかった。が、逮捕されて、五年の刑をくらい、コルコランに収容された。組織に入りたいなら、覚悟のほどを示さなければならん。で、聞いたところでは、やつは組織に入りたいそうだ」

「だれかを殺《や》るってことかい？」

「だれかを殺るってことだ」

　スティルウェルはギャング情報課《GIU》がカリフォルニア州全域の刑務所にいる情報職員とどのように連絡を取っているかについて説明した。そうした連絡の一環で、ヴァションに関する情報がもたらされた。ミルキー・ヴァションはコルコラン州刑務所での五年間の刑期のあいだ、服役中のロード・セイント団員の庇護を受けていた。

　現在は刑務所内組織および麻薬組織と化したオートバイ暴走族の正構成員入りを認めてもらうための手みやげであると同時に、庇護に対する見返りとして、ヴァションは釈放時に殺しの指令を果たすことになっているのだという。

　ハーウィックはうなずいた。

「あんたはセイント団にいちばん詳しい人間だったので、おはちがまわってきたわけだ。事情はわかった。標的はだれだい？」

「それがおれたちの解かなきゃならん謎さ。ミルキーを尾行して、それがつきとめられるかどうか確かめる。いまのところ、やつも知らないのかもしれない。組織内の処刑あるいはセイント団がひきうけた仕事の下請けという可能性はある。ラ・エメ団やブラック団のようなヒスパニック系刑務所ギャングとの相殺取引かも。だれにもわかりやしない。ミルキーはまだ命令を受けていないかもしれん。こっちにわかっているのは、やつが選ばれたということだけだ」

「で、機会があれば、おれたちが介入するわけだ」

「機会をとらえてだ」

「機会をとらえてな」

スティルウェルはハーウィックに写真の束をそっくりそのまま渡した。

「それはセイント団のアクティブ・メンバーだ。アクティブというのは、投獄されていないという意味だ。こいつらのだれでも標的である可能性がある。連中は身内を的《まと》にかけるのをてんで恥じない。セイント団はサニー・ミッチェルというアイアンウッドで終身刑に服している野郎に率いられている。塀の外のだれかが跳ね上がった行動を示し、指揮権の交代について口にし、たぶん指揮権を塀の外に持ちだそうとすると、サニーはそいつを切り捨てる。そういうことで団員の規律を保つんだ」

「どうやってアイアンウッドからコルコランにいるミルキーに連絡したんだい？」

「女を使うんだ。サニーは配偶者間性交の権利を与えられている。女房に伝えるんだ、たぶん一発やっている最中にな。女房は出ていき、コルコランに服役している亭主に面会にいく女のひとりに話すわけだ。そんなふうに伝わるのさ」

「了解。やつらを担当してどれくらいになるんだい？」

「五年になる。長いつきあいだ」

「一度も担当替えにならなかったのはなぜだい？」

スティルウェルはステアリングを前にして伸びあがり、質問を無視した。

「バスが来た」

スティルウェルの言うとおりだった。ミルキー・ヴァションがバスをおりて最初に立ち寄ったのは、〈マクドナルド〉の店だった。ヴァションはクオーターパウンダーを二個食べ、フライドポテトにかけるケチャップを取りにカウンターに二度向かった。

スティルウェルとハーウィックは、横手のドアから店に入り、ヴァションの背後にあるブースに腰を滑りこませた。ヴァションと会ったことは一度もないが、向こうがおれの写真を見たことがあるかもしれないので用心するにこしたことはない、とスティルウェルは言った。要するに、セイント団は独自の情報網を持っており、スティルウェルは五年もフルタイムで団担当任務についているのだから。

ヴァションが二度目にケチャップを取りにカウンターに向かったとき、スティルウェルはヴァションのブルージーンズの尻ポケットから封筒が突きでていることに気づいた。あれが気になる、とスティルウェルはハーウィックに言った。

「ああいう連中が出所するとき、たいていの場合、連中はなかにいたときのことを思いださせるようなものを持っていきたがらないんだ」スティルウェルは小声でテーブルの向かいに坐っている相手に伝えた。「手紙や写真、本、なんでも置いていく。あの手紙、あれには重要な意味があるにちがいない。お涙頂戴の代物だと言っているんじゃない。重要な手紙なんだ」

スティルウェルは少しのあいだ考えを巡らせてから、こっくりうなずいた。

「ちょっと出てくる。身体検査を仕掛けられるかどうか確かめてみる。おまえはここにいろ。やつが片づけにかかったら、外に出ろ。おれがそれまでに戻ってこなかったら、おれがおまえを探す。探せなかったら、無線で呼んでくれ」

スティルウェルは保安官事務所の通信司令に電話し、ロス市警に連絡して、パトカーを一台まわしてくれるよう頼んだ。ヴァションから見られないように〈マクドナルド〉の店から角をまわったところでパトカーと落ち合うようてはずを整えた。

ほぼ十分後に白黒ツートンカラーのパトカーが姿を現わした。制服警官はパトカーをスティルウェルのボルボの横に向かい合わせにつけて停めた。運転席の窓と窓が並ぶようにする。

「スティルウェルかい？」

「おれだ」

スティルウェルはシャツのなかからバッジをひっぱりだした。首にかけたチェーンにバッジをぶらさげている。チェーンには、黄金製の7の数字もついていた。おやゆびの爪ほどのおおきさだ。

「オルティスだ。なにをすればいい？」

「角をまわったところで、おれのパートナーがコルコラン発のバスからおりたばかりの男を見張っている。その男の身体検査をする必要がある。そいつは尻ポケットに封筒を入れている。それについて知りうるかぎりのことを知りたいんだ」

オルティスはうなずいた。二十五歳見当の年齢で、頭の両サイドを剃りあげ、てっぺんに二センチほど髪を残す髪型をしていた。ステアリングのトップに片方の手首を置き、ダッシュボードを指先で軽く叩いている。

「なんの罪でくらいこんでたんだい？」

「ロード・セイント団のためにメタンフェタミンの結晶をこしらえてやっていた」

オルティスは指ドラムのリズムを速めた。

「扱いやすいかな？　気がついていないといけないから言っておくが、おれはひとりなんだ」

「当座は、おとなしくしているに決まってる。いまも言ったように、やつは娑婆に出てきたばかりなんだ。どやしつけて、おれの担当区域をうろつくな、と言ってやればいい。ぜひそうすべきだ。おれのパートナーとふたりできみの背中は守ってやる。きみは安全だよ」

「わかった。どいつがそいつなのか教えてくれるな？」

「やつはポニーテールのアルビノだ。あのエドガー・ウィンターズみたいにな」

「だれだい、それ？」

「気にしないでくれ。見間違いようがない」

「わかったよ。またここで会うんだな？」

「ああ。それから、ありがとう」

オルティスが先に車を発進させ、スティルウェルはそれを見送った。そののち、あとを追い、角を曲がった。ハーウィックが〈マクドナルド〉の表の歩道に立っているのが目に入った。徒歩で半ブロック先を北上しているのは、ヴァションだった。

スティルウェルがハーウィックの横に車を停めると、あたらしいパートナーはボルボに乗りこんだ。

「どこにいったんだろうと思ってた」

「無線のスイッチを入れるのを忘れてたんだ」

「いましがた通り過ぎたのが、職質担当の車かい？」

「そのとおり」

二人が黙って見つめていると、パトカーはヴァションの隣りの歩道に寄って停まり、オルティスがおりてきた。パトロール警官はヴァションにパトカーの屋根に手をつくよう合図し、前科者は抗議せず、その姿勢をとった。

スティルウェルは前かがみになってグラブ・コンパートメントに手を伸ばし、小型双眼鏡を取りだすと、それを使って身体検査の様子を観察した。

オルティスは車の屋根に手をついているヴァションにのしかかり、上から下に触診した。前腕を相手の背中に押しあてて、ヴァションを動かないようにさせていた。武器を探り、それがないことを確かめると、オルティスはヴァションの尻ポケットから白い封筒を抜きとった。

屋根に体を傾けているので、ヴァションにはオルティスのやっていることが見えなかった。片手でオルティスは封筒をあけ、なかを見た。しばらく中身を吟味していたが、封筒から抜きとりはしなかった。そののち、オルティスは封筒を男の尻ポケットにもどした。

「あれがなんだか見えるかい？」ハーウィックが訊いた。

「いや。なんであれ、警官は封筒の中身を見ていた」

スティルウェルは双眼鏡で観察をつづけた。オルティスはヴァションをまっすぐ立たせ、面と向かってしゃべっていた。オルティスは腕組みをし、そのボディーランゲージはヴァションを威嚇しようとしていることを示唆していた。担当区域から出ていけと話しているのだ。ごく通常の行動に見えた。オルティスはうまい芝居をしていた。

しばらくして、オルティスは手を振って、ヴァションに歩きつづけるよう合図し、パトカーにもどった。

「よし、おりてミルキーから目を離すな。おれはあの警官と話しにいき、またおまえのところにもどる」

「了解」


ボルボはハリウッド大通りとヴァイン・アヴェニューの

角にいるハーウィックのかたわらで停まった。ハーウィックが乗りこんでくる。

「ドジャースのゲームのチケットだった」スティルウェルは言った。「今晩のゲームだ」

「封筒のなかに？　ただの試合のチケット？」

「そうだ。封筒の宛名はコルコランにいるヴァションになっていた。差出人のところは汚れていた。読めなかったそうだ。消印はパームデールで、八日前に投函されている。なかにはチケットが一枚入っているだけ。指定席、十一番セクション、K列一番。ところで、ヴァションはどこにいる？」

「通りの向かいさ。ポルノショップに。たぶん探しているのは――」

「あの店には裏口があるんだ」

言い終わらないうちにスティルウェルはボルボからおりた。車の流れがやってくるのを横目に道路を走って横断し、アダルトビデオ・ショップの入り口にかかっている玉すだれをくぐる。

ハーウィックがあとを追ったが、走る速度は落としていた。ハーウィックがアーケードのなかに入ったときには、スティルウェルはすでにビデオとアダルトグッズのショールームを抜け、奥の廊下に入り、ビデオ視聴個室のカーテンをはたくようにあけているところだった。ヴァションの姿はどこにもなかった。

スティルウェルは裏口のドアのところにいき、押しあけ、裏の路地に出た。左右を見たが、ヴァションはいなかった。若いカップルが大型ゴミ容器によりかかっていた。ふたりともいやというほどピアスをはめ、ドラッグでラリった目をしていた。スティルウェルはふたりに近づいた。

「数秒前にこっちにやってきた男を見なかったか？　白い髪に白い顔だ。アルビノだ。見間違いようがない」

ふたりともくすくすと笑い、そのうちのひとりが穴におりていく白兎を見たというようなことを口にした。

カップルは役に立たず、スティルウェルにもそれがわかった。路地のぐるりに最後の一瞥をくれながら、スティルウェルは、ヴァションがポルノショップにもぐりこんだのはたんなる用心のためだったのか、それともスティルウェルかハーウィックがあとをつけているのを見かけたせいだろうか、と訝った。第三の可能性もある。ヴァションは身体検査にすくみあがり、ずらかろうと決めた——ということも考えられることだった。

　ハーウィックが裏口のドアから路地に出てきた。スティルウェルはにらみつけ、ハーウィックは目をそらした。

「おまえのことでどんな噂を聞いているか知っているか、ハーウィック？　夜学に行くつもりなんだってな」

　スティルウェルは文字通りの意味で言っているのではなかった。警官のあいだでの隠語だ。夜学に行くというのは、べつのところに行きたいと思っているという謂《いい》だ。現場《ストリート》ではなく、この仕事《ゲーム》ではないところに。現在の任務ではなく、次の異動のことを考えているのだ、と。

「いいかげんなことを」ハーウィックは言った。「おれになにができたというんだ？　おれをひとりでぶらつかせたのはあんただ？　おれが裏口を見張っていたらどうなる？　やつは正面から出ていけたかもしれないじゃないか」

　ジャンキーどもが笑い声をあげ、警官たちの怒りのこもったやりとりを面白がった。

　スティルウェルは路地から出ようとしはじめた。車を残してきたヴァイン・アヴェニューに向かう。

「なあ、心配するなよ」ハーウィックが言った。「今晩、試合がある。そこでやつにまたたどりつけるさ」

　スティルウェルは腕時計を調べた。もうすぐ五時だ。振り向かずにハーウィックに呼びかける。

「たどりついたときには遅すぎるかもしれん」

　駐車場の入り口でブースのなかの女性はチケットを見せるよう、ふたりに求めた。チケットは持っていない、とスティルウェルは言った。

「チケットがないと入れられないわ。今晩の試合のチケットは完売していて、チケットを持ってない人を駐車させてはいけないことになっているの」

　スティルウェルが応じるまえにハーウィックが身を乗りだして、女性を見上げた。

「完売だって？　ドジャースはどこにもいかないだろうに。なにがあるんだい、ビーチタオル・プレゼント・ナイトかい？」

「いいえ、マーク・マグワイアよ」

ハーウィックは自分の席にもどった。「なるほど、マグワイアか！」

　スティルウェルはシャツからバッジをひっぱりだした。

「保安官補だ。仕事で来ている。なかに入れてもらわねばならん」

　係員はブースの奥に手を伸ばし、クリップボードを取りだした。スティルウェルの名前を訊ね、スタジアムの警備室に連絡するあいだ、そこで待っているよう頼んだ。ふたりが待っているあいだに何台もの車がうしろにやってきて、数人のドライバーがクラクションを鳴らした。

　スティルウェルは腕時計を調べた。試合開始時間まで四十分ある。

「なんで急いでいるんだ？」

「ＢＰさ」

　スティルウェルはハーウィックを見やった。

「なんだと？」

「打撃練習《バッティング・プラクティス》のことだよ。マグワイアが試合前に何本か場外にかっ飛ばすのを見たいんだ。マーク・マグワイアが何者なのか、知っているよな？」

　スティルウェルはブースのなかの女性に視線をもどした。ずいぶん時間がかかっている。

「ああ、何者か知っている。おれは八八年にこのスタジアムに来た。あのころ、マグワイアはそんなに人気がなかった」

「ワールドシリーズに？　ギブソンのホームランを見たのかい？」

「ここに来ていた」

「凄いじゃないか！　おれもそうだ！」

　スティルウェルはハーウィックのほうを振り向いた。

「おまえも来ていただと？　第一試合の九回に？　ギブソンが打つのを見たのか？」

疑念が声にありありと現われていた。

「おれは来てた」ハーウィックは反駁した。「いままで見たスポーツのなかで最高の場面だった」

スティルウェルはただじっとハーウィックを見ていた。

「なんだよ？　おれはここにいたんだ！」

「あの？」

スティルウェルは係員を振り返った。係員はスティルウェルに駐車券を手渡した。

「七番駐車場の券です。そこに駐めて、球場ゲートにいき、ミスター・ホウトンを呼んでください。ホウトンさんが警備責任者で、あなたがたが入れるかどうか判断するはずです。それでよろしい？」

「すまんね」

ボルボが駐車場のゲートを通り抜けると、盛大にクラクションが背後で鳴り響いた。

「じゃあ、あんたはベースボール・ファンなんだ」ハーウィックは言った。「知らなかったな」

「おれのことはろくに知らんだろう」

「で、あのときのワールドシリーズを観にいったんだ。それでファンになったんだろ」

「おれはファンだったんだ。いまはちがう」

ハーウィックはそのことを考えて、しばし黙った。スティルウェルは七番駐車場を探すのに忙しくしていた。ふたりはスタジアムを周回する道路にいて、道路の両側には、駐車場が並んでいた。それぞれの駐車場には、ボールを擬した大きな標識が掲げられ、なかに数字が記されていた。数字はスティルウェルにはよくわからない順で書かれていた。

「なにがあったんだい？」ハーウィックがやがて訊ねた。

「なにがあったとはどういうことだ？」

「ベースボールは人生のメタファーだと言われている。もしベースボールに愛を失ったということは、あんたは人生に愛を失ったことになる」

「くだらんことを言うな」

スティルウェルは顔が火照るのを感じた。ようやくオレンジ色の7の数字が書かれたボールが見つかった。その数字を観ていると鈍い虚脱感を胸に覚えた。車の速度をあげて駐車場の入り口に近づき、そこの職員に駐車券を手渡すことで胸の痛みを抑えた。

「どこでもどうぞ」職員は言った。「だけど、速度を落としてくれ」

スティルウェルは車を乗り入れ、ぐるっと場内をまわり、すぐに出られるよう出口の最寄りスペースに車を駐めた。

「ここでミルキーに追いついたら、今晩はやつを追いかけてひどい夜になるな」スティルウェルはそう言いながら、車のエンジンを切った。

「いずれわかるさ」ハーウィックは応じた。「で、なにがあったんだい?」

スティルウェルはドアをあけ、外におりようとしていた。おりるのをやめ、パートナーに向き直った。

「おれはベースボールを愛する理由を失ったんだ、いいな? それで放っておいてくれ」

スティルウェルは再度車からおりようとして、またもやハーウィックに止められた。

「なにがあったんだ? 話してくれよ。おれたちはパートナーだろ」

スティルウェルはステアリングに両手を置き、まっすぐ前方を見つめた。

「むかしは、よくうちの子供を連れていってたんだ、いいな? しょっちゅう連れていっていた。子供が五歳のとき、ワールドシリーズのゲームに連れていった。息子はギブソンのホームランを見たんだ。おれたちはライトスタンドの最後列にいた。おれに買えた席がそこだった。あれは息子がおとなになったら語り草にできる出来事のはずだった。この街に住むおおぜいの人間があのときのことで嘘をついている。自分たちはあの場にいたんだ、目撃したんだと……」

スティルウェルはそこで言葉を切ったが、ハーウィックは車をおりる動きを示さなかった。ハーウィックはつづきを待っていた。

「だけど、おれはあいつを失った。息子をな。あいつがいないと……ここにもどってくる理由がない」

それ以上なにも言わずにスティルウェルは車をおり、ドアを叩きしめた。球場ゲートでふたりはホウトンに迎えられた。疑念を露骨に浮かべている警備責任者だ。

「マーク・マグワイアがこの街に来ているので、どいつもこいつもわらわらと湧いて出ているんだ。はっきり言っておくが、こいつが正規の捜査でないなら、あんたらを入れるわけにはいかん。ほかのゲームなら、やってきてくれたなら、できることはなんなりとしよう。おれは元ロス市警の人間で、できれば——」

「立派な態度だ、ホウトンさん。だが、重大なことを話させてくれ」スティルウェルが言った。「おれたちがここに来ているのは殺し屋に会うためで、そいつの名前はマグワイアじゃない。だれかを殺しにこの街にやってきた男を追っているんであって、ホームランを打ちにやってきた男を追っているんじゃない。その男が現在どこにいるのかわからないんだが、ひとつわかっていることがある。そいつはこのゲームのチケットを持っているんだ。やつがここにいるのは、取引をするためかもしれんし、だれかを殺すためかもしれん。おれたちにはわからん。だが、外から覗いていたら、それをつきとめることはできないだろう。こっちの立場をわかってくれたかな？」

ホウトンはスティルウェルの威しつけるような視線を浴びて、こっくりとうなずいた。

「今晩は五万人以上の客が入る予定だ」ホウトンは言った。「あんたらふたりでどうやって——」

「指定席、十一番セクション、K列一番」

「それがそいつのチケットかい？」

スティルウェルはうなずいた。

「もしかまわないなら」ハーウィックが言った。「そのチケットの追跡調査をしたいんだが。可能なら、だれが買ったのか知りたい」

スティルウェルはハーウィックを見て、うなずいた。そのことは思いつかなかった。いい考えだと思った。

「そいつはなんの問題もなかろう」ホウトンは言った。すっかり協力する口調になっていた。「さて、これが座席配置表だ。どのくらい近い場所が要る？」

「やつがやっていることが見え、だれと話しているのかわかるくらいの距離でいい」スティルウェルが答える。「必要となればすぐに動ける席に」

「この席は記者席の真下だ。記者席に入ってもらうことはできる。そしたら、真上からそいつを見られる」

スティルウェルは首を振った。

「それではうまくいかん。やつが席を立って動きだしたら、おれたちは一階上のところにいる。見失ってしまうだろう」

「ひとりが記者席にいて、もうひとりが下にいるというのはどうだ――下で動きまわっているというのは？」

スティルウェルはその意見を検討し、ハーウィックを見やった。ハーウィックはうなずいた。「うまくいくかもしれん」と、ハーウィック。「無線があるし」スティルウェルはホウトンに目を向けた。「そうしてくれ」

ふたりはともに記者席の前列にいて、ヴァションの席を見下ろしていた。席は無人で、国歌がすでに歌われていた。ドジャースが守備に散った。ケヴィン・ブラウンがマウンドにのぼり、速球投手対天性のスラッガー、マグワイアという古典的なマッチアップを期待させていた。

「いいゲームになりそうだ」ハーウィックが言った。

「なぜおれたちがここにいるのかという理由を忘れるなよ」スティルウェルが応じる。

カージナルスは一番、二番、三番と倒れ、マグワイアをネクストバッターズサークルに待たせたままにした。一回裏のドジャースの攻撃も凡退に終わり、ヒットもホームランも出なかった。

そしてミルキー・ヴァションの姿は、まだなかった。

ホウトンが階段をおりてきて、ヴァションが持っていたチケットは、ハリウッドのチケット屋にまとめて売られたチケットの一枚だった、と告げた。ふたりはチケット屋の名前を控え、あすの朝、調べてみることに決めた。

二回に入ると、スティルウェルは記者席の前列で腕組みをして座っていた。そこからだとスタジアム全体が見渡せる。スティルウェルがしなければならないのは視線を下げることだけで、十一番セクション、K列一番の席が目に入ってくる。

ハーウィックは座席にもたれていた。スティルウェルの目には、ハーウィックがゲームそのものとおなじくらいの興味を抱いて、スポーツライターや放送関係者が座っている三列を見ているように思えた。ドジャースがふたたび守備につくと、ハーウィックはスティルウェルに話しかけてきた。

「あんたの息子さんだが」ハーウィックは言った。「ドラッグなんだろ？」

スティルウェルは深く息を吸うと、吐きだした。ハーウィックのほうを向かずに口をひらく。

「なにを知りたいんだ、ハーウィック？」

「おれたちはパートナーになるだろ。たんに……理解したいんだ。そんなことが起こると、なかには酒に溺れる連中がいる。仕事に溺れる連中もいる。あんたがどっちの種類なのか、はっきりしている。あんたがあいつらを、セイント団を異様な執念で追っているのは噂で聞いているよ。覚醒剤かい？　あんたの子供はシャブ中だったのかい？」

スティルウェルは答えなかった。ドジャースのベースボール・キャップをかぶった男が眼下のK列一番の席に座るのを見ていた。帽子は後ろ向きにかぶられ、つばから白いポニーテールがぶらさがっていた。ミルキー・ヴァションだ。なみなみと注がれたビールのコップをコンクリートの階段に置き、もうひとつのコップを手にしていた。二番座席は空いていた。

「ハーウィック」スティルウェルが言った。「おれたちはパートナーだが、おれの子供の話はしない。いいな？」

「おれはただ――」

「ベースボールは人生のメタファーだ、ハーウィック。人生は硬球だ。人はホームランを打ち、アウトにもなる。ダブルプレーもあれば、スイサイドスクイズもある。だれもがホームに生還したがる。九回までずっとゲームを見る人間もいれば、渋滞に巻きこまれないように早くに帰る人間もいる」

スティルウェルは立ち上がり、あたらしいパートナーに向き直った。

「おまえの品定めをしたよ、ハーウィック。おまえは渋滞を避けるタイプだ。おまえはここにはいなかった。八八年には。わかってる。もしここにいたとしても途中で見放して、九回になるまえに帰ったはずだ。おれにはわかる」

ハーウィックはなにも言わなかった。スティルウェルから目を逸らした。

「ヴァションが下に来た」スティルウェルは言った。「おれは下にいって見張る。やつが動いたら、あとをつける。無線を体から離さないようにしてくれ」

スティルウェルは階段をのぼり、記者席から出ていった。


マグワイアは二回表の攻撃で三振し、ブラウンは易々とその回を終わらせた。ドジャースは三回裏の攻撃で、二アウト後、エラーと四球とホームランで三点を稼いだ。

その後、五回の先頭打者に立ったマグワイアがライト・フェンスめがけてライナーを放つまでゲームは静かに推移した。五万の観客がいっせいに立ち上がった。だが、ライトがフェンスのクッションに体を激しくぶつけながら、飛球をグラブに収めた。

ボールの軌跡は、スティルウェルに一九八八年の夜を思いださせた。カーク・ギブソンが九回裏の最後の打者としてバッターボックスに立ち、二ストライク三ボール後の投球を外野席に叩きこんで、ワールドシリーズ初戦を勝利に導いたのだ。その勝利がチームに途方もないはずみをつけ、ドジャースに残りの試合を乗り切らせた。長きにわたってそれはおおぜいの人間に大切にされた瞬間だった。暴動のまえの、地震のまえの、O・J・シンプソン事件のまえの時代のLAで。

スティルウェルの息子が亡くなるまえの。


ブラウンは相手をパーフェクトにおさえたまま七回を迎えた。観客はいっそう集中し、騒がしくなった。大記録が打ち立てられそうな予感があった。

回が進むあいだ、スティルウェルは何度か場所を変えたが、つねにヴァションから離れないようにし、双眼鏡で相手の様子をうかがった。前科者は動かなかった。マグワイアがフェンスへのライナーを放ったときに、ほかのみんなと同様立ち上がった以外は。ひたすら二杯のビールを飲み、ゲームを見ていた。だれもヴァションの隣の席に坐らず、四回に物売りからピーナッツを買った以外、ヴァションはだれにも話しかけなかった。

ヴァションは自分のまわりを見まわす動きも示さなかった。ゲームにずっと目を向けている。あいつはベースボール・ゲームを見る以外のなにもしていないんじゃなかろうか、という気がスティルウェルにはしはじめた。ベースボールへの愛を失ったうんぬんとハーウィックが言ったことについて考える。たぶん、五年間のムショ暮らしを終え、ヴァションはその愛にふたたび火を灯しているだけなのかもしれない。アルコールの味わいと女の体の感触を切望するのとおなじくらいの激しさでベースボールに恋い焦がれていたのかもしれない。

スティルウェルはポケットから無線機を取りだし、二度マイクボタンをクリックした。ハーウィックの声がすぐに返ってきた。言葉少なで、冷ややかな声だ。

「ああ」

「八回が終わったら、ここにおりてきたほうがいい。やつが席を立ったときにいつでも動けるようにな」

「おりていくよ」

「以上」

スティルウェルは無線機をしまった。

ブラウンは七回にみずからを緊張感から解放させた。セントルイス・カージナルスは二本のシングルヒットをライトに飛ばして反撃の口火を切り、パーフェクト・ゲームもノーヒット・ノーランも潰し、マグワイアをネクストバッターズサークルに控えさせて、逆転を狙っていた。一、三塁に走者が出ているので、ブラウンは次の打者を歩かせ、満塁にしたうえでマグワイアをバッターボックスに迎えた。マグワイアがフェンスの向こうに一発放りこむことができれば、カージナルスはリードと、主導権を奪うだろう。

デイヴィー・ジョンソン監督がピッチャーと打ち合わせをするため、小走りでマウンドに向かったが、短く激励しただけのようだった。ジョンソンはブラウンを続投させ、ダグアウトにもどっていった。拍手喝采が起こった。

観客は立ち上がり、今宵の白眉の対決になることを期待して静まりかえった。無線機が二度クリック音を立て、スティルウェルはポケットから無線機を取りだした。

「どうした?」

「こんな展開信じられるかよ? あのホウトンというやつにシックスパックを贈らないといけないな」

スティルウェルは返事をしなかった。席を立って、売店への階段をのぼってくるヴァションにじっと目を向けていた。

「やつが移動している」

「なんだって? そんなばかな。この場面を見逃せるわけがない」

スティルウェルは背を向け、コンクリート製の支柱にもたれかかった。ヴァションが階段から姿を現わし、スティルウェルの背後を通り過ぎていった。

相手が通り過ぎたのがはっきりすると、スティルウェルは振り返り、マグワイアの打席を見るのに間に合わせようと駆けてくる数人の男たちに逆らってヴァションがトイレに向かっていくのを見た。

スティルウェルは無線機を口元に掲げた。

「やつはクリスピー・クリーム・ドーナッツの売店の前を通り過ぎてトイレに向かうところだ」

「ビールを二杯飲んだんだ。たんに小便に行くだけかもしれん。そっちにおりていこうか?」

スティルウェルが返事をしていると、観客から大歓声があがり、すぐに静まった。スティルウェルは男子トイレの入り口から目を離さずにいた。そちらに三メートルのところまで近寄ったとき、ひとりの男がトイレから現われた。ヴァションではない。大柄の白人男性で、長くて黒いあごひげを生やし、頭部を剃りあげていた。ぴちぴちのTシャツを着ており、両腕には刺青がたっぷり入っていた。スティルウェルはロード・セイント団の光輪団章を男の頭部に探したが、見あたらなかった。

それでも、歩みをゆるめるには充分な要素だった。刺青男は右に曲がり、歩きつづけた。ハーウィックの声が無線から聞こえた。

「もう一度言ってくれ。歓声でかき消された」

スティルウェルは無線を口元に運んだ。

「ここにおりてこい、と言ったんだ」

またしても観客の歓声が短く起こったが、ヒットかアウトかを示すに足るほど長続きはしなかった。スティルウェルはトイレの入り口に歩いていった。頭部を剃りあげた男のことを考え、顔に見覚えがあるかどうか思いだそうとした。輪ゴムで留めた写真はボルボのヴァイザーに残してきていた。

そのとき、ぴんと来た。武器の受け渡しだ。ヴァションは指示と武器を受け取るため、このゲームにやってきたのだ。

スティルウェルは無線機を掲げた。

「やつは武器を手に入れたと思う。おれはいまからなかに入る」

スティルウェルは無線をポケットにもどし、シャツからバッジを引っぱりだすと、それを胸にぶらさげた。四五口径をホルスターから抜き、洗面所に足を踏み入れた。

黄色いタイル貼りのがらんとした部屋で、両側にステンレススチール製の小便溝があり、その奥に個室が向かい合って並んでいた。トイレのなかは無人のように見えたが、スティルウェルはそうではないことを知っていた。

「保安官事務所のものだ。両手を晒《さら》して出てこい」

なにも起こらなかった。トイレの外から聞こえる群衆のざわめき以外なにも聞こえない。スティルウェルはさらに歩を進め、もう一度呼びかけようとした。今回は一段と声をはりあげて。だが、突然割れんばかりの歓声が近づいてくる列車のように轟き、スティルウェルの声をかき消した。ダイヤモンド上の対決の帰趨が決したのだ。

スティルウェルは小便溝を通り過ぎ、個室の列のあいだに立った。両側に八つの個室がある。左側の一番奥のドアが閉まっていた。残りのドアは半開きだったが、個々の個室のなかは見通せなかった。

スティルウェルはキャッチャーがするようにしゃがみこみ、ドアの下を覗いた。どの個室にも人の足は見えない。

だが、ドアを閉じた個室の床にはドジャースの青いベースボール・キャップがあった。

「ヴァション！」スティルウェルは怒鳴った。「さあ、出てこい！」

スティルウェルはドアの閉まった個室の正面に移動した。躊躇することなく左足を掲げ、ドアを蹴りあけた。ドアは内向きにひらき、個室の内壁にばたんとぶつかった。そして跳ね返り、また音高く閉まった。一瞬の出来事だったが、個室のなかが空《から》であるのを確認するに足る時間はあった。そして自分が無防備な位置にいることを悟る時間もあった。

体をひねるのと同時に、背後で床をこする音が聞こえ、視野の片隅に動きがあるのを見た。自分に向かってくる動きだ。銃を掲げたが、遅すぎるとわかっていた。その瞬間、ヴァションの標的の謎が解けた、と悟った。

ナイフの感触は、首の左側にパンチを喰らったようだった。ついでシャツの襟のうしろを片手でつかまれ、うしろに引っぱられるのと同時にナイフが前に突きだされ、首の前部まで切り裂かれた。

スティルウェルは切られた喉に両手を本能的に持っていき、銃を落とした。そのとき、背後から耳元に囁く声がした。

「サニー・ミッチェルからの挨拶だ」

スティルウェルはうしろに引っぱられ、個室の隣の壁にぶつけられた。体をひねり、ずるずると黄色いタイルの壁を滑り落ちていく。目は出口に向かうミルキー・ヴァションの姿を追っていた。

床に腰がつくと、足もとに銃があるのがわかった。左手でまだ首をつかんだまま、スティルウェルは右手で銃をつかみ、持ちあげた。ヴァションに向かって四回発砲する。銃弾はヴァションの背中の上部にまとまって当たり、ペーパータオルがあふれかえっている屑籠にヴァションを突き飛ばした。ヴァションは背中から床に投げだされ、スカイブルーの瞳は命を失って天井を見つめた。ひっくり返った屑籠がヴァションのかたわらで前後にごろごろと転がった。

スティルウェルはタイルに手をだらんと下げ、銃を手放した。胸に目をやる。いたるところ血だらけで、指のあいだを滴り、腕を伝って落ちていく。肺が膨れあがったが、そこに空気を送りこむことはできなかった。

スティルウェルは自分が死ぬのを悟った。

ズボンの尻ポケットに手が届くように体重を移動させ、腰をひねった。財布を引っぱりだす。

トイレを揺るがすような歓声がまたあがった。そこへハーウィックが入ってきて、室内の手前と奥に人が倒れているのを目にし、スティルウェルのもとに駆け寄った。

「ああ、なんてこった。ああ、神よ」

ハーウィックは屈みこみ、スティルウェルの様子を瞬時に見てとり、無線機を取りだすと、それに向かって怒鳴りはじめた。限定周波数になっているのに気づき、あわててダイヤルをオープンバンドに換え、警察官負傷報告を入れた。スティルウェルはそれを超然とした様子で聞いていた。自分にチャンスはないことがわかっていた。両手で握っている聖なるカードに目を落とす。

「しっかりしろ、パートナー」ハーウィックは怒鳴った。「おれを置いていくな。助けがやってくる、やってくるんだ」

背後でざわめきが起こり、ハーウィックは振り返った。二人の男が戸口に立っていた。

「ここから出てけ！　出ていくんだ！　だれも入れるな！」

ハーウィックはスティルウェルに向き直った。

「聞いてくれ、なあ、すまない。おれはどじだった。ほんとに申し訳ない。死なないでくれ。がんばれ。頼むからがんばってくれ」

スティルウェルの首からあふれる血のように言葉が止まらない。ノンストップで。激流のように。懸命に。

「あんたの言うとおりだった。あんたのおれに対する見方は正しかった。お、お、おれはあのゲームのことで嘘をついた。途中で帰ったんだ。嘘をついてほんとうにすまない。おれの話を聞いてもらわないと。頼むから話を聞いてくれ！」

スティルウェルの目は閉じはじめ、ずいぶんまえのあの夜のことを思いだした。あの格別なときのことを。隣でひざをつき、とりとめのないことをわめいているあたらしいパートナーを残して、スティルウェルは死んだ。

ハーウィックはスティルウェルが死んだことを悟るまで、自分をだまらせることができずにいた。そののち、パートナーの顔をじっとうかがい、ずいぶんおだやかな表情であることを見て取った。この日、目にしてきたどの表情よりもずっと幸せそうに見えることを知った。

ひらかれた財布が床に転がっており、スティルウェルの手のなかにカードがあることに気づく。ハーウィックは死者の指からカードを抜きとり、見つめた。ベースボール・カードだ。本物のカードじゃない。まがいもののカードだった。ドジャースのユニフォームを着た十一歳か十二歳かの少年が写っていた。肩にバットを載せ、シャツには7番の数字が書かれている。写真の下には、「右翼手、スティーヴィー・スティルウェル」と記されていた。

背後でまたしてもざわめきがあり、ハーウィックが振り返ると、救急隊員が部屋に入ってきた。じゃまにならないようどいたが、もう遅すぎるのがわかっていた。

倒れたパートナーの生命徴候《ヴァイタルサイン》を救急隊員が調べているあいだ、ハーウィックはあとずさり、シャツの袖を使って、涙をぬぐった。ベースボール・カードをバッジ・ケースの仕切りのひとつに滑りこませた。このカードは今後肌身離さず持ち歩くものになるだろう。

八百長試合
The Fix

トマス・H・クック　鴻巣友季子訳

トマス・H・クック（Thomas H. Cook）の作品には『鹿の死んだ夜』（一九八九年　文春文庫）『熱い街で死んだ少女』（一九八〇年　文春文庫）などのフィクションと、二冊の犯罪実話がある。アメリカ探偵作家クラブ賞の最優秀長篇賞を得た（『緋色の記憶』一九九六年　文春文庫）ほか、ハメット賞やマカヴィティ賞の候補にもなっており、日本での人気も高く、ベストテンの常連作家の一人だ。また短篇も高く評価されており、一九九九年に「父親の重荷」で歴史ミステリ協会から贈られるヘロドトス賞を受賞している。本作はオットー・ペンズラーが編纂したボクシング小説アンソロジー *Murder on the Ropes* に書き下ろした作品。

いつあってもおかしくないことだったのさ、俺が通勤に使っている四十二丁目通りのクロスタウンバスでは。俺は毎朝八時にこいつに乗りこんで、四十二丁目とレックスの角にある自分のオフィスまで出かけ、夕方またこれで帰ってきて、港湾管理局の停留所で降り、一ブロック、アップタウンへ歩いて、四十三丁目のすみかに帰り着く。

いつあってもおかしくはなかったが、じっさい起きたのは一月の冷たい夜のことだ。夕方六時、深い冬の闇がすでに街をつつんでいた。それに追い打ちをかけるように大雪が降って街をいちめんに覆い、とくに四十二丁目のあたりでは、市内バスの運行は乱れていた。ジャージィからの通勤ドライバーがリンカーン・トンネル一カ所に殺到し、ウサギが燃える森から逃げだすみたいに、ハドソン河の橋めがけて突進していくと、網の目の大静脈は詰まっちまった。

名前を名乗っておくべきだろうな。俺が話を終わったら、あんた、聞きだして確かめたくなるだろうから。この男は本当に自称するとおりの人間なのか、その夜クロスタウン42で本当にそんなことを聞いたのかってね。

というわけで、ジャックだ。ジャック・バーク。コスミック広告社のカメラマンをしている。俺のカメラがフォーカスをあてるのは、もっぱら香水の瓶とか、スパゲティの皿とか、そんなものだ。だが、若いころはこれでも《デイリー・ニューズ》に写真を載っけるストリート・フォトグラファーで、おもに火事と大水の光景を撮っていた。第八面で終わるようなやつさ。七四年にはトップページをかざったこともあるが、これはハーレムの火事で、女が片手で避難ばしごにしがみつき、もう片手にはジャガイモ袋みたいに赤ん坊をぶらさげているって図だった。女が手を離そうというまさにそのときシャッターを切り、ふたりが墜落していく瞬間をとらえた。あの写真にはハートがあったよ。いまじゃ、ガキをそそのかしてお菓子を買わせるにはどの写真がベストか、なんてことをデスクで考えていると、ときどき俺はあのハートが恋しくてたまらなくなる。とにかく救急室の除細動パドルみたいに電気ショックで俺を過ぎし日に帰してくれるようなにかをするとか、聞くとか、見るとかしたくてたまらなくなるんだ。

ストリートで仕事していたあの頃の俺は、アップル《NY》を芯の芯まで知り尽くしていた。ジュークボックスで踊れる店、アフターアワーのクラブ。バーのすみっこで見かけるような男さ、しわくちゃのシャツを着て、隣のスツールにグレイの帽子なんか置いている。いよいよこれからって時期で、一刻一刻が楽しくて仕方なかった。そうして五年ばかりは、夜ごと夜ごとに惚れ直すという具合だったよ、あの夜の街に。午前三時のブリーカー通りのジャズクラブに。タバコの煙がもうもうと立ちこめるなか、リフもいい感じに肩の力が抜けて、勘定書がかさんでいくんだ、あんたのグラスの横にあるバラの花みたいにね。

そうこうするうちに、ジャック・バークはリッキって名前のニューヨーク大生と結婚した。厚い唇と世にも完璧なお尻が、麻酔薬《ミッキーフィン》よろしく彼をポーッとさせたらしい。降るほどの花束と、総勢十二人のブラスバンド。結婚式をあげたと思ったら、頬を赤くそめた花嫁さんが四日おきに子どもを産んでいるような気がしたね。ジャックは子どもを私学に通わせる学費稼ぎで、代理店の請負い仕事をするようになり、酒とバラの豪遊の日々は終わりを告げた。やがて女房はヒッチハイクでもするみたいに別な男に乗り換え、ブルーミングデイル百貨店もムラムラするようなツケを残して去っていった。八十五丁目のわが家は移民救済銀行の有益なる人々のもとに帰し、ジャックは西四十三丁目に狭いねぐらを見つけた。さて、ざっとこういう経緯《いきさつ》で、俺はキリスト生誕歴二千年のあの雪降る一月の夜、クロスタウン42に乗るはめになったわけだ。

心がとことん鬱《ふさ》いでしまうと、もうなにも感じなくなるそうだ。神経が麻痺してしまうんだな。そうなると、最高だった昔の自分はあっさり薄らいでいき、あとに残るのは、ぼんやり窓の外を眺めている自分だ。最後に飛びあがらんばかりに喜んだのは、泣くまで笑ったのは、濡れるにまかせて雨のなかに立ちつくしたのは、いつだったろうと思いながら。おそらく、俺もそういう時期に来ていたんだと思うね、あの夜クロスタウン42に乗りこんだときには。とはいえ、それほどなまくらになっていたわけじゃない。やつの姿を見ればビビッときたし、過ぎし日を思い出して、どれほどそれに飢えているか痛感したもんだ。

なににいちばん飢えているって、それは戦《ファイト》いってやつだな。

理由を教えてやろう。ボクシングにまつわる金言というのは、どれも真をついているんだ。リングの上には、曖昧なものの入り込む余地がない。誰が勝者で誰が敗者か、はっきりしている。あの小さな四角いマットの上では、ふたりはスポットライトを浴び、すべてを賭けて向かい合う。弁護士も、税理士もなしで。ふたりは言葉もかわさず、睨み合う。言葉さえもはぎ取られた状態だ。ボクサーは名前で呼び合うこともない。身ぶり手ぶりもなし。悪態をつくこともない。ヘイ、ファックユー、こん畜生、一発どうだ、ヘッ、やれるもんならやってみろ、クソッタレ……なんてことを、後ずさりしながら、おまわりの登場を祈って周りをちらちら見ながら怒鳴ることもない。ボクサーたるもの、相手を訴えたり、国税庁にたれこんだり、そんなこともしない。他人の名前でポルノ雑誌の購読を申し込み、ひとの家に配達させることもしない。ドラッグがどうのとか、あいつはオカマらしいとか、そういう噂を広めたりもしない。玄関を出たとたんに知りもしない男が渡してくるようなビラを手に寄ってきたりもしない。ボクサーはご意見箱に手紙を入れたり、働きに見あった報酬をもらってないなんてボスに不満を言ったりもしない。ボクサーは斜に構えたりしない。まっすぐリングの中央に悠々と歩み出し、ファイティングポーズをとって、戦うのみ。つねづね俺はボクサーのそういうところが好きだった。俺たち凡人とはまるで違うところがね。

とはいえ、クロスタウン42に乗りこんだあの晩は、〈マジソン・スクエア・ガーデン〉でもどこでも対戦を観なくなってかれこれ二十年あまりがたっていた。リングと歓声とスモークが一体となったあの感覚も、その時分には、もはや訪れることのない心の片隅に追いやられて吹き溜まっているだけだった。最後にボクシングの記事を新聞で読んだのは、いやそれどころか、《リング》誌をパラパラ見たのすら、いつだったか思い出せないぐらいに。じつのところ、くだんの晩は、新聞スタンドのラックから《ニューズウィーク》を抜き出して、バスにしけこんだ。願わくは、バスを降りたらイモねえちゃんでも引っかけたあと、とぼとぼ家に帰って、このイースト・ハンプトンの産科医の記事を読むかってつもりで。この男、ジャマイカのしれっとしたやつに五千つかませて、女房を撃ち殺させたそうだ。

そのときだった。やぶから棒にそいつが目に飛びこんできたのは。

バスの後ろのほうの隅にうずくまるようにして、ガラス越しに通りをのぞき見ていたが、とくになにを注視しているふうでもない。誰もが見たことのある、あんな目をしていた。なにひとつ入ってもいかなければ、これっぱかしも出てこないって目だ。死んだような、どんよりした眼差し。

あんまりみすぼらしいなりだから、その横顔に目をとめて、ねじ曲がった耳とつぶれた鼻に気づかなければ、汚れた洗濯物の山と勘違いしたかもしれないな。あちこち破れて、ぼろぼろで、首に巻いたマフラーは穴だらけ、紺色の手袋から指先がのぞいていた。これが、一種独特の〝臭い〟をもつみすぼらしさなんだ。昔からの街の住民なら、いやでも頭のイカレたやつや下り腹を思いうかべるような。超満員のこのバスで男の隣だけが空席な理由も納得がいく。

男と距離をおいたまま、しばらくその姿を眺め、男のことを思いだしながら自分の昔日を思いだし、目的の停留所でおとなしく降りたら、ひとまずはきれいさっぱり忘れて、翌朝仕事に出て、トイレでマックス・グルームに会って初めて、「よう、マックス、ゆうべクロスタウン42で誰に会ったと思う？」「誰だよ？」「ヴィニー・ティーグだよ、ほら、あのアイルランド人のヴィニー・ティーグ。〝面汚しのシャムロック〟（シャムロックはアイルランドの花）」「そりゃたまげたな、あいつまだ生きてたのか？」「ああ、曲がりなりにも」

とかなんとか言って、この話はおしまいにしてもよかったんだ。

ところが、そうはいかなかった。

訳はわかるだろ？　なぜなら、俺も曲がりなりにもまだ生きていたからだ。それに、おたがいの身の上話も聞かないんじゃ、人間、もちつもたれつの部分はどこに行っちまうんだ？

そういうわけで、俺は人ごみを強引にかきわけて、バスの後部に向かっていったが、そのあいだも、あいかわらずアイルランドのヴィニーは窓の外に広がる不毛の夜を眺めていた。間近で見ると、その顔はますます固まったように見え、目は客のいないサロンのビリヤード球みたいに動かなかった。

これはいいお知らせか？　臭いはしない。なら、あとは「この男はイカレているのか？」という設問だ。

正気を確かめるには言葉を使うべしと思い、俺はこう言ってみた。「やあ、どうも」なんの返答もない。

「やあ」今度は、ぼろ布をまとった肩を軽くたたいて言ってみた。

またもや返答がないので、もうちょっと賭けに出ることにした。「ヴィニー？」

どんよりと死んだような目に、かすかな光がともった。

「ヴィニー・ティーグだろう？」

光がちらついたが、その遠いこと、わびしいこと、孤児院の窓にうつるキャンドルみたいだ。

「な、そうなんだろう？　ヴィニー・ティーグだよな？」

洗濯物の山がごそごそと動き、どんよりと死んだような目がゆっくりとこちらを向いた。

無言だが、男はわずかばかりうなずいた。

「俺はジャック・バーク。そっちは知らないだろうが、俺はそのむかし〈ガーデン〉であんたを観たことがある」

じつは、〝面汚しのシャムロック〟ヴィニー・ティーグの試合は、〈ガーデン〉で何回となく観ていた。最初に観たときはライト・ヘビー級だったが、そのうち体もできあがって、ヘビー級に入れる体重になった。

ヴィニーはボクサーによくある荒くれ者の顔をしていた。

俺がそのむかし暮らした界隈の出の彼らは、体育館や課外授業ではケンカできないが、酒場や工場ではオーケイだと初めて学ぶ。最初のケンカ相手の血は、散らばるおがくずや鉄クズに吸われてしまい、チャイムの音で逃げられることもない。

ヴィニーに真っ先に目をつけたのは、スピロ・メリナスだ。スピロはその当時もうジイさんで、腰は曲がり、オツムのほうがちょっとおかしかったな。こやって喫うと健康にいいんだとか言って、トマトジュースにタバコの先をつけたりする。しょぼいジム・マネージャーで、ジャージィ・ショアの海沿いか、コネチカット、マサチューセッツなんかの錆びついた工業都市に並ぶぼろいアリーナあたりに試合をブッキングしていた。フォールリバーやニューベドフォードの油ぎったマリーナに停泊中の漁船をうろつき、ときにはメインの港町なんて北のほうでも姿を見かけることがあったよ。缶詰め工場で魚の腸《わたぬ》抜きをする連中を見てまわり、その包丁さばきのなかに、本物のスピードと筋肉の持ち主を探すんだ。

ところが、スピロがヴィニー・ティーグを見出したのは、それまでの五年間、有望そうなボクサーを漁ってきたどの場所でもなかった。メインでも、コネチカットでも、ニュージャージィでもなかった。バーでもなければ、海沿いの工場でも、凍えるほど寒いニューイングランドの漁場でもなかった。そう、ヴィニーはずっとスピロの目と鼻の先にいたんだ。ブルックリンのいちばんダークな界隈の住人で、発掘されたそのときには、フラットブッシュにある女専用の保護シェルターのスイングドアから、男をひとりほっぽり出したところだった。男は立ち上がってヴィニーにぶつかっていったが、右、左とくりだされる凄まじいパンチの嵐に、後ろへふらふらとよろめいていくしかなく、一発やられるたんびに頭をはねあがらせていたよ。電光石火のブローが決まるごとに、顔はめちゃくちゃになっていったが、そんなおそろしいパンチを雨のように降らせているあいだも、ヴィニー・ティーグはずっと手控えているのが、スピロの目には明らかだった。「とんでもねぇ、ヴィニーが手加減してなけりゃ」と、ジイさんはのちのちサーモン・ワイスに話したもんだ。「右の二発に左の一発で、あの虫けらを殺してたね」首を振りふり、スピロは暗い驚きで目を瞠る。「いいか、サーモン、いってみりゃ、ヴィニーのほうはパチンパチンとひっぱたいてるだけなのに、相手の男はメタル野郎と十二ラウンドも戦ったって感じよ」

言うまでもなく、スピロのひと目惚れさ。

そんなわけで、それからの二年間、スピロはひな鳥でも抱くようにヴィニーを大事に育て上げたんだ。家賃も出し、日々の食べ物も買い与えて、女専用シェルターの用心棒って栄えある仕事を辞められるようにしてやった。ヴィニーのトレーニング代、ヴィニーの服代も出してやり、ヴィニーの誕生日にはアイスクリーム・チェーン〈カーヴェル〉のケーキも買ってやった。その場には俺も居合わせたんだが、それがアイルランドのヴィニー・ティーグに初めてお目にかかったときだ。彼がアイス・ケーキをむしゃむしゃやる横で、スピロはそれを見て嬉しそうに笑っていた。カシャッ、ピカッ。八面の見出しは「二十四歳の誕生日にくつろぐ新進ボクサー」。

彼はそれから四年というもの、快進撃をつづけ、腕にものをいわせてランキングをのし上がっていった。そして、あと少しでタイトルに手が届くというときに、アイルランドのヴィニー・ティーグは試合《ファイト》を投げたんだ。

この世界、八百長はある。八百長はあるけれど、アイルランドのヴィニーのそれは、なかでもとりわけ有名だ。

なぜかって？

これでもかってほど見え透いていたからさ。かのジェイク・ラ・モッタ（八百長が有名なボクシングのヒーロー）もヴィニーに較べれば、さしずめ名優ローレンス・オリヴィエだな。そう、ハリウッドの〈アクターズ・スタジオ〉のトップスターで、内面の表現に重きをおく〝ストラスブール・メソッド〟の募集ポスターみたいな存在で、ステラ・アドラーもこんな弟子はとったことがないというぐらいずば抜けた役者だったよ……ヴィニーに較べりゃ。ジェイク・ラ・モッタだってノックアウトされたふりして八百長をやったが、アイルランドのヴィニーのは大のつく八百長だった。あんまりにも見え見えで、わざとらしくて、嘘っぽくて、あんなのは八百長の歴史のなかでも最初で最後だったから、ファンたちもいっせいに抗議を始めた。ブーイングとばして、拳を振り上げるなんてものじゃないぜ、椅子をリングに投げこむ程度でもすまなかった。まさに暴徒と化してリングに押し寄せ、ヴィニー・ティーグをとっ捕まえて、偽りのハートを引き裂こうとしたんだ。

　その夜、三十七名がセント・ヴィンセント病院にかつぎこまれた。うち六名は警官で、（意外なことに）ヴィニーをリングから追い立てる役をし、ヴィニーは驚くべき捷《はし》こさでリングを飛びだすと、〈ガーデン〉のコンクリートの腹のなかへまぎれていった。そこのホウキ置き場に一時間以上もこっそり隠れていたんだが、かたや、階上では天地のひっくり返るような大騒ぎが起きていた。《デイリー・ニューズ》の報道によれば、最終的に八万六千ドルが払い戻されたそうだ。もちろん、この世のありとあらゆることには訴訟がつきもので、決着がつくころには、この八百長はボクシング史上最も高くつくものになっていた。ヴィニーが賄賂にいくらもらっていたにせよ。

　もちろん、それはヴィニーのキャリアの終わりを意味してもいた。どんな場にしろ金をかけて彼が戦うのはこれが最後になる。なにか証拠立てる必要もなかった。《デイリー・ニューズ》はヴィニーに〝面汚しのシャムロック〟の烙印を押し、それを境にプロモーターからの引きもぱたりとなくなった。スピロに縁を切られると、ヴィニーは従容として暗い水のなかへ沈んでいったんだ、真っ逆さまに、深く深く、マットに沈んだあの運命の夜みたいに。あの夜、そのころにはもうボコボコにやられて血のしたたる牛肉みたいになっていたドゥギー・バーンズが、どうにかファイティングポーズをとってヴィニーの頬を打つと、それを受けた〝ボクシング界のエドウィン・ブース〟――例の美男俳優にちなんで、これまた《デイリー・ニューズ》のつけた異名なんだが――は、それこそ〝天井から落ちてきた金庫〟みたいに〈ガーデン〉のマットに身を沈めた。それ以後、観客はヴィニー・ティーグに喝采を送ることもなく、どこに消えたのか考えもしなくなった。

　ところが、いまになってその男が、降ってわいたみたいに目の前にご登場だ。アイルランドのヴィニー、面汚しのシャムロックが、クロスタウン42の後ろで縮こまっているじゃないか。息をするボロきれの山みたいになって。

「ヴィニー・ティーグ。そうだろ？　あんた、ヴィニー・ティーグだろ？」

口から言葉は出なかったが、目はこちらの問いかけに応えて、〝べつに否定しない〟と、匂わせるていどに語っていた。

「俺、あんたの二十四の誕生パーティにいたんだよ」彼の生涯のなかでもその日のことはとくに印象深いって口ぶりで言ってみた。あの悪名高いノックダウンよりね。「《ニューズ》に写真が載ったろう。〈カーヴェル〉のケーキを食べてる写真が。あれは俺が撮ったんだ」

こくりとひとつ頷いた。

「スピロ・メリナスはあれからどうした？」

彼はあいかわらず窓の外の通りに目をやっていた。道路はまだとんでもなく渋滞していて、頭にきたドライバーたちが思いきりクラクションを鳴らしている。ヴィニーはしばらく無言でいたが、すっかり古びてつぶれた顔から、やっと小さなかすれ声が出た。「死んだ」

「えっ、そうなのか？　それはご愁傷さま」

横殴りの風がバスに吹きつけ、窓ガラスに雪を続けざまに叩きつけてきた。その音にアイルランドのヴィニーはちょっと縮みあがるようにし、ボクサーみたいに背を丸めた……そう、まだボクサーらしさがあったよ。

「それで、ヴィニー、あんたはどうしてた？」

ヴィニーは肩をすくめた。それなりの生活をしてきたさ、世にも名高い八百長をやってぼろ雑巾みたいに捨てられたボクサーに求められるような、って言ってるような肩のすくめ方だったな。

バスは一応のろのろ運転をしていたが、吊革につかまっている乗客がわずかに揺れるていどで、そのうちまたぴたりと止まっちまった。

「あんたはすごかったよなあ」俺は静かに言った。「本当にすごかったよ、ヴィニー。チコ・ペレスとやったときもさ。あれはなんだったかな？　三ラウンド勝ち？　そうそう、チコのやつ、こてんぱんに伸《の》されていたっけ」ヴィニーはまた頷いた。「こてんぱんに」と、くりかえす。

「それから、ハリー・サーマック。あいつん時は、たしか二ラウンドだろう？」

また頷く。

実際の話、アイルランドのヴィニーは一試合も負けたことがなかったんだ。あの歴史に残る夜、〈ガーデン〉での最終ラウンドで、ドゥギー・バーンズのブローが顎に入るまでは。いや、それどころか勝ち方もきっぱりしたもんで、ほぼ毎回KO勝ちだったね。たいてい十ラウンドまで行かず、かのマルシアノを彷彿とさせる強烈な一発で決めるのがふつうだった。ただし、ヴィニーのくりだすブローのほうが、輪をかけて殺人的なようだったが。名優マーロン・ブランドの《波止場》の名台詞じゃないが、ヴィニーは「コンテンダーになってたはずだ」。

いや、実際、ヴィニーはコンテンダーだった。いたって本気のコンテンダーだったから、あの失墜が俺にはいっそう不可解に映る。そこにどれほどの価値があったのか？　あんな無茶苦茶な八百長をやるとは、いったい幾らオファーされたのか？　彼のいまの赤貧暮らしを考えれば考えるほど、深まるばかりの謎だ。スピロ・メリナスがヴィニーのためにどんな取り引きを結んだにせよ、最終的にどこかの人知れぬ銀行口座にいくら金がころがりこんだにせよ、長くはもたなかったのだろう。と思うと、さっきから気になっている問題にようやく行きついた。

「あれは残念だったよ……」俺は自分の身の安全を思って一瞬言いよどんでから、リングに足を踏みだすと、ヴィニーとグラブを触れあわせた。「あの……最後の試合は」

「ああ」ヴィニーはそれだけ言うと、また窓のほうを向いてしまった。安全なコーナーに逃げこむように。バスがよろめくように発進して、喘ぐように進み、またタイヤを軋ませながら止まってしまうと、首をがくんと後ろに倒した。

「ありゃどういうことなんだ。それが分からないのが困ったところだ」俺は言い足した。

というのは真っ赤な嘘。ロケット科学者でなくたって、八百長のからくりなんて察しがつく。ボクサーの側の金か不安の問題、それとも、たんにフィクサーの側の金の問題に決まってる。

だから、ドゥギー・バーンズのグラブがヴィニーのほっぺたにかすったとたん、面汚しのシャムロックが死んだ馬みたいにマットに崩れ落ちたのは、どういうことだか分からないと言ったのは、まあ、フェイントだ。不出来なやつの信頼を得たければ、その能力をべた褒めするふりをしろという、ビジネスの世界で身につけた戦術にすぎない。ヴィニーの場合、わたしが差しだしたのは〝疑問〟だった。俺は世界中でただひとり、世界一有名な八百長をやった理由が分からなくて困っている情けないやつだ、と匂わせたんだ。

ところが、このときばかりは通用しなかったね。ヴィニーは身じろぎもせず、目を窓に向けたまま、ガラスの外を行き交うなにを見るでもなかったが、大事な時間をこれ以上邪魔してくれるなと言いたげだった。

だからこそ、俺のなかのエンジンが勢いづいた。「じゃ、いままで誰にも訊かれたことはないのかい？」そう俺は訊いてみた。「疑問に思ってるってことをさ」

ヴィニーの右肩がほんのちょっと上がって、すとんと落ちた。そこから先の反応はない。

「ちっとも分からないのは、どんな価値があったんだろうってことなんだ。あんたにとって。それが、例えば十万ドルであってもね。あんたの大きな野心からすれば、はした金だろうよ」

ヴィニーはほんのわずか身動きし、右の掌を握って指をなかに折りこんだ。これは狼狽したときに特有の仕草と認識している。

「あんな試合を負けて」と、俺はつづけた。「ドゥギー・バーンズ相手にだ。すでに盛りをすぎたやつじゃないか。例のチェスター・リンクとの一戦でもボコボコにやられてた。本物のコンテンダー相手の試合に負けるなら、まだ分かる。けど、あんなくたびれたボクサー相手に負けるなんて」

ヴィニーはいきなり振り向いてきた。目が怒りで燃えている。「不屈の男だった、ドゥギー・バーンズってやつは」

「不屈の男?」俺は言った。「ドゥギーと知り合いだったのかい?」

「不屈の男だったことは知ってる」

「へえ?」俺はつづけて言った。「どういう意味だい?」

「真正直なやつだって意味だ」ヴィニーは言った。「不屈の男だ、言ったとおり」

「そうか、なるほどな」俺は言った。「けど、すまないが、だからなんだ? もう見る影もなかったじゃないか。三十三か、四だったか? 過去の遺物だね」俺はちょっと笑い声をたててやった。「例えば、あの最後の試合を見ろよ。チェスター・リンクとの。そりゃもうボコボコにされてさ」

アイルランドのヴィニーの顔が、どことなしに強ばり、

「ひどいもんだった」と、ぼそりと言った。

「〝罪なきものの虐殺〟(ヘロデ王の幼児大虐殺)を思わせる、あれは確かにそんなものだったよな」俺は言った。「第一ラウンドが終わったとき、俺は思ったよ、こいつ、つぎのラウンドは一分ともたないで倒れるなって」

ヴィニーは頷いた。

「ドゥギーはリングにまた上がってくると、第二ラウンドもおなじくひどいインチキ試合をやった」俺はしゃべりつづけた。ヴィニーを話に引きこみたくてか、それとも、失った青春の歓喜をいま一度味わおうとしていたのか。リングサイドの報道席で背を丸めてカメラを構えた日々。キャメルをひっきりなしに吸い、帽子のつばをめくりあげた恰好で、ベルトにプレスカードをひらひらさせて。まさに《フロント・ページ》から飛びだしてきたような男だ。もっとも、いまでもそんな自分が驚くほどリアルに感じられる。あれ以降、あちこちで演じてきたどんな役割より、本物の俺に近い新聞屋の姿。

「やがて第三ラウンドのベルが鳴って、チェスターはまたもやドゥギーをいやってほど振り回した。そのラウンドの終了ゴングが鳴るころには、ドゥギーのやつふらふらで、パンチドランクになってたよ」俺はにやっとした。「敵陣

のコーナーにもどりかけてさ、憶えてるだろう？　仕方なくレフリーが、哀れなボケ野郎の肩をつかんで回れ右させた」

「不屈の男だった」ヴィニーときたら、断固としてくりかえすんだ。もう独り言みたいにね。

「けど、あきれたよ、レフリーがストップかけないんだからな」俺はさらに言った。「あの夜の観客は大いにすっちまった。みんなドゥギー・バーンズが最後まで戦いきれないほうに賭けていたから。俺も、第五ラウンドを見ずに終わるってのに十ドル賭けてたんだ」

ヴィニーの目がキッとして俺を見た。「どでかい数の人間が金をすった」と、つぶやくように言う。「ごまんって人が」

どでかい数の人間か。俺はそう思いながら、そのなかでもとびきり〝でかい〟男があの晩リングサイドにいたのを思いだしていた。ほかでもない、サーモン・ワイスだ。チェスター・リンクとの対戦をマネジメントした男。ワイスというのは、カシミアのコートに白い絹のスカーフを巻いて、いつも黒のキャデラックをアリーナの表にアイドリングさせたまま待たせておくようなプロモーターなんだ。もちろん、後部座席にはアンヨのすらりとしたブロンドを乗っけてね。しかも、この男の鼻ときたら、イースト・サイドのとある外科医がメスを握る前には夢でしかなかったような鼻だ。口をひらけば、決まって相手をやりこめる。

だいたいイメージがつかめたか？　ま、ともかく、その男はサーモン・ワイスで、試合の関係者一同は彼がどういう人間なのか、みんなよく承知していた。サーモン個人が賭け事をやるというのは別としても、俺が驚いたのは、アイルランドのヴィニーみたいなやつがだぜ、ワイスとは間違ってもコネなんかないならず者が、かくかくしかじかのサーモンがどこに賭けるか前情報をつかんでたってことだ。

「あんた、いわゆるワイス一家にはいなかったんだろう？」俺はそう訊いたが、ヴィニーのマネジメントをメリナス爺さんが一手に引き受けていることは、よく知っていた。

ヴィニーは「いなかった」という印に、首を横に振った。

「スピロ・メリナスがあんたのマネージャーだった」

ヴィニーは頷いた。

じゃ、どういうことなんだ？　とは思ったが、俺が嘴《くちばし》をはさむ問題じゃないから、話題を変えて話をつづけた。

「とにかく、チェスターはベストを尽くしてドゥギーを倒そうとしたが、あの野郎、とうとう第十ラウンドまでいっちまった」俺はここでまた笑い声をたてた。

バスがうなるような音を響かせ、一陣の突風にふるえながら、体を引きずるようにして前に進みだした。

「それでまあ、俺が憶えているのは、ドゥギーが最後にきつい一発を食らったってことさ」

ヴィニーは下唇を噛んだ。「それは、やつがダウンしようとしなかったからだ」

「そう、そのとおり。カウントをとられても、終了のゴングが鳴るまでねばり抜いた」

ヴィニーはあの遠い日の対戦を思いだし、まさしくリングサイドに舞い戻ったようだった。打ちすえられて血まみれのドゥギー・バーンズ。ろくに頭をもたげることすらできず、一発また一発とパンチを受け、よろめきながら後ずさっていく。もはや無防備な体勢で、意識ももうろうとしているから、彫像のごときチェスター・リンクが満身の力で乱れ打ちにし、腹といわず、肩といわず、顔といわず、全身にグラブを打ちこんでも、ドゥギー・バーンズは無感覚というか、なにもわかってない、感じていないんだ。まるで石になったみたいにさ。

「あいつは足を踏んばってた」ヴィニーが口をひらいた。「最後までずっと」

「ああ、そうとも」俺はそう返しながら、ヴィニーがいまもドゥギーに不思議な尊敬の念を抱いていることに気づいた。もっとも、あるボクサーが他のボクサーにいだく自然な敬意にすぎないようだが。非情な仕打ちに耐えるその力に対して。「けど、あの一戦のあとは、さすがのドゥギーも抜け殻同然と言うよりなかったじゃないか」俺は畳みかけるように言った。

「ああ、そうだな」

「だからさ、なぜあんなやつとあんたが戦ったのか不思議でしょうがないんだよ」俺はそう言って、〝アイルランド点に立ち戻った。「あれはマジの対戦とは思えなかった。あんたとドゥギーだぜ。チェスター・リンクにガツンと一発食らってからは、ドゥギーのやつ、ガールスカウトの娘ひとり張り倒せなかったろうよ」

「ドゥギーは抜け殻だった」ヴィニーもそれは認めた。

「それに較べて、あんたは絶頂期だった」俺は言った。「マジの取り組みじゃないよな、いま言ったとおり。それを……なあ……そんなやつに負けるなんて……どこの変人なんだ、そんなのを仕組んだのは」

ヴィニーはなにも言わなかったが、俺には心の動きが手にとるようにわかったたね。

「スピロか。どういう了見なんだ？　あんたとドゥギー・バーンズの勝負を組むなんて。俺にはさっぱりわからないねえ。ドゥギーを倒したって、あんたには一文の得にもならないだろう……ドゥギーだってあんたを負かしてなんの得があるっていうんだ？　それが、やおちょ……いや、本物の試合でないいんならさ」

ヴィニーは首を横に振った。「あれを組んだのはワイスだ。メリナスじゃない」

「へえ、サーモン・ワイスか」俺は言った。「あんたとドゥギーのあの試合を手配したのはワイスだったたんだ？」

ヴィニーは頷いた。

俺はつとめて、ワイスの考案した悪名高い〝お芝居〟が、ちょっとした戦術ミスにすぎなかったような言い方をしたよ。彼のキャリアに終止符をうった、いうなれば、へっぽこ悲劇というほどでないような。

「じゃあ、ワイスもあれには相当な額をオファーしたんだろうな。だって、あんたのランキングを上げるのに有利なわけがない」俺はまた笑った。「チェッ、あれなら〝聖母マリアリーグ〟の尼さん相手に勝ち逃げしたほうが、もっと上に行けたぐらいだよ」

アイルランドのヴィニー・ティーグの沈んだ顔から笑みがこぼれることはなかった。

俺はこの世の謎ってものに首を振ったもんさ。「おまけに、これが出来試合ときた」俺は低い声で言った。

ヴィニーがまた鋭い視線を向けてきた。「出来試合なもんか」と言って、脅すように目を細めてくるんだ。「あのノックダウンはやらせじゃない」

俺の頭のなかに、あのときの図がいきなりフラッシュバックしてきた。ドゥギーのグラブが宙を切って、ヴィニーの横面を軽くかすめ、すーっと振り切れていったとたん、面汚しのシャムロックはマットにくずおれる。あれがやらせでないというなら、ボクシング史上に八百長はひとつもないことになる。

けどなあ、面と向かって嘘をついてくる相手になにを言える？　それは記憶にありませんとか、あれは本当はセックスじゃなかったとか言う相手にさ。

俺は肩をすくめた。「けど、まあ、もう大昔のことだよな？」

ヴィニーは縁の赤らんだ目で、俺をじっと見てきた。

「やらせなんか引き受けちゃいない」そう言うじゃないか。

「じゃあ、やらせをやる予定はなかったんだ？」このへんになると、俺はただ調子をあわせているだけだった。早いとこバスが動きだして、早いとこバスを降りて、ヴィニー・ティーグとおさらばできないかと思ってね。「ドゥギー・バーンズに負けるはずじゃなかったって？」

ヴィニーはそれを認めるように首を横に振った。「そうだ。あの試合は俺が勝つはずだった。八百長なんかじゃない」

「違うのか」俺は訊いた。「じゃあ、なんだったんだ？」

ヴィニーは訳ありの顔で俺を見つめてきた。「ワイスには、ドゥギー・バーンズを倒せと言われてた」

「ふんふん、ドゥギーを倒せと？」

「思い知らせてやれと。やつにも、ほかのやつらにも」

「ほかのやつら？」

「ワイスがマネジメントしたやつらだ」ヴィニーは言った。「ほかの選手たち。ワイスはやつらを懲らしめてやろうとしてた。そうすればやつらも……」

「やつらもどうするって？」

「おとなしくなる。言うことをきくようになる」

「あんたがドゥギー・バーンズを負かすことでそれを思い

知らせてやれって？」

「そういうことだ」

「ワイスはドゥギーになにか恨みでもあったのか？」

「あったどころじゃない」ヴィニーは言った。「ドゥギーがどうしてもやろうとしないからだ。あいつは不屈の男だ、絶対にやろうとしない」

「やろうとしないって、なにを？」

「チェスター・リンクの負け役を」ヴィニーは答えた。

「あのときドゥギーは五ラウンドでダウンすることになってた。ところが、倒れようとしない。だから、ワイスはつぎにこの対戦を出してきたんだ。俺とドゥギーの。ドゥギーによく思い知らせてやれと言われた。もしそれが出来なかったら……」と言って、自分の手に目をおとした。「……おまえ、二度と戦えなくなるって」ヴィニーは肩をすくめた。「とにかく、ドゥギーとのあの試合は負けるはずじゃなかった。俺が勝つ予定だった。ドゥギーをぶちのめして」そこで一瞬言いよどむと、この男の心の黒々としたものが、ひとつになって暗い影をつくった。「二度と立ちあがれないように」


俺は寒気がしたね。「二度と立ちあがれないように、か」と、おうむ返しに言った。

「そうすれば、負け役をやれって言われてやらなかったらどうなるか、ワイスのとこの連中もわかるだろう」

「なら、あれはやらせじゃなかったんだ」俺はようやく飲みこめてきた。「あんたとドゥギーのあの試合は。出来試合じゃなかった」

ヴィニーはまた首を振った。

最後の言葉が俺の口から出た。血まみれのマウスピースみたいに。「マジの試合だったのか」

ヴィニーは小さくうなずいて、「けど、俺には出来なかった」と言った。「正しいことをやってやがるって理由で人を殺せやしない」

ドゥギー・バーンズのグラブがゆっくり持ちあがって宙で静止し、ふんわりふんわり前に出てくる図が目の前に浮かんできた。パンチとも呼べないようなものが当たると、アイルランドのヴィニー・ティーグ〝面汚しのシャムロック″は、サンドバッグみたいにマットに沈む。

俺がつぎの言葉を言う前に、バスの油圧ドアがひらいた。

「ここで降りる」ヴィニーは言うと、難儀そうに立ちあがった。

俺はあいつの腕に触れたよ。こすっからく生きてきた自分のこれまでを思いながら。罰せられることから逃げ、ものごとの善悪の判断はつきながら、ヴィニーたちみたいにそれをやりのける意気地がなかった自分を。

「あんたこそ不屈の男だよ、ヴィニー」俺は言った。

彼はほんのちょっと微笑むと、くるりと背を向け、吊革につかまる乗客のあいだをぬって、昇降口にたどりついた。こちらは一度も振り向かず、短いステップを降りると、夜のなかへと出ていく。そこでいっとき立ち止まり、降りしきる雪のなかで背筋をまっすぐに伸ばした。バスはまたやっとのことで発車し、停留所を離れる間際、俺はヴィニー・ティーグの姿を最後に一瞥した。街角に立った彼は、ぼろぼろのマフラーを首に巻き直していた。そして向きを変えると、重い足取りでアヴェニューを歩きだし、〈スミス・バー〉のピンクのネオンに向かっていった。突如、風雪がひと塊になってその男に吹きつけ、明るくきらめきながら、空気の汚れきったあたりをいちめんに舞い飛んだ。天使たちが観衆となって暗闇で彼に喝采をおくるかのように。

数学者の災難
Summa Mathematica

ショーン・ドリットル　和爾桃子訳

ずっとネブラスカ州で育ち、現在は同州のオマハに、妻と娘と共に住むショーン・ドリットル（Sean Doolittle）には、二〇〇一年発表の*Dirt*と、二〇〇三年発表の*Burn*の二作の長篇ミステリがある。一風変わったこの作品は《クライム・スプリー》誌に発表された。

変数要素が何であれ、なぜか最後の客はつねに閉店三分前にくるらしい。

思えば不可思議もあるものだ、カオス理論がテイクアウトオーダーを運んでくるとは。そんな特異現象、スティーブン・フィールダーがアイヴァン・アンド・アデール・ストレムロウ大の応用数学特任教授でいたころなら、確率関数を駆使して統計学的一考を余儀なくされたはずだ。

しかしながらフライヤー調理担当のスティーブン・フィールダーはごりごりに凝った背筋を伸ばし、やっとひと息入れたところだった。グリルの燃えかすをこそぎとる手を止め、最後に残ったエプロンのきれいな端っこで両手をぬぐうとよっこらしょと腰を上げ、逆光を当てた軒下の掲示メニューに目をすがめる男客の前に立った。

「ブロンコ（野生ポニーのこと。以下、西部劇と数学にちなんだ名が続く）・バーガーへようこそ」レジ越しにフィールダーは声をかけた。「ご注文よろしいですか？」

「ベーコン（豚肉のベーコンと、哲学・数学者ベーコンの両方にかけている）・ダブル・ブロンコバスター（じゃじゃ馬ならし）をくんな」と、男が言う。「あと、ポテト。それとダイエット・コークも」

「ラングラー（カウボーイの意味、オックスフォード大数学優等賞の名でもある）おひとつになさいますか？」

「何をおひとつだって？」

「ラングラーお徳用セットです」背後の頭上にあるメニューボードを見もしないで、フィールダーは指さした。

「何でもいい、そいつを頼む。それと、ダイエット・コークで」

「そちらはチャックワゴン（台所用馬車）・サイズでおつけしますか？」色分けしたコードキーの上で、フィールダーがものうげに指をかまえる。答えがないので顔を上げると、客は無人の店内のあちこちにすばやく目を配っていた。

厚みのある体だった。背は高くない。オイル用ドラム缶だ、とスティーブンは思った。しわしわの麻スーツを着せたドラム缶。スポーツジャケットの両袖をひじまでたくしあげている。フィールダーの視線に気づいたとしても、そんなそぶりは出さなかった。

「チャックワゴン・サイズになさいますか、お客さま？」

男がきょとんとした。

「こちらです、ポテトのラージサイズと特大コーク。追加料金三十五セントになります」

「ダイエット・コークだ」と男が言う。こんどはふりむいて、から空きの座席エリアを確認しているらしい。

「お客さま？」

やっと男が分厚い肩を回すと、スティーブンに向いてなれなれしくにやりとしてみせた。「そいじゃ、今晩ひとりでこの店をやらされてんのかい、あんた？」

あとから思えば、この時点で鳴っていたはずの警鐘にスティーブン・フィールダーは耳を傾けるべきだった。だが飲食産業の深夜リズムにまだ身体が追いつかず、骨の髄まで疲れていた。いまは真夜中、しわのよった掌の上には生肉のハンバーグ。グリルをごしごしやるのはやめにして、ひたすらうちに帰りたかった。

とはいえ、めったやたらとイヤリングをつけた若造はおもての駐車場を掃除中だし、ドライブスルー窓口の遅番に入る可愛いティーン娘ヴェロニカは煙草をふかしながら休憩室でまったりしている。だから、店番はスティーブンひとりでするしかない。

それで肩をすくめて言った、「ぱっとしない晩ですねえ。ご注文はこれでよろしいですか？」

「ああ」と男。「もういい」

ついで、男はフィールダーの意表をつく挙にでた。レジのほうへ一歩踏み出しながら、動きにつれて右手を高くかかげる。黒い毛がびっしり生えた手首に揺れる細い金のブレスレットをフィールダーの目が追った。

その妙なしぐさに目を奪われたすきに、じつはもう一方のこぶしがフィールダーのあごに命中していた。

あとは見わたす限り青いきれいな新星爆発の閃光、ついで電源切れスクリーンよろしくじょじょに視界が暗くなった。せつなに思ったことは——〝おい、ちょっと〟

次に気づくとエプロンをつかまれ、カウンター越しにひきずりだされていたが、鉄拳に一撃されたせいで、その間の事情は頭の中でごっちゃになっている。

「そこのふたり。てめえらはお呼びじゃねえぜ」

はるか遠いどこかで、フィールルダーはその声を聞いた。こじ開けた薄目に光が痛い。四方八方にステンレス板がたちはだかる。ぼうっとしつつも、油でべとつく裏キッチンの床にうつぶせにのびているのだとわかった。そこに置かれた覚えはない。

同僚のデイヴィッドとヴェロニカには二度言うまでもなかった。裏口からころがるようにふたりが逃げていくと、フィールルダーは痛む頭をもたげた。やっとの思いでバンズウォーマーによりかかって背中を支える。そこではじめて加害者はと見ると、中身を入れっぱなしのフライヤーバスケットから、くの字にひからびたポテトをつまんでいた。

「基金の者か?」妙な質問だ。きっとさっきのパンチで頭がぼうっとしているのだと、あらためて思い知らされた。あごときたら、蝶番を両方ともぶち落とされたみたいだ。

「おうよ」と、冷えたポテトをもぐもぐやりながら男がすぐさまうなずく。「そうとも。『手足を鳴らしてデッドビートを刻もうぜ基金』のもんだ。こいつあ、いわゆるひとつの出張福祉サービスってやつよ」

目を閉じたフィールルダーがおっかなびっくり手探りで自分のあごをたしかめる。部屋の景色がそこらじゅうでシーソーしている。「何かの間違いじゃないのか」

「へえ? なら、えらいすまんこったが」男はジャケットの内ポケットから、やおら小型手帳を出した。「フィールルダー、だろ? 勤め先はデイヴンポートのブロンコ・バーガー、おれのお目当てはそいつさ。ブロンコ・バーガーってここだよな?」

フィールルダーは無言でうなずいた。男がパントマイムの身ぶりよろしく手の甲で額をおさえ、安堵の息をついてみせる。

「何のことだか、おれにはさっぱり」と、フィールダー。

「もらうもんがちょいとあってな」

「何のことだか、おれには……いったい何が欲しいんだ？」

「おれか？　おいおい、おれは何にも欲しかないぜ。うちのボスだよ」男が手帳を振ってみせる。「貸した金を返して欲しいんだとさ」

このことばにフィールダーの耳がそばだった。ドゥーキー・ウェーバーか？　信じられん。こいつがドゥーキーの手下？

「ドゥーキーの手下なのか？」

「マジかよおい。ドゥーキー・ウェーバーみてえなフンコロガシ野郎の手下に見えるか、おれ？」男が自分の心臓に手をやる。「傷つくぜ、ううっ」

「なら、おれには……さっぱりわからん」

「わかったよ、あのな、こうだ。ドゥーキー・ウェーバーはおれみたく、ある男の仕事を請負ってんのさ、ジョーゼフ・キングって名だ。ハッピー・ジョー・キングって聞いたことあっか？」

フィールダーはかぶりをふった。うそでなく、本当に知らない。

「いいってことよ。だがな、今後はその名を頭に入れときたいだろ、だからわけを聞かしてやるぜ」男が腕組みしてステンレスの清潔な部分によりかかった。「いま言ったように、ドゥーキー・ウェーバーはハッピー・ジョー・キングの手下だ。ただし、ドゥーキーにゃちょいと問題が――いちばんの問題だな、なんだかだいっても――このところてめえの分際ってもんを忘れてやがる。ハッピー・ジョーの方かい？　おいそれと名前通りのハッピーじゃねえさ、おれの言う意味わかればだが。で、まあ話を戻すとだ、ドゥーキー・ウェーバーはもうハッピー・ジョー・キングの手下じゃねえのさ。そんなこんなでドゥーキーの火の粉がおめえんとこに飛び火してきたってわけ。話についてきてるか？」

「ああ、だんだんと」

「お利口ちゃんだな」男がさっきの手帳に戻った。「さてと、てめえら貧乏人《オケラ》が考えそうなこたお見通しだぜ、心配すんなって。ハッピー・ジョーは百もご承知よ。ボスのおんためにせいぜいかげひなたなく気張ってみな、おおかたのやつが認めるよりずっと話せるんだぜ、いやほんと。ま、てなとこでひとつ、互いの立場ってやつを心得とこうじゃねえか」

スティーブンが痛むあごをさすりながら座り込んでいるあいだ、ハッピー・ジョー・キングとやらの手下は手帳のとあるページをピッとはじき、その次のページを上から順に指でなぞった。じきに低く口笛を吹く。

「負けがこんでたんかい、ええ？」

フィールダーが目をつぶってうなずく。

男がページのどれかをはじく。「だってよ、甲斐性だって大してあんめえに」

フィールダーがためいきをつく。「大して」

別のページをはじいた男が、ちろりとフィールダーを見た。

「わかってる」フィールダーが言う。「わかってるよ」

「怒んなよ、だがおれっちが見た中じゃ、ツキに見放された最低クズの年間大賞はおめえで決まりだ」

「ここんとこ、数が裏目に出てたってのは言えるかもな」

「二度はそう言えるかもな」男が別のページを指ではじいてから手帳を閉じた。「まあ、いい。おれらの用事をこの場ではっきりさせといてやるぜ。こういうことだ。今から九十日以上も前にさかのぼって、あんたカジノで借金したよな。まずはそっから始めてどんどん前に進んでこうぜ。そのへんからが妥当だって気しねえか？」

「カジノ？」この男の手帳につまった情報量の多さが、しだいにスティーブン・フィールダーを絶望の淵に追いやりはじめている。

「ザ・ナゲット《げんなまクラブ》か？」

「いや、MGMグランド（ラスベガスのカジノ・ホテル）さ。なあんてね、ザ・ナゲットだよ。金の出所《でどこ》もわかってんな？」

「けど、ドゥーキーはカジノなんかと関係ないぞ」

「ああ」と男。「やつにゃないさ。だがハッピー・ジョー

・キングの方はな、関係ある。そんでもってボスはいま帳簿整理にかかってんのさ、俗に言う一本化に役立つんでな、おれの言う意味わかればだが。いくつかパターンが浮かんできたこのあたりでやるかもしれん、やらんかもしれん。おめえにゃあいにくなしらせだったな」

フィールダーには話がさっぱり見えず、その場につくねんと座っていた。

「ヘイ」と男が言う。「元気出しな、相棒。こいつは万事うまくいくはずだってことよ」前に踏み出し、かがんで片手を差し出す。「さ、立ちな」

フィールダーが断わるよりさきに、気がついたら自分の足で立たされていた。室内がまた揺れる。安コロンの見えない雲にいきなりくるみこまれて目をしばたたいた。

「気分はどうだ？　歯は大丈夫か？」

「折れてると思う」

「おい、よせやい。そこまで強くなかったぜ」

「そっちがそういうんなら」

男がくすりと笑い、ジャケットの内ふところに手を入れてペンを出した。さらさらと手帳に何か書きつけ、ページを破って二つ折りにするとフィールダーのシャツポケットにさしこんだ。

「おめえの数字だ」という。「しょっぱなだ、楽にいこうや。それでよさそうかい？」

「その……」言葉がみつからない。「ああ」

「じゃ、これで決まりだな。一週間後にまた来るぜ」にっと笑い、ついで脅すようにフィールダーのポケットにあごをしゃくった。「ちゃんと持ってろよ、いいな？」

その紙片を見たくとも度胸がない。それで、ただうなずいた。

「お利口ちゃんだな。おれたちゃうまくやってけそうだって気がするぜ」

スティーブンがまたうなずく。その肩を、乱暴にどやしつけられた。

「さてと、さっきのバーガーはどうした？」と、取り立て人が言う。

問答無用で、翌朝がきた。

しかも、一度ならず電話のおまけつきで。

はじめの電話は義兄のネッド、町全域にブロンコ・バーガー六店舗を構えるオーナー経営者だ。だらだら長い説教の相手は留守電に任せ、その間にロンバスにえさをやった。学部の学生時代から飼っているラブラドール・レトリーバー犬だ。

レニーは八時半に、兄が切るのを待ちかねたようにかけてきた。

もしもし？　どうしたのよ？　うわ、やめてくれ。レニーはよせ。元妻の開口一番は〝こんどは何をしでかしたか知らないけど。誰が見たってほんっとにずうずうしいクソッタレよ、あんたって人は。だから絶対やめとけってネッドに言ったのに、あんたを雇うなんてとんでもないって〟

そちらの相手もやはり、留守電任せを決めこんだ。

十時半ごろになってようやく、三度目の応答音が聞こえた。そのころにはもう簡易キッチンで折りたたみ式のカードテーブルを前に、きのうの新聞を読みながら本日一杯目のウォッカをちびちびやっているさなかだった。

「パパ？　聞こえてるんでしょ？」

こんどは声が聞こえるやいなや、ひったくるようにコードレス受話器を手にした。

「アンドレア？」

「パパ。何があったの？　大丈夫？」

「大丈夫だよ、おまえ。いま時分は学校じゃないのか？」

「休み時間よ。それに、はぐらかさないで。何が起きたの？」

「どういう意味だね？」

「パパがこてんぱんにのされたって、友達のデレクが」

「だれだって？」

「デレクよ。ゆうべ深夜シフトで一緒だったって。たったいま言われたの、どっかのやつが来てパパがぼこぼこにされたって！　パパ、それほんと？」

聞きながら、胸のうちで何かが崩れ去る気分だった。もしや、なけなしのプライドか。「イヤリングだらけの若造か？　名前ならデイヴィッドだと思ってたよ」

「パパ!」

フィールダーは受話器にため息を吐き出した。

「なにも心配ないよ、おまえ。本当だとも。男が来たことは来たが、どうってことない。ちょっぴりいかれたやつだったんだ、それだけさ」

「デレクの話じゃそいつ、パパが誰かに借金してるって。何か厄介ごとなの? ねえ、本当のこと言ってよ」

「大丈夫だよ、アンディ。あのな、いいかい? ひとつ頼まれてくれないか。友達のデレクに言ってやっておくれ、人のことに首つっこむな、よけいなお世話だってな」

「ランチタイムにそっちに行くわ、あたし」

「そっちとこっちじゃ町の端から端だぞ。ガソリンの無駄遣いはやめなさい」

「そっちに行く。だいたい、そこのアパートに食べられる物ってあるの?」

「アンディ……」

「いいのいいの。途中でなんか買ってくから」わざとらしい間をおく。「ブロンコ・バーガーでいい?」

「ウケなかったぞ」

「なら、笑ってるのだあれ?」アンドレアはそういうと電話を切った。

そのあと一時間かそこら、安物の折りたたみテーブルを前にフィールダーは何も手につかず、溶けゆくグラスの氷を眺めていた。しばらくしてロンバスが近寄り、立ったまま大きな犬頭をフィールダーのひざにのせる。耳の間をかいてやり、目と目を合わせた。そうかい。で、変わりはないのか?

十一時半ごろとうとうアンディが玄関をノックすると、われに返ったスティーブンは世界一期待外《はず》れのダメ親父を演じるしたくにかかった。

盛り下がる役どころとはいえ、甘んじて耐えられた。離婚が正式になった七カ月前からこっち、娘といられる一瞬一瞬はもうそれだけで幸せな天の賜物だったのだ。レニーとの家庭がひどいことになったにもかかわらず、アンディは感銘と喜びを与えつづけてやまない逸材に成長してくれた。会わずに過ごすぐらいなら、千回だって外《はず》してやる。

それで飲み残しのウォッカを流しにあけると、グラスをゆすいで戸棚に冷蔵庫上の戸棚にボトルをしまいこみ、気負いこんでドアを開けた。

ただし、アンディではなかった。

「スティーブン・フィールダーさん？」工具ベルトの男が言った。

フィールダーがため息をつき、片手でドアべりにもたれた。「で、なんの用だ？」

男が片手の名簿を指さす。「フィールダーさん？」

男のシャツに気づく、ケーブルTV会社のロゴ刺繍だ。

「ああ、だが何かの間違いじゃないか。うちのケーブルはちゃんとしてるよ」

「へへっ、しめしめ」図々しいそのズル野郎はそうほざくと、にたにたしながらスティーブンに分厚い事務用封筒を渡した。大学の顧問法律事務所の封印つきだ。「ども、恐れ入りまーす」

ときおり、スティーブンの思いは去年に戻る。休暇の直前にいちばん古い友人のひとりが定期健診を受け、脳腫瘍と判明した。〝くそっ〟その時そう思った。〝いったいどうすりゃいいんだ、そんなの？〟そいつときたら気の毒に、元日までもたなかった。

ものごとの明るい面をみれば、ドル銀貨大の脳障害というのはひとつの理由にはなる。数カ月前の自分の病気となると、理由を探す気も失せていた。日ごとにただ目覚め、シャワーを浴び、服を着て、同一の白昼夢となりはてた日常へとよろめき入る。毎日が巨大なメビウスの環、はじめも終わりもなければ行くあてもない。

これが中年というものか？　なんでも、同年輩の男たちはインポになるか、宗教に凝るという。イヤリングをつけ、コンバーティブルのスポーツカーを乗り回すやつもいると聞いた。どれもさっぱりわからないが。

ひとつだけ、スティーブン・フィールダーにわかることがある。昨年十一月のある朝、目覚めてみたら、数学が全然できなくなっていたことだ。

前の日と寸分たがわぬ朝だった。見かけはなにもかもいつもどおり。あるべき場所にすべてきちんとおさまっていた。ただし自分のオートミールをレンジでチンしにいったら、なぜか電子レンジのボタンがさっぱり読めなかったが。

そのあと解析学の学部ゼミで教壇にたったとたん、頭が……まっしろ。手には油性ペン、声のこだまする講堂につっ立ち、空っぽのホワイトボードを穴があくほど見つめた。最前列の常連組がひとり本当に教壇に寄ってきて、どこかお悪いんですか、先生、とそっと声をかけてくれるまで。

あとのその日のできごとは、記憶がぽつぽつ飛んでいる。自分の研究室に三時間座りづめに座りつづけて、人生半ば以上にわたって今まで愛用してきた関数電卓にさっぱり歯が立たなかったのは覚えている。手ずれするほど叩いたキーボード上の数や記号は、ヒエログリフなみの不可解と化していた。

ついにあきらめて仕事にかかったが、その前日に自分で書いたリサーチノートの内容には狐につままれたようだった。

その後、帰宅途上の車中で、ほんの小手調べに初歩の初歩を自問自答してみた。が、ちょっと目を離していたすきに、九九さえ頭からすっぽり抜け落ちてしまったみたいだった。

その晩そうそうにベッドに入ったものの、どこか不安と興味本位がないまぜの気分だった。

それというのも、それまでが数週間ぶっとおしであまりにも人間離れした生活だった。ろくに食べもせず、エクササイズもまともにやってなかった。いまいましくも十二年の結婚生活がここにきて瓦解し、その余燼いまださめやらぬころだ。

ストレスだ、そう思いはじめた。自覚皆無なだけで心身が危険領域に踏み込むことはたまにある。ひと晩ぐっすり寝れば、奇跡的によくなるだろう。

だが、それから翌朝に目が覚めた。その翌朝も、そのまた翌朝も。元には戻らなかった。2＋2＝4にはならなかった。そしてフィールダーは本気で心配しはじめた。

予約した開業医で異常は見つからず、脳神経専門医に紹介状を書いてもらった。そこでＰＥＴ（陽電子放射断層撮影）、ＣＡＴ

（コンピュータ断層撮影法）、ＭＲＩ（核磁気共鳴画像法）と頭辞語のただなかに投げこまれた。十三ポンド超過気味だが、歳のわりにはまずまずと判明した。

それからフィールダーの興味本位はパニックに座を譲った。かかりつけの医者が書いたあの紹介状を頼りに、インターネットのＰＰＯ検索リストで見つけた最寄りの精神科医で週二回のカウンセリングを開始。その精神科医に試薬段階の某強力抗鬱剤を処方されたせいで下痢ぐせがつき、しじゅうめまいが起きた。だが、それだけだった。

最終診断。非特異性無計算症《ノンスペシフイック・アカルキユリア》。非特異性無計算症《ノンスペシフイック・アカルキユリア》！

翻訳。**わっかんねーんだよ。**

なにかというと離婚のごたごたを引き合いに出しては早退を願い出、学期残りの学部授業は助手に穴埋めしてもらった。次学期はすでに研究目的の有給休暇が決定していた。資金のでどころは権威あるさる年次フェロー制度で、大学のバークホルダー（低脳丸抱えの意味あり）基金が後援していた。

だから時間はある、とフィールダーはそれまで思っていた。自分ひとりで、この事態をきちんと解決してみせる、と。

というのも、ほかの何に人生を蝕まれようが、数が意味をなさなくなったなど、記憶の及ぶ限り一度もおきたためしがないからだ。若い頃から数に夢中だった。ほかのクラスメートが教科書の余白に屁のちょうちんを落書きしていたころ、スティーブンはいちどきに何ページにも及ぶ凝りに凝ったフィボナッチ数列を組み立てていた。

大人になり、中年にさしかかって、シャレにならない結婚生活の瓦礫にいきなりかかとまで足をとられ、スティーブン・フィールダーの世界でまだつじつまがあうのは数だけかに思えた。一致し、共鳴し、謎を生みだし、議論の余地ない真実を明らかにする。予測できないが首尾一貫し、流動的であるが固定され、手に負えないが無限に組み合わせがきく。人間はなぜか手に負えなかった。だが数なら理解できた。

それをいきなり不可解にも、よりによっていちばん必要なこの期に及んで……数にさえ見捨てられてしまった。

ガダー（スタンリー・ガダー。米の数学者）の箴言にある。「単純な事物を複雑化するのでなく、複雑な事物を単純化することに数学の神髄はある」と。長年、フィールダーは受け持ち講座すべての概要見出しにその引用を掲げてきた。

だが、今では理解できるとおぼしい引用はダーウィンだけだ。「数学者とは、いもしない黒猫をまっ暗な部屋で探す盲人だ」

フィールダーの世界は一条の光もささぬ暗黒の部屋になりはててしまった。いるのは犬だけ。

深夜まで深酒をするようになった。一日の大半は寝て過ごした。働くこともできない。われながら、こぐ力もなく波のまにまに流される小舟のようだった。不安の潮に運ばれ、岸辺は遠ざかるばかりだ。

地滑りのような駄目押しのはじまりは偶然だった。さもなければ、ある因果連鎖の避けがたい一点だったのだろうか。フィールダーにはわからない。世の秩序を認めることなど、自分ではとうに投げていた。

わかっているのはただひとつ、ある夜のどんちゃん騒ぎでふと我に返ると、そこは川向こうのザ・ナゲットだった。そこのバーが町のどの店より二時間遅くやっているというだけの理由だった。

だが、色彩と光と陽気な喧騒のるつぼにあって、長患いの憂鬱と浴びるほどのアルコールの果てにはじめて花開く、めくるめく洞察の境地を味わったのはこの場所だった。

ここには——面前、頭上、周囲いたるところに——数学の神髄があった。確率と順列の驚異と巧緻がここにはあった。ダイスの一振り、ルーレットの一巡に森羅万象が凝縮していた。

椅子に背をあずけ、光に顔を向け、何か奇妙な安らぎを味わったことをスティーブンは覚えている。

だって、こんな場所で確率がまだ幅をきかせているなら、この秩序なき世界とて、神かけてまだまだ捨てたものではなさそうだ。

「重さは合ってるようだな」ハッピー・ジョー・キングの取り立て人がそう言いながら、苦労してようやく元義兄からせしめた前払い給与五百ドル入り封筒の重みを手ではかる。「たぶん、おれが数えなおすまでもねえよな？」

「全額ある」さっきネッドに頼んで目の前で数えてもらい、ちゃんと確認ずみだ。

「たしかだな？　信用するぜ。誠実にやるのがお互いのためさ、違うか？」

「信用は大事だ」フィールダーが同意する。

「話がわかるじゃねえか、ダチ公」取り立て人がフィールダーの肩をどやす。先週とまったく同じスーツだ。「今後のために言っとくと、おれのこたチビでいいぜ。とおり名でな、背丈にちなんでおいらが自分でつけたんさ」

フィールダーが駐車場をみおろす。「いいよ」

「チビって呼んでくれ、けど、チビっとでもなめたら承知しねえぜ。いっつもそう言ってやんのさ」取り立て人の高笑いは、ギアをシフトしたディーゼルエンジンそっくりだ。

ブロンコ・バーガーの裏口めざしてフィールダーは背を向けたが、動こうとした矢先、がっちりした片手に肩口をおさえられた。

「待ちなって」

スティーブンは血が凍る思いだった。「全額ある」

「まあ楽にしなよ、教授《せんせ》。ちょいと趣向があるんだ」

フィールダーは身をこわばらせた。

取り立て人のチビはまた笑っただけだった。「おめえよお、んなびびっちまって、ぶるぶる袋じゃあんめえし。自分でわかってんのかよ？　リラックスってもんを身につけにゃ」

フィールダーがうろたえたことに、チビの手がのびて、中身ごと手つかずの封筒をエプロンひもにはさみこんだ。

「さ、ちっと歩くぜ」

フィールダーは唖然としてチビを見た。

「心配すんなよ、教授《せんせ》」とチビ。「おめえさんのツキも、ここらが変わりめだろうぜ」

チビに連れられて行った先はとある中古家具店の裏手、砂利をしきつめた駐車場の暗がりだった。だめになったスプリングや壊れた木枠など、ガラクタの影絵のただなかに黒塗りのリムジンが駐まっていた。大型車のエンジンは鳴りをひそめ、ヘッドライトも消え、光沢のある暗色ガラス窓は上までぴったり閉じている。チビが後部座席ドアのひとつを開けた。車内灯はつかない。

「先に乗んな」と言う。

フィールダーは動かなかった。

「頼むぜ、いいかげん頭冷やしな。うけあうからよ」チビが開いたドアのほうへあごをしゃくってみせる。

「店に戻らなきゃ」とフィールダー。「グリルの火をつけっぱなしだと思うんで」

「いいからその車に乗りやがれっつの、教授《せんせ》」

自分を待ち受ける暗い入口を、フィールダーは穴があくほど見た。チビを見る。耳障りな荒い息を吐くと、がっくり力を抜いた。

あとから乗り込んだチビが思いきり車のドアを閉めた。座る場所をあけようとあたふた横にずれるフィールダーの下で、座席の革張りがキュキュッと鳴いた。チビが手を上げてスイッチをいれる。とたんに車内灯がつき、黄色い光が目を射た。

「ふたりとも臭うぞ、ポテトフライらしいな」反対側の座席から声がした。

声の主は細身の男だった。灰色の髪を完璧なカットでぴしっと決め、無駄のない顔立ちの目じりに浅く笑いじわがよっている。派手なウェスタン・カットのスーツにオストリッチのブーツ。座席の背に片腕をあずけ、飲み物入りカットグラスのタンブラーをひざにのせて座っている。

「フィールダー教授」男はそう言うと身を乗り出し、片手をさしだした。「ジョーゼフ・キングだ。どうぞよろしく」

フィールダーがチビを見ると、ウィンクを投げてよこした。

握手して言う。「ミスター・キング」

「ジョーって呼んでくれ。ミスター・キングは生前の親父さ、決まり文句にある通り」キングがにっと笑いかけ、リムジンのサイドパネルに作りつけたキャビネットのほうへ手を振る。「なんなら一杯どうだ？　好みのもんはなんなりと、このどっかにあるだろ」

「いや、せっかくだが」スティーブンがせきばらいする。

「教授《せんせ》、どうも落ち着かんようだな。おれが察するにたぶん不思議がってんだろ、ここで三人して顔合わせの理由はなんなんだってな」

「教授だってどうしてわかるんだろう？」

「じつのところ」とハッピー・ジョー。「おれのまちがいでなきゃ、その教授ってのはもう過去形の話だろ？」

ふいに、フィールダーは汚いエプロンがどうしようもなく気になった。

「あれやこれや、かなりの事情通なのさ、おれは」ハッピー・ジョー・キングが言う。「たとえばの話、あんたの歳は四十四だって知ってる。稼ぎはよくない――逃げはよそうぜ――数カ月前に離婚が成立。子供はひとり娘で十六歳、アンドレアって名でノースイースト高に通ってる。成績はオールA、大学進学組だ」ちびりとやると、グラスの氷がカランと鳴った。「大学といや、以前のおまえさんは終身教授職コースにいた、それがいまじゃ契約違反でここの大学ともめてる。おれがみたところじゃ、電気・水道・ガスを止められちまうとこまで落ちちゃいないが、すずめの涙とひきかえにバーガーを裏返す仕事までは落ちぶれたらしい。金がらみで訴えられてもいるしな。バークホルダー基金、そうだな？」キングがチビに一瞥をくれる。

チビがうなずく。「へい。バークホルダーで」

「おれが理解したところじゃ、そいつらは補助金を出したさる研究成果がいまいち気に食わん。さもなきゃ全く気に食わんかったか、そういう場合にありそうな話で」

スティーブンは胸骨の裏に冷たい結ぼれを感じた。「これ全部、どうやって知った？」

「なに、雇用の可能性ありとみた人物の経歴は、ひとり残らず徹底的に洗うことにしてるんでね」

「申しわけないが」フィールダーが言う。「さっぱりわからん」

「どうやら」ハッピー・ジョー・キングが言う。「おまえさんとおれは互いにもちつもたれつの間柄でやっていけそうだ」

フィールダーは何もいわなかった。

「一方では」キングが続ける。「なんの因果かこしらえたおれへの借金でこれまで四苦八苦してる。その一方で、たまたまおれ自身がぜひとも欲しい人手は、おまえさんの特殊技能ときたもんだ」

「フライヤーの係か？」

チビが横でげらげら笑う。ハッピー・ジョー・キングにさえウケたようだ。音たてて氷をかみくだく。「そいつは、おれの言う特殊技能じゃなさそうだ」

「あ、そう」われながら間抜けた気分でスティーブンは座っていた。意図したウケ狙いではない。本当にわからなかったのだ。

「ごめんをこうむって、はっきりさせるぜ。知ってるかもしれんが、おれは起業家みたいなもんでな。事業は――ま、ひとくちに言えばちょいと多岐多様にわたる。多様といえば事業もそうだが、専門家としておれの成功のよってきたるところはかなりの程度、人によっちゃ高度に洗練された会計システムと考えるかもしれんもんにある。誤解せんでほしいんだが、いまここで話してるありふれた簿記なんざ、あんたの専門で修練を積んだやつから見りゃ、ガキの水遊びも同然だ。だが、この界隈で筋のいい人材を探すとなるとどんだけ至難のわざか、聞いたら驚くよ」

「ミスター・キング……」

「教授《せんせい》。後生だぜ、さっき言ったろ。ジョーと呼んでくれって」

「だが……」

「ぎりぎりまで譲歩して」ハッピー・ジョー・キングが続ける。「そっちの便宜をはかってやれるのは、この線までだ。あんたがバークホルダー連中に負った未払い債務にけりをつけてやれる。大学から残り契約を買い取ってやることもできる。最後に――それに、そっちの立場からすりゃいちばん肝腎かなめかもしれんが――おれに対してあんたが滞納してる、かなりの額にのぼる金をチャラにできる。いま言ったやつ全部、まとめて提供したっていいんだぜ、おれの多角経営ベンチャー事業であんたが専任ＣＦＯ（最高財務責任者）に就任する見返りにな」キングが酒をもった手で示す。「おれの申し出がとてつもなくおいしい、またとない話だってこた、あんたも異存ないと思うね」

こだまが尾をひく長い一分間、スティーブンはただ座ってフレンチフライらしき臭いをかぎながら、自分とハッピー・ジョー・キングの間のどこか曖昧な一点を見つめていた。チビは無言。ハッピー・ジョー・キングは無言だった。

フィールダーに思いついた言葉はこれだけだった。「会計士なら、もう誰かいるんじゃないか？」

「いたよ。何年も勤めてた」キングの声が遺憾のいろを帯びた。「こう言うと残念だが、あんたの前任者は健康上の理由でもはやその任にたえなくなった」

「健康上の理由？」

「片方の目になんか入ってな」チビが説明する。

フィールダーは取り立て人のほうを見た。「片方の目に何か入った？」

チビが肩をすくめる。「ことばのあやだよ」

「肝腎なのは、だ」ジョー・キングが言う。「おまえさんは両目ともなんの障りもないってこった。それに、おれはそんじょそこらのトムやハリーやディックにおいそれと目星をつけ、うちの重役やりませんかなんて打診して回ったりはしない。肝腎なのはだ、おまえさんにはおれに申し出させるだけのもんがある。それに、おれには申し出る手持ちがあるってことさ。お互いもちつもたれつだぜ」キングが酒のグラスを掲げてみせる。「話はそんなとこだ、フィールダー教授。のんでもらえるかい、そいつを？」

まるで自己の意思とはうらはらに、フィールダーの唇が勝手に言葉を発したようだった。

「できない」自分がそう言うのが聞こえた。

ハッピー・ジョー・キングの目がけわしくなった。「失礼だが、いまなんと？」

「おれは……ミスター・キング、できない。そうしたいのはやまやまだ。だが、ただ、単に……できないんだ」

キングがまたチビに一瞥をくれた。それからフィールダーを見た。ハッピーなご面相ではない。「こんなこた言いたかないがな、教授《せんせい》、だがそいつはあんたの立場にしちゃ、ろくでもねえ返答だ。こいつは認めるにやぶさかじゃないが、まさかそんなろくでもねえ返事を、あんたから聞かされるとは思いもよらなかったぜ。チビ？」

「そうじゃないっす」

「ほう？」

「おれが言いたいのは」驚いたようにチビが言う。「思いもよらねえっすよ」

「わかってないよ」あわててフィールダーが言う。「そうじゃなく……絶対に……ただ単にできないんだ、本当だ」

静かで恐ろしい一分間が過ぎた。

「数なんだ、なんと説明していいやら」迫りくる破滅を肌で感じながら、キングを見る。「お役にはたてん」

「そいつはあいにくだな」ジョー・キングがとうとう言った。

「ほんとに残念だよ」

キングは黙って座っていた。手に持った酒をぐいと飲む。

「考え直す気は、毛頭ないんだな？」

「そうじゃなくて……おれは……」フィールダーはため息をつく。「病気なんだよ、俗に言う非特異性無計算症《ノンスペシフィック・アカルキュリア》だ」

「すまんが、いまなんと？」

「やつが言ったのは非特異性性器《ノンスペシフィック・ジェニタリア》ですよ」チビが言うと、フィールダーに向けてすっと目を細めた。「てめえ、ホモの手合いか？」

「無計算症《アカルキュリア》だ」フィールダーが繰り返す。「つまりおれは……」必死で言葉を探したすえ、あきらめた。なんの役にたつ？

ハッピー・ジョー・キングは何も言わなかった。

「ミスター・キング」とフィールダー。「気前のいいあんたの申し出がおれに通じてないなんて、どうか思わないでくれ」

その言い分を認めてキングがうなずいた。

フィールダーはひとつ息を吸い込むと、ハッピー・ジョー・キングから答えて欲しいとつゆ思わない質問をあえてした。「こういう場合、何がおきる？　おれがその……立場を受け入れることができない場合？」

それに答えてジョー・キングはつまらなそうに肩をすくめてみせた。自分に関する限り過去は過去だといわんばかりに。それでも身を乗り出し、フィールダーのエプロンひもからさっきの封筒を抜き取った。

「こいつは軽いな」と述べる。

フィールダーがちらとチビを見たが、チビの方は目を合わせなかった。「だが全額だ。それは誓う。数えてくれてもいい」

「数えたら五百だ」

「そう、五百。だから全額だ」

「今回の支払額は八だぞ」

「だが、おれが言われたのは……チビは五って言ってたぞ」やぶれかぶれで助け舟を求めてまたチビを見る。何ひとつ返ってこなかった。

「五？　ああ」とキング。「五だ、全額ある」「先週は五だった、今週は八だ」

「だが、そんな……」フィールダーの胃袋がでんぐり返った。「わからん」

「今日びのような、ある種の加速経済においては」キングが説明する。「時として、貸付機関——ある意味じゃ、今日ただいまからおれのことをそう考えてくれていい——が事業拡大の一途をたどりつづけるため、利率引上げを余儀なくされることがある。組織の必然ってやつだよ、教授。どうか悪く思わんでくれ、ぶつかる相手が市場の大勢と、こう来ちゃな。おれの力じゃどうにもならん」

フィールダーはわが身がデフレで切り下げられた気分がした。

「チビ」とキング。

「へい」

「遅延損害金の件をフィールダー教授に説明してやらんとな。忘れるんじゃねえぞ、教授《せんせい》は病気なんだ」

チビが車のドアを開けると、がっしりした取り立て人の手をスティーブンは肩口に感じた。まるで時間がいったん止まって、それから加速したようだった。わけもなくいちるの望みを抱いてチビを見る。情のかけらもない、ひたすら任務に忠実なふたつの目があるだけだった。

あとで、長い道のりだがたしかな足取りで自宅まで歩きながら、諸般の状況を思えばほかにとるべき道はなかったとスティーブンは自分に言い聞かせた。

はじめはすぐにも複雑骨折に見舞われるという幻のおけつきで、気分の悪くなるような恐怖のみが色濃かった。

だが、チビと別れて数ブロック行ったところで、フィールダーをめまいが襲った。雲をつかむような漠たる幸福感のトレモロが胸のうちに湧き起こり、息もつけぬほどだった。

そして、歩くにつれ——頭上の街灯からふりそそぐナトリウムライトの洪水の中を移動し、大またのひと足ごとに自宅のアパートへの距離を狭めながら——記憶にもないようなある感覚をスティーブン・フィールダーは覚えはじめていた。

ラッキーだったぜ。

いちかばちかの危険を生きのびたアドレナリンが一拍おくれで放出されたのかもしれない。身近な動機により、不毛な精神状態からの目覚めをうながす専門家の手ぎわからはほど遠いかもしれない。

フィールダーにはわからない。夜鳴き鳥が町のこの界隈ではいつもこんなふうに歌っているのか、単にこれまで気づきもしなかっただけなのか。

わかるのはこれだけだった。この三十分でなにか大事なことがおきた。何かが変わったのだ。

だって手足をなくす人々だっているのだ、冗談でもなんでもなく。今ならよくわかる。死に至らないまでも、いろんな事故でけがを負わされる。仕事柄、騒音吠えたける環境にさらされてじょじょに聴覚を失ったり、ウィルス感染で視覚を奪われる人々もいる。恐ろしい病気で神経や筋肉組織が鈍ったり、完全に麻痺したりもする。

奇妙で不幸なわが身の上についてくよくよするたび、スティーブンの思いは脳腫瘍をわずらった例の友人へと舞い戻ったものだった。そして、今はじめて悟った。死んだ友人のことなど考えるべきではなかったと。

どうせなら、前に読んだことのあるフランス人の雑誌編集者のことを思うべきだった。

その記者はボービという名だった。ジャン＝ドミニク・

ボービ。人生のただなかで、ボービは四肢麻痺という痛打にうちのめされた。そして四十四のとき――まさにフィールダーの歳だ――自身の回想録を書いたのだ。ほぼ二百ページもの内容を、しかも左まぶたを動かすだけで。

符号を使って二百ページすべてを書き取らせた。そのつどまばたきしながら、一字、また一字と。

人は、生きのびる。どれをとっても想像を絶する恐怖をのりこえてその日その日を生きる人はおおぜいいる。そして目を覚ましてまた一日を生きのび、あすを迎えるのだ。人は適応し、乗り切る。道具を発明し、回避策を編み出す。困難にめげず、根気よく計算をやり直す。いろんな変数につぐ変数を当てはめ、ついには自身の方程式が進歩をなしとげるまで。

アパートの建物にたどりつくまでに、フィールダーはインスピレーションの満ち潮であふれんばかりだった。視覚認識の見地から考察しようとした。視覚による数字の再学習はどのていど困難だろうか？　記号特有の直線や曲線は？　コンピュータ用途の見地から考察しようとした。どんな人間の頭脳よりはるかに未熟な計算力を備えた表計算、グラフ・アプリケーション、微小演算装置。かつては当たり前のように思っていた道具について考えた。複雑なものを理解し……単純化する目的で、人間が設計し編み出した驚異のかずかずについて。

それで、こうした考えに没頭するあまり、自室フロアの階段踊り場にたどりついてから、ドア外のホールに待ちうけるロンバスの姿を認めるまで一瞬かかった。

「ロンビー」と声をかけ、かがんで犬の耳の後ろをかいてやった。「こんなおもてに、どうやって出たんだい？」

ロンバスは茶色い目にものを言わせてじっと見上げただけだった。〝おれに聞くんじゃなくてさ。やつらに聞いてくれよ〟

半開きになった玄関ドアにフィールダーが気づいたのはそのときだった。

四人の男が中で待っていた。ふたりはスーツ姿、ひとりはジーンズにスポーツジャケット、ひとりはスポーツジャケットを脱いでひょいとカウチの背にかけ、ショルダーホルスターをあらわに見せていた。その男のベルトにとめたバッジに、フィールダーは気づいた。

「フィールダー教授」スーツのひとりが言った。戸口までフィールダーを出迎えて片手を差し出し、片手でぱちりと身分証を開ける。「無断でお邪魔して申しわけない。コリガン特別捜査官と申します」

フィールダーはその男の手を握り、ロボットのようにぎくしゃく動かした。ロンバスはしりごみし、ホールに出て行った。

コリガン捜査官はアパートの中をぐるっと指さした。

「そちらが捜査パートナーのクライン捜査官。リース刑事、カルバハル刑事です」

シャツの袖にショルダーホルスターをさげた男が挨拶のしるしに片手をあげた。

フィールダーは一同を見た。「うちのアパートでなにしてるんだ?」

「フィールダー教授」とコリガン捜査官。「互いにもちつもたれつの間柄でやっていけそうですな、われわれは」


その夜、フィールダーは夢を見た。アンディとさしむかいで、カードテーブルでチェッカーゲームをしていた。見知らぬ部屋だ。ふたりで笑いながら楽しく過ごしていた。いましも彼が王手をかける寸前にドアのひとつが開き、バークホルダー基金のお抱え弁護士どもが一団となってゆっくり入ってきた。フィールダーは目をあげ、不思議がった。なんで居場所が割れた? 弁護士たちは全員そろいのブリーフケースをさげ、縦に並んでいる。

娘と水入らずのこうしたひと時に水をさす理由を断固求めようとしたやさき、別のドアが開く。チビを従えて、ハッピー・ジョー・キングが現われた。

ふたりが弁護士団を見た。弁護士団がふたりを見た。チビがうなった。

それと同時に、三つめのドアが蝶番をふっとばす勢いで開いた。コリガン捜査官とクラインがてんでに武器を抜いて部屋になだれ込む。リース刑事とカルバハル刑事が争ってそのあとに続いた。

フィールダーは椅子を立とうとしたが、身動きできなかった。

〝FBIだ！〟コリガンが叫び、チェッカーのテーブル越しに銃でチビに狙いをつけた。

まだうなりながらチビが内懐をさぐり、銃を抜いた。

〝ずっこんでろい、間抜け。その数学野郎はいただくぜ〟のどの裏にはりついた熱くしょっぱいしこりをフィールダーは感じとった。話そうとした。立ち上がろうと、もう一度やってみた。アンディがそれを見てかぶりをふった。そして言う。〝ほんっとにずうずうしいクソッタレよ、あんたって人は〟

せつなに弁護士の一団がいっせいにひざまずき、ぽんと掛金をはじいてめいめいのブリーフケースに頭をつっこむ。立ち上がったときは、ありとあらゆる形や大きさの火器を手にしていた。

〝失礼〟弁護士のひとりが言い、いきなりスーツの上から弾薬ベルトをたすきがけした。〝ですが、その教授はわれわれに同道ねがいます〟

〝おれはもう教授なんかじゃない！〟フィールダーは叫びたかった。だが、正体不明の詰め物に口をふさがれていた。見おろすと、空《から》になったブロンコ・バーガーの包装紙が両手にある。

だが、汚いその邪魔ものを吐き出すより先に、各自の銃がいっせいに火を噴いた。

アンディともども三すくみの中央で立往生するスティーブンがふと気づくと、銃は弾の代わりに数学を撃っていた。銃口が火を噴くや数字が離れ、重さなどないかのように漂い、ゆるゆると室内をよぎる。

旋回する7のつるべ撃ちで、弁護士のひとりがコリガン捜査官を蜂の巣にした。チビがすきをとらえ、9でその弁護士の首をぶち抜く。クラインが床を転がる。カルバハル刑事が援護に回り、続けざまの早撃ちで弁護士どもの頭上に分数を放った。

その撃ち合いに見とれ、アンディがうっとり笑みを浮かべる。〝パパ、ねえ見てよ、これ！〟人さし指をのばして通りかかった≦の記号にふれ、旋回しつつ描く軌道をそらした。〝きっれーい！〟彼女が気づかぬうち、左肩ごしにさっきの弁護士がリース刑事に向けて銃を構える。ふりむいて、こちらに向かってくる弾を見たときには手遅れだった。

やっと動けるようになったフィールダーがはじかれたように立ち、娘をかばってよろめき出る。

いっぱいに伸ばした両腕が届いたとたん、肩に一発くらった。着弾の衝撃できりきり舞いしながらハッピー・ジョー・キングの方へと向かう。

目の端でチビの銃がはねるのが見え、片手をあげて身をかばった。だが夢の中で誰かがスローモーション・スイッチをオフにしたらしく、伏せるよりさきに加速したπが顔面に命中した。

結局、フィールダーは二カ月近く続けた。盗聴器を身につけた現場をチビに押さえられるまで。

はずみのできごとだった。ハッピー・ジョーのリムジンの後部座席で毎週行なうスタッフミーティングに呼び出すため、取り立て人がブロンコ・バーガーまでフィールダーを連れに来た。いつものように歩いて中古家具店の駐車場に向かうみちみち、チビはふざけて遊び半分の早撃ちジャブをフィールダーの胴体にくりだした。スティーブンは気にとめなかったが、フェイントが間に合わずによけそこねた。遊び半分のこぶしが、フィールダーのあばらにテープ留めしてあった送信機をかすめた。

また手がのびてきて、触って確かめた。

ついで形相が一変し、本気の鉄拳がスティーブンの腹に炸裂……

……そしてようやく息を吹き返してみれば、あのリムジンの後部座席だった――ブロンコ・バーガーのシャツ前はひきちぎられ、ばんそうこうをひっぱがされた胸部は肌にみみずばれができていた――ジョーゼフ・〝ハッピー・ジョー〟・キングと顔を合わせ、知っていることを聞き出すのも、これが最後になるだろう。

古狐は座って、何かハイテクの呪文でも考えるような顔つきで、片手にのせたＦＢＩの道具一式をしげしげ見ていた。フィールダーの横にチビがいて、磁気嵐さながら吹き荒れる寸前なのが感じとれた。

だが、ずいぶん長いことのように思える間、ハッピー・ジョーはただ黙って座っていた。

ようやく口を開いて、ただひとこと、「いつからだ？」

「二カ月前」この期に及んでめったなまねは通用しないので、スティーブンはあっさり認めた。「六、七週間ぐらいかな」

ジョー・キングがうなずく。確かなことは言えないが、男の顔に浮かんだ表情を読みとったとフィールダーは思った。その表情は、自分が何かを失いかけているのではないかと疑いを抱く男のそれだ。これまで常に持っていた、そんな何かを。

さもなければ、失くしてしばらくたつと百も承知している男が、自ら認める瀬戸際になって見せる表情かもしれない。

ついにチビの堪忍袋が切れた。憤怒の第一声を噴き上げ、手にした大きな銃がフィールダーの顔の中ほどに当たると、鼻が折れたのが感じでわかった。

銃口でこめかみ真上の硬い骨をぐりぐりやられて車窓に反対側の頬を押しつけられ、血へどを吐きながら、つばのしぶきが耳にかかるほど間近で取り立て人の金切り声を聞く。

「信用してやったのに！」チビが叫ぶ。「信用してやったのによ、このクソッタレの最低野郎め！」

フィールダーが気を失う前に、かすかにかぶりを振って取り立て人をおしとどめるハッピー・ジョー・キングが見えた。チビがまた吠えたけり、雷のようなキドニーパンチを餞別がわりにおみまいした。

あとは混沌あるのみ。

洪水のような光の世界。ドアがいくつも開き、いくつもばたんと閉じる。きびしい声が命令をどなる。人々があらわれ、てんでに駆けずり回る。誰かがメガホンを持っている。

それから開いた救急車の後部座席に座り、裂けた唇と折れた鼻に血まみれのアイスパックを当てているさなか、制服警官の制止をふりきり、黄色いテープをまたいで駆けつけるアンディの姿が見えた。

もしかしたら今晩会いに寄るかもねとは言っていた。約束といっても気軽なもので、その瞬間までころっと失念していたが。

どういうわけか娘の姿を目にして、一、二年前にふたりで借りたレンタルビデオの映画をふと思い出した。題名は思い出せない。だが内容はというと、だれでも知っている人生というものがじつは手のこんだコンピュータープログラムにすぎないという話につきた。そして、プログラムの秘密がわかれば意のままに法則を曲げられる。より高く飛び、より速く走り、宙に浮いたりとか、そういったことだ。真に特別な人間なら、プログラム全体を超越する方法がわかるのだ。

どういうわけかフィールダーの頭に浮かんだのは、主人公がついに理解に至るという映画の山場だった。あの時点から、主人公はまぼろしを作り出す無窮のデータの流れに周囲のありとあらゆるものをあてはめて見ていた。

そして、フィールダーはふと思った。もしも自分があの主人公だったら、眼前でくりひろげられるこの混沌と喧騒シーンをじっと観察し、根底のパターンが見えはじめ、すべてが明らかにされそうなここ一番が人生のツボだろうな、と。

ハッピー・ジョー・キングのことを考えた。あの男には、いくぶんなりともそのパターンがもっとはっきり見えているのだろうか。

人生のツボをつかみそこねそうなのは、自分だけなのだろうか。

そしたら娘が投げかけてきた両腕の感触と、大丈夫？　大丈夫なの？　と息せききってたずねる声が聞こえた。

フィールダーはその髪をなで、痛さをものともせず笑ってみせ、大丈夫だよ、と言いきかせた。

男は妻と二匹の犬を殺した
Man Kills Wife, Two Dogs

マイクル・ダウンズ　澄木　柚訳

マイクル・ダウンズ（Michael Downs）は、以前は記者であり、レストラン評論家でもあった。現在までに短篇小説を《ジョージア・レヴュー》《ミシガン・クオータリー・レヴュー》《ウィロー・スプリングス》などに発表している。イースターの朝の事件を描いた本作は《ウィロー・スプリングス》誌に発表されたが、著者ダウンズ自身が故郷のヴァーモントで十一歳の頃にあった実際の事件をもとに書いたという。

ドアが三度強くたたかれ、ドゥーデックは持っていた缶ビールを落とした。このドアをたたく者といったら家主だけだが、あいつが二度とたたくはずがない。今朝以降は。

「下のドアが開いていたものですから」と女は言い訳をした。

彼は女を部屋に招き入れた。ライラックの香水が匂う。真珠のネックレスはまがい物なのだろうが、女はそれを気にする様子は見せない。紫色のプルオーヴァーのセーターの両肩に、赤みがかったブロンドの髪がかかっている。女は新聞記者だと自己紹介をすると、射殺事件について話を聞かせてもらいたいと言った。

「何を訊きたいんだい？」何でもいいからしゃべりたくてたまらないってことに気づいてくれ、と思った。記者は乗ってこなかった。

「目撃したことを教えてください。耳にしたことも」女の声は、バニラアイスクリームにかけた熱く柔らかいチョコレートを思わせた。ドゥーデックは最初に頭に浮かんだことを口にした。

「家主は両側から警官に腕をつかまれて、出てきたんだ。おれは顔を見ようとした。奥さんを殺した男の顔を見たいと思ってね。いいかい。あいつは歯を見せてにたりと笑っていた。まるで〝空は青く、鳥は唄い、世はすべて事もなし〟って感じさ。あまり上機嫌だったので、怒鳴ってやりたくなったよ。〝ねえ、ミスター・タッカー！　今月の家賃が遅れてもかまいませんか？〟これは書かないでくれ。冗談だよ」

女はにっと笑うとメモ帳にペンを走らせながらドゥーデックを見たが、その鋭い赤褐色の目をじっとこちらにすえたまま、そらそうとしない。正真正銘の遊び好きだ。間違いない。思わせぶりなそんな笑顔なら見逃さない——たとえ、暗い紫煙のたちこめるバーで十メートルも離れていて、心臓から血の代わりにテキーラが送りだされていたとしても。今は自分のアパートで、ビールを一缶飲んだだけだから、自分のはもちろん相手の下心もはっきりと感じられる。

ドゥーデックは浴室からぼろ布を取ってくると、こぼれたビールを拭いた。取材記者は、テレビで何度も見たことがある。のべつ幕なしにぺちゃくちゃしゃべる連中だ。だが、この女は違う。もっぱらこちらの話に耳を傾け、同情して顔をしかめたり、下唇を突きだしたりしている。「何か訊いてくれ」とドゥーデックは言いたかったが、そうはせずにブラインドを開けて、四月の薄汚れた午後の戸外を眺めた。女はこの構図が気に入るだろう。Tシャツにみすぼらしいズボン姿の一匹狼が、窓から地獄に堕ちた世界をじっと見ている姿が。ドゥーデックの住むこの通りを行くのは、車高を低くしたオートバイや錆だらけの小型トラックばかりで、通りの向かい側の家では、イースターを祝って子どもたちが安っぽいナイロンの旗を吊るしている。旗にはピンク色のウサギが、殻に色を塗った卵を集めている絵が描かれている。ウサギはこちらに向かって、間の抜けた表情で無邪気に歯を見せて笑っていた。こちら——ドゥーデックの住むこの家では、その朝六時半頃まではミセス・タッカーがまだ生きていたのだ。

「よりによって、イースターの日曜を選ぶなんて、ぎょっとしたよ」とドゥーデックは言った。「冗談じゃない、月曜まで待てって言うんだ。あんただって、そう思うだろ？」

「冗談じゃないわね」と記者はおうむ返しに言って、くすくす笑った。ドゥーデックも声をあげて笑った。女の頬骨の周囲にうっすらと散らばるそばかすは、妖精の光の粉《フェアリーダスト》をふりまいたようで愛らしかった。

ドゥーデックはソファのパン屑をこれ見よがしに払い落とし、手のひらでクッションをたたいて見せた。「座れば」とキッチンへ向かいながら、記者に声をかける。「コーヒーはどうだい？　それとも、ビール？　イースターに殺人事件なんか起きたら、ビールの半ダースは飲まなきゃあな」

「飲みたいのは山々ですけれど、仕事中ですから」と記者は答えた。

キッチンでドゥーデックは冷蔵庫からビールを取りだしたが、これが最後の一缶と気づき、記者が断わってくれてよかったと思った。

「うちの新聞を読んでくださってるんですか？」ドゥーデックがソファの記者のかたわらに座ると、彼女は訊いた。新聞がだらしなくコーヒーテーブルの上にのっている。テーブルは近所のゴミ置き場から漁ってきたものだ。

「タッカー家のさ」ドゥーデックはビールをひと口飲み、新聞を折りたたんだ。二つの戦争と、中国の洪水と、年に一週間だけ州の海岸を自分たちに開放して欲しいというヌーディストのグループの記事を読んだ。彼はヌーディストを応援している。

「それで、銃声を聞いたのはいつですか？」

「朝食の支度をしてたんだ。卵をゆでてたのさ。ほら、イースターだからね。外は暗かった。静かで。おれは早くに目が覚めるんだ。親父譲りなんだが、親父はヘビースモーカーの咳のせいにしてた。おれは、何のせいかわからない。そうそう、タッカー夫妻のことだったな。下からは何も聞こえてこなかったが、妙なんだ。あの夫婦が喧嘩をするのは、しょっちゅう聞こえてきたから。つまり、夫婦の声はよく耳にしてたんだ。これまでは。今朝だって、当然喧嘩したと思うだろう？」

「ふたりは何のことで喧嘩を？」

「しょうもないことさ。みじめったらしいこととか。奥さんは旦那のことを太っちょって呼んでたけど、実際は自分のほうが太ってた。旦那のほうは、奥さんが働かないので、怒ってた。夜、旦那が怒鳴っているのを聞いて、目が覚めたことが何度かあるよ。〝無知な鬼婆め！〟なんて。かと思うと、奥さんは旦那の手先が不器用だって責めてたっけ」ドゥーデックは顔をしかめた。「おれの知ったことじゃあないが。ふたりはやたら罵りあって、自分たちでそれを楽しんでいるような晩もあったな」

口に含んだビールを一気に飲みこむと、歯茎に凍《し》みた。

こうした喧嘩の翌朝には、仕事に出る前に耳をそばだてたものだ。夫妻のどちらかがアパートを出るのを待つ。それから階段吹き抜けを大急ぎで降りてゆき、玄関ドアのところで夫または妻をつかまえる。昨夜の大喧嘩のあとで、どんな表情をしているか、前日と変わっていないか、何かその顔に加わったもの、または欠けたものがないかを確かめようと。ただし、そのことは記者には言わなかった。

　記者は何か走り書きをしてから脚を組んだが、黒いパンティストッキングが天井に灯された電球に照らされてきらきらと光った。華奢《きやしや》な足をしている、この記者は。それに、踵がナイフのようにとがった黒い靴をはいている。ヒールはそれほど高くなかったが、ハイヒール姿が目に浮かぶようだ。ドゥーデックはビールを飲み干すと、両足の間に置いたさっきの空き缶の隣りに並べた。タッカー夫妻を褒めるようなことを何か言ってやれば、この女は喜ぶだろう。

「夫妻は犬をとても可愛がってたよ。ボクサー犬二匹さ。純粋種の。フレーザーとフォアマン（どちらも米国のボクサーで元世界ヘビー級のチャンピオン）って名前の。生意気なやつらだった。体も大きくて。まったく狂ったように吠えやがった」

「今朝のことですか？」

「年中だよ。だが、今朝は……あんな吠え方は初めて聞いたな。首を絞められたのさ。遠吠えと言ってもいいような。おれの頭がおかしいと思うかもしれないが」ドゥーデックは効果をあげるために一呼吸置いた。「まるであいつらは、必死で命乞いをしてるみたいだった」

　ドゥーデックは、ペンを走らせる記者の指を見た。ほどほどの長さの爪に透明のマニキュアを塗っている。一番重要な指には、指輪ははまっていない。「犬はいつ吠えだしたんですか？」と女が訊く。

「最初の銃声のあとさ。さっきも言ったように、おれはコンロの前にいた」鍋の中で卵が互いにぶつかって、がたがたいいながらゆであがるのを見守ってたんだ、とドゥーデックは説明した。最初の銃声。ひぇーっ。すぐさま階段を降りていった。下着姿で半ばまで降りたところで、さらに二発の銃声を聞いた。轟音は壁をつたって背骨に響いた。ドゥーデックは引き返した。一発なら、単なる事故かもしれない。だが三発となると、恐ろしい事件が考えられる。

「それで？」と記者は促した。

静寂。もう吠え声はしない。何も聞こえてこない。ドゥーデックはドアに鍵をかけ、警察に電話をした。「連中は数分で来た」だが、タッカーが今にも階段を上がってくるのではと不安に思いながら待っていると、その何倍にも長く感じられた。用心のためにベッドの下に隠してある金属バットを握ったまま、吐き気をこらえて居間に座っていたのだ。だがそんなことは、ライラックの香水と模造真珠のお嬢さんに話す必要はない。

「奥さんはストレッチャーに乗せられて出てきた。シーツでおおわれて。通りまでの小道で、車輪の一つが割れ目にひっかかって、奥さんは危うく放りだされそうになったんだ。犬はゴミ袋に入れて出された」

記者は組んでいた脚をほどいたが、両膝をきっちりと合わせた。ドゥーデックのほうに身を乗り出すと、口を開けてペン先をくわえた。

これはこれは、とドゥーデックは思い、自分の運のよさに声をあげて笑った。

「何がそんなにおかしいの？」

「何でもない。何もおかしくないよ。他に知りたいことは？」

記者は少し考える様子だった。「なぜ彼は自殺しなかったのかしら？」

「ばかみたいだよな？　ほら、こうした事件ではおきまりだろう、殺害後の自殺ってのが。だが、タッカーは大口開けてにたりと笑いながら出てきた。たとえて言えば、あれは、真夜中にばかでかく警笛を鳴らす車のようなものだったんじゃないかな。一発ぶっぱなしてやりたくなるだろう？　ただ黙らせたくなる。他のことなんか、どうでもよくなって」

「すると、ミセス・タッカーは車の警笛みたいだった、と言うんですね？」

ドゥーデックは肩をすくめた。「おれは精神科医なんかじゃないからな。ただの隣人さ」

「タッカー夫妻には友人やお子さんがいましたか？」

「見たことないね」

「と言うことは、夫妻とはそれほど親しくなかったんですね？」

「連れだってはしご酒をするような仲じゃなかったが、上に住んでいれば下の住人のことはいくらかはわかるものさ。好人物だったと思うよ。奥さんは犯罪実話の本を読んでた。夏になると、ポーチのお粗末なローンチェアで本を読むうちに居眠りをして、いびきをかいてたものだ。旦那のほうは、テレビでボクシングの試合を見てた。旦那について言うなら、スパナとペンチの違いもわからなかったんじゃないかな。けちだったしね。家に金をかけることを嫌ってた」

記者はペンを持つ手を止めた。つまらなそうな表情だ。ドゥーデックは下唇を噛んだ。

「この家の上下の部屋の間取りは同じなんだ。おれの寝室の下は、夫妻の寝室だ。警官に聞いたんだが、あそこで奥さんは殺されて……」ドゥーデックは居間から寝室のほうを指さしたが、無関心を装ったその顔がひどく間抜けて見えたのか、記者が苦笑した。

ベッドの寝具は乱れたままで、部屋の奥のひと隅には汚れた服が山積みになっていた。「メイドが病気なんだ」と彼は弁解すると、パンツやらTシャツやらをベッドの下に蹴りこんだ。それから床を指さした。「この下さ」

記者はドゥーデックの化粧台とベッドの周囲を歩いた。とがったヒールが木の床にこつこつと響く。その時ドゥーデックは、ここがひどく不気味な部屋になっていることに気づいた。そういえば、一日中この部屋に入らなかった。

ふいに彼は想像した。わずか一メートルほど下で、タッカーが引き金に指をかけている姿を。銃を持つ手が激しく震え、ガタガタと音をたてる。家主は目をしばたたいたに違いない。目を開いた瞬間に……そして、ミセス・タッカーのほうは？　旦那は肩をつついて妻を起こしたのだろうか？　明かりをつけたんだろうか？　照明は必要だったろう。妻のすぐ横で頭にじかに銃口を突きつけたのでなければ。

ドゥーデックはこめかみをこする手を止めた。いつの間にかこすっていた。「度肝を抜かれたよ。イースターに奥さんと飼い犬を殺すなんて。だが、どこか一篇の詩みたいだと思わないかい？　誰もが祝日を楽しく過ごそうとしている。そこへ、バン！　まいったね。タッカーは銃を振り回して叫ぶ。〝おい、みんな、おれを見てくれ！　ひでえことになってるんだ！　春なんて、忘れろ。キリストの復活なんて、忘れるんだ。おまえらに死体をたんまり拝ませてやらあ〟」

「なぜタッカーはそんなふるまいをしたのかしら？」と記者は尋ねた。

「そいつは大事な質問だな！　いったい全体やつはなぜ、神をも恐れぬそんな物言いをしたかだ。〝ふざけねえでくれよ、神さま！〟なんて」ドゥーデックは中指を天井に向けて振った。「何かがあいつをあんなふうに狂わせたに違いない」

記者は知りたがっている。本気で知りたがっているのが、ドゥーデックにはわかった——彼女の声はせがむようで、青白い喉もとがぽっと赤らむ——その朝のおぞましさと危険に触れ、ドゥーデックが遭遇した強烈なショックを感じたがっている。女は寝室の壁にもたれた。片方の耳の後ろに髪をはさみこんでいるので、なめらかな首筋があらわだ。柔らかそうな耳たぶにつけた、小さなクリスタルのピアス。

「その、おれには予想がついたはずなんだ」ドゥーデックはマットレスの隅に腰を下ろし、その部分が数センチたわんだ。「今朝早く、まだ食事の支度にかかる前、誰かが中に入りたがってるみたいに、表のドアがたたかれたんだ。おれは泥棒かもしれないと思って、こっそり降りていった。用心のために、野球のバットを持ってね」彼はベッドの下からバットを引き出して、記者に見せた。「階段の下にめかしこんだミスター・タッカーがいた」

記者はじっと聞いていた。

「別に、朝帰りは初めてじゃない。〝ハッピー・イースター〟とおれは声をかけたよ。旦那はしゃがんで、マットの下に隠してある鍵を取ろうとしていた。おれは言った。〝ハッピー・イースター〟。

〝ハッピー・イースター、ヘンリー〟と旦那は応えて、野球バットを見た。〝スライダーに気をつけろ〟と言って大声で笑いやがった。ドアの錠を開けて、鍵をまた元に戻した。息が酒臭かったな」

ドゥーデックが記者を見ると、彼女は彼の顔を見返したまま、メモを取り続けている。小首をかしげ、その目が問いかけてきた。

「大酒飲みさ」とドゥーデックは小声で言った。「奥さんも」

記者は書く手を止めた。前にその話は聞いたという顔だ。

「夫婦は、ただ酒が好きで飲んでたわけじゃない」とドゥーデックは続けた。「長年深酒してたんだ。家の裏に酒箱が積み上げられてるよ。ミスター・タッカーはよく仕事に行き損ねたものだ。犬どもは鎖をはずされて、そこらじゅうをほっつき回ってた。火曜に来てみろよ。旦那がゴミ出しに間に合っていれば、空き瓶を入れたゴミ袋が、エベレストくらい高く積み上げられてるから。夫妻は時々おれが部屋を借りてることも忘れるくらいだった。おれにとっては好都合だったが……」

「それで奥さんを殺したってわけ？」

「ああ。何だい？　イースターの日曜の殺人、喧嘩、アルコール、それだけじゃ充分じゃないってのか？」

「ええ」と記者は答えると、何か書き留めた。「つまり、それで充分ですよ、もちろん。まさにその通りなんでしょうから。それじゃあ」

記者はドゥーデックに名刺を渡し、にっこり笑って、他に何か話があれば電話をして欲しい、と頼んだ。ドゥーデックは、そんなことは何でもないよというふうにうなずいた。記者はアパートを出て、踵のとがった靴で階段を降りていった。薄暗がりの中を女が自分の車に向かって歩いていくのを、彼は窓から見送った。ホンダの小型車だ。女はもう一度タッカーの家に目をやってから、運転席にさっと乗りこんだ。ヘッドライトがつき、車はブーンとうなりながら走り去った。

出たり入ったり。それがドゥーデックの計画だった。夫妻がビールや酒を買い置いているのは知っているし、ふたりは彼に借りがあるはずだ。少なくともミスター・タッカーには、殺人事件で祝日をぶちこわしにした責任がある。このブロック全体の人間に酒をおごってもいいくらいだ。

警察はドア枠の両側に錆びた釘を二、三本打って周囲に黄色いテープを巻き付け、タッカーのアパートを封鎖していた。ドゥーデックはテープをはずし、ドアマットの下に隠した鍵を見つけて錠を開けた。

ドゥーデックが立っているところからは、ほとんど何も見えなかった。明かりと言えば、背後の階段の頭上高くにある電球の薄暗い光だけ。そんなはずはないと思いながらも、何かが動くか、音をたてるのを待った。自分がひどく怯えているとわかっても、驚かなかった。すぐに目が慣れ、ドゥーデックは中に踏みこんだ。部屋は封を切ったばかりの煙草の箱みたいな、甘く銅を含んだような匂いがした。キッチンから、タッカーの冷蔵庫がうなる音が聞こえてくる。時計が時を刻む音も。暗闇の中に浮かぶ青い光は、ビデオ・レコーダーの画面表示だろう。ドアのそばにソファがあるはずだ。夫妻のどちらかが自分たちのアパートに出入りするところにたまたま通りかかって、見かけたことがある。そう言えば、ふたりが一緒にいるところを見たことは、一度もなかった。ポーチにいる時も、犬を散歩させる時も、会うのはきまって夫妻のどちらかひとりとだった。

ドゥーデックは自分の部屋と同じ箇所に電灯のスイッチがあるだろうと思い、ドア近くの壁を探った。だが、その時隣人の誰かが気づいて、警官を呼ぶかもしれないと不安になった。泥棒は、死んだばかりの者の家に押し入って生計をたてるんじゃないのか？　おれはそんなことをする気はない。そういうつもりじゃない。それにさっと入って、さっと出てくるんだ。誰かが気づく前に、家主の部屋の明かりは消えてるという寸法だ。

ぱっと電灯がつくと、三件の殺しに至った暴力沙汰で部屋の中はめちゃくちゃに破壊されているだろうというドゥーデックの予測は、見事にはずれた。すり切れたコーデュロイの布張りのソファは、詰め物がたっぷり入ってふかふかだ。金属の薄板をかぶせた木製のコーヒーテーブルの上には、新聞のテレビ番組欄が開いたままのっており、コーヒーの入ったマグカップ一個、ペン一本、予定を書きこんだ紙きれが数枚のっている。シロアリ保険を更新すること、車のブレーキを修理すること、駐車に関してドゥーデックに注意すること……あれがふたりを怒らせたんだ。おれが細い私道で夫妻の車の後ろに車を駐めたんで、ふたりは車を出せなくなったから。部屋の隅には、フレーザーとフォアマンの格子縞の布でおおった犬用のベッドがふたつあり、枕にそれぞれの名前が刺繍してある。卵色の壁にはフレームに入った複製画が飾られていて、一つは小麦畑の中の納屋の、もう一つはタンポポの花束を持ったよちよち歩きの女の子の絵だ。テレビの下にさっき気づいたビデオ・レコーダーもあった。棚にはミセス・タッカーの本が数冊のっているが、大半は八×一〇サイズの写真で埋まっていた。カウボーイハットをかぶった子どもたちが、写真館のスタジオのカーテンの前でポーズをとり、作り笑いを浮かべている。別の写真では、三十がらみの男がトミー・ラソーダ（ロサンゼルス・ドジャースの元監督）と握手をしている。この男は、ミスター・タッカーそっくりのとがった鼻と西洋梨型の尻をしている。では、子どもたちはロスに住んでるんだ。だから、一度も会ったことがなかったんだな。今頃は、事件の後始末をするために飛行機に乗っているかもしれない。警察が呼び寄せるんじゃないだろうか？

　キッチンでビールを三本つかんでから気が変わって、半ダースパックをそっくり持ち上げた。何の違いがあるだろう？　タッカー二世が在庫調べをするとでも言うのか？　したからって、何だ？　ドゥーデックが冷蔵庫のドアを閉めると、マグネットが落ち、宅配中国料理店の品書きと写真が数枚落ちた。彼は拾いあげて、元の箇所にとめなおそうとして気づいた。ちょうど目の高さに、フロリダの風景をあしらったゴム製のマグネットで冷蔵庫にとめられているのは、宝くじの券だ。

　ドゥーデックは身を乗り出して、読んだ。イースター後の水曜、四月七日の五組の数字だ。こりゃ、いただいてしまえ。彼は券をズボンのポケットに押しこんだ。

　キッチンを出ながら、廊下の先の寝室を見た。ドアは閉まっている。映画みたいだな、とドゥーデックは思った。

間抜けなベビーシッターに向かって、〝ドアを開けちゃだめだ〟と叫びたくなるような映画。だが内心では、みんなが開けてもらいたがってる。今さら背を向けて、引き返すわけにはゆかない。何が起きるか、知りたいから。彼は犯行現場を見たかった。あとでいい話のタネになる。そこで安楽椅子のシートにビールの半ダースパックを置くと、暗い廊下を進んでいった。

ノックしながら、心の中でばかめと自分をなじる。きまり悪くなって、ガラス製のノブを回し勢いよく押しあけた拍子に、ドアは壁にごつんとぶつかった。天井の照明をつけると、やにわに乱れたベッド、血に染まってごわごわしたシーツ、一面に血が飛び散った黄色いプラスチック製の頭板が目に飛びこんできた。床にも二箇所に大きな血だまりがある。犬だ。ドアを勢いよく押したせいで風がおきて、マットレスの詰め綿があたりに浮遊している。ドゥーデックは目を閉じ、怖くなって、また開けた。血の一部は乾きはじめていて、壁の一部は茶色く、頭板のところは濃い紫色になっているが、大量の血に染まったシーツと、床の血だまりはまだ赤かった。もうたくさんだと思って、彼は寝室を離れようとしたが、すぐそばの壁に積み上げられた段ボールの箱に目をとめて、立ち止まった。たくさんの箱が壁一面を埋めつくしている。その一角にはデスクもあって、床のしみを踏まないように歩み寄ってみると、デスクの上には掲示板がかけられていて表がとめてあった。高く遠い位置にかけられているために、血しぶきが飛ぶこともなくきれいだ。表には、機械で印字したように正確で小さな手書きの数字がずらっと並んでいる。六個の数字が一列ずつ並んでいて、どれも45以下だ。それぞれの列には日付が記され、黄色いマーカーで目立たせたものや、赤で丸印をつけたものもあった。宝くじの番号だ。

古くなって黄色くなった荷造り用の透明なテープは、ドゥーデックがはがして箱を開けようとすると、破れた。やれやれというように首を左右に振ると、彼はくじ券の束を取り出し、親指でひと隅をめくった。どの券にも、掲示板の表と同じように、きちょうめんな文字が書かれている。何千枚もの券に、繰り返しのっている何十万という数字。

12と02、16と37、はずれ、はずれ、またはずれ。大半が×印で消されているが、丸をつけられているものもあり、赤インクはとっくにピンク色に褪せている。ドゥーデックは表面に七六年八月～七九年十一月と記した二個目の箱を破り開けてみた。中には、やはり数字を丸で囲むか、×印をつけた宝くじ券がぎっしりと詰まっていた。もうひと箱には九二年二月～九五年五月と記してある。続いてもうひと箱。ドゥーデックは声をあげて笑った。気持ちが悪くなり、頭がふらつき、箱から遠ざかりたくなって退却した。タッカー夫妻を揺さぶった狂気が、この箱から始まり、自分のほうにも拡がってくるような気がして。

くそ！　そうだった。すぐに出てゆくんだった。ドゥーデックはビールをつかんだ。明かりを消し、ドアに錠を下ろし、マットの下に鍵を滑りこませ、釘の周囲に黄色いテープを巻きつけた。

タッカー夫妻が飲んだのは瓶のビールだった。ふたりは高級ビールを買っていた。糖蜜のように濃い色で、ドゥーデックの好みよりホップがきいて苦みが強かったが、物をもらうのに選り好みは言ってられないってこと。彼は靴とソックスを脱ぎ、明かりを消し、ブラインドを上げて、窓辺に座って飲んだ。通りの向かい側には、暗闇の中でウサギの旗が灰色に沈んでいた。そのせいで、ウサギの歯をむきだした絶やすことのない笑顔は、やたら明るく、楽しそうに見える。ウサギは、そんなつもりじゃないのにな。

ビールを飲みながら、ドゥーデックは時おりけたたましく、もの悲しいパトカーのサイレンの音を聞き、赤色灯がぴかっと光り、繁華街のほうへとビルの壁をつたって駆け抜けてゆくのを見た。何百何千という部屋の何百何千という明かり。こうした部屋の一つか二つで、誰かが誰かを殺しているかもしれない。確率は高いはずだ。

ドゥーデックはポケットから宝くじの券を取り出して、いったんたたんでから折り目を伸ばした。近くの街灯の明かりを頼りに数字を読んでみたが、目を細めて見なくてはならなかった。ビールの酔いが焦点をぼやかしたようだ。妙な組み合わせの数字だ。31、33、36、38、39の中に12が迷いこんでいる。もう一枚のほうは、01、02、04、05、07と08。たぶんどれもはずれ券だろう。木曜の新聞で当選番号を調べることにして、券を財布にそっと入れた。

もう一本ビールを開け、さらにもう一本。瓶のふたをゴミの缶めがけて飛ばしたが、うまく入らずにカタカタと音をたてて床に散らばった。ドゥーデックは考えてみようとしたが、箱や数字や表と、タッカー夫妻について自分が知っている、あるいは知っていると思っていたことは、何から何までが嚙み合わなかった。その時、トミー・ラソーダと握手している男が頭に浮かんだ。気の毒に、これからあの息子は、彩色した卵を見るたびに、親父がおふくろを撃ったことを思い出すだろう。父親がしたことは、昔のイースターの朝食のテーブルで焦げたトーストを次々に回していくみたいに、自分の痛みと錯乱状態を回していくようなもので、中でタッカー二世は一番厚切りのトーストを飲みこまされたのだ。ドゥーデックは想像をめぐらせた。息子が喪服を着てサングラスをかけ、飛行機に乗っている姿を。明日にはブラッドリー国際空港に着いて新聞を手に取り、死亡記事か何かを探すうちに例の記者の記事を見つける。ドゥーデックのした話を読むだろう。両親が大酒飲みで、年中喧嘩をしていたと。二世はとうに承知していたことかもしれないが、ハートフォード（コネチカット州の州都）の人間がこぞってそのことを知ることになると思うだろう。

そしてタッカー二世が新しい家主となる。

ドゥーデックはアパートから追い立てをくうに違いないと思って、ビールをぐびぐびとあおった。敷金がふいになる。そして、自分は何と弁解したらいいのか？ 息子が、階下ですでに両親の持ち物を箱に詰めている姿が頭に浮かんだ。ソファに座ったまま耳をそばだて、階下に降りていくのはむろん、トイレの水を流す気にもなれずに、ただ消え入りたいと思っている自分の姿も。胃酸が喉もとまで上がってきた。高級ビールときたら。苦すぎる。

頭が働かなくなってきたので、椅子の背にぐっとよりかかった。暗い中でも、天井に拡がった雨水のしみはわかる。裏手のポーチの網戸が破れていたっけ。この手の汚いアパートは町じゅうにある。住むところはいくらでもある。だから追い立てをくうことが怖いわけではない。敷金のせいでもない。ともかく、これまで敷金を返してもらったことなど、一度もないんだから。

ドゥーデックはビールを置いた。まずいビールだ。タッカー二世もこんなビールを飲むんだろうか？　くそっ、息子は何かを飲まずにはいられないはずだ。あの記者は今頃、おれの話に従って記事を書いていて、タッカー二世はそれを読むことになるんだろうか？　ドゥーデックはデスクに向かう女を思い浮かべた。長い脚、とがったヒールの靴、模造真珠のネックレス。

明かりをつけて、ドゥーデックは記者の名刺を見つけた。ひょっとすると、おれに好感を持ってくれたかもしれない。同種の男に対する関心ってやつだ。女は最初の呼び出し音に応えて、電話に出た。熱く甘ったるい声。電話線を通じて聞くと、もっとセクシーだ。

ドゥーデックはもごもご名乗ってから、頼んだ。「おれのした話を、できたら使わないでもらえないかな？　あのふたり——夫妻がひどい人間だと思われそうだから。あのふたりに後足で砂をかけるみたいな気がして。もうふたりは充分に厄介ごとに巻きこまれてるわけだし」

ドゥーデックは親指の爪のへりの固い皮膚を噛みながら、相手の返事を待った。記者が息を吸って何か言おうとする気配を感じたが、何も聞こえてこなかった。煙草を吸っているんだろう。灰皿に煙草の灰を落としているのかもしれない。記者ってものは、みんな煙草を吸うんじゃないのか？　彼女のそんなところが好ましかった。

「そんなことはできません」と記者は答えた。「悪いけど、わたしは記者だと名乗ったし、あなたはそれを承知で話してくれたんですよ。ひとたび同意すれば、あなたの話は新聞にのります。そういう仕組みなんですから」

「だがその記事で、夫妻がどんなふうに思われるか、考えてくれ。夫妻に子どもがいるとしたら？」

「そこまで心配はできません、ミスター・ドゥーデック。いいですか、記事にはあなたから聞いた話はあまりのせませんが、まったく使わないと言い切ることはできないわ」

「ひでえな」

「話す前に、考えてみればよかったのよ」

ドゥーデックはその場に立ったままおもむろに何度か回ったので、電話のコードが体に巻きついた。今度は反対の方向に回ってほどいていく。まずいったらない。えらくまずいことになってしまった。これでは、〝好感を持つ〟どころじゃない。記者の喉もとが赤らんだのを思い出した。この女はぞっとするようなことが好きなんだ。間違いない。日光や明かりが好きな記者なんているものか！

「わかったよ。ところで、話してなかったことがあるんだ。とても信じられないようなことが」

「ミスター・ドゥーデック、原稿の締め切りが迫ってるんです」

「待て。聞いてくれ。宝くじだよ。階下に何箱もあるんだ。夫妻は絶えず当選番号を記録していた。一枚一枚に書きつけてるんだ。箱と言ったら、本当に箱なんだ。倉庫みたいにさ。あんたも、もう一度寄ってみるべきだ。調べてみろよ」

「あきれた。あなたが何のゲームをしてるのかわからないけど、わたしはとっくに抜けてるわ」

記者は電話を切った。ドゥーデックがテーブルを蹴ったので、受話器がはずれて床に飛んだ。「あのあま！」と叫ぶ。何のゲームかわからないだって？　知ってたくせに！　自分だって加わってたんじゃないか。あの脚で、声で、口にくわえたペンで。その上で欲しかったものを手に入れたくせに。それにひきかえ、このおれは？　寝室に記者といて、タッカー夫妻をだしに使って彼女をひっかけようとしていた自分の姿がよみがえり、ドゥーデックは自分の喉を絞めたくなった。

ドゥーデックはもう一本ビールをつかんだ。最後の一本だ。外の空気を吸い、ぶらぶら歩いてみるか何かせずにはいられない。

通りの反対側の家がポーチの電灯を消してしまったので、ウサギの旗はもう見えない。ひょっとすると、もう降ろしたのかもしれない。イースターは終わった。ドゥーデックはポーチの階段を降りて歩き出したが、首筋に雨がかかったので、引き返してポーチに座った。ビールの残りを飲み、瓶を通りにぽいと投げて割れる音を聞いた。それで気持ちが少し落ち着いた。と言うより、酔いが回ったのかもしれない。わからない。気分が少しよくなったことだけはわかった。

ドゥーデックは財布を探った。宝くじの券を見つけると、さっと裏返して細かい字で書かれた規定の面を出し、次に数字の面に戻した。問題は数字だ。はずれていないかもしれない。タッカー夫妻はこの券を調べたんだろうか？

ポーチの周囲の樋から雨水が勢いよく流れ出す。靴下をはいていない足が冷たく、体が震えた。タッカー家の新聞が戸口の上がり段に投げ込まれるのは、何時だろうか？それまで待って、あのあばずれの書きたてほやほやの記事を見てみよう。くじが当たれば、電話してくるに違いない。あの声で甘えてくるだろう。そうしたら、気前よくふるまうことだ。銀行の預金口座に数百万ドルあれば、大盤ぶるまいができようってもんだ。あの女相手に、まずささやかに始めることだな。〈カルボーネ〉のようなぜいたくなレストランでのディナー。あの女の歓心を買うことだ。次に真っ赤なポルシェに乗って、一日中ドライブ。ただし、短いスカートをはいてきてもらわなくちゃ。〝ぼくには価値基準があるんだ〟と女に言ってやろう。次の場面では、カリブ海のどこかにある島の小さな砂浜にいる。ストラップつきのビキニを彼女に買ってやり、背中にオイルを塗ってやるんだ。あの娘は、こんがり、こんがり、こんがり焼ける。カキだのエビだのを食い、日光みたいにまばゆい名前の酒をぐいぐいあおり、そしてあの娘が痛がるまで、ファックしまくってやる。まもなく島じゅうに、おれが大物だという噂が拡がる。チップをやたらにはずむから。五ドルのビールを買うのに、五ドルのチップを払う。すると女たちが寄ってくる。こっちが選べるくらいに。ふっくらした唇のブロンド娘とか？　黄金色の腹の真ん中にあるへそに、銀のフープ型のピアスをつけた赤毛の女とか？　島出身の女は？　そうだ、地元の女がいい。あの記者に恥をかかしてやれ。お返しさ、ベイブ。ひどいわ、とあの女は言うだろう。そうしたら、笑い転げてやるんだ。

暗闇から一台の車が現われ、歩道に雨水をはね飛ばしていった。ドゥーデックは拳をぎゅっと握ったので、指先が白くなった。指を拡げると、くじ券がくしゃくしゃになり、一枚一枚が手のひらにぼろぼろのボールのように丸まった。

ドゥーデックはうろたえて腿の上で一枚ずつ拡げて、指の腹でしわを伸ばした。数字がもう一度読めるようになるまで。

ファミリー・ゲーム

A Family Game

ブレンダン・デュボイズ　木村二郎訳

元新聞記者でニュー・ハンプシャー州に生まれたときから住んでいるブレンダン・デュボイズ（Brendan Dubois）は、現在までに十冊もの作品を発表している。そのうち、二〇〇〇年に最優秀改変歴史小説に与えられるサイドワイズ賞を受賞した『合衆国復活の日』は日本にも翻訳紹介された（扶桑社ミステリー）。本作もオットー・ペンズラー編の野球ミステリ・アンソロジー*Murderers' Row*に書き下ろされた作品だが、執筆にあたり、他の作家が大リーグをテーマにすることを予想して、あえて少年野球をテーマにしたという。

六月のその日は驚くほど蒸し暑かった。モートン公立高等学校の裏にある野球場では、とくにそうだった。影がなく、陽差しがあまりにもきつくて、リチャード・ダウはかぶっている野球帽を通してその陽差しの強さを感じることができた。その野球帽は黄色くて、青い『P』の文字が前部の中央にある。きょうフィールドやダッグアウトで《パイン・トリー・ロータリー少年野球チーム》の約十二人の少年たちがかぶっている野球帽と同じだ。リチャードはチームのアシスタント・コーチとして、一塁ベース近くに立ち、スコアボードを見た。小さい少女が自分の拳《こぶし》と同じ大きさのチョークを使って、スコアをつけていた。

パイン・トリー・ロータリー　1
グレンズ・プラミング&ヒーティング　0

六回裏、ツー・アウト。試合はもうすぐ終わる。アウトがもう一つだ。

リチャードは両手をこすり合わせた。《グレンズ・プラミング&ヒーティング》の少年が三塁にいる。その少年の名前は知らない。しかし、きょうの午後マウンドから投げている少年の名前はもちろん知っている。サム・ダウ、年齢十二歳。《パイン・トリー》にこのシーズン初めての勝利をもたらすまで、アウトがもう一つ。今の成績は一勝五敗だが、チームの誰もその一勝を勝利だとは見なしていない。相手チーム――《ジェリーズ・ランバー》――のコーチのヴァンが四号線で大鹿にぶつかり、相手チームが試合に間に合わなかったために、不戦勝になったのだ。

「いけいけ、サム！」彼は両手をたたいて、叫んだ。「アウトをもう一つ取ったら、勝てるんだぞ！　アウトをもう一つだ！」

サムはリチャードを無視した。いいぞ。バッターに神経を集中させろ。ヘルメットをかぶり青と白のユニフォームを着たバッターは打席に立っていて、その小さい手に握ったバットはあまりにも大きく見える。ヴァーモント州の暑い夏の日にしては、観客数は悪くなく、親や友人や親類がホーム・ベースのうしろのスタンドにぱらぱらといた。スタンドの誰かが大きな葉巻きを喫《す》っていて、少し吹いたそよ風がそのにおいをもたらした。そのにおいを嗅いだリチャードは、喫いたい欲求を覚えたので驚いた。なんてこった、うまい葉巻きをこの前喫ったのはいつだっただろう……

リチャードはもう一度スタンドを見渡して、十歳になる娘オリヴィアを見た。オリヴィアは大きなルーズリーフ・バインダーにスコアを注意深くつけている。彼は彼女に手を振ったが、彼女も父親を無視して、目下のところ任された仕事に神経を集中させていた。母親であるカーラもこの日の午後早くから仕事に神経を集中させていた。近所の旅行代理店で働いているのだ。

サムは振りかぶって、そんなに小さい少年にしては速いボールを投げた。バッターがバットを振り、ボールがキャッチャーのミットに収まると、リチャードはズボッという満足のゆく音を聞いた。アンパイアが横向きの自己流ダンスを踊り、「ストライク！」と言った。少しの歓声と唸り声があがったが、嘲《あざけ》りはまったくなかった。きょうのアンパイアはデニー・トンプスンで、町の消防署長だ。いい目を持っていて、アンパイアとしてはかなり公平だった。

「いけいけ、サム」リチャードがささやいた。「ストライクをもう一つだ。大丈夫だ」彼はまた両手をこすり合わせ、フィールドに出ていない《パイン・トリー》の数人の少年たちを見渡した。その少年たちはダッグアウトで、塗り方にむらのある緑色のベンチにすわったまま、上体を前に乗り出している。彼はその少年たちの期待や若々しい欲求を感じ取ることができた。勝利とはどういうものか――一度だけでも――実感したいという欲求を。それだけだ。まったく単純なことなのだが、十一歳や十二歳の少年たちにとって、初めての勝利はあらゆることを意味する。リチャードがこの年齢だったのはずっと昔のことだが、よく覚えている。いつも覚えている。

よし。息子がまた振りかぶって、ボールが不鮮明になり
――カキーン！

リチャードはさっと上を向き、フライボールを追った。いい当たりだ、かなりいい当たりだが、待てよ、ボールは弧を描いている。ただのポップフライだ、いいぞ、ポップフライだ。よし、うまくいく、おれたちは勝つ、うまくいく……

そして、リチャードはライト・フィールドでうしろに下がる《パイン・トリー・ロータリー》の少年ののろい足に気づいた。その少年は片手を目の上にかざし、もう一方の手でグラヴを上に向けている。腕は手旗信号送信手のように、揺れたり、震えたり、左右に動いたりしている。レオ・ウィンだ。チームで最年少のプレイヤーだ。リチャードはもう一度ささやいた。「いけいけ、レオ。大丈夫だぞ、おまえ、ボールをキャッチしろ、練習どおりに、何でもないぞ、何でもない」

ボールはレオのグラヴに収まった。《パイン・トリー》のプレイヤーやファンからの歓声が大きくなる前に、まだうしろに下がっている小さなレオは、つまずいて、背中から倒れ込んだ。ボールはグラヴから飛び出して刈ったばかりの草の上を転がり、歓声や叫び声が今度は相手チームから聞こえた。リチャードも含めて、《パイン・トリー》のプレイヤーとファンはまた負けたことがわかって、静かになった。

儀式的な試合終了式でプレイヤーはフィールドに整列し、相手チームのプレイヤーと握手して、「いい試合だった」とつぶやいた。そのあと、リチャードは学校の駐車場で腕をオリヴィアの肩にまわし、もう一方の腕をサムの肩にまわしていた。オリヴィアがスコア・ブックを小脇に抱えながら言った。「サム、あれは今までで最高の試合だったわ。奪三振が三つに、ヒットがたったの一本よ。しかも、そのヒットはエラーとして記録されたわ」

「ああ、わかってる、わかってる。ぼくはあそこにいたんだよ、わかったかい？」サムが言い返した。「何の違いがあるんだよ？　負けに変わりはない」

リチャードは息子の肩を抱いた。「よくやったぞ、サム。レオもだ」

「パパ、あいつは下手くそだよ」サムが不平をこぼした。

「レオはおまえほどうまくはないがな、まだフィールドで練習をして、プレイをしてるんだ」リチャードが言った。「それが重要なんだ。レオはずっと前にやめることもできたんだぞ。だが、やめなかった」

サムは一言もしゃべらなかった。可哀想な息子は負けた悔《くや》しさを顔に出さないように努めていたが、涙を流すというひどい事態につながりそうなことを言うまいと心に決めていた。十二歳の少年たちにとって、涙を見せることが何よりもひどいときもあるのだ。

オリヴィアが遠慮なく話した。「見て、相手チームがいるわ。アイスクリームを食べに行くのよ」

「じゃあ、パパたちも行こう」リチャードは、あいたドアから車やミニヴァンに乗り込む相手チームの少年たちの笑みや嬉しそうな顔を見た。

「パパ……」サムが言った。「ねえ、家へ帰ろうよ。アイスクリームなんかいらない。相手チームは勝ったから、アイスクリームを食べに行くんだ。あんな試合に負けたチームはアイスクリームを食べないもんなんだよ」

リチャードは何か言いかけたが、学校の大型ゴミ容器近くの光景が目にはいった。そして、車のキーを取り出して、サムに手渡した。「さあ、車に乗ってなさい。パパはすぐあとで行くから」

サムの声にはもうそれほどの落胆の色はなかった。「エンジンをかけてもいい？」

「ああ。だが、ギアをパークから動かしたら、おまえが三十になるまで外出禁止だぞ」

彼の二人の子供はレクサスのほうに走った。リチャードは芝刈り機を載せた無蓋トレーラーを牽引するピックアップ・トラックの後部をまわった。男の声が聞こえた。語気が強く大きい声だった。「……この間抜けめ、いったいどうやってあんなボールを落とせるんだよ？　ちょろいキャッチだったのに！」

　リチャードはその光景を見て凍《い》てついた。町の造園業者ジョージ・ウィンが――ほかにも合法的だったり、それほど合法的でなかったりすることをしている――大きな手でつかんだ息子のＴシャツを捻り、可哀想な息子を前後に振り動かしていたのだ。涙が少年の頬を伝い落ち、野球帽は地面に落ちている。ジョージは巨大な男で、ビール腹がダーク・グリーンのＴシャツの裾から突き出し、あごひげは胸のほうまで伸びていた。Ｔシャツをつかんでいる手は、土とグリースで汚れている。リチャードは前に出た。「やあ、ジョージ、落ち着けよ、なっ？　たかがゲームなんだから」

　ジョージは振り向いた。まるで誰かがそんな些細なことで話しかけてくるなんて信じられないかのように、その顔は驚きの表情を見せていた。「えっ？　何て言ったんだよ、ディック？」

　リチャードはディックと呼ばれるのが嫌だったが、今のところは聞き流した。「ジョージ、おいおい、たかがゲームじゃないか。あんたの息子はよくやったよ」

　ジョージは息子のシャツから手を放した。少年は素早く野球帽を拾いに行った。ジョージが近づいてくると、リチャードはビールのにおいを嗅ぎ取った。「トラブルでも捜してるのか、ディック？」

　リチャードは両手がぴりぴりするのを感じた。突然アドレナリンで活気づけられたかのようだ。リチャードはその感覚を思い出し、抑制しようと努めた。「いいや、あんたの息子はいいプレイヤーだと言ってるだけだ。なあ、レオは頑張り屋なんだ。どうして――」

　ジョージはそばに近寄ると、指先でリチャードの胸を突いて、リチャードをうしろに下がらせた。「いや、こいつは頑張り屋なもんか。負け犬なんだよ、売文屋、だから、首を突っ込まないでくれ。おまえが今ここで決着をつけたいのなら別だがな」

　警笛が鳴り、リチャードはその音を聞き取った。彼の子供たちがレクサスに乗っていて、家へ帰りたいから、早く来るように促しているのだ。ドアがばたんとしまり、小さいレオの姿がトラックの前部席に見えた。リチャードはうしろに下がりながらも、背中をジョージのほうに向けないように注意した。

「いや、今ここで決着をつけたくはない」

ジョージは満足げに鼻を鳴らした。「よし。じゃあ、おまえのお子様どものもとに戻って、おれと息子のことを放っといてくれたらどうなんだ？」

リチャードはレクサスのほうに向かった。トラックはバックして、轟音とともに走り去ったが、駐車場から出るときに、右前のフェンダーが彼のスラックスの脚部分をこすった。彼はレクサスに乗り、しばらくじっとすわっていた。

サムが試合についてさらにしゃべり、オリヴィアは今晩のディナーは何だと思うか尋ねた。二人の声は分厚い綿を通して聞こえてくるようだった。彼に聞き取れる声は、ジョージのさっきの声だけだったからだ。

その夜のディナーどきには、一緒に料理を作ったり、TVをつけたまま声をあげたり、電話のベルが鳴って、子供たちの友人たちがサムやオリヴィアを呼んだりして――どこの子供たちもディナーどきに電話をかけるのは人間発生学的な気まぐれなのだろうかとリチャードは思った――普段どおり混沌が繰り返し押し寄せてきた。彼はなんとか妻のカーラを素早く抱きしめ、キスをした。そのあと、彼女はツナ・キャセロールを温めた。

「負けたほか、試合はどうだったの？」

「素晴らしかったよ」リチャードが言った。「サムはよく投げた。三振を三つも取った。きみの一日は問題なかったかい？」

「ええ」彼女はロメーン・レタスを彼に手渡した。「これを洗ってくれない？」

「いいよ」彼は金髪の妻のほっそりとした体型や、彼女のタイト・ジーンズ、黒いフラットシューズ、ライト・ブルーのポロシャツを見た。そのポロシャツの左胸には『セントラル・ストリート旅行社』と白い文字で書いてある。キャセロールはいいにおいがしたが、数年前にカーラがベイクト・ジーティやマニコッティやロブスター・フェトゥチーネを料理してくれたことを彼は覚えている……ああ、あれはすごくうまかったな。しかし、何年も前、このヴァーモントに移ったときに、そういう料理には別れを告げたのだ。

オリヴィアがキッチン・カウンターで馬の絵を描きながら、話に割り込んできた。

「きょう、パパはもうちょっとで喧嘩するところだったと思うわ」

その言葉がカーラの鋭敏な注意を引いた。「そうなの？」

彼は水道水を流し始めて、レタスの葉を洗った。「いいや、そうじゃない。喧嘩じゃない。ただの話し合いだ」

「そうなの、オリヴィア？」カーラが尋ねた。その声はまだ緊迫していた。

「わからないわ、ママ」オリヴィアはまだ馬の絵を描いていた。「車のドアはしまってたけど、相手の男の人が指をパパの胸に押しつけたの」

「あら、押しつけたの？」カーラは茶色の目でちらっとリチャードを見た。「すべて素晴らしかったとあなたは言ったんじゃなかったっけ」

「本当に素晴らしかった」リチャードはレタスの葉をもう一枚洗った。

「その男の人は誰なの？　どういうことだったの？」カーラが問い質《ただ》した。

「たいしたことじゃない」リチャードはペイパータオルの上でレタスの葉から水分を取った。「ただ試合のことやスポーツ・パパのことを話してたんだ。そういうようなことだよ。彼は少し興奮しただけなんだ。あれはただのファミリー・ゲームだということに気づかせようとしただけだ。それだけのことだ」

「じゃあ、トラブルはなかったのね」カーラが尋ねた。

リチャードは問い質す妻に笑みを見せた。「トラブルはなかった」

数時間後、リチャードはカーラと一緒に寝ているベッドの上で目を覚まし、天井を見つめた。体の向きを変えて、近くのクロック・ラジオの赤い数字を見た。午前一時だ。出かける時間だ。起きあがり、足の裏を床につけると、妻が目を覚まさないようにと祈りながら、ゆっくりとベッドから出た。しかし、カーラは敏感すぎた。

彼女はそっと彼の裸の背中に触れた。「どうしたの、あなた？」そして、ささやきながら、暗闇の中で彼のほうに体を寄せた。

「たいしたことじゃない」彼は椅子のほうに体を近づけて、スラックスとプルオーヴァーをつかんだ。

「服を着るの？」

「ああ」

「どういうことなの？」

「あることで男に会わなきゃならない」

「悪いこと？」

彼はうしろに手を伸ばし、彼女の顔を撫でた。「いいや、悪いことじゃない。ただあることで男と会うだけだ。たいしたことじゃない。一時間ほどで戻ってくるよ」

「いいわ」彼女はつぶやいた。「注意してね。戻ってくるのよ。わかった？」

「わかった」彼は上体を屈めて、彼女の顔にキスをした。

三十分後、彼は町の反対側にいた。ベラミー川にかかる木でできた有蓋橋の近くにある小さい公園だ。座席にすわったまま体の位置を変え、スラックスのうしろの腰部分に差した9ミリ口径のブローニングの不快な感触に顔をしかめた。静かな夜で、あけた窓の外に肘を出した。コオロギや蛙の鳴き声は快かったが、ほかの夜の音もよく覚えている。いつも動いたり、いつも進んだりしている車輛の音。警笛やサイレンや軋《きし》むブレーキの音。音楽や地下鉄ががたごという音や、人が話したり叫んだり笑ったりする声。そのうしろで、いつも動きまわり、いつも取り引きし、いつも何かをしている何百万人もの人であふれる島の絶え間ないざわめき。活気に満ちた感覚、関与しているという感覚、何かの一部であるという感覚を、昨日の葉巻きのにおいと同じように懐かしく思って……

ライトが橋の上を通った。ヘッドライトが二度点灯してから、一台の車がリチャードの車のうしろにまわると、ライトが暗くなった。彼は車をおり、ボンネットとエンジン・ブロックを自分と相手のあいだにはさんだ。

「リチャード？」暗い車から耳慣れた声が聞こえた。チャーリー・ムーアの声だ。その声が二度と聞こえない場所にいられたらいいのだがとリチャードはもう一度願った。

「そうだ」彼は緊張を解いて、手を今まで置いていたところ――シャツのうしろ側――から体の横におろした。

「会えて嬉しいよ」チャーリーが言った。「連れがいるんだ。構わないか？」

「おれが構うか構わないかなんて、気にするのか？」

笑い声。「いや、気にしないな」

足音がリチャードのレクサスのほうに近づき、声が警告した。「注意しろよ。ライトがつくから」リチャードは顔をそらせた。乾電池式の小さなライトがついて、車のボンネットの上に置かれた。小さくても明るいライトの中で、二人の男の顔をリチャードは認めた。一人は見慣れた顔で、もう一人は知らない。見慣れた男が言った。

「紹介しよう。司法省のボブ・タットヒル、こっちはリチャード・ダウだ。かつてはリッキー・〝ザ・ライフル〟・ドラーノとして知られていた」

タットヒルはただうなずいた。ダーク・スーツに白いドレスシャツ、赤いネクタイという格好だ。チャーリーはそれよりもカジュアルなジーンズと黒いタートルネック・シャツという格好だった。リチャードが言った。「チャーリー、どういうことなんだ？」

タットヒルが口をはさんだ。「別の裁判が八月に始まる予定だということだ」

「どこで？」

「カリフォーニアだ。二日間か、三日間かもしれない」

「狙いは誰だ？」

「メル・フレミだ」チャーリーが言った。「かつてはおまえの縄張りにいたが、そのあとサン・ディエゴでトラブルに巻き込まれた。政府側は犯罪行為のパターンを証明する必要がある。そこで、おまえが登場し、やつがニュージャージーでやったことを証言する。問題にはならないだろ？」

「ならない」リチャードが言った。

タットヒルは首を横に振った。「すまないがな、リッキー、それは――」

「リチャードだ」彼がさえぎった。「おれの名前はリチャード・ダウだ。先を続けてくれ」

タットヒルは苛立ちの目でチャーリーを見てから言った。「おまえの返事が早すぎると言ってるんだ。問題にはならないと言うのは、当然のことだ。われわれに管理されていることを、おまえは知ってるからだ。おまえをこの小さな楽園に住まわせることは、取り引きの一部だ。われわれが指示すれば、おまえが証言することもそうだ。だが、ミスター・ムーアの質問におまえがあまりにも早く返事したのが気に入らない。フレミに不利な証言をするおまえに全面的な信頼を置き、おまえの協力を得ていることを確認する必要があるんだ」

リチャードは腕を組み、呼吸が苦しくなるのを感じた。高校の駐車場であのジョージ・ウィンの低能野郎と対峙《たいじ》したときのようだ。彼が言った。「なあ、メル・フレミはケダモノだ。あんたらがあいつを二十二世紀までムショに送れるぐらい、あいつがやったことを知ってるんだ。あいつがサン・ディエゴでやったことを持ち出さなくてもな。だから、あいつに不利な証言をするのに問題はない。そのとおり、けちなナメクジ野郎だ。自分の十代の姪が麻薬をやり始めて、夜遅くまで表でぶらぶらし始めた。それで、あいつは姪を自分の手でぶん殴った。自分の家族に恥をかかせないようにするためだ。あいつはそういうやつなんだ。だから、あいつに不利な証言をするのに問題はないんだよ。それで、充分か、タットヒル？」

タットヒルの顔にかすかな笑みが浮かんだ。「これまでに十一件の殺人を犯した罪で起訴された男から素敵な話を聞いたな」

「そうだ、起訴されたんだ」リチャードが言った。「有罪にはなっていない」

今回、タットヒルは笑って、チャーリーのほうを向いた。「こいつら悪党どもはどうしたんだ？　まったくもう、こいつらはちょっとした合図で寝返って証言する。おれの局の古株たちによると、こういうやつらは裏切り者めと非難されるより、十年、二十年、三十年もムショにはいるほうを選んだ時代もあったらしい。こいつらはヤワになったか何かなのか？」

リチャードは胸の前で組んだ腕に力を入れた。「その〝こいつら〟のことは知らない。おれのボスがあんたらみたいな道化者どもに協力してることしか知らないんだ。それで、おれはおれ自身と家族を守るために、おれだけの取り引きを結んだ。忠誠心は両面通行だ。おれを犠牲にして自由になりたいやつの代わりに、レヴンワース刑務所に行くつもりはない」

タットヒルは笑った。「まあ、どっちでもいいがね。ムーア、おれはいつでも戻れるぞ。そうだ、リチャード、もう一つある」

「何だ？」

タットヒルはボンネット越しに上体を近づけた。「おまえの仲間の幾人かは、このプログラムに組み込まれているあいだに交わした別の取り引きで、司法省を困惑させた。おまえの仕事のことだが、何なんだ？　児童書作家だって？」

「その仕事を与えられたんだ」リチャードが言った。

「宣伝面での問題は……？」タットヒルが尋ねた。

「知ってるはずだ」リチャードが言った。「おれはペンネームを使ってる。二、三歳のための本を書いているんだ。ファン・メールが来る可能性はそれほどない。ブック・カヴァーに作者の写真はないし、作者はカリフォーニア在住だと書いてある。地元の連中は気にしない。ここはヴァーモントなんだ。余暇に山羊を生贄《いけにえ》として悪魔に捧げても、騒音で近所の住人の安眠を妨害しない限り、誰も気にしない」

「すごく魅力的だな」タットヒルが言った。「それで、おれの最初の要点に戻ろう。ほかの連中は取り引きに飽きてきた。もともとの稼業に戻ろうと決心した。高利貸しとか賭博とか借金取り立てとか。すると、証言が本当でも本当でなくても、けちな被告側弁護人が証人をやりこめる」

した。すごく興味深いな」リチャードが言った。

「待て、もっと面白くなるぞ。つまり、おまえのくそったれの品行が方正であるべきだということだ。暴力は駄目だし、暴力的な威《おど》しも駄目だし、駐車違反さえも駄目だ。この裁判は重要だ、かなり重要だ。おまえみたいな裏切り者の殺し屋にこの裁判を台無しにしてほしくないんだ。もし台無しにしたら、おまえは家族と一緒に引っ越すことになる。ネブラスカ州の真ん中で養豚場を経営するのは好きか？」

リチャードが言った。「おれはここが好きだ。あんたに問題は起こらない」

「それでいい」タットヒルが言った。「ムーア、おれはいつでも戻れるぞ」

「よし」チャーリーが言った。「すぐに行く」

車のドアがばたんとしまる音がチャーリーとリチャードに聞こえると、チャーリーはため息をついた。「悪かったな。若いやつは仕事に慣れてないもんで、威張りたがるんだ。あんなおしゃべりを聞かせて悪かった」

「あんたのせいじゃない」リチャードは腕の緊張をほぐした。

「それでもだ……」

「何だい？」

「あいつの言ったことをよく覚えておけよ、リチャード。おまえがここに移ってから、おまえの記録に残った小さい傷を除くと、おまえはうまくやっている。そのままうまくやり続けろ。さもないと、あいつはおまえを養豚場に移すだろうよ。おまえのカミさんも、おまえの子供たちも、数年のあいだにここにうまく順応してるな。また移りたくはないと思うぞ」

リチャードが言った。「おれの家族のことはおれが心配する。それに、おれの記録に残った傷だがな、あれがでっちあげだってことは、あんたも知ってるはずだ。おれがここに来てから、まだ一カ月しかたっていない。まだ順応しているところだ」

チャーリーは笑った。「おまえは野球のバットでどっかの男の車のヘッドライトを壊し、その男の歯にも同じことををしてやると威した。おれには、でっちあげだとは思えないな」

リチャードは笑みを浮かべた。「あいつはショッピング・センターで駐車スペースをおれから奪いやがったんだ。なあ、メッセージはわかったぜ、はっきりとな。おれはいい子にしてるよ」

「オーケイ」チャーリーが言った。「おまえに二つのものを持ってきてやったぞ」そして、ポケットに手を入れると、コンピューター・ディスクを取り出し、リチャードのほうに放った。

「おまえの次の本だ」チャーリーが言った。「『波酔いしたアシカのルル』だ」

「素晴らしい。おれに持ってきてくれたもう一つのものというのは何だ？」

「これだ」チャーリーはビニール袋のショッピング・バッグを手渡した。中はいっぱいで、膨《ふく》れている。「おまえがかつて贔屓《ひいき》にしていた店からのお土産だ。チーズにソーセージにスパイスにソースが少しずつだ。おまえがまだ昔の食べ物を懐かしがっていると思ったんだが、そうだろ？」

たくさんの唾液が口の中に広がったので、リチャードは驚いた。「ああ、そのとおりだ」

チャーリーは小さいライトをつかみあげて、スウィッチを消した。「じゃあ、連邦裁判所執行官事務所には少しの思いやりもないとは言わないことだな。また会おうぜ、リチャード」

「残念なことに、また会うことになるだろうな」リチャードはバッグから立ちのぼるおいしそうなにおいを嗅いでいた。胃が不満の声をあげ始めた。彼らの車がその小さい空地から走り去るまで待つあいだ、バッグを二度ほど軽く上下に動かした。目が暗闇に慣れるまで待ってから、数ヤード歩いて、有蓋橋の端まで行った。足音が古い張り板の上で響いた。上体を前に傾けると、下を流れるベラミー川の音が聞こえた。そして、バッグを持ちあげて、川の中に放り込んだ。

ため息をついて、顔をこすった。これしか方法はない。ルールに従って、生き延びるためだ。けっして絶対に昔と同じように服を着たり、煙草を喫ったり、食べたり、行動したりしてはいけない。連中が復讐をしてやろうと、このあたりの影の中にまだ潜《ひそ》んでいるからだ。リチャードは連中のために、手がかりを残してやりたくはなかった。

家に戻ると、二階の廊下を歩いて、ベッドルームに向かった。そのとき、サムの部屋からつぶやき声が聞こえた。ドアがあいていて、中の青っぽい光が見て取れた。サムが目をとじたまま、ライト・グレイのパジャマのズボンをはいて、横向きに丸まっていた。ベッドの足元にある化粧ダンスの上に小型カラーTVがのっている。野球の試合が映っていることに気づいた。消そうと手を伸ばすと、眠たそうな声が言った。

「駄目だよ、パパ、消さないで……まだ観てるんだから……」

「サム、もうすぐ朝の三時だぞ」

「わかってるよ……レッドソックスがシアトルにいるんだ……延長戦になったんだよ……」

リチャードは画面の隅にある小さい数字を見た。「サム、スコアは〇対〇で、十八回までいってるぞ」

「試合《ゲーム》が終わるまで観てもいいって、ママが言ったよ」

リチャードは小型TVを消した。「そして、これはただのゲームだとパパは言ってるんだ、いいかい？　おまえは寝なきゃいけない」

返事がない。息子の小さな寝息しか聞こえない。廊下の明かりで、壁に貼られた野球選手のポスターが見て取れた。すべて、レッドソックスの選手だ。リチャードは肩をすくめた。息子が少なくともメッツやヤンキースのような強いチームを応援してくれればいいんだがなあと思ったが、息子に何を期待しろと言うんだ？　上体を屈めて、サムの額にキスをした。

「ただのゲームだよ、おまえ。ただのゲームだ」

朝になり、カーラは子供たちを日帰りキャンプに連れていき仕事に出かける前に、リチャードの小さな書斎に二杯目のコーヒーを持っていった。家族が初めて移ってきたとき、そこはゲスト用のベッドルームだった。彼はコーヒー

・カップを受け取り、一口飲んだ。彼女が言った。「さてと。きのうの晩はどういうことだったの?」

ほかの連中なら、堅気な廃棄物処理コンサルタントをしているという話を女房に聞かせられただろうが、リチャードはカーラにそんなことはできなかった。彼女が冷静な頭で快くこの生活状況に同意してくれたので、一度も彼女をだまそうとしたことはない。

彼はコーヒー・カップをデスクに置いた。「二カ月後にカリフォーニアに行く。別の証言だ。メル・フレミに不利な証言をする」

彼女は顔をしかめた。「いいわね。あいつはそうなって当然よ。ほかには?」

「どういうことだい、ほかにはって?」彼は尋ねた。

カーラはそっと彼の肩の横をたたいた。「連邦の役人にはいつもほかに何かあるものよ。何なの?」

彼は何気なく肩をすくめてみせようと努めた。「おれは品行方正にしてなきゃならない、いつものようにだ。そうすれば、おれは真実を証言する類《たぐい》の性格を備えてはいないと、被告側の弁護士が言えないわけだ」

「品行方正にするのね……」彼女があっさりと言った。「駐車スペースのことで誰かのヘッドライトを壊さないこともはいるのかしら?」

「あれはおれの駐車スペースだったんだ。おれはここへ移ってきたばかりだった。二度とあんなことは起こさない」

彼女は体を寄せて、彼の両耳をつかむと、彼の唇に強くキスをした。「いいわ。これはゲームじゃないのよ、リチャード。わたしはここが気に入ってるの。子供たちも気に入ってるわ。わたしたちはここで楽しい生活をずっと送っていられる。それを台無しにするようなことはやらないでちょうだいね」

「やらないよ」

「いいわ。もしやったら、殺してやるから」

彼は彼女にキスをした。「信じるよ」

彼はその日の大半を書斎で過ごした。コンピューターで一人トランプを二十三回、動きの遅いたくさんのモンスターを撃つ別のコンピューター・ゲームを一回やってから――驚くべきことではないが、スコアはかなり高かった――ネット・サーフィンでしばらく過ごした。かろうじて服を着ている数人の女性の総合的な創造力を目にして、来年のヴァレンタイン・デイに役立つアイディアを一つか二つ得た。

そして、午後三時に、コンピューター・ディスクを差し込んで、『アシカ』というファイルを開き、全三十三ページをすべてプリントした。三十三ページ分を速達用封筒に入れると、郵便局まで車を飛ばして、封筒をニューヨークの出版社に送った。家に戻ると、コーヒーを淹《い》れて、カーラと子供たちが帰ってくるのを待った。「まったく、作家ってのは楽な商売だな」彼は言った。

翌日は《パイン・トリー・ロータリー》の練習日だった。子供たちみんなが熱心にフィールドに向かう姿を見て、リチャードは嬉しかった――パトリックにジェフリーにアレグザンダーに息子のサムに。あの小さい脚でたったっと走る小さいレオも。少年たちは柔軟運動をしてから、投球や打撃や走塁の練習をした。リチャードは自分の責任でわざわざレオとの特別な時間を割《さ》き、ポップフライをあげた。レオはなんとか続けて十五回のポップフライをキャッチした。

そのあと、町の会社監査役でありチーム監督であるロン・バックマンを脇に呼んだ。「レオの調子を見たかい？」

「ああ」ロンはクリップボードにメモを取った。「一度もボールを落としてない。父親がいないと、落とさないんだ。ずっとプレイがよくなる」

「じゃあ、教えてくれ。レオの父親ジョージはどうなってるんだ？　彼の問題は何なんだ？」

ロンはクリップボードから顔をあげた。「どういう意味だ、〝彼の問題は何なんだ〟というのは？」

「彼が自分の息子に八つ当たりしてるからだ」

「ああ、あれか」ロンが言った。「なあ、ジョージはたくさんの問題を抱えてるんだ。飲みすぎて、喧嘩をふっかけたりしているが、町の行政理事長の息子なので、かなり大目に見られている。卑劣なやつで、フラストレーションのせいで自分の息子に八つ当たりをしているんだ。典型的な話だ。残念なことに、その結果がここに現われることになった」

「ああ」リチャードが言った。「残念なことにね」

二日後、チームはボストンのフェンウェイ・パークへ見学旅行に行った。数時間のドライヴで、三台のミニヴァンと、付き添い役を務める数人の親を必要とした。子供たちをヴァンに乗せるときに、レオが自分のヴァンに乗っていることをリチャードは確かめた。そして、ボストンに向かっているあいだも、レオの様子をしょっちゅう見た。レオの目に苦悩の色、不安の表情を見るだろうと半ば予期していたが、いや、そんなものは見えなかった。ボストンに行くことと、レッドソックスの試合を観ることに興奮しているのだ。

子供たちが席を見つけると、リチャードはフェンウェイ・パークを見渡した。そこは古くて小さい球場で、一九一二年に開場した。《タイタニック号》が処女航海で沈没したのと同じ年だ。ここにはそれなりの魅力がある。グリーン・モンスターこと、あの有名な高いフェンスがレフト・フィールドにあり、対戦を間近に見られるという親近感があるが、リチャードは満足していなかった。ヤンキー・スタジアム、つまり〝ベーブ・ルースが建てた球場〟ではないが、その意見は自分の胸の内にとどめておいた。

すべて、彼の新しい生活の一部だ。

試合が進むにつれて、試合そのものを観るのと同じほど、子供たちを見守ることが楽しくなった。子供たちは投球の一つ一つを熱心に目で追い、ポップコーンとホットドッグを食べ、ソーダを飲み、レッドソックスの選手がグリーン・モンスターのむこう側にホームランを打ち込むたびに歓声をあげ、相手側のピッチャーがレッドソックスの選手に速球をぶつけ、両チームのベンチが空っぽになるたびに野次を飛ばした。試合そのものはたいしたものではなかったが――それはシーズン初期の対タイガース戦で、レッドソックスは三対四で負けた――それでも面白かった。彼は少年たちと一緒に来て嬉しかったし、刑務所にはいっていなくて嬉しかった。レオでさえも楽しんでいるように見えた。レオは父親からいちおう何千マイルも離れたところで、目を大きく見開き、にやにや笑みを浮かべながら、試合を観戦していたのだ。

ヴァーモントに戻る途中、サムがリチャードの隣にすわった。少年たちのほとんどは後部席で眠っている。サムが言った。「パパ？」

「何だ、サム？」リチャードは久しぶりに本物の街中を運転したあと、少しの興奮を感じていた。ボストンの街中では本物の車の流れがあり、交差点があり、信号灯があり、人々が行き来している。リチャードたちが現在住んでいるヴァーモントには、信号灯が二つしかないし、市街には歩道が数百フィートしかない。彼は街中を運転するのが好きで、運転中は街の騒音を聞き、においを嗅ぐために、運転席側の窓をあける。

しかし、今はヴァーモントまでの長い帰途につき、特徴もなく前に延びるアスファルト道路を走っている。

「あの試合のことなんだけど」サムが言った。

「試合がどうした？」

「レッドソックスのバッターが頭にビーンボールをくらったとき、ほかの選手がそのピッチャーをやっつけるために、ものすごく速くダッグアウトから飛び出してきたんで、びっくりしたよ。それから、相手チームが……わあ、パパ、あの乱闘はすぐに始まったね。どうしてあんなふうに乱闘するの？　ただ手がすべっただけかもしれないよね？」

「もしかしたらな」リチャードは帰る途中の狭いハイウェイの両側をちらっと見た。いつでも道路を横切って数千ドルの値打ちがある車輛部品を壊すことができる鹿か大鹿が道路脇にいないか注意していたのだ。「だが、ああいう選手にとっては、乱闘以上のことなんだよ。チームのためだ。何があっても、味方チームのメンバーを守るんだ。味方チームのメンバーがボールを当てられたり、トラブルに巻き込まれたりすると、助けに行く。そういうことなんだよ」

「へええ」サムが言った。「家族みたいなもんだよね？　パパが前に言ったように、ぼくとオリヴィアが助け合うみたいなもんだよね？　家族みたいに」

「そうだ」リチャードが言った。「家族みたいに」

彼はもう数マイル運転して、息子の眠たそうな顔を見た。サムが今よりもずっと小さくて、家族全員がきょう球場へ行く途中の街中の通りに似ていなくはない地区に住んでいたときのことを思い出した。

「サム？」

「なあに、パパ？」

「試合以外はどうだった？」

息子のサムは眠るのに楽な位置を捜しているかのように、すわったまま体を動かしていた。「わからない。どういう意味なの、どうだったって……」

「街のことだ。街はどうだった？　ほらっ、高いビルディングとか、たくさんの人とか。どう思う？」

サムはあくびをした。「やかましすぎるし、汚すぎる。家のほうが好きだよ」

「そうか」

リチャードは運転を続けながら、息子が――ニューヨークで育った自分の息子がだぞ！――今では大都会を嫌っていることで怒りを感じるべきなのか、喜びを感じるべきなのか迷った。


数日後、シーズンの最後から二つ目のゲームで、《パイン・トリー・ロータリー》は《グレッグズ・スモール・エンジン・リペア》と対戦した。リチャードは疲れていたし、暑いし、喉が渇いていた。相手チームは最初の回ですぐに味方チームの少年たちに襲いかかり、今のスコアは十対〇だ。上手な息子のサムでさえ、二度もゴロに倒れ、一度は三振を取られた。唯一明るい点は可哀想なレオだ。あまりにも小さすぎるので、相手チームのピッチャーを混乱させ、フォアボールで二度も一塁に出た。フォアボールなのに、レオはピート・〝チャーリー・ハッスル〟・ローズのように振る舞い――もちろん、例の賭博騒ぎに関わる前の彼だ――一塁ベースまで走った。塁に出たことがべらぼうに嬉しかったのだ。

最終回にレオが打席に立った。リチャードが腕時計を見て、レオに大声で呼びかけようとしたとき、先に誰かがもっと大きな声を出した。

「レオ！」その男がどなった。「ヒットを打たないと、あとでとっちめてやるからな！　本気だぞ！」

リチャードは目の上に手をかざして、誰が現われたのかわかった。歓迎されていないところによろよろと迷い込んだ熊のようだ。ジョージ・ウィンはフェンスのむこう側にいて、太い指をフェンスの隙き間から突き出し、また叫んだ。「レオ！　この役立たずの選手め！　ヒットを打たないと、あとでおれが引っぱたいてやるからな！」

リチャードがどなった。「レオ、いいボールが来るまで待つんだ、いいボールが来るまで！」

しかし、レオの脚は震えていて、顔は赤かった。プレートの上を飛んできた最初の三球にバットを振り、三振に倒れた。

リチャードはオリヴィアを無視した。サムも無視した。ほかのコーチや選手も無視して、すぐに駐車場へ向かった。そこでは、ジョージがレオのシャツの胸元を握って、レオをトラックのほうに引きずっている。リチャードが声をかけた。「ジョージ、待てよ！」

ジョージは振り向いた。大柄な男にしては、その動きが驚くほど素早かった。レオを片手で前に突き放して言った。「トラックの中で待ってろ！　今すぐだ！」

レオは走った。リチャードは近づいて言った。「ジョージ、自分の息子にあんなふうにどなるなよ。レオはできるだけのことはしてるんだ。あんなどなり方をしたら――」

すると、ジョージは前に出て、リチャードの胸にパンチをくらわせた。リチャードはよろよろとうしろに下がった。そのパンチのせいで、過去に筋肉が伸縮したときの思い出が蘇《よみがえ》った。かつてこの男よりも大きくて悪どい男たちに立ち向かって、殴り倒したときの思い出が。リチャードは両拳を握り、相手の動きを見定めた。この威張り散らす野郎を殴り倒すには、どうすべきだろう？　しかし、今はカーラと子供たちのことを考えて――

次のパンチはリチャードのあごをとらえた。ジョージがリチャードをつかみ、リチャードは地面に倒れた。蹴りが一発、二発と始まった。リチャードは丸くなり、腎臓と股ぐらと顔をできるだけ防御した。やがて、人の声や叫び声が聞こえ、蹴りやパンチがとまった。

その日の夜遅く、ベッドの中で、カーラはリチャードの横にいた。濡れたタオルで彼の顔を慎重にまた拭いている。彼女の顔はいかめしく、こわばっていた。彼女が誰に一番腹を立てているのか、彼にはまったくわからない。それで、彼は両手をじっとさせて、彼女の思いどおりに彼の顔を拭かせ、しゃべらせておいた。

「自分たちの父親が学校の駐車場で殴り合っている場面を、わたしが子供たちに見てもらいたがってるとでも思ってるの？」

しゃべると痛いので、彼は言葉を最小限にとどめた。「殴り合いじゃない。おれは相手に指一本も触れてない」

「でも、相手はあなたに指一本以上触れたはずだわ」彼女が言った。「可哀想なオリヴィアとサムはひどく泣いてたので、泣きやまないんじゃないかと思ったくらいよ」

「あの二人は大丈夫だ」

「ええ、でも、あなたは大丈夫じゃない。例の連邦の役人たちが言ったことを覚えてる、品行方正にしてろって？品行方正にする方法がこれなの？」

「苦情は訴えなかった」彼が言った。「警察沙汰にはなってない」

彼女はまた彼の顔を拭いた。彼は顔をしかめた。鎮痛剤を服用しても、長い夜になりそうだ。

「関係ないわ」彼女が言った。「噂は広まるものよ。それに、可哀想なサム……チーム全体が集まって、ジョージ・ウィンの家へ行き、火をつけるべきだと考えてるわ。みんなはあなたを助けるべきだと。そのとおりでしょ？」

「違う」

「そう、あなたの言うとおりよ」彼女はベッドから起きあがると、バスルームにはいり、別の洗面タオルを持ってきた。「でも、わたしたちの家族は……それは別よ。この騒ぎは気に入らないわ、全然。あなた、このことで何かするつもりなの？」

彼はしばらく考え込んだ。「ああ」

彼女は小さな金属ボウルの上でタオルを絞った。「わたしに話してくれるつもりは？」

「まだだ」彼が言った。「まだ」

「いつ？」彼女が尋ねた。

「近いうちに」彼が言った。


翌日、彼は書斎のコンピューターで一人トランプをしていた。右手の指を動かすたびに、痛みで顔をしかめた。そのときに電話が鳴った。

「リチャードか？」かすかに耳慣れた声が聞こえた。

「そうだ」彼が言った。「誰だ？」

かすかな含み笑いが聞こえた。「おまえがこのあいだの夜に会った二人の紳士のうちの一人だと言っておこう」

リチャードは椅子にすわったまま、背筋を伸ばした。

「ここへ電話をかけてくるべきじゃない。約束とは違うぞ。これは――」

「なあ、おまえ、わたしはこの約束にしか関心がない。おまえは八月に証言する。そして、おまえはトラブルから遠ざかっておく。今のおまえは五割の打率だ。気に入らないな」

「何のことかわからないぞ」リチャードが言った。

「きのう喧嘩がなかったか？　学校の駐車場で。おまえの子供の出た野球の試合のすぐあとで」

手が受話器を強く握ったので、リチャードは顔をしかめた。「おれの責任じゃない。相手が喧嘩をふっかけてきたんだ、おれじゃない。警察には苦情を訴えなかった」

また含み笑いが聞こえた。「ああ、おまえは手も出さなかったと聞いたよ。まったく、そういう馬鹿馬鹿しさに我慢するなんて、おまえは本当にその場所を気に入ってるにちがいない。つまり、こういう状況だ。もう一度言っておく。おまえは崖っぷちにいるんだぞ、おい。まさに崖っぷちだ。また問題を少しでも起こしたら、誰の責任であっても、最初に殴ったのが誰であっても、おまえは証言しに来る。だが、帰りはネブラスカの養豚場に行くんだ」

リチャードは答えようともしなかった。相手がすでに電話を切っていたからだ。

彼は椅子の背にもたれると、コンピューターの横にある小さいマウスを見て、目にもとまらぬ動きでマウスを引きちぎり、部屋のむこうに放り投げた。

その電話の二日後、リチャードがキッチンにいると、サムが駆け込んできた。サムに声をかけて、落ち着くようにと注意したかったが、こう言った。「おい、若いの。きょうはどんな予定だ?」

サムは冷蔵庫に近づき、ドアをあけて、オレンジ・ジュースをごくごくと飲み始めた。母親のカーラならそんなことを黙って見ていないところだが、父親なら見逃してくれることを知っていたのだ。なんて息子なんだ。サムはジュースをしまってから言った。「たいしてないよ。あとでグレッグと川で釣りをするかも」

「昼から映画でも観に行かないか?」

サムはにこっと笑った。「二人だけで? ママとオリヴィアがどう思うかなあ?」

「ママは仕事中だ」リチャードが言った。「それに、オリヴィアは友だちの家に行っていて、ディナーまで帰らない。パパがママにメモを残しておくよ。大丈夫だ。さあ、あしたは大事な日だ。シーズン最後の試合がある」

サムは冷蔵庫のドアをばたんとしめた。「いつ?」

「今すぐだ」

「すげえや、パパ」サムが言った。

映画館は町外れの小さなショッピング・センターにあり、涼しい館内は心地よかった。リチャードはサムに映画を選ばせた。リチャードが聞いたこともない人気コミックスを原作にした実写映画だった。観客のほとんどはサムの年頃の子供たちで、リチャードのような親たちがまばらにいた。親たちは子供に付き添って、子供がこっそりと大人向けのR指定映画の上映室に忍び込まないように見張っているのだ。リチャードは顔見知りの男の隣にすわった。ポールという金物屋の店員で、八つか九つの少年と一緒に来ていた。

パンチや銃撃やビルディング爆破を見せるその映画が続いているあいだ、彼は腕時計を見た。スクリーンからの光をいくらか浴びた小さい少年たちの笑顔を見た。笑みを浮かべ、若々しく、活力と生命力に満ちている。レオは今頃どうしているだろうかとリチャードは考えた。あすの試合に恐れおののいているだろうか？　今年最後の試合で、シーズンが終わる前に勝つ最後のチャンスだ。父親のジョージに見つめられ、どなりつけられながら、フィールドに出ていくのは、それが最後だ。

腕時計をもう一度見た。時間だ。サムのほうに体を寄せて、ささやいた。「ポップコーンを買ってくる。もっとソーダを飲むか？」

「うっうん」注意をまだスクリーンに向けたまま、サムがささやき返した。

リチャードは立ちあがって、ポールの足を踏んづけ——「おっと、失礼した」——暗い上映室から出た。

その日の夜遅く、リチャードはリヴィングルームで、オリヴィアが描いた馬の絵のうちでどれが一番いいか——「図書館がやってるコンテストに出すのよ、パパ。しかも、締め切りはあしたなの！」——選んでいた。そのとき、ドアベルが鳴った。オリヴィアはリチャードの顔を見た。すると、カーラがゆっくりとディナーのサラダ・ボウルを拭きながら、キッチンの入口に現われた。彼はオリヴィアの顔を見て言った。

「さあ、おちゃめさん、ママのところへ行きなさい」

「でも、パパ……」

「今すぐだ」彼が言った。カーラが付け加えた。「オリヴィア、パパの言うことを聞きなさい。パパはあとであなたの馬の絵を見てくれるから」

彼は玄関ドアに向かい、しばらく髪を撫でながら、かつてこういうふうに夜のドアベルに何度も応えたときのことを思い出した。そのため、ドアをあけ、そこに町の警察署長の姿を見ても、別に驚かなかった。

「ミスター・ダウですか？」署長が穏やかに言った。「テッド・ライザー、警察署長です」

署長はリチャードより十歳ほど年上だった。がっしりした体格で、黒い口ひげをたくわえ、短い首の肉は正規の白いドレス・シャツの襟からはみ出している。黄金の星章が襟の左右についていた。この署長は――六人の署員のボスだ――少し滑稽《こっけい》に見えるなとリチャードは思った。

「そうですが」リチャードが言った。「何の御用でしょうか？」

署長はリチャードのうしろを見て言った。「ちょっと中にはいってもいいですか？」

「もちろんですよ。どうぞ」リチャードがそう言うと、署長は中にはいり、カウチにすわって、黄金色の縁の帽子を膝頭の上に置いた。リチャードはすわって言った。

「よろしければ、何か飲み物でも持ってきましょうか、それとも――」

ライザーは手をあげた。「いいえ、結構です。そのう、じつは公務で来たんですよ。きょうの昼間に起こった事件を捜査しているところです。残念ながら、あなたが関わっているかもしれない事件です」

リチャードはわざと両手を組んで、すわったまま、上体を前に乗り出した。「子供たちの一人が？　何かしたんですか？」

署長はその質問を無視して、話を続けた。「ジョージ・ウィンです。彼をご存じだと思います」

「もちろんです。少年野球リーグで彼の息子をコーチしてますから」

「彼と言い争ったこともある。取っ組み合いもあった。本当ですか？」

リチャードはうなずいた。「本当です。わたしは彼の息子に手助けをしようとしています。しかし、その息子を威したほうがうまくなると、ジョージは考えたんですよ」

「しかし、取っ組み合いがあった。一週間ほど前に」

「わたしは彼を殴ってませんよ、一度もね。どういうことなのか教えてくれませんか？」

署長はため息をついた。「きょう、ジョージ・ウィンが襲撃に遭って、ひどい怪我を負ったんですよ。賊が彼の家に侵入して、背後から彼を殴りました。賊の特徴はわかりませんが、あなたがきょうの午後四時四十五分頃に何をしていたのか訊かなくてはなりません」

「どうしてですか？」

「お願いですよ、ミスター・ダウ。あなたは先週彼と喧嘩した。知る必要があるんです」

「弁護士を呼ぶべきなんでしょうか？」

その言葉が署長の注意を引いた。「弁護士が必要だと思いますか？」

「いいえ」リチャードが答えた。

「じゃあ、きょうの午後どこにいたのか、どうして教えてくださらないんですか？」

リチャードは肩をすくめた。「いいでしょう。わたしは息子のサムと映画館へ行きました。《リヴァー・モール劇場》です。映画は三時半に始まり、五時半に終わりました」

「証拠はありますか？」

「もちろん」リチャードはスラックスのポケットに手を入れて、ハンカチーフと小銭のあいだを探った。「ほらっ。二人分の半券です」

「映画館で誰かに目撃されましたか？」

「ええっと、わたしの金を受け取ったラリーという若者がいますよ」

「ほかには？」

「そうですねえ……ああ、そうだ。《トゥンブリー金物店》で働いているポールです。わたしの隣にすわってました。じつのところ、映画の途中でポップコーンを買いに行くときに、そのポールの足先を踏んづけたんですよ」

署長は帽子を半周まわした。「それは何時頃か覚えてますか？」

「いいえ」

「それで、何時に席に戻ったんですか？」

リチャードは署長を見て、その瞬きをしない目の奥で何を考えているのか想像してみた。「失礼、何ておっしゃいましたか？」

今度は警察署長のほうが上体を前に乗り出す番だった。「あなたはポップコーンを買うために席を立ったと言いましたね。わたしが知りたいのは、あなたがどのくらい外に出ていたかということです」

「二分か、もしかしたら三分かもしれない」

「それで、あなたが席に戻るのを誰かに目撃されましたか?」

「ええ、ポールに。確かですよ」

「へええ、確かですか」署長が言った。「どうしてですか?」

リチャードは冷静に署長の顔を見た。「それは彼の前を通って、息子の隣にすわろうとしたときに、誤って冷たいソーダを彼の頭の上にこぼしてしまったからですよ。だからです」


晴れた日だったが、空気は乾燥していて、あまり湿気はなかった。リチャードは一塁ベース近くのいつもの位置に立って、待っていた。六回裏で、スコアは○対○の同点だが、息子のサムは二塁にいる。リチャードは両手をこすった。《パイン・トリー・ロータリー》の次のバッターが打席に向かうときに、期待に満ちた雰囲気が感じられた。小さいレオがバットをしっかりと強く握っている。

スタンドはほぼ満員で、オリヴィアが小さな膝の上で大きなノートブックを広げながら、スコアをつけていた。カーラは午後から休みを取り、スタンドにいた。リチャードはその二人に手を振ったが、二人とも振り返さなかった。その二人は話をしていたのだ。あとでまた手を振ろうと彼は思った。

スラックスの脚部分で手を拭いた。素晴らしい日だ。今年の夏では最高の日だ。第一球目は……

ズボッ! ボールはキャッチャーのミットに収まった。デニー・トンプスンがきょうもアンパイアで、ゆっくりと立ちあがった。「ボール!」と叫んだ。

「よく選んだぞ、レオ、よく選んだ!」リチャードが叫んだ。またスタンドを見ると、確かにレオの父親ジョージが堅苦しそうにすわっていた。リチャードはジョージに手を振ろうかなと思ったが、それはやりすぎだと考えた。

第二球目。レオは力いっぱいバットを振ったが、当たらなかった。ボールはまたズボッとミットに収まった。

「ストライク!」

リチャードは手をたたいた。「大丈夫だぞ、レオ、大丈夫だ。心配いらないぞ」ダッグアウトのチームメイトたちも加わって、レオに叫んだ。彼を力づけたり、「落ち着け、いい球を狙え」と言ったりしている。いい声援だ。素晴らしい声援だ。誰も侮辱的な言葉を叫んでいないので、さらにいい。誰も脅迫的な言葉を叫んでいない。この前ヴァンの中で息子に言ったように、チームは家族のようなもので、助け合うこともある。リチャードがまたスタンドを見ると、ジョージがじっとすわっていた。静かにすわっていた。

リチャードはまた手をたたいた。「いけいけ、レオ。次のボールはおまえのもんだぞ！」

しかし、もちろん、ジョージは何もできなかった。ジョージはあごをワイアで閉じられたまま、そこにすわっている。誰かが彼の家に侵入して、鉛管パイプと見られるもので彼のあごの骨を折ったのだ。面白いことがいろいろと起こるものだなあとリチャードは思った。そして、カーラのほうを向いて、手を振った。

彼女は腕をあげて、手を振り返した。この距離からでも、彼女の目に映ったかすかな痛みが見て取れた。彼女は前日かなりの運動をしたからだ。あのほっそりした腕で鉛管パイプを振りまわしたので、筋肉がずきずき痛むのかもしれない。相手チームのピッチャーが振りかぶり始めたので、彼は笑みを浮かべて、先週二人の連邦法務官と会ったことを思い出した。彼が以前の生活で犯した十一件の殺人罪をどうやって免《のが》れたのか、その二人には今もってわかっていない。これをゲームと見なせば、本当に簡単なことなのだ。ファミリー・ゲームと見なせば。彼は愛しい妻にもう一度手を振った。

ボールがピッチャーの手を離れ、レオがバットを振り、今回は、わあ、今回はカキーンという力強い音が響いた。ボールが高く飛び、空のほうに向かった。スタンドの観客は声援を送り始め、レオはベースラインをたったっと走った。彼の顔は生き生きと興奮していた。うん、確かにこれはただのゲームだが、世界一べらぼうに素晴らしいゲームだ。

青い鏡

The Blue Mirror

デイヴィッド・エドガーリー・ゲイツ　北野寿美枝訳

デイヴィッド・エドガーリー・ゲイツ（David Edgerley Gates）はマサチューセッツ州ケンブリッジ出身。《アルフレッド・ヒッチコック・ミステリ・マガジン》などに作品を発表しており、John Macnabという別名も持つ。一九九八年にはシェイマス賞の候補にもなった。いつもは歴史上の事件をテーマにするというゲイツだが、本作は、実際に第二次大戦で空戦の経験を持つ自身の知り合いの実話に想を得たという。《アルフレッド・ヒッチコック・ミステリ・マガジン》に発表された作品。

「戦闘中、後方機上射手が生き延びられる時間はどのくらいとされているか、知ってるかね？」スタンリーが問いかけてきた。「平均で二十四分だ。ところが、このおれはそんな統計に打ち勝った。五十回も任務を果たし、帰国後も戦時国債応募キャンペーン・ツアーに参加したんだ」彼は悔やしそうに首を振った。「それなのに癌にやられて、もう一年は持たないだろう」

スタンリー・コシューシコとは、私が物心ついたころからのつきあいだ。彼はレミンスターのすぐ北、フィッチバーグから訪ねてきた。私と弟のトニーが生まれ育った街だ。奇妙な話だが、ニューハンプシャー州との境に近いフィッチバーグにはポーランド系の人がけっこう住んでおり、フィンランド系も大勢いた。

移住してきたポーランド人はもともと製紙工場や織物工場で働いていた。フィンランド人は家具を作った――ウィンザー・チェアや食堂用家具のセットだ。ポーランド系のスタンリーは、第二次大戦後、フィンランド系のマリア・アーホと結婚した。

「人はみな、人生のちょっとした皮肉を受け入れざるをえない。そう思わないか？」彼はみずからの見解を述べた。

奥さんは知っているのか？　私は頭に浮かんだ疑問を口にしていた。

「癌のことなら、知ってるとも。もうひとつの件については知らせていない」その〝もうひとつの件〟について相談するべく、彼は私を訪ねてきたのだ。

「おれは年齢を偽った」彼が続けた。「十七のときに志願入隊したんだ。結局、B24〈リベレーター〉に乗ることになり、シチリア島から飛び立ってプロイエシュティの油田を爆撃した。戦闘機のなかは凍えるほど寒いが、いいか、ドイツ軍の戦闘機フォッカーやメッサーシュミットに攻撃されてみろ、冷や汗をたっぷりかくさ。怖れなんて感じなかったとぬかすのは、頭が鈍いか、ただのいかれた野郎だ」

　私は、スタンリーはいくつなんだろうと考えていた。Dデイ（連合国軍がノルマンディに上陸した日）から五十年余り経っている。足し算すれば、スタンリーは七十代半ばということだ。いまなお見た目にはそこそこ元気そうだが、なにを探せばいいかがわかってみると、苦痛をこらえているために目のまわりの筋肉が緊張し、くすんでつやのない皮膚が金属のような色調を帯びているのが見て取れる。オフィスの窓から差し込む午後の陽射しのなかで見て、彼が口紅か頬紅を上手に使って顔色の悪さを補っているのに気づいた。この程度なら人に不快感を与えることはないだろうと思った。

「きみの親父さんも戦争に行ったんだったな？」彼がたずねた。

「別の戦争だよ。朝鮮戦争だ」

　スタンリーがうなずいた。「知っていたとも」まだ正気を保っていると私に理解してもらうのが重要だといわんばかりの口調だ。服装もこの場面にふさわしく、私に好印象を与える必要でもあるらしい。

　スタンリーは隠居の身だが、昔は自動車修理工をしていた。私とトニーは子どものころ、毎週土曜の午前中は彼の修理工場へ行っていた。スタンリーがどんなものでも修理できたからだ。自転車でも、ママが捨てようとしていた壊れた台所用品でも、電機子《アーマチュア》の傷んだライオネル社の模型機関車でも、持っていけば直してくれ、動くようになった。スタンリーは工具類が大好きだった。自動車修理の仕事で使うブレイカーバーやソケット・セット、回転式サンダーだけではなく、しゃくりかんなや手まわしドリルといった昔ながらの手工具類や留め継ぎ箱、自動ふるい機まで、使い道のあるものならなんでも好きだった。スタンリー自身が〝使える〟人間だからだ。私とトニーは、なにに使うものかをスタンリーに教えてもらいたい一心で、閉鎖された工場や市のゴミ廃棄場でいろんな道具を探して拾ってきたものだ。スタンリーは風雨にさらされ錆びた道具——南京がんなやラチェット部分の腐食した刳子錐《くりこぎり》――をじっくり観察したあと分解してきれいに拭き、ビットや刃を研ぎ、もとどおり組み立ててくれた。そして、どうすれば手になじむか教えてくれるので、紙一枚分のすき間もないほどぴったりと板をついだり、合わせ釘を使ってテーブルの脚をついだりしたくなったものだ。大きな箱時計でも、二二口径ライフル銃でも、スタンリーは修理できた。秘訣は持ち前の好奇心と、どんな道具もだれか別の人間が使いかたを頭に描いて作ったものだという確たる認識だ。

「身から出た錆だ」スタンリーが言った。「だれしも、これまで自分のしてきたことやしなかったことの責任を認めなければならん」

「癌になったのはあんたの責任じゃないよ、スタンリー」

私は言った。

「おれがそんなこともわからんと思うのか?」彼はぎこちない動きで姿勢を変えた。スーツを着ているのをやたら意識しているのだ。「ジャック、何者かがおれに危害を加えたがっている。正確にはおれの家族にだが、結局は同じことだ」

彼と同姓のコシューシコという男がアメリカ独立革命の司令官にいた。コシューシコはその後、母国ポーランドに帰り、勝ち目のない反ロシアの戦いを率いた。

「きみにぜひやってもらいたいことがある。このままでは死んでも死にきれん。なんとしても代理人が必要なんだ」

さすが、スタンリーもコシューシコの名に恥じない。彼が素手でコサック兵の首をへし折る姿が頭に浮かんだ。

「いいか、ストッシュがヴェトナムでいまいましい共産主義者どもに殺されてなければ事情はちがったはずだ」彼が言った。「ところが現実は、おれが問題をしょい込む羽目になった。それなのに、グラスを持ち上げることすら、おれにはできんのだ」

人生のちょっとした皮肉。余命一年もない人間に対して、どんな脅迫材料があるだろう? いや、それより、余命一年もない人間に助けを求められて、どう断われというのだ?

スタンリーの話の続きはこうだ。私はビールを飲みながら弟のトニーに説明していた。

「スタンリーの息子はヴェトナムで死んだ、そうだろ？」トニーがたずねた。

「第一騎兵師団だ」私は言った。

トニーは車椅子を操ってシンクへ行った。私が手伝ってこの家へ引っ越してから間がないというのに、早くもトニーはなんでも自分でやることに慣れつつある。もともと他人に頼るのが嫌いだったし、リハビリが終わるや介護を受ける必要がなくなったとはいえ、これが自立への大きな一歩であることに変わりはない。彼は自分の飲んだビール瓶をすすぎ、水切り板に置いた。「それなのに孫がいるのか？」

「アンディだ。アンディ・ラヴェナント。母親が再婚したあと養父の姓を名乗っているが、スタンリーとはずっと親しくしてきたそうだ」

「ラヴェナント。どうして聞き覚えがあるのかな？」

「テレビの深夜放送でよくコマーシャルを見てたからさ、〈スタートレック〉のあと。おしゃべり《レイヴィング》リッチー・ラヴェナント。ラグや敷き込み用の絨毯を売ってた男だ」

「リンのディスカウント街で？」

「〝ギンズバーガーの本家〟、〈アドヴェンチャー・カー＝ホップ〉の隣の店だ」

「そうとうな売上を得たはずだ」トニーが言った。「狙うなら、そのカーペット販売王のほうだろう、スタンリーじゃなくて」

「あいにく、養父は八年前に亡くなってるんだ。それに、アンディの母親はいまはフロリダで暮らしている」

「そっちの線は追わなくていいよ」

「アンディの名前を出して事情を聞き出すつもりだと思ってたのに」私は言った。

「逆にあれこれ訊かれるだけさ」

私は自分のビール瓶をシンクへ持って行ってすすぐと、冷蔵庫からまた二本取り出し、栓を開けた。

「ところで」トニーは私の手からビールを受け取りながら言った。「犯人が何者であれ、どうしてスタンリーを煩わせようとするんだ？　孫息子に不満があるとしても、それがその子の祖父とどんな関係がある？　そもそも、スタンリーはどうやってこの件を嗅ぎつけたんだ？」

スタンリーはジャマイカウェイのはずれにあるベス・イスラエル病院で癌の専門医の診察を受けていた。病院を出て、車を停めておいたブルックライン・アヴェニューへ向かっていると、ひとりの薄汚い浮浪者が――スタンリーの使った言葉だ――からんできた。

「もう少し詳しく説明してくれ」トニーが言った。「その男はどこからともなく現われたのか？」

「そうらしい。スタンリーは〝やあ、あんたの話はどういうものだ？〟とかなんとか言った。〝食べるもの欲しさに作り話をしたがるホームレスのじいさんなんだろう？〟」

「残念ながら、ちがうと思うな」

ことをスムーズに運ぼうとする反面、男はそわそわしていたらしい。どこか上の空で、用足しに来ただけという様子だった。

「麻薬でハイになっていたのか？」トニーがたずねた。

「さすがに鋭いな」私は言った。「だが、スタンリーはなにを探すべきか知らないからな。おれは言外の意味を読み取ろうとしてるんだ。男はあらぬところを見ていたそうだ」

「ちょっと待った」トニーは笑みを浮かべている。「なにが言いたいんだ？」

スタンリーが言うには、男の話は要領を得なかった。いや、まるで暗号を使ってしゃべっているようだった。スタンリーには当然理解できるとでも思っているらしく、曖昧で遠回しな言いかたに終始した。とうとうスタンリーはうんざりして、男の脇をまわって通り抜けた。男はスタンリーに苛立ちを募らせていた。スタンリーがわざと話をわかろうとしないんだとでも思ったんだろう。背後から、孫息子の舌をピクルス瓶に入れて送りつけてやる、と叫んだ。

「男がアンディのことをはっきり口にしたのはそれが初めてだったんだな？」

「そうだ。それ以外はずっと、うさん臭くてはったりめいたほのめかしばかりだった」

「考えられる結果は、二つに一つだ」トニーが言った。「いや、一つしかないか。すなわち、スタンリーがドロップキックでその男をチェスナット・ヒルへ蹴り飛ばすのさ」

「いや、そうはならなかった。スタンリーは七十過ぎだし、強い薬物による治療を受けているし、なんの話かさっぱりわからない、ときてるんだから」

「するとスタンリーは、その間抜け男の顔をレンガ壁にこすりつけてやりたいという、当然湧くはずの衝動を抑えたのか。そりゃあ、もう昔の彼ではないんだろうけどさ。で、兄さんのところへ来た」

「そんなところだ」

トニーは唇を引き結んだ。「どこから手をつけるんだ?」

「まずはスタンリーの孫に当たってみる」

「問題の若者か」

「正確に言うと、若者じゃない」実のところ、アンディはトニーの年齢に近い。三十一歳の弁護士だ。ありふれてはいるが需要の絶えない刑法を専門にしている。公費選任弁護人としてサフォーク上級裁判所で二、三年務めたのち、いまはダウンタウンのミルク・ストリートに個人事務所を構えていた。

「犬が狩りをすると期待してるのか?」トニーがたずねた。「スタンリーよりアンディのほうが、敵のいる可能性が高い」

「ああ、普通に考えればそうなるね」口ではそう言いながらも、なにか気にかかることがあるらしい。考えがまとまらず、周縁を漂っているのだ。

「なにが気にかかってるんだ?」私はたずねた。

「はっきりとはわからない。追いかけるのをやめれば、隠れんぼをやめて姿を現わすかもしれない」

〈ラヴェナント&ドワイヤー〉法律事務所は、金融街のいちばん端、カスタムハウス・タワーの近くにあった。このあたりはボストンでももっとも古い一画で、何度も建て直しが行なわれているが、ノース・エンドやビーコン・ヒルとちがって、いまでも、かつてのボストンの街並みの名残りを見ることができる。商取引をもっぱら船舶輸送に頼っていた十八世紀に造られた、港へと下る何本もの狭く曲がりくねった道。その石畳の道を、当時は、馬に引かせた大小の荷車ががたごと揺れながら行き交ったことだろう。船具商や船具問屋、製帆工場やロープ製造工場が小規模の商売を行なっていただろう。ここはいまも商業地区で、地上階には水まわり用品や同様の商品の卸売り店舗が並び、その上階のオフィス部分に入っているテナントには、かつてと同じく商人とプロの職人が雑居しているが、近ごろは提供されるサーヴィスの幅が広がってきている。アンディの法律事務所は二階にあり、入口のある小さな踊り場には、宝石商と建築設計事務所のドアも並んでいた。彼とは十時の約束だった。

受付係に名前を告げ、椅子に座って待った。

待ちはじめて四十五秒が経ったとき、アンディ・ラヴェナントが奥のオフィスから出てきて、受付係と来客を仕切っている小さな潜り戸から出ると、立ち上がった私に片手を差し出した。私たちは握手を交わした。

「祖父の修理工場で会ったころのあなたと弟さんを覚えてるよ」彼は笑顔で言った。

こっちは彼の父スタン・ジュニアのことならおぼろげな記憶があるが、アンディのことはまったく覚えていなかった。むろん、七歳か八歳だった私が、必要もないのに、四歳児にまともに注意を払ったはずがない。だが、それは言わないことにした。

彼は私を自分のオフィスへ案内した。小さな部屋で、法律書が並んでいる。マサチューセッツ州法、連邦法の判例集、裁判記録の綴り。私たちは腰を下ろした。

「さて」アンディは椅子の背にもたれ、両手で三角形を作って胸骨の前に立てた。「パパ・スタンはいったいなにをそんなに心配してるんだ？　ぼくには言葉を濁してばかりでね」

「彼が癌で余命が長くないのを知っていたか？」私はたずねた。ぶしつけなのは承知しているが、彼の気持ちを思いやるだけの余裕がなかった。

はっとして上体を起こしたアンディの顔は凍りついていた。

私は詫びるような仕草をした。「彼はすでに奥さんに打ち明けているし、おれには昨日、話してくれたんだ。まだみんなに知らせるには至っていないようだな」

「なんてことだ」アンディが低い声で言った。「治療のため街へ来ているのは知ってたけど、そんなに悪いとは知らなかった。とんでもなく精神力の強い人でね。立ったまま死ぬんだろうと思えるほどだ。きっとベッドに縛りつけられたくないだろうな」

「ああ、そんな印象を受けたよ」

「祖父はどうしてあなたに会いにいったんだ、ジャック?」

「何者かが彼を脅したんだ」私は言った。「厳密に言うと、相手はきみに危害を加えると言った。なぜスタンリーを狙うのかはわからない。横道にそれている、あるいは反対方向に進んでいると思える」

「脅しのネタは?」

「男は言わなかった。そこが厄介なところでね」

「その男は何者なんだ?」

私は肩をすくめた。「スタンリーによると、頭のおかしな男だそうだ。スタンリーは手がかりをあまり与えてくれなかったが、なにかに近づかないよう、きみに警告したそうな口ぶりだった」

「ぼくが扱っている特定のクライアントのことだとしたら、どんな可能性もありえるな」アンディが言った。送話器を手に取り、インターコムのボタンのひとつを押した。「ああ、きみ、ちょっと来てくれるか?」彼は間を置き、すぐにうなずいた。「彼も連れてきてくれ」だれだか知らないがインターコムの相手にそう言うと、送話器を置いた。

「調べてみよう」

ドアに小さなノックの音がして、ふたりの人間がアンディのオフィスに入ってきた。男と女だ。

アンディが紹介してくれるので、私は立ち上がって握手をした。

女はキャサリン・ドワイヤー。弁護士で、アンディの共同経営者だ。キティは中背で、豊かな黒い髪を短く切り、アイルランド系の輝くような肌の色はスポード陶器を思わせた。シルクのパンツ・スーツというきちんとした服装をしているが、ジーンズとぶかぶかのスウェットシャツを着ていても男たちを振り向かせることができるだろう。私は彼女と初デートをしているかのように、急にきまり悪さを覚え、愚か者になった気がした。

男はマックス・クイン。側頭部を刈り込んだ白髪頭、大柄ででっぷり太っていて、元警官という風貌だ。実際、以前は警官だったそうだ。いまは、探偵免許を持っていて、〈ラヴェナント&ドワイヤー〉の調査員をやっている。

「ジャック・チボーか」彼はにやりと笑った。「噂には聞いてるよ。あのアイスホッケー選手の兄さんだろ」

「そうだ」私は認めた。

「どんなネタを持ってきたんだ？」彼がたずねた。

アンディが事情をかいつまんで説明した。癌の件には触れず、何者かが祖父を利用して自分を抱き込もうとしていると思う、とだけ伝えた。

ふたりは、それ以上の説明を聞くまでもなく事情を理解した。

「現在扱っている案件で、心当たりは？」キティがマックス・クインに向き直ってたずねた。

彼は渋面をつくった。「例のいかれた野郎、ドニー・アージェント」キティに答えた。「あいつはリビアのチンピラどもとつきあってる。少なくとも、おれたちにはそう思わせたがってる」

「盗難車の解体をしている組織よ」キティが私に説明してくれた。「他には？」

「チャールズタウンの麻薬売人ども」マックスが言った。

「ぼくの担当してる案件だ」アンディが私に言った。「本物の犯罪者になりかけてる若者たちだ。ディーラーを裏切るのを怖がるあまり、有罪答弁取引をして出てくることができないんだ」

「無理もないさ」クインが言った。「となると、チップ・マッギルだな」

「なにかあるの？」キティがたずねた。

クインは肩をすくめた。「あの界隈を知ってるだろ。あそこの連中はいまいましいシチリア人と同じで、沈黙の掟《オメルタ》だかなんだかを守ってる。オメルタがなけりゃ、マフィアの構成員《メイド・ガイ》どもだって、自分の足につまずいて転ぶ前に慌ててFBIに密告しあったはずなんだ」

「だれも彼も口をつぐんでるのよ」キティが私に説明した。「あの若者たちでさえ、コネクションをたれ込むような馬鹿じゃないわ」

「チップ・マッギルというのは?」

「麻薬ディーラーだ」クインが言った。「おもに覚醒剤を扱ってる。ルーフィズや合成ヘロイン《エンジェルダスト》、いろんな幻覚剤も。パーティ好きでね。暴走族に入りたがってる連中と徒党を組んで、ディサイプルズと称してるよ」

「あの連中はスプリングフィールドから来たものと思ってたよ」私は言った。

クインが見直したと言いたげな表情で私を見た。「ご名答」

「連中が新たな市場を開拓したがってるとにらんでるんだな?」私はクインにたずねた。

彼がうなずいた。「マッギルはボストン出身で、モニュメント・スクエアの近くで育ったんだ。分別のつくかつかないころから麻薬売買に手を出してた。あいつは間接費を省いてて、供給源から直接、覚醒剤を手に入れることができるんだ。共生関係ってやつさ」

〝共生〟などという言葉はそうやすやすと出てくるものではないし、マックス・クインの語彙にあろうとは思ってもみなかった。その気持ちが顔に出ていたにちがいない。

彼はにやりと笑った。「あの大学生どもとつきあってりゃ、こんな言葉も覚えるさ」

マッギルと暴走族《バイカー》の線に見込みがありそうなので、そう言った。

「ひとつマイナス面があるわ」キティ・ドワイヤーが言った。

クインと私は彼女を見つめた。

「もしも今回の件にマッギルが無関係なら、彼の周辺をジャックが嗅ぎまわりはじめることによって、警告を与えることになるのよ。あとで悔やむ羽目になるかもしれないわ」

「うちのクライアントたちが彼に不利な証言をするつもりだと、マッギルが考える理由はないよ」アンディがとりなした。「それに、そう考えるきっかけを彼に与えたくない。ただしこれは、弁護士という立場での意見だ」

「そうなると、状況はちょっとばかり慎重を要するな」クインが感じたままを述べた。

その実、さして気にしているようには見えなかった。マッギルにプレッシャーをかけてその結果を得る、というのが彼のやり方なのだろう。

どうやらキティも私と同じことを思ったらしい。「ねえ、マックス、あからさまな正面攻撃は逆効果かもしれないわよ」と意見した。

「ふたつの点を結ぶ最短距離だ」彼は言った。「一方にはあんたのポーランド人の祖父、もう一方にはチップ・マッギル。おれはマッギルを舞台から引き下ろしたいね」

「ぼくもだ」アンディが言った。「うちがあの若者たちに対して責任があるのは承知してるよ、キティ。彼らはうちのクライアントだからね。でも、チップ・マッギルがパパ・スタンに脅しをかけようとしているのだとすれば、ぼくは、彼に訊いてみるほうに賛成だ」

「訊いてみるのか？」クインは物足りなさそうな口ぶりだ。

「探りを入れるという意味だ」アンディが言った。「当然の反応として不安そうな様子を見せれば、安心させてやればいい」

いささか婉曲的すぎる言いかただと、私は思った。どうもアンディは、マッギルに圧力をかけるようクインにゴーサインを出していると思える。

「ねえ、おじいさまはジャックのところへ来たのよ。あなたのところではなくてね」キティが言った。「わたしたちを巻き込みたくなかったのかもしれないわ」

クインが眠そうな目でちらりと彼女を見た。

「どう思う？」アンディが私を見ていた。「あなたの意見は、ジャック？　単独で動きたいかい？」

「一日くれないか」私は言った。

「どうだ、マックス？」アンディがたずねた。

「問題ない」クインが答えた。

「用心してね」キティ・ドワイヤーが私に向かって言った。

マックスに、それともマッギルに？

「情報は逐一知らせてくれるね？」アンディがたずねた。

「もちろん」

キティはクインとアンディをオフィスに残し、私を戸口まで見送りにきた。しばらく私とふたりきりになりたかったのかもしれない。なにかを言おうか言うまいか決めかねている様子だった。階段の最上段、踊り場に出たときに切り出した。

「個人的な恨みかもしれないわ」

「つまり、この事務所の扱っている案件とは関係ないと？」私はたずねた。

彼女はうなずいた。

「アンディには、なにか人に知られたくない秘密があるのか？」

「わたしに訊かれてもわからないわ」という返事にもかかわらず、私は、彼女がなにか知っているという気がした。

「なにか思い出したことがあれば電話をくれるかい？」

「どっちにしても電話をするつもりだったわ」彼女は笑顔で言った。

その言葉をどう解釈したものか、いまひとつ定かではなかったが、階段を下りて通りへ出るまで、背中に注がれる彼女の視線をひしひしと感じていた。

車は少し離れたインディア埠頭の近くに停めていた。海岸通りを車へと戻る途中、オープンデッキのあるエスプレッソコーヒー店の前を通りかかったので、コーヒーを一杯飲むことにした。店内に入ってカフェラテを注文し、港を見ながら飲むことのできるオープンデッキへと持って出た。
十月下旬の小春日和——夜は肌寒さを覚えるが日中は春のようにうららかだ。空には雲もほとんどなく、油の浮いた海面に日光が反射している。セグロカモメが波に浮かぶゴミに向かっていっせいに舞い降り、なにかくわえると、空中で取りあっていた。一隻のコンテナ船がフォート・ポイント運河を進み、マサチューセッツ湾へと向かっていた。海岸沿いに北上してカナダの大西洋沿岸地域へと向かうのかもしれないし、ケープコッド運河を南下してニューヨークあるいはチェサピーク湾の入口へと向かうのかもしれない。

船にはロマンがある。舫《もや》いを解いて出航すれば陸地を離れるのだ。海の上は異なる規則を持つ別世界であり、そこでは、人間の抱く希望も虚栄心もほとんど影響力を持たない。私が仕事で扱うたぐいの問題はたいてい、煎じ詰めれば俗なもの、つまり人間の持つあさましい動機に起因するものばかりだ。嫉み。肉欲。金銭欲。いずれも、そうした俗念に取り憑かれた人間の目には、自然の持つ原始的な力に似ていると映るかもしれない。だが、そんな我利我欲と北大西洋の見せる荒々しい力とを秤にかけてみたとき、人間の欲望などどなんの役にも立たないと思い知らされる。

そんなことを考えたおかげで、もっと偏見のない目で状況を見ることができた。爆撃機に乗ったスタンリーに思いを馳せた。対空砲火、ドイツ軍の戦闘機、生き残れない確率——命を秒単位で測ることのできる世界だ。私はコーヒーを飲み終え、潮のにおいのする港、杭に打ちつける波に背を向けて、公衆電話を使おうと店内に入った。

ダウンタウンの知り合いの刑事、フランク・デュガンに電話をかけた。彼には貸しがあるのだ。運良く、デスクにいるデュガンをつかまえることができた。ディサイプルズについては数年前に未解決になったままの事件がある、と彼は言った。

「連中はかなり力のある組織で、スプリングフィールド＝ハートフォード回廊と言われる地域を牛耳っている。バークシャーヒルズもだ」デュガンが言った。「数年前、麻薬取締局と州警察が連中の撲滅作戦を展開した。密売ルートの大半を切り崩し、製造工場をいくつかつぶしたが、連中はもり返してきた。そこが覚醒剤《スピード》の問題でね。においをごまかす方法さえ見つければ、簡単に工場が作れちまう」

「製造法については?」

材料は簡単に手に入る、とデュガンは説明した。

「どこにでもある薬品ばかりだ。エフェドリン、フェニルアセトン、塩酸。唯一気をつけなければならないのは、加熱する際に危険を伴うことだ。揮発性薬品を扱うんだから、爆発して吹き飛ばされてしまうかもしれない。それに、あのにおい。もれなくついてくるおまけさ。アセトンとアンモニアを混ぜたにおいときたら、マニキュア液か猫の小便みたいだからな。おまけに有毒な懸濁液が出る。製品一ポンドにつき廃棄物が四、五ポンドだ。解決方法はふたつ。製造工場を、煤煙が大量に出る工業地域に確保するか、隣近所から苦情の出ない辺鄙な場所に作るか」

「つまり、大量にゴミが出て、くさくて、混ぜるときに爆発の危険があるんだな。そう聞くと、いかにも、ああいう無法者のバイカーのような、社会に適応できない負け犬連中にお似合いだよ」

デュガンが歯のすき間から息を吸い込む音が聞こえた。

「余計な口出しをしてあんたの気分を損ねるつもりはさらさらないが、ディサイプルズはきわめて危険な集団だぞ、ジャック。なんだって連中に目をつけたんだ？」

「チャールズタウンのチップ・マッギルという男の線から

だ」私は彼に説明した。「連中がその男の新たな供給源だと耳にしてね」

今度の沈黙はさらに長かった。

私はデュガンが言葉を発するのを待った。

「連中を釣り上げる方法はちゃんと知ってるんだろうな」

彼がようやく言った。「短い桟橋を歩き続けすぎると、獲物といっしょに水までずくうことになるぞ」

「もう少し詳しく説明してくれるか？」

「いいだろう。チップ・マッギルは典型的な売人で、売り物を自分でもせっせと消費している。いいかげんな男だし、早晩バンカー・ヒルの連中が始末するだろう。あいつがまだ、ローガン空港の長期駐車場に停めてある車のトランクから発見されるという事態になってないのが、おれには驚きだね」

ローガン空港の長期駐車場に死体を棄てるのは都合のいい処分方法だ。それはふたつの役目を果たす。まず、殺人捜査課が到着するころには時間が経ちすぎており、遺棄現場から有効な証拠が得られないのがひとつだが、利点はもうひとつあった。なんの処置もされずに捨て置かれた死体は体液によって膨脹し、やがて破裂し腐敗する。だれしも、自分の家族がそんな姿になるのを見たくはない。つまり、それが見せしめになるわけだ。

「どのみち、あんたのお友だちのマッギルは腐ったリンゴだ。おれの言うことを信じるんだな」デュガンはさらに続けた。「あいつは未成年のときに前科がある。麻薬販売の罪で少年院に入り、これまでに暴行、共同謀議、殺人の罪で逮捕されてる。そのおかげかどうか、あいつはいまや麻薬ルートの中心人物だ。しばらく前から捜査線上に浮かんでる。重要犯罪捜査班がなんとしてもやつを捕まえたがってるんだ」

「そうなると、余計なお世話だ、とは言えないな」私は言った。「おれはただ、ネズミの巣にうっかり踏み込みたくないだけだ」

「あの男から力ずくで話を聞き出そうとすれば、そういう羽目になるぞ」

「おれの知るかぎり、マッギルは黒幕らしい。背景の一部だそうだ」

「からかってるつもりだろうが、相手をまちがえてるぞ」彼はたしなめた。「あいつにかかわるな、というのがおれの忠告だ」

「のこのこ会いにいってうるさく文句を言いたてるつもりはないよ。内密に話を訊きたいだけだ」

「チップ・マッギルは頭がいかれてる。なにより、スピード・フリークだ」デュガンが言った。「理由さえあれば、あんたを殺すぞ」

「おい、それじゃ励ましの言葉になってないじゃないか」

「あたりまえだ。要は、あんたは六カ月ほど待つだけでいいってことさ。そのころにはもう、あいつは問題ではなくなってるだろうよ」

「ああ、そう何度も言わなくてもわかるさ。不満を抱いてる人間がやつを葬る可能性があるってことだろ。問題は、六カ月も待てないってことだ」

「どうしてもと言うなら、やれよ」デュガンが言った。

「自宅と行きつけの場所は?」私はたずねた。

「海軍造船所《ネイヴィー・ヤード》のそばの〈ブルー・ミラー〉というナイトクラブで王様きどりにふるまってるよ。店は知ってるか?」

あいにく知っていた。

「ほぼ毎日、午後四時から六時までのサーヴィスタイムだ」

「インディアン居住区にしてはずいぶん夜の更けた時間だな」

「さっきからそれを言おうとしてたんだ」陽気に言うと、デュガンは電話を切った。


ボストンという街は、サウジー、チャールズタウン、ノースエンド、ドーチェスターのフィールズ・コーナーやサヴィン・ヒルといった危険で排他的な地区があることで有名だ。各地区で地元住民を相手に商売しているバーは、たいていがそこに住む人種の社交クラブのようなもので、新入会員にはやさしく温かいがよそ者のことは信用しない。〈ブルー・ミラー〉はチャールズタウンの、USSコンスティテューション号が停泊しているネイヴィー・ヤードの正門のすぐ前にあった。

海軍造船所《ネイヴィー・ヤード》は一九七〇年代以降は財政が厳しくなり、防衛費削減により閉鎖された。新しい船はメイン州のバース鉄工所やはるか南のノーフォーク、太平洋側シアトルのピュジェット湾に停泊している。ネイヴィー・ヤードには長年、開発業者たちが目をつけていた。現在は国立歴史公園になっていて、造船施設および外洋航海船の寄港地としては使われていない。もっとも、軍事施設として使用されていたころでさえ、〈ブルー・ミラー〉は下士官や兵の立ち入りを禁止されていた。

この世にはもっといかがわしい店もあるにちがいないが、そんなものは、アイルランドのベルファストかジャマイカのキングストンへでも行かなければ見つからないだろう。とはいうものの、午後四時三十分とあって、〈ブルー・ミラー〉はまだ静穏な様子だった。店の外には車が二十数台停まっている。バンやピックアップ・トラック、マッスルカーのほか、改造オートバイも数台あった。いずれも、高いハンドルとクロムメッキを施したバルブカバーを誇示しているような、車体の低いパンヘッド・エンジンのハーレーばかりだ。私は店内に入った。

なかの薄暗さに目が慣れるまでしばらくかかった。細長い店内は天井が低く、鍵穴のように奥が広くなっている。そこに硬材を張った小さなダンスフロアがあり、バンドが音合わせと音響レベルのチェックをしていた。左手の壁際に三十五ないし四十フィートほどのバーカウンターがあって、そのなかで二人の男が働いていた。明かりはカウンターのうしろを照らす一組のピンスポットだけだ。その細い照明が、棚に並んだボトルに浮き彫りのような立体感を与え、なかの酒が石炭さながらに内から光を放っているように見せている。背後に光を受けたバーテンたちは輪郭しか見えず、表情は読み取れなかった。結果、いささか不気味な印象を受けるが、案外それを狙っているのかもしれない。ラスト・オーダーの時刻が近づいたとき、荒くれ者の客たちに閉店だと強気で迫れるように。

生ビールはサミュエル・アダムスを置いていた。私は一杯注文した。バーカウンターに目を落とすと一面に小銭が散らばっているように見えたが、指先で十セント銀貨をつつこうとしたとたん、小銭はどれもカウンターの表面に埋め込んでウレタン塗装されているのだとわかった。うっかりだまされるとは間抜けだと感じたし、これで、古顔に見られたいと思っている店でよそ者の烙印を押されたと思った。私はビールを少しずつ飲みながら店内を見まわした。

仕事終わりの時刻にはやや早いことを考えると、〈ミラー〉はずいぶん込んでいた。しかも客の大半は男で、職場から直接来たらしい服装の者も数えるほどだ。少なくとも、作業服のだれひとりとして、ハンマー・ホルスターをしていないし、ペンキのしみもついていない。みなラフすぎるほどの服装で、年齢層に応じてダブルニットのセーターかドッカーズのシャツを着ていた。

私はビールを持って、ぶらぶらと演奏用ステージへと向かった。隅にビリヤード台がひとつ、押し込んだように置かれている。一ゲーム二十五セントだ。台に身を乗りだしてブレイクショットを打とうとしている男は所属グループを示す服を着ていた。グレイトフル・デッドの昔のアルバム・ジャケットのような凝った図案の絵が背中に描かれた、バイカー用のレザー・ジャケットだ。ブレイクショットで球は散ったが、男は一球も沈めることができなかった。男が上体を起こしたので、背中の紋章がもっとはっきり見えた。ダ・ヴィンチの《最後の晩餐》そっくりだが、食卓の上席についているのはサタンだ。食卓を共にしている者たちのなかに、ヒトラー、アミン大統領、ホメイニ師の姿がある。その下方に、ディサイプルズというグループ名がゴシック体で記してあった。私はバーに戻ってビールをもう一杯注文し、釣りを二十五セント硬貨でくれと頼んだ。

バイカーとビリヤードをしている女は未成年に見える。からだじゅうの水分が絞り取られて体重がせいぜい百ポンドしかない、麻薬中毒の十六歳。絞り染め模様のタンクトップを着てジーンズをはいているが、腰が細すぎて引っかかるところがないため、絶えずジーンズを引っぱり上げている。だが、左右の肩甲骨のあいだにタトゥを入れ、金属探知器に引っかかるほどたくさんのピアスをつけていた——両耳にイヤークリップ、下唇にスタッド・ピアスが一個、両のまぶたの目尻側、横目づかいをしても眼球を引っかけそうにない位置に、それぞれスタッド・ピアス。女は汗もかかずにソリッド・ボール（一番から七番の的球）を五つ沈め、七番球を対角コーナーのポケットに入れようとしてスクラッチ（手球をポケットに落とすこと）した。

私は台に近づき、次のゲームをやらせてもらおうと二十五セント硬貨を用意した。

ふたりとも、私に目を向ける様子はなかった。バイカーは球の配置を見ていた。彼が狙うのはストライプ・ボール（九番から十五番の的球）だ。二球は沈めたも同然だった。三箇所のポケットで的球が縁に乗っているのだ。沈めるのは簡単だが、女の球がポケットを狙う邪魔になっていた。男は、手球をバンクに当てて跳ね返らせるというむずかしいほうのショットを選んで成功させた。見事だと認めて、女はキューで床を打った。男は台をまわりながら残りの六球を沈め、続いて八番球を強打した。強く突きすぎたため、いったんは沈めたサイドポケットから球が飛び出てしまった。女が残りのソリッド・ボールを沈め、八番球をコーナーポケットに沈めた。ちらりと私を見た。

私が最初のミスを犯したのは、たぶんそのときだ。私はふたりが恋人同士だと思っていたが、バイカーは連れの女より二十は歳を食っていた。ポニーテールにまとめたむさくるしい赤毛には白髪が幾筋か見えるし、サパタ髭に似せた口ひげが口角よりも下へ垂れ、それが顎のあたりで白くなっている。私の犯したミスは、女よりも男の観察に時間をかけたことだ。いくら痩せこけているとはいっても、相手は若い娘だ。私が硬貨を入れて出てきた球をセットし、女がブレイクしようと台に身を乗りだしたときに、タンクトップの胸元をのぞき見ればよかった。だれだってそうしたにちがいない。

どうしようもない間抜けのように、私は標的に近づくのが早すぎた。女が連続して球を沈めているので、私は台から少し離れ、緑色のフェルトの上の球を照らしてその色を引き立てている照明の輪のすぐ外へと引き下がった。女が六球沈めたあと、私の番がきた。もっとも女は、手球を、自分の狙うストライプ・ボールのかげに残していた。私はバンクショットをコールして奇跡的に成功させ、次に、四番球をサイドポケットに沈めるべくはるかに簡単なショットをミスした。観念したように肩をすくめて、ふたたび台から離れ、赤毛のバイカーの横に立った。「腕を磨く必要がありそうだ」私は言った。

「あの女はめちゃくちゃうまいんだ」バイカーが言った。

女が長いバンクショットを打って八番球を沈め、隅に引き下がると、バイカーは台に行って球をセットした。勝ったほうとプレイしようと、私はまた二十五セントを用意した。

ほんとうのところ、ゲームに対するふたりの集中力は少しも高くなかった。女のプレイは、慎重ながらも、なにか大切なものがかかっているという風ではなかった。自尊心がかかっているのではなかった。どのショットもなりゆきまかせで、バイカー相手というよりは自分自身と戦っているようだった。バイカーはというと、女のほうが球を読む目も突き球のコントロールもいいことなどまったく意に介していなかった。女は、ミネソタ・ファッツや早打ちエディ（ともに映画《ハスラー》に登場する）でさえも驚いて振り向くほどのひねりを加えて突き球をコントロールしていた。バイカーは頓着していないか、あるいはたんに女に調子を合わせているだけで、脅威を感じている様子はなかった。

ブリッジをして打とうとする男を見ていて、親指と人さし指のあいだの水かきに刑務所で入れた刺青を見つけた。〝1％〟意味を理解するのに、しばし時間がかかった。マーロン・ブランドが《乱暴者《あばれもの》》に出演したことで暴走族が注目を浴びたころ、あるきまじめな人が、オートバイは家庭的な男の乗り物であり、たった一パーセントの連中のせいでバイクが悪く言われる、と発言した。いまでは、バイカーとつきあったことのある人ならだれでも、そもそも連中だってその気になれば家庭的な男になりうると知っているが、それはこの際関係ない。

バイクというと、いまだあの映画の無法者のイメージがつきまとうのだ。むろん、それがバイクの魅力のひとつでもある。特に、日本製オートバイではなく大型のハーレーを乗りまわすことは。ただ、赤毛《レッド》はそのイメージをひけらかしていた。所属グループのジャケット、あの物腰。本物のバイカーなのかもしれないし、案外、見かけだおしなのかもしれない。私は違和感を覚えていた。彼がこれ見よがしにしているという印象、身の丈に合うかどうか試しているがいささかやりすぎているという印象を受けたのだ。

彼がミスショットをし、台を女に譲って私の立っている場所に戻ってきたとき、私はぎこちなくスピードのことを口にした。確かに巧みに切り出そうとはしなかったが、これでは、私がなにを探ろうとしているのか見え見えだ。

「コカインを買いたいのか？」まるで、取引には飽き飽きしていると言いたげな口調だった。

「いま吸う分ではなく、大量にな」私は言った。

彼はうなずいたものの、わざわざ私に目を転じようとはせず、ビリヤードをしている女を見つめたままだった。

「おれをだれかと勘ちがいしてるぜ」私のほうには目もくれずに言った。

私は肩をすくめた。「仲買人を抜きにできると思ったんだ。マッギルは、自分の使う分をごまかそうと、製品に不純物を混ぜてるだろ。おれは買いたがってる人間を知っているんだが、連中はだまされたくないと言ってる。それに、あんただって、そろそろ新しい取引ルートを見つけてもいいころじゃないかな」

「話題を変えな」とげとげしい口調だった。

「あいつはあんたたちみんなを食い物にするつもりだ。あんなやつに手綱を握らせるんじゃない」

彼は我慢ならないという顔で、ようやく私を見た。「おれはビリヤードをしようとしてるんだ。そんなにくっつかれると、じん麻疹が出るだろ」

「チップ・マッギルはいいかげんな男だと思わないか？」私はたずねた。「それなら訊くが、彼はどうしてアンディ・ラヴェナントに脅しをかけようとするんだ？　そりゃ、不要に注目を浴びるにはいい方法だと思えるが」

これでレッドの気を引きはしたが、核心を突いたわけではないらしい。彼はむしろ、言われた意味がわからずに興味を引かれたようだ。こいつ、なぜそんな話を持ち出したんだ、いったいなにが言いたいんだ、というところか。

「聞いた話だと、ラヴェナントは、麻薬で身を滅ぼしかけている地元の若者数人の弁護をすることになってるそうだ。ただ、彼らがチップを裏切ることに同意しないかぎり、有罪答弁取引をして出してやることができない」私はレッドに説明した。「それについて言いたいことは？」

「一体全体なんの話だ？」

「おれはたくさんの変わった連中と旅行をするんだ」私は言った。「乗り継ぎの手配をする。それがおれの専売特許さ。ものごとをまとめることがね。いわゆる仲介人《レインメイカー》で、人工的に雲を作るんだ」

「ろくでもない寄生虫だな」レッドが言った。

「なんとでも言えばいいさ。こっちはまだ取引する気があるんだけどな」

彼はキューを壁に立てかけた。「ちょっと裏へ出よう。裏なら、だれにも聞かれずに話ができる」

彼が背後の防火扉から出ていくので、私はあとに続いた。彼私たちは、建物の裏手に置いてあるゴミ箱の脇にいた。彼のバイクがそこに、スタンドを立てて停めてあるのだ。レッドはサドルバッグを開け、なかを手探りした。まだ照明は点いていないし、夕暮れ迫る空はしだいに色を深め、駐車場にはふたりの影が長く伸びていた。さっきの娘が防火扉から出てきた。

「ヘイ、ダーリン」レッドが言った。

「ヘイ」女が言った。「元気がなくなってきちゃった」

「必要なものを持ってけよ」上体を起こした彼は、片手に小ぶりのビニール袋を持っていた。

だれか数えている人間がいたとすれば、この瞬間、私は第二のミスを犯したのだった。私は男を見ていて、背後の女に注意を払っていなかった。ただで麻薬を手に入れようと裏へ出てきた麻薬中毒者だと思っていた。女にひざの裏を強く蹴られた私は、あまりの痛さに白目を剝くと同時に、脚の力が抜けてその場に崩れ落ちた。石鹼にまとわりつく蛇のように、ふたりが私にのしかかった。女が私の腰のベルトから四〇口径のスミス・アンド・ウェッソンをすばやく抜き取り、銃口を私のうなじに押し当てて撃鉄を起こした。手入れの行き届いた銃の撃鉄を起こす音は、まるで小枝を折る音のように響いた。レッドが拳で殴るうちに私の鼻梁をつまんで頭をのけぞらせたので、銃口が盆の窪に食い込んだ。私はめまいを覚え、吐きそうになった。女がくすくす笑った。

「少しでもやり方を心得てる警官なら、あんな見え見えの手は使わないぜ」レッドは上体をかがめ、自分の顔を私の顔に突き合わせた。「あんた、ばか者の一等賞だよ」

正解だ。〝ばか者〟というのが私のミドルネームなのだ。

「あんたにどんな利害関係があるんだろうって考えたんだ。で、ピンと来たのさ、あんたはひとりで動いてるって。さて、チップ・マッギルと弁護士のあいだでどうとかいうのはなんの話だ？　思うに、あんたはだれかのために障害を取り除こうとしてる。さあ、だれに言われてここへ来た？」

頭の回転が鈍くなっていて、もっともらしい答えを思いつかなかった。一般的には、処刑が目前に迫ればすべての感覚が研ぎ澄まされるという見解がなされているが、実際、サイコパスのような麻薬中毒者に拳銃を首筋に突きつけられていると、頭のなかはホワイトノイズでいっぱいだった。

私は酔いがさめ、空気を求めてあえいでいた。

「さあ、ダーリン、そいつはこっちにもらおうか」女に向かってレッドが言った。「おれが口を割らせる前にこの野郎を撃ち殺しそうだぜ」

たとえレッドが女から銃を取り上げるときに撃鉄と銃把のあいだに親指を入れていたとしても、私の呼吸は少しも楽になりはしない。女は誤って、あるいは、たんに私の脳が舗道のどこへ飛び散るかを見るために、私を撃ち殺したかもしれない。だがレッドは、うまく説得できなければ、明確な意図をもって私を撃ち殺すだろう。

「おれを安心させたいか？」彼が私にたずねた。

私の鼻をつかんだ手を彼が放していたので、もう拳銃はうなじに食い込んでいなかったが、私は黙っているのが怖かった。同時に、うっかりばかなことを口走ってしまうのではないかと気がかりだった。

「返事が聞こえないぞ」彼は子どもをあやすような口調で言うと、ふたたび身をかがめ、聴罪司祭のように耳を寄せた。

「これは聞こえるか？」だれかの声が問いかけた。続いて聞こえた音は、まちがいなく、ポンプアクション式散弾銃のスライドレバーを引いて弾を装填する音だ。

レッドはぴたりと静止した。

「ひとつずつ言うから、そのとおりにしろ」新参の男が言った。聞き覚えのある声だが、だれだかわからない。「銃口をからだの外へ向けて安全装置をかけろ」レッドが拳銃の撃鉄を戻した。「よろしい。次に銃を地面に置いてうしろへ下がれ。あんたもだよ、お嬢ちゃん。こっちは、平気であんたのひざを撃ち抜くぞ」

ふたりが身を離したので、空間ができたのがわかった。私は周囲に視線を走らせた。

「少々怪我を負ったようだな、ジャック」マックス・クインが言い、にやりと笑った。モスバーグのポンプアクション式散弾銃をからだの正面で斜めに持った彼は、緊張を解いた様子で、明らかに楽しんでいるらしい。「歩けるか？」

私は自分の拳銃を拾い、用心しながら立ち上がった。体重がかからないよう左脚をかばう必要があった。

「さあ、あのふたりを好きにしていいぞ」マックスが言った。それについてはいくつか考えがあったが、私の望みどおりにすれば、MCI－シーダー・ジャンクション刑務所で八年から十年の刑期を務めることになりそうだ。

「なにもしないのか？」マックスがたずね、肩をすくめた。

「まあいい。そういうことなら、これでおいとまするよ、麗しきおふたりさん」レッドと女に向かって言った。「おれたちが立ち去るまで舗道に伏せていてくれるのが賢明だと思うぜ」

この間、女は私を一瞥たりともしなかったが、レッドは目を細め、敵意を込めて私を睨みつづけていた。

「いますぐという意味だ、おふたりさん」マックスが言った。ふたりは身をかがめ、地面に伏せるふりをした。

私は左脚を引きずりながら車に向かった。マックスは私のうしろにまわり、散弾銃を下ろして脚の脇でさげていた。そこのほうが目立たないのだ。

ちょうどそのとき、駐車場の照明が点いた。

私が運転席につくと、マックスが腰をかがめて窓に顔を寄せた。「ここじゃ話はできんな」

「電話するよ」私は言った。「ありがとう」

「気にするな」

私は、彼が通りを横切り、停めておいた車へ行って散弾銃をトランクにしまうのを見届けた。おそらく彼は、私があのバーへ入った瞬間から監視していたのだろう。助けてもらって文句を言う筋合いはないが、いささかタイミングがよすぎる気がした。

車で通りすぎる私に手を振ってから、マックスは自分の車に乗り込んだ。私は家に帰って痛むひざを氷嚢で冷やし、自分が手の施しようのない大ばか者だったと反省した。

「すると、暴走族《バイカー》の話は兄さんの目をそらすための方便だったと思うのか？」翌朝トニーがたずねた。

「わからない」私は言った。「確かにクインはおれをはめたと思うが、だからといってバイカーたちが麻薬売買をしてないということにはならない」

「クインはいいところを見せたかっただけだろう？」

「おれの危機を救うことで？　それもひとつの見方だな。あるいは、おれを当て馬にして彼らを誤った方向へ導こうとしたのかもしれない」

「アンディ・ラヴェナントを？」

「そうだ。どこかうさん臭いんだ」私は言った。「ただ、これがスタンリーの問題とどう結びつくのか、わからない」

私たちはスタンリーを見舞うため車でアイヤーの病院へ向かっているところだった。彼は昨日、私が洗って乾かして畳んでもらうのに忙しかったちょうどそのころ、倒れたのだ。そのとき彼は自宅にいなかった――アップル・オーチャード・カントリーの廃品置き場かどこかを車でまわっていた――ので、救急隊は集中治療室のある最寄りの病院へと彼を搬送した。いったん病状が安定し、それでもなお予断を許さないようなら、ボストン市内のピーター・ベント・ブリガム病院へと移送されるだろう。

「ほかに手がかりは？」

私は首を振った。「ほかに使えそうな情報をスタンリーが思いつくかもしれないと期待してたんだ。唯一の問題は、お返しに彼に提供できる情報がこっちにはなにひとつないことだ」

病院はわりと新しく、おそらく七〇年代初めに建てられたものだろう。町の北側に位置する丘の上に建てられ、近隣でひときわ目立つ病院からは、木立の奥にある小さな池まで見渡すことができる。外環状道路《アウター・ベルトウェイ》と言われる四九五号線の外にある田舎の村の多くは、一二八号線沿いのハイテク産業に携わる人たちのベッドタウンとなったが、アイヤーは例外だった。ディヴェンス陸軍駐屯地の正門のすぐ外にあるアイヤーの町は、もう六十年以上も、陸軍という存在に支えられた企業町であり続けてきた。ところが最近、この駐屯地を閉鎖するという話が浮上している。いまなおレンジャーズのヘリコプター飛行中隊の拠点が置かれ、ここからの兵站支援作戦も幾度か行なわれているが、もはや下士官や兵たちの扶養家族という、いやでもここに住まざるをえない人たちがいなくなり、家賃相場は下落する一方だった。地元の家主連中が兵士たちから騰貴した家賃をだまし取っていたことを考えれば、それも悪いことではない。シャーリー・ロードに並ぶ中古車販売店にしても、もはやあんないいカモを得られない。しかし、収益が課税基準を割り込んだため、突如、ちゃんとした病院を維持していくのが経済的に困難になったというマイナス面もあった。

トニーはいかなる場合も、病院へ行くのにあまり乗り気ではなかった。氷に叩きつけられたあと、長い時間を病院で、ベッドに横たえられたまま身動きもできずに過ごしたからだ。それでもトニーは、病院に足を踏み入れてスタンリーを見舞う勇気があった。私は後部座席からトニーの車椅子を下ろして広げ、彼がてこの要領でからだを助手席から出して車椅子へ収めるのに手を貸した。私はいつも気まずく感じるが、トニーのほうは恥ずかしさなどとうに克服していた。

「脚の具合はどう?」彼がたずねた。

ひざに伸縮自在の包帯をしてはいたが、腱がまだひどく腫れていて、ひざ関節の裏にレモンを打ち込まれたような気がしていた。左脚を曲げることはおろか、体重をかけることもできなかった。自分が悪いのだから、愚かだと感じているのは言うまでもない。

「女に背中を向けるべきじゃなかったな」トニーが言った。

「その話は蒸し返さないでくれ」

「そんなつもりはなかったさ。性別《セックス》や性差《ジェンダー》、彼女自身が被害者かどうかを問題にしてるんじゃない。ただ、どんなことも見くびってはいけないと言いたかったんだ」

私たちが兄弟であることの問題は、なにかにつけ常に競い合うことだと思われがちだが、実際は、だれにも気づかれないところで張り合っている。

私たちは自動ドアを通ってロビーに入った。

スタンリーの病室は廊下の先の個室だった。私たちが入っていくと、奥さんのマリアが驚いて飛び上がった。スタンリーのベッドのそばに腰かけてうとうとしていたのだと私は合点した。彼女が気を落ち着けるまでしばし時間がかかった。

トニーはいつもの不思議な力を発揮した。まさに天与の才だ。さりげなく気づかいを示すことができるのは、それが嘘いつわりない気持ちだからだ。彼は車椅子を操ってマリアの横へ行った。彼女の空間を脅かすほど近くないが、いつでも手を差し伸べられる距離だ。トニーの言葉は聞こえなかったが、マリアはけなげに笑みを浮かべ、トニーの手を取った。

スタンリーは目を覚ましかけているようだった。鎮痛剤の波間を漂い、かろうじて水面に浮かび上がろうとしていた。私は、彼が浮力を失いつつあるような気がした。スタンリーは苦労して意識を集中させた。

「やあ」私は声をかけ、彼にわかるよう腰をかがめて顔を近づけた。

「ジャック」スタンリーがかすれた声でささやくように言った。「一緒に来たのはだれだ？」

「弟のトニーだよ」

スタンリーは笑みを浮かべてうなずき、何度かまばたきをしたのち目を閉じた。「いつも、きみたちふたりが来てくれるのがうれしかったんだ」つぶやくような声だ。「工場に子どもがいると楽しかった。ストッシュのことを思い出した。あの戦争を生き延びることができたのも、息子のためなんとしても家に帰らなければと念じていたからだ」

意識が混濁しているのは、点滴による薬の投与で思考力が鈍っているからだ。彼は係留索を切り、沖へと向かっている。「ブルー・ミラー」不明瞭な声でつぶやいた。

私は聞きまちがいだと思った。「なんだって？」たずねる声が鋭すぎた。

トニーが聞きとがめ、車椅子をまわしてこっちを向いた。

スタンリーは空想の世界にいた。「よくそう呼んでいたんだ、アドリア海を」あまりに低い声なので、私は腰を折ってベッドに身を乗りださなければならなかった。

「青い鏡《ブルー・ミラー》。爆撃のためルーマニアへと向かう途中だった。まだドイツ軍の戦闘機を心配する必要がないとき。アドリア海は眺める分には美しいが、墜落してぶつかると鉄のように固い。おれはよく頭のなかで息子に手紙を書いたが、基地に戻ると決まって忘れてしまった」

私はちらりとトニーを見た。

「決まって忘れてしまった」ささやくように言うと、スタンリーはぐったりと枕に頭を沈めた。

私は腰を伸ばした。

トニーが私の注意を引いたので、私は遅ればせながらマリアのところへ行って挨拶した。万事順調だというふりをしなければならない状況になると、私はいつも気まずさを覚える。閉所恐怖症のようになって、手っとり早い逃げ道を求めてしまうのだ。いまはその問題をトニーが巧みに取り除き、私たちはうまく病室を出ることができそうだった。

ドアを出ようとした瞬間、スタンリーがつかのま意識を取り戻し、またなにか話しだしそうな様子を見せた。「蜜蜂」それだけ言うと、また枕に頭をもたせた。

「蜜蜂って?」私はトニーにたずねた。私は彼を家へ送り届けるため運転中で、トニーはなにか考え込んでいた。人間の営みのはかなさについて、特にスタンリーについて思い巡らせているのだろうと思っていた。だが、私が曲がるべき道に気づかず通りすぎてしまったのに対し、トニーは答えを見つけていた。

「クリーク・フォティアという名前の男を覚えてるか?」トニーがたずねた。

またずいぶん昔の話を。「ひげ面の大男、見かけはいささかぶっきらぼうだが根は内気な男だな?」

トニーはうなずいた。「一〇〇〇CCのヴィンセントに乗ってただろ」

「そうだったな」細部まで記憶がよみがえってきた。「廃車から使えそうな部品をもらおうと、ときどきスタンリーの工場をのぞきに来ていた。あのバイクを覚えてるよ。シャドウだかライトニングだか、彼が修理したやつ。で、彼がどうしたんだ?」

「彼はスタンリーの息子ストッシュと一緒にヴェトナム戦争に行ったんだ」

トニーの話は行き先が読めないが、乗せてもらうのにやぶさかではない。

「フォティアは帰還したが、スタン・ジュニアは戻らなかった」私は言った。「おまえ、なにを考えてるんだ?」

「クリーク・フォティアはいわば息子の代わりじゃなかったかと思ってね。それなら、スタンリーはストッシュを手放さずにすむ」

「彼の気持ちは理解できるさ、そうだろ？」

「まあね。ただ、はっきり説明できないなにかが、頭のなかでもやもやしてるんだ。当時、孫息子のアンディはせいぜい四歳か五歳だったはずだから、とうに成長していた兄さんもぼくもまったく注意を払っていなかった。そうだよね？　足手まといで、たぶん、はしかのように扱った」

　オフィスでアンディに会ったとき、私も同じことを考えた。三、四年生の子どもは、幼児につきまとわれたくないものだ。

「でも、ぼくが覚えているのはこうだ」トニーが続けた。「クリーク・フォティアは、スタンリーの工場に顔を見せるといつも、アンディとたっぷり遊んでやっていた。大人といるよりも幼児レベルのほうが居心地がよさそうだった」

「そこになにか不健全なものがあると？」

「ちがう、ぼくが言いたいのはそういうことじゃない。フォティアにはどこか、昔で言うところの〝無邪気〟な面があった。発育遅滞患者のようだった」

「心的外傷後ストレス障害《PTSD》？」私は言ってみた。

トニーがうなずいた。「そうだ。砲弾《シェル》ショック、戦争神経症――なんとでも好きに呼べばいい。スタンリーはいつも過保護なくらい彼の面倒を見てやり、やさしく接していた」

「日常生活はできるが心に傷を負った男か」私は言った。

「それだけじゃない」トニーが続けた。「つまり、スタンリーはたんに良きキリスト者というだけじゃないんだ。彼が公平無私な人間だということは、ぼくたちふたりとも知ってる。彼はみずからをクリークの守護天使と任じ、障害を取り除いてやり、返すあてのない借金を弁済してやった。平たく言うと、精神的な負担を肩代わりしてやったということだ」

「スタンリーは息子を亡くし、クリーク・フォティアはその代わりとなった」

「こんなこと、ひさしく思い出しもしなかったよ」トニーが言った。「フォティアの家は、ニューハンプシャーとの州境に近いペッパーレルかタウンゼンド付近の田舎にあった。バイク修理をし、野菜を自家栽培していた。スタンリーはよく、クリークは開拓者だ、生まれてくる世紀をまちがえたんだ、と言ってたっけ」

「おまえ、おれより記憶力がいいな」私は言った。

「スタンリーの言葉で思い出したんだよ」

「どの言葉で？」私はたずねた。

「クリーク・フォティアは蜜蜂を飼育していたんだ」トニーが言った。

二、三訊きたいことがあってアンディ・ラヴェナントのオフィスに電話をかけたが、アンディは外出中、マックス・クインは出勤さえしていなかった。マックスと話したかった。彼がどういう立場を取っているのか定かでないので、まず心の準備をしたかったが、ひとまず礼を言っておきたかったのだ。すると受付係が電話を保留にし、つながったときにはキティ・ドワイヤーが電話に出ていた。
「成果はどう？」キティがたずねた。

マックスと話す準備ができていないように、キティと話す準備もできていないと思ったが、予期せぬ出会いのすべてにあらかじめ台本を書いておくことは不可能だ。「実は、いい知らせと悪い知らせがあるんだ」私は言い、頭のギアを切り換えた。「窮地に陥ったが、いくつかとっかかりができたかもしれない。確信はないが。いずれにしろ、マックスが助けてくれたよ」

「マックスが？　どういうこと？」

「よくある話さ。きみもその場にいればよかったんだ」

「それは、電話で話したくないようないきさつがあるってこと？」

「正直に言うと、まだきみを信用する気になれないという意味だ」

「仕事のあと、会って一杯どう？」

迷ったものの、思いきって誘いに乗ることにした。「いいとも」

「太陽はとっくに帆桁を過ぎてるわ」キティが言った。

彼女の言うとおりだ。私が街に戻ったときには午後三時を過ぎていた。「言いたいことはわかるよ」私は言った。

「じゃあ、今日は店じまいということにしましょう」彼女が言った。

私たちは金融街のとあるバーで会った。帰宅途中に立ち寄るスーツ姿の男たちで込みあっていて人目を引かないし、そこここで会話が交わされ適当にざわめいていて、話を盗み聞きされる心配もなかった。キティはうまく選んだものだ。密会は人里離れた場所で行なうべきだと考える人が多いが、実際は逆だ。キティは、人込みがいい隠れみのになることも、周囲の雑音のおかげで無線盗聴器が役に立たないことも知っていた。

「それで?」隅のテーブルに飲み物を置くなり、キティがたずねた。

私は肩をすくめた。「きみたちは餌を与え、おれはそれに食いついた。ラヴェナントとドワイヤーがどこまで深く関与しているのかわからないが、そうやって案ずるほどには深くかかわっているんだろう」

彼女ははぐらかしたりしなかった。「わたしは弁護士資格を剝奪されたくないの」と言い切った。「でも、アンディを窮地に追いやりたくもないわ」

「選択の幅はそんなに狭いのか?」

「選択の多くは、突き詰めれば自己利益ということになるのよ」

「そう定義するのは自由だ。マックスについては?」

「彼のなにを知りたいの?」

「まず、どういう経緯で彼を雇うことになったんだ?」

「州警察を退職してうちへ来たのよ。マックスはいいコネをいくつも持ってるわ」

「内部のコネということだな」

「電話で情報をくれる相手がたくさんいるの」

「ふつう、警察官と私立探偵はそんなに折り合いがよくないものだ。もっとも、私立探偵の多くは元警察官だが」

「警察出身者のネットワークね」

「彼は不正の疑いをかけられて州警察を辞めたのか?」

「どういう意味？」

「意味はわかるはずだ、キティ。彼は早期退職したのか？　監査部の調査を受けていたのか？　仕事の手を抜いたのか？　なにがあった？」

彼女はあきれたように目を剝いた。「マックスは特別な人よ」彼女は言った。「数々の潜入捜査を手がけたの。麻薬のおとり捜査、贈収賄、利益供与、とにかくなんでもよ。敵をたくさん作ったわ。でも見事に摘発した。動かぬ証拠をつかんで逮捕したの。いい、アンディはPDだったのよ。その彼がマックスを尊敬してたんだから」

彼女の言う意味はわかった。公費選任弁護人《PD》は悪徳警察官のにおいを嗅ぎつけるものだ。「アンディは以前からマックスと知りあいだったのか？」私はたずねた。

「そうよ」彼女が答えた。

答えをはじき出そうとしているのに、計算ができない。

「いったいなにが気にかかってるの、ジャック？」キティがたずねた。

「マックスはおれの目をバイカーに向けさせたくせに、おれが災難にあったとき、その場にいて命を救ってくれた」

私がどういう災難にあったのか、キティは知りたがらなかった。「それのどこが問題なの？」とたずねた。「彼があなたを身代わりとして利用するつもりだというの？　うちは、麻薬の不法取引で逮捕された若者数人の弁護をすることになっているのよ。脅迫、証人買収、それに類するどんな容疑でも立件できれば、わずかなりとも時間を稼ぐことができるかもしれない。マックス・クインは自分の職務を果たそうとしているだけよ」

「きみはだれを納得させようとしているんだ？」私はたずねた。「陪審相手の最終弁論じゃないんだよ」

彼女は飲み物に口をつけていなかった。グラスの脚をいじっていた。

「それに、主演女優でもないしね」彼女は認めた。

「で、彼はなにを企んでいるんだ？」

「いいかげんにして、ジャック。わたしにからむのはやめて」激しい口調だった。「彼がなにを企んでいるのか、あなただってよくわかっているはずよ。わたしたちまでだまして、彼がまったく平気だってこともね」

その剣幕に驚いた私は、彼女の目頭に涙が浮かんでいるのに気づいた。演技だとは思えなかった。

彼女は涙をこらえ、悲しみを抑えた。「マックスがあなたを利用しているって？　わたしがどんな気持ちだと思う？」彼女は食ってかかった。

おそらく糞《くそ》のような気分だろうと思ったが、口では「複雑な気持ちだろうね」と言った。

「あなたってあまり役に立たない人ね」キティは言い、腹立たしげに袖口で両目をぬぐった。

そのときまで、役に立ちたい気はなかった。

「事態は、望んでいた方向に進みそうにないわね」彼女がつぶやくように言った。

「同感だ」私は相槌を打った。

「そう、それを聞いて少し安心したわ」

その言葉をどう解釈したものかわからなかった。

「わかるように説明してほしいんでしょ？　いいわ。あなたは、マックス・クインが〈ラヴェナント&ドワイヤー〉の仕事を利用してうまく立ちまわるつもりだと考えている。わたしもよ。彼は州警察のため、チップ・マッギルに不利となる証拠を得ようと、独自にクライアントの情報を集めている。ただ、そんな証拠を提出したところで、絶対に公判を維持できないわ。証拠が違法収集という汚れを帯びることになり、どれひとつ法廷で採用されないからよ。でもマックスが彼らを、彼ら全員を――マッギルとバイカーたちをはめるのは許される。そして州警察は、秘密の情報源がある、内部の人間だ、と判事に伝える。それなら判事は話に乗るはずよ」

「だが、マックスは情報をどれだけつかんでいるんだ？」

「どうやら、まだ充分ではないようね。そこであなたの登場となるわけ」

「弁護士の特命を受けて〈ラヴェナント&ドワイヤー〉のために動くわけだ」

「そのおかげでアンディとわたしは破滅するかもしれない」

それは私にもわかった。気づかなかったなどと言えるはずがない。そう言える人間は、あくどいか無能かのどちらかだ。

キティがため息をついた。「どっちに転んでも勝ち目のない状態よ」

「そのようだな。マックスは不正工作をしたカードで勝負しようとしている。だが、仮にいまの話がすべて事実だとしても、彼はどうやってアンディを操っているんだ？　それとも、アンディが最初から一枚嚙んでいた可能性がある、彼もこの企てに加担している可能性がある、ということか？」

「そんな話、信じないわ」

「信じないのか、それとも信じたくないのか？」

その点について、彼女はしばし考えていた。「ちがう、希望的観測なんかじゃないわ」ようやく言った。「わたしがそんな話を信じないのは、それじゃあアンディらしくないからよ。彼が信奉しているものに反するからよ。仮に弁護士という立場で葛藤し揺れ動いたとしても、彼は最後には均衡を取り戻す、中立の精神を取り戻すわ」

「わかったよ」私は言った。

納得していない口調だったにちがいない。「ジャック」彼女がさらに説明した。「アンディ・ラヴェナントはまじめ一方の人よ。ボーイスカウト団員ではないけれど、たとえ欠陥のある道具だとしても法を尊ぶ人だわ。それに、この商売では、それは強みであると同時に弱みにもなるの。要は、たとえ望ましい結果につながるとしても、彼が違法な手段を黙認するはずがないってことよ」

「わかったよ」ふたたび言い、今度は笑みを浮かべた。

「もう一度、ふたりの読みが同じだと確認しよう。おれたちふたりの考えはこうだ。マックス・クインはチップ・マッギルを都合のいい標的だと考えている。重要犯罪捜査班のマッギル逮捕に協力することによって彼は検事局や警察出身者との絆を強めることになる。マッギルを売るよう説得できそうな数人の若者の弁護をきみたちが担当するという事実を知り、マックスはある魂胆を抱く。そして、アンディの祖父が巻き込まれているという事実を知り、アンディの急所を握る。ただきみは、アンディが屈しないと考えている」

「屈しないと知ってるのよ」キティが言った。

私には彼女ほどの確信がなかったが、それは言わないことにした。「アンディは祖父の代行権限を持っているのか？」私はたずねた。

「それは、知っていたとしても話せないわ」彼女が言った。

「どうして訊くの？」

「スタンリーは集中治療室にいる。まもなくこの世を去るだろう」

「なんてこと」キティはショックを受けていた。「だからアンディはオフィスにいないのね。一言断わっていってくれればよかったのに」

彼が話さなかった理由にピンと来た。次の瞬間にはキティも答えを導き出していた。

「マックスに知られたくなかったのね」彼女は言い、顔を上げて私を見つめた。

私はすでに立ち上がって財布を探していた。十ドル札を無造作にテーブルに置き、その上に自分の使ったグラスを載せた。

ドアへと向かうあいだ、キティは私のまうしろについていた。舗道で横に並び、「どうしたのよ？」と強い調子でたずねた。

「アンディはスタンリーの病室にいないと思う」私は答えた。「携帯電話を持ってるか？」

私の車まで一ブロックの距離をふたりで急ぐあいだに、彼女はハンドバッグから携帯電話を引っぱり出した。助手席のドアロックを開けてやると、乗り込んだキティは、左脚を引きずりながら運転席へとまわる私のため、シートに身を乗りだしてドアのロックを解いた。

「番号を知らないんだ」言いながら、私は運転席についた。「アイヤーの局番だ。受付につないでもらえるか訊いてみてくれ」

キティは早くも電話番号案内のナンバーを押していた。

私は車を出して流れに乗り、高速道路へと向かった。まずい時間帯で、ミスティック橋への進入口あたりでラッシュアワーにぶつかるだろう。だが、二号線へ出るにはマグラス＝オブライエン・ハイウェイを通るのが確実だと思った。今朝トニーと通ったのと同じルートだ。

「アンディが病院にいるかどうか知りたい？」キティがたずねた。

「訊いてみても害はないさ」私は信号を無視して交差点を走り抜けた。「それより、救命隊がスタンリーを乗せた場所を知りたいんだ。道順をきいてくれれば、なおありがたい」

中央幹線《セントラル・アーテリー》は渋滞していた。じりじりと進み、ようやくストロー・ドライヴの出口を下りることができた。

「スタンリーの病室にいるのは奥さんだけよ」キティがほんの一瞬、片手で送話口を押さえて教えてくれた。彼女が当番の看護婦に、自分は保険支払額の査定担当で、救急隊の出動した時刻と走行距離を調べているのだと説明するのが聞こえた。「はい、いいわよ」と言うと、相手の話を聞きながら、逐一、法律用箋に書き留めた。礼を言って電話を切った。

川沿いの道路の方が車の流れが速かった。二号線にはケンブリッジで入ればいい。

「ペッパーレルよ」キティが告げた。スタンリーが救急車に乗せられた場所だ。「自警消防団に救急車の出動依頼があったの。番号は聞いたわ。かけてみましょうか？」

スタンリーがたんに車を乗りまわしていたわけではないと、とうに気づいているべきだった。彼は例の養蜂家に会いにいく途中だったのだ。

「その前に弟にかけてくれ」私は言い、トニーの番号を教えた。

トニーが出ると、キティはまず、自分が何者かを説明しはじめた。じれったくなった私は彼女の話を遮った。「いったいどうすればクリーク・フォティアを見つけ出せるか、弟に訊いてくれ。おれがしくじった、遅刻だ、と伝えるんだ」

「聞こえたようよ」キティが言い、トニーの言葉に耳を傾けた。すぐに声をあげて笑った。「ご明察ね」電話に向かって言った。

マガジン・ストリートの鉄道高架下を過ぎ、ソルジャーズ・フィールド・ロードとエリオット橋へと近づいていた。私はすき間が空いているると見るや右へ左へと車線を移動しながら割り込み、怒って指を突き立ててくる通勤車輌を追い抜いていった。

「彼が探してくれるって」キティの大げさなほど落ち着いた口調は、まるで棚から下りろと子猫に言い聞かせるかのようだった。「わたしたちがこのドライヴを無事に生き延びることができた場合、どのくらいで目的地に着けそうかって訊いてるわ」

「運が良ければ四十五分から一時間」私は徐々にアクセルを緩めた。「いや、一時間半に訂正してくれ」キティにぶっきらぼうな態度を取っていることに対する詫びのようなものだ。

「了解」トニーに言い、キティは携帯電話のフリップを閉じた。「彼が落ち着けって言ってるわ、ジャック」

「落ち着こうとしてるんだ」そう答えたものの、胸の奥では不安と焦りが渦巻いていた。


弟はレキシントン郊外の運輸サーヴィス会社を定期的に利用していた。その会社は、障害者が運転できるバンのレンタル、一二八号線の外側に当たる郊外地区でのタクシー運行を行なっており、さらには路線バスの走っていない地区でスクール・バスの契約も狙っていた。訪れる者とてない辺鄙な田舎に住む人、あるいは普通クラスに組み入れてもらえそうにない身体障害の子どもを持つ親なら、トニーの利用しているタクシーが、料金は州持ちで乗せてくれる。そこの配車係はみんな、ミドルセックス郡内の二級道路を残らず知っており、四九五号環状道路の外にある貧民地域もその例外ではなかった。トニーが中継ぎをして、私たちに方向を指示していた。

「スタンリーはヴェトナム戦争後ずっとクリーク・フォティアを援助してきた」私はキティに説明した。「返してもらおうなどと期待せずに金を貸し、工具類をやり、なんとか沈まずにすむようにしてやった。クリークがそれを利用したと言ってるわけじゃない。ただ、スタンリーがなにかと力を貸してやるのは、クリークがスタンリーの亡き息子とつながりがあるからだし、スタンリーはそのつながりを手放したくないはずだ。これは推測だが、クリークが住んでいる土地はスタンリーが譲渡抵当権を設定していて、クリークが弁済を続けることができなくなれば土地の権利がスタンリーに移るかなんかになっているんだと思う。聞いた話だと、クリークは頭の回転が鈍いほうらしい。少なくとも現実から遊離しているが、いずれにせよ、スタンリーはそれを障害だと認めようとはしないだろう。それに彼は、クリークが土地を失うのを見たくないはずだ。土地の名義をクリークの名前に変えるようアンディに頼んだにちがいないが、自分の余命が残りわずかだという肝心かなめの一言は口にしなかった。アンディは興味をかき立てられた」

私はちらりとキティを見た。「職業上の危険というやつだろう。それに、だれだって、老いつつある祖父が愚かな行動を取るのは見たくないしね。だからこそチップ・マッギルはスタンリーに圧力をかけた。アンディが自分を逮捕させようとしていると考えたからだ。被害妄想者の例に漏れず、スタンリーとアンディが共謀していると思い込んだんだ」

「でも実際は、伝達が不充分なだけだった」キティが考えを口にした。

「いや、スタンリーはクリークを守ろうとしただけだ」

「現代社会の厳しさからね」

「そうだ。でも、クリーク・フォティアは現代社会の誘惑にすっかり飲み込まれたんだと思う」私は言った。「バイカーとのつながりだ。クリークはカスタム・バイクを作っている。蜜蜂を飼育しバイクを組み立てるのを放っておいてやるかぎり、クリークが二十一世紀に興味を持つことはなかった。スタンリーは彼を時代から隔離したが、スタンリーが死んだあと彼は自力で生きていかなければならない。本人がそれを考えなかったとしても、何者かが彼にそう吹き込んだのかもしれない」

キティは私より先んじていた。「チップ・マッギルね」

私は、乾式壁材を積んだピックアップを追い越そうと、アクセルを踏み込んだ。もとの車線に戻るときに車が尻を振ったので、キティは床板にめり込むほど足を踏ん張った。

「クリークはバイカーとつながりがあった」私は言った。「無法者クラブの正規のメンバーではなく、面識のあるバイク好きの仲間という意味だ。情報は口コミで広がる。だからディサイプルズのメンバーがやって来てバイクの話をすれば気が合う。そのメンバーはチャンスだと思う。ど田舎でひっそりと暮らすバイク・フリークがいる。近所に住む者はいない。おまけに、まるで機械化反対主義者だ。ま、ことバイクのエンジンのチューニングとなると話は別だが」

「それはどういう意味？　事実上、それが彼の唯一の社会的技能ってこと？」

「そのとおり。ディサイプルズは、多様化にこそ利益がある、視野を広げろ、と言葉巧みにクリークを丸め込んだ」

「利益って、たとえば？」

「化学を用いた生活改善」

　彼女の携帯電話が鳴った。トニーからだ。私はグロトンに入って速度を落としていた。キティは電話を耳に当てたまま、メリマク川の支流、ナシュア川沿いに北へ向かう脇道を指し示した。幅の狭いアスファルト舗装道路は、川の流れを分けている丘陵地帯の起伏をたどり、屋根のある橋を通って川を渡り、村のふもとへと出た。

　ペッパーレルは、製粉所が閉鎖されたあと時代に忘れ去られた入植地のひとつだ。まるで、大洪水が戸口まで押し寄せ、そのまま見捨てられ、乾燥《ドライ》したようだ。文字どおりドライな町だ。ここはアルコール販売禁止《ドライ》なのだ。

「了解」キティが電話に向かって言い、私をちらりと見た。「町に入って小学校を通りすぎたら、会衆派教会の前のふたまたを右へ進んで」

　私は彼女の指示どおりに進んだ。

「ボールド・ヒル・ロードよ」キティが言った。「わかったわ」シートの上でからだの向きを変えた。「電話が聞き取りにくくなってきた」私に向かって言った。「通話圏外に入るわ」

　携帯電話の受信可能地域は重なりあっているのだが、私たちがいる場所は受信困難な地域だった。

「聞こえにくいわ」キティがトニーに言った。「もう一度言って」耳を澄まし、トニーに三度繰り返させたあと、電話を切った。「この先、左手に脇道を探して」私に言った。「未舗装だけど平らにならされた道よ。それを半マイルほど進むと、馬小屋が並んでいて、乗馬用の小馬場があるはずよ。そこから一マイルほど行けば、横桟型の柵に土の私道、小屋のような建物があるって。はっきり聞き取れなかったけれど、これで精一杯だったわ」

これだと思う箇所で左折し、半マイルほど進むと並んだ馬小屋の前を通った。人影はなかった。走行距離計で見て一・二マイル走ったところで、横桟型の柵のすぐ奥に差し掛け屋根の小屋が見えた。小屋のなかには棚があって、売り物である蜂蜜の入った瓶が並べてあり、その横に自己管理のもとで代金を入れるコーヒーの缶も載せてあった。地所は樹木がうっそうと茂り、道路から家は見えない。私は地所の前をゆっくりと通りすぎ、百ヤードほど先で車を脇に寄せて停めた。

「歩いて入っていくつもり?」キティがたずねた。

「その予定だ」

「それに、わたしにここで待ってろっていうタイミングだわ。そうでしょ? 携帯電話は使えないし、なにが始まるのかわからないのに」

迷った末、やはりキティを連れていくのはやめようと決めていたのだが、彼女の言うとおりだ。「銃の扱いはうまいのか?」私はたずねた。

「人並み程度よ」

私は自分のスミス・アンド・ウェッソンを取り出して弾倉を確認し、ベルトの背中側にはさんだ。運転席のシートの下に手を差し入れ、バネ挟みで留めていた小型拳銃を取った。スライドレバーを引き、安全装置をかけて、キティに差し出した。「狙いを定め、安全装置をはずし、引き金を絞る」言いながら動作で示した。「上半身に命中させられる距離、絶対にはずさない距離まで近づいてから撃て」

彼女はうなずき、銃を手に取った。「コンバット九ミリ口径、ダブル・アクション専用、ブレイディ法成立前のダブル・スタック、十三発。わたしは拳銃携帯許可を受けているのよ、ジャック」彼女が言った。「銃をもう一本のスラックスに入れたまま忘れてきたのは失敗だったわ」

いまはスラックスをはいていない、紺色の上着にスカートで、脚を見せつけてくれているじゃないか、と言いかけたが、すでに充分ばつの悪い思いをしていると思い直した。彼女は拳銃を、上着の下、私と同じく背中側でスカートのベルトにはさんだ。「どういう状況に出くわしそう？」彼女がたずねた。

「たぶん情緒不安定な帰還兵がひとりいるだけだろう。きみのパートナーが来ているかもしれないよ、彼に警告するため――」キティが異議を唱えようとしたので、私は片手を上げて制した。「もしくは、事情を説明するために」私は続けた。「あるいは、おれたちはプールの深いほうに入り苦境に陥ろうとしているとも考えられる。心の準備はできてるか？」

「いいえ」キティが言った。

私はため息をついた。「おれもだ」

「じゃあ、さっさと取りかかったほうがいいわ」キティが言った。「待ったところで少しも状況がよくなるわけじゃないもの」

私たちは車を降り、暮れなずむ夕方の薄明かりのなかへ出た。草むらを飛ぶ虫の羽音、近くで鳥の鳴き声が聞こえた。クリーク・フォティアの私道まで歩いて戻り、それを進み始めた。楓はすでに紅葉していた。楓の葉は紅色や赤茶色、ポプラはレモン色、樺の木はくすんだ金色に、それぞれ色を変えていた。木々の下は静まり返っていた。葉は乾いた芳しい香りがした。

道が開けて草地へと出た。私たちは木立の端で足を止めた。下見板を張った小さな農家と、その奥に売店用の建物がある。二棟の向こうにリンゴ園。手入れはされていないが、木々のあいだを蜜蜂の群れが埋め尽くし、いくつも設けた台の上に四角い箱が並べてある。このリンゴ園は、リンゴを採るためではなく、蜜蜂のためのものなのだ。枝から落ちて地面に転がったリンゴが発酵していた。

「蜜蜂って冬眠するの？」キティがたずねた。

「死ぬのでなければ、冬には休眠するんだと思う。トマトの苗やゼラニウムのように、温室に入れてやる必要があるのかもしれない」

「野菜に関する知識が豊富なのね」彼女は笑顔で言った。

私は、これから歩いて行かなければならない、身を隠すものとてない草地を見ていた。私たちを待ち伏せる者がいるとすれば、家に着くまで私たちの姿は丸見えだ。店の横手に大型バイクが二台と車が三台停まっていた――ヴィンテージもののGTOマッスルカー、五三年型フォードのぽんこつ、それに新型アウディだ。「彼のだわ、あのアウディ」キティが言った。

「アンディの車か？」

彼女がうなずいた。

私は息を吐き出し、考えようとした。

「提案があるんだけど」キティが切り出した。

「聞かせてくれ」

「わたしがあそこへ行ってみるというのはだめなの？」

「どう説明するつもりだ？」

彼女は肩をすくめた。「わたしはボストンから来た間抜けなヤッピーにすぎないわ。田舎の風景を求めて紅葉を見に来たの」

「うっかり出くわしたら、アンディはきみの正体をばらさないだろうか？」

「アンディは法廷弁護士よ、しかも優秀だわ。即興でその場をしのぐことができるわよ」

私にはそれよりましな考えはなかった。

「あなたは家の側面固めにまわって」キティが言い、家へと歩きだした。

側面固め？　二等曹長のような口ぶりだ。彼女には姿を見られかねない草地へと出ていかせ、私は木立に身を隠したまま草地の外周をまわった。

家までの中間あたりでキティはしばし足を止め、かがんで、靴のヒールをまっすぐに直すか靴に入った小石を取り出すかした。私のいる方向には目も向けなかった。

私はその場にぴたりと立ち止まり、彼女が私にサインを送ろうとしているのかと考えたが、周囲の様子にはなんの変化も見られなかった。あたりはしんと静まり返ったままだ。ただ、丈の高い草のなかで鳴いている時季遅れのセミの声が聞こえ、大気が暑くけだるいだけだった。

キティは私道を歩きつづけ、見た目には不安そうな様子もなく家にたどり着こうとしていた。ガソリンが切れてしまい電話を借りる必要があるとでもいうようだ。

私は歩くのをやめて彼女を見守った。

キティは踏み段をのぼって小さなポーチに立ち、次々と窓をのぞき、そのうちに家の裏へまわって店へ向かいはじめた。

私はなにか起きるかと静観していたが、なにも起きなかった。

ふたたび表側へ出てきたキティは、両手を脇に広げ、肩をすくめるような仕草をした。私は痛むほうの脚をかばいながら、おぼつかない足取りで草地を横切った。「家にはだれもいないわ。つまらない」

ちょうど太陽が木立の向こうに沈んだばかりで、陽射しは金属の特性を得たように鋭く尖り、赤銅色を帯びていた。そよ風が楓の葉をやさしく持ち上げた。近くに小川か泉があるのか、水のにおいがした。ほかにも、鼻を突くほどではないが金臭いにおい、かすかなアンモニア臭がした。

「なんのにおい？」キティが風のにおいを嗅ぎながらたずねた。「マニキュアの除光液のようなにおいだわ」

「アセトンだ」だが、ほんのかすかににおうだけだ。覚醒剤の製造法についてフランク・デュガンが教えてくれた話から、もっときつい刺激臭がするものと思っていた。

「じゃあ連中はここにいるのね」彼女が言った。

彼女はまだ、アンディがこの件に無関係な第三者だと思っているのだろうか？

私は口に出してたずねることはしなかった。

私たちは動作に気をつけながらリンゴ園を横切った。

「蜜蜂って縄張り意識があるの？」キティがたずねた。

「知らない。社会性昆虫で、蜜蜂同士で群れを作る。侵入者を殺すが、養蜂家は常に蜜蜂の近くで作業をしていても刺されることはない」

わかって言っているのならいいのだが。蜜蜂はリンゴの木の下のいたるところにいたが、眠気にとらわれたかのように緩慢な動きで、日が暮れたため巣箱へ向かっていた。

そっと払いのけることができれば、自分のすべきことに戻ってくれるはずだ。私たちは途中にある障害物にすぎず、蜂たちは避けて通っていった。蜜蜂が腹を立てる理由はなにひとつなかった。

「見て、ジャック」キティが言い、ぴたりと足を止めた。

小道から数えて何本目かの木の下に蜜蜂が集まっていた。混乱状態で、これといった目的もなさそうだ。わき上がる雲のように膨らんだかと思うとすぐにおさまり、まるで蛾の群れのようだった。蜜蜂にしてはめずらしいことだ。

私は頭を低くして枝の下に入り、近づいてみた。蜂たちは興奮していて、いつ襲ってくるかわからない状態だった。これ以上、興奮させたくなかった。

男は地面に長々と横たわり、虚空を見上げていた。二十年以上も会っていないが、クリーク・フォティアだとわかった。蜜蜂は彼にたかりつづけ、髪や着衣をむしり取りそうな勢いだった。こんな光景は初めて見た。蜜蜂に犬のような知能と忠誠心があろうとは思ってもみなかったが、現にこうして持ち合わせている。蜂たちは彼を促し起き上がらせようとしているかに見えた。後頭部を銃で吹き飛ばされたクリークが立ち上がるとは思えなかったが。

私はあとずさった。「大問題発生だ」つぶやくような声でキティに告げた。

「だれなの？」キティがたずねた。

「アンディではない。クリークだ」私は言った。

彼女はほっとしたようだった。

「車に行って街へ戻り、応援を連れてくる必要がある」

「アンディがここにいれば話は別よ」

「この状況はおれたちの手に負えないよ」

「あなたの手に、でしょ」キティが言い、私に背中を向けた。

リンゴ園の下方は小川へと下る緩やかな斜面になっていて、川面に突き出た岸にはポプラや樺の木が生えていた。私たちは左手の木立へと踏み入り、川岸まで下っていった。そこから、身を隠せるものをできうるかぎり利用して下流へと進むうち、探していたものを見つけた。

「お酒の密造小屋のようだわ」キティがささやくような声

で言った。

小さな小屋は、川に張り出したデッキの上に建てられていた。建物の外側を屋根のひさしまで伸びる排気ダクト、絡み合って水中へと伸びる銅管。これは事実上の蒸溜小屋だ。においをごまかすために残留物を蒸溜し、濾過しているのだ。クリークが建てたのだろう。

「たぐいまれな天才ね」キティが意見を述べた。

私はうなずいた。「しかし、連中はどうして彼を殺したんだろう？」

「ここを閉鎖するつもりなのよ」

商売に障害が生じたのならそれも納得だが、連中はなぜ障害が生じたと確信できるのだろう？

私たちは、進んでは身をかがめ、また進んでは身をかがめながら、できるかぎり物音を立てないようにして少しずつ小屋へと近づいた。川底で笑っているような川音のおかげで、私たちの動きは聞きとがめられなかった。小屋に達すると、窓もないベニヤ板の壁の外でしゃがみ込んだ。まだだれも警報を発していないようだ。


なかにいる人間は、侵入者に聞き耳を立てていなかった。なにか別のことに余念がないのだ。数人のくぐもった声がぼそぼそとなにか言い交わしたかと思うと、抑えきれない泣き声と、耳障りな荒い息が聞こえた。どうやら尋問、それも痛みを伴う尋問が行なわれているらしい。

キティと私は、おそらく同時に同じ考えに行き着いたようだ。アンディが拷問を受けている、と。

私たちは頭を低くして小屋の角をまわり、それぞれ厚板のドアの両側についた。ふたりとも、撃鉄を引き、トリガー・ガードに指を当てて銃を構えた。また痛みによる甲高い泣き声が聞こえた。

私はキティにうなずいてみせ、一歩下がると、ドアを蹴り開けた。相手に反応するいとまを与えず、私たちはなかへ飛び込んだ。

おそらく三秒ものあいだ、すべての動きが止まっていた。だれもが啞然としていた。

男が三人、うちひとりが椅子に縛りつけられている。椅子の男は殴られあざができていたが、アンディではなかった。チャールズタウンで会った赤毛のバイカーだ。アンディは彼の背後に立ち、血のついたペンチを片手に持っている。もうひとりは椅子の正面にしゃがみかけたところで、肩越しに私たちを見ていた。チップ・マッギルだ。

ときとしてものごとは水中で起きているかのようにゆっくりと進行するものだが、このときの動きは突然で急なものだった。マッギルがはじかれたように立ち上がり、右手にステンレスの自動装塡銃を持って近づいてきた。信じられないほど愚かな行為だ。しかも彼は、私が〈ブルー・ミラー〉の裏で犯したと同じあやまちを犯した――女を見ていなかったのだ。キティは九ミリ口径の拳銃で彼の胸に二発食らわせた。ふたつ空いた穴は、二十五セント硬貨一枚で蓋をできそうだった。マッギルは、床に倒れたときには死んでいた。

アンディが驚いて飛びすさり、キティは彼に狙いを定めた。私は、彼女がアンディも撃ち殺すつもりなのだと思った。

「やめてくれ、キティ」アンディが哀れな声で言い、ペンチを床に落とした。「彼がこんなことをさせたんだ」

キティはそうは思っていなかった。「黙りなさい」うんざりした口調だった。「これ以上、あなたを憎む理由を与えないで」それでも、彼女はとりあえず拳銃を下ろした。

彼らはレッドを後ろ手にさせて手首を針金で縛っていた。そのいましめはペンチを使わなければ解けなかった。私は、彼らがほかになにを使ったのか考えまいとした。「麻薬取締局だ」レッドが、血行を取り戻そうと両手をこすり合わせながらかすれた声で言った。「州警察の協力のもと、潜入捜査に当たっていた」

そう言えばレッドは、私がスピード中毒の女に撃ち殺されそうになったとき、女の手から拳銃を取り上げてくれることだけはしてくれた。

私たちは家へ戻るべく斜面を上りはじめた。レッドは私の肩を借りる必要があり、それも不思議はないと私は思った。ひどい怪我を負っているのだから。キティが茫然としているのも、やはり不思議はない。マッギルを撃ち殺したことに対する遅れてやってきたショック反応だ。そうやすやすと振り払えるものではない。

まだリンゴ園の下方にいるとき、アンディが逃げる気を起こした。急に駆けだし、両脚をフル回転させながら丈の高い草のあいだを抜けて斜面を上っていったのだ。私たちはだれひとり、彼を追いかける元気がなかった。それに、彼を撃ち殺してもあまり意味はない。だいいち、どこまで逃げることができよう？　彼は、自分の不名誉、目も当てられない人生を置きざりにできるとでも思ったのだろうか。

「アンディ」キティは疲れ果てたような声で呼びかけた。

だが彼は振り返らなかった。無謀にもリンゴ園を突っ切ろうと、腕を振りまわしながら、興奮した蜜蜂の群れに飛び込んでいった。

「なんてこと」キティがつぶやいた。

なにが起きているのか、私にはよくわからなかった。見ていると、アンディはよろめき、いったんは立ち直ったものの、またすぐによろめいてひざをついた。

キティは恐怖に襲われ、その場に立ちつくした。

アンディはなんとかもう一度立ち上がったが、怒りの叫びはしだいに怯えた泣き声へと変わっていった。彼のまわりの空間は蜜蜂で埋めつくされ、たかった蜜蜂がカーペットのように彼のからだをくるみ、その数があまりに多いためにからだの原形がわからなくなっていた。ふたたび倒れたアンディは、それきり立ち上がることはなかった。

蜂のうなりは徐々に静まり、深まる暮色のなかへと消えていった。楓の木立を抜けてきたそよ風が葉擦れの音を立てた。

私たちは無言でリンゴ園を大きく迂回した。思うことがあったとしても、だれもそれを口にしなかった。

二日後、スタンリーが息を引き取った。昏睡状態に陥って意識が戻らないままだった。せめてもの救いだったかもしれない。孫息子のことを知らずにすんだのだから。
アンディは早い段階から――クリーク・フォティアが助言を求めにきたときから――マッギルの商売に加わり、分け前を受け取っていた。スタンリーには相談していなかった。少なくともその部分に関して、私の推測は当たっていた。

スタンリーはクリークの住んでいる土地の所有証書を持っており、その土地を信託財産とし、アンディを被信託人にするつもりだった。私の推測がまちがっていたのは、チップ・マッギルがスタンリーを狙った理由だ。あれは、万一アンディが怖じ気づいた場合に備えた保険そのものだったのだ。マッギルの考えかたはいかにも悪党らしいし、実際、彼は悪党だった。アンディがすでにマッギルと手を切ろうと決心していたことは、あとあとまでだれも見抜けなかった。マッギルがお荷物になると判断すれば、ディサイプルズは自分たちの安全のために彼を始末したはずだ。アンディはただ、信用できる話、ちまたに受け入れられる話が必要だった。それは準備中の案件のなかにあった。マッギルから麻薬を買ったチャールズタウンの連中だ。噂が広まれば、彼らは、マッギルを売るのと引き換えに減刑を願い出ることになっていた。マッギルは間抜けだ。ボストンじゅうに知れ渡った悪名も、裏切り行為を止める役に立たなかったのだ。


アンディはなぜ悪党になってしまったのか？　何者かがついに彼の本質を見抜いたのかもしれないが、それでは充分な説明にならない。キティ・ドワイヤーは、彼がペンチを持っているのをその目で見るまで、彼を信じていた。

そこから私の出した結論はこうだ。アンディは他人の期待にこたえることにうんざりしていた。彼が悪への境界線を越えてしまったのは、それがそこにあったからだ。麻薬取引の世界では、ディーラーは最初の一回分はただでくれると言われている。


最後にマックス・クインの話をしよう。

私は、彼の〈ラヴェナント＆ドワイヤー〉との契約をキティが打ち切ったのは知っていた。数日後、運悪く、オフィスから自分のファイルを運び出している彼に出くわした。私はキティを昼食に連れ出しに行ったのだ。

マックスは、運んでいた箱を、荷積み区域に停めたステーション・ワゴンのテールゲートに置き、恨みを抑えた目で私を見た。「おれの評判をがた落ちにしてくれたな」笑みを浮かべて言った。

その笑顔は見せかけだ。「意図したことじゃないさ」私は答えた。

「なるほど。主よ、誠実なる意図からわれらをお救いください」マックスは上体をそり、箱に両ひじをついた。「おれがあの害虫どもをてのひらに乗せていて、いつでも握りつぶすことができたなんて考えを、いいかげん捨ててくれないか？　そりゃ、おれはあいつらひとりずつパクることはできたさ。だが、それを証明するどんな証拠がある？殺されたチップ・マッギルと死んだ弁護士だ」彼は肩をすくめた。「むろん、死んだ弁護士はいちばんの悪党じゃないだろう。ま、人生にはいいことがあれば悪いこともあるさ」また例の鰐《わに》のような笑顔を見せた。

「反論する気はない」私は言った。「ただ、おれたちの利害は一致していなかった。あんたは自分の調査を進めるという利益を追求していた。おれのクライアントは、ちがう結果を望んでいた」

彼は鼻を鳴らした。「ク、ラ、イ、ア、ン、ト、ねえ。だいいち、あんたはご褒美を手に入れたろ。いいか、あんたのクライアントは死んだんだ。あんたを雇ったとき、すでに棺桶に片足を突っ込んでいた。そもそも、あんたはおれに職業上の礼儀を示すべきだった。それに、言うまでもないと思うが、おれはあんたの危機を救ってやったんだぞ」

「忘れちゃいないよ」私は言った。

「おれもだ」マックスが言った。

「あんたにはある魂胆があった」私は言った。「それに、このゲームの失点を取り返すためチップを買おうとしていた」

「それがあんたの考えか？」マックスがかぶりを振った。

「あんたはくそったれのばか野郎だ」

「ばか呼ばわりはやめろ」私は言った。

「確かに、おれには魂胆があったさ」声がかすれている。

「それがなにか知りたいか？　娘のオリヴィアがスピードのせいで死んだんだ。不純物の混じったスピードをやったからだ。それなのに、あのバイカーどもは殺鼠剤を混ぜた覚醒剤を売ってる。おれが腹に一物持ってると、よく覚えておくことだな」

「あんたは州警察と麻薬取締局の合同特別捜査班のために動いてたのか」ようやく全体像が見えた。

「われわれは目下、奮闘中だ」

私には言葉もなかった。それでも言おうとした。「娘さんのことは気の毒に思うよ」

「気の毒がってもらったって役に立つもんか」そう言うと彼は背中を向けた。

私は、爆撃航程中にアドリア海の上空を飛ぶことについてスタンリーの言った言葉を思い出した。眺める分には青い鏡のように美しいが、墜落してぶつかると鉄のように固い。適切なたとえだ。

敵もまた同じだ。

マックスは、済んだことは済んだこととして、いつもの鰐のような笑みを浮かべて私と礼儀正しく会話を交わすこともできるのに、私を窮地に陥れるチャンスをうかがいつづけることだろう。その窮地は深いほどいい。それが、眼下に広がるまっ青な海と同じく厳然と存在する事実、岩のように揺るぎない事実なのだ。私はマックスを傷つけた。それがうっかりしたミスによるものだということは重要ではない。彼は、ふたたび傷つけられる機会を私に与える気はないのだ。

デトロイトから来た殺し屋

Inscrutable

ジョー・ゴアズ　木村二郎訳

ヴェテラン・ミステリ作家のジョー・ゴアズ（Joe Gores）は、アメリカ探偵作家クラブの元会長で、エドガー賞を三度受賞している。長命の人気シリーズである〈DKAファイル〉は一九七二年の『死の蒸発』（角川文庫）以降長篇六作を数える。その登場人物をフューチャーした本作の構想は、コルッチという名の友人がナックルズという名のオウムをペットにしていたことから得たという。さて、ナックルズ・コルッチとは？ *The Mysterious Press Anniversary Anthology* に書き下ろされた作品である。

ナックルズ・コルッチは歩くときに拳《ナックルズ》を地面に引きずるから、ナックルズと呼ばれているわけではない。大間違いだ。うん、彼のえらは濃いひげのせいで青味がかっているし、鼻は鉤型だし、目は凶暴だし、唇はカポネ風に歪んでいる。しかし、体格はでかくもなく、むしろ華奢《きやしや》だ。それで、腕利きのマフィア構成員になり、アルマーニのスーツにフェラガモの靴という格好に——常にオウムのように派手なアロハ・シャツも着て、その格好をするのだ——移るまでのあいだ、ナックルズは何か肉体的な強味を必要とした。それで、若い頃は、対等に渡り合うために、ブラス・ナックルズを持ち歩く習慣を身に着けたのだ。

そういう時代は遠い過去だ。今のナックルズは脅迫屋だ。地元の高利貸しに返すべき利子をどっかの可哀想な馬鹿者に要求したりはしない。膝頭を骨折させたり、親指をちょん切ったりもしない。取立屋ではないのだ。警告する。一度だけ。

もしその警告が無視されれば、殺すのだ。

ある水曜日に、彼はデトロイトからサン・フランシスコにファースト・クラスで飛んできた。その日はただの警告だけなので、退屈な旅だ。混み合った騒がしいエアライン・ターミナルを突き抜けて、二つのエスカレーターをおりた。一つ目で手荷物受取所のそばを通ったが、受け取る手荷物はない。この仕事のために乗った数多くの便には、鼻腔噴霧薬よりも危険なものを持ち込んだことがない。この三十九年間のあいだに、三度逮捕されている。もう一度逮捕されれば、二度とシャバに出られない。だから、危険を冒すつもりはない。

二つ目のエスカレーターは長くてのろい動く歩道に続いている。地下の駐車場におりると、斜めに縞がはいった歩行者用通路で、純情そうな二十代の若者が彼と歩調を合わせてきた。

「飛行機は快適でしたか？」ナックルズはただ唸った。若者はレクサスのキーを彼に手渡した。「赤いやつです」若者はそう言うと、限りない車の列のあいだに姿を消した。レクサスは、でっかくて不格好なＳＵＶとカナリア色のオールズモビール・コンヴァーティブルのあいだにとまっていた。ナックルズは薄い手術用ゴム手袋をはめて、ドアのロックを外し、乗り込んだ。助手席に黒いヴァイオリン・ケースがあった。スナップを外して、ケースをあけ、中を見て、にやっと薄笑いを浮かべると、ケースをとじて、スナップをとめた。助手席にそのケースを立てて、それにシート・ベルトをかけてから、出口の標識に従って、駐車場の迷路を出た。駐車場に閉じ込められた排気ガスのせいで、鼻がむずむずする。くそいまいましい人間が多すぎる。みんな殺しちまえ。

「おれには冷凍したミルキーウェイ・チョコレートバーが必要なんだ」ラリー・バラードが言った。

　彼は背が高く、運動選手タイプで、三十代前半の金髪男だった。サーファー風の日焼けした肌とわし鼻と冷たい碧《へき》眼《がん》のせいで、顔は真の男性美からほど遠い。そして、サン・フランシスコのイレヴンス・ストリート三四〇番地にある〈ダ《D》ニエル・カ《K》ーニー探偵事務所《A》〉の自動車回収員《リポマン》でもある。

「誰も冷凍したミルキーウェイなんか必要ないぜ」バート・ヘスリップが指摘した。

　彼もやけにいい体格をしていた。三十代前半で、バラードよりも背がやや低く、ややずんぐりしている。プラム色の肌で、最近黒人男性のあいだで好まれているように、頭を剃っている。プロ・ボクシングで四十試合のうち三十九試合に勝ったあと、リングを去り、ＤＫＡのリポマンになった。

「おれは本当に一所懸命体を鍛えてるんだ」バラードが説明した。「おれの血糖値はかなり低い」

「黒帯を取る前に、低血糖症になってもらいたくはないな」ヘスリップが言った。「じゃあ、レイ・チョングの店だ──おまえがパシフィック・ハイツにとめたおれの車まで送っていってくれたあとにな」

イレヴンス・ストリートのタイア修理工場と、ターバンを巻いたペルシャ人が経営する自動車部品販売店のあいだにはさまれた狭い一階店舗のドアの上には、英語と中国語で〝北京食料品店──中国珍味〟と書いた伝説的な看板が出ている。

所有者のレイ・チョング・ファットはまったくでぶ《ファット》ではない。レイはやせていて、猫背だった。顔が細く、あごはほとんどない。上唇は長く、黒髪には艶《つや》がない。いつものように、糊の利いた白いシャツを着て、細い手首から袖口を二度まくりあげている。襟はやせた首には二まわり大きすぎた。

レイは男やもめで、七人の──おい、七人だぞ──娘がいる。いまいましい息子は一人もいない。一人の娘は大学院に、二人は大学に、二人は高校に、一人は小学校に通い、もう一人はもうすぐ幼稚園にはいるところだ。七人の娘は多額の経費を意味し、レイにとってはかなりの労働を意味する。

しかし、彼は満足している。メロディーになっていない口笛を吹きながら、珍しい果物のいろいろな缶詰を棚に並べている。パイナップルと一緒に缶詰にされたランブータン。トゲバンレイシ。シロップ漬けのジャックフルーツ。それに、もちろん、中国産レイシ。

その狭い店には、中国産のヤムイモやキャベツ、マンダリンやマンゴやパパイヤ、スルメやイカの塩辛、冷凍の鴨や魚、冷凍のキャンディー・バーやアイスクリーム・バー、中国茶や焼そばやビーフンや甘い餅菓子でいっぱいだった。それらのにおいが珍しい香辛料のにおいと混ざり合っている。裏の部屋はレンタル用ヴィデオであふれている。そのヴィデオのすべてが中国語で話され、だいたいが香港で撮影されていた。恋愛ものやアクションものに人気がある。

入口のドアが小さいベルを鳴らした。通りのむこうで働くお馴染みの白黒二人組がやってきたのだ。

「やあ、謎々だ」レイが甲高く単調な声をあげた。「どうして中国人、こんな賢い？」

「わからないな、レイ」バラードが言った。「どうしてだ？」

「金髪、いない」レイはひひひと高い声で大笑いをした。ヘスリップは剃った頭を横に振った。

「いつもおまえに言ってるだろ、ラリー。不可解だって」

二つの冗談と一つの謎々を交わしたあと、二人はドアに向かった。外に出ると、やさ男が赤いレクサスからヴァイオリン・ケースを出していた。バラードは冷凍のミルキーウェイをその男のほうに振った。

「シンフォニーの第三ヴァイオリンらしくないな」

「もしかしたら、ケースの中にヴァイオリンははいってないのかもしれないぞ」ヘスリップは含み笑いをした。

ベルが鳴った。オウムの口ばしのように大きな鼻をした背が低くて浅黒い男が、レイのほうに向かって通路を進んできた。その男はやけに高価なスーツを着て、ヴァイオリン・ケースを持っている。レイは細い顔にしわを寄せて、出っ歯を見せる歓迎の笑みを作った。

「いらっしゃい、いらっしゃい、何か御用？」

「ああ、このくそったれ野郎め、御用だよ」ナックルズが言った。

レイ・チョング・ファットの目は無表情で、無感覚になった。

「わかりません」

ナックルズはヴァイオリン・ケースをカウンターの上に置いた。

「こんな話を聞いたんだ。どっかの中国人が月に一度か二度、この街で高額ギャンブラー相手に無許可のカード・クラブを開いてるって聞いたぞ。週末にな」

「わかりません」レイが言った。

「このいまいましい中国人が今週末にカード・ゲームを予定しているって聞いた。サウス・ベイ（サン・フランシスコ湾南岸）のとある紳士はこういうくそいまいましい事態を好まないんだ。言ってることがわかるか？」

「わかりません」一滴の汗がレイの鼻先から流れ落ちた。

ナックルズはヴァイオリン・ケースのスナップを外した。そして、ケースをあけた。「中を見ろよ」

レイはケースの中をのぞいた。顔面が蒼白になった。

「ああ、わかったはずだ、このくそったれ野郎」ナックルズはケースをとじ、スナップをとめると、レイの鼻先で指を振った。「二度とするなよ」


「おれにはビールが必要なんだ」バート・ヘスリップが言った。

同じ夜の九時半、彼とラリー・バラードは一緒に働いていて、それぞれ二件ずつの回収に成功した。

「誰もビールなんか必要ないぜ」バラードが指摘した。

「これは喉の渇《かわ》く仕事なんだ」

「よし。レイの店ならあと三十分ぐらいあいてるだろう」

しかし、奥の部屋からまだ明かりが漏れているのに、レイ・チョング・ファットの店には〝閉店〟の看板が出ていた。二人はガラスをたたいて、ドアをがたがたいわせた。このあたりでは、DKAの事務所でさえドアに警報器をつけ、一階の窓に頑丈な金網スクリーンをつけている。レイの店はそのどちらもつけていない。

「おれたちは何年もここに来てるが、レイが十時前に店をしめたことはないぞ」バラードが言った。

ヘスリップがそっと言った。「もしかしたら、あれはヴァイオリンじゃなかったのかもな」

レイのドアは二人のピッキングを防ぐことができなかった。二人が店の半ばまではいったときに、奥の部屋のドアがあいて、レイが出てきた。薄明かりの中でも、彼は衰弱し、やつれているように見えた。

「帰ってくれ！　閉店よ」

「何があったか話してくれたらな」

奥のヴィデオ室で中国茶とおいしいアーモンド・ケーキを食べながら、二人は話を聞き出した。脅迫した小柄な男と、ヴァイオリンのはいっていないヴァイオリン・ケースの話だ。

「簡単だ」ヘスリップが言った。「ゲームをやめればいいんだ」

「二年前、三番目の娘、病気なった。覚えてるか？」

「覚えてる」二人はＤＫＡで寄付金を集めたのだ。

「中国人慈善協会に行った、金借りた。たくさんの金」レイは両腕を大きく広げた。「高い利子」

「それほどの慈善じゃないな」ヘスリップが言った。

レイはむっつりとうなずいて、茶を飲んだ。二人はアーモンド・ケーキを食べた。

「男、来た。金返すため、わたし、週末にカード・クラブ開くこと、言った。開かない、わたしの娘に何かする、言った」

「連中には隠れ蓑《みの》が必要だった」バラードが言った。「少なくとも、借りた金は――」

「借りた金返してない。利子返しただけ」

「ヴァイオリン・ケースの男を知ってるのか？」ヘスリップが尋ねた。

レイは激しく首を横に振った。

「ヴァイオリン・ケースの男を送り込んだ男を知ってるのか？」

「サウス・ベイの誰か」レイは両手を揉《も》んで、大げさに本当の感情を表わした。「わたし、どうする？」

「ゲームを開いて、娘さんを助けるんだ」バラードが言った。

「ヴァイオリンの男、戻ってくる、わたし殺す」

二人のリポマンは顔を見合わせた。

「そうはさせない」ヘスリップが言った。

「どうしてセックスは保険みたいなんだ？」ローゼンクランツが尋ねた。

「年を取れば取るほど、金がかかるからだ」ギルデンスターンが答えた。

「こいつらの冗談はレイの冗談よりひどいな」ヘスリップが言った。

　木曜日の午前六時だった。ヘスリップとバラードはＤＫＡの二階会議室で二人の大柄なサン・フランシスコ市警殺人課刑事と一緒にいた。誰も物音を立てないで階段をのぼってはこられないので、誰の邪魔もはいらない。そこにいること自体、警察の規則違反なので、二人の刑事はプライヴァシーを確保するように要求した。

ローゼンクランツの頭は刑事コジャックのように禿げていて、ギルデンスターンの髪は偽物のように見えるが本物だ。警察内部の噂では、女房さえその二人をニックネームで呼ぶらしい。

二人が善玉デカと悪玉デカの芝居をするとき、ギルデンスターンはいつも悪玉デカだ。そういう目をしているからだ。「おまえたちは十分も話してるのに、おれたちのお袋たちに恥ずかしくて言えないことを何も話してくれてないぞ」

「あんたらのお袋さんを恥ずかしがらせることは、あんたらのお袋さんであることだけだぜ」ヘスリップが言った。

ギルデンスターンはローゼンクランツの顔を見た。「こいつ、哲学的なのか？」

「生意気なだけだ」ローゼンクランツが言った。

「慎重なだけだ」バラードが言った。「あんたらがこのゲームを邪魔しようとすると、この男の家族が殺される」

「そして、もしそいつがゲームを開くと、そいつが殺される。そこまではわかった」ローゼンクランツは急に激怒した。「サン・フランシスコにマフィアはいないと、市長と地方検事がいつも言っている。アジア人のギャングどもは権力を求めて争っているかもしれない。メキシコ人のギャングどもはたぶん縄張りのことで争っているんだろう。黒人のギャングどもは麻薬の金とラップ・ミュージックのことで争っているとも言える。だがな——」

「だが、イタリアン・マフィアの動きはない」ギルデンスターンが言った。「最近じゃ、組織に関わっている地元のやつらは帳簿係を雇ってるだけだ。何かしてもらいたければ、電話をかけるだけで、誰かがシカゴとかデトロイトのほか、クリーヴランドからも飛行機でやってくる」

ローゼンクランツがあとを続けた。「脅迫屋はおりた空港で銃を受け取り、頼まれた仕事をすませ、帰るときに空港に銃を置いていく。いろんな名前や評判を聞くが、誰かをつかまえられるような証拠は何もない」

「ヴァイオリン・ケースの男は地元の男じゃないと言うのか?」

「そいつの特徴を教えてくれ」ローゼンクランツが言った。

二人のリポマンは教えた。二人の刑事は目を見合わせた。

「デトロイトのナックルズ・コルッチだ」ギルデンスターンが言った。

「蛇みたいに卑劣だ」ローゼンクランツが言った。

「おまえたちの友人に葬儀屋を呼んでやれ」ギルデンスターンが言った。

「そいつは誰に雇われたんだ?」

二人の大柄な刑事は立ちあがった。「サウス・ベイだって? おれたちに任せろ」その二人はほとんど同時に言った。

「誰が中国人慈善協会を運営してるんだ?」

「それも、おれたちに任せろ」

「コルッチがまたデトロイトを出るときには教えてくれるんだろうな?」

ローゼンクランツが言った。「安全なセックスを気にしてるときに、女にぶつける一番大事な質問は何だ?」

「あんたの亭主は何時に帰ってくるんだ?」ギルデンスターンが言った。


バラードとヘスリップは裏階段をおりて、奥の広いオフィスにはいった。そのオフィスは、事務責任者のジゼル・マークが、放課後に法定通知状や催促状を送る十代の娘たちと、メインフレーム・コンピューターと一緒に共用している。ジゼルは背が高く、ほっそりした三十代前半の金髪女性で、その脳みそは長く淫《みだ》らな脚よりも素晴らしい。こんなに早い時間なので、彼女はオフィスに一人きりだった。

「どうだ?」バラードが尋ねた。

「残らず聞いたわ」ジゼルがにやっと悪戯《いたずら》っぽい笑みを浮かべた。彼女の提案でヘスリップが二階会議室のインターコムのスウィッチを入れておいたのだが、彼女はそれにつないだテープレコーダーを持ちあげた。「コルッチのことで、あの連中はイエスと言ったの、ノーと言ったの?」

「イエスだ」バラードが言った。「ノーなら、冗談は言わなかっただろう」

「わたしを仲間外れにできると思ったら、頭がおかしいわよ」

「考えてもみなかったな」ヘスリップが嘘をついた。

三人がそのテープを十分ぐらい聞いていると、背後でOBが言った。「えっへん」

OBこと、パトリック・マイクル・オバノンは五十代前半で、二つの頭を持つ蛇のようにずる賢い。目は誠実な青色で、革のような大酒飲みの顔はそばかすだらけだった。それに、ダニエル・カーニーを除けば、この事務所で一番のリポマンだ。彼は椅子を持ってきて、すわった。

「おまえたちの作戦計画には二、三の穴があるぞ……」

誰もボスのカーニーを仲間に入れようとは考えなかった。彼なら、ノーと言ってから、作戦計画を横取りし、自分で指揮するだろう。いつもそうなのだ。

中国人慈善協会はオールド・チャイナタウン・レーンにある古い仏教寺院の横から、軋《きし》む木の階段をのぼったところにあった。ストックトン・ストリートのとなりにある短い横丁だ。何気ない観光客にも、どんな白人にも、通りのドアをあけさせるような誘惑的なものは何もない。そのドアには、漢字で何やら書いてある。

しかし、この木曜日の昼間、二人の大柄な白人刑事がその階段をのぼって、受付室にはいった。派手な絹のタペストリーがぶらさがっていて、象眼模様のテーブルには繊細に彫られた象牙の小像がのっている。壁には、協会の幹部たちが地元や全国の政治家と握手をしている数多くの写真が貼ってあった。

魅力的な可愛い中国娘が最新型のコンピューターのキーボードの上で指を踊らせている。二人がはいると、彼女は顔をあげ、笑みを作った。

「何か御用ですか？」

二人が彼女の横を素通りして、奥のドアに向かうと、彼女はデスクの下のブザーに手を伸ばした。しかし、二人はもう奥の部屋にはいっていた。そこでは、白髪頭の中国人紳士が、どの窓からものぞけないように配置されたデスクのうしろにすわっていた。がっしりした体格の用心棒がそのデスクの手前にある椅子から立ちあがりながら、脇の下に手を伸ばした。

ギルデンスターンは大きな手をその男の顔に当てて、突いた。不意に驚くほどの力で突き飛ばしたのだ。用心棒は椅子ごとうしろに倒れた。ローゼンクランツは老紳士に見えるようにバッジを差し出した。

「ローゼンクランツとギルデンスターンだ。サン・フランシスコ市警殺人課」

老紳士は鋭い口調で北京語を話した。用心棒は椅子を立てて、すわり直し、存在感を薄くした。

「ミスター・リー?」ローゼンクランツが尋ねた。

「わしがフォング・リーだ」白髪男の男は重々しく認めた。彼の英語には訛りがあったが、優雅だった。その顔は細長く、しわだらけで、鼻は細く上品だった。世界じゅうのどんな国でも、どんな人種でも、どんな時代でも、長老になるだろう。

ローゼンクランツはデスクの隅にすわった。「レイ・チョング・ファット」

「ああ、そう」フォング・リーが言った。レイが「わかりません」と言ったときと同じ調子だった。

「ある男がやってきて、もしレイがこの週末にあんたのカード・ゲームを開いたら、殺すと威《おど》した」

「残念ながら、この名誉ある紳士のための行事に関する情報は何も知らない」フォング・リーが言った。

ギルデンスターンは窓の下のテーブルから繊細な中国製の壺を片手でつかみあげて、振り向いた。「これは明朝の花びんかい?」

フォング・リーはじっと動かなくなった。そして、非常に穏やかに言った。「いろいろと尋ねまわって、あなたがたのような立派な紳士が話題にしているこのゲームが取りやめになるかどうか確かめよう」

「取りやめてほしくはないんだ」ローゼンクランツが言った。

驚きの表情が実際に中国人紳士の威厳ある顔をよぎった。

「では、ミスター・チョング・ファットはゲームは開く必要はないと――」

「レイにはこの週末に開いてほしいんだ」ギルデンスターンが言った。

急に状況が理解できたので、フォング・リーは顔を輝かせた。「ああ、そう」彼はもう一度言ったが、さっきとは非常に異なるイントネーションだった。

「だが、この週末のあとは、もうゲームを開く必要はない」ローゼンクランツが言った。「それに、あんたにもう金を借りてはいない。貸し借りなしで、清算済みだ。彼かその家族に何か起こったら、些細なことでも起こったら……」

フォング・リーは優雅にお辞儀をした。「この愚かなる老人はあなたがたのような賢い紳士を侮辱《ぶじょく》したくはないが――」

「おれたちは殺人課だと言ったぞ。賭博のことなんか気にしない」

喜んだフォング・リーは顔を輝かせた。ローゼンクランツは立ちあがった。ギルデンスターンは慎重に明朝の壺をテーブルに戻した。

「素晴らしい花びんだ」彼が言った。

ツー＝トン・トニー・マリーノは、ヘヴィー級ボクサーだったツー＝トン・トニー・ガラントからニックネームを拝借した。ガラントはかつてジョー・ルイスにぶちのめされたことがある。トニーの体重は二《ツー》トンもなかったが、それでもスイカのような体型だった。次週の月曜日の午後、デトロイトにある彼のオフィスで電話が鳴ったとき、彼はためらいもなく受話器を取った。その場所は毎日二回盗聴器がないか検査されているのだ。

「ああ、マリーノだ」

「トニー。サン・フランシスコのレオネだ。あのくそったれ中国人が土曜日の夜にゲームを開きやがった。ナックルズをまた送ってくれ」レオネは突然下品な含み笑いをした。「水曜日までに中国雑炊《ぞうすい》を血だらけにしてほしい。いいか？」

二人は簡潔に別れの言葉を交わして、電話を切った。トニーは少し気を悪くした。レオネには品がない。あんなことは言わないものだ。仕事がなし遂げられると、ちゃんちゃん、すべて終わりだ。個人的なことは、前にもあとにも話さないものなのだ。

彼はダイアルした。留守電が答えると、彼は言った。

「ナックルズ、水曜日に西海岸へもう一度配達してくれ」

サウス・ベイ地域のミルピータスという町の横道にとめたヴァンに、技術者と一緒に閉じ込められているギルデンスターンは、ローゼンクランツに尋ねた。「セックスで感染する病気の中で、ヤッピーに一番多いのは何だ？」

「頭痛だ」ローゼンクランツが言った。

「それをレオネにくれてやろうぜ」

「中国雑炊を血だらけにする箇所がとくに気に入ったな」

「共謀罪とか？」ギルデンスターンが提案した。

「少なくともな」ローゼンクランツが同意した。

次の水曜日に、ナックルズはデトロイトからサン・フランシスコまでファースト・クラスで飛んできた。きょうは予行演習じゃない。本番だ。サン・フランシスコ空港で、混み合った騒がしいターミナルを突き抜けて、二つのエスカレーターをおり、動く歩道に向かった。反響する広い地下駐車場で、斜めに縞がはいった歩行者用通路を歩き始めると、息を呑むような脚を持った背の高い優雅な金髪女性が歩調を合わせてきた。

「飛行機は快適だった？」彼女の声は柔らかく、撫でるようだった。

「おれの名前は〝パンティーおろし〟のナックルズだ」ナックルズは愛敬のある笑みを浮かべた。彼女は車のキーを彼に手渡した。

「金色のアレンテよ」彼女はそう言うと、彼が別の気の利いた台詞を考えつかないうちに、限りない車の列のあいだに消えた。

彼はため息をついて、薄いゴム手袋をはめると、アレンテのロックを外して、乗り込んだ。死ぬまでこんな車を買えないことは、いまいましいほどよくわかっていた。黒いヴァイオリン・ケースが助手席にあった。スナップを外して、ケースをあけた。よし。

しかし、そのケースを助手席に立ててシート・ベルトをかけていると、窓にノックの音が聞こえた。さっきの金髪女だ。耳に携帯電話を当てていて、窓をあけるように合図をしている。

「トランクをあけて」彼女はそう言って、あいた窓からヴァイオリン・ケースのほうに手を伸ばした。「急いで。時間がないわ」

彼女はケースをトランクに入れて、ばたんとしめると、助手席にすべり込んだ。

「テロリストの爆弾予告よ。連中は男が一人で乗っている車をすべて捜索してるわ。だから、連中がこの駐車場を閉鎖する前に、あなたとあの楽器をここから出さないといけないのよ」彼が何もしないので、彼女は怒りのどなり声をあげた。「車を出しなさいよ！」

ナックルズはこういう女に会ったことがない。車のギアを入れて、まるで自動運転装置を入れているように、出口を示す矢印に従った。料金支払所に続く傾斜路をおりる寸前で、五十代の目つきが厳しい赤毛男が車の前に現われ、そばかすだらけの手でバッジを見せた。そして、ナックルズがすわっている運転席側にまわってきた。

「ＦＢＩだ。あんたのトランクを調べたい」

「令状はあるの？」金髪女が突然金切り声で要求した。「嫌がらせだわ！　七時間のフライトのあとに、主人がわたしを拾ってくれたところなのに、あんたたちが麻薬を捜すために、わたしの下着をいじくりまわして、いやらしい快感を得るなんて許せない」

「そうじゃ……」赤毛男はそこで言葉を切り、ため息をついて、一歩さがった。「まったく、女ってやつは」彼は小声でつぶやいた。そして、だるそうに手を振った。

「行ってもいいぞ」

空港出口の道路に出ると、〈スタンダード石油〉のガソリン・スタンドにとめるように、彼女はナックルズに指示した。そこで、彼女はおりた。

「トランクをあけてよ。ケースを取ってくるわ」彼女は電話番号を教えた。「覚えておいて」

彼女はヴァイオリン・ケースを取り出すと、トランクをしめ、ケースを車に入れて、最後にあいた窓から首を入れた。

「終わったあとも、サツがまだ空港にいたら、わたしに連絡してちょうだい」

ナックルズにも理解できる事柄だ。サツが空港にまだいやがるかどうか、ちゃんと確かめるつもりだ。

「もしいたら、おれとあんたで——」

「ええ。あんたのお望みどおりにね、ナックルズ。あんたを丁重に扱うようにというのがレオネの指示よ」彼女は急に悪戯っぽく、誘惑的な笑みを見せた。「わたしのところで泊まることになるでしょうね」

すげえ夢が叶《かな》う。よし！　あの中国人をやって、この金髪女に連絡してから、この女とやれる。一晩じゅうだ。テーブルに出されたパラダイスだ。いや、羽毛ふとんの中のパラダイスか。

ナックルズは入口ドアのデッドボルト錠をかけると、〝営業中〟の看板を裏返して、〝閉店〟にした。通路を進むときに、死人と一緒に二人の客がいることに初めて気づいた。殺害場所ではいつも獲物をそう考えることにしているのだ。死人。

客の一人はわし鼻の背が高い金髪男だった。もう一人はそれよりも背が低くて、体が大きく、頭を剃りあげた黒人だった。性的興奮がナックルズの体じゅうを走り抜けた。初めてのトリプル・プレイだ！　今晩はあのすげえ金髪女に絶対忘れられないような経験を味わわせてやるぞ。

三人ともアイスクリーム・コーンを食べていやがる！　もしかしたら、くそったれホモかもしれない。彼はヴァイオリン・ケースをカウンターの上に置いた。

「戻ってくると言っただろ」彼は悪党らしい声で中国人に言った。ケースをあけて、中に手を伸ばした。「奥の部屋へ行け。三人とも」

「行かないと、何なんだ？」黒人が言った。

「行かないと、こうだ」ナックルズがヴァイオリン・ケースから取り出したのは――ヴァイオリンだった。彼は口をあんぐりあけて、それを見た。
中国人はアイスクリーム・コーンを彼の左目に押しつけた。そして、叫び声をあげて、アイスクリームだらけの顔を引っ掻いた。白人男が彼のキンタマを破裂するくらいに蹴りあげた。痛みが彼の体じゅうに広がった。彼が痛みで口をあけたまま、上体を前に折り曲げると、黒人男が見事な右のクロス・パンチを口に浴びせたので、三本の歯が口から飛び出した。

ナックルズ・コルッチが意識を取り戻すと、サン・フランシスコ空港国内線ターミナルの駐車禁止区域で、金色のアレンテの運転席にすわっていた。痛めつけられた口からは血が出ていて、股ぐらは痛くて仕方がない。助手席にはヴァイオリン・ケースがあった。

もちろん、ケースをすり換えたのはあの金髪のスベタだ。あの女はトランクに別のヴァイオリン・ケースを入れていて、赤毛の連邦捜査官が女のはったりで、脇にどいたあと……いや、違うぞ！　捜査官じゃない。ペテンの一部だ。あの男は柱の陰で料金支払所の係員から隠れていたのだ。テロリストの爆弾もなかった。何もなかった。だが、なぜなんだ？

それは、あとでいい。ここから出よう、一刻も早く。彼はなんとか気を取り直して、イグニション・キーに手を伸ばした。

イグニション・キーがない。

両側の前部ドアがあいた。二人の大柄な男――一人は禿げ頭で、もう一人は砂色の髪がふさふさしている――が車内をのぞいて、彼の顔を見た。

「ナックルズ・コルッチ、殺人未遂容疑で逮捕する」禿げ頭はそう言って、ヴァイオリン・ケースをあけた。

「兇器はくそったれヴァイオリンか？」ナックルズがしゃがれ声で尋ねた。

「いや、これだ」禿げ頭が顔を輝かせた。その手は短いサブ・マシンガンを握っていて、銃身と同じ長さのサイレンサーがついていた。「380ACP口径を使うイングラム

M11みたいだな。おまえのお気に入りの武器だと聞いたぞ、ナックルズ。ヴァイオリン・ケースにぴったりはいるからな。ねじ山つきの銃身にワイア・メッシュと消音隔壁——」

「それに、銃声がまったく出ないように、二組の螺旋状フィンで発射ガスを減速させる」髪のふさふさした男が呆然としたナックルズの手首に手錠をかけた。

禿げ頭は鼻を近づけて、においを嗅いだ。「発砲してるな。通報によると、こいつは中国人の店でかなりひどく撃ちまくったらしくて……」

「なあ、ナックルズ」ふさふさ頭の男は首を横に振った。「おまえは本当にドジなやつだぜ」

五人はヴァン・ネス・アヴェニューの〈ハウス・オヴ・プライム・リブ〉で御馳走《ごちそう》を食べていた。血もしたたる厚さ二インチのビーフ・ステーキをナイフで切り分け、ダイエットとか、コレステロールとか、ほっそりしたドレスなんかくそくらえと言うのに絶好の機会だ。

バラードがグラスをあげた。「レイに乾杯。自分の食料品店でサブ・マシンガンを撃ちまくったんだからな」

「あれだけ楽しんでおいて、しかも、保険で補償されるんだからな」ヘスリップが言った。

「あなたはたいした連邦デカになれるわよ」ジゼルがOBに言った。

OBは右目の下まぶたを引きさげた。「きみのほうこそ、たいした女ペテン師になれるぞ。一度にあらゆる指示をあいつに浴びせて、考える暇を少しも与えなかったし……」

みんなは飲んだ。ドアのほうを向いているOBが手振りで伝えた。ローゼンクランツとギルデンスターンがテーブルのあいだを縫って、近づいてきた。そして、好意的な目でみんなの顔を見渡した。ローゼンクランツが先にしゃべった。

「AMラジオを持ってる金髪女の話を聞いたか？」

「そのラジオを午後にも聞く方法がわかるのに一カ月かかったそうだ」

その席では唯一の金髪女性であるジゼルが言った。「サン・フランシスコ市警殺人課のミランダ警告ってどんなもの？」

「おまえには、くたばる権利がある」バラードが言った。

「まあ、すわれよ、あんたたち」ヘスリップが言った。

ギルデンスターンは首を横に振って、含み笑いをした。

「きょうは徹夜だ。ナックルズは本署の留置場にいて、取り引きをしようと、オウムみたいにぺらぺらしゃべっている。組織の連中について知ってることを何でも話してくれている」

「証人保護プログラム？」ジゼルが尋ねた。

「逮捕歴四回の男にか？　無理だね。とにかく、あいつは必要ない。今頃は連邦の連中がデトロイトでツー＝トン・トニーを検挙してるところだろう——州境をまたがる殺人共謀の容疑だ。やつは地元の警察を買収できるが、連邦は買収できない。ムショ行きだ」

「レオネは？」ヘスリップが尋ねた。

「やつが血だらけの中国雑炊について話しているところをテープに録音した。サン・クウェンティンで五年の刑をくらうが、二年でシャバに出てくるだろう——だが、その頃には、ほかのやつがサウス・ベイでやつの縄張りを牛耳ってるだろうな」

レイ・チョング・ファットが内気とも言える声で尋ねた。

「ミスター・リーは？」

ギルデンスターンが言った。「半分アパッチで、半分中国人の男を何て呼ぶ？」

「アワワワ・リーだ」ローゼンクランツがレイの肩をたたいた。「やつは帳簿上の間違いを犯したらしい。あんたは借金をすべて返済したので、これからはゲームを開く必要もない」

レイは長いあいだローゼンクランツの顔を見た。その目にはいろいろな感情がこもっていた。そして、言った。

「中国人の若者、牧場で料理する。牧場の男、毎日来て、言う。〝何を作ってる？〟中国人、言う。〝ヤクメス〟すると、牧場の男、いつも訊く。〝ヤクメスか？　ヤクメスを作ってるのか？〟毎日訊く。それで、中国人、本買って、英語勉強。次に牧場の男、やってきて、言う。〝ヤクメスか？　ヤクメスか？〟中国人、言う。〝焼き飯がたくさんできたぞ、このバクヤラアめ！〟」

ローゼンクランツはほかのみんなのほうに笑みを向けた。

「どういう意味だと思う？」彼は尋ねた。

「川のそばに長いあいだ立っていたら」バラードが言った。「そのうちに宿敵の死体が流れてくるってことだよ」

「えっ？」ギルデンスターンが言った。

幻のチャンピオン

The Championship of Nowhere

ジェイムズ・グレイディ　澁谷正子訳

一九七五年にロバート・レッドフォード主演で《コンドル》として映画化された『コンドルの六日間』（新潮社）で知られるジェイムズ・グレイディ（James Grady）は、その後十三冊の長篇作品と六本の短篇小説を発表。脚本家、ジャーナリストとしても活躍している。彼は、アメリカ中部、ロッキー山脈に近いモンタナ州のシェルビーで生まれ育った。その地を舞台にした本作は、オットー・ペンズラー編のボクシング小説アンソロジー *Murder on the Ropes* に書き下ろされた。

独立記念日を二カ月近く先にひかえた日の午後、ジーン・マレットはサンディという若者と組んで、油井やぐらで石油の試掘をする二交代制の勤務についていた。ドリルと発電機のモーターの音が、五月の大草原の空気を震わせていた。何がおかしいのか、サンディが声を立てて笑い、にやりとした。そのときだった、ドリルのチェーンが切れて、銀色のネクタイのようにサンディの首に巻きついたのは。サンディの体は、あっというまに高さ五十フィートのやぐらのてっぺんまで吊りあげられた。パイプが耳ざわりな音を立て、ドリラー（ドリルや噴出弁防止装置を管理する技術者）の悲鳴が響く中、サンディの体はぶらぶら揺れていた。油で真っ黒な顔の中で白く輝く歯、愉しそうな笑みを宿した眼。そんないかにも十代の若者らしい彼の顔のことしか、そのときジーンの頭にはなかった。

　チェーンが回転しながらほぐれ、サンディの体はやぐらの床に叩きつけられた。

　ジーンともうひとりの作業員は、サンディの亡骸《なきがら》と一緒に平台型トラックの荷台に乗って街に戻った。二週間前に降った春の雪のせいで、トラックはあまり土埃を巻き散らすこともなく未舗装路を走っていった。土はしめり、気持ちのいいにおいがしていた。旱魃《かんばつ》も終わりそうだな、トラックの運転席で現場監督がそう言った。見捨てられた芝土の家の壁を、痩せこけた鹿が食べていた。カナダまで広がる黄色い大草原の彼方に、スウィートグラス丘陵が青く煙って見えた。火山性の険しい岩山が三つ連なるこの丘陵は、別の場所でなら、モンタナ以外でなら、山脈と呼ばれたにちがいない。現場監督はシェルビーの葬儀屋のまえで車を停め、みんなでサンディの亡骸を荷台から降ろした。彼の愉しそうな笑みを宿した眼の代価として渡された銀貨が、葬儀屋の手の中でちりんと音を立てた。

「おれは、へとへとだ」と言い、ジーンは下宿屋に歩いて戻った。

下宿屋の勘定書きにつけてシャワーと入浴をすませると、他の下宿人とテーブルを囲んで煮込み料理を食べたが、ただ口を動かしていただけだった。それから表に出て歩道まで歩くと、ベンチに腰をおろし、フロント・ストリートのもぐり酒場周辺を行き交う人や車を眺めながら、頭をからっぽにすることを自分に強いた。からっぽに。

それくらいのことなら、おれにもできる。

陽も傾きかけた頃、〈血のバケツ亭〉と呼ばれるもぐり酒場から、ジェンセンという名の牧場主が千鳥足で出てきた。電気に替わった街灯のひとつにつないである糟毛《かすげ》の馬に近づくと、彼は銀色の拳銃を取り出し、馬の両眼のあいだをまっすぐに撃った。馬はどさりと地面に倒れ、街灯につないであった鞍帯が切れた。ジェンセンは街じゅうに銃声を響かせながら、倒れた馬にさらに銃弾を浴びせつづけた。そうしてリヴォルヴァーを装塡し直し、なおも馬を撃とうと撃鉄を起こしたそのとき、黒いフォードが死んだ馬のうしろに停まった。左右のフロントドアに大きな白い星のマークがついたその車から、白髪まじりのテキサス・ジョン・オーティスが、大柄な体を広げるようにして降りてきた。黒いスーツの上着の左襟に保安官のバッジを光らせ、右手に銃を持っている。グリップが十インチもあり箒《ブルームステ》の柄《イック》とも呼ばれる、ドイツ製の必殺狙撃銃、モーゼルだった。オーティス保安官は銀色に光るリヴォルヴァーをジェンセンの手からもぎ取ると、彼の頭にモーゼルを荒々しく押しつけた。

「このくそったれめ！」と保安官は怒鳴りつけた。「自分で自分の馬を殺しやがって！」

けれど、そのときにはもうジェンセンの意識はなく、血まみれの馬にだらしなく覆いかぶさっていた。

ジーンは顔をそむけた。向こうから彼女が近づいてくるのが見えた。

以前から知っている女だ。さかのぼって一九〇六年、彼女が九歳で彼が十四歳のときから。インディアンの寄宿学校よりはシェルビーの学校のほうがましだと考えた白人の父親に連れられ、彼女は弟とともにブラックフット族の特別居留地からやって来たのだった。ジーンはハイスクールの最上級生のとき、毎日彼女を見かけた。学年をひとつ飛び級していた彼女は、黒髪をベールのようにまとった内気な一年生だった。彼女から声をかけてくることはまずないだろう、そのことはジーンもわかっていた。だからその後、彼が卒業し、彼女がまだ学生でいるあいだも、自分から話しかけることはできなかった。その頃ジーンは、鉄道保線員として働いていた。入植者たちを西部に運び、彼らが土地から略奪したものを東部に運ぶための線路を作っていたのだった。彼女のことは、毎週のように見かけた。手に負えない弟を彼女が捕まえようとしている場面に出くわすことも何度かあった。ドイツ皇帝相手の第一次世界大戦に海兵隊員として出発する日、鉄道駅で彼女を見た。その日ジーンは、務めを果たして死ぬまえに今ここで言っておかなくては、と思い、彼女に近づいて「さよなら」と告げた。彼女はたじろいだ——が、次の瞬間、憂鬱な心に染みとおる笑みが返ってきた。さしたる傷もなくヨーロッパから帰還したジーンが見たのは、シェルビーの墓地にいる彼女だった。インフルエンザで死んだ、父親ほど歳の離れた入植者の夫と、その夢想家の夫に与えてやった幼い娘の墓に花を置いていたのだった。その後ジーンがカリフォルニアから再び故郷に戻り、両親と、彼らの経営していた牧場を相次いで失った頃、彼女は街に移ってきた。女教師をしながらなんとか維持しようとしてきた農場が、一九二〇年の暴風で立ちゆかなくなってしまったからだった。死んだ夫は、妻に仕事をさせるくらいの寛大さは持ち合わせていたし、街は、彼女が一年間ずっと喪に服していられるくらいの隣人愛を持ち合わせていた。ジーンは、彼女がパレス・ホテルで住み込みのウェイトレスとして働いているのを見た。弟と連れ立っているところも、何度か見た——弟が、腕に打つ象牙色の粉を買う金欲しさに街にやってきたようなときに。二カ月前にジーンがデートに誘うと、彼女は悲しげな笑みを見せ、小声で言った。「わたしには何もない。あなたに誘ってもらえるだけの値打ちは何も」そんなことはない、と彼は言い張ったが、彼女がそれを信じていないのがわかった。黙って彼女のうしろ姿を見送った。だから彼女は気づかなかっただろう、彼女には理解できない涙をジーンが流していたことは。

けれどその夜、ジーンは彼女を見た。自分に向かって歩いてくる彼女を見た。

　空に沈もうとしている真っ赤な夕陽を背に、彼女は近づいてきた。ふたりで深紅色の湖の中にいるみたいだった。彼は息が止まりそうだった。深紅色の水中を歩く彼女は、彼に向かってゆっくりと泳いでくるように見えた。彼女の肩から髪が波打ち、ふくらはぎのまわりでワンピースの裾がひらめいていた。朝の空のように青いそのワンピースを、彼はずっと心に刻みつけておいた。カフェオレ色の彼女の肌には、化粧っ気はまったくなかった。その体からは、リラの花のにおいがした。ジーンはサンディになった気分だった。彼を地上高く吊るしたチェーンがくるくるほどけて、彼女の漆黒の眼に落ちていくような気分だった。

彼の耳に、「やあ、ビリー」と言う自分の声が聞こえた。「こんばんは、ジーン」と言う彼女の声も。

　もしかしたら、ふたりとももっと何か話そうとしたのかもしれないが、それ以上ことばが出てこなかった。ようやく彼女が言った。「助けてほしいの。あなたに、ある人たちに会ってもらいたい。わたしはその使いに来たのよ。その人たちは、あなたにあることをさせようとしてる。わたしはそれで救われるかもしれない。でも、あなたにとっては厄介なことにしかならないわ。たとえ連中が口ではなんと約束しようと。でも、わたしは来ないわけにはいかなかった。あなたに頼まないわけにはいかなかった。それだけはしなくてはならなかったの。ごめんなさい」

　不意に、夜が訪れた。街がいっせいに輝きはじめた。角の街灯の明かりが彼女の肌を黄色く染めた。

「長いこと歩くのかい？」とジーンは訊いた。

「車があるわ。その連中のを借りてきたの」

　彼女の乗ってきたフォードは、ビュートのナンバー・プレートをつけていた。ビュートはそこから二百マイルほど南にある市で、モンタナ州で唯一、シェルビーの上をいく無法地帯だった。人口六万人の重工業都市で、東欧や中欧から移民してきたタフな鉱員たちが地上で一番豊かな鉱山を掘っていた。当時、その一帯を取り仕切っていたのは、鉱山の持ち主であるアイルランドの悪徳資本家どもで、彼らはピンカートン探偵社と組んでダイナマイトや現金《げんなま》攻勢をしかけては、世界産業労働者組合の幹部や反カトリック主義のクー・クラックス・クラン団を撃退したり、東部出身のおせっかい屋どもを手なずけたりしようとしていた。かつてのよき時代、シェルビーには、大草原の渓谷に群がるわずか千二百人の人口しかいなかった。アイオワの新聞が載せたホームステッド法（家長ないしは二十一歳以上の者が百六十エーカーの公有地に五年居住して耕作すれば、土地の所有者になれる）についての嘘を真に受けてやって来た一文なしの移民労働者たち、有刺鉄線の囲いを次々に突破して乗り込んできたカウボーイやジェンセンのような牧場主たち、二本足の生き物と会話できないバスク人の羊飼いたち、自分たちの小さな居留地をあとにしてきたブラックフット族、ヒダーツァ族、そしてシャイアン族。彼らは名誉や希望を求めてやって来たのだった。あるいは最後のパラダイスを求めて。その後一九二一年、シェルビーの北側一帯で石油が発見されて以来、鉄道会社、商人、酒場の店主、密入国者、売春婦、そしてジーンのような油井作業員がひともうけしようと押し寄せてきたため、シェルビーのホテルというホテルの廊下は、ひと晩十セントの簡易ベッドでいっぱいになった。

ビリーの手際のよい運転の仕方を、ジーンは気に入った。必要に応じて次々にギアを替え、急勾配も恐れることなくアクセルをふかして登っていく。あわててトップギアで車を失速させ、エンストを起こしてしまうようなこともなかった。車は東に向かっていた。円形機関車庫や、牛の鳴き声の響く牧場の囲いを通り過ぎて街を抜け、渓谷を縁取るように走って越えていった。フォードのバックミラーの中で、街の明かりが瞬いていた。頭上には、ショットガンで撃ちあげられたように無数の銀色の星が輝いている。北の空はピンクとグリーンの明かりが一面に広がり、ちらちら揺れていた。円錐形にのびる車の黄色いヘッドライトの先には、油染みたハイウェイが細い帯状に続くだけだった。

「この道路は、シカゴまでずっと続いてるんだ」とジーンは言った。

「シカゴになんて行けないわ」とビリーが言った。「わたしには行けない」

彼女は闇に向かって車を走らせた。

「なんでおれなんだ？」

「あなただから。あなたならできることだから。カリフォルニアでしてきたように」

「きみに頼まれたら、おれが嫌とは言わないからか」

「それについては、なんと答えればいいかわからないわ」

「そういうことを話したことは、これまでなかった」

「ええ」行く手に農家が見えた。彼女はハンドルを切った。

「話したことはなかった。わたしたちふたりとも」

真っ暗な裏庭に入ると、ビリーは一台の車の横にフォードをつけた。ジーンにはそれがキャディラックだとわかった。

「このまま引き返してもいいのよ、あなたがそうしたいなら」

「きみも一緒に中に入るのか？」

彼女はうなずいた。

「だったら、中に入ろう」と言ってジーンは車から降りた。「そいつらはお待ちかねだろうから」

農家の母屋のドアを開けたのは、ビリーの弟だった。だぶだぶのズボンを穿き、すり切れた白いシャツを襟元のボタンをとめずに着ていた。足元の事務員の履くような黒靴は、彼の生気のない眼と同じく、くすんでいた。ジーンの手を握って振る彼の右手は、パレス・ホテルでカードを配れるくらいの力はあったが、それがせいぜいといったところで、その弱々しい握力は、彼が自分の賭け事の尻拭いもできない甲斐性なしだと物語っていた。

「ゼーン・マレット」とろれつの回らない口で、彼は言った。「やあ、どうだい、元気かい、会えてうれしいよ！」

「調子はどうだい、ハリー？」とジーンは言ったが、答えは聞かなくてもわかっていた。だから、そのことばに込められた誠意は、すべて彼の姉に向けてのものだった。ジーンが握手していた手を引くと、ハリーはふらふらと居間にあとずさった。問題の男がふたり待っていた。ジーンの内心の祈りとは裏腹に、うしろからビリーが家に入り、ドアをしめるのがわかった。

禁酒法以前に作られたウィスキーの壜とグラスが置かれたテーブルの横に、キャディラックの持ち主であるずんぐりとした体軀の男が立っていた。シェルビーの銀行家で、オフィスの彼のデスクに置かれた真鍮のネームプレートには、〈副頭取ペーター・テイラー〉と記してあるはずだ。髪の薄くなった彼の頭は、こぶでごつごつしていた。そんなテイラーを見て、ジーンはヒキガエルを思い浮かべた。抜け目のない相手には決してノーと言わず、いつもにやにやしている、そんないけすかない男だった。

「こんばんは、マレット君」とテイラーが言った。「来てくれてありがとう」

「あんたのために来たわけじゃない」

「わかってるよ」と、もうひとりの男が言った。ジーンの知らない顔だった。少なくとも、気障《きざ》なスーツを着た眼のまえのこの黒髪の男と以前に会ったことはなかった。男はソファから立ち上がろうともしなかった——膝に置かれた四五口径を握ろうともしなければ、隠そうともしないでいた。男とは初対面だったが、この手の眼には見覚えがあった。最初に見たのは、塹壕《ざんごう》の中で。二度目は、メキシコのティファナの酒場で。三度目は、カリフォルニア州フレズノのクラブのリングサイドで。そして最後にして最悪の思い出は、サン・クェンティン刑務所で。模範囚労働者収容所《ワークキャンプ》を通り越して処刑台へと向かう、囚人たちの眼がそうだった。だからといって、この黒髪の男がタフだとはかぎらないが、ジーンは自分がこの男にこてんぱんに、いやそれ以上の目に遭わされそうだとわかった。自分では叩きのめしたつもりなのに、相手は倒れた床を這い、ジーンの心臓をふたつに引き裂き、音を立ててそれを吸う、そういう男だということは。

銀行家が言った。「どうぞ、坐りたまえ。私のことはペーターと呼んでくれ」

「あんたをペーターと呼ぶなんて、思ってもみなかった」

「人生は我々が思ってもみなかったことの積み重ねという

わけだ。どうか、腰をおろしてくれ。ご婦人の隣に」

「おれはどこに坐ればいい？」とハリーが言ったが、彼のことばは誰にも顧みられることなく夜に消えていった。

ジーンはソファに一番近い折りたたみ椅子にゆっくりと進むと、自分の両脚が渦巻状のバネではないことを示すようにして坐った。テイラーは安楽椅子に腰をおろすと、グラスにウィスキーを注いだ。ハリー・ラースンはジーンのそばの折りたたみ椅子に肩をいからせて近づくと、もったいぶった様子で腰をおろしたが、バランスをくずしてもう少しで床に倒れそうになった。なんとか体勢を立てなおした弟のうしろにビリーは立ち、彼の肩に手を置いた。ソファに坐っている男は身じろぎもせず、じっとしていた。

「ドライブにはもってこいの夜だった」とジーンはテイラーに言ったが、視線はじっとソファの男に当てたままでいた。「でも、そのウィスキー、そいつはまずいんじゃないか。あんたのような立場の人間は、もっと法に忠実かと思っていたが」

「禁酒法のような法律は、人間の本質を怖がる連中のための法律だ」と言ってテイラーはジーンにグラスを差し出したが、断わられると、ジーンの足元近くにある木の牛乳箱の上に置いた。「分別のある男だな、きみは。眼のまえに差し出されても手をつけないとは。しかし、きみのような刑務所帰りの者から、法律について講釈されようとは思ってもみなかった」

「刑務所のことなら、ソファにいるあんたの友だちのほうがおれよりくわしいんじゃないか」

「あいにくと、その経験はない」と男が言った。「裁判になっても、証人がひとりも出廷しなかったんでね」

テイラーはその黒髪の男に、ウィスキーの入ったグラスを差し出した。「ジーン、そのうちきみにもわかるだろうが、ここにいるノーマンは——失礼、紹介が遅れていた。こちらはノーマン・ドイルだ——ミスター・ドイルは運のいい男なんだ」

ドイルはグラスを左手で受け取った。彼の右手のまえには四五口径の台尻があった。

「おまえは酒は要らないだろ、ハリー？　姉貴が街に行ったとたんに薬をやりだしたんだから。そうやって法の目も気にせず悪習に浸っていられるのも、今のうちだぞ。政治家どもは薬も禁止しようとしているからな。さて、ウィラメーナ――それともハリス未亡人と呼ぼうか？　彼女がずっと男なしで過ごしてきたのは知っているだろう、ジーン。調教ずみの雌馬なのに、体がうずいても置く鞍がないというわけだ。彼女も酒は要らないだろう。ご婦人だし、それにウィスキーとインディアンは異質の組み合わせだからな。たとえ彼女たちが混血でも」

「用件を言ってくれ」とジーンは語気鋭く言った。

「市場《しじょう》での調子はどうだい？」

「なんだって？」

「株式市場だよ」とテイラーは言った。「近頃では、みんながこぞって相場に手を出している。株価は上昇する一方だ。誰もが百万長者になれそうなご時世じゃないか。だから、きみの株式市場での調子はどうかと訊いているんだ」

「あんたも知ってのとおり、おれはそっち側の人間じゃない」

「つまり、株に手を出せないということか。それは金がないということだな。では、どうやって金持ちになるつもりだ？　ここはアメリカだ。誰もが金持ちになりたがる国だ。銀貨をじゃらじゃら持っていなければ、立派な車も、望みの女も手に入れられないんだぞ。欲しいものや必要なものを、きみはどうやって手に入れる気だ？　この寂れた土地で他人のために石油を掘って、それで手に入れるつもりなのか？」

「なんとかやるさ」

「なんとかやる、そこがきみの限界だ。そこまでの男でしかない。いてもいなくてもいい存在。それはある日ちょいと風が吹いて、きみが吹き飛ばされても変わりはしない。きみなどはじめからこの世にいなかったような顔をされるだけだ。忘れられて終わりだ。だが、今夜のきみはちがう。運を手にしている。きみに度胸があれば、の話だが。本来の自分に戻り、この州の誰よりも得意とすることをやるだけの度胸が」

「言ってくれ」

「きみはボクサーだ」

ハリー・ラースンが出し抜けに口をはさんだ。「誰だって知ってるぜ、ジーン！　噂で聞いたよ。あんたが最高のボクサーだってことは！」

ビリーにぎゅっと肩を握られ、ハリーは口をつぐんだ。

「おれはもうボクサーじゃない」とジーンは言った。「リングに戻るつもりはない」

ドイルが言った。「今のところはな」

「カリフォルニアの法律は、ここでは問題にされない」とテイラーが言った。「判事によれば――」

「法律の問題じゃない」

「ボクサーに戻る度胸がないんだろうよ」とドイル。

「度胸の問題じゃない。気持ちの問題なんだ」

「あんたみたいな帰還兵にとっちゃ、人をひとり殺そうが屁《へ》でもないんじゃないか」とドイルは言った。

「おれは殺しちゃいない。試合をした。パンチを見舞った。相手は倒れた。起き上がらなかった。死んだんだ」

「ほう」ドイルは笑った。「つまり、あんたは殺《や》らなかった。だったら何が起きたんだ？　天使がリングに舞い降りてきて、そいつの魂をかっさらったとでも言うのかい？」

「さあね。天使はおれに秘密を教えてくれないからな。夜間刑事法廷の判事が、未必の故意による事故と判決を下した理由はただひとつ、地元の連中のリンチからおれを守るためだ。カリフォルニア州でのボクシングを禁じられ、ワークキャンプに九十日間入れられたおかげで、おれは街を出られた。みんな、事件のことなどきれいさっぱり忘れてたよ。おれを除けば。そのままおれは故郷に戻った。でも、おれがボクシングをしようがしまいが、あんたらに関係ないだろ？」

「それがそうもいかんのだよ、我らがシェルビー市にとっては」とテイラーが言った。「世界ヘヴィー級タイトルマッチの試合をこの市でやる計画が持ち上がっている。ジャック・デンプシー対トミー・ギボンズの試合だ」

「ただのジョークじゃなかったのか？　噂はあちこちで聞くけど」

「たしかに、最初はそうだった。ただのジョークだったんだ。とある市の有力者が、試合を誘致する電信を打った。金をかけずにシェルビーの名を少し世間に知らしめたいという宣伝行為でね。なんでも金をかけなきゃいいというものじゃあるまいに」

「シェルビーが有名になろうが、知ったことか」

「そんなことでは時流に乗り遅れるぞ。つましさが美徳とされた時代は終わったんだ。そんなものがなんの役に立つ？　現実も役には立たない。世の中イメージがすべてだ。ひとりにとっての真実が市にとっての真実なんだ。シェルビーはいわば、どこにも通じていない未舗装路だ。だが、それがどうした？　シェルビーの名が売れれば、名声が、次に富が追いかけてくる。そしてそれからずっとしあわせで豊かな生活が続くんだ」

「たわごとはたくさんだ」

「かもしれん。しかし、近頃じゃこういうふうに物事は動いていくものだ。ジョークで電信を打ったのは、東部のいくつかの新聞で話題にしてもらいたかったからだ。シェルビーの宣伝のために。ところが、デンプシーのマネジャーのジャック・カーンズが、はったりに応じてしまった。シェルビーでデンプシーがタイトルマッチを戦うと言ってきたんだ。こうなると、市としても引っ込みがつかなくなってしまった。そんなわけで、〝ジョーク〟で始まった話がほんとうになり、しかも日に日に話は大きくなってきている。デンプシーには十万ドルが保証されている。会計士によると、入場料の総額は百万から百四十万ドルが見込めるそうだ」

「それがおれとなんの関係があるんだ？」そこでジーンはビリーに気づいて、うなずいてみせた。「おれたちに？」

「試合を盗むんだ」

「なんだって？」

「百万ドルとは、いくらなんでも大げさすぎる」とテイラーは言った。「だが、五十万ドルくらいの入場料は見込めるだろう。その半分をいただく、それが我々の計画だ。二十五万ドルを、ここにいる五人で山分けするんだ。金があるからといって有名になれるわけではないが、きょう日それだけあれば、何年も愉しい思いはさせてもらえるだろう」

「気でもちがったのか？」

「いや、私は内部の人間だ。ここ何年か私が裏で画策してきたことが地元の連中に知れたら、ただではすまされないだろう。この試合に関して、私は公には反対している。だが、小声でそっとささやいてやる。疑問を口にしてやる。すると突然、人々の頭にあるアイデアがひらめく、というわけだ。彼らはそれを自分で考えついたと思い込んでいるがね。とまあ、こんなふうにして私は試合の実行にこぎつけた。金をいただくために」

「実行にあたり」とテイラーは話を続けた。「我々全員が試合の関係者になる必要がある。そのために、この栄えあるデンプシー対ギボンズ戦を遂行するにあたり、前座試合が要ると吹き込んでおいた。シェルビーのヘヴィー級タイトルマッチだ。そうすれば、我々全員会場内に入れるし、金もいただけるって寸法だ」

「で、おれをその前座試合に送り込もうってわけか。あんたのボクサーとして」

「勝ち負けは問題じゃない」農家の居間のカンテラの明かりが、テイラーのずんぐりとした体を照らしていた。「きみが負けようが、そんなことはどうでもいい。問題は戦うことだ。最終ラウンドまでしっかり戦い、そして仕事ができるくらい充分な余力を残してリングを降りることだ」

「生きてリングを降りるってのは、悪くないアイデアに思えるよ」

「我々はアイデアに富んでるんでね。問題は、きみにそれをするだけの度胸と頭があるかどうかだ。嫌ならノーと言い、さっさとここから出てってくれていい。もしきみがここで聞いたことを誰かにしゃべるような愚か者だとしても、我々から気のふれた嘘つき呼ばわりされるだけだ。世間が信じるのは私たちのほうだからな。きみではなく」

「この非情な世の中は、嘘つきどもにはそりゃあ手厳しいからな」黒髪の男、ノーマン・ドイルはソファにもたれ、これ見よがしにジーンを見て、それから膝の上の四五口径オートマティックを見た。

「頭のいかれたやつに対してはどうなんだ？」とジーンは

訊いた。

「そいつは時と場合による」とドイルは、にこりともせずに言った。

「もしおれがリングから担ぎ出される羽目になったら、どうなる?」

ドイルは言った。「そのときは、眼を覚ます手間を省いてやるさ」

ジーンの横に坐っているハリーは、うつろな眼をしたままだった。

「で、どうなんだ?」とテイラーが言った。「イエスかノーか?」

「冗談じゃない」ジーンは首を横に振った。「強盗がうまくいくかどうかなんて、おれの知ったことか。おれは犯罪には手を出さない」

「だったら、おやすみ、と言って出ていくがいい」とテイラーは言った。「きみのビリーが、あの素晴らしい下宿屋まで送り届けてくれるだろう。そこで彼女にもグッバイを言うんだな。彼女はシェルビーを離れることになるんだから」

「いいかね」とテイラーは続けた。「これまでいくらかかったと思う? ドイルをビュートから引っぱってきたり、ハリーが州のあちこちで借りまくった借金の保証人になってやったり。ハリーはきみが自分の姉貴をどう思っているか、気づいていた。彼女はすばらしい女だ。きちんと働いている。しかし、女教師やウェイトレスの稼ぎでは、ハリーの借金は清算できない。ハリーは支払い不能力者として、永遠に差し押さえから逃れられない。我々のこの計画が〝実行されない〟場合、彼女はドイルにビュートに連れていかれる。ビュートのとある店で働きながら、その金で弟の活力源を数ドルずつ買う、そういうことになるのだよ。その店のオーナーをたまたま私が知っていて――」

ジーンは立ち上がった。気づいたときには、折りたたみ椅子が彼のうしろで回転していた。が、それよりも早くドイルが四五口径を手にしていた。

「最初っから筋書きはできてたんじゃないか!」

「言ってみれば、ヴェンチャー・ビジネスを成功させるための要素をまとめたというところだ。さあ、決めてくれ。そのビジネスの行方をきみはどうしたい？」

四五口径の黒い穴がジーンの心臓を狙っている。銀行家はジーンの眼を見つめた。ハリー・ラースンは手で顔を覆い、まえに屈んだ。

そんな弟のうしろに、ビリーは立っていた。ジーンが一度も触れたことのない、彼女の柔らかそうな頬は涙に濡れていた。

百年以上は優に経ったかと思われる頃、ようやくジーンは口を開いた。「おれの対戦相手は誰だ？」

「そんなことはどうでもいい」とドイルが言った。

「ああ、そうかもしれない」とジーンは言った。「準備期間はどれくらいある？」

「七週間と少々だ。試合は七月四日にある」

「それじゃ、準備不足だ」

「それで間に合わせるんだ」とテイラーは言った。「ドイルは、地元のスポンサーが〝見つけてきた〟きみのマネジャー、そういう話になっているからな。市長からオファーが送られてくるから、それを受けろ。それから、口髭を生やすんだ——写真用に。その写真のイメージを世間の連中に印象づけておきたいからな。きみのためだ。明日、ビリーがきみをウーンの古い牧場に連れて行く。そこで四人で暮らしながらトレーニングをするんだ」

「ひとりでなら、しばらくのあいだは逃げおおせるかもしれない」とドイルが言った。「どのみちおれからは逃げられないが、それでも多少は時間がかかる。けど、三人一緒に逃げるとなると……見つけるのは時間の問題だ」

「試合のためのランニングだけで精一杯だよ」とジーンは言った。

「よろしい」と言い、テイラーはグラスを持ち上げた。「健闘を祈るとしよう……チャンプ」

ジーンはビリーに送られて街に戻った。ふたりとも何もしゃべらなかった。郵便受けに、市長からオファーの封筒が届いていた。ジーンはOKと走り書きし、サインをすると、下宿屋の足の曲がった受付係に二十五セントのチップをやって届けにいかせた。翌朝は勘定書きの清算に追われ、それがすむとベッドに横たわり、最後の心休まるひとときを味わった。五十ヤードと離れていない線路から、市を通りぬける列車の騒々しい音が聞こえてきた。けれど、すがすがしい森や海辺の街に向かう列車に彼が乗ることはなかった。

朝食のあと、ビリーが迎えにきた。青く険しい岩山が鋸《のこぎり》の歯のように連なるロッキー山脈の六十マイル西に、浸食により耕された大草原が広がっている。車は大草原を蛇行するハイウェイを走っていった。地平線にすっぽりと青いボウルを伏せたような空の下、メキシコまで続く油染みたハイウェイを彼女は左に曲がった。車はロッキー山脈を背に、砂利道をくねくねと進んでいった。あたりはしだいに平坦な農地から起伏に富んだ地形に変わっていった。その辺りを流れる川は、マリアス川へと続いている。西部を探検した人物として知られるメリウェザー・ルイス（一七七四〜一八〇九年）が、自分の従姉妹《いとこ》にちなんで名づけた川だ。誰かのためにそんなことをしてやれるなんて、ジーンにはルイスがとてもうらやましく思えた。

道の果てに広がる地平線を背に、壁のはがれた母屋と納屋が建っていた。

「寝室は二階にひとつ、一階にひとつ、あと納屋にひと部屋ある」玄関前に車を停めると、フロントポーチからドイルが降りてきて言った。「おれは一階の部屋を使う。そこなら、網戸の音がしてもわかるからな。へぼボクサー《パルーカ》、おまえは二階を使え。女も一緒だ。ヤク中は納屋だ」

ドイルを先頭に、みんなは納屋に向かった。納屋の中は蒸し風呂のように暑く、干し草と肥料のにおいが交じり合い、立ち込めていた。蠅がうるさい音を立てて飛んでいた。仕切りの向こうで、黒い馬がいななかった。納屋の片側半分は広々としており、梁からは、重いサンドバッグとパンチングボールが吊るされていた。テーブルの上には、ダンベル、グローヴ、手に巻くバンテージ、そしてスニーカーが五足、並べてあった。

「スニーカーのサイズはテイラーが見当をつけた」とドイルは言った。「必要なものがあれば、用意してやる」

「本番用のシューズとグローヴは持ってきた」と言い、ジーンはスニーカーを手に取った。「試合に関しては、それで足りるだろう」

十フィート先から、ドイルが声をかけた。「今、要るものは？」

「ナイフはあるか？」

ドイルが右手を鞭のように振り上げると、袖口から飛び出しナイフがあらわれた。ナイフはジーンの眼のまえを光の矢のように飛び、音を立てて仕切りの壁に突き刺さった。

「使ってくれ」

ナイフにも用心しろってことか。ジーンは木の壁からナイフを引っこ抜くと、ズボンの裾を短く切り、ナイフを土間に放った。ドイルのぴかぴかに磨かれた靴のまえにナイフは落ちた。シャツを脱ぎ、作業靴を新しいスニーカーに履きかえると、ジーンは言った。「トレーニングの時間だ」

石油掘削装置を動かしていたおかげで、ボクサーにとって決定的ともいえる持久力は落ちていなかった。あとは瞬発力をつけることだ。チェスト・プレス用の平らなベンチの組み立て方をハリーに指示しながら、ジーンはダンベルに一時間取り組んだ。次に両手に十ポンドのウェイトをつけ、シャドーボクシングをした。腕がひりひりしてくると、トレーニング用のグローヴをつけ、まずサンドバッグを打ち込み、次にパンチングボールに移った。両腕が鉛のように重く、三連打の最後の一打をどうしても決めることができなかった。二十分間ずっとその調子とあっては、たとえタイミングは昔のままだったとしても、見物しているドイル、ビリー、ハリーの眼には惨めに映ったにちがいなかった。

「トレーニングの順番が逆に思えるんだが」とドイルが言った。「まずは技を磨くことが先じゃないのか」

「最悪のコンディションで自分がどんな技を使えるのか、それを見つけるんだ」汗がジーンの裸の胸に滴った。「そうやってはじめて、あとどれくらい鍛えなきゃいけないかわかる」

「そんな腕前じゃ、リングに立てるだけでもラッキーに思えるがね」

「相手だってそうかもしれない」

「少なくとも、口だけはプロ並みだな」ドイルは唾を吐いた。「ねえちゃん、腹が減った。向こうで昼飯を作ってくれ」

「昼飯くらい自分で作れ」とジーンは言った。「ロードワークに伴走者がいるんだ。あんたじゃ願い下げだし、ハリーが暑さに耐えられるとも思えないんでね」

「おまえの仕事は能書きをたれることじゃないんだぜ、へぼボクサー」

「すばらしい。テイラーにちゃんと言い訳しといてくれよな。おれがさあやろうって気でいるときに、あんたがどんなふうにやる気をくじいてくれたかって」

「おれは言い訳なんかいっさいしない」ドイルはスーツの上着を脱ぎ、白いシャツ姿になった。四五口径のショルダー・ホルスターの革のストラップの周囲に汗のしみができていた。

けど、強引さは禁物だ。とジーンは思った。今はまだ。

ドイルが言った。「おれは向こうに行ってる」

ドイルがいなくなると、ジーンはビリーに何をしてほしいか告げた。

ビリーは黒い馬に馬勒《ばろく》をつけた。鞍を探そうとはしなかった。彼女がひらりと馬の背にまたがると、ワンピースの裾が膝の上までまくれあがり、脚がむき出しになった。黒い馬のわき腹に押しつけられた彼女の足は裸足だった。ハリーが水の入ったガラス瓶を、震えている馬の首の両脇に吊るした。ビリーが左右の踵で合図をすると、馬は彼女を乗せて納屋から出て行った。馬の背に沿って彼女の丸い尻がふたつに割れ、足並みに合わせてリズミカルに揺れた。降り注ぐ陽射しの中に出ると、ビリーは振り返り、ジーンに向かってうなずいた。

ジーンは走った。

納屋を出て、庭を突っ切り、砂利道を走った。荒い息をするたびに、口の中が土埃でいっぱいになった。石が足の裏を刺した。川の源流に沿って続く馬車道を彼は走った。四分の一マイル進むうちに、家は起伏の向こうに見えなくなっていった。彼のたくましい肩が、がっくりと落ちた。

ガラス瓶をがちゃがちゃ揺らしながら馬が重い足取りで追ってくる音が、背後から聞こえた。半マイル走ったところで、彼はふらふらになり、吐いた。もう少しで倒れそうになったが、気づくとビリーが地面に降りていて、彼の体を支えていた。ジーンは肩で息をしながら、空気を求めて喘いだ。まばゆいばかりの陽射しの中で、世界がぐるぐる回っていた。

ビリーが彼に水をかけ、うがいをさせ、水を飲ませた。

「続けられる?」

「やるしかない、そうだろ?」

ビリーの手が、汗まみれの彼の胸に触れた。どくどく音を立てる鼓動に、彼女の手がぴくっと動いた。「ありがとう」

「来週の末まで、一日十マイル走らないといけない」

ビリーが馬に戻ったのを見て、ジーンはよろよろとまえに進んだ。けれど三分ほど歩くと、くるりと向きを変えた。自分が走って家に戻る姿を胸に描いてみた。かつがれて戻る姿をドイルに見せたくはなかった。昼食はビリーに卵を四個使ったスクランブルエッグを作ってもらって食べた。

それから裏庭で、水をかけて体を洗ってもらった。彼が二階のベッドで寝ているあいだに、ビリーが彼のスーツケースから着替えを出し、次にキャンバス地のバッグから、まだ柔らかなリング用のシューズ、青いサテンのトランクス、血の染みついた黒いグローヴを出しておいてくれた。夕方になると、ジーンはビリーに足首を押さえてもらい、腹筋運動をした。九十七回目で横隔膜が引きつれ、彼女の手を払いのけて納屋の土間をのたうちまわった。サンドバッグとパンチングボールを相手に見立ててスパーリングをしたが、両方とも彼の負けだった。少しでも腕のリーチを伸ばすために、ビリーの見ているまえで天井のパイプに五分間ぶら下がった。最後に懸垂を一回しようとして失敗したが、彼女には気づかれなかった。トレーニングが終わると、また彼女に水をかけてもらった。夕食についての制約はなく、ジーンは出されたものを残らずたいらげた。牛乳は骨を丈夫にするが呼吸器にはよくないので、夜だけ飲むことになっている。二階にあがると、ジーンはパンツだけの姿でベッドに横たわった。精も根も尽き果てた彼の顔を、ビリーは塩水で拭いた。ドイルに街まで買いにいかせたピクルスの漬け汁だった。眼に少し入ったときは思わず叫んだが、彼女がすばやく手を伸ばして彼の口を覆ったため、くぐもった悲鳴が寝室の壁の外に漏れることはなかった。ビリーはジーンの両手を、別の塩水を入れたボウルにそっと入れた。掘削現場で働く男たちの肉体は鍛えられているが、それでも騙し騙ししなければいけなかった。ジーンの両手の無数の切り傷に塩水がしみた。彼は痛みにうんざりしてきた。

「彼は本気なのか？」とジーンは訊いた。「きみの弟だ。きみを……やつらの言いなりにさせるなんて……」

「もちろん、そんなこと望んでやしないわ。でも、あの子はもうすでに自分で自分が嫌でたまらないの。麻薬を打つたび、いつも自分にこう言いきかせてる。運命のせいだ、自分のせいじゃないんだって。そして今も運命をどうしようもできないでいる。でも、わたしたちがこの状況から抜け出せれば、そんな運命も変わるかもしれない」

「きみはどうなんだ？」

彼女は顔をそむけた。「母は死んだ。赤ちゃんも死んだ。わたしに残されたものは弟しかいない」

「きみがいるじゃないか」

「あなただけよ、そんなふうにわたしのことを気にかけてくれるのは」彼女は首を振った。「それに、やつらはハリーを殺そうとしてるだけじゃない。ハリーが自分の命などなんとも思ってないのを知ってるから、だからわたしのことも殺すつもりでいる。自分たちの言い分を世間に示すために。いずれにせよ、わたしたちふたりがまだ生きているってことは……わたしたちにわかってるのはそこまでよ」

ビリーはもう一度ジーンに顔を向けた。「わかるでしょ？……あなたがわたしに求めているものは全部、あなたにあげていいのよ」

「おれは誰にもきみを傷つけさせたくない。きみがずっと泣いて暮らさなきゃいけないような、そんな思いをさせたくないんだ」

ビリーは寝室を出て行った。ジーンは両手を塩水のボウルにつけたまま、考えた。もし家が火事になったら、ここがおれの死に場所になるな。寝室のドアが開き、ビリーが毛布と枕を手に戻ってきた。自分の寝床を床に整えると、彼女はジーンの両手をボウルから出し、毛布をかけてやった。そのときにはもうジーンはぐっすり寝入っていた。

　翌日は、さらにひどい状態だった。その翌日も同じだった。骨がずきずきと痛んだ。筋肉はゴムのようで、肺は焼けつくようだった。ウェイト・トレーニングの時間の半分は頭が朦朧としていたし、縄跳びはちゃんと跳ぼうとしても足を引っかけてばかりいた。朝になるとまっ先にパイプにぶら下がったが、つかまっていられずに床に落ちた。彼が体を曲げたりくねらせたりしてのたうちまわっているうちに、ビリーは馬に馬勒《ばろく》を置き、水を瓶に詰め、準備をする。そうしてジーンが大草原をよろよろと走るうしろからついていくのだった。サンドバッグ、パンチングボール、縄跳び、シャドーボクシング、そして夕食のまえにまたひとっ走り。夜は塩水に浸したスポンジでびしょ濡れになる。そんなふたりを、ドイルはいつも見張っていた。始終つきまとい、食事のときもジーンとビリーの向かい側に坐った。薬をやっていないときのハリーは、なんとか面白いことを言おうとして、どんな試合になるだろうかとか、ジーンのロードワークは自分たちに黄金の道を築いてくれるものだとか、天国へのハイウェイだとか、そんなことばかりを口にしていた。

　農場に来て五日目、テイラーが仕事を抜け出してやって来た。

「きみの対戦相手が決まった」と、ずんぐりとした体軀の銀行家は言った。「エリック・ハーモンという男だ。きみより二十ポンド体重があり、背も二インチ高い。おまけにハイスクールを出てまだ二年しかたっていない。グレート・フォールズで行なわれたゴールデン・グローヴの勝者だ。いかにも自信満々といった面構えをしている」

「そりゃそうだろうとも」とジーンは言った。

「そのとおり。きみが阻止しないかぎり、栄光はやつのものだからな」

　ラジオを置いて、テイラーは帰っていった。

その翌日のトレーニングは地獄だった。それは翌日も同じだった。夜になると、両手を塩水につけている彼のそばで、ビリーはシンクレア・ルイス（一八八五～一九五一年。米国の作家。ノーベル文学賞受賞）の本を読んで聞かせた。階下から、玄関の見張り番を務めるドイルが煙草を吸いながら聞くラジオの音楽が流れてきた。本ならジーンもちゃんと読めたが、ビリーの朗読する声には、思わず聞きほれてしまう魅力があった。ジーンが彼女自身のことをいろいろ訊くと、正直に答えてくれた。そんなふうに自分の身の上について心のままに話すのは、彼女にとっておそらく生まれてはじめてのことだったにちがいない。彼女の父親がどうやって母親を買ったのかということ。自分が白人でも、インディアンでも、権力者でも、尊敬される女性でもなく、どこの誰でもないといつもわかっているということ。本や映画やラジオから流れる歌に我を忘れているときだけ、あるいはさえぎるもののない大草原を時々馬で走っているときだけ、自由になれるということ。彼女の教えていることを理解した子どもの顔が輝くときだけ――それがピタゴラスの定理だろうと、ローマ帝国の栄光だろうと――現実を実感できるということ。父親ほど歳の離れた男に結婚を迫られたとき、相手が気の毒に思えて、防波堤くらいにはなってくれそうなところに賭けてみたということ。そうして赤ん坊のローラが生まれ、激しく魂を揺り動かされたということ。彼女の眼のまえで、その娘と夫が咳き込みながら死んでいったということ。

ジーンも彼女に訊かれるままに答えた。凄惨を極めたフランスのベローの森での戦いのあとイギリスに送られ、そこで軍曹からボクシングをするか戦地にいくかを選べと言われ、リングのほうがまともに思えたということ。そうしてスリッピング、ボビング、ウィービングといった防御テクニック、コンビネーション、カウンターといった攻撃テクニックに加えてタイミングを身につけたということ。

「で、わかったんだ。おれはいろんなことができる。でも、おれがほんとうにうまいのは、嘘じゃなくうまいのは、生まれついての特別な才能があるっていえるのは、ひとつだけだ。ボクシングだけだとね」

「そういうことに気がついて、しかもずっとそう思っていられるなんて、しあわせなことね」

「そう思ってくれるのかい？」

彼女はそれには答えずに、ベッド脇のカンテラを吹き消すと、床に横になった。

その翌朝、彼はすっきりと冴えた頭で走った。背後から、遅れないように速足でついてくる馬のひづめの音が響いてきた。いつもより丘を三つ多く越えて最長記録を作ると、一度も足を止めることなく農場に戻った。道中、ビリーにかけられた水は一瓶だけだった。ウェイトの重さを上げ、腹筋も数多くこなした。縄跳びのロープは鋭い音を立てて宙を舞った。それから練習用のグローヴをつけると、陽射しを浴びたサンドバッグにすべるように向かった。踵は一度も下ろさなかった。心地よい風のリズムを感じながら、フェイントをかけた。ひとつ、もうひとつ――

サンドバッグに右のジャブを送り込むと、納屋の梁から埃が落ちてきた。バシッ。鋭い音に、仕切りの向こうの馬が跳びあがった。

ジーンはビリーを振り返り、笑った。彼女が微笑み返そうとしているのがわかった。それはちょっとした出来事だった。それだけで充分といってよかった。三十分も彼のパンチの洗礼を受けて、サンドバッグは悲鳴をあげた。ジーンは今度はパンチングボールを機関銃のように乱打した。様子を見にやってきたドイルの顔から含み笑いが消えた。庭ではハリーが鶏のように甲高い声で叫びながら、跳ねまわっていた。だから言っただろ！　だから言っただろ！

ジーンはボクサーの息づかいになっていた。

その夜、ビリーはベッド脇のテーブルに置かれたカンテラを吹き消した。が、床に横になろうとはしないで、そこに突っ立ったままベッドの彼を見つめた。開いた窓から、月の光が差し込んでいた。彼女の髪と白いナイトシャツが風にそよいだ。

「嘘をついたわね」

「おれは絶対に嘘はつかない」

「あなたがほんとうに得意なのは、ひとつしかない、ボクシングだけだって言ったわね？　でも、ほかにもまだ、世界の誰もあなたにかなわないことがある。自分のすべてを危険にさらしてまで、わたしを救おうとしていることよ。誰もあなたみたいにはやれない。第一、そんなことをしてくれようなんて人はいないに決まってるけど」

影に覆われた部屋の中で、彼女の眼がきらめき、月の光にベッドが浮かび上がった。

「わたしたち、生きてここから出られると思う？」彼女はささやくように言った。

「あるいは、生きて出ようとして殺されてしまうか」

けれど、彼女は笑わなかった。「生きるにしても死ぬにしても、一度だけ、ひとつだけ、自分で選びたいことがある」

「それはおれがきみに代わって選びたいことでもある」

ビリーはナイトシャツを頭の上まで引っぱりあげ、脱いだ。白い雲がひらひら飛んでいくように見えた。銀色の月の光を浴びて、彼女の素肌が輝いた。ベッドを軋ませながらビリーは膝をつき、彼の隣に身を横たえた。してはいけないことをしようとしているのではないか、ジーンはこれほど不安に駆られたことはなかった。そんな彼の右手を取って、ビリーが自分の胸に押し当てた。彼女の丸く、温かく、張りつめた肉体が、彼の手からあふれそうだった。自分と同じくらい彼女の鼓動も激しいのを感じていると、ビリーが言った。「わたしにできることは、なんでもしてあげる」

「でも、ほんとうにいいのか？」と彼はささやいた。

ランニングでもしているように、ビリーの呼吸が早く、浅くなった。その長い脚が彼の脚に重ねられ、ジーンは体を引いた。彼女の顔が遠くなった。彼女は唇を開いたが、彼が体を離したままで近づこうとしないのを知ると、ささやいた。いいのよ！　もう一度ささやいた。いいのよ！今度ははっきりと言った。いいのよ！　そうして脚を彼の太腿まですべらせた。ジーンはキスを始めた。

朝になってジーンは、自分がもはや後戻りできない状況にいるのを感じた。渇望と意志の力とがせめぎ合う、ナイフで引かれた境界線に彼はいた。心の眼が冴え、背骨が鋼鉄へと変わる危険な地点に彼はいた。もはや歩くこともなければ、走ることもない。彼は雷雲のような脚と稲光の腕を持つ突風になる。頭蓋骨に死の笑みを浮かべ、口は、コーヒーと金属と塩辛さの入り混じった血の味を求める。その血が誰のものだろうと。ジーンはビリーのにおいを体に残したまま、十マイルの道をむさぼるように走った。馬の背で彼女の尻が上下に揺れていた。ビリーがそばにいなくても、彼女の視線を感じてシャドーボクシングをした。お気に入りのスタッカートのリズムに乗り、素手でパンチを三連打。サンドバッグをやっつけると、くるりと向きを変え、同じリズムでパンチングボールを歌わせ、飛んでいるアブを右から繰り出したジャブで殺した。そこが干草のにおう、埃っぽく、蒸し風呂のような納屋だったとしても、その瞬間、彼は確かに不滅の四角いリングのマットに立っていた。痛みは消し飛んでいた。彼はボクサーだった。

「支度をしろ」とドイルが言った。「これからみんなで街に繰り出す。田舎者どもにおれたちが本気だって見せてやるんだ」

ドイルの運転で車は出発した。ジーンは助手席に坐らされ、後部座席にはビリーと、薬でハイになったハリーが並んで坐った。ビリーはあの青いワンピースを着ていた。

試合の正式な発表はまだだというのに、シェルビーは人でにぎわっていた。ジーンは自分がミツバチの巣の中にいるような気がした。無数のハチの羽ばたきが作り出す熱気で、巣はどんどん膨張していくようだった。街のはずれに、爪楊枝を組み立てたような八角形の骨組みが見える。試合のために急ごしらえ中の、四万人を収容できる木造のアリーナだった。アリーナの用地前を通る線路の向かい側には、作業員たちのねぐらであるテント小屋が並んでいた。大量にかき集められた作業員たちのために、街には六つのダンスホールがあった。メイン・ストリートは車が渋滞していた。ジーンたちの車は指差され、じろじろ見られた。映画館のまえにいた男どもは、ジーンたちの駐車スペースを確保するために車の流れをさえぎり、ドイルに車を入れるよう手で合図した。車から降りると、四方八方から手が伸びてきて、ジーンに握手を求めたり、彼の背中や肩にさわったりしようとした。ボクサーとそのトレーナーのうしろからラースン姉弟があらわれると、野次馬は彼らをじろじろと見た。地元では珍しくもない混血の彼ら姉弟までもが、なぜだかこの場では尊敬の眼で見られた。ボクシングのファンは、試合が待ち遠しくてたまらないといった笑みを見せた。油田労働者の金髪の娘は、ジーンが思わず振り返らずにはいられないほど、サファイア色の眼で彼をじっと見つめていた。

ジーンたちの先頭に、ハリーが飛び出した。「通してくれ！　ジーンを通してくれ！」四人は床屋に入った。散髪の途中だった先客が、白い覆いをつけたままさっと椅子からおりた。床屋のたっての願いを聞いてその栄えある椅子に坐ってやれ、とドイルがジーンをうながした。

床屋が言った。「あんたらふたりは、ただでいい。店のおごりだ」

「ふたりって？」とジーンは訊いた。

奥の部屋のカーテンが開き、筋骨たくましい大男があらわれた。彼のシャツの袖は、筋肉で盛り上がっていた。エリック・ハーモンは言った。「おれとあんたってことだよ」

善良で誠実な本来のジーンは、こう言いたかった。エリック、あんたのほうが先客なんだから、先にやってくれ。けれど、ボクサーである彼は、にやりと笑って椅子にふんぞり返り、床屋のはさみを待った。

「長くはかからない。終わったら、あんたがやってくれ」と彼は言った。

「言われなくてもわかってるさ」

エリックはじっと壁にもたれ、はさみの音だけが店内に響いた。ドイルは椅子に腰をおろすと、ビリーとハリーにも坐るように椅子を顎で示した。居合わせたほかのふたりの客は、雑誌を読んでいるふりをしていた。窓の外は黒山の人だかりだった。身動きもままならない状態だというのに、みなできるだけ首をのばして少しでも店内をのぞこうとしていた。

「どうだい？」鏡を見せるためにジーンの椅子を回転させ、床屋は小声で尋ねた。

「結構だ」とジーンは言った。「男ぶりがあがったんじゃないか？」

わかってくれ、ビリー。本気で言ってるんじゃないんだ！

「あんたがいい男だなんて、知らなかったよ」とエリックが言った。

「おれはあんたのことなんて、ちらりとも考えたことがなかった」ジーンは椅子からおりると、床屋に二十五セントを渡して言った。「いい腕してるじゃないか。ここにいて、仕事ぶりを見物するとしよう」

エリックは首を振り、椅子に坐った。白い覆いがかけられた。床屋の手が震えていることに、ジーンは気づいた。

「気をつけろよ、ピート。そいつを傷つけないでやってくれ。血を流すにはまだ早すぎるからな」

「なんだったら、カミソリを使ってもいいんだぜ」とエリックが言った。「おれの血は簡単には流れないんだ」

「そのうちわかるさ」と言ってジーンは、部屋の反対側を見た。「店のラジオをつけてもいいかい？」

床屋は返事もせず、一心不乱にエリックの髪を刈っている。ジーンはラジオに近づき、チャンネルを回した。ホットなニューヨークのジャズが流れてくると、ヴォリュームを上げ、言った。

「トイレを借りるぜ。ちょっと失礼する」

カーテンをくぐると、洗面台とトイレがあった。カーテンの向こうでは、ラジオから流れるジャズが鳴り響いている。トイレ内の音は誰にも聞こえそうになかった。蛇口をひねって水を出していると、背後のカーテンがさっと開き、閉じられる音がした。ジーンは振り返らなかった。

「連中はショーを楽しんでくれたと思うかい、エリック？」棚からタオルを取ると、手を拭きながら振り返り、ジーンは言った。歳下のボクサーがじっと彼を見ていた。身長の差は少なくとも二インチ、体重の差は少なくとも二十ポンド。

「おれにとってはショーなんかじゃない」とエリックは言った。「あんたとは今日が初対面だ。面と向かってはな。けど、あんたのことは知ってるし、街で見かけたこともある。あんたのことはまえから少々買ってもいた。だから言っとくが、おれは個人的なレベルで戦うつもりはないぞ」

「ほう、いっぱしの口を利くじゃないか」

「こいつは誰が勝つかって話だ。誰がチャンピオンになるかって話だ。そして、それはおれだ。正々堂々と戦って、あんたをぶちのめしてやる」

「エリック、力むなって──」

「カリフォルニアでのことは昔の話だ。窓の外にいる連中はそうは思ってないだろうが、けど、おれたちのようにリングにのぼらなきゃならない野郎どもにとっちゃ、はるか昔々のできごとだ。あんたがやったことについては、なんとも思っちゃいない。あんたとその相手のことは気の毒だと思うがね」

「おれはやつをノックダウンさせただけだ」

「おれと戦うときは、それ以上の覚悟でぶつかってこいよ。おれはこの試合に賭けてる。おれが大物だってことをわからせてやる」

「そうはさせない」

「いや、そうなる。まあいいから見てろよ」

そう言ってエリックは手を突き出した。ふたりは握手をした。ジーンの指を押しつぶさないようにエリックが力を加減しているのがわかり、不意にジーンは彼のことを大好きになった。

「力いっぱいかかってこいよ」とエリックは言った。「簡単に勝ったら面白くないからな」

ジーンはなんと言ったらよいかわからなかった。無言でエリックを見送った。そうしてエリックが店を出た頃を見計らって、カーテンを開けた。ジョン・オーティス保安官が店にいた。

「どうやら急いで駆けつける必要はなかったようだな」テキサス・ジョンはそう言うと、ジーンからビリー、震えているハリー、そしてドイルへと順繰りに視線を移していった。「とはいえ、私を必要とするトラブルがまったくないとも思えないんだがね」

「そりゃ、なかったとは言えないかもしれないけど」と床屋が言った。「でも、なんで──」

「〝かもしれない〟なんてことに関する法律などない。このふたつのよく見える眼に映るもの、そのために私の法律はある」そのふたつのよく見える眼は、じっとドイルに注がれた。「もっとも、私の眼にくそ野郎と映ったからといって、それだけで罰するわけにはいかないが。だが、そいつがまちがったことをしでかしたときは、この手で引導を渡してやる」

「映画スターにでもなったつもりかい？」とドイルは言った。「この現実の世界にはお呼びじゃないようだぜ」

テキサス・ジョンは両腕を広げて笑った。偶然にもスーツの上着がめくれ、ジーンは保安官の腰のホルスターに眼がいった。そこには保安官がテキサス・レンジャー（一八三五年に組織されたテキサス州の騎馬警備隊）時代から愛用しているコルト・ピースメーカーがおさまっていた。右の脇の下からは、モーゼルの木の銃床がのぞいていた。千ヤードの射程を誇るその狙撃銃は、保安官の左肩から吊るされていた。

「ここは現実の世界じゃない。シェルビーだ」

「勝手に想像するがいいさ」とドイルは言った。

「その必要はない。私はここにこうしている。保安官事務所には、電話でもなんでもそろってるからな。で、方々に電話してこう言った。ビュートのナンバー・プレートの車に乗って、ボクシングのマネジャーだと吹いてる巻き毛の気障《きざ》な野郎がいるんだが、とな。電話を受けた連中は、おまえがどうやってまっとうな試合に首を突っ込むことができたのか、不思議がってたよ」

「運がよかったんだろうよ、たぶん」

そう言ってドイルはさらに続けた。「運なんて、あっという間にどこかに消えちまうからな。だからいつも近くで見張っといたほうがいいぜ。おれはそうするがね」

保安官はジーンに言った。「まともな連中と付き合えよ。ここはおまえの故郷なんだから」

それから黒いカウボーイブーツでどすどすと店を揺らして、メイン・ストリートに出ていった。

「牧場に帰るぞ」とドイルが言った。

やれやれ、ありがたい。ジーンは胸につぶやいた。毎日のロードワークで、日に日に彼の体は鋼鉄の虎のようにたくましくなっていった。夜は毎晩ビリーと寝た。睡眠よりもビリーを求める気持ちが、日に日に高まっていった。そんな彼に、ビリーは自分にできることはなんでもしてやっていた。彼女もジーンと同じように相手を質問攻めにして、その答えを待った。

「ボクシングがうまくなろうと思ったら、何が一番たいへん？」

「クラウチングで構えてる相手に向かっていくことだ。一発見舞えるか、逆にやられちまうか。恐怖なんてもんじゃない。口はからからに渇いて、胃はひっくり返りそうになる。リングの反対側を見ると、相手が冷たい眼でこっちを見返してる。自分がびびってることを気づかれなきゃいいが、そう思ってると、相手もびびってるのがわかる。しかも目茶苦茶に。なのに、ちくしょう、決まってゴングが鳴りやがる」

ジーンは彼女に話して聞かせた。ガードを下げないでいることがいかに難しいか。お気に入りのコンビネーションは稲妻のような左・左・右だということ。左のジャブを送り込んだあとは、腕をすばやく、まっすぐ眼の高さまで戻さなくてはいけないということ。二度目の左を打ったあとは、左足を四インチ左に動かすと、肩がまっすぐになって右からのジャブの威力が増すということ。アッパーカットは足を内側にしぼりやすく、パンチにひねりを加えやすいということ。フックを覚えるには何カ月もかかった――肘を上げたままですばやく腕を振りぬき、すばやく腕を閉じることができるまで、数え切れないほど素手で練習した。わずか十八インチの輪を描けるように――これが二フィート離れてしまうと、洒落《しゃれ》にもならないただのなまくらパンチで、なんの威力もないどころか、逆に相手の弾丸のようなパンチをかわせただけでラッキーだった、という思いしか残らないということ。

「でも、ボクシングが得意だということのほかに、ボクシングのどんなところが好きなの？」

彼は翌日ずっと、その答えを考えていた。その夜、暗闇の中でふたりは二本のスプーンのように横たわっていた。ジーンの鼻を、彼女の髪のにおいがかすめた。胸には、彼女の裸の背中がぴたりと押しつけられていた。星の見えるベッドの白いシーツの上に、ふたりだけだった。

「リングでは」と彼はささやいた。「そこで起きてることが現実なんだ。真実なんだ。フェイントも、フェイクも、いかさまも。自分の持てる力すべてを出し切って戦うたびに、気づかされる。リングには、まだまだ自分の知らないことがあったんだと。知らないうちに空からチェーンが降ってきて、首吊りにされ、地面に叩きおとされるなんてこともない。自分の持ち馬を撃ち殺す必要もない。自分がまさに誰なのか、どこにいるのか、わかる。それが試合だ。ボクサーなんだ」

ビリーは何も言わなかった。

しばらくして、彼に言った。「わたしにとっては、ここにこうしてあなたといることが、あなたという人間を知る一番の近道なのよ」

さらに続けた。「あなたは言ったわね。あなたにできる特別なことはボクシングだけだって。わたしにできる特別なことは、あなたにわたしを愛してもらうことだけよ」

ビリーは体をまるめ、彼から上半身を離すと同時に下半身を近づけた。彼のキスを逃れて頭を遠ざけながら丸い尻を突き出し、彼の下半身にこすりつけるようにして押しつけてきた。ジーンは彼女のなすがままにさせていた。

試合の九日前の夜、いきなり寝室のドアが開いた。廊下の明かりを背に、ドイルが部屋の入口に立っていた。ビリーはさっとシーツをつかんで自分の体を隠し、ジーンは静かに片足を床におろした。

「起きて服を着ろ、へぼボクサー。車を運転するんだ」

「運転手はおれの仕事じゃない」

「ヤク中が使い物にならないんで、おまえか女しかいないんだ。女に運転させるとなると、おまえのとこに戻るのはちっとばかし遅くなるだろうな。おれは別にかまわんが」

ジーンはドイルを連れて、牧場を出た。時間を見ると、午前零時だった。

「女はボクサーをだめにするって言うじゃないか」とドイルが言った。「脚力が弱くなるし、肺活量も落ちるってな」

「それを確かめたかったら、スパーリングのパートナーをつけるしかない。なんなら、あんたが立候補してくれてもいいんだぜ」

「おれに相手になれって言うんだな、パンチ・ドランカーさんよ?」

「おれはただ、自分がやると約束した仕事をしてるだけだ」

「そうとも言えないな。今夜は運転手をしてるじゃないか。おれに命じられて」

ドイルの指示にしたがって、ジーンは裏道を通ってシェルビーに入った。フロント・ストリートのもぐり酒場から、音楽が流れていた。ドイルは狭い坂道に車を停めさせた。道の下には、吊りランプに照らされたテイラーの銀行の裏口があった。「ライトを消して、エンジンを切っておけ。けど、手はスターターにかけておけよ」

「誰かと会うのか?」

「そういうことは、おれがしゃべっていいと言うまで訊くな」ドイルは体をかがめて台所用のマッチをすると、その明かりで自分の時計を見た。零時五十分。時間を確かめると、マッチの青い火を吹き消した。真っ暗な車内に、硫黄くさい煙が流れた。ドイルはゆっくりと助手席のドアを開けると、スーツの上着をはためかせて、すっぱいにおいを追い出した。

「おれが走って戻ってきたら、エンジンをかけろ。ライトは消したままでいろよ」そう言って近くの倉庫にそっと近づき、道の下から見えないように陰に身をひそめると、ドイルは立ったまま身じろぎもしなかった。

ジーンは三分きざみで時間を数えた。そうやって第六ラウンドまで数えたとき、坂道のはるか下に大柄な男の影が見えた。その男は、メイン・ストリート沿いのビルとビルのあいだの小路を坂道に向かって歩いている。小路から男が出てきた。オーティス保安官だった。

保安官のいる場所からは、ジーンの乗っている車はありふれた道端の風景のひとつでしかないだろう。油田を掘削したり、東部からの貸し切り列車を通す線路を作ったりするために押し寄せてきた連中の乗り回している、新型の車のひとつでしかない。たとえ、元テキサス・レンジャーの眼にとまったとしても、エンジンは切ってあるし、ドアも閉まっている。ドイルの姿は闇に覆い隠されている。オーティス保安官はビルののっぺりとしたセメントの壁沿いに歩くと、銀行の裏口に近づいた。吊り下げられたランプの明かりが、彼の姿を照らした。保安官は利き腕の手でドアノブを回し、きちんと錠がおりているか確かめた。

ドイルの押し殺した声が、かろうじてジーンの耳に届いた。「エンジンをかけろ！」

闇に包まれたドイルの片手がスーツの上着から離れ、保安官に向かってさっと一直線に動いた。

銃が火を吹き、轟音と同時に血しぶきがあがった。ドアノブの下のセメントの壁が血で汚れた。保安官の体は宙に飛び、坂道に叩きつけられた。

ドイルが車に飛び乗った。ジーンは猛スピードで車を南に走らせ、裏道に向かった。

「あのくそ野郎を狙いどおりに仕留めてやったぞ！」ドイルが叫んだ。

「卑怯じゃないか！」

「卑怯かどうかは、自分がどっちの人間かによる。銃をぶっぱなすほうか、ぶっぱなされるほうか。ひとつ言っとくが、おれは銃弾をあいつの汚れた心臓にぶち込むことだってできたんだぜ。けど、そうしなかった。だからあいつはこの先足を引きずりながら、地元のヒーローを演じなきゃならなくなったというわけだ」

「なんで手心を加えたんだ？」

「保安官が死んだとあっては、外野がうるさいからな。足を引きずるくらいだと、物笑いの種ですむ」

「保安官が失血死しないことを祈るよ」

車は道路のこぶに乗り上げた。

ドイルが言った。「祈るのは勝手だが、そのツケはおまえに回ってくるんだぞ」

それから三日経ち、試合の六日前の夜。テイラーが車でやって来て、ドイルに言った。「すばらしい。市のお偉方どもは、地元の男に保安官のバッジを渡したぞ。オーティスは東のはずれの自宅に待機となり、ポーチに坐って、列車が行ったり来たりするのを眺めては、悪態をついてる。セメントで固められた脚の膝に銃を置いてな。なぜだか街の連中のあいだでは、テキサス訛りのふたりの男のことが噂になってる。そいつらは、どこからともなくあらわれ、どこかに消えてしまったという話だ。まるで最初からこの世にいなかったみたいに。だが、やつらがやったにちがいないともっぱらの噂だ。男の過去の亡霊がよみがえり、そいつにとり憑く。よくある話じゃないか」

「保安官はまた歩けるようになるのか？」とジーンは訊いた。

「そんなこと誰が気にする？」とドイルが言った。「法の番犬もおしまいさ。見えもしないものを見えたふりをしたり、泥棒でもないやつを追いかけたりすることも、もうできなくなるんだ」

「追いかけると言えば、きみは試合のあと逃げなくてはいけないぞ」とテイラーがジーンに言った。「てんやわんやの騒ぎとなり、関係者はものをまともに考えるどころじゃなくなるだろう。しかし、連中も馬鹿じゃない。事件をオーティスに知らせるはずだ。そうなったらきみの関与もばれてしまう。なにしろ、やっこさんはドイルの尻尾をすでにつかんでいるんだからな。だが、ドイルの射撃のおかげで、少なくとも半日は時間稼ぎができるというわけだ。

強盗が発覚したら、最初に捜索されるのはここだ。ドイルがメキシコの地図を燃やし、それをゴミの灰にまぜておくことになっている。だが、きみが向かうのは東だ。我々が最初に会ったあの農場に行くんだ。そこで現金を山分けする。私の取り分は、居間の床下の金庫に隠しておいてくれ。ハリー、おまえは借金を清算した分を置いておくんだぞ。何か金が要ることがあったら、ドイルからもらってくれ。農場にはカミソリと毛染めを置いておく。カミソリはきみの口髭を剃るためだ、ジーン。試合で怪我をしたときのために、腕を吊るす三角巾と、農場で事故に遭ったという医師の診断書も用意しておこう。だが、診断書を使うのは必要なときだけにしろよ。さっぱりと髭を落とし、髪を染めるんだ。ビリーはそのままでもまともに見えるだろう。逃走用の車を車庫に置いてある。プレートは、カナダのアルバータ州のものだ。ハリーが密売人用の抜け道を知っているから、それを使ってカナダに向かえ。夕刊が出る頃には、きみたち四人はアデンの小さな駅に着いているだろう。そこでドイルから切符をもらい、バンクーバー行きの列車に乗れ。きみたちはルイス・デューマス夫妻として列車に乗るんだ。ドイルはニューヨークに向かうそうだ。誰もが大物になれる街に。ハリー、おまえはドイルが成功への階段を登っていく手助けをしてやってもいい。それとも、途中でドイルに愛想をつかされるか。まあ、どっちにしろ自分でどうするか決めるんだな」

「あんたはどうするんだ?」とジーンは訊いた。

「私はシェルビーに残り、これまでのように友人や地元の連中の頭にあることとないこと吹き込んでやるさ。そして一年経ったら、条件のいい職場に移るために、後ろ髪を引かれつつこのパラダイスをあとにする、というわけだ。さらにその半年後、姿を消し、自由の身となる」

「おれたちが金を横取りしないってどうして思う?」とジーンは言った。「そうなっても、あんたは警察に駆け込めないだろうが」

「私の保険代理人どもから逃げまわる危険を冒すほど、きみらも馬鹿ではないだろう。そうでなくとも法から逃げなきゃいけないのだから」と言ってテイラーはにやりと笑った。「おまけに、きみとラースン姉弟は基本的には正直な人間だ。銀行家というのは、そういうことを瞬時に見分けられるものなのだよ」

その夜、月の光に照らされてビリーはそっとジーンの胸にもたれ、ささやいた。「ドイルはテイラーを裏切る気かしら?」

「計画が順調に進んでいるかぎりは、そんな気を起こさないだろう。ふたりとも抜け目のなさは超一流だからな。裏切るには相手が悪い」

「わたしたちのことは? 裏切る気かしら?」ビリーは小声で言った。

「ああ」ジーンは胸いっぱいに息を吸い、それを吐き出した。「それについてはなんとも言えないな、おれたちのことは」

七月一日。その日は、木陰でも気温は三十三度に達した。ドイルはどこかに出かけ、ハリーは麻薬でハイになっていた。午前中のロードワークとトレーニングを終えると、ジーンはベッドの上でビリーに筋肉を伸ばしてもらい、次に全身をマッサージしてもらった。それが終わると、彼女はジーンの隣に横たわった。いつもの朝と同じように。そのままふたりで昼寝をした。時計に起こされるまえに、何かの気配を感じてジーンは眼を覚ました。溶解したホワイトゴールドのように、窓がぎらぎらまぶしかった。ジーンは眼を覆うと、風に揺れるカーテンまでよろよろと近づいた。

表を見ると、納屋のそばにドイルがいた。彼がフォードのトランクを閉め、シャベルを担いで納屋に入るのを見て、午前中ずっとシャベルが納屋になかったことにジーンは気づいた。

その夜、ジーンはビリーに言った。「明日、ドイルを街に連れ出してくれないか。ハリーも一緒だったらもっと都合がいいが、とにかくドイルをここから引き離してほしいんだ。少なくとも半日は留守にしてくれ。買出しがあるとかなんとか、理由は適当につければいい。やつをおれから遠ざけてほしいんだ」暗闇の中で、ビリーがうなずいた。

忍び寄る恐怖にとらわれている自分たちを、ジーンは憎んだ。

その翌日。試合を二日先にひかえた七月二日。ビリーが車でシェルビーに向かうのを、ジーンは見ていた。同行者はドイルひとりきりだった。

ジーンが納屋に急ぐと、ハリーはストゥールにうずくまるようにして坐っていた。シャツを袖口のボタンまできっちりととめて着て、肥料臭い蒸し風呂の中でじっとしていた。顔を這う蠅を払おうともせず、しまりのない口元に笑みを浮かべ、なんとか眼を開けようとしていた。ジーンは言った。「いったいどういう男なんだ、あんたは?」

「麻薬でいかれた男だよ」

「そんな状態でも、姉さんのためなら、嘘をついてそれを押しとおすくらいのことはできるだろう?」

ハリーは、証人である亡霊をじっとにらみつけた。唇を舐め、ジーンに言った。「おれは、口から先に生まれてきたような男だけど、自分じゃほんとうのことしか言ってないつもりだぜ。嘘は嘘を助けるって、そう信じてるからな。

今日まで生きてきて、あんたみたいなこと言われたのは、はじめてだ。いつもおれがしてることをしろって言われたのは。しかも、しくじることも許されないとはね」

ビリーのようにうまくできっこないさ。ジーンは胸につぶやくと、黒い馬に鞍を置き、ハリーに指示をした。「もしドイルがおれより早く戻ってきたら、こう言ってくれ。おれが苛々を静めるために馬で出かけた、とな。嘘で嘘を助けるんだ。おれの帰りのほうが早かったら、この馬を仕切りに戻すのを手伝ってくれ。馬がずっとそこにいたようにしとかないといけない」

納屋の戸にだらしなくもたれたハリーに見送られ、ジーンは振り向きもせずに全速力で馬を走らせた。

ビリーの話していたピタゴラスの定理を思い出し、道のりを考えてみた。シェルビーの南にある牧場から東にある農場まで、直線距離で十四マイルはないだろう。しかしそれは片道の距離だ。それに有刺鉄線で囲われた起伏の多い草原や農地を突っ切っていくあいだに、誰かに出くわさないともかぎらない。

誰かに。だが、それはドイルではない。彼は今頃忙しくしているはずだ。街で。ビリーと。

ジーンは馬の横腹を蹴った。無駄じゃない。おれが今こうしてやってることは無駄じゃないんだ。

青い地平線の彼方に、スウィートグラス丘陵の藍色に煙る三つの尾根が浮かび上がった。緑色から金色に変わりつつある小麦畑を、ジーンは駆け抜けた。気温は三十五度まで達していた。早い取り入れをするには、この焼けつくような暑さはこたえるだろう。馬は汗でびっしょりだった。ドイルは人の体にしみついた馬のにおいを嗅ぎわけられるだろうか？　ビリーと一緒に戻ってきたときに。ジーンがまず最初の有刺鉄線の囲いを切るのを、鷹が円を描きながら見ていた。これじゃまるで時代が逆もどりしたみたいだ。そう思いながら、ジーンはカッターで切った囲いを走り抜けていった。昔はどんな感じだったのだろう？　ここが馬の腹の高さほどもある牧草地だった頃は？　開拓農民に切り開かれるまえ、ボストンの小僧どもの腹を満たしてやるための小麦や低木がなかった頃は？　ビリーの先祖たちにとってはどんな感じだったのだろう？　この果てしのない大草原を一億頭ものバッファローを従えて疾走するというのは？　そんなことを考えながら、ジーンは馬の横腹を蹴った。

目指す農場が見えてきた。ここまでは誰とも出くわさなかったが、前方にフッター派（農業に従事して財産共有の生活を営む再洗礼派）の家族を乗せた一台の馬車が走っていた。その宗派特有の変わった黒いズボンに手製の格子縞のシャツを着て、不器量な顔立ちをしたその家族は、馬で疾走していく男とすれちがってもなんの関心も示さなかった。ジーンは馬車が完全に見えなくなるのを待たずに、囲いを切った。たとえ目撃されたところで、彼らの共同体の部外者にこのことが口外される心配はなかった。自分たちの神が創ったコミュニティの外の世界は、彼らにとっては存在しないも同じなのだから。

馬の背に揺られたまま、ジーンは十分近く農家の母屋を観察した。何かが動いている気配はなかった。馬を前進させた。

「誰かいますか？」と声をかけた。返事はなかった。車庫の窓のまえで手綱を引いて馬を止めた。窓から中をのぞいた。埃っぽい陽射しの中に、アルバータ州のプレートをつけたクーペが見えた。座席はふたつしかなかった。

家の周りを一周すると、ウーンの牧場にはなかったものを発見した。納屋のうしろに、まだ掘ったばかりの穴がひとつ開いていた。幅六フィート、深さ四フィート。大きく口を開けた奈落の横に、掘り起こした土が山になっていた。

運がいいやつってのは、おれみたいな男のことを言うんだよ。こんなものを発見できるチャンスなんて、そうそうないだろうさ。

ドイル、あんたも不精な男だな。このコヨーテの国で四フィートの穴じゃ人ひとり分にもならないってのに。

馬にまたがったまま、肘で納屋の戸を押しあけた。生石灰《せいせっかい》の袋が三つ、転がっていた。

戸を閉めると手綱をぐいと引き、口から泡を吹いている馬を蹴って引き返した。

牧場の一マイル手前に横たわる小渓谷まで来た。ふらついている馬の背から尾根越しにハイウェイを見た。車が二台、ハイウェイを下りて牧場に向かっていった。

「走れ！」ジーンは、疲れ果てた黒い馬を踵で蹴った。牧場を取り囲む岩だらけの小渓谷を、馬はつまずきながら走った。ジーンが身をかがめ、馬の頭も低くして走っていれば、車の中の人間に気づかれる心配はまずないだろう。が、危険を承知でヨモギの生い茂る尾根からちらりとのぞいた。ドイルのフォードとテイラーのキャディラックが見えた。牧場の手前まで近づいていた。

ハリーが納屋から飛び出し、車の行く手にふらふらと躍り出た。二台の車は停止した。停まらないわけにはいかなかった。ハリーが怪物でも見たかのように、両腕を振ってわめいていたからだ。

「行け！」ジーンは小渓谷を走りぬけて牧場の裏に回ると、岩陰から出て納屋に飛び込んだ。車のエンジン音が近づいてきた。白い泡を吹いている馬に乗ったまま仕切りの中に入ると、鞍をはじき落とし、息の荒い馬の口から歯を引っこ抜くような勢いで馬勒《ばろく》をはぎ取って仕切りの床に落とした。車のエンジン音が止まった。ジーンは大急ぎで、燦々《さんさん》と陽射しが降り注ぐ納屋の戸口に向かった――

表に出て、二台の車に駆け寄った。ドイルもテイラーも車から降りていた。麻薬で恍惚となったハリーも、そしてビリーも車の外にいた。ジーンは大声で言った。「いったいどこに行ってたんだ！」

「街よ！」ビリーが声を張り上げた。彼女の顔は、真実を語っていた。

ジーンはテイラーに向き直った。「いったいなんであんたがここにいるんだ？」

「市の用事で来たんだよ。試合のことをきみに説明するために」と言ってテイラーはにやりと笑った。「そして、我々の計画についても。なんだ、汗びっしょりじゃないか。トレーニングに励んでいたようだな。結構、結構。だが、休憩といこう。表は暑い。中に入ろう」

ジーンは急いで言った。「納屋か？」

「私は家畜じゃない」テイラーは先頭に立って母屋に入っていった。

居間に腰を落ちつけると、ジーンはテイラーに言った。

「試合はほんとうにあるのか？　東部からの貸し切り列車は全部キャンセルされたってラジオで言ってたぞ。試合はなし、金もなし、いったい何を盗めっていうんだ？　デンプシーのマネジャーのジャック・カーンズの話だと――」

テイラーはつかつかと部屋を横切ると、椅子に坐っているジーンに向かって声を荒げた。「試合はちゃんとある！　馬鹿なことを言うな！　試合はちゃんと行なわれるし、私は……私は……」

「心配でいても立ってもいられないってか。実際の後援者のひとりとすれば、無理もないだろうが」

「人のことなど、どうでもいい！」テイラーの手は震えていた。「十五ラウンド戦ってなおかつ使い物になるか、自分の心配をしろ！　カーンズのこともどうでもいい！　試合はちゃんとある！　カーンズたちはちょうど今頃、銀行で着手金を受け取っているころだ！　客は来る、チケット代を持って！　貸し切り列車も来る！　五十ドルのリングサイド目指してセント・ポールやシカゴから超特急で！　我々がいただく金を運んでくるんだ！　誰にも私たちの邪魔はさせない！」

ジーンは肩をすくめた。「ボスは、あんただ」

体を震わせているテイラーを、ドイルがじっと見ていた。その視線にジーンは気づいた。

「ああ、そうだ」とテイラーが言った。「私がボスだ。それに計画は、こうやってちゃんと進んでいる。

木造のアリーナには、お粗末な控え室が四つあり、各ボクサーに一部屋あてがわれる。それと別に、入場料の全額を保管しておく事務室がひとつある。総入場料の九割が、デンプシー戦の六ラウンド目までに入ってくる見込みだそうだ。それを銀行に運ぶために、七ラウンド目に警官隊が派遣されることになっている。デンプシーはカーンズから、なるべく試合を長引かせろと指示されるはずだ。入場料の元は取ったと客が思えるくらいには。デンプシーからすればギボンズなど格下の相手だ、それはみんなわかっている。だから、一ラウンド目から、客の眼はリングに釘付けになるにちがいない。電光石火のノックアウトを期待して。控え室や事務室に通じる楽屋口には警備員が配置される。だが、そこから先に立ち入りが許されるのは、ボクサーにトレーナー、会計係の者が数名——そして金だけだ。

　エリックに十五ラウンドまでちゃんと戦わせるんだぞ。そうすれば、デンプシーの試合が始まったときにまだ中にいても怪しまれないですむからな。着替えはすばやくしろ。覆面用の枕カバーと手袋を忘れるんじゃないぞ。第一ラウンド開始のゴングが鳴ったとたん、会場はやんやの大喝采となるから、その隙にきみたち三人は事務室に急ぎ、押し入り、会計係を縛り、金をひったくり、アリーナをあとにする。ダッフルバッグに金も詰めて。そして表で待機しているビリーの車に乗る。まだ警官隊が銀行にいる第五ラウンドのあいだに。何かがおかしいとみんなが気づく頃には、もうきみらは姿を消しているというわけだ」

「殺しはご免だぞ」とジーンは言った。

「おれは縛るのは得意じゃない」とドイルが言った。「手錠とテープを持っていく。会計係はせいぜいふたりといったところだろう。おれが銃で脅すから、おまえはやつらを縛り上げろ。金をひったくるのはハリーの役目だ」

「そのあとの計画はわかっているな？」とテイラーが訊いた。

「ああ」とジーンは言った。「わかってる」

「結構」テイラーは立ち上がると、出口に向かった。「試合では、どんな戦いを見せてくれるつもりだ？」

「最高の戦いだ」

「なんとまあ」とドイルが言った。「期待させてくれるじゃないか」

　その夜、ジーンとビリーは、試合をまえにして最後の愛を交わした。

「みんなを出し抜かないといけない」とジーンは彼女にささやいた。「ハリーのこともだ。ただし彼には、ある程度までは教えておかないと。金は盗むしかない。けど、誰も殺さない。金を持って車に乗り込む。それからだ、ドイルの鼻をあかしてやるのは。やつを簀巻《すま》きにして、車で東に向かう。テキサス・ジョンの家に。そうして、ありのままをぶちまけてわかってもらうんだ。おれたちにはこれしか方法がなかったんだということを。保安官の狙撃犯でもあり強盗犯でもある男を現金と一緒に引き渡せば、チャンスはおれたちにある。おそらくドイルは、テイラーのことも裏切る気だ。彼の取り分も横取りするつもりだろう。ハリーの借金取りのことは、心配しなくていい。やつらだって、下手に動いてテイラーたちの共犯として捕まりたくはないだろうから。そうまでして追いかけるだけの値打ちは、きみらにはないもんな。おれは、そうしろと言われたら、刑務所にだって入る。とにかく、きみを絶対に自由にしてやる」

「つまり、この状況すべてから」

「きみが逃れたいと思うあらゆるものから」

「おそろしい計画」

「ああ」と彼は言った。「そういうことだ」

一九二三年七月四日。真昼の太陽は神の赦しを得て、ボクシング・リング目がけて容赦ない陽射しを降らせていた。黄ばんだ土埃の舞う大草原に建つ、傾斜のある八角形の木造のアリーナ。その中央に、黒いロープで囲まれた四角いリングはあった。ジーンは血の染みついた黒いグローヴをはめ、青いサテンのショーツを穿いた。足元には、自分の第二の皮膚ともいうべきシューズ。そうして彼は今、一切を遮断した世界にいた。ひとりで延々とカウントをとりながら、乾いた風の中をスロー・モーションで漂い、軽やかにつま先で跳ねては、眼には見えない糖蜜のように濃厚な空気にジャブを送り出していた。彼のいる世界、そこは白く輝く胎内だった。自分の荒い息づかいが、大砲のような鼓動が聞こえた。そうして重力を切り裂く轟音とともに、彼は自分の戻るべき場所、モンタナ州シェルビーの栄光のリングへと突進していった。ドイルとハリーがいかにもセコンドらしい白いシャツに蝶ネクタイ姿で、汗みずくとなって自分たちの持ち場にいた。計画に大きな狂いが生じたことを、ジーンは知った。

「誰もいないじゃないか！」と彼はドイルに向かって叫んだ。「客席を見てみろ！　三列しか埋まってないぞ！　せいぜい三百人てとこだ！　空席がずっと天まで続いてるじゃないか！」

コーナーの下にテイラーがあらわれた。怒りに顔を赤らめ、頭にかぶったみっともない麦藁帽子を揺らしながら、両手を振りまわしてジーンたちに噛みついた。「客は来る！　貸し切り列車も来る！　やつらが来ないと言ったって、そんなこと信じられるものか！　試合はないという噂は消した！　ちゃんと消した！　だから客は来るはずだ！　ここに来るはずだ！　表にだってたくさん人がいる！　何千人もだ！　おまえたちの試合なんかただの前座だ！　時間つなぎだ！　ほんとうの客はあとから来る！　大金を持って！　そうに決まってる！　そうだ！　これは世界ヘヴィー級タイトルマッチなんだから！」

だが、ジーンにとってはただの前座試合ではなかった。

それはエリック・ハーモンも同じだった。ジーンよりも若く、長身で、筋骨たくましい肉体が、不意に対戦者のコーナーにあらわれた。オイルを塗ったのかと思うほど体は艶《つや》やかだった。が、ジーンにはそれが汗だとわかっていた。エリックはそんな卑怯な真似はしない。弾丸のような眼がジーンを見ていた。レフェリーの手からふたりのグローヴが離れた瞬間、ジーンにはわかった。エリックが、これまでの人生で育んできた善の心を捨てたことが。

ゴングが鳴った。

エリックはすばやく振り返ると猛然と飛び出し、フック、ジャブ、フェイントを矢継ぎ早に仕掛けてきた。縦横無尽に繰り出される攻撃を、ジーンは腕でガードして後退した。彼の眼に、きらめく空が映った。そして突進してくるエリックの体が。連続して飛んでくるエリックの右フックを肩でブロックして、体を回転させようとした瞬間――

ジーンはマットに転んだ。が、レフェリーがツーまでカウントしないうちに、さっと跳びあがった。ゴングが鳴った。

「やつはおまえをリングで殺すつもりだぞ！」ジーンの顔をスポンジで拭きながら、ドイルが怒鳴った。

「どうやらそうらしい」

「何がなんでも試合を続けろ！」と言って、ドイルはジーンの顔をにらみつけた。「おまえの死に方はおれが決めてやる」

カーン！

死ぬならリングの上だ。ジーンは本気でそう思っていた。エリックの強打が炸裂した。ジーンはパンチをかわすと、エリックの腕に沿ってジャブを打ち返し、強烈な一撃を相手の顔に見舞った。コンビネーションの続く二打は手加減したが、エリックは気づいていないようだった。第二ラウンド、第三、第四、第五。エリックは時計の針の音のように正確にパンチを繰り出し、動き、突進してきた。

第六ラウンド。エリックのパンチに、ジーンの口の中が切れた。たいした傷ではなかった。頬の内側がぬるぬるして、しょっぱい味がした。ゴングが鳴った。ジーンは自分のコーナーに戻った。ドイルとハリーが何か言っていたとしても、ジーンの耳には届かなかった。彼は咽喉をごくりとさせた。ゴングが再び鳴った。彼は野獣となり、飛び跳ねながらエリックに向かった。

ボクシングの試合にはどれも、ふたりの闘士と彼らの戦いが生み出すリズムがある。彼らの奏でるジャズがある。やがてセッションが続くにつれて、独特のテンポ、間を持つ激しくも美しいジャズの調べが生まれていく。時として試合の場面場面に圧倒されて、ジャズがかき消されそうになることも少なくない。もしくは人々の眼に映るもの、迫力に負けてしまう場合も。けれど、そんなときでもジャズはそこに流れている。そのジャズを、本物のボクサーは自分の体の中に感じている。フィーリングは自分ひとりでは作り出せない。けれど、フィーリングを取り入れ、自分のものにすることはできる。そのとき、試合は彼のものになる。

第七ラウンド。ジャズが流れた。それを奏でているのはジーンだった。エリックのパンチを受け、傷つき、ダメージを受けたが、たいしたことはなかった。ジーンのジャブは狙いどおりに、リズミカルに、エリックへと送り込まれた。ジーンの心はジャズと協定を結んでいた。できるだけ演奏を長引かせてセッションを盛り上げようと。だからジーンのグローヴは若者を打ちつづけた。まずは肋骨。次に顔面へフックを一発。左・左と打ってから、ファイトの構えをして右に一発、バン！　それを何度も繰り返した。第七ラウンドから、第八、第九、第十ラウンドへと試合は進んだ。エリックはあらん限りの、いやそれ以上の力でぶつかってきた。が、そこに流れる調べは、彼のサウンドだった。彼の破滅となるサウンドだった。エリックはファイトあふれる闘士だった。ジーンはボクサーだった。腕力対繊細さ。力対技。仕事対芸術。エリックは心の中で祈りつづけたが、天使のコーラスはジャズだった。

第十一ラウンド。エリックの鼻と耳から血が流れた。レフェリーが近寄ったが、厄介払いをされた。来い！　彼はグローヴでジーンを呼んだ。来い！　第十二ラウンド。十三ラウンド。ジーンは彼を踊らせ、わざとクリンチに持っていった。

「おまえが勝ってもいいんだぞ！」とジーンはささやいた。

「最終ラウンドでKOされたふりをしてやってもいい！

わざわざこんなこと言わせるな！」

エリックはジーンを押しのけてやみくもに腕を振り回したが、空振りだった。マウスピースを吐き出すと、折れた歯の隙間からことばを押し出すようにして叫んだ。「くそったれ！　おれは本気でやってるんだ！」

エリックが低く繰り出したパンチは、第一ラウンドだったら痛烈な一撃となったかもしれない。が、ジーンがさっと体をうしろに引いたため、ただ体を叩いただけでしかなかった。次の瞬間には、ジーンの右カウンターがエリックの顎にめり込んだ。エリックはマットに倒れた。その振動で、ジーンの体がはずんだ。起き上がるな！　ジーンは念じた。が、カウント・セブンでエリックはふらふらと立ち上がった。

第十四ラウンド。エリックはリングの中央でサンドバッグと化し、一瞬たりともやむことのないジーンのパンチの洗礼を受けていた。ひとしきり打ちおえると、ジーンはうしろに下がった。だがそれは、今にもレフェリーが止めに入りそうな気配を察して軽くあとずさっただけだった。

第十五ラウンド。最終ラウンドになった。空からおりてきた操り糸がエリックをコーナーの椅子から立ち上がらせ、ぎこちない足取りでジーンに向かわせた。血と汗が彼の両腕をつたってマットに滴り落ちた。エリックのガードした腕は、ベルトより上にあがらなかった。ジーンが軽く二回顔を叩くと、エリックはふらふらとマットに倒れた――

が、そんな状態であるにもかかわらず、立ち上がると、靴底から荒々しい音を響かせ、猛然と向かってきた。エリックは突進してくると、赤ん坊のような仕草で両手をばたばた振りまわし、スピードのないパンチを繰り出した。額に飛び散った血が眼に入って血糊《ちのり》となり、彼の眼に涙をあふれさせていた。エリックは吠えた。「どこだ？　そこか？　来い！　来るんだ！」

こんな負け方をしちゃいけない。ジーンはすばやく完璧なガードの体勢をとり、踊りながら向かっていった。ふらふらになっているエリックの頬に、できるかぎり手加減した右フックを一発見舞った。エリックはマットに沈んだ。

レフェリーはそこに突っ立ったままで、カウントを数えようとはしなかった。最後のゴングが鳴った。

レフェリーが自分の手を持ち上げたのが、ジーンにはわかった。ハリーに水を飲ませられ、体を拭かれるのがわかった。市長がリングに飛び上がり、金メッキを施した真鍮のメダルが首にかけられるのがわかった。エリックはリングから担ぎ出された。彼の胸が上下しているのを見て、その血まみれのグローヴに包まれた若者の手がまだ生にしがみついているのが、ジーンにはわかった。ジーンはふらつきながら、ドイルが押さえたロープのあいだから出た。アリーナは空席でがらがらだった。これからがほんとうの戦いだ、そう自分に言いきかせた。

勢いをつけてアリーナの通路に向かった。三人しか客のいないベンチの脇を通るとき、客のひとりが他のふたりにメーソン・ジャー（家庭で野菜や果物の瓶詰めを作る広口瓶）を渡しているのが見えた。そのメーソン・ジャーの中身は、売店のレモネードではなかった。傾斜になっている通路を行く途中、ジーンたちの行く手に、黒髪のジャック・デンプシーとそのトレーナー、セコンドの一団があらわれた。

デンプシーの黒い氷のような眼がジーンをとらえ、汗に濡れた体、首にかけられた真鍮のメダルのきらめき、胸に飛び散った血、と彼のすべてを見てとった。デンプシーたちとの距離が縮まった。おれのほうが背が高い。ちらりとジーンは思った。そんな身のほど知らずな心の声が聞こえたのか、デンプシーがジーンをじっと見た。魂まで射抜くような眼だった。ジーンは思った。こんなすばらしい日はこれまでなかった。これからも決してありはしないだろう。本物のチャンピオンが陽射しの中にあらわれると、入場料を払って入ったわずかばかりの観客のあいだから、どよめきがあがった。

楽屋口のドアの向こうは、控え室などが並ぶ壁で囲まれたエリアだった。ドアのまえに、警備員がぽつりと立っていた。ジーンたちを見ると、警備員は言った。「貸し切り列車なんて、一本も来なかった！　表には、金を払わない連中がまだわんさとうろついてる！」

「計画はそのままだからな！」足早に控え室に戻る途中、ドイルが語気鋭く言った。そこは控え室といっても名ばかりの、マツ材の厚板を張った汗臭い部屋だった。

部屋に入ると、ドアを閉めた。ハリーはバケツの水をジーンにかけ、タオルで体を拭いてやった。小声でぶつぶつ言いながら。「すばらしい。あんたは偉大なボクサーだ。すばらしい試合だった。おれじゃなくて、あんたのことだよ。〝合格〟がもらえるよ」ドイルはダッフル・バッグから覆面用に切ってある枕カバー、金を入れる袋、彼の四五口径のショルダー・ホルスター、スーツの上着を取り出すと、ハリーとジーンにそれぞれリヴォルヴァーを投げてよこした。

「安心しろ、チャンプ。弾丸は入ってない」

ジーンは言った。「列車が来なかったんなら――」

「今あるものをいただくんだ！　たんまりあるように祈っといたほうがいいぞ！」

ジーンは着替え、あとはシャツのボタンをとめるだけになった。そのときだ、すさまじい音とともに木造のアリーナが軋んだ。控え室の天井や壁がたわんで悲鳴をあげた。耳をつんざく大歓声が響いてくる。これから強盗を働こうという三人は、控え室が地下牢のように並ぶ廊下に飛び出した。薄暗い廊下には、誰もいなかった。走って楽屋口のドアから出ると、ドアのまえに警備員の姿はなかった。三人は傾斜した通路を急ぎ、アリーナのまぶしい陽射しの中に躍り出た。第一ラウンドが始まったところで、デンプシーとギボンズがリングでダンスをしていた。千人の観衆から発せられる大声援に、リング上のふたりも嫌でも気を取られているようだった。

アリーナの入口という入口から、人がなだれ込んできていた。麦藁帽子にスーツ姿の男たち、作業靴にジーンズ姿の男たち、黄色のスカーフにロング・スカート姿の女たち。日傘、携帯用の酒壜。みな金を払わずに中に入ろうと、有刺鉄線や回転木戸を強行突破してきたため、どの服もかぎ裂きになっていた。入場料？　そんな大金この先だって手にできやしないさ、というシェルビーの住民を、彼らの市で行なわれるこのタイトルマッチから締め出せる者は誰もいなかった。

「見ろよ！」ハリーが、百フィート向こうの通路を指差した。ひと塊りになって押し寄せてくる群衆のまえに、テイラーがいた。ヒキガエルに似た顔から麦藁帽子がずり落ちようとしているのもかまわず、両手をいっぱいに伸ばした体を前後に揺すり、暴徒たちを押しとどめようとしていた。彼のわめく声が、ジーンたちのところまで響いた。「戻れ！　金を払っていないじゃないか！　金を払え！　金を払わない者は通さないぞ！」

テイラーの声は笑い声にかき消された。興奮した男たちや、けたたましい女たちの渦に巻かれ、彼の姿はジーンの視界から消えていった。やがて渦の隙間から、人々の肩や肘に押しのけられ、手すりに胸を押しつけられている彼の姿が見えた。彼の顔は紫色の月と化し、ふたつの眼はクレーターのようだった。彼の口から悲鳴があがった。パンチでも浴びたように、胸をわしづかみにし、酸素を求めて咽喉をかきむしった。その様子に気づいたひとりの篤志家が、携帯用酒壜に入っている琥珀色の液体を銀行家の口に注いだ。テイラーは咽喉を詰まらせ、むせると、手すりに覆いかぶさるようにして倒れた。その横を人々はアリーナ目がけて突進していった。酔っ払いたちがテイラーの体を手すりから離し、ずるずると観客席のベンチまで引きずっていき、そこに寝かせた。帽子はすでにどこかに消えてしまい、ヒキガエルはだらしなくベンチに伸びた。密造酒の悪臭を放ち、酔いつぶれてでもいるように。だが、ジーンにはわかっていた。テイラーは死んでしまった。そうして掃除係が来るまで太陽に焼かれ、新聞に死者の功績をたたえる記事を載せられるのだ。タイトルマッチの熱狂の渦に巻き込まれて不慮の死を遂げた、罪のない犠牲者として。

「行こう」大混乱を目の当たりにして、ハリーは体を震わせた。「頭がおかしくなっちまいそうだ!」

「さあ、急げ!」ドイルが叫んだ。入場料を踏み倒した一万二千人もの群衆が、先を争うようにしてアリーナに殺到した。ゴングが鳴った。デンプシー-ギボンズ戦の第一ラウンド終了の合図だ。「おれたちには仕事があるんだ!」

「無駄だよ」というハリーの不平をよそに、ドイルは先頭に立って警備員のいない楽屋口のドアを通り抜け、アリーナの内部に戻っていった。「何もないのに、やるだけ無駄だ。あんたがどうしてもやりたいってんなら別だけど」

「黙れ!」ドイルは鋭い口調で言うと、ジーンの控え室に向かって急いだ。

ハリーは震える手でドイルの体をぐいとつかんだ。「無駄だって言ってるんだよ。あんたは失敗したんだ。何もかも失敗しちまったんだよ。それだけじゃない、あんたが何を企んでるのかおれたちは知ってるんだぞ!」

黙れ、ハリー! ジーンは念じた。

ハリーは人生ではじめて戦うことにした。ドイルに飛びかかっていったのだ。「やれ、ジーン! ぐずぐずするな!」

ドイルはハリーの体をつかんで放った。眼のまえに飛んできたハリーの体を、ジーンは思わず押し戻した。ドイルの右手がさっと動いた。リングでは第二ラウンドが始まり、大歓声が響いてきた。一拍置いて、ジーンの耳にカチリという音が聞こえた。薄暗い空間に光がきらめいた。ハリーとドイルのあいだに真っ赤な靄がかかり、ハリーがくるりと半回転した。血に染まった彼の襟が、ジーンの眼に飛び込んできた。飛び出しナイフに切りつけられた勢いは止まらず、ハリーは回転をつづけ、再びドイルに向き直った。その体を、ドイルは脇に突き飛ばした。いかにも急ごしらえの建物らしく通路と壁のあいだには隙間が開いており、ハリーの体はそこから下に落ちた。そうして二週間後に解体業者に発見されるまで、二本の梁のあいだに横たわったままだった。そのときにはもう、虫や動物に肉を食い散らかされてかなり経っていた。警察は、その死骸の身元を、世界産業労働者連盟の組織の者と断定した。その男はアリーナの建築中、同僚とともに警察に追い払われ、そのあと行方不明になっていたのだった。珍しくもない産業界のいたましい事故のひとつ、というわけである。

ドイルはジーンにナイフを向けた。が、ジーンはまだジャズを失っていなかった。左の平手でドイルの手からナイフを叩きおとすと、右の拳を人殺しの顎にめり込ませた。十五ラウンド前にこのパンチを浴びていたら、ドイルは永遠に目覚めることはなかったろう。けれど今、ドイルは息をしていた。気を失っただけだった。

とどめをさせ――だめだ！　ジーンはうめいているドイルを控え室に引きずっていくと、彼の体を中に放り込み、ドアを乱暴に閉めた。ドアに錠はついていなかった。そこでナイフをドアの側柱にねじ込んだ。ナイフの刃が折れる音がした。

ドイルの意識が戻るのは時間の問題だ。そうなったら、ナイフのくさびもたいした効果はない。考えろ！　やつがおれたちを逃がすはずがない。おれたちは証人なんだから。いやちがう、怒り、それだけでおれたちを追いかけるには充分だ。

だが、眼を覚ましたら、やつはまずまっ先に金を奪いに行くだろう。金への飢えを満たし、復讐はそれからだ。

ジーンは事務室に走った。急げ！　ドイルが狂っちまったことを連中に知らせるんだ！　やつはハリーを殺した！　次に襲われるのは連中だ！　会計係がひとりかふたりかはわからないが、おそらく彼らは装塡した銃を持っているはずだ。彼らにドイルを待ち伏せさせて襲わせ、警察が来たら証人になってもらおう、とジーンは考えた。彼がヒーローであることの証人に。彼とビリーにはなんの罪もないことの証人に。そうすればふたりで自由に――

事務室のドアは少し開いていた。

また大歓声が響いた。試合は第四ラウンドで、ギボンズのパンチを受け、デンプシーの額の古傷がぱっくり開いたのだった。

事務室には、身なりのいい小柄な男がいた。長いテーブルのうしろに、空の椅子が四脚あった。帳面や現金を入れる箱がそこらじゅうに散らばっていた。が、銀貨はない。札束もない。小柄な男は、リヴォルヴァーを手からさげて戸口に突っ立っている大男をじっと見た。

「金に用があって来たなら、遅すぎた」と男は言った。「先客があったんだよ。そいつは会計の連中を脅して、ここにあったなけなしの金をそっくり巻き上げた。そこにあの大騒動が始まった。すると会計の連中は、試合を見にすっ飛んでいっちまったのさ。自分たちはもう用済みだとばかりに」

「あんたは、デンプシーのマネジャーのジャック・カーンズだな」

「会計係でなくて悪かったな。そうやって銃を持ってるところを見ると、厄介ごとを探して歩いてるのか？」

「銃弾は入ってない」

「男が手に銃を持っていて、しかもその銃は空《から》となると、そいつはすでに厄介ごとに巻き込まれてるってことだ」と言って、カーンズは眼を細めた。「きみの試合を見たよ、スマレット。きみには自制心てものがある。体もでかい、スピード、腕力、技術もある。けど、あきらめるんだな。ボクシングを続けても、真のチャンプにはなれない。心に殺人者を飼ってないからだ」

「だったらあんたを驚かせてやろうか？」

「そいつは御免こうむる。ところで、勝ったら何をもらう約束になってた？」

「おれは金のために戦ったんじゃない」

「きみにすれば、そうだろう。けど、この市のチャンプがもらえる賞金はいくらなんだ？」

「千ドルだ」

「安く見られたもんだな。どっちにしろ、千ドルはもらえないと思ったほうがいい。この市の連中もまた、金ぴかの時代に騙されたんだ。試合を企んだやつらは残らず破産するだろう」と言ってカーンズは、折りたたんだ札をジーンに差し出した。「勝者は賞金をもらって当然だ。五百ドルある。このことは、ここだけの話にしておけよ。金をもらえてラッキーだと思い、さっさと消えたほうがいい。きみの間抜けなマネジャーが自分の分け前を取りに来ないうちに」

ジーンはどうしたらいいのかわからないまま、金をポケットに突っ込んだ。ジーンの手から、カーンズがリヴォルヴァーを取り上げた。シリンダーを開いて銃弾が入っていないのを確かめると、舌打ちした。「こんなバカ正直じゃ、世の中を渡っていけないぞ」

そう言って自分の尻ポケットから平べったい二五口径オートマティックを取り出すと、ジーンの手に握らせた。

「正直な男には、使い物になる銃が要る。こいつならすぐに役立つ。ただし、キスできるくらい近くからじゃないと相手を痛めつけられないが」

カーンズはドアに向かった。また大歓声が響いた。ギボンズのコンビネーションに痛めつけられたデンプシーが怒り狂い、彼を追い、リングで踊らせているのだった。

「カーンズさん！」とジーンは言った。「入場料をそっくり取ってったのは、誰なんだ？」

「ちっ、知るもんか」

カーンズは姿を消した。部屋の外から、歓声が響いてきた。ジーンは事務室から飛び出した。彼の控え室のドアが揺れているのが見えた。ドアと側柱の隙間から、ナイフが落ちた。

ジーンは走った。歓声のとどろくアリーナから、なんとか逃げ出すことができた。黄色い眼のような太陽が、油臭い空気を焦がしていた。興奮した人々でごった返す未舗装路に、強引に割って入った。少年がふたり、爆竹を次々に鳴らしていた。ひっくり返ったソーセージ売りの屋台の上に男とふたりの女が腰をおろして、地面に転がったソーセージをもぐもぐ食べていた。タキシード姿の赤毛の男がジーンにぶつかった。男は眼を回し、ふらふらしながら離れていった。カウボーイがコルト・ピースメーカーを空に向けてぶっ放していたが、気にする人間は誰もいなかった。

どこだ、ビリー？　ここで待ってるはずだったのに！　ここで待ってるはずだったのに！

また爆竹が鳴った。馬がいななき、太った女が笑った。

カウボーイはピストルを撃った。

クラクションの音だ。あれは――

「ジーン！　こっちよ！」

フォードのドアの下の踏み台に立ち、ビリーが手を振っていた。ジーンは人ごみをかき分け、彼らの脱出用の車に向かった。乗り捨てにされたトラックのせいで、車は縁石に押しつけられ、出られなくなっていた。どの道路も駐車している車でいっぱいだった。

ビリーはジーンの体をつかむと、彼がちゃんと生きていて幽霊ではないのを確かめた。「ドイルはどこ？　あの子は……？」

「計画は全部狂っちまった。金は盗まなかった。ハリーはドイルに殺された。やつは――」

車の窓が破裂した。

ドイルがアリーナのまえにいた。ひっくり返った屋台の上に体をぐらつかせながら立ち、次の一発を撃とうと、手を揺らしながら狙いを定めている。周囲の人間は自分たちの頭上に銃弾が飛ぼうが、まるでおかまいなしの顔をしていた。

ジーンはビリーの手を――自分の命を――手放さないようにしっかりとつかんだ。そうしてお祭り騒ぎの人波の中に突進した。

「最後のチャンスだ！」ジーンは、彼に引っぱられてうしろからついてくるビリーに叫んだ。体中の骨が悲鳴をあげている。脚は震えていた。近くの子どもが持っていたレモネードをひったくって飲んだが、生ぬるくて、焼けつくような咽喉を冷やしてはくれなかった。「もうこれしかチャンスはない！　テキサス・ジョンのところに行くしか！　泥棒するどころか、おれたちは殺されようとしてる。おれたちを救えるのは、テキサス・ジョンしかいない！」

「でも、街を突っ切って二マイルも行かなくちゃいけないのよ！」そう言いながら、彼女もジーンと一緒に走っていた。

なんとかメイン・ストリートまで行きついたが、その頃にはふたりで走るというよりは、ビリーのほうがジーンを引っ張っている有様だった。ふたりはうしろを振り返った。見わたすかぎり、人また人の波が続いていた。

「きっといる」空気を求めて喘ぎながら、ジーンは言った。「やつはきっとまだその辺にいる。立ちどまるな。止まっちゃだめだ」

メイン・ストリートを東の端まで行くと、人波はさらに増して、どこにも隙間のない人間の壁が築かれていた。仕立て屋が火事になり、それを消そうとしている人々を野次馬が眺めているのだった。

「鉄道線路よ！」ビリーも肩で息をして、言った。「そこなら誰もいない！　線路伝いに行ったほうが早くいけるわ！」

「でも、ジョンの家までまっすぐ行けるわけじゃない！　彼の家は線路の南、おそらくフットボール球場三つ分くらい離れてるはずだ――」

「それしかないのよ」ふたりはふらつきながら、鋼鉄製のレールの上を歩いた。線路上には、来ることのなかった貸し切り列車のために迂回させられた貨車が何両も置かれていた。金属のぶつかり合う音が響いて、ふたりの横の有蓋貨車の壁が震えた。解除の信号を受けて、千ヤード向こうから蒸気機関車が近づいてくる。鋼鉄の車輪が軋みながらゆっくりと回転していた。

ジーンはカーンズからもらった至近距離用の銃を、ビリーの手に押しつけ、カーンズからもらった金を彼女のワンピースのポケットに突っ込んだ。「列車に乗るんだ！　おれはもうこれ以上行けない。もう走れない」

「そんなことない、行けるわ！」ビリーは彼のシャツをつかんだ。「見て！　ここからテキサス・ジョンの家が見える！　あの丘の上よ！」

「あそこまで登る前にドイルに捕まっちまう。わかってるだろ、やつはその辺にいる。地獄の番犬のように、おれたちのにおいを嗅ぎまわってる。血を見るまで、やつはそうやって嗅ぎまわりつづける。おれを殺すまで。でも、きみは……列車に乗れ、向こうからやって来る列車に乗って隠れるんだ。おれに注意を引きつければ、やつの動きは鈍る。おれを見れば、やつは立ちどまる。きみが逃げられるだけの時間はある。自由になれるんだ」

「あなたも逃げるのよ！」ビリーは叫んだ。

「おれはいい。おれにしかできない特別なことをするだけだ。きみは言ってたね。おれに救われたって。きみにできる特別なことは、おれに愛してもらうことだけだって。その特別なことをおれにさせてくれ。きみを愛してる、だから列車に乗るんだ。おれにとってきみは特別な人だ、だから言われたとおりにしてくれ。おれたちふたりを無駄死にさせないでくれ」

「遅すぎたわ」彼のうしろを見て、ビリーは言った。そして銃をつかんだ。

線路の百ヤード向こうにドイルが立っていた。

ビリーは銃を持った手を上げた。

その手をジーンがつかんだ。「だめだ、遠すぎる。やつがキスできるくらいに近くまで来ないと、効果がない」

ジーンの脇腹に沿って銃をおろすと、ビリーは自分のうしろに銃を隠した。

「やつを思い切って接近させるんだ」とジーンは言った。「やつもそうするだろう。やるんだ。きみのために。おれのためではなく。やつは絶対おれを近づけはしないはずだ。二度と。けど、おれは黙って突っ立ってはいないから」

ジーンは彼女の手をほどいて歩き出した。ドイルも彼に向かって近づいてくる。ジーンが二歩進むと、ドイルの足が止まった。あの夜、彼が銀行のドアに向かって卑怯な一発を放ったときと同じ射程だ。けれど、あの夜とはちがう。ドイルは白昼堂々と標的と相対している。が、不意に雨雲が立ち込め、空が翳った。ちょうどその頃、デンプシーは渾身の一撃をギボンズに加えていた。が、それでも決まらず、クリンチで試合終了を迎え、ノックアウトではなく判定勝ちという結果に甘んじなければならなかった。

貨物列車がうなり声をあげて、少しずつ近づいてきた。

ジーン・マレットは両手を上げて拳を握った。自然にボクサーの構えになっていた。

ドイルの笑い声が聞こえた。彼の片手がスーツの上着を払い、まっすぐに突き出された。

ドイルの左耳から真紅のバラが吹き飛び、通り過ぎる貨車に血が飛び散った。小石を敷きつめた路盤に彼は倒れた。千ヤード離れた丘の上のフロントポーチから放たれた、ドイツの狙撃銃モーゼルの銃声がかすかに、けれど、通り過ぎる列車の音よりもはっきりとジーンの耳に聞こえた。

かつて保安官のバッジを胸に輝かせ、自分の眼に映るものを信じていた男からの二発目はなかった。ジーンは丘の上の家をじっと見た。そこで何が起きたにしろ、もう終わったのだ。ふたりは、死んだ男に近づいた。ビリーに手を貸してもらい、ドイルの死体と銃を、のろのろと進む貨車の開いたドアの中に放り込むあいだ、百万の天使が彼らの上に涙を落としていた。ジーンはもう少しで鋼鉄の車輪の下に倒れそうになった。が、ビリーが彼の体をつかみ、離さなかった。列車は騒々しい音を立てて山へと向かっていった。さらにその向こうの海へと。ジーンは首からメダルを引きちぎると、それを放った。どこからともなくやって来た貨車の最後の車両に向かって。

コバルト・ブルース
The Cobalt Blues

クラーク・ハワード　田口俊樹訳

クラーク・ハワード（Clark Howard）は、百二十篇以上の短篇小説と、『ハント姉妹殺人事件』（一九七三年　ハヤカワ・ノヴェルズ）『処刑のデッドライン』（一九七五年　ハヤカワ・ノヴェルズ）などの長篇小説、および『アルカトラズの六人』（一九七七年　ハヤカワ・ノンフィクション）などの犯罪実話で知られている。多くの彼の作品と同様、本作も彼が育ったシカゴの町で見かけた人々の記憶をヒントに執筆されたという。《エラリイ・クイーンズ・ミステリ・マガジン》に発表された作品。

ルイスはハリスン・ストリートを走るバスを降りると、海軍払い下げの防寒コートの襟を立て、三月の冷たい風にうつむき加減になり、クック郡立医療センターに向かって歩きはじめて思った。シカゴというのは、人生の最期の数週間、あるいは数カ月を過ごさなければならない者にとっては、なんともみじめな場所だ、と。もっとずっとまえにアリゾナか、フロリダにでも行くべきだったのだ。一緒に過ごした昔の仲間の多くがそうしているように。そうすれば、少なくとも太陽の下に寝そべって死ぬことができる。

医療センターは四方八方に無秩序に広がる巨大な建物で、ルイスは放射線科の棟まで行くと、待合室にはいった。そこでいったん立ち止まり、襟をもとに戻して一息つき、ポケットからティシューを取り出して、潤んだ眼を拭った。エレヴェーターに向かう途中、待合室の時計を見た。八時五十二分。毎週木曜日、彼はいつも心の中で自分だけの賭けをする。自分は最初の患者か、二人目か、三人目か。九時に来る患者は三人いるのだ。彼と、ポッツという名の痩せた白人と、ホクシーという無愛想な黒人で、放射線科の技師はその三人を一度に呼んでいた。治療は三段階あり、ひとりずつ同時に施療することができるからだ。

ルイスは根っからのギャンブラーで、無意識のうちに、自分のすることをすべてギャンブルの確率のように考えてしまう癖があった。だから、エレヴェーターに乗り、ふたりのヒスパニック系の清掃係の横から手を伸ばして五階のボタンを押したときにはもう、今日は自分は何人目か考えていた。一人目か、二人目か、三人目か。五階に着くまでに決めるのがルールで、そうやって公正を期していた。五階まで上がってしまうと、ふたりが廊下にいるのを見てしまうかもしれない。それでは賭けにならない。階下《した》の待合室でたまたまふたりのうちのどちらかに出会ってしまった場合も賭けは成立しない。

エレヴェーターが三階に停まると、清掃係はふたりとも降りた。ドアが閉まり、ひとりになると、ルイスはわざと声に出していった。「よし。一人目か、二人目か、三人目か。おれは何人目か？」

それは彼にとって重要なことだった。それでその日が勝つ日か負ける日かわかるかもしれないからだ。常習的なギャンブラーにとっては、毎日が新たな始まり、清新なスタートで、大儲けのチャンスなのだ。昨日にはなんの意味もない。昨日負けたことを振り返るギャンブラーは、馬鹿以外の何者でもない。明日のギャンブルを考えているギャンブラー同様。昨日は終わり、明日はここにはないものだ。あるのは今日ばかり。

エレヴェーターが五階に着き、ドアが開く直前、ルイスは決めた。二人目だ。今日は自分は二人目だ。

五階の長い廊下を〈放射線科――外来患者〉と書かれたドアのまえまで歩いた。まるで全財産を賭けでもしたかのように、ルイスは深く息をついて、待合室のドアを開けた。

一目でわかった。ポッツ――痩せた白人――が隅の椅子にうずくまるようにして坐り、部屋のあちこちに十冊ばかり置かれている古雑誌のページをめくっていた。無愛想な黒人、ホクシーは身じろぎひとつせず、反対側の隅にじっと坐っていた。目覚めながら夢でも見ているかのような顔をして。

ルイスはひそかに悪態をついた。負けだった。いかにも不快げに受付窓口で名前を書いて、ふたりから遠く離れたところに坐った。そして、不運な結果から身を引き離すようにぶ厚いコートを脱ぎ、そのポケットから競馬新聞を取り出すと、その日の朝すでに投票してきた〈カラクシコ・ダウンズ〉の競馬の勝ち馬予想を見直した。

その日の朝、病院に行くバスに乗るまえ、ルイスは、ノースウェスト・サイドにほど近いところにある建物の地下室のドアを叩いていた。そのあたりは彼が生まれ育ったところで、かつてはアイルランド系とイタリア系しかいなかった一帯だが、今は黒人、ヒスパニック系、アジア系の寄り合い所帯のようになっていた。友達のラルフにドアを開けさせるには、寒風に身をさらして突っ立ち、三度もノックしなければならなかった。

「どうしたんだよ、耳が聞こえなくなったのか?」とルイスは無遠慮に文句を言った。「凍えちまうじゃないか」

「中に入れてもらえるだけでもありがたく思え」とラルフは言ったが、辛辣なのはことばだけのことだった。ドアを閉めて、鍵を三つかけると言った。「うちはラスヴェガスのカジノじゃないんだぜ。おれはまともな商売をしてて、まともな商売にはまともな営業時間ってものがある。特に木曜日と金曜日は。集金日なんだから」

ふたりは部屋の奥に向かった。そこは、もともとは地下のアパートメントだったところを改造した賭け店で、国じゅうで毎日のようにおこなわれている競馬だけでなく、野球、フットボール、バスケットボール、ホッケー、それにボクシングの大きな試合まで一手に引き受けていた。オーナーは〝シセロ〟・チャーリー・ワックスマンという男で、〝シセロ〟というのは、かつてアル・カポネが組織の本部を置いたシカゴ近郊の地名に因んでいた。ワックスマンはそこと同じような賭け店を二十軒ほど持っていて、そのすべてが違法だったが、州が設置している場外馬券売り場よりずっと人気があった。それはもちろん、場外馬券売り場では馬券だけしか買えないが、彼の賭け店はどんなスポーツも受け付けているからだった。

ルイスが利用しているのはそんな賭け店のひとつで、ラルフはそこのマネージャーだった。その界隈で一緒に大きくなった仲間で、まだその界隈に残っているのは、ルイスとラルフぐらいのものだろう。ラルフは小学生の頃からシセロ・チャーリーの使い走りをしており、賭け店のマネージャーまでどうにか出世した男だった。が、そういう店のおかげで日々の糧を得ていながら、ルイスのギャンブル癖を始終なじっていた。

「一週間でも二週間でもちょっとは休んだらどうだ、ルー?」と彼は今もまた非難がましく言った。「毎日ギャンブルをやるかわりに、もうちっとましなコートでも買えよ」

ルイスは、いかにも馬鹿にしたように、そんな馬鹿な質問には答える気もしないといったような眼を向けた。彼がギャンブルをやめる日が来るとすれば、それはすべての競走馬、すべてのボクサー、すべてのフットボール選手、野球選手、ホッケー選手が死んでしまった日ということになるだろう。彼は受付の脇にあるカウンターの上に競馬新聞を広げ、勝ち馬投票券に記入しはじめた。

「胆嚢のほうはよくなってるのか？」ラルフは、忠告に耳を貸すつもりなどルイスにないことを見て取ると、あきらめて尋ねた。

「ゆっくりとな」とルイスは言った。「石は小さくなってる。でも、ゆっくりとだ」

ほんとうのことはルイスは誰にも話していなかった。気の毒がられると思っただけで、胸がむかついた。ラルフのほうは、ルイスが毎週木曜日に病院に行くのは、胆石を小さくし、溶かす治療を受けるためだと思っていた。正規の営業時間は十時からだが、毎週木曜日だけルイスに便宜をはかっているのはそのためだった。

ふたりはカウンターをはさんで向かい合っていたが、お互いのちがいをはっきりと、そして、気まずく感じていた。ふたりとも歳は四十六ながら、ラルフには妻と、これから一流の私立女子校にはいろうとしている娘がふたりいた。郊外の高級住宅地に二階建てのコロニアル風の家。それにセダンが二台に、レジャー用車両。ルイスのほうは、生まれ育った地域にあるみすぼらしい共同住宅の一室にただひとりで住んでいた。家族はなく、定職もなく、聖マラカイ教会の慈善バザーで買った古着を着ていた。

ラルフは、ここ何年ものあいだ、ルイスにも暮らしをよくすることに関心を持たせようと何度も試していた。ついひと月まえにも、ワックスマンのすべての賭け店の事務員を雇う仕事をルイスに与えようとして、ワックスマンの了解を取りつけていた。「それでもう金に困ったりすることはなくなるんだから、ルー」と彼はルイスに請け合った。「生活保護を受けてるような母親を雇って、収入があったことを報告しなくてもすむよう、キャッシュで払ってやるだけのことだ。おまえの仕事はただそういう母親たちの手配だ。こんなちょろい仕事ができるなら、足の指の一本ぐらい誰かにくれてやってもいいなんていうやつはいくらでもいるぞ」

しかし、ルイスはそんなふうには思わないやつだった。まるで躾を拒む二歳の幼児のように、定職に就くことを毛嫌いしており、働かなければならなくなっても――ギャンブルで連敗が続いても、ということだ――半端仕事にしか就かなかった。皿洗いや、トラックの運転手の助手や、チラシを家々に配る仕事など、一時的なものばかりだった。そもそも彼は長く続けなければならないものは、どんなものも必要としていなかった。今はことさら。

「デビーがやっと歯列矯正の器具を取ってもよくなったって話、もうしたっけ？」とラルフは言った。ルイスはまだ投票券に記入していた。ラルフは札入れから札入れと同じ大きさの長女の写真を取り出した。ルイスはそれを見た。美人になるには父親に似すぎていたが、それでも数千ドルの歯列矯正のおかげで、完璧に近い笑みを満面に浮かべていた。

「美人だねえ」とルイスは言った。「おまえは運のいい男だ、ラルフ」そう言いながら、心の中では親になって子供に責任を負うなどまっぴらだと思っていた。

そこでドアをノックする音が聞こえた。ラルフは立ち話をやめ、応対に出た。大男がふたり中にはいってきた。ふたりとも帽子をかぶり、コートを着て、それぞれ大きなスーツケースをふたつずつ持っていた。ラルフの脇を通り、ひとりが言った。「オフィスの鍵は開いてる？」

「ああ、おれもすぐ行く」とラルフは言った。

そして、カウンターに戻ると、投票券を数え、賭け金が支払い済みであることを示すスタンプが自動的に押される機械にかけ、ルイスが差し出した六十五ドルをあきらめたように首を振りながら受け取った。

ルイスのほうは心の中でいつも思うことを思っていた――もしかしたら、今日からおれは連勝街道を突き進むことになるのかもしれない。大儲けできたら、こんな寒くて汚いシカゴなんかとはさっさとおさらばしてやる。もっと暖かくて、太陽が燦々と照っているところへ移ってやる。そこで生涯暮らすのだ。

生涯。そういっても、彼にはもう残りかすのような人生がわずかばかり残されているだけだった。

翌週の木曜日にも同じ賭けをして、エレヴェーターから放射線科の待合室に向かったときにはもう、ルイスは決めていた。その日も選んだのは二人目だった。が、ドアを開けようとして、ふとその手を止めた。中からかすかに声が聞こえてきたのだ。ふたりの患者のうちのどちらかだとは思わなかった。ふたりはそれまで一度も口を利いたことなどなかったからだ。ドアを開け、中にはいると、痩せた白人ポッツの姿がすぐに眼に飛び込んできた。部屋の隅にひとり坐り、どうやらひとりごとを言っていたようだった。眼を上げて、ルイスに気づくと、すぐに話すのをやめた。このいかれ頭、とルイスは受付で自分の名前を書きながら心の中で毒づいた。ちょうどそのとき、黒人のホクシーがいつもと変わらない怒ったような顔をして、はいってきた。そして、ふたりに声をかけることもなく、ふたりからできるかぎり離れたところに腰をおろした。

ホクシーが坐ると、また待合室のドアが開き、武装したふたりの看守が若い男を連れて中にはいってきた。若い男は手錠をされ、腰にまわされた鎖にその手錠の留具をつながれており、背中にISP——イリノイ州立刑務所——と書かれたオレンジ色のジャンプスーツを着ていた。放射線技師が出迎え、そのまま治療室に連れていった。

ルイスとポッツとホクシーは怪訝な顔を互いに見合わせたが、口を開いた者は誰もいなかった。

しばらくして若い男がまた待合室に連れ戻されたときには、三人の常連患者は三人とも心の準備ができていたので、男をとくと観察することができた。これといってなんの特徴もない若者だったが、髪の毛だけよくめだった。黒くてカールしており、必要以上にふさふさしていた。もし首から上を治療しなければならないのなら、その髪の命はそう長くはない。それはルイスもほかのふたりも知っていた。実際、ポッツがそうだったのだ。ルイスが初めてポッツを見たとき、ポッツはきれいなブロンドの髪をうしろにまっすぐに梳かしつけていた。それが今は脳腫瘍の治療のために卵のようにつるつるになっていた。ルイスは脾臓ガン、ホクシーは食道ガン、ふたりとも首から下なので、ともに頭に変化はなかったが。しかし、髪をなくしたことの埋め合わせのように、ポッツには体を弱らせるほかの副作用はなかった。時折、食べものの味がわからなくなることはあっても、それはルイスやホクシーが経験しているような、ひどい悪心《おしん》や吐き気や極度の疲労とは比較にならない。

最初にガンの宣告を受けたあと、ルイスは中央図書館に行き、医療関係の本を探し、自分の病気を調べていた。そして、あと五年生きられる確率は、自分の場合、五分の一だと結論づけていた。そのあと、放射線技師と話をする中で、ポッツとホクシーのガンのタイプがわかると、純然たる好奇心から、また図書館に戻り、彼らのガンについても結論を出していた。彼が出したオッズに合わせて言えば、ポッツがあと五年生きられる確率は八に対して一、ホクシーは九に対して五だった。

ルイスは漠然と思い描いた。四十代から六十代までの全国のガン患者が集まって賭けをするところを。ひとり百ドルずつ出し合うだけでも、最後に生き残ったやつに莫大な金が転がり込む。もっとも、アメリカ医師会はそういう計画にあまり賛成しないだろうとは思ったが。医者が賭けるのは生か死だ。金じゃない。

翌週の木曜日は、ルイスが三人の中で一番早く、若い服役者が治療を受け、連れ出されたあとすぐ治療室にはいった。そして上半身裸になり、技師がコバルト60の調節をしているときに、技師の机の上を盗み見た。思ったとおり、彼とポッツとホクシーのもの以外に、新たなカルテがひとつ置かれていた。それにすばやく眼を通した。若い服役囚の名はアラン・ランプリー。年齢は二十八。病名はリンパ性白血病だった。そのタイプのガンには詳しくなかったので、ルイスにはオッズを決めることができなかったが。

「準備はいいかな、ルイス？」と技師は放射線から守られているコントロールルームから出てきて言った。

「いいよ」とルイスは答えた。

ルイスは革張りの処置台の上に横たわって天井を見つめた。技師は水溶性のオレンジ色の染料でルイスの上半身に印をつけ、それが終わると、放射線を浴びることを必要としていない部分を守るために、印をつけたまわりを鉛が詰められた革パッドで覆った。放射線はコバルト60アプリケーターから発せられる。技師は放射線学と腫瘍学の専門家の指示に従い、放射線の直径と量と距離を調整し、ルイスの患部にうまく照射できるよう、汚れひとつない金属製シリンダーに入れて遮蔽された放射性コバルトの小片をロボット・アームで動かし、器具の開口部まで持ってきた。

ルイスはいまだに不思議な気がしてならなかった。そのような強力な光線がいささかの痛みも熱も感覚もともなわずに体内を突きぬけ、その同じ光が彼の体を破壊しているガン細胞を破壊——たぶん——するのである。医者からはもちろん説明があった。放射線は体の普通の組織にはなんの影響も与えない。ただ突きぬける。放射線が影響を与えるのは、それを吸収するものだけだ。細胞、軟骨、骨、そして腫瘍。

技師は準備が整うと、安全な部屋に戻り、コバルト60アプリケーターを作動させた。ルイスは眼を閉じた。が、いつものように居眠りはしなかった。気づくと、アラン・ランプリーはどうして刑務所に入れられたのか、そのことを考えていた。

次の治療の日、アラン・ランプリーが看守に待合室から連れていかれると、ルイスはほかの人間に聞こえるようわざと大きな声で言った。「おれはあいつが何をしたのか知ってる」

突然のそのルイスのことばに、ポッツもホクシーも驚いて、顔を起こし、彼を見た。「あいつは人を殺したんだ」とルイスは言った。

「なんでわかる?」とホクシーが挑むように言った。

今度はルイスとポッツのふたりがホクシーを見た。ふたりともホクシーの声をそのとき初めて聞いたのだ。無愛想な顔に見合った無愛想な声だった。ただでさえ怒気が含まれているかのように聞こえる、振るった鞭のような声だった。

「図書館で調べたんだよ」とルイスは言った。

「図書館？」とポッツは信じられないといった口調で訊き返した。南部独特の間延びした声音だった。ルイスとホクシーは驚いて、互いに顔を見合わせた。ふたりとも心の中では同じことを思っていた——赤首《レッドネック》(南部の無教養で貧しい白人農場労働者)。このところ、北部の工場のより高い賃金を求めて、南部からやってくる人間が増えていた。凶作になると、必ずそういうことが起きる。

「ああ、そうとも、図書館だ」とルイスは言った。「やつの名前は治療室で見たんだ。アラン・ランプリー。で、図書館に保管してある古い新聞で裁判の記事を探したら、あいつの記事がいくつか見つかった。四年ばかりまえのことだ。ヤクの売人を殺したのさ」

ホクシーが馬鹿にしたように鼻を鳴らして言った。「あの哀れな白人の坊やはラリってたってわけだ、だろ？」

「あいつはヤク中じゃない」とルイスは言った。「ヤク中はあいつの妹だ。ヤクの売人はあいつの妹をクラック漬けにして、そのクラックの代金を稼がせるのに、通りに立たせて客を取らせてた。アランは妹を探しにシカゴにやってきた。ふたりはインディアナ州のどこかの小さな町の出だ。アランは妹とその売人が住んでるアパートを見つけた。妹は恥ずかしさのあまり、寝室に駆け込むと、引き出しから売人の銃を取り出して、兄貴と売人の眼のまえで自分の頭を吹っ飛ばした。売人はパニクって、そこから逃げようとした。アランは銃を取り上げると、売人を追いかけて、売人が車に乗ろうとしてるところを撃った。四発撃ち込んだ」

「そりゃいいことをしたよ、ああ、ほんとに」とポッツが言った。

「思うに」とホクシーがふたりを睨みつけるようにして言った。「その売人は黒人なわけだ」

「新聞には何も書かれてなかったけど」とルイスは言った。

「それがどうした？」

「どうしたもこうしたもあるか」とホクシーはルイスとポッツふたりに指を突きつけるようにして言った。「白人を殺したのなら、ここで治療なんか受けさせてもらってるわけがないだろうが。まだ生かされてたとして、死刑囚監房で毒の注射される日を待ってることだろうよ」

ポッツは、馬鹿にしたように鼻を鳴らし、床を見つめ、すっかり髪のなくなった頭を振った。ルイスは、ただ肩をすくめて言った。「そうかもしれん。そうでないかもしれん。どっちみち似たようなことさ。アランは第二級殺人で十四年食らったんだから。あいつにしてみりゃ、それは死刑と変わらない」

「ほう、そうなのかい？」とホクシーが言った。ほとんどうなるような声で。「なんで変わらない？」

「あいつはリンパ腺をやられちまってるからだ」とルイスは説明した。「あいつのカルテを見たんだが、皮下三インチのところにメガボルト級の照射を受けてる。それはもう食い止められないくらいガン細胞が広がっちまってるってことだ。病気についても図書館で調べたんだ。いくら金を積んだって、あいつはあと半年と持たないだろう」

ホクシーは何かを言いかけたが、途中で気を変えたらしく、そっぽを向いた。頑なその表情が少し和らいだように見えた。何度か激しくまばたきをしていた。前屈みになっていたポッツは背すじを伸ばして坐り直した。ルイスは、何かを強く吸い込むときにするように極端に口をすぼめていた。三人三様ながら、アラン・ランプリーの病状が自分の病状と重なり合ったのだろう。

そのあとは、看守に連れられてアラン・ランプリーがまた待合室に戻ってくるまで、誰ひとり口を利かなかった。が、三人とも新たな関心を持ってランプリーを見ていた。人間として——恐ろしい病気と悲しい身の上を引きずるひとりの人間として。

治療を受けに立ち上がったポッツが戸口でふと立ち止まって、尋ねた。「あんたらはこの治療を受けたあと、どれくらいで気分が悪くなる？」

ルイスは肩をすくめて言った。「三時間ぐらいかな」

「おれは四時間ぐらいだ」とホクシーは言った。「なんで？」

「おれはあんまり気持ちが悪くなったりしないんだけど、

二時間か三時間ぐらい経つと、食いものの味がわからなくなるんだ。で、どうしてるかって言うと、ハリスン・ストリートを湖のほうへここから三ブロックばかり行ったところ――アシュランド・アヴェニューとの交差点の近くに、ビリー・デイリーの店っていうちっちゃな酒場があるんだが、そこへ行くことにしてるんだ。ビールが好きでさ。冷やした生《なま》だ。味がわからなくなるまであんまり時間がないんだけど。でも、ちょっと思ったんだが、あんたら、ここが終わってちょっと駄弁りたい気分だったりしたら、そこでビールをおごるよ。どうだい？」

ルイスとホクシーは顔を見合わせた。ホクシーの顔を見て、ルイスは自分のほうからさきに答えるべきだと思った。ホクシーの顔はほとんど敵意剝き出しといった感じにまた戻ってしまっていた。

「おれは別にかまわないけど」とルイスは言った。そして、ふたりを睨むようにして見返しているホクシーを見やった。ポッツもホクシーを見ていた。「いいじゃないか」とルイスは言った。「色はちがってても中身はみんなおんなじなんだから――今はなおさら」

ホクシーはむっつりとした顔は変えなかったが、それでもうなずいて言った。「ああ、わかった」

ビリー・デイリーの店は、仕事に行くまえに震えを抑えなければならない呑んべえ相手に朝の八時から開店している類いのバーだった。昼休みに戻ってきて、午後の仕事に備えてまた一杯ひっかける。そういう人種がその店の客種《きゃくだね》だった。

ルイスが店にはいると、ポッツは奥のテーブルについていた。テーブルの上には冷やした生ビールを注いだピッチャーが置かれていたが、もうほとんどからになっていた。ホクシーが来たときには、ポッツは二杯目に移っており、それもだいぶ減っていた。ルイスのほうは苦労してまだ一杯目を飲んでいた。バーテンダーがピッチャーとグラスを置くと、ホクシーは財布に手を伸ばした。ポッツがそれを止めて言った。「いいんだ、いいんだ。あんたらの一杯目はもう払ってあるんだ。二杯目からは自分で出してくれ」

初めて一緒に酒を飲む男たちのすることはだいたい決まっている。彼らもまたひとりひとり自分のことを話しはじめた。すでに一番多く飲んでいるポッツが口火を切った。

「テネシーのちっちゃな町から来たんだ。出稼ぎさ。あっちじゃ製紙工場に勤めてたんだが、悪い仕事じゃなかった。だけど、工場の土地を買い上げた日本の不動産会社が工場を閉鎖しちまったんだ。新しい工業団地をつくるんで、開発しなきゃならないってことだった。新しい工業団地ができたら、みんなにいい仕事がまわるなんてやつらは言ってた。二年前のことだが、今のところまだなんにも開発なんかされちゃいない。おれは半年失業して、それから半年はあちこちで半端仕事をした。けど、そんなんじゃ、女房と三人の子供を養うのにはとても足りない。それでバスに乗ったわけだ。うまい具合にモトローラの工場で、いい仕事に就くことができた。みすぼらしいちっちゃなアパートにしろ、住むところも見つけて、それで家族が食っていけるだけの金を毎週送れるようになった。月に二回はバスで帰って、家族と週末を暮らしたりもできて、すべてがうまくいきそうだった。ところが、そんなときに癲癇《てんかん》の症状が出ちまった。まるで凍えて死にそうになってるみたいに、腕と脚が震えるようになっちまったんだ。工場の医者はおれにMRスキャナーを受けさせた。それで、脳に腫瘍ができてるのが見つかったんだ。高度障害保険はもらえたが、それだけじゃとても家族は養えない。で、おれは女房と話し合って、州から生活保護が受けられるようにした。おれが家族を見捨てたということにして。それで彼らはうまくやってる。でも、おれは帰れない。誰かに見られちゃまずいからな。だからここにいるのさ。仕事もなく、家族もなく、髪の毛もなく。話せるような将来もなく」彼は皮肉っぽい笑みを浮かべた。「誰か言ってたけど、人生ってな楽じゃない。だから、人は死ぬんだよ」

「そいつは掛け値なしの真実だ」とホクシーがわが意を得たりとばかりに勢い込んで言った。「一年前、おれはもうこれで万々歳だって思った。離婚したんだよ、三十二年間連れ添った女房と。もうお互い一緒の部屋にいるのも我慢できなくなってた。そんなところまで行っちまったんだ。

はっきり言って、おれの女房はいつのまにかもうどうしようもないほどいやな女に成り果てちまってた。決して喜ばない。何も彼女を喜ばせない。何も起こらないうちから文句を垂れるんだ。たとえば、こんなふうに。〝今度の水曜、あんたが何をするか、あたしはちゃんと知ってるんだからね。また、あのよくない連中と出かけるんだろ？〟って、いいかい、あの女が言ってるのは来週の水曜の話だ。まだ来てもない日のことをがたがた言いやがるのさ。

とにかく、おれはもうたくさんだって気になった。で、おれが家を出るってことで、おれたちは離婚した。勤めてた郵便局は勧奨退職で辞めてたから、金はそこそこあった。おれはつくづく思ったね、これでおれは生まれて初めて生活しはじめるんだって。新しいアパートメントに、新しいテレビ、新しいステレオ、新しい車。そんな中でも一番よかったのが、そう、新しい女だ。大学二年生のな。その子にはいわゆるファザコンってやつがあって、歳を取った男を必要としてたんだ。みんなにはおれは中年の危機を迎えてるなんて言われたけどさ。おれに言わせりゃ、おれにはまだタマがあったってことさ。ただ、その頃から咽喉がやけにひりひりして痛くなりだした。声もかすれるようになった」ホクシーはそこでさも嬉しそうに笑った。「その大学生の子にはそれがまたセクシーなんて言われたけど。でも、しばらくすると、セクシーなんて言ってるどころじゃなくなった。で、医者に行ったら、そのわけがわかったってわけだ」

ホクシーは椅子の背にもたれると、疲れたため息をついた。「で、今は大学生の女の子もいなくなり、アパートメントもなくなり、車もなくなった。新しいテレビとステレオは娘と娘婿のところにある。おれは今、彼らの家の地下の部屋をあてがわれて、そこに住んでる。おれの生命保険の受取人が彼らであるかぎり、どうにか受け入れてもらってるといった按配だ」彼は乾杯の音頭を取るかのようにグラスを掲げて言った。「あんたが言ったとおり、人生ってのは楽じゃない」

ホクシーはそのあと黙り込むと、ややあってポッツとともにルイスを見た。さあ、今度はあんたの話を聞こうか？

とでもいったふうに。ルイスにはすぐにはふたりの気持ちがわからなかった。それでも、ようやく気づいて話した。しかし、彼に話せたのは、ガンのせいで木曜日の賭けは朝早くしなければならなくなったこと、寒い気候の中で死ぬのか、と思うようになったこと、それだけだった。

「それで終わりか？」とホクシーが信じられないといった面持ちで訊き返した。「あんたの話を聞いてると、こいつもおれたちとおんなじガン患者なんだろうかって疑いたくなる」

「まったくだ」とポッツも同意して言った。「インフルエンザにかかっただけでも、もっと生活が滅茶苦茶になるやつだっているのに」

「だったら、まあ、勘弁してくれ」とルイスは困ったような顔をして言った。「悪いが、これ以上おれには悪いことは言えない。あんたらが気分を害してなけりゃいいんだが」

ポッツとホクシーは互いに顔を見合わせ、一拍置いて大笑いした。

「今のあんたの話でおれがどんなことを思い出したかわかるか？」とホクシーが言った。「おれが娘と娘婿におれの病気について話した日のことだ。アホな娘婿がそのときなんて言ったかわかるか？　おれが鎌状赤血球性貧血（黒人に多く見られる）みたいなちゃんとした病気じゃないのが残念だ、ガンなんて白人がかかる病気だよ、なんてぬかしやがったんだ」

「あんたはその程度でも悪いことだと思ってるようだが、だったら」とポッツが言った。「おれの話も聞いてくれ。ひと月ほどまえのことだ。やけに気分が落ち込んだんで、バプティストの牧師のところへ行ったんだ。もしかしてちょっとばかり慰めてもらえるんじゃないかって、沈んだ気持ちがちっとは上向くんじゃないかって思ってさ。わかるだろ？　でも、その馬鹿牧師になんて言われたと思う？　神に感謝することですときた。エイズみたいな不浄な病じゃなくてガンだったことを感謝しろって言うのさ。エイズは世界のホモセクシュアルたちに神が与えた罰で、ガンはまともな人間の病気だって。それも大真面目に！」

ルイスもこだわりを解き、ふたりと一緒になって声を上げて笑った。彼は、普段はあまり笑わない男だった。むしろ感情を表に出さないようにすることが多かった。感情それ自体ギャンブラーには不要のものと思っていたのだ。ところが、このふたりが相手だと、まったくそんなふうには思えなくなった。三人はみなそれぞれ大いに異なっている。だいたい、待合室で〝おはよう〟のひとことを言い合うようになるのでさえ、ふた月もかかっているのだ。それが今、ルイスはふたりと一緒にいて、この上なくくつろいだ気分になっていた。自分だけでなく、ふたりもまた同じような気分なのがはっきりとわかった。まるで気の置けない旧知の仲に一気になってしまったかのようだった。

笑い声が静まり、ビールのおかわりをしようかという段になって、ルイスは気分が悪くなりはじめ、そろそろ自分は帰ったほうがいいようだ、とふたりに告げた。激しい嘔吐に襲われるまえにアパートに帰っていたかった。ホクシーも帰ると言った。自分もそろそろだから、と。ポッツもふたりと一緒に帰ることにした。「味がわからないんじゃ、飲んでてもしょうがないから」

土曜の午後、また会わないか、と彼は提案した。その店の大きなテレビ画面でベアーズの試合を見ないかと。ルイスもホクシーもすぐに同意した。ふたりとも内心自分のその反応に驚きながら。

バスに乗ると、ルイスは条件反射的に考えた。酔いのまわった頭の中で、オッズの計算に使うさまざまな数字がぶうんという音を立てはじめた。が、どういうわけか、彼はそれらを頭から締め出し、アラン・ランプリーのことをまた考えはじめた。人生の最期の数ヵ月を寒くてむさ苦しいシカゴなんかで過ごすのは最悪だ、と思っていたが、彼としても改めて考えざるをえなかった――では、人生の最期を刑務所に閉じ込められて過ごすというのはどんなものなのだろう?

三人は週に何度かビリー・デイリーの店で会うようになった。治療を受ける前日の水曜日、治療のあとの木曜日の午後、月曜日の夜はプレシーズンのシカゴ・ブルズの試合を見た。そして、アラン・ランプリーのことがよく話題になった。最初はなにげないやりとりだったが、それが次第に熱を帯びていった。

「あいつがここに加われないというのはなんとも残念だな」とあるときポッツが言った。

「ああ」とルイスも同意して言った。「おれたちはみんな気前がいいからな。一緒にいる看守にだっておごってやるのに」

ホクシーがだしぬけにこんなことを言ったこともあった。

「ほんとに気の毒な話だよ。あの若さでガンと刑務所と両方食らっちまうなんて」

「ああ、それも善良な市民を殺したわけじゃないんだからな」とルイスは言った。「ただヤクの売人を始末しただけなんだから」

「世の中まちがってる」とホクシーは言った。

「それが正義か、ええ?」とポッツ。

「正義と法律を混同しちゃいけない」とルイスは言った。「それはちがうふたつのものだ」

今では毎週木曜日、アランが看守に付き添われて待合室にはいってくると、三人とも彼に顔を向け、会釈やウィンクまでするようになっていた。あるときなど、ポッツが立ち上がり、アランに話しかけたこともあった。すぐに看守があいだに割ってはいり、アランに言ったが。「立ち止まるな、ランプリー」ポッツにはもうひとりの看守が注意した。「悪いけど、受刑者は医療関係者以外とは話をすることを禁じられてるもんでね」

それでも、三人の思い——親しみであれ、同情であれ、理解であれ——は充分伝わったようで、アランは彼らに挨拶を返し、ときにはかすかに笑みを見せたりするようにもなった。三人のささやかなサインは充分アランに伝わったようだった——〝あんたはひとりぼっちじゃない〟。

ビリー・デイリーの店で、この新たな三人の友はピッチャーを一杯か二杯あけると、アランを救い出すことをやがて夢見るようになった。「宝くじが当たったら」とポッツが言った。「おれがその一部を何につかうかわかるかい？この市《まち》で一番の刑事弁護士を雇って、あいつを仮釈放かなんだかにしてやるね。刑務所なんかよりずっといい場所で死ねるように」

「ああ」とルイスは相槌を打った。「おれたちと同じようにな」

「おれが当たったら」とホクシーが言った。「いちいち弁護士なんか頼まない。筋金入りのタフガイを三人か四人雇って、そいつらに看守をぶっ叩かせて、あいつを逃がしてやる。そして、あいつに南アメリカかどこかに高飛びできる金をやる」

「そりゃ悪くない」とルイスは言った。

「ただ、問題は、おれたちは誰も宝くじなんか当たっちゃいないってことだ」とポッツがむっつりと言った。

「ろくでもないクソを死刑囚監房から出すのに」とホクシーが言った。「どこかのグループとか、なんかの組織とかが走りまわってるなんて記事はしょっちゅう見かけるのにな。その死刑囚はIQが低いだの、ガキの頃におふくろにケツをひっ叩かれすぎただの言ってさ。だけど、われらがアランについては誰も助けようとしてない。少なくとも、おれたちが知ってるかぎりは」

「そういうことをすると、何か失うかもしれない。そういうときには人は人を助けたりなんかしない」とルイスは言った。「人が人を助けるのは、なんにも失うものがないときだけだ」

「人って、その中にはおれたちも含まれるのか？」とポッツが訊いた。

ルイスもホクシーも何も答えなかった。

三人は長いこと黙りこくった。が、互いに何を思っているのか、それはみなわかりすぎるほどわかっていた。

次に三人が会ったときにも、その話題になった。ポッツが言った。「あいつのために何かしてやれることがあるといいんだが」

はっきりと意識はしていなかったが、ルイスはそのポッツのことばを待っていた。

「あるよ」と彼はあっさりと言ってのけた。

「あるってどういう意味だ？」とホクシーが言った。「おれたちに何ができる?」

「あのふたりの看守に飛びかかる。簡単なことだ。おれたちみたいな病人がそんなことをするなんて、彼らは思ってもいないだろう。不意を突けば楽にできる。で、あいつを逃がしてやって、あいつの手錠を看守と放射線技師にかけて、何が起きたのか、誰にも気づかれないうちにおれたちもずらかる」

「ああ。でも、どこへ?」とポッツが言った。「病院はおれたちが誰なのかも、おれたちがどこに住んでるかも知ってるんだぜ。午《ひる》にはもう三人とも捕まってるだろうよ」

「逃亡計画をきちんと立てなきゃな」とルイスは言った。ホクシーは疑わしげな顔をしていた。その一方で、明らかに興味も惹かれていた。「逃亡計画って?」

「おれだってはっきり考えてるわけじゃないけど」とルイスは認めて言った。「でも、われわれ全員が国外に出られるような計画じゃないと、駄目だろうな。国外逃亡犯の引き渡し条約とか結んでない国じゃないとな。それに治療が続けられる国じゃないと。たとえばアルゼンチンみたいな」

「ルイス、あんたはいいやつだけど、夢見てるんだよ」とポッツが言った。「そんな計画には途方もない金がかかる」

「それはそうだが」とルイスは言った。「その途方もない金に手が届く場所があってね。その場所はどこにあるか、おれはたまたま知ってるんだよ」

彼は、毎週木曜日の朝、友達のラルフがマネージャーをしている賭け店に運び込まれる現金の詰まった四つのスーツケースの話をした。ホクシーが眉を吊り上げて言った。

「なあ、あんたはシセロ・チャーリー・ワックスマンの賭け店を襲おうって話をしてるのか、ええ? そういうことなら、それはあんまり賢い考えとは言えないな」

「シセロ・チャーリー・ワックスマン?」とポッツが尋ねた。

「シカゴのノースサイドでギャンブルを仕切ってるギャングのボスだ」とホクシーはポッツに説明した。「あんな男から何か盗んだら、それこそ野良犬にたかってる蚤ほどの数の彼の手下に追いかけられるだけのことだ」

痩せた肩をすくめて、ポッツが言った。「だから？　いいか、看守を襲ってあいつを逃がしたりしたら、おれたちはシカゴの市警察とイリノイの州警察に追われる破目になるわけだ。それに悪党が何人加わろうと、大したちがいはないよ」

「そのとおり」とルイスは言った。「そもそも逃亡計画がうまくいけば、おれたちは誰にも追いかけられたりしない。一方、うまくいかなければ、誰がおれたちを捕まえるかってことにどれほどちがいがある？　刑務所にぶち込まれるか、殺されるか。どっちみちおれたちは死にかけてるんじゃないか」ルイスは身を乗り出し、テーブルに肘をついて声を落とした。「なあ、あんたたちには正直に言うよ。おれはその金の詰まった四つのスーツケースをあのアランのためだけじゃなくて、自分自身のためにも手に入れたい。おれには自分のガンを克服できるかどうかわからない。それはあんたたちもおんなじだと思う。だけど、克服できないなら、最期の何日かはもっと清潔で暖かいところで過ごしたい。たとえば、都市にも近くて治療が受けられるような浜辺の小さな村とかで――」

「おれもおんなじようなことを考えてる」とホクシーが言った。「娘の家からはなんとしても出たいんだ。地下室でなんか死にたくない。その浜辺の小さな村っていうのは悪くない」

ルイスとホクシーはポッツを見た。南部人ポッツはおもむろにうなずいて言った。「おれにもおんなじような事情がある。死ぬときは女房と子供に看取られたい。他人以外にもさよならを言いたい」そう言ってポッツはいくらか顔を赤くした。「いや、あんたらのことを言ったんじゃないよ」

「どうやらおれたちはお互い理解し合えたようだな」とルイスは言った。

三人は椅子の背にもたれ、グラスを掲げ、無言で乾杯をした。

翌日の夜、三人はルイスのみすぼらしいアパートに集まり、ビールでピザを胃に流し込みながら、計画を練りはじめた。

「朝一番に」とルイスは言った。「おれたちは役所へ行ってパスポートをつくる。それから銃を手に入れる算段を――」

「それなら心配要らない」とホクシーが言った。「娘婿が持ってる。ベッドサイド・テーブルの引き出しに、三二口径のサタデイナイト・スペシャルを入れてる。ちっちゃな銃だが、わざわざクロームめっきさせたみたいで、でかく見える」

「銃は一挺で間に合うか？」とポッツが言った。

「ああ、ほかのふたりはポケットに手を突っ込んで、銃を持ってるふりをしてればいい」とルイスは言った。「それに、現金を運んでくるやつの銃を奪えばいい。やつらは絶対持ってるはずだから」

「よし。ほかには？」とホクシーがさきを促した。

「航空券だ」とルイスは言った。「今朝調べたんだが、アルゼンチン航空の飛行機がここからブエノスアイレスまで毎晩九時に出てる。その片道の料金はファーストクラスで千百八十ドルだ」

「ファーストクラス！」とポッツが声を上げた。

「もちろん」とルイスは言った。「懐には金がうなってるんだ。エコノミーなんかで行けるか？」

「だけど、ファーストクラスなんて、チケットを買う金はどうやって工面するんだ？」

「金なんて要らない。航空会社が出発時刻の二時間前まで取っておいてくれるから。金はチェックインするときに払えばいいのさ。しかし、それ以外にまえもって何ドルか金が要る」

「何に要るんだ？」とホクシーが尋ねた。

「まずレンタカーを借りなきゃならない。それに、空港の近くのモーテルに部屋も取らなきゃならない。あいつのために服も買わなきゃならない。あのオレンジ色のジャンプスーツで歩きまわらせるわけにはいかないからな。あんたたち、クレジットカードは持ってないか？」

「おれはもう持ってない」とホクシーがむっつりと言った。

「娘にキャンセルさせられちまったんだ。で、今は娘からこづかいをもらってる身だ。ガキみたいに」

「おれはヴィザを持ってる」とポッツが言った。「普段はあんまり使ってないけど。金が手元にないときに、食いものや日用品を買うのに使ってる程度だけど」

「クレジットの限度額は？」

「五百ドルだ」

「それで充分だ。運転免許は？」

「ああ、持ってる。テネシー州の免許だけど」

「それでいい。行動するまえの日の夜に空港の近くで車を借りて、当日は空港に乗り捨てる」

「あいつも連れていくのか？」とポッツが尋ねると、ルイスは首を振った。

「それはできない。あいつにはパスポートがないから。奪った金の四分の一をやって、あとはあいつの好きにさせる」ホクシーとポッツはいささかがっかりしたような顔を見合わせた。ルイスは肩をすくめた。「しょうがないだろうが。それがおれたちにできる精一杯のところだ」


そのあと、三人は長いこと押し黙ったまま、互いに見つめ合ったり、残ったピザを見やったり、ぬるくなったビールをすすったり、音を立てずに指でテーブルを叩いたりした。それはいわば短い勾留期間のような時間だった。誰かがいくらかはためらってもおかしくない重苦しい幕間《まくあい》の時間だった。自信をなくしても、冷静になれば、どう見ても不可能としか思えない計画が彼らの心の中で粉々に砕けても——試験のまえの晩に算数のテストを盗み出そうという子供の計画さながら——少しも不思議はない時間だった。しかし、三人ともそうした不安を口に出そうとはしなかった。

「それじゃあ」と南部訛りのポッツが語尾を引き延ばして言った。「いつやる？」

「来週の木曜日」とルイスは言った。「それまでに全部用意して、そして、決行だ」

一週間後の木曜日、ルイスの友達のラルフはルイスのために特別に朝早く賭け店のドアを開けた。そして、ルイスにふたりの連れがいるのを見て驚いた。ふたりとも見たことのない男だった。「どうしたんだ？」とラルフはドアを半開きにして言った。

「このふたりは病院でおれと一緒に治療を受けてる人たちだ」とルイスは説明した。「おれを待ってるあいだだけ中に入れてやってくれよ。外は寒いから。いいだろ？」

「何を言ってるんだ、ルー。そもそもおれはここを正規の営業時間前に開けたりしちゃいけないんだぜ」とラルフは文句を言った。「なのに、勝手に人をふたりも連れてくるなんて。それもおれの知らない——」

「こいつらなら全然問題ないって」とルイスは請け合い、さりげなく肩でドアを押し、ポッツとホクシーも楽に中にはいれるだけのスペースをつくった。「こいつらはここで待ってるから。おまえにはこのふたりがここにいることさえわからない。いいだろうが、ラルフ、早いところ賭けさせてくれよ……」

ふたりが中にはいると、ラルフは不承不承ドアを閉め、鍵をかけた。そして、カウンターの中にはいって、しげしげとルイスを見た。どこかいつもとちがっていた。ラルフにはそれがなんなのかすぐにわかった。

「競馬新聞は？」とラルフは尋ねた。覚えているかぎり、この二十年間、手に持っているにしろ、ポケットから突き出ているにしろ、競馬新聞なしのルイスを見るのはこれが初めてだった。

「ああ……どうやら忘れちまったようだ」とルイスは言った。できるかぎりさりげなく。しかし、そう言ったときにはもう彼としても、計画を台無しにしてしまったことに気づかざるをえなかった。彼の声音は普段の気楽なそれではなかった。明らかにどこかおどおどした気配が露呈してしまっていた。

ラルフはポッツとホクシーを見やった。ふたりはドアのすぐそばに立っていたが、ふたりとも見るからに緊張していた。ラルフは訝しげに眼を細めてルイスに言った。「とぼけるなよ、ルイス、おまえ、何を企んでる？」

ルイスはラルフの眼を睨み返した。が、何も言わなかった。ラルフは唇を舐めた。そして、気を静め、カウンターの下に手を伸ばした。そこには赤い電話が置かれていた。シセロ・チャーリー・ワックスマンのホットラインだ。ただ受話器を取りさえすれば、何も言わなくても、そこから一番近いワックスマンの組の事務所から手下が四人ばかり駆けつけることになっている。

しかし、ラルフが受話器を取るまえに、ルイスがラルフの腕をつかんだ。「両手をカウンターの上に置くんだ、ラルフ」とルイスは静かに言った。

ホクシーがやってきて、クロームめっきされた娘婿のリヴォルヴァーを取り出すと言った。「こいつに言われたとおりにするんだ」

ラルフは信じられないという顔でルイスを見ていた。

「ルイス、気でもちがったのか?」

誰も何も言わないうちに、ドアをノックする音が聞こえた。ルイスはラルフを引っぱってカウンターの中から出させると、頭を振ってホクシーに合図した。ホクシーはドアが開く側の壁ぎわに体を押しつけて立った。ポッツも並んで立った。

「ドアを開けるんだ、ラルフ」とルイスはドアのほうにラルフを小突いて言った。

「おまえ、完全にいかれちまったな」とラルフはつぶやいた。

「いいから開けろ」

ラルフは言われたとおりにした。ドアが開けられるなり、スーツケースをそれぞれふたつずつ持った、がっしりとした体軀の男がふたり中にはいってきた。何が起きているのかふたりには理解する閑もなかった。ポッツがドアを閉め、すばやく鍵をかけた。ホクシーはまえに進み出て、銃を構えてふたりと相対した。

「鞄を置いて、じっとしてろ!」とルイスは鋭い語気で言った。アドレナリンのおかげでその声からおどおどしたところはすっかり消えていた。

「言われたとおりにしたほうがいい」とラルフが言った。

「こいつは狂ってる。面倒を大きくしないほうがいい」

ポッツがふたりのオートマティックを奪い、スーツケースの鍵が見つかるまでふたりのコートのポケットの中をまさぐっても、ふたりとも身じろぎひとつしなかった。

「よし。ふたりともクロゼットにはいれ」とルイスは命じた。「ラルフ、おまえもだ」

クロゼットはカウンターの中にあった。その中には、勝ち馬投票券や、ボールペンや、計算機のロール紙や、使い捨てのコーヒーカップなどが保管されていて、ドアはたいてい開けられていたが、男三人がどうにかはいれるスペースがあった。ふたりの男のうしろに続き、ラルフは憐れむように首を振りながら、ルイスに言った。

「自分からとんでもない面倒を背負い込んでしまったな、ルイス、たった、二、三万の金のために」

「たった二、三万だと？」とルイスは薄ら笑いを浮かべて言った。

「そうだ、お利口さん。たったそれだけだ。なんだ、おまえもおまえの友達もこんなことで大金持ちになれるとでも思ってたのか？」

「スーツケースが四個も要るのに？」とルイスはぴしゃりと言った。「シセロ・チャーリーの賭け店の一週間分の――

――」

「これは賭け店の売上げじゃない」とラルフは抑揚のない口調で言った。「煙草屋やキャンディ屋や酒場から集めた、フットボールのパーレー・カード（日本のサッカーのトト・カードに似たカード。自分で選んだ七試合の勝敗を当てる）の売上げで、しかもそのうち九十五パーセントは最小限の賭け金だ。だから、鞄は四個でも中にはいってるのは大半が一ドル札なのさ、ルイス。そうだな、二万、せいぜい二万五千ってところじゃないかな」ラルフはルイスに指を突きつけて言った。「その程度の金で、おまえは百万ドル級のシセロ・チャーリーの恨みを買うことになるんだ」

呆然とした顔をしながらも、ルイスは友達をクロゼットに押し込み、ドアを閉めた。振り返ると、ホクシーもポッツもなんとも言えない顔で彼を見ていた。ルイスはポッツのところまで行くと、ポッツの手からスーツケースの鍵をつかみ取ってホクシーに言った。

「クロゼットのドアを頼む」

ホクシーはリヴォルヴァーをコートのポケットに入れる

と、ベルトに差したハンマーを抜いて、別のポケットから釘を取り出した。そして、クロゼットのドアに釘を打ちつけはじめた。ルイスはひざまずくと、鍵を使ってスーツケースのひとつを開けた。輪ゴムでとめた札束がぎっしりと詰まっていた。そのうちの五、六個を調べた。ラルフの言ったとおりだった。ちらほらと五ドル札や十ドル札も混ざってはいたが、大半は一ドル札だった。

「なんだかおれたちはえらく遠慮深いことをしちまったみたいだな」とホクシーが釘を打つ手を止めて言った。

「どうする？」とポッツが言った。持ちなれない大きなオートマティックを二挺も手に持ち、いかにも場ちがいな感じで、声が割れていた。

「計画どおりにやる。とにかくここを出よう」とルイスは言って、ホクシーのほうを見やった。「そっちは終わったか？」そのあとポッツに言った。「車をまわしてくれ」そう言って、部屋のすべての電話線を引き抜いた、ホットラインも含めて。

しばらくしてポッツがレンタカーのビュイックを賭け店のまえに停め、トランクを開けた。ルイスとホクシーは一度にひとつずつスーツケースを運び、トランクに積んだ。ふたりとも前部座席に乗り込んだ。ポッツは車を出した。

「ふたつ決めなきゃならないことがある」とルイスは硬い口調で言った。「ひとつ。おれたちはあいつを救出する計画をこのあとも続けるか。それともこのまま逃げるか。もうひとつ。あいつを助けるとして、あいつにも金をやるか、それとも、あいつはただ逃がすだけにするか」

「ここからすぐ逃げたからって、それがすごく幸先のいいスタートになるわけじゃない」とポッツが言った。「だいたいあいつを可哀そうに思って始めたことだ。そこのところをすっ飛ばしちまったら、なんだ、おれたちは？　ただの馬鹿だ。あいつはどうしても逃がしてやらなきゃ」

「おれも同じだ」とホクシーも同意して言った。「だけど、金は分けなくてもいいんじゃないかな。おれたちのほうがあいつよりずっとずっと金が要るんだから。だって、そうだろうが。シセロ・チャーリーに追われるのはおれたちで、あいつじゃないんだから。あいつには買った服をやって、数百ドルばかり与える。あとはあいつに任せる」

ルイスはしばらく考えてからふたりの意見に賛成した。

「おれもそれでいいと思う。よし、次は病院だ」

彼らはクック郡立病院の外来用駐車場に車を停め、めだたないよう放射線科のある棟に向かった。そして、〈放射線科――外来患者〉の階までエレヴェーターで上がり、待合室にはいって、いつものように名前を書くと、これまたいつものように、それぞれ離れた椅子に坐った。ルイスはこれまでの経験から、十五分以上は待たされずにすむ確率は四に対して五だと算出していたが、その彼の計算は当たった。待ち時間は十一分ですんだ。

アラン・ランプリーをあいだにはさんで、刑務所の看守がふたり中にはいってきた。いつものように、彼らはまっすぐ治療室のドアに向かった。ドアから中にはいろうとしたところで、ルイスはポッツにうなずいて合図した。痩せこけた南部人は、弾かれたように椅子から立ち上がると、さきほど手に入れた銃のうち一挺を取り出して怒鳴った。

「う、う、うつな！　さもないとうごくぞ！」ふたりの看守もアラン・ランプリーも、ルイスもホクシーも、みな怪訝な顔をしてポッツを見た。ポッツは固い唾を呑み込んで言い直した。「う、うごくな！　さもないとうつぞ！」

「落ち着いてくれ。焦らないでくれ」と看守のひとりが言った。「誰も動きゃしないから」

ホクシーがすばやく看守のうしろにまわり、ふたりから銃を取り上げ、ぼそっとつぶやいた。「これで今すぐにも銃砲店が開《ひら》ける」

そのとき、治療室のドアが開き、放射線技師が現れた。ポッツがその技師に銃を向け、また怒鳴った。「あをてげろ！　くそ！　てをあげろ！」

技師はその場に凍りついた。信じられないといった面持ちで、アラン・ランプリーがあたりを見まわしながら言った。「いったいなんなんだ、これは？」

「すぐにわかる」とルイスは言った。「さあ、みんな治療室にはいるんだ。さあ！」

そして、治療室にはいると、看守の体をまさぐって鍵を見つけ、アラン・ランプリーの手錠を腰に巻かれた鎖からはずして言った。「そのジャンプスーツをすぐ脱ぐんだ」それから技師に言った。「あんたは白衣を脱いでくれ。ズボンも。早く！」

ふたりの看守と技師を下着だけにして、床に固定されたコバルト60アプリケーターに鎖と手錠でつなぐのには、五分とかからなかった。

「こんなことをして、ただですむと思うなよ」と看守のひとりが言った。

「あんたが正しい確率は、正しくないが二とすれば、五もある」とルイスは同意すると、ふたりの相棒と解放された囚人に向かって言った。「さあ、行こう。廊下の端の非常階段だ」

六分後、彼らはレンタカーのビュイックに乗り、駐車場をあとにした。

ホクシーとふたりで後部座席に坐ったアラン・ランプリーが言った。「あんたたちは狂ってる。自分からとんでもない面倒を背負い込んでる」

「もっと喜んでくれると思ったんだがなあ」とルイスはわざと皮肉っぽく言った。「最期の半年を刑務所で過ごさなくてもいいんだから」

「いや、もう半年もない」とアランは言った。「長くて三カ月だそうだ」

「だったら、三ヵ月」とポッツが運転席から肩越しにうしろを振り返って言った。「いずれにしろ、塀の中にいるより外のほうがよっぽどいいだろうが、ええ？」

「そりゃね」とアランは認めて言った。「だけど、あんたたちをとんでもない面倒に巻き込んでまでもいいと思えるかどうか。つまり、どうしてこんなことをしたんだ？ あんたたちはおれのことを知りもしないのに。おれのことなんか何ひとつ知りも――」

「それが知ってるんだよ、若いの」とホクシーが言った。「どうしておまえさんは刑務所なんかに入れられちまったのかも、おまえさんの妹のことも、ヤクの売人のことも」

「それはともかく」とルイスが言った。「これは自分たちのためにもやったことだ。おれたちは今朝強盗を働いたんだ。あとどれだけ生きられるかわからないけど、その時間を快適に過ごすのに充分な金を手に入れようと思って。もっとも、思ったほどは手にはいらなかったが。それでも、市《まち》を出て、そうだな、ラスヴェガスかロスアンジェルスあたりまで行くくらいの金はあんたにやれる。どこであれ、少なくとも、自由な人間として死ねるだけの金は」

「カナダだな」とアランは言った。「おれはカナダに行きたい」

ルイスは顔をしかめた。「なんのために？　あんな寒いところに。暖かいところに行きたくないのか？」

「カナダに叔父さんがいるんだよ」とアランは言った「ヴェトナム戦争の頃のことだから、もう何年もまえのことになるけど、徴兵忌避して、それ以来カナダに住んでるんだ。サスカチェワン州のムースジョーの近くでアナグマの養殖場をやってる。アナグマを育てて、羊とおんなじようにアナグマの毛を刈り取るんだ。アナグマの毛は高級ひげ剃りブラシになるんだって。その叔父さんのところへ行けば、おれをかくまってくれて、あとどれだけ生きられるにしろ、たぶん死ぬまで世話をしてくれると思う」

「そりゃ無理だ」とルイスは首を振って言った。「身分証明書か何かなければ行けない。あんたには運転免許証もパスポートも何もないんだから。カナダにははいれない」

「それがはいれるんだ」とアランは言った。「これまでにも行ったことがあるんだ。叔父さんと魚釣りに行ったんだ。カナダとの国境沿いで、モンタナ州のグラスランド国立公園の中に何個所か釣り場があるんだけど、そこからだと、まるで通りを渡るみたいにカナダにはいれる。だから、モンタナ州シェルビーまでのグレイハウンドのバスの切符代だけくれないか。そこからはひとりで大丈夫だから」

ルイスとポッツは顔を見合わせ、バックミラーの中ではホクシーがしきりとうなずいていた。「よし、わかった」とルイスは言った。

三人が借りたオヘア空港の近くのモーテルで、アランはシャワーを浴びて、着替えをした。三人は盗んだ四つのスーツケースを開けた。そして、詰められていた札束を全部ベッドの上に放り出し、金額を数える仕事に取りかかった。

「一ドル札は全部もうひとつのベッドに置こう」とルイスは言った。「おれは輪ゴムでそれを百ドルずつ束にする。あんたたちは大きい紙幣を数えてくれ」

「こっちはいくらもかからない」とポッツが言った。

着替えをすませたアランが部屋にはいってきた。三人はまだ数えていた。アランは困り果てたような顔をして言った。「やっぱりできないよ。こんなことをあんたたちにさせるわけにはいかない。だってあまりに不公平だ。おれは逃げられても、あんたたちは捕まって刑務所に入れられてしまうんだぜ。でもって、三カ月でおれは死ぬ。あんたたちのほうはあの病院で治療は受けられるかもしれないけど、結局、ジョリエット刑務所で死ぬことになる」彼はきっぱりと首を振った。「こんなのはまちがってる。なあ、おれが自首すれば、あんたたちの刑も軽くなるんじゃないかな。保護観察にだってなるかもしれない」

彼を自由の身にした三人の男たちは互いに顔を見合わせた。三人ともアランの気づかいに深く心を打たれていた。

「いいか、アラン」とルイスが言った。「おれたちのことをそんなふうに思ってくれるのは嬉しいが、実際の話、今回のことに関わってるのは、あんたとおれたちと警察だけじゃないんだ。この金、わかるか？　これはギャングスターのシセロ・チャーリー・ワックスマンから盗んだ金だ。シセロ・チャーリーは保護観察になんて絶対してくれない。シセロに捕まったら、それは即、死を意味する。それは塀の外にいようと、中にいようと同じことだ」

「やつにしてみりゃ、中のほうが簡単かもな」とホクシーが言った。

ポッツが立ち上がり、アランの肩に腕をまわして言った。「こいつらが言ってるのは、おれたちは今度のことに首を賭けてるってことだ。もうおれたちに逃げ道はないんだよ。ここまできたら、最後までやり通すしかない。ただひとつおれたちにも得るものがあるとすれば、それはあんたの逃亡を助けたという思いだ。それができなきゃ、おれたちにはなんにも残らない。あんたはおれたちにそういうむなしさを味わわせたいのか？」

「いや」とアランは首を振って言った。「そんなことはないよ」

「だから、おまえさんはアナグマの養殖場に行かなきゃいけないんだ」とホクシーが静かな声で言った。「おまえさんがそうしてくれたら、おれたちにも何かが残るんだから」

「わかった」とアランは眼を伏せて言った。泣いているように見えた。

ルイスが開けたスーツケースのところまでアランを連れていった。新たに束にし直した札が詰められていた。「一ドル札で三千ドル。五ドル札と十ドル札で千五百ドル。それからこれは」——ルイスは別に分けてあった札束をひとつアランに渡した——「いろんな額の紙幣で五百ドル。今言ったのがあんたの分だ。空港近くのグレイハウンドの発着所までポッツが車であんたを送っていって、一番最初に出るバスの切符を買う。切符を買うのはポッツに任せたほうが安全だ。おれたちの写真はまだ出まわっちゃいないだろうから。あんたは切符を受け取ったら、すぐバスに乗れ。で、そのバスがどこまで行くにしろ、またそこからカナダをめざせ。あんたの確率は成功しないが五で、成功するが八もある」

アランはルイスとホクシーと握手を交わし、ポッツとモーテルを出ていった。

ルイスとホクシーはまた金を数える仕事に戻った。


ポッツが戻ると、ルイスとホクシーはテレビを見ていた。

「おれたちのことをニュースでやってる」とルイスが言った。

「やったぜ」とホクシー。「トップニュースだ」

「アランの写真はもう放送されてるけど、おれたちのはまだだ。市警察、州警察、FBIまでおれたちを追ってる。おれたちが州を越えることを予想してFBIにも応援を頼んだんだろう。〝インターステイト・フライト〟というやつだ。そっちはうまくいったか？」

「ああ」とポッツは言った。「ネブラスカのオマハ行きのバスに乗せた。そこからモンタナへ行くのはわけないそうだ。あとは森の中をカナダまで歩くと言ってた」ポッツはベッドのひとつを見た。札束がうずたかく積まれていた。

「全部数えたのか?」

「ああ、全部数えた」とルイスは言った。「おれの友達のラルフの予想が当たってた。全部で二万三千六百十二ドル。それからあいつにやった五千を引くと、一万八千六百十二ドル。ひとり頭、六千二百四ドルだ」

「割に合わない稼ぎだったな」とホクシーが言った。「あらゆる警察だけじゃなく、シセロ・チャーリーにも追われてることを思うと」

「ああ、六千二百じゃそう遠くへは行けない」とポッツが言った。

「それでもまだブエノスアイレスへは行ける」とルイスは言った。「少なくとも、国外へは出られて、出た先でこと切れるまで五千ばかりつかえる」

「おれは勘定には入れないでくれ」とポッツが言った。

「おれには女房と子供がいる。おれが今度のことに関わったのは、彼らに充分な金を送ってやれて、死ぬときには彼らに看取られたかったからだ。でも、そううまくはいかなかった以上、金だけ女房に送って、あとは捕まるまでシカゴで物乞いでもしてるよ」

「何を言ってやがる。金を送るなら、おれの分も送るといい」とホクシーが言った。「おれもおまえと一緒に物乞いをするよ。娘の家の地下室を出られるならなんでもするよ」

「おれたちにはもうひとつできることがある」とルイスが思わせぶりに言った。眉根を寄せて、顔をしかめていた。ジェームズ・キャグニーとフクロウの中間のような顔になっていた。「あんたたちの賛成が得られるかどうかはわからないが」

「何はともあれ、拝聴しようじゃないか。おれたちがあんたを落胆させたことがこれまでにあったか、ええ?」とポッツが皮肉っぽく言った。

「ああ、話してみてくれ、ルイス」とホクシーも同意して言った。「そもそもあんたがいなきゃ、おれたちはこんなところにはいないんだから」

「札を数えてるときにふと思い出したんだが」とルイスは話しはじめた。「ある木曜日の朝、賭け店に行ったときのことだ。おれの友達のラルフがこんなことを言ったんだ。そもそも賭け店の中に入れてもらえるだけでもありがたいと思えってな。特に木曜日と金曜日はって。パーレー・カードのはした金がはいるのが木曜なら、競馬とかほかのスポーツのまとまった金がはいるのは、金曜なんじゃないか？　つまり、おれはまちがった曜日を選んじまったんじゃないのかな。でかい金はきっと明日の朝運び込まれるんだよ」

ホクシーが咎めるような眼でルイスを見ながら言った。

「おれが今聞いたことはほんとにあんたが言ったことなんだろうか」

「次にあんたが言い出すのは」とポッツも言った。「もうまちがいない。銀行強盗だ」

「それも思った」とルイスはあっさり認めて言った。「でも、保安体制とか、警報装置とか考えると、捕まる確率は五に対して八ぐらいありそうだと思い直したんだ」

「それでも、今日強盗にはいったところに明日の朝またはいっても捕まらない。そう思うのか、ええ？」とホクシーがいかにも信じられないといったふうに言った。

「そう、まさにそのとおり」とルイスは言った。「シセロ・チャーリーはきっとこう思ってるはずだ、やられたのが木曜だったのは不幸中の幸いだったってな。ラルフはラルフで、木曜だけおれを開店時間より早く中に入れてたことをシセロにもう白状してることだろう。だけど、おれは金曜も集金日だってことを知ってる。シセロはそれを知らない。そのかわり、今頃はもうニュースを見ていて、おれたちのやったことはやつに知れてるだろう。アランを逃がして、警察という警察におれたちが追われてることも。当然、おれたちは必死で逃げてる、とシセロは思うはずだ。そんなおれたちが明日また同じ店を襲うなんて、百万年経ってもあいつは思わないだろう」

「だけど、あんたの友達のラルフがまたドアを開けるわけがないじゃないか」とポッツが言った。

「あいつに開けさせる必要がどこにある？　なあ、おれたちには銃があるんだぜ。スーツケースを持ってきたやつらが車を降りたところを襲うのさ。歩道で。二分とかからないだろう。で、おれたちは自分たちの車に乗ってずらかる。やつらに追いかけられたりしないよう、やつらの車のタイヤはパンクさせる」

　ポッツは今や身を乗り出していた。その細面の顔にはありありと興味の色が浮かんでいた。「で、おまえの計算によれば、成功する確率はどれくらいだ？」

「成功しないが一、成功するが八。圧倒的におれたちが有利だ」とルイスは自信満々に答えた。

「うううん」とホクシーがうなった。「そんなに固いか？」

「もう鉄板と言ってもいいね」

　彼らが決断を下すのには一分とかからなかった。

「おれは乗った」とポッツがまず言った。

「おれもだ」とホクシーも加わった。

　ルイスはにやりと笑みを浮かべた。


　ポッツが電話でピザとビールのルームサーヴィスを頼んだ。それが届くと、死にかけている三人の男は次の強盗の計画をまた改めて練りはじめた。

うまくいかない時もある
Sometimes Something Goes Wrong

スチュアート・M・カミンスキー　上條ひろみ訳

スチュアート・M・カミンスキー（Stuart Melvin Kaminsky）は、『ロビン・フッドに鉛の玉を』（一九七七年　文藝春秋）を皮切りにした私立探偵トビー・ピータースのシリーズで知られるが、その他にも短篇小説、映画脚本、TV脚本、コミック、詩作などで幅広く活躍している。一九八九年にはアメリカ探偵作家クラブ賞の最優秀長篇賞を受賞（『ツンドラの殺意』新潮文庫）し、アメリカ探偵作家クラブの会長もつとめた。
本作は *The Mysterious Press Anniversary Anthology* に収録された作品だが、ヴェテランの彼が、はじめて先のプラン無しに書き進めたものだという。冒頭の駐車場のシーンを決めただけで、あとは筆にまかせたそうだ。さて、その出来栄えは？

「本当か？」

ビーマーはプライアを見て言った。「本当だ。一年前の今日。あの宝石店。おれの手帳に書いてある」

プライアは小柄で痩せていて、落ち着きのない男だった。自分の体内で作り出した覚醒剤《スピード》か何かでハイになっているダスティン・ホフマンといったところだ。のっぺりとした顔には、かなりの年月にわたってリングの上で数かぎりなく敗退してきたために受けた傷があった。彼は馬鹿だった。生まれながらの。頭に食らったパンチも知能指数を上げる役には立たなかった。だが、プライアは言われたことはやる男で、ビーマーはプライアにやるべきことを話すのが好きだった。プライアに話をするのは、口に出して考えるようなものだった。

「一年前。あんたの手帳に」プライアが車の窓から宝石店を見ながら言った。

「おれの手帳に」そう言ってビーマーは黒いジッパー付きジャケットの右ポケットを叩いた。

「それでこれは……？　ええと、今おれたちがいるのは？」

「ノースブルックだ。シカゴ郊外の」ビーマーは辛抱強く説明した。

プライアはあたかも理解したかのようにうなずいた。本当は理解していなかったが、ビーマーがそう言うなら、そうにちがいない。ビーマーを見やると、彼は運転席に坐ったまま宝石店のドアをじっと見据えていた。ビーマーは肩幅が広く、がっちりとした体軀の持ち主で、それはステイトヴィルで三年間ウエイト・トレーニングに励み、刑務所を出てからも続けているからだった。年齢はそろそろ五十で眼の色はブルー。背は低く、白髪混じりの黒い髪はレザーカットにしていた。彼はラインバッカーのようだった。小柄なラインバッカーだ。もっとも、ビーマーは一度もフットボールをやったことがなかった。バーから出てきたシンシナティ・ベンガルズ（プロフットボールチーム）の選手ふたりから金品を強奪したことならあるが、それが現実のフットボールに最も近い経験だった。テレビでスポーツを見たりもしなかった。刑務所では眼鏡をかけて本を読んでいた。一年のあいだ古典ばかり。ディケンズ。ヘミングウェイ。スタインベック。シェイクスピア。フロイト。ショーはアーウィンとジョージ・バーナードの両方。そして読みはじめた日から一年が経つと、ビーマーは読むのをやめた。彼は常に時間の経過に気を配っていた。

今のビーマーは動き続けることを好んだ。服を買い、きちんと食事をとり、可能であれば高級なホテルに泊まる。引退したいと思った日のために、現金はちゃんと取り分けてあった。その日が来るのを想像することはできなかったが。

「もう一度教えてくれ。前に襲ったきっかり一年後に、おれたちがそこを襲う理由を」プライアが訊いた。

ビーマーは腕時計を見た。じき日が暮れる。そろそろ閉店時間だ。この店のオーナー夫婦は、中華料理店を除けばこのモールでいつも一番最後に店を閉める。この宝石店、〈ゴートマン高級時計宝石店〉の一方の隣りは店頭販売をする保険会社の代理店だった。会社名は〈ステイト・ファーム〉。代理人はフレデリック・ホワイト。彼はすでに店に施錠して帰宅していた。もう一方の隣りは〈ヒメルズ・ギフトショップ〉だ。触っただけで壊れてしまいそうな商品がウィンドウに陳列されている。ガラス製らしい鳥や馬。ガラス《グラッシー》だからといって高級《クラッシー》というわけではないが。ビーマーは、見事なまでに薄いガラス製のワイングラスのような、本当に高級なものに触れるのが好きだった。落ち着いたらいくつか買ってもいい。毎晩それで酒を飲み、グラスの縁に指を滑らせて、あのベルのような音を奏でるのだ。どうやればあの音が出るのかは知らなかったが。それは勉強すればいい。

「何だって？」

「どうしてまたここにいるんだ？」とプライアは訊いた。

「記念日だからさ。おれたちが大儲けしたのはあのヤマが最初だった。運がよかったんだ。おそらくな。だからやるべきだと思うのさ」

「このあいだは何をちょうだいしたんだっけ？」

小さな細長いモールには、もうほとんど車は停まっていなかった。一番奥の突き当たりにある中華料理店のそばに停められた八台を勘定に入れなければ、四台ほどだろう。ビーマーは中華料理を食べようかどうしようかと考えることもできたが、彼には食べたいものがあった。タイ料理だ。今日はこれでいこう。今夜はタイ料理を食べる。明日は時計やブレスレットや指輪をポーク・ストリートのウォルターのところに持っていく。ウォルターは全部鑑定して値段をつけてくれるだろう。そしてビーマーはその代金をいただく。タイ料理。まずはそれだ。

「この前は六千ドルになった」ビーマーは言った。「五分間の仕事で。六千ドル。一分あたり千ドル以上の稼ぎだぞ」

「一分あたり千ドル以上」とプライアが繰り返した。

「お祝いだ」ビーマーは言った。「これはお祝いなんだ。おれたちの幸運が始まった場所に戻ってきたのはな」

「奥の明かりが消えたよ」宝石店を見ていたプライアが言った。

「行くぞ」そう言うとビーマーは素早く車から降りた。

ふたりは店のドアに近づいていった。ビーマーはグロックを手にしていた。彼の宝物だ。雑誌のスパイ小説で読んで、何としても手に入れたいと思ったのだ。プライアのはそのへんのちんぴらが持っているような、握りの部分にテープを巻いた安っぽい銃だった。リヴォルヴァーだ。六発か八発入りの。がらくたでも被弾すれば痛いし、銃弾が体内に残ってしまうこともある。だが、そんなことは誰も気にしやしない。銃を顔に突きつけられたやつらにとっては、その銃が精密なものであろうとろくでもないものであろうとどうでもいいことだ。それが自分の命の火を吹き消すものだとわかっているのだから。

ビーマーは隣りを歩いているプライアを見やった。プライアは仕事にふさわしい服装をしていた。彼はモーテルで自分の鞄の中のものをためつすがめつしたあげく、何を着たらいいかビーマーにうかがいを立てた。いつもそうだった。歯を磨くべきかどうかまでビーマーに訊く。まあ、それは言い過ぎかもしれないが、プライアはいつも何から何までビーマーに訊いた。月までの距離はどれくらいあるのか。イークォール（人工甘味料）を使うと本当に癌になるのか。ビーマーはいつだって答えることができた。間髪を入れずに、用意されている答えを。何が正しくて何が正しくないか。彼はいつでも知っていた。

プライアはブルーのスラックスに、〈トミー・ヒルフィガー〉のブルーの半袖プルオーバーシャツを着ていた。髪を梳かし、靴も磨いてあった。準備は万端だ。見栄えはよくないが、充分ことは足りる。

オーナー夫婦が店内の明かりを消すと、ビーマーはドアを開けて銃をかまえた。プライアも同じようにした。ふたりはマスクを付けていなかった。似顔絵を描かれたところでどうなるわけでもない。スキーマスクはちくちくする。ビーマーはサングラスをすることもあるが、それは昼間のヤマのときだ。頬にバンドエイドを貼ったこともある。それが記憶に残るように。同じ理由でノースカロライナ州フェイエットヴィルの〈ギブスンズ・マジック・ショップ〉で手に入れた偽物のほくろを付けたこともある。あそこを襲ったのは失敗だった。マジック・ショップはもうたくさんだ。彼はいたずらや他愛のないジョークのネタになるものをショッピング・バッグにかき集めた。偽物の犬の糞。鼻からぶら下げることができる作り物の鼻水。全部捨ててしまった。ほくろはとってあるが。今日はそれを付けていなかった。

「動くな」と彼は言った。

夫婦は動かなかった。夫はビーマーよりも十歳は若かった。背の高さは標準。この一年のあいだに顎鬚を生やしていた。老けて見えた。やはりジッパー付きのジャケットを着ていた。色はブルー。ビーマーは黒だ。ビーマーの好きな色は黒と白だった。何事も白黒はっきりしているのが好きなのだ。妻の方はブロンドで年齢は三十代、まあ美人といえるが、ビーマーの好みからすると痩せ過ぎだった。プライアは女に関しては記憶力がよかった。決して手を触れることはなかったがちゃんと覚えていて、夜になるとホテルやモーテルで女たちのことを話題にした。見映えのいい女からものを盗むのはプライアにとって最高の気分のいいことだった。それか、うまい清浄な《コーシャー》ホットドッグを食べること、このふたつだ。シカゴではしかるべき場所さえ知っていれば、いつでもうまいホットドッグが食べられる。ビーマーはその場所を知っていた。帰る途中で、ふたりはデンプスター通りにあるビーマーの知っている店に立ち寄るだろう。プライアを喜ばせるために。そして店内に坐って大きなコーシャー・ドッグを一、二個食べるだろう。フライドポテトをどっさりとケチャップ、オニオン、トウガラシ付きで。プライアはこの女のことを話題にするだろう。

女は前とはちがっていた。彼女はグリーンのドレスを着ていた。そして妊娠していた。それはまちがいなかった。

「やめて」と女は言った。

「いや、従ってもらう」ビーマーは言った。「わかっているだろう。黙って立っていろ。警報はなし。叫ぶのもなし。ばかなことはするな。男なのか、女なのか?」

ガラスのカウンターの向こうに回ったプライアは、素早く扉を開けてお宝をかき集めると、尻のポケットから取り出した〈バーンズ&ノーブル〉の布袋にじゃらじゃらと音を立てながら入れた。袋にはジークムント・フロイトの写真がプリントされていた。ジークムント・フロイトがビーマーをじっと見ていた。フロイトは何を考えているのだろう、とビーマーは思った。

「男なのか、女なのか?」ビーマーはもう一度訊いた。

「男か女かわかっているんだろう?」

「女の子だ」と男が言った。

「名前は決めてあるのか?」

「メリッサよ」と女が言った。

ビーマーは首を振って言った。「あまりに……よくわからないが……ありふれすぎている。何かシンプルな名前がいい。ジョウンとか、モリーとか、アグネスとか。シンプルな名前は一味ちがう。急げ」彼はプライアに向かって言った。

「急げ、了解」そう言ってプライアはさらに仕事の手を速めたので、〈バーンズ＆ノーブル〉の袋は膨れ、肉づきがよくなったフロイトはもうそれほど深刻そうには見えなかった。

「考えてみるよ」と男は言った。

「なぜうちなの？」と女が言った。怒りがこもっていた。

そんなことはするまい、とビーマーは思った。

涙があふれていた。「どうしてうちにばかり来るの？」

「まだたったの二回目だよ」ビーマーは言った。「記念日なんだ。一年前の今日。忘れたのか？」

「覚えてるさ」妻に身を寄せてその肩を抱きながら男が言った。

「もう来ないよ」とビーマーは言い、プライアはカーペットの上を歩いて次のショーケースのところに行った。

「関係ないよ」男は言った。「今回は保険はおりないだろうから」

「悪かったな」ビーマーは言った。「景気はどうなんだい？」

「よくないね」男はそう言って肩をすくめた。妊娠中の妻の眼は閉じられていた。

プライアはお宝を集めた。

「ここにある品物のいくつかはあんたが作ったのか？」店内を見回しながらビーマーは訊いた。「前に来たときは金細工があった。小さな動物の形をしたやつだ。鳥とか魚とか熊とかの。小さなやつ」

「あれは私が作った」と男が言った。

「小さい動物があるか？　金のやつだ」ビーマーはプライアに声をかけた。

「わからないよ」プライアは言った。「ただかき集めてるだけだから。待ってくれ。ああ、いくつかあるよ」

ビーマーは腕時計を見た。どこでそれを手に入れたか覚えていた。ここで手に入れたのだ。一年前に。彼は腕時計を掲げて夫婦に見せた。

「これに見覚えがあるか？」と彼は訊いた。

男はうなずいた。

「性能のいい時計だ」ビーマーは言った。「高級品だ」

「あんたは趣味がいいな」と男が言った。

「どうも」ビーマーはそこに込められた皮肉を無視して言った。この男には皮肉を言う権利があった。強盗に入られているのだから。彼は仕事を失おうとしていた。こんなふうに商品を無料で放出してしまったら、もう商売はできない。だが、彼はまだ若い。もう一度やり直すことも、誰かの下で働くこともできるだろう。彼はすばらしい小さな金の動物を作る。父親にだってなる。時計は彼らがここに入ってきてから四分たったことをビーマーに告げていた。

「行くぞ」彼はプライアに声をかけた。

「あと一分だけ。いや、二分だ。奥の部屋を見たほうがいいかな？」

ビーマーはためらった。

「奥に何かあるのか？」ビーマーは男に訊いた。

男は答えなかった。

「もういい」彼はプライアに言った。「これで充分だ」

プライアがケースの後ろから出てきた。〈バーンズ＆ノーブル〉の袋はぱんぱんに膨らんでいた。前回以上の収穫だ。そのとき、プライアがよろめいた。突然のことだった。プライアはつまずき、袋が床に落ちた。金製品や時計が飛び出し、金や銀やプラチナや指輪が雨や雪となって飛び散った。そして、プライアが転んだ拍子に彼の銃が火を噴いた。

銃弾は男の背中に当たった。女が叫び声をあげた。男は膝をついた。歯を食いしばっている。きれいな白い歯だった。こんなに白いのに本物の歯ということがあるだろうか、とビーマーは思った。女は男を支えようとしてそばに膝をついた。

プライアは夫婦を見て、それからビーマーを見ると、略奪品を袋に戻しはじめた。待てよ。あれはフロイトではない。ビーマーはだれだったか思いだそうとした。フロイトではない。ジョージ・バーナード・ショーだ。眉根を寄せて不機嫌そうにビーマーを見上げているのはジョージ・バーナード・ショーだった。

「事故だ」ビーマーは夫を抱きかかえている女に言った。

今、男は下唇を強く嚙んでおり、そこから血が出ている。男の背中がどうなっているのか、銃弾は彼の体の中のどこまで達しているのか、ビーマーは知りたくなかった。「救急車を呼べ。九一一だ。おれたちは今まで誰も撃ったことはない。これは事故なんだ」

もう五分以上経っていた。プライアは荒い息をしながらすべてを回収しようとしていた。膝をついて狂った犬のように這い回りながら。

「銃をしまえ」ビーマーは言った。「両手を使うんだ。急げ。この人たちは医者を呼ばないといけないんだ」

プライアはうなずき、銃をポケットに入れてから、キラキラ光る収穫物を集めにかかった。男は床にくずおれ、仰向けに倒れていた。女が泣きながらビーマーを見上げた。彼女の赤ん坊が無事だといいが、とビーマーは思った。

「旦那は保険に入っているのか?」と彼は訊いた。

彼女は当惑したように彼を見た。

「生命保険のことだ」ビーマーは説明した。

「済んだぜ」プライアが笑顔で言った。彼の歯は小さくて黄色かった。

女は質問に答えなかった。プライアはドアの方に走った。彼は自分がしでかしたことを振り返って見たりしなかった。

「九一一だぞ」ビーマーは店を後にしながら言った。

プライアは左右を見てから車に向かった。ビーマーはドアの外に一歩足を踏み出したが、きびすを返して店の中に戻った。

「悪かった」彼は言った。「事故だったんだ」

「出てって」女は叫んだ。「出てって。出てって。出てってよ」

彼女は立ち上がろうとした。彼に向かってこようとするほどおかしくなってしまったのかもしれない。彼女を撃つことになるかもしれない。妊婦を撃てるとは思わなかったが。

「ジョウンだよ」再び外に足を踏み出しながら彼は言った。「ジョウンはいい名前だ。考えてみてくれ。候補として」

「出てってよ」と女は叫んだ。

ビーマーは外に出た。プライアはすでに車に乗っていた。

ビーマーは走った。中華料理店から客が何人か出てくるところだった。野球帽の男がふたり。四十ヤードほど離れたここから見たところ、トラックの運転手風だ。駐車場にトラックは一台もなかったが。ふたりはまっすぐにビーマーを見ていた。ビーマーは自分が銃を持っていることに気づいた。女が叫んでいる声も聞こえた。トラック運転手たちにも聞こえているはずだ。彼は車まで走り、運転席に坐った。プライアは運転ができないのだ。運転を習ったことがなく、習おうとしたこともなかった。

ビーマーは弾丸のような速さで駐車場から車を出した。別の車が必要だった。楽に手に入るだろう。夜だし、このあたりは申し分のない環境だ。あまり新しくないやつに乗り換えよう。すぐに乗り捨てればいい。指紋を拭いて。後で五年もののＧＥＯ（ファミリータイプ車のメーカー）かホンダかそのあたりの車を買うのだ。合法的に。ビーマーの名義で。

「たんまりちょうだいしたぜ」プライアが嬉しそうに言った。

「おまえはあの男を撃ったな」高速道路に向かって制限速度内で車を走らせながらビーマーは言った。「死ぬかもしれないぞ」

「何が？」とプライアは訊いた。

「あの男を撃っただろう」ビーマーは繰り返した。ブルーのＢＭＷに乗った男に追い越しをかけながら。男は煙草を吸っていた。ビーマーは煙草を吸わない。ともに行動するようになってからは、プライアにもやめさせた。車や室内では。ステイトヴィルで、ビーマーは煙草を吸う男ふたりと同じ監房だった。どこもかしこも煙草臭かった。ビーマーの着ているものも。彼の本のページも。

人は自分で自分の命を縮める。アルコール、ドラッグ、煙草、くそみたいな食べ物は血液に影響を与え、その血液が心臓に送り込まれる。そうなると体に毒がまわり、手術をしなければ生きていけなくなってしまう。

「臭いやつらめ」とビーマーは言った。

プライアは袋の中を覗き込んでいた。彼は納得したようにうなずいた。顔が笑っていた。

「彼が死んだらどうする？」とビーマーが訊いた。

「誰が？」

「おまえが撃った男だよ」ビーマーは言った。「誰に撃たれたか、女房は知っているんだぞ」

高速道路へは直進すればよかった。停止信号と大きな緑色の案内板が見えた。

「おれは彼女を知らない」プライアは言った。「これまで一度も会ったことはない」

「一年前に会っている」とビーマーが言った。

「だから？　後戻りはできないぜ。あの男は死ぬんだ。誰だって死ぬ。あんただってそう言ったじゃないか」プライアは言った。誇らしい気分でジョージ・バーナード・ショーを胸に抱えながら。「ホットドッグを食べて行かないか？　あんたが言ってた店はどうだい？　コーシャーの。ジューシーだっていう」

「ホットドッグを食べる気分じゃない」とビーマーは言った。

彼は高速道路に乗り、シカゴへ向けて南に向かった。渋滞していた。ラッシュ・アワーだ。車の列はどこまでも続いていた。時速五マイルか、せいぜい十マイルののろのろ運転だ。ビーマーはラジオをつけてバックミラーを見た。後ろにはずらりと車が並んでいた。何であれ好みの車が見つかる長いショールームだ。ライトをつけ、這うようにのろのろと進んでいる。高速道路に乗らない方がよかったのだろうか。といってももう遅い。ニュースか音楽か、自分以外の理にかなったやつの声を聴こう。口の悪いトークショーのホストなら申し分ない。

「前のときより収穫が多い」プライアが嬉しそうに言った。

「そうだな」とビーマーは答えた。

「ホットドッグをふたつばかり食べられればな」プライアは言った。「お祝いなんだから」

「何のお祝いだ？」

「記念日のさ。それでプレゼントをもらったんだ」

プライアは袋を持ち上げた。重そうだ。ビーマーはぶつぶつ言った。仕方がない。食べるものは必要だ。

「ホットドッグだな」とビーマーは言った。

「そうこなくちゃ」とプライアが言った。

車は遅々として進まなかった。ビーマーの前の車のバンパー・ステッカーには、〝私を責めないで。自由意志論者に投票したんだから〟と書かれていた。

何のことだ？　自由意志論者というのは？　ビーマーは車が進んでくれることを願った。魔法は使えない。ラジオから流れる声は、シリアのことを何やら言っていた。ビーマーにとってシリアは存在していなかった。シリア、レバノン、イスラエル、ボスニア。どこでもいい。そういう場所は本当にあるわけではない。何も存在していないのだ。そこにあって手で触れることができ、眼で見て、手にしたグロックを突きつけて強奪するまでは、どこも存在しないのだ。

ブル、ブル、ブル、ブル、ブル。

ビーマーはエンジンの唸りと、先を急ぐドライヴァーがあちこちで鳴らしているクラクションの中にその音をとらえた。彼は頭上を見上げた。ヘリコプターだ。ラジオ局かテレビ局が交通状況を見るために飛ばしているのだろうか。いいや、それにしては高度が低い。警察だ。中華料理店から出てきたトラック運転手たちか？　まだ揚げワンタンが腹の中で消化されないうちに、彼らが無線か公衆電話か携帯電話のあるところまで行ったのだろうか。あるいはのろしを上げたのか。

警官たちが探しているのはある車種の車だ。ここにはその車種が何百、何千台とあるにちがいない。『ウォーリーを探せ！』よろしく、いたずらに手間がかかるだけだ。ビーマーはバックミラーを見た。回転灯は見えない。彼は道路の右にある土手を見上げた。連絡道路。車の屋根の連なり。点滅している回転灯はない。駆けてくる制服警官はいない。犬も吠えていない。ブル、ブル、ブルという音だけ。やがてライトがついた。前方の車群の上に真っ白い円形の光が落ちている。右から左、左から右にと振れながら。プライアはそのことに気づいていなかった。彼はローレックスに魂を奪われ、フライドポテトを夢見ていた。

あのライトはふたりの上で止まっただろうか？　気のせいか？　おそらくそうだろう。酸辣湯《ソワヌーラータン》（薬味と酢の利いた中華風スープ）を飲んでげっぷをしているトラック野郎が特徴を説明したのだろうか？　それとも、ジョウンという名のほうがいいのに、生まれてくる子供をメリッサと名付けるつもりでいる女性か？　ジョウンはビーマーの母親の名前だった。軽々しくその名を提案したわけではないのだ。

　つまり、警察はビーマーの特徴を知っているということだ。がっしりとした体格で短いグレイの髪、黒のジッパー付きジャケットを着た五十がらみの男。痩せ型の男が持っているキャンバス・バッグにはお宝が詰まっている。思いがけなく手に入ったピニャータ（中におもちゃや菓子を詰め派手に飾り立てた張り子の人形）、サンタクロースからくすねたもの。

　車は多少前に進んだ。たいした距離ではなかったが、とにかく多少なりとも進んではいた。流れているのは時代遅れの音楽だ。トニー・ベネットか？　いや、ちがう。ジョニー・マティスの唄う《恋のチャンス》だ。トミー・エドワーズの曲だったはずだが（いずれも五〇年代から七〇年代に活躍したポップ・シンガー）。

「進め、進め」ビーマーは前の車に小さい声で言った。

「え？」とプライアが訊いた。

「上にヘリコプターに乗った警官がいる」ビーマーは言った。じりじりと頂上に上り詰めていくジェットコースターに乗っているように、車を前に進めながら。上り詰めたあとは絶望と暗闇の中へとまっすぐに落ちていくのだ。「おれたちを探しているんだと思う」

　プライアはビーマーを見てから窓を下ろし、ビーマーが止めるよりも先に窓から頭を突き出した。

「やめろ、ばか」ビーマーは怒鳴り、ばか正直なやせっぽちを車内に引き戻した。

「見えたぞ」とプライアは言った。

「こっちを見てたか？」

「誰も手を振ったりはしていなかった」プライアは答えた。

「ほら、あそこだ」

　ヘリコプターは彼らの前方で高度を下げた。次の出口で降りるべきか。このまま渋滞の中に埋もれていようか。すると、車が少し流れはじめた。もちろんそれほど速くはないが、今は確かに進んでいた。時速二十マイルぐらいだろう。正確には十九マイルだが、ほとんどそれに近い。ビーマーは列を離れることに決めて、ラジオを消した。

ふたりは三十五分でデンプスターに着くと東を目指し、ミシガン湖に向かった。ヘリコプターは追ってこなかった。まだ明るかった。楽に車を交換するには時間が早すぎるが、そんなことは言っていられなかった。ヘリコプターがいるのだ。ビーマーは勘を頼りに公園を囲む通りをあちこち探し回った。三階建てのアパートが立ち並ぶ通りがあった。交通量は多い。彼はその一角に車を乗り入れた。通りの両側に車が停まっており、反対方向を向いているものもあった。

「おれたちは何をするんだ?」とプライアが訊いた。

「おれたちは何もしない」ビーマーは言った。「おれが車を探しているんだ。おれは車を盗む。店に強盗に入る。だが人を撃つことはない。銃を見せることはある。おじけづかせるためにな。おまえはそのポケットに入っているくそみたいな銃を見せ、何にもないところでつまずいて、男の背中を撃つんだよな」

「事故だったんだよ」とプライアは言った。

「この間抜け」とビーマーは言った。それから言った。

「あれがいい」

彼が眼をつけたのは二、三年前の型のグレイのニッサンで、通りの上に枝を突き出している大きな木の下に停めてあった。後ろから車は来ていない。通りの先は行き止まりだった。

「指紋を拭き取れ」ビーマーはそう命じると、車を停めて外に出た。

プライアは車から指紋を拭き取った。まずは車の中を。次に外を。彼が指紋を拭き終わるまでに、ビーマーはニッサンのエンジンを始動させていた。プライアは助手席に乗り込み、行楽にでも行くように袋を膝に載せた。あとはビーチとタオルがあれば申し分なしだった。

十五分後にふたりはホットドッグの店を見つけた。そしてにおいにつられて店に入った。店内には列ができていた。ケシの実のついた柔らかな丸型パン。清浄なホットドッグ。大きく切った浅漬けのピクルス。塩をふったきつね色のフライドポテト。ふたりは列に並んだ。前に並んでいる女性のふたり連れが話をしている。母と娘らしい。ふたりともショートパンツを穿き、腹部を露出していた。プライアは振り返って入口のほうを見た。ニッサンが見えた。袋はトランクに入れてあり、ジョージ・バーナード・ショーが見張り番をしていた。

母娘はパリのことを話していた。焼石膏《プラスター・オブ・パリ》のことだろうか。あるいはテキサス州のパリ？　それともヨーロッパの？　ふたりの知り合いの名前？　すてきな声だった。ビーマーは最後に女性といっしょに過ごしたときのことを思い出そうとした。それほど昔のことではない。あれは二カ月前か？　場所はアマリロだったか。ラスヴェガス？　イリノイ州のモウリーン？

ふたりの順番がきた。カウンターの向こうで白いエプロンをつけた若い店員が両手を拭いて言った。「ご注文は？」

死人を蘇らせてくれ、とビーマーは思った。おれたちを透明人間にしてくれ。コーパスクリスティ（テキサス州南部の観光保養都市）にいるおばのエレインのところまでテレポーテーションで移動させてくれ。

「薬味付きのホットドッグをひとつずつ」とビーマーは言った。

「おれはふたつだ」プライアが言った。「それとフライドポテト」

「ふたつずつにしてくれ。マスタードたっぷりで。あとグリルド・オニオンとトマトも。それとコーラをふたつ。おれはダイエット、こっちはレギュラーで」

母娘はスツールに坐って相変わらずパリの話をしながら食べていた。

「電話はあるかい？」ビーマーは注文したものの代金を払いながら訊いた。

「奥にあります」代金を受け取りながら店員が答えた。

「奥に行ってウォルターに電話をしてくる。車を見張れるところに席を取っておいてくれ」

プライアはうなずいて、注文したものを受け取る列に進んだ。ビーマーは電話をするために店の奥に行った。電話はトイレの隣りにあった。彼はまずトイレで用を足してから鏡で自分の顔を見た。ひどい顔だった。どう見ても。

彼はシンクに水をためて、その冷たい水の中に顔を突っ込んだ。シンクが汚れているかもしれない？　そんなことはどうでもよかった。彼は水から顔を上げて鏡を見た。水を滴らせた顔が映っていた。世界は変わってはいなかった。彼は顔と手を拭いてから電話のところに行った。持っていたAT&Tのテレフォン・カードでウォルターに電話をした。話の内容は次のようなものだった。

「ウォルターか？　品物が手に入った」

「宝石店のか？」

「何か問題でも？」

「大ありだ。もう警察の手が回ってる。病院に運ばれた男はもたないだろう。教会の役員か何かなんだ。聖人だな。テレビはどのチャンネルを回しても、見覚えのあるような気がする間抜けふたりの特徴を放送してる」

「品物は品物だ」とビーマーは言った。

「その品物のおかげでひとりの男が殺人の共犯になるかもしれないんだ。そいつはあんたが持ってろよ。誰にもばれないところに持っていくんだ。とにかく手後れになる前に街を出ろ、いいな。おれの言ってること、わかるな？」

「ウォルター、賢明になれよ」

「おれのミドルネームは〝賢明〟だよ。〝慎重〟にしておくべきだったが、〝賢明〟なんだ。もう切るぞ。おれはあんたのことは知らない。番号をまちがえてるぜ」

ウォルターは電話を切った。ビーマーは電話を見ながら考えた。セントルイスだ。セントルイスのタナーがいる。いや、東セントルイスだった。彼らの品物をフェアに扱ってくれる黒人がいるのは。モーテルをチェックアウトしてセントルイスに向かおう。品物を売るか銀行に行かないかぎり、新しい車を買うのに十分な金はない。あまりスピードを出さないようにして、ニッサンで行かなければならないだろう。夜通し車を走らせる。そして太陽が軌道を昇ってきたら、朝一番でタナーのところに行くのだ。

ビーマーは狭い通路を歩いて戻った。段ボール箱が置いてあるせいで通路はさらに狭くなっていた。カウンターに戻ると、母娘はまだ食べたりしゃべったり飲んだりしていた。多くの人々がそうしていた。カウンターにもたれて立ち、あるいは赤いシートの付いた背の高い回転するスツールに坐って。素晴らしいにおい。すべてが申し分なしだった。プライアは車を見張ることができる窓際に席を取っていた。彼はひとつ目のホットドッグを食べ終わり、ふたつ目に取りかかっていた。ビーマーは彼の隣りににじり寄った。

「セントルイスに行くぞ」ビーマーは客たちの会話の壁に隠れるようにしながら言った。

「わかった」プライアは鼻にマスタードをつけたまま言った。質問はなし。ただ〝わかった〟だけ。

そのときだった。それが起きたのは。いつもそうだ。いつだって不愉快なことが起こる。白と黒の警察車輌がホットドッグ店の表の駐車場に入ってきたのだ。駐車場は細長かった。警察車輌はゆっくりと進んでいた。駐車スペースを見つけて、ちょっとハンバーガーかホットドッグでも食べるつもりか？　それとも盗難車のニッサンを探しているのか？

警察車輌はニッサンの隣りに停まった。


「やばい」プライアがうめいた。

ビーマーは小男の腕をつかんだ。警官たちはホットドッグ店のウィンドウの方を見た。ビーマーは壁の方を見ながらホットドッグを食べたが、ゆっくりと咀嚼しながらも心臓は早鐘を打っていた。今にも心臓発作で死ぬことになるかもしれない。別におかしなことではなかった。彼の父親はワシントンDCで地下鉄に乗っているとき、まさにそのせいで死んだのだから。

プライアはこちらにやってくる警官たちをあからさまに見ていた。

「やつらの方を見るな」ビーマーが小声で言った。「おれを見ろ。話をするんだ。何か言って笑えばいい。おれがうなずく。何か言うんだ」

「やつら、おれたちの方に来るかな？」プライアはふたつ目のホットドッグを食べながら訊いた。

「鼻にマスタードがついてるぞ。鼻にマスタードをつけたままでつかまりたいのか？　十時のニュースで笑い者になりたいのか？」

ビーマーがナプキンを取ってプライアの鼻を拭いてやっていると、警官たちが店に入ってきて店内を見回した。

「ポケットに手を入れろ」ビーマーは言った。「銃を出せ。おれもそうする。警官に銃を向けるんだ。だが、撃つなよ。声も出すな。やつらが銃を抜いたら、おまえは銃を捨てろ。そうなったらおしまいだ。おまえが撃った男が死んでいないことを祈るしかない」

「おれは祈ったりしない」プライアは言った。そう言っているあいだに、ふたりの若い制服警官たちは、ホルスターの銃に手をやりながら、並んでいるお客たちの脇を通って店の真ん中まで進んだ。

ビーマーは振り向き、プライアもそれにならった。銃を抜き、狙いをつけた。ブッチとサンダンス。ジョン・ウーの映画のようだった。

「動くな」ビーマーが怒鳴った。

なんということだ、ズボンに小便を洩らしてしまった。モーテルまで三十分もかかるというのに。ちゃんとモーテルに辿り着けるのは二十年後かもしれない。

警官たちは手をホルスターに置いたまま立ち止まった。店内は静まり返った。誰かが悲鳴をあげた。母か娘のどちらかは、パリのことを話すのをやめていた。

「行くぞ」とビーマーは言った。

プライアはホットドッグの残り半分と、ほとんど中身が残っていない油のしみたフライドポテトの袋がある背後に手を伸ばした。

「それ、グロック?」カウンターの中の店員が訊いてきた。

「グロックだ」とビーマーは答えた。

「かっこいい銃だね」と店員は言った。

警官たちは黙っていた。ビーマーもそれ以上口をきかなかった。彼はプライアとともにドアの方に進み、こちらを見ている警官たちに目を配りながら駐車場を抜けて退散した。警官たちは発砲しないだろう。人がたくさんいすぎる。

「乗れ」とビーマーは言った。

プライアは車に乗った。ビーマーは後ろ手で運転席側のドアを開けた。銃を構えたままでドアを開けるのは難儀だった。何とかやってのけると、乗り込んで車を発進させ、バックミラーを見た。警官たちが銃を抜いて外に出てきた。ビーマーの前方には車仕切りがあった。数インチほどの低い仕切りで、赤く塗られている。ビーマーはその仕切りを乗り越えて前に進んだ。どうせ彼の車ではないのだ。白のミニヴァンと、誰も知らないような車種の古いコンヴァーチブルのあいだに、通り抜けられる隙間がありそうだ。ビーマーはそう判断した。

警官たちが何か言っていた。ビーマーは聞いていなかった。彼はズボンを濡らし、心臓発作で死にそうになっているのだ。誰かが通報したのかどうかだけ知りたかった。ニッサンのボディの下部が赤い仕切りに引っ掛かってえぐられ、乗り越えるときにものすごい音を立てた。ビーマーがプライアの方を見ると、片手にがらくたの銃をかまえ、窓を開けて外に乗り出していた。プライアが発砲したのは、ビーマーがミニヴァンとコンヴァーチブルのあいだを通り抜けたときだった。ニッサンの両サイドの塗装が多少剝がれた。

ビーマーが通りに出ると、プライアはまた発砲した。ホットドッグ店のウィンドウが割れる音が聞こえた。これからしばらく彼らはここで歓迎されないだろう。銃弾が飛んできたのはビーマーが右折したときだった。それはプライアの顔面を貫通した。彼は窓からだらりと頭を出したまま死んだ。ビーマーはニッサンのアクセルをいっぱいまで踏み込んだ。プライアの頭がドアに当たって跳ね返る音が聞こえた。

警官たちは車のところに行って無線で連絡をしていた。プライアの頭はジャングルから出てきた生き物か何かのようにドアを叩いていた。ビーマーは急激に右折して薄暗い通りに入った。道路の縁石に寄り、プライア越しに腕を伸ばしてドアを開けた。プライアが引っかかったままの状態でドアが開いた。ビーマーは死んだ男のシャツをつかんで窓から引き離し、ドアの外に押し出した。それから腕を伸ばしてドアを閉めた。プライアは真新しい眼をひとつ加えた三つの眼で彼を見上げていた。

ビーマーは車を走らせた。今や一ブロック後方に警察車輛のライトが迫っていた。サイレンを鳴らしている。彼は左折し、ジグザグに進んだ。自分がどこにいるのかわからなかった。相談する相手もいない。自分とラジオだけだ。

　オークトンと呼ばれる通りに出て、そこから東のシェリダン・ロード、レイクショア・ドライヴ、ミシガン湖方面に向かうまで一体何分かかっただろう。

　人々は車で通りすぎていく。彼は通行人を追い越していく。みんなが彼を見た。ドアに血がついている。そのせいだ。プライアは彼に印をつけてしまった。車を停めてきれいにする時間はない。通りでは無理だ。シェリダン・ロードに出て曲がる場所を探しているうちに、それを見つけた。狭い袋小路だ。白い看板に黒い文字で〝水泳禁止〟と書いてある。公園だった。

　よく見もしないで二台の車のあいだにニッサンを入れ、トランクのロックを解除すると車から降りた。トランクの中には宝石の入った袋以外何もなかった。袋の中身をすべてトランクに空け、空になったキャンバス製の袋を持ってトランクを閉めた。そして水を探しに出かけた。

　遅い時間だったが、何組かの家族がピクニックをしていた。散歩をしているふたり連れもいた。ビーマーは噴水を見つけた。ジョージ・バーナード・ショーに水を満たし、水をしたたらせながらニッサンまで持ち帰ると、血まみれになった車のドアをきれいにした。ドアは縞模様になっていた。彼はせっせと作業に取り組んだ。袋の水をあけ、こする。さらに水を求めて噴水に戻り、袋に染みた赤い水を絞る。それを繰り返した。ガンガ・ディン（一九三九年の同名アメリカ映画に登場する雑用係のインド人従者の名）のように。水を持ってくる。きれいにする。三往復すると作業は完了した。

　ジョージ・バーナード・ショーは怒っていた。彼の顔は駐車場の明かりの下で赤く見えた。

　ビーマーはトランクを開けて、その中に袋を放り込んだ。振り返ると通りの向こうから一台の警察車輌がやってくるのが見えた。駐車場内は一方通行《ワンウェイ》だ。解決法はひとつ《ワンウェイ》しかない。先に進むのだ。彼は時計を六、七個と小さな金の動物をいくつかつかむと、急いでポケットに突っ込んだ。そして公園内に入り、小道を抜けて岩場に向かった。最後の抵抗？　岩場《ロック》でグロックをかまえて？　まさかそれはあるまい。こんなふうに終わるわけがない。彼は警官と岩場に挟み撃ちにされていた。おかしなものだ。だが笑えない。彼は振り返って警察車輌が狭い駐車場に入ってくるのを見ながら先を急いだ。

ビーマーは岩場を見つけた。若者たちが岩に取り付いて登っていた。いくつもの大きな岩があった。その向こうにあるのは夜、そして暗闇の海のような湖だった。世界の終わり。虚無だ。彼は岩を乗り越えた。

十代か大学生ぐらいの若者が男ばかり三人で、水辺に降りていく彼を見ていた。

おれを見るのをやめてくれ、と彼は願った。またもとのように仲間同士で遊んだり、嘘をついたり、馬鹿なことをやっていろ。おれの方だけは見るな。ビーマーは岩の後ろにしゃがんだ。水が靴のところまで来ていた。

プランは何もなかった。水と岩場。ポケットの中にたいしたものは入っていない。岩陰に這いつくばっている。まずはここから出よう。車を見つけてモーテルに行く。セントルイスに到着する。タナーは彼の持っているものに数百ドルかもう少し払ってくれるかもしれない。やり直すんだ、新たなプライアを見つけて前《プライア》のプライアの代わりをさせるんだ。今度のプライアには銃は持たせない。ひとりでは自分がやっていけないことをビーマーは知っていた。

「ここで男を見なかったか？」波の音を通して声が聞こえた。

「あっちに降りていったよ」という少しばかり若い声がした。

ビーマーは泳げなかった。諦めるか前に進むか。彼は前に進んだ。頭上から懐中電灯の光が伸びていた。もうひとつの光は彼の来た方角から迫っていた。

「そこまでだ。向きを変えて戻ってこい」と声が言った。

「やつは武装しています」と別の声が言った。

「銃を出して構えろ。すぐにだ」

ビーマーは考えた。彼はグロックを取り出した。素晴らしい銃。ゆっくりと銃を取り出して顔を上げ、もうどうにでもなれ、と思った。片手で岩につかまりながら、銃の握りをつかんだ。頭上の懐中電灯の光に狙いを定めた。

発砲する前に銃声が聞こえ、痛みを感じて後ろに倒れた。頭が岩の突き出た部分に当たった。腹部をずたずたにした銃弾よりも岩で受けた痛みの方が大きかった。だが、最悪なのは水だった。冷たい水だ。

「やつに近づけるか、デイヴ?」誰かが怒鳴った。

「やってみる」

ビーマーは仰向けに浮かびながら黒い波に洗われていた。おれは浮くことができるんだ、と懐中電灯の光を見ながら思った。浮いたまま小型ヨットにでも辿り着けば、それに乗り込んで逃げられる。

彼は波間を浮き沈みしながら沖まで来た。痛みは寒さに変わっていた。

「やつに届かない」

「くそ。沖に浮いているんだ。応援を呼べ」

足音。ビーマーは顔を上げた。彼の眼に向けられた光の向こうに、人々が並んでいるのが見えた。岸から沖の暗闇の中に向かって、どんどん遠くへと漂っていく彼を見ている。やつらに手を振ってやろうか。彼は月と星を探した。月も星も出ていなかった。

記念日の襲撃はあまりいいアイデアではなかったようだ。彼は眼を閉じて思った。おれは一度もこのグロックを撃ったことがない、と。どんな銃にしろ一度も撃ったことはなかった。もう助からないのだとしたら、それが心残りだ。もし助かるとしても、それが心残りだ。最高にいい銃だったのだから。

ビーマーは眠りに落ちた。眠ったのでなければ、死んだのだろう。

ラバ泥棒
The Mule Rustlers

ジョー・R・ランズデール　七搦理美子訳

二〇〇一年に『ボトムズ』（ハヤカワ文庫）でアメリカ探偵作家クラブ賞最優秀長篇賞を獲得した、根っからのテキサス野郎であるジョー・R・ランズデール（Joe R. Lansdale）は、実際に二十代の頃にラバを飼っていた。そして、長年可愛がっていたその年老いたラバは、ある日何者かに盗まれてしまったという。今となっては懐かしいこの記憶をもとに執筆されたのが、本作である。ランズデールからの忠告――ラバには鍵をかけておこう。*The Mysterious Press Anniversary Anthology* に書き下ろされた作品。

ジェイムズがエリオットとともにラバを盗みに出かけた日は、ちょうどサン・ジャシント・デー（四月二十一日。テキサス独立戦争〔一八三六〕の戦勝記念日）にあたり、朝から強風が吹き荒れ、ひょろ長い黒雲が、タイル床の上で踏みつぶされたクモのように、どんよりした曇り空にへばりついていた。

そのラバには、一週間前、他人の家を下見してまわっていたときから眼をつけていた。泥棒に入るという当初の計画は、あきらめるしかなかった。なぜなら、どの家も庭で大型犬を飼っていて、さまざまな置き物やスプリンクラーが眺められる芝生には、ローン・チェアに座って入れ歯をもぐもぐさせている年寄りがいたからだ。しかも、その年寄りたちのほとんどが銃を持っていた。

彼の目にラバの姿がとびこんできたのは、その帰り道でのことだった。木が生い茂り小さな池がある十エーカーほどの土地に、そいつはいた。大きさは並みで色は茶色、ただし鼻のまわりだけは白っぽく、耳をレーダーのようにピンとたててあたりに注意を払っていた。

土地のまわりには有刺鉄線が張り巡らされていたが、中へ入るのはそう難しくなさそうだった。出入口は杭にとじ金で止められた金網でできていて、その金網に結びつけた一本の針金が柱にぐるりと巻き付けてあった。鎖と南京錠もかけられているが、これも特に問題はなさそうだ。ワイヤー・カッターさえあれば簡単に中に入れる。

その土地が面している道路はほどほどに車の往来があり、彼がスピードを落として金網を調べているあいだも、反対方向から三台やってきて通り過ぎていった。

ジェイムズは、砂利道を右に曲がり、未舗装の細い道に入って車を止めた。あとは歩いてまた別の誰かの土地――木が生い茂っているだけで囲いはなされていない――を突っ切れば、有刺鉄線を乗り越えて反対側からラバに近づくことができる。その有刺鉄線も、あまり高くないところに二本張られているだけの、囲いとしてはお粗末なもので、境界線としての役割は果たしているが、出入りを妨げるほどのものではない。ラバが逃げ出さないでいるのは、その気にならないというだけのことだろう。

その低くて貧弱な囲いに片足を載せて、地面すれすれまで押し下げてみた。そうやれば簡単に入り込めることがわかると、今すぐにでもラバを連れていきたくなった。木々のあいだから、草を食み口をものうげに動かしているそいつの姿が見えた。だいぶ歳をくっているようで、両耳をたえず前後に動かしているが、おれの気配をとらえているとしても、その情報は耳から脳へ送られてはいないようだ。あるいは、受け取っているのだが、脳の方が別段気にしていないのか。

ジェイムズはしばらく考えをめぐらせた。ちっぽけな畑を耕させるため、あるいは何事にも動じない動物だというだけの理由で、ラバを手に入れたがっている農夫がこのあたりには大勢いる。つまり、需要があるということだ。ひと儲けしたければ、囲いを押さえつけているあいだにあいつを外に連れ出して、あとはトラックに乗せるだけでいい。

問題は、トラックを持っていないということだ。今乗っているのは中古のヴォルヴォで、フロント部分を修理する必要があった。以前の持ち主が、何かに衝突してアコーディオンのようにつぶしてしまったのを、何とかひきのばしてみたものの、元どおりというわけにはいかなかったらしい。走行中はガタガタと音をたてるし、ときおり、ハンドルを動かしてもいないのに勝手に右に曲がろうとする。

こいつのおかげで何度恥ずかしい思いをしたことか。帽子をかぶって運転すると、てっぺんが天井に届くし、家畜競売場の〈キャトルマンズ・カフェ〉に出かけていって、ずらりと並んだピックアップ・トラック――どのトラックもあちこちに泥がこびりついていて、なかには軍用車なみにでかいやつもある――の間にこいつを止めると、自分がひどく鈍臭い人間に思えてくる。

これでも昔はばかでかいダッジ・ラムに乗っていたのだ。

ポーカーに負けて相手に取られてしまったが。勝った相手は太っ腹なところを見せようと、車を交換してくれた。つまり、ダッジはそのポーカー名人のものとなり、くそったれヴォルヴォがおれのものとなったわけだ。そいつは相当ガタがきていて、天井からは剝がれた内張りがぶらりと垂れさがり、床は腐食してところどころ穴が空きかけていた。ハンドルがいくらか曲がっているのは、事故が起きたとき――その事故とは、フロント部分がアコーディオンのように押しつぶされた事故とおそらく同じものだろう――シートベルトをしないで運転していたやつが前に投げ出されて、そうなったのに違いない。ゴム製のカバーがはまったハンドルのてっぺんには、その災難が起きたときについたと思われる歯形が今もくっきりと残っている。もっとひどいのは、車体の色が黄色だということだ。人に見せびらかしたくなるような車ではない。その黄色というのが、ベッドの柱にくっついてかちかちに固まってしまった赤ん坊のうんちのような黄色とあっては、なおさらのこと。

要するに、ラバを助手席に乗せて運ぶことはできないということだ。だが、友人のエリオットなら、ピックアップ・トラックも馬匹運搬用のトレーラーも両方とも持っている。

調教師を自称していたこともあるエリオットだが、問題は、自分の馬と呼べるのは斑馬《まだらうま》一頭しかいないことだ。しかも、そいつはほったらかしにされていたせいで死んでしまった。もっとも、彼が過分な金を支払ってそいつを手に入れたときから、すでにくたばりかけていたのだが。エリオットの手でよそへ送り出されていく盗まれた馬たちをのぞけば、彼のものと言い切れる馬はそいつだけだ。それに、《キャット・バルー》（ロイ・チャンスラー原作のコメディー西部劇映画。一九六五年）に出ていたやつをのぞけば、壁に四十五度の角度で寄りかかることができるのも、そいつだけだった。

ある朝、その馬はあいかわらず壁に寄りかかっていた。十六歳の男の子の勃起したペニスのように固くなっていたが、生気はなかった。何日もの間、おそらく死んだあとも、ずっとその姿勢でいたためか、外皮の一部が膠《にかわ》のようになって壁にくっついてしまっていた。おれとエリオットは、ツーバイフォーの木材を使って何とかそいつをしっくい壁からひきはがし、地面に押し倒した。それから両方の後ろ脚に鎖を巻きつけて、エリオットの地所の中央までひきずっていった。

その地所は、もともとはクレモンズ爺さんのものだった。クレモンズ爺さんは孫のエリオットのことをひどく嫌っていて、噂によれば、彼に遺すことにしたものの、その前に二十五エーカーの土地に塩をまぜ、井戸に糞便を投げ入れたらしい。確かに雑草以外の作物はほとんど育たなかった。ただし、井戸水はけっこう旨いとエリオットは言っていた。

エリオットに言わせれば、爺さんは塩と——おそらく——糞便だけでなく、彼があらゆる苦労をしょい込んで楽しいことなどひとつもない人生を送り、あげくに早死にするよう、呪いもかけていったらしい。「爺さんはおれのことなんかひとつも気に入っちゃいなかった」それが酔っ払ったときのエリオットの口癖だった。

おれたちは馬の屍体の上にガソリンを撒いて火をつけた。ワイルド・ターキーのボトルにおれたちが気をとられている間も、そいつはひどい悪臭を放ちながら燃え続けていたが、突然大きな炎を上げたかと思うと、エリオットのトラックの後部に飛び火して、あっという間に荷台のゴム張り部分を焼き尽くした。ガソリンタンクに引火する前に、かろうじて自分たちのジャケットで火をたたいて消すことができたが、それがあと少しでも遅ければ、ふたりとも木々の間を突き抜けてその向こうまで吹き飛ばされていただろう。あいかわらず燃え続ける馬の皮や骨とともに。

ラバを見つけたあと、ジェイムズはエリオットのもとへ車を走らせた。エリオットは、自分のところで何種類かの野菜を作っていて、そのほとんどが虫喰いだらけの代物だが、道路脇にこしらえた屋台で通りすがりの客に売りつけていた。

ジェイムズが着いたときも、籠に半分ほど入ったトマトを、背が高くてそれなりに魅力的なブロンド女に買わせようとしていた。ショートパンツをはいた女の両脚には、豚の毛のような短くてぴんと立った毛が生えていた。ジェイムズは、熱い湯を張った大桶に女を入れて、ナイフでその毛を剃り落とす光景を思い浮かべてみた。もちろん、熱い湯と言っても、豚の皮をはぐときほど熱くてはまずい。そうでないと、毛がきれいになくなったって、その姿には大してそそられないだろう。あのむだ毛を剃り落としたいだけで、べつに痛い目にあわせたいわけじゃない。

エリオットは、汗染みのついた茶色いカウボーイ・ハットのつばを上向きに上げてかぶっていた。そして、籠の中身を丹念に調べていた女が虫喰いトマトを見つけたのに気づくと、さっそく弁舌をふるい始めた。

「どれも虫が喰ってるじゃない」女が言った。

「虫が喰うのはものがいい証拠だよ」エリオットが答えた。「あんた、こういうのを買わなきゃ。店で買うクズのような野菜とはものが違うんだ」

「でも、店で買ったものには虫なんかついてないわ」

「そうさ、だけど、そういうのにはおれんところのみたいな独特の風味ってものがない。虫喰いが気になるのなら、そこのところを切り落としてしまえばいい。こんなトマトは食べたことがないって思えるくらい旨いはずだよ」

「ずいぶんいい加減なことを言うのね」

「そう言われてもな。そいつは意見の相違ってやつだな」

「わたしの意見は、あんたがきれいなトマトの下に虫喰いトマトを隠して売ろうとしたってことよ」女が言った。「それがわたしの意見で、だから、あんたのトマトなんか買わない」

女は、赤い新車のシヴォレーに乗り込んで走り去った。

「あいかわらず口が巧いな」ジェイムズは声をかけた。

「今朝畑に出たら、トマトが思ってたより早く熟れちまっててさ。買い物をするのはたいてい女だろ、だからいつもはうまく売りつけることができるんだ。失敗したのは今が初めてさ。どうやら、おれの魅力があの女には通じなかったらしい。おそらくレズだな」

ジェイムズは馬鹿馬鹿しいと言ってやりたかったが、やめておいた。今はエリオットの機嫌を損ねたくなかった。

「ここの商売がうまくいってて余分な金《かね》は要らないというんでなきゃ、どうだい、おれと組んでひと稼ぎしてみないか?」

「よさそうな家が見つかったのか?」エリオットが尋ねた。

「いや、駄目だった。とにかく、どこを見ても年寄りがいるんだ」

「おれもああいう連中とは関わりたくないね。いつだって家にいる。いつだってまわりにでかい犬をうろつかせてて、しかも銃まで持ってやがる」

「ああ、そのうえ芝生の上には、こびとの置き物と森の生きものをかたどったスプリンクラーまである」

「ぐるぐる回る尻尾の先から水が飛び出るやつか?」

「そうさ」

「おれはああいうのは好きだね。どうだ、そいつをいくつか頂戴して手早く売っ払っちまうってのは?」

「それもいいけど、もっといい考えがあるんだ」

「何だ、言ってみろよ」

「家畜を盗むのさ」

エリオットの口元がかすかに動いた。その考えが気に入った証拠だ。彼は自分を今風のカウボーイと考えるのが好きなのだ。「何頭だ?」

「一頭だ」

「一頭? 何だよ、それじゃ家畜を盗むなんて言えないじゃないか」

「ラバを盗むんだ。一頭でもおそらく千ドルくらいになる。だんだん数が減ってきてるが、最近じゃけっこう人気があるんだ。そいつを盗むんだよ。金《かね》はふたりで山分けしよう」

エリオットはしばらく考えこんだ。彼は、自分をまわりから一目置かれる経験豊かな泥棒と考えるのも好きだった。

「よし、わかった。ラバを買ってくれそうなやつに心あたりがある。家に戻って電話してみよう」

「そいつはおれも知ってるやつだろ?」

「そのとおり」エリオットが答えた。

エリオットは寝室から電話をかけ終えると、いい報せを持って居間に入ってきた。

「ジョージがすぐ持ってこいってさ。八百ドルで買うってて」

「千ドルにはならないのか？」

「やつは八百ドルでなら買うとさ。おれたちからその値で買って、自分は千ドルかそれよりもっと高値で売るつもりなんだろう。千ドルは出せないって言ってた。今日はほかにも二、三買うものがあるんだと。やつの言い値を呑むか、そうでなきゃ、この話はなしだ」

ジェイムズは考えてみた。

「わかった、それでいい。ところで、あんたのトラックとトレーラーが要るんだが」

「そうだろうと思った」

「それと、茶色の靴磨きクリームを持ってるか？」

「茶色の靴磨きクリームだと？」

「そのとおり」ジェイムズは答えた。

トラックは四人乗りのダッジで、荷台は水をたっぷり入れて飛び込み板をつければ、プールと呼んでもおかしくないほど大きかった。いったん走り出すと、大きなタイヤの回転に合わせて、ミシンが立てるようなブーンという低い音が途切れることなく聞こえてきた。後ろにつないだトレーラーは、ガタガタと音をたてながら、今にもトラックを追い越しかねない勢いで車体を大きく左右にくねらせていた。四月のひんやりした風がおろした窓からさっと吹き込んできて、ジェイムズとエリオットの帽子をはじき飛ばし、髪の分け目をさらに際立たせた。

上空のぺしゃんこになったクモのような黒雲は、その細長い脚を互いにからませて、今では薄汚い正体不明のものに変わっていた。トラックがラバのいる場所にさしかかった頃には、そこから誰かが小便でも放ったかのようにぱらぱらと雨が落ちてきて、フロントガラスにあたった。

ふたりの乗ったトラックはスピードを落としながら出入口の前を通り過ぎ、それから右に折れた。車や人の気配がないことを確かめると、エリオットは道のはじに車を止めて素早く外に降り立った。ロープを持ったジェイムズがすぐあとに続いた。木立ちの間を抜けて有刺鉄線の囲いを踏み越え、草を食んでいるラバの姿を見つけると、すぐそばまで近づいていった。エリオットが自分の畑から持ってきたトウモロコシの穂を差し出すと、ラバは匂いをかいでから食いちぎった。ラバがえさに気をとられてる隙に、ジェイムズはそっとその首にロープをかけ、ひねって作った輪の中に鼻面をくぐらせた。ついでに耳を撫でてやると、ラバはいきなり宙を蹴り、ぐるりと回ってもう一度蹴り上げた。ジェイムズが何とかラバを落ち着かせるまでに相当の時間がかかった。

「耳に触られるのがいやなたちなんだろう」エリオットが言った。「二度と耳に触るんじゃないぞ」

「ああ、よくわかったとも」ジェイムズは答えた。

ふたりはラバを囲いのところまで連れていった。エリオットがブーツのかかとで有刺鉄線を地面すれすれまで押さえつけている間に、ジェイムズがラバと一緒に踏み越えた。あとはラバをトレーラーまで連れていって乗せるだけでよく、ほかには特に何もする必要はなかった。ラバは、ひとつもためらわずにこちらの思い通りに動いてくれた。

トラックとトレーラーの向きを変えるときに多少の混乱はあったものの、何とかやりとげた。それからほどなくして、ふたりは八百ドルが待っている約束の場所へ向かった。

買い手のジョージ・テーラーに会うため向かった先は、タイラー（テキサス州東部の都市）のすぐ近くで、ラバを盗んだ場所からだと六十マイルほどのところにあった。ふたりとも、盗品を売るためにそこには何度も行ったことがあった。ジョージは家畜を専門に扱っていて、手早く買い取りさらに手早く売り払えるものなら、どんなものでもたいてい引き取ってくれた。

トレーラーには覆いがなかった。これでは万一ラバの持ち主とすれ違ったときにまずいんじゃないかとジェイムズはふと心配になった。だが、そうなったとしても自分のラバだとわかるかあやしいものだ。とにかく今は先を急いでいた。ラバの重みでぐらつきはだいぶおさまったものの、トレーラーはあいかわらずぽんこつ列車のような音をたてていた。

ジョージのところまでおよそ二十五マイルというところ

で、ジェイムズは車を止めさせた。それからトレーラーのうしろにまわって横木の間から手を差し入れると、エリオットが穂軸についたままのトウモロコシをラバに食べさせているあいだに、持ってきた茶色の靴磨きクリームをその鼻面の白い部分に塗りつけた。小雨が降り続いていたので、流れ落ちないようクリームをよくなじませて自然な茶色に見えるようにした。

こうしておけば、老いぼれラバであることにジョージが気づかず、商品にケチをつけようとしないかもしれない、そう考えたのだ。あらかじめ買い値を言ってよこしたものの、これまでジョージと何度も取引した経験から、彼の言い値は必ずしもその本音とは一致せず、言い値より高く買ってもらえることはありえないとわかっていた。この小細工は値切らせないためのものだ。盗んだものはさっさと売っ払ってしまいたいというこっちの腹は、とっくに見透かされている。あいつは最初からあれこれ難癖をつけて値切るつもりでいるだろう。

ラバの鼻面を茶色に塗り終えると、ふたりはトラックに戻って出発した。

エリオットが言った。「考えたな、ジェイムズ」

「だろ?」ジェイムズは答えた。「このおれを出し抜こうって考えるんなら、夜明け前から起き出さなきゃ。ところで、雨がだいぶ強くなってきたようだが、あの色が落ちることはないだろう。取引がおわるまでは十分保つさ」

目的地にたどりついたとき、ジェイムズは振り返って後部の窓からラバの様子を確かめた。ラバは頭《こうべ》を垂れて雨のむこうからこちらを見ていた。それを見たとたん、ジェイムズは自分がさほど利口とは思えなくなった。ラバの鼻先に塗りつけた茶色は、乾いてほかの部分より色が濃くなっており、まるでペンキ缶に鼻先を突っ込んで、底の方にあるニンジンを取ろうとしたかのように見えた。

エリオットには黙っていることにした。やつがこのことを知ったら、おれを出し抜くには必ずしも早起きする必要はないと考えるだろう。

ジョージは、牧場と廃品置場が合体したようなところに住んでいた。そこにはさまざまな種類の車が置かれていて、そのどれも壊れているか、彼が操作する破砕機でぺしゃんこにつぶされているかだった。ジョージは、破砕機の操作に熱意をもって取り組むのが常で、そういうときは、つばを上に折り曲げた野球帽をかぶり、看護人がスプーンに載せて差し出す食べ物を受けようとするかのように口をだらりと開けていた。

ところが今日は、連結した二台のトレーラーの近くで破砕機はひっそりと鳴りをひそめていた。ジョージはそのトレーラーを住まいにして、ブリットという名のブルドッグと妻のケイと一緒に暮らしていた。ケイは一トンはあろうかと思えるほど太った女で、いつ見ても、サーカスのテントを縫い合わせて子供のフィンガーペイントで柄をつけたようなムームーを着ていた。そのムームー以外に服を持っていたとしても、ジェイムズは見たことがなかった。したがって、真ん中にあいた穴から頭をとおせばいつでもすぐ着られるよう、形も柄も同じムームーをタンスの中に何枚もたたんでしまっているということも、考えられなくはなかった。

裏の方では、数頭の牛がおぼつかない足取りで動き回っていた。まるで、いずれよそに売られて皮をはがれてしまうおのれの運命を知っているかのようだった。トレーラーの横には、ジョージがさまざまな盗品を運ぶのに使っているステーション・ワゴンがとまっていて、そのまた隣には赤いキャディラックがとまっていた。そのとき、そのトランクを誰かが閉めようとしているのが見えた。

家畜脱出防止溝をわたって敷地内に入っていくと、キャディラックのトランクに手をかけていた男が顔を上げた。青い野球帽をかぶり、青いTシャツの裾から腹をのぞかせていた。そいつは腹ごと車から飛びのくと、トレーラーのステップをかけ上がって中に消えた。

エリオットが言った。「誰だ?」

「さあ」ジェイムズは答えた。「見たことのない顔だな」

ふたりはキャディラックの隣に車を止めて外に降りると、トレーラーに近づいてドアをノックした。長い間《ま》があってから、先ほどの野球帽の男がドアを開けた。

「なんの用だ？」男が言った。

「ジョージに会いにきたんだ」エリオットが答えた。

「今はいない」

「約束してあったんだが」ジェイムズが言った。

「そうか？」

「ラバを売りにきたんだ」

「そりゃほんとかね？」

「ジョージの奥さんはいるのか？」ジェイムズは尋ねた。

「いや。彼女もいない。どちらも留守だ」

「ブリットは？」エリオットが尋ねた。

「ラバを買うのはそいつじゃない、そうだろ？」

「ブリットが？」エリオットは訊き返した。

「そいつはどこにいるのかって訊いたんじゃなかったのか？」

「訊いたさ、だけど、何かを買ってもらうためじゃない」

「あんたら、中に入ったらどうだ」トレーラーの中から声がした。「もういい、ブッチ、どいてやれ。そのふたりはジョージと取引をしたがってるんだ。おれたちもそうだけどな」

ブッチが脇に寄った。ジェイムズとエリオットは中に入った。

「で、ジョージはいるのか？」ジェイムズは訊いた。

「いや、今はいない。だけど、じき会えるさ」

ブッチは後ろに下がって、トレーラーのキッチンにある流し台にもたれた。そこには汚れた皿が山と積み重ねられていた。あたりはなんだか奇妙なにおいがした。先ほど中に入れと言った男が、黒い靴のつま先を上に向けてカウチに座っていた。体つきはやや太めで、身につけているのは黒いズボンに、ゆったりした黒いハワイアン・シャツ。シャツの裾回りには赤や青や黄色でフラダンサーが描かれている。黒くて油っぽい髪は後ろに梳き流してポニーテールにまとめていた。男の前のコーヒー・テーブルの上には、つばが短く平べったい形の白い帽子と缶ビール、そして、白い粉で描いた四本の線と筒状に細く丸めた紙幣がのっていた。男は、組んだ脚の片方の靴のつま先に触りながら、うっすらとひげの生えた顔に笑みを浮かべてふたりを見た。

「何を売りにきたんだ？」男が尋ねた。

「ラバだ」ジェイムズは答えた。

「ほんとか？」

「ほんとだよ」エリオットが答えた。「ジョージはいつ戻ってくるんだい？」

「キリストの再臨の少しあとくらいかな。まあ、あいつが神様と気が合うとは思えないがね」

エリオットとジェイムズは顔を見合わせた。ジェイムズが肩をすくめた拍子に、エリオットの背後にあるものが見えた。彼が見たのは、寝室へ続くドアの近くで床にうずくまっているブリットの姿だった。その体の下に血だまりができていた。ジェイムズは、ブリットをあまり見つめないようにしながら言った。「そういうことなら、おれとエリオットはあとでもう一度出直してくる、ジョージが戻ったと思われる頃に」

それを聞くと、男はハワイアン・シャツの裾を持ち上げて、毛深い腹部と黒くて平たい小型のオートマチックを見せた。それからゆっくりと銃を取り出して膝の上に置くと、ふたりを見た。

「だめだ。あいつは戻ってこないし、あんたらもどこにも行かない」

「ああ、くそっ」エリオットがふいに悟って言った。「あいつとは友達なんかじゃない。おれたちはここに商売をしに来ただけだ。あいつが留守にしてて取引には応じられないって、あんたがそういうのなら、そのとおりなんだろう。おれたちはこのまま帰るし、誰にも何もしゃべらない」

そのとき、別の男が奥の部屋から出てきた。素っ裸で、手にはボウイ・ナイフを握っていた。体つきはたくましく、しし鼻で髪は短く刈り込まれ、太ももから首すじにかけて血がついていた。そこへ、奥の部屋からうめき声が聞こえてきた。

裸の男はふたりを見て、それからカウチの男を見た。

「ジョージの友達だ」カウチの男が答えた。

「そうじゃない」ジェイムズは言った。「あいつのことなんてほとんど知らないんだ。おれたちはラバを売りにきただけさ」

「ラバだと？　ふうん」裸の男が言った。裸体をさらしているのに少しも恥じ入る様子はなく、血だらけのペニスが、右の太ももにコバンザメか何かのようにぴたりとくっついていた。そいつは背後の開いたドアをあごでさしながら、カウチの男に言った。「おれがやりたかったこともやれることも全部やった、ヴァイスロイ。クジラから脂肪を切り取るようなものだったな」

「そうか、それじゃ、シャワーでも浴びてこい」ヴァイスロイはにんまり笑ってつけ加えた。「いつもは触らないようなところもちゃんときれいに洗うんだぞ」

「ティムが触ったことがないところなんてあるものか」ブッチが言った。

「おい、よけいなことを言うな」ティムが言い返した。

「さっさと中に入って仕事にとりかかったらどうだ。そのあとでなら、おまえがどんなにおかしな奴だかいくらでも見せてもらってかまわない。あのばあさん、なかなか頑固だぞ」

ティムはブッチの前を通り過ぎながら、ボウイ・ナイフを流し台に投げ込んだ。皿がガチャガチャと音を立てた。

ヴァイスロイはブッチをじっと見た。「おまえの番だ」

「あんたはいつやるんだ？」

「おれがやるまでもない。さっさと行け」

ブッチは、流し台の上の脂ぎった皿の横に帽子を置くと、シャツ、ズボン、下着、靴下、それから靴と順番に脱いでいった。それから、流し台の中から抜き取ったナイフを手に寝室へ向かった。「そこのふたりはどうするつもりだ？」

「ああ、こいつらとはちょっと話がある。ジョージの友達はおれの友達だからな」

「あいつのことなんてほんとによく知らないんだ」ジェイムズは言った。「おれたちはラバを売りにきただけだ」

「そこの床に座れ。壁ぎわに寄って、ドアから離れるんだ」ヴァイスロイはそう言って、片方の頬をオートマチックの銃身で掻いてみせた。

しばらくすると、奥の部屋から悲鳴が聞こえてきて、ブッチが何か叫ぶといきなり静かになり、それからしばらくしてまた悲鳴が聞こえてきた。

「ブッチはティムほど器用じゃないからな」ヴァイスロイが言った。「ティムはじつに上手に皮をはぐから、やられた相手はしばらく歩いてからじゃないと気づかないんだ。背中や尻や足から皮がなくなってるってことにな。ブッチか？　あいつはへたくそだ」

ヴァイスロイは身を前に乗り出して、丸めた紙幣を手に取ると、白い粉で作った二本の線を鼻から吸い上げた。

「くそっ、こいつはすごい」

エリオットが尋ねた。「なんだいそれは？」

ヴァイスロイが声を上げて笑った。「なんだって？　何も知らない田舎者だな。おれがベイキング・ソーダだって言ったら信じるのか？」

「そうなのかい？」

ヴァイスロイは嘲るように答えた。「いや。ちょっと違うな」

寝室からブッチの笑い声が聞こえた。「じゃあ、ＬＳＤだ」エリオットが言った。

「コカインだよ」ジェイムズはエリオットに教えてやった。

「映画の中で見たことがある」

「へえっ！」エリオットが声を上げた。

「おいおい、泥棒にしてはやけにものを知らない連中だな」ヴァイスロイはあきれたように言った。

そこへ、ティムが裸のまま、睾丸をタオルで弾ませながら浴室から出てきた。

「何か着ろ」ヴァイスロイが言った。「誰がそんなのを見たがる？」

ティムは傷ついたような表情を浮かべながら、服を着て帽子をかぶった。ヴァイスロイは残っていた二本のコカインを鼻から吸い込んだ。「くそっ、こいつは上物だ。これなら混ぜ物を倍にしたって楽にさばける」

「おれにもやらせてくれ」ティムが言った。

「今はだめだ」

「だったらなんであんたはいいんだ？」

「なぜなら、このおれがボスだからさ。そうじゃないって思ってるんなら、いつだって相手になるぜ」

ティムは何も言わなかった。かわりに冷蔵庫に近づいて中からビールを取り出すと、勢いよく栓を開けて飲み始めた。

「女は何も知らないんじゃないかな」ティムが言った。

「あんなことをされても口を割らないなんて考えられない。たかだか数千ドルのためにそこまでやるかい？　百万ドルならともかく」

「おまえのいうとおりかもな」ヴァイスロイが答えた。

「ただ、おれは中途半端でやめるのがいやなんだ。いったん何かをやりだしたら、思うような結果が出なくても最後までやるべきだ。そこのふたりもそう思わないか？」

ジェイムズとエリオットは答えなかった。ヴァイスロイは笑い声をあげると、コーヒー・テーブルの上の缶ビールを手に取ってひと口飲んだ。それから、今度は自分に言い聞かせるように言った。「そうさ、そうでなきゃ。半端なことをしちゃだめだ。やるときはとことんやらなきゃ。ところで、今何時だ？」

ティムがポケットに手を入れて懐中時計を取り出した。ジェイムズは、それがジョージ・テーラーのものであることに気づいた。「四時だ」

「そうか」ヴァイスロイは満足そうにうなずいて、ビールをすすった。


しばらくして、ブッチが血にまみれて疲れ切った様子で寝室から出てきた。「あの女、うんともすんとも言わなくなった。どうやら死んじまったようだ。ぴくりともしない。何か知ってたんなら、とっくに話してたはずだ」

「ジョージから何も聞かされてなかったってことかもな」ティムが言った。「たぶん、女は何も知らなかったんだ」

「ジョージはおれが思ってたより骨のあるやつだったな。あれだけ痛めつけてやったのに、最後まで口を割らなかったんだから」ヴァイスロイが言った。「最初からそういうやつだとわかっていればな」

それを聞いてティムがうなずいた。「あんたにブルドッグを撃ち殺されたとき、あいつは死んだも同然だった。あれで気力も何も失せちまった。あのあとじゃ、何をされようとどうでもよかったのさ」

「どこかに金《かね》を隠してたはずなんだ」ヴァイスロイが言った。

「最初から金《かね》なんて用意してなかったのかもしれないぜ」ブッチが浴室のほうへ歩きながら言った。

「いや、そんなはずはない」ヴァイスロイが言った。「あいつにおれをだまそうとするだけの度胸があったとは思えない。コカインの代金は用意してあったのさ、だけど、おれたちが少し早まってしまったんだ。あいつがテーブルの上に金《かね》を置くのを待ってから、やるべきことをやればよかった。そうしときゃ、誰にとってももっと円満にかたがついていただろうに。とりわけあいつらには」

「それでも、殺されたことに変わりはない」飲み干したビールの缶を握り潰しながら、ティムが言った。

「だが、そうなってたら、ただ殺されるだけでよかったんだ。あれほど苦しまずにさっさと死ねただろうに。あの太った女、あれは楽な死に方じゃなかった。結局、何も知らなかったわけだしな。それからジョージ。最初にナイフで刺された。それから外に引きずり出されて車の中に閉じこめられ、例の機械でつぶしてやるとさんざん脅かされた。それでも口を割らずに死んでいった」

「さっきも言ったように、おれたちがあのブルドッグを殺したときに、あいつも死んだようなものだったのさ。女のほうはどうなろうと気にしてなかった。だけど、あの犬だけは本気で気にかけていた。あれからのあいつは、すすんで死にたがっているように見えた。金《かね》のことだけど、やはり最初から用意してなかったんじゃないかな。あいつらもおれたちと同じことを考えていたんだ。だましとろうってな」

「ああ、だけどおれたちはちゃんとブツを持ってきたぞ」ヴァイスロイが言った。

ティムがにやりとした。「そうだな。だけど、あいつらに渡すつもりでいたのかい?」

ヴァイスロイは笑い声を上げた。それから、重くのしかかるような視線をラバ泥棒たちに向けた。「さて、おまえたち、おまえらみたいな間抜けをおれがどうするつもりか、わかるか？」

「このまま行かせてくれ」ジェイムズは言った。「なあ、これはおれたちには関わりないことだし、関わりたいとも思わない。ジョージとは親戚でもなんでもないんだから」

「ほんとだって」エリオットが言った。「それに、おれたちだってずいぶんあいつにはだまされたりごまかされたりしたんだ」

ヴァイスロイは黙っていた。それから、ティムのほうを向いて尋ねた。「どう思う？」

ティムは口をすぼめながら、答えを求めて遠くを見るような目つきをした。「こいつらの言うこともももっともだ。行かせてやってもいいいんじゃないかな。その前に、おれたちのことは誰にも言わないって約束させよう。それから、何か身元のわかるものを見せてもらおう。そうしとけば、こいつらが余計なことを言ったときに捜し出せるからな。あんたも知ってるだろうが、最近じゃ、ほんのわずかな手がかりから、どんな人間だって捜し出すことができるんだ」

「ああ、あのいまいましいインターネットとやらのおかげでな」

そこへ、ブッチが裸のまま、タオルで髪を拭きながら浴室から出てきた。

「こいつらを行かせてやっていいものかな？」ヴァイスロイは彼にも尋ねた。

ブッチはまずヴァイスロイとティムの顔を見て、それから、ジェイムズとエリオットの方を見た。「もちろんさ」

「服を着ろ」ヴァイスロイはブッチに言った。「こいつらを行かせてやろう」

「おれたちは何も言わない、約束する」エリオットが言った。

「よかろう。おまえたちを信じてやってもよさそうだ。そう思わないか？」

「そうだな」ティムが答えた。

「もちろんさ」ブッチも靴を履きながら答えた。

「じゃあ、そろそろ行かせてもらうから」ジェイムズはそう言いながら床から立ち上がり、続いてエリオットも立ち上がった。

「そう急ぐこともなかろう」ヴァイスロイが言った。「ラバを連れてきたって言ってたな？」

ジェイムズはうなずいた。

「そいつを金に換えるといくらになる？」

「売る相手をうまく選べば、二千ドルにはなる」

「それほど気前のいい相手でなければどうだ？」

「千。あるいは千二百」

「おまえたちにはいくら入ることになってた？」

「八百だ」

「それじゃ、おれたちとで話がつきそうだな」

ジェイムズは何も言わなかった。そして、男たちがジョージの妻に拷問を加えていた部屋のドアをちらりと見た。

それから、リノリウムの床の上で固まった自分の血だまりの中によこたわるブルドッグに視線を移し、次に、寝室からゆっくりと流れ出してきた新しい血を見つめた。血は、表面が固まった古い血だまりを迂回して、トレーラーの居間にじわじわと入りこみ、カウチのすぐ手前までやってくると、カウチの下に敷かれたカーペットにぶつかって止まった。それからゆっくりとカーペットに染み込んでいった。

ジェイムズにはわかっていた。こいつらはおれたちをどこにも行かせる気はないんだ。

「おれたちがラバを引き取ろう」ヴァイスロイが言った。「ただ、あんたらに八百ドル払おうかどうしようか、ちょっと決めかねているんだ」

「あんたへの贈りものってことにする」エリオットが言った。「受け取ってくれ。あれを乗せてきたトレーラーもな。だから、もう行かせてくれ」

「そいつはなんとも気前のいい申し出だな」ヴァイスロイが言った。「いい話じゃないか、なあ、おまえたちもそう思うだろ？」

「ああ、いい話だ」ティムが答えた。

「もちろんさ」ブッチもうなずいた。「こいつらはあくまで金と引き替えだと突っ張ることもできたんだ。こんないい話、めったにあるもんじゃない」

「しかも、トレーラーまでつけるってんだから」ティムが言った。「ほんとに気前のいい連中だな」

ジェイムズは、ドアの把手をつかんで回しながら言った。「ちょっとものを見てくれないか？」

「待て」ヴァイスロイが言った。

「外に出なきゃ見せられないだろ」ジェイムズは答えた。

ブッチが部屋の向こうからさっと近づいてきて、ジェイムズの肩をつかんだ。「待てと言ってるだろ」

だが、ドアはすでに開いていた。外は叩きつけるような激しい雨が降っていて、トレーラーの中でラバが頭《こうべ》をたれているのが見えた。

「何もわざわざ濡れに行くこともあるまい」ヴァイスロイが言った。

ジェイムズは、外のステップに一歩踏み出した。「どんなものを手に入れることになるのか、確かめておいたほうがいいんじゃないかな」

「けっこうだ」ヴァイスロイが答えた。「そいつに金を払うわけじゃないんだから」

ブッチが、ジェイムズの肩にかけた手にさらに力を込めるのを見て、このままではどういうことになるのか、エリオットははっきりと悟った。そして、どうせ死ぬのなら外で死ぬほうがましだと思った。殺されたブルドッグから八フィートしか離れていないところで死ぬよりは、皮をはがれた女と壁ひとつ隔てたこの部屋で死ぬよりは、その方がずっといい。そう腹を決めると、思い切ってブッチをおしのけ、ジェイムズに続いて外に出た。

「くそっ」ヴァイスロイが言った。

「おれが始末しようか？」腰にさした銃に触れながら、ブッチはヴァイスロイにすばやく眼を向けて言った。

「いや、まだだ。しかたない、ラバを見にいくとするか」

例のおかしな帽子をかぶると、ヴァイスロイはほかのふたりを引き連れて雨の中へ出た。その姿はまるで、ホイールキャップを頭にかぶって病院から抜け出した頭のいかれた患者のようだった。雨が帽子の上を流れ落ち、たちまち水のカーテンとなってその頭をとりかこんだ。

三人はトレーラーのかたわらに立ってラバを見つめた。ティムが最初に口を開いた。「誰かがこいつの鼻面に何か塗ったんだな。あるいは、こいつがクソの中に鼻を突っ込んだか」

ジェイムズとエリオットは何も言わなかった。

ジェイムズは、トレーラーにちらりと眼をやって、車体と地面の間にすきまがあることを確かめた。それからエリオットに目配せして、かすかにうなずいて見せた。エリオットはジェイムズの顔をじっと見つめて、その意味を読み取った。すきを見てトレーラーの下に転がり込み、反対側に出て走り出そうと言っているのだ。だが、それがうまくいく見込みはほとんどない。ティムもブッチも足は速そうだし、そうでなくとも、せいぜい的《まと》を正確に狙えるくらいの速さで追えばいいだけだ。

「おれたちもずいぶん間抜けなことをやってるな」激しい雨に頭を打たれながら、ブッチが言った。

「こんな雨の中にぼうっと突っ立って、くだらないラバなんかを眺めてるんだから。さっさと中へ戻って体を乾かそうぜ、それからこいつらを――」

そのとき、誰かがクラクションを鳴らした。見ると、後部にキャンピングカーを連結したフォードの黒いピックアップ・トラックが、こちらに向かって走っていた。マシュマロトラックが止まると中から男が降りてきた。マシュマロのように色白で、洋梨のような体型に、クルミの木の樹皮のような色をしたチノパンをはいていた。顔には歯の一本一本が数えられるほど大きな笑みが浮かんでいて、小脇に雄鶏を抱えていた。

「やあ、ジョージはどこだい?」

「あいつは気分が悪いそうだ」ヴァイスロイが答えた。

雄鶏を抱えた男は、ヴァイスロイが銃を手にしていることに気づいた。「射撃の練習でもしてたのかい?」

「まあそんなところだ」

「ジョージに出てくるよう言ってくれないか?」

「あいつは出てこないよ」ブッチが答えた。

男の顔から笑みが消えた。「なんで？　おれが来るって知ってるはずなのに」

「体の具合いが悪いんだよ」ヴァイスロイが答えた。

「とりあえず中に入らないか？　ここじゃまるで湖の底に

立ってるようなものだ」

「だめなんだ。中に入らないで欲しいんだとさ。伝染するかもしれないって言ってた」

「いったい何の病気なんだ？」

「鉛中毒とかそういったものなんじゃないかな」

「へえ。だけど、ニワトリを引き取るって言い出したのはあいつなんだぞ。だから、うしろのキャンピングカーにぎっしり詰め込んできたんだ。闘鶏用のニワトリでね。強者《つわもの》がそろってる。なかでもおれが抱えてるこいつは特別なんだ。繁殖用の雄鶏なのさ。闘鶏にはもう出ない。だけど、最後の試合にも勝ったんだ。ひどい一撃をくらって肺のなかに血が入ってしまったが、頭をおれの口に突っ込んで吸い出してやったら、そのまま試合を続けて勝ったんだ。あやうく死にかけたってのにな。で、これからはこいつの血をひいた雄鶏をつくることにしたんだ」

「まるっきり見込み違い《オール・ウエット》ってことにはならないか？」ブッチが尋ねた。

「ああ、このままじゃずぶぬれ《オール・ウエット》になるな」男は答えた。

「いつまでくだらない話をしてるんだ」ティムが言った。

　その間に、ジェイムズは手をのばしてトレーラーの横木を引っ張り、扉を開けた。「もっと近くでこいつを見せてやるよ」

「今はいい」ヴァイスロイがそう答えたときには、ジェイムズはすでにトレーラーの中に入っていた。そして、手摺りからはずしたロープをラバの首にかけて輪をつくり、頭からくぐらせると、後ろ向きに外に出そうとした。

「いいって言ってるだろうが」ヴァイスロイが重ねて言った。「だいたいラバを見たいなんて、こっちはひとことも言ってないんだぞ」

「なかなかいいラバだよ」ジェイムズは、ラバを完全にトレーラーの外へ引っぱりだしてから答えた。「耳に触られるのを少しいやがるがね」

　そして、ラバの向きを少し変えると、手をのばしてそいつの両耳をぐいとつかんだ。たちまち、ラバは後ろ脚を蹴り上げた。

　その蹴りはじつにみごとなものだった。後ろ脚を鋭く跳ね上げると、前脚で立ったまま体操選手のようにしばらく静止した。次の瞬間、蹄鉄をつけたひづめがヴァイスロイの顔面を直撃すると、岩盤の上に牛のやわらかい糞を落としたような音がして、ヴァイスロイの首が極端な角度に曲がった。ヴァイスロイはそのまま投げ出されるように地面に倒れた。

ジェイムズはその隙にさっと走りだした。エリオットもそのあとに続いて走りながら、ティムに激しくぶつかって彼を突き倒した。ジェイムズは、地面に伏せると、トレーラーの下に転がり込んで、急いで反対側に出た。エリオットがそれに続いた。ブッチがエリオットの後頭部を狙って銃を構えると、雄鶏を抱えた男が声をかけた。「おい、いったいどうなってるんだ」

ブッチは向きを変えて男の眉間を撃ち抜き、男が倒れて雄鶏が羽をはばたかせながら鳴きだすと、つられたように雄鶏も撃った。

ティムが悪態をつきながら立ち上がった。「くそっ、どこもかしこも泥だらけだ」

「そんなことはどうでもいい」ブッチが言った。「ぐずぐずしてるとあいつらに逃げられちまうぞ」

ラバもすばやい動きをみせた。庭を突っ切って、破砕機とつぶれた車の山の間を縫うようにして駆けていき、うずたかく積み重なった金属の山の上に耳の先をちらりとのぞかせたのを最後に、姿を消した。

ティムがトレーラーの反対側に回ると、少し離れた林をめざして走っていくジェイムズとエリオットの姿が見えた。林といっても、そのあたりを流れる小川の両岸に木が並んで立っているだけだが、小川に向かって土地はなだらかに傾斜しており、激しい雨と風にもさえぎられて、ティムの放った銃弾は、ジェイムズにもエリオットにもかすりもしなかった。そのまま彼らの横を通り過ぎて木に命中した。

ティムがトレーラーを回って戻ってみると、ブッチがヴァイスロイの上にかがみこんでその手から銃を抜き取り、自分のベルトに差していた。

「まずいことになってるのか？」ティムは尋ねた。

「死んだよ。首の骨が折れたんだ。それをまずいというのなら、そういうことだな」

「あの田舎者《ヒルビリー》どもを始末しなくていいのか？」

「このあたりには山男《ヒルビリー》が住むような山はひとつもない。あいつらは昔からどこにでもいるちんけな白人どもさ。そんなこともわからないのか」

「だけど、ここはダラスってわけでもない……あいつらを追わなくていいのか？」

「なんのために？　そんなことより、テレビをいただいたらさっさとずらかろうぜ」

「だったら、ステレオも持っていこう。さっき眼をつけておいたんだ。なかなかいいステレオだった」

「よし、じゃあ、そいつもだ。金《かね》なんて最初からなかったんじゃないかな。おそらくあいつは、ヴァイスロイにうまいこと言ってコカインをいくらかせしめようって考えてたんだろう。代金はあとで支払うとか言ってさ」

「あいつがヴァイスロイのことをよくわかってなかったのは確かだな」

「ああ、そうだな。今だから言うが、おれはヴァイスロイが死んで残念だとはひとつも思わない」

ふたりは、テレビとステレオをキャディラックに積み込んだ。それからほんの気晴らしに、ニワトリを持ってきた男とヴァイスロイを男のトラックに乗せ、トラックごと破砕機で潰しにかかった。トラックが徐々に潰れ始めると、ニワトリがいっせいにけたたましい鳴き声をあげ、迫撃砲が発射されたような音をたてながらタイヤが次々と破裂した。

ヴァイスロイと男とニワトリがトラックもろともぺしゃんこになると、その残骸をさびだらけの金属の山の上に積み重ねた。そのあとキャディラックに乗り込んで、ブッチの運転で出発した。

家畜脱出防止溝を渡っているとき、ティムが言った。

「なあ、あのニワトリをおれたちで売ってもよかったかもな」

「うちの親父がいつも言ってたんだ、えさを与えなきゃならないものには一切手を出すなって。おれはそれをずっと守ってきた。ニワトリなんかくそくらえ。ラバなんかくそくらえ」

ティムはよく考えてみた。そして、家畜に手を出すなというのは確かに的を射た助言だと思った。「それもそうだな」

ジェイムズとエリオットは、小川に沿って身をかがめながらそっと進んだ。小川は水かさが増していて、木々の間から落ちてくる雨は、ブリキを鎖でたたくような音をたてていた。

このあたりは土地が傾斜していて、もともと水気を多く含んでいたが、歩きはじめてまもなく、何かが激しい勢いで近づいてくる気配がした。振り向くと、水の壁がこちらに向かってぐんぐんと押し寄せていた。一マイル上流にある湖がすでに満水状態だったところに、この大雨で小川の水かさが増し、ついに洪水を引き起こしたのだ。

「くそっ」ジェイムズは吐き出すように言った。

大量の水が激しくぶつかってふたりを押し倒し、かぶっていた帽子を奪い去った。何とか立ち上がると、膝のあたりまで水につかっていた。その後も水の勢いは増すばかりで、何度も足をとられるうちに流れに身をまかすしかなくなり、流れの向きが変わるたびに丸太や大枝にたたきつけられた。

ようやく、根こそぎにされた小さな木をつかむと、それにしがみついた。だが、流れはふたりを木立ちにはさまれた小川からひきはなし、かつては低地に広がる牧草地だったと思われるあたりへと運んでいった。

そのままずいぶん流されたところで、あの老いぼれラバが泳いでいる姿が眼に入った。首と背中の大部分を水面に出して頭を高くかかげているさまは、王者のように堂々としていて、泳ぎを一種の余興として楽しんでいるかのように見えた。

つかまっている木がラバに少しずつ近づいて追いついた瞬間、ジェイムズはラバの首にかじりついてすばやくその背に乗り移った。続いてエリオットも、尻尾をつかんで何とか這い上がった。

ふたりを乗せたラバがますます必死になって泳いでいる

と、突然、流れが下向きに変化した。そこでようやく、ジェイムズは自分たちが今どこにいるのか悟った。ハイウェイを通すために小高い丘につくられた切り通しの上だ。ハイウェイは丘の中を通っているから外からは見えないが、間違いない。水が下向きに流れているのは、このあたりが急斜面になっているせいだ。

流れ落ちていった先は激しく渦巻く水の中で、それからずいぶん長い間、洗濯機の中の衣類のようにぐるぐると振り回され、ようやく水面から顔を出せるようになったときには、ラバが脚を高々と突き出して仰向けになって浮かんでいた。茶色に染められた鼻をときどき水の上に出していたが、もはや呼吸はとまっていて、寝返りを打とうともしなかった。

ふたりはそいつの脚と太った腹にしがみついたまま、さらに一マイルほど流された。そこでジェイムズは言った。

「もう家畜なんてこりごりだ」

「おれもだ」エリオットが答えた。

そのとき、上空の稲妻が、真上を向いたラバのひづめの蹄鉄に引き寄せられて、彼らの上に落雷した。一瞬ののち、水面に浮かんでいるのは、丸焼きにされてところどころに焦げ目のついた三つの肉の塊だけとなった。ひとつは、茶色の鼻がいまもはっきりと見分けられ、かろうじて原形をとどめた脚から燻《くすぶ》るように煙が出ていた。残りのふたつは焼け焦げた衣類をまとい、水面からシューという音をたてながら煙を立ちのぼらせていた。だが、それもまた一瞬のことで、次々と押し寄せる濁流にのまれて何も見えなくなった。

捕まっていない狂人

Maniac Loose

マイケル・マローン

高儀　進訳

マイケル・マローン（Michael Malone）は、『無慈悲な季節』（一九八三年　ハヤカワ・ノヴェルズ）『最終法廷』（一九八九年　ハヤカワ文庫）などの長篇小説のほか、短篇小説、ノンフィクション、エッセイ、書評、ＴＶ脚本などで活躍している。本作はアンソロジー*A Confederacy of Crime*のために書き下ろされ、後に自身の短篇集である*Red Clay, Blue Cadillac*に収録された。

　亡夫のバスローブを羽織ったルーシー・ロウズは、スマイリーマークの黄色いコーヒーマグを手に椅子に坐り、二枚の写真を見つめた。つい最近死亡した連れ合いについて、驚くような発見をしたところだった。プルーイット・ロウズ――つねづね、明るい家庭が第一と言っていた人物で、心は、いってみれば陽気な決まり文句で出来た地図で、考えることは、その地図からさ迷い出たことは一度もなく、ルーシーは、夫の楽天主義を疑わなかったのと同様、夫が一夫一婦制を信奉しているのを疑ったことは、まったくなかった――その連れ合いのプルーイット・ロウズ（三週間前に心臓麻痺で急死した）が、アラバマ州ペイントンのこぎれいな分譲地の中の二ブロック向こうに住む寡婦と、性的な欺瞞に満ちた秘密の生活を何年にもわたって送っていたのである。プルーイットは、この町に住むことに固執したが、ルーシーには、その理由が今になってやっと呑み込めた。その男は、〝アイ・ラヴ・ユー〟と書いてある強化ポリエステル製風船や、同じ文句が書いてある、抱き締めたくなるほど可愛いヴァレンタイン用の白熊の縫いぐるみや、今ルーシーが手にしているのと同じスマイリーマークのコーヒーマグを際限もなく次から次へと妻のために家に持って帰ってきた男と同一人物なのだ――どれも、彼がアニー・サリヴァン・ショッピング・センターでやっている〈びっくりハウス〉と名付けた、ギフトとカードとパーティー用品の店から持ってきたものだ。その男は、人間の置かれた状況について妻がほんの少しでも批判めいたことを言うとたしなめ、そのたびに、こう教え諭した男と同一人物なのだ。「ルーシー、石をひっくり返して、その下に這っている虫を見ようとするのはやめられないものかね？」

　そう、今ルーシーは、大きな石につまずくと、その下から現われ出た泥の中に夫のプルーイット・ロウズが、寡婦である隣人のアモレット・ストラムランダー、ルーシーが属している〈山梔子クラブ《ガーディーニャ》〉の、うまくもなければ下手でもない十五年以上にわたるブリッジのパートナーと一緒に、欲情に駆られながら、ぐるぐる這い回っているのを目にしたのだ。アモレット・ストラムランダーは、ずっと昔、ペイントン高校でプルーイットとデートをした。彼女は生まれてこの方、アラバマ州ペイントン以外の場所で暮らしたことはない。彼女はそこで、プルーイットが自分のところに戻ってくるのを後家蜘蛛よろしく（まさに後家蜘蛛であることがのちに証明されたのだが）、おそらく何年も辛抱強く待っていたのだろう。もちろん、アモレットの昔のボーイフレンドのほうはアラバマ州ペイントンの外におずおずと何度か旅をし、その際に、シャーロットで妻となるべき女（ルーシー）を見つけ、アトランタで二人の子持ちになってから故郷に戻り、〈びっくりハウス〉を開いた。しかし、アモレット・ストラムランダーは、そうした係累のことでなにか気にしただろうか？　どうやら、全然気にしなかったらしい。

ルーシーは、今やしかめっ面をしているマグにブラックコーヒーを注いだ。もうすぐアモレットは、いつものように独特の鳴らし方で警笛を鳴らすだろう、プォーッ、プォーッ、プォーッ、間《ま》、プォーッ、プォーッ。今日は、近くのタスカンビアのプレイハウスで一緒に《奇跡の人》を観ようとルーシーを迎えに来るのだ。ルーシーには、その劇を観に行く暇があった。彼女はペイントン市役所に勤めているのだが、夫を失った痛手から立ち直るようにと、無理矢理休暇を取らされたのだ。アモレットは電話をかけてきて、《奇跡の人》こそ、不意に襲ってきた心臓麻痺で夫を亡くして悲しみに沈んでいるロウズ夫人の気分を明るくするのにうってつけのものだと言い張った。「ああいうことになるのはあたしだろうって、いつも思ってたのよ」とアモレットは言った。彼女は、自分の心雑音のことを、しょっちゅう自慢げに話した。というのも、そのせいで二十歳《はたち》のときにアグネス・スコット女子大を中退せざるを得なくなり、それ以後、どんな仕事も、どんな家事もできなくなったからだ。どうやらプルーイットとの長年にわたる情事は、あの女の心臓になんの負担もかけなかったらしいということに、ルーシーは気づいた。

ルーシーは《奇跡の人》を観たいとは全然思っていなかった。もう何度も観たのだ。タスカンビアのプレイハウスでは毎年夏になると《奇跡の人》を上演するからだ。有名な盲目で聾唖のヘレン・ケラーは、タスカンビアで生まれ育ったのである。タスカンビアと境を接する暑くて物憂いペイントンの町の長い歴史には、自慢するような有名な人物は一人もいず、刺激的な事件も何一つ起こらなかった。北のヤンキーでさえ、この村落を焼き払おうとやっては来なかった。もっとも、南部連合軍支持派の女たち（アモレットの先祖も入る）は、もしヤンキーがそんなことをしたら撃ち殺そうと待ち構えてはいたが。典型的な深南部の小さな町であるペイントンの住民は、先住民のインディアンを追い払い、奴隷を連れてき、綿で金を儲け、それから南北戦争後、百年間眠り込んだ。その間《かん》、苛立たしげにほんのちょっと断続的に目を覚まし、十字架を燃やしたり、（その反対に）一人の学生を送ってマーティン・ルーサー・キングと一緒にデモ行進をさせたり、なんであれ〝アメリカ流生活〟を破壊するものに反対する運動をさせたりしたことを除いて。

ペイントンは、その長い歴史の中で、たった三人のささやかな名士しか誇ることができなかった。まず、アモレット・ストラムランダーの曾曾祖母。彼女は、万一ヤンキーが姿を現わしたら撃ち殺してやると息巻いた。彼女はジェファーソン・デイヴィスが結婚したときに花嫁の付き添いを務め、モンゴメリーで行なわれた彼の南部連合の大統領就任式に列席した。五十年後、この町の出身のバプテスト派の宣教師が、河馬に嚙まれてか肝炎に罹ったかでコンゴで死んだ。親族たちは、宣教師の妻がアフリカから寄越した短い手紙の文字を、どうしても判読することができなかったのである。そして三十年前、この町の出身のラインバッカーが、アラバマ・ローズ・ボウルで肩甲骨を折ったまま試合のクォーター全部をプレーし、チームは勝った。

しかし、もちろん、その三人の名士の誰も、ヘレン・ケラーの足元にも及ばない。アモレットでさえ、それは認めた――自分の先祖がジェファーソン・デイヴィスの知り合いだったことを誇りにしてはいたが。実際、《奇跡の人》のヘレン・ケラーの物語を、アモレットほど愛している者はいなかった。「いいものは、いくら観てもいいものよ、ルーシー、とりわけ苦しいときは」とストラムランダー夫人は、今日、その劇を観に行きましょうよと、しつこく電話でルーシーを誘った際、取り入るような口調で言った。「《奇跡の人》は、たとえあたしたちが盲目で聾唖の哀れな人間であっても、暗い日々を乗り越えることができるってことを教えてくれるわ」

　ルーシー・ロウズは、隣人が甘ったるい声で電話をかけてきた、まさにそのとき、自分を欺いたアモレットが寄越した不倫のラヴレターの入っている、夫の秘密の箱を開ける鍵を握り締めていたのだが、ただ、こう返事をしただけだった。「いいわ、いらっしゃいよ、アモレット、今日は、あたし、ここで本当に暗い日を過ごしてるんだから」

　ルーシーは、依然として外出の用意を始めなかった。亡夫のバスローブを羽織ってブラックコーヒーを飲みながら、秘密の箱の中で見つけた写真を見つめていた。そして、今日はペイントンの通りに出ないほうがよい、安全ではないかもしれないからというラジオの放送を聞いていた。おしなべてペイントンの町の住民は、町に問題があるということを認めたがらなかった。町の境界にある掲示板には、赤と白と青の文字でこういう標語が書いてある。「ペイントンにはなんの苦労《ペイン》もない。アラバマ一の明るい町」実は、その掲示板の裏にパトカーがいつも潜んでいて、毎時三十六マイルで車を走らせる余所者《よそもの》にレーダーガンを向け、そうとは知らない余所者を捕まえ、相当な額の罰金を科す。ヒューズ・パドルストン保安官代理は、不運なドライバーが、こう冗談を言うのを千回も聞いた。「ペイントンにはなんの刑罰《ペイン》もないって、あんた方は言ってると思ってましたがね」

　地元のその掲示板の文句は、ラジオの今の警告の文句同様、ルーシーを苛々させた。ヘレン・ケラーの生まれ故郷にこれほど近い町には、人生は〝明るい〟だとか、通りはいつも安全だとか人に思わせる権利などない。ラジオのレポーターは、まだ捕まっていない狂人がいると、ちょっと芝居がかった口調で話しつづけていた。一人の若者がペイントン郊外のアニー・サリヴァン・ショッピング・センターで発狂し、妻を殺そうとした。ラジオの実況中継によると、まさに今、その男はショッピング・センターの花屋の窓を銃で撃って粉々にしていた。レポーターは外のアトリウムにいて、クリスタルガラス製品やしろめ《ピューター》製の人形を売っているカートの後ろに隠れていた。誰も男をとめようとはしていなかった。男は口径九ミリの自動小銃を持っていたからだ。そして男は、おれは銃の扱い方を心得てるんだ、と窓から叫んだ。レポーターは男に向かい、「わかった」と大声で言い、早くしろと警察を急き立てた。レポーターがたまたまそこにいてショッピング・センターからライヴで実況中継をしているのは、ペイントン・ショッピング・センターのサマータイム・セールが始まったからだ。それは、一九九二年の州のセミファイナルに進んだペイントン・パンサーズ高校のアメリカン・フットボール・チームのために催されたのだ。レポーターは、そのセールの模様を取材にやってきたのである。しかし、妻を殺そうとしている狂人のほうが当然ながらビッグニュースなので、レポーターは当然ながら、ひどく興奮した。

ルーシーは警察無線受信機のスイッチを入れ、プルーイットがいつも隠していたタバコの箱を捜した。プルーイットは、コレステロールの値が高いにもかかわらず、またもタバコを吸いはじめたのを妻に悟られないようにしていた。しかし、自分の性的不行跡ほどうまくは隠せず、ルーシーは、夫が置き忘れた、くしゃくしゃになったタバコの箱を絶えず見つけた。ルーシー自身はタバコを吸ったことはなく、〈ガーディーニャ・クラブ〉の会員たちが、自分はいつ禁煙したかとか、どうやって禁煙したかとか、なぜ禁煙したかとかいうことについて、のべつ幕なしに話しているのを聞くのが我慢できなかった。しかし今日、タバコを吸いはじめることにした。そうしていけない訳があろうか？　堅苦しく生きたところで仕方がないではないか、とどのつまり、こんなことになるのなら？　マッチでタバコに火をつけてからルーシーは、煙を深く吸い込んだ。神経が刺激されて咳が出たので体全体が不快に痙攣した。その感覚が気に入った。自分の今の気分に合っている。

警察無線受信機でルーシーは、通信指令係が急遽パトカーをショッピング・センターに向けたということを聞いた。その狂人はルーシーの関心を強く惹いた。そこで、またラジオに戻った。レポーターが現在の状況を説明していた。どうやら青年は、妻が自分を捨ててほかの男のもとに走ったので妻を射殺するためにショッピング・センターに来たらしい。狂人がレポーターに洩らした不満によると、妻は今でも彼のクレジットカードを使っていて、彼がハンク・ウィリアムズ・コンコースで妻に追いついたとき、ショッピング・センターで派手な買い物をしている真っ最中だった。コンコースで夫婦は、妻がほかの男と手に手を取って逃げ、請求書を夫に押しつけるという妻の企みをめぐって言い争った。妻は、男のいるほうに向かってコンコースを走って逃げた。その男は、コンコースの東の端で花屋を営んでいた。狂人は、その花屋でふたたび妻に追いついた。今度は、スポーツヴァンに駆け戻って取ってきた銃を手にしていた。狂人は二人に向けて発砲したが、ほかの客に弾が当たらないようにしたため、弾は花屋の主人の脚に当たった以外は、妻の買い物袋の一つを目茶目茶にしただけだった。一本のドラセナの前の石膏のコクチョウの破片が飛び、妻の顎に孔をあけた。狂人は、ほかの客が外に逃げ出すのを許したが、二人は人質に取った。

ルーシーは、ラジオからも、近づいてくるパトカーのサイレンの音を聞くことができた。しかし、警官が装備をすっかり整え直してアトリウムに突入したとき、花屋の主人は血の出ている脚を摑み、片足でホップしながら店から出てきて、女の夫が裏口から逃げ出したと大声で言った。警官は狂人を追跡した。レポーターは、まるでラジオドラマであるかのように、実況放送をした。花屋の主人は、車輪付きの担架で救急車に運ばれて行くとき、狂人は自分の店を〝すっかりぶち壊した〟、〝ターミネーター〟に襲われたみたいだとレポーターに語った。そう話す花屋の主人の口調は、驚くほど元気がよかった。レポーターはまた、顎に包帯を巻いてもらい、ヒステリックに怒り狂いながら店から助け出された狂人の妻にもインタビューをした。夫は気が狂っていて、警官に射殺されても自業自得だと彼女は言った。それから、花屋の主人と一緒に救急車で病院に運ばれた。

ルーシーはツナのサンドイッチをなんとか食べた。もう空腹のようには思えなかったけれども。食べ終わったときも、狂人は、まだ捕まってはいず、たった数カ月前にそのショッピング・センターで買った口径九ミリの銃を、まだ持っていた。警察がその男を捕まえそこなったというニュースは、ルーシーに奇妙な満足感を与えた。ルーシーは、妻に裏切られたその男と一緒に並んでペイントンの通りを駆けて行く自分を想像した。二人の心臓の同じ鼓動を聞きながら。ラジオによると、隣人たちが、その夫婦の四歳の三つ子、グリーア、ジェリー、グリフィンの面倒を見ていた。子供たちは、父親がアニー・サリヴァン・ショッピング・センターで発狂したということを教えられていなかった。夫婦の住んでいるフェアリー・デル・ドライブの隣人たちはショックを受けた。あんなに感じがいい人で、甲斐性のある一家の大黒柱で、家庭を大事にする人がねえ、と隣人たちは言った。「ジミーがあんなことをするなんて夢にも思わなかったわ、ペイントンの誰に訊いても、おんなじことを言うでしょうよ」と妹は兄を弁護して言った。妹は、花屋から出てくるように兄を説得しようと車でショッピング・センターに来たのだが、手遅れだった。

レポーターは、放送局が、一時、メロウ・ミュージックの番組、《ソングズ・オヴ・ユア・ライフ》に戻るのを余儀なくされた。ラジオからは、レス・ブラウンとバンド・オヴ・リナウンが演奏する「人生はまさにサクランボを盛ったボウル」を流していた。ルーシーはスイッチをひねってラジオを止めた。彼女は、今でもこれまでも、人生がサクランボを盛ったボウルとは到底思えなかった。彼女の見解では、人生とはむしろ、割れたガラスの上を裸足で全力疾走するようなものだ。彼女は今、そう強く感じた。自分自身は、恐ろしい目にまったく遭わずにこれまで生きてきたので、夫のプルーイットがつねづね口にしていたように、人生は甘い果物のボウルだと簡単に信じ込んでしまったかもしれないが。ショッピング・センターの狂人の隣人たちと家族の驚愕ぶりは、彼女を苛立たせた。なんで、あの人たちは感づかなかったのだろう？　けれども、考えてみれば、なんでわたしはプルーイットとアモレットが自分を騙していたことに感づかなかったのだろう？　少なくともあの狂人は、自分の周囲で起こっていることに気づいた――妻が、花屋の主人と一緒に逃げようと企みながら自分のクレジットカードで買い溜めをしていることに。ルーシー自身は、何年か前、プルーイットと別れて自分の人生をやり直したいと思ったとき、妻としての責任とか家庭の大切さとか子供たちの幸せとかについて夫がもっともらしく述べ立てたので、なんとも愚かな話だが、思いとどまってしまった。しかし、まさにそのとき夫は、アモレット・ストラムランダーとひそかに寝ていたのだ！

ルーシーはスマイリーマークのマグを台所のカウンターの縁に叩きつけて割った。一本の指が黄色い取っ手にからんだままだった。まるで、回転木馬の真鍮の輪を摑んでいるかのように。そう、これが最後のマグだ。ルーシーは今朝、ほかのマグを全部割ったのだが、依然として叫び出したい気分だった。そうしてはいけない理由などないことに気づいた。もはや〝家族〟の気持ちを乱すのを心配する必要はない。

不実のプルーイットが死んでから二十一日が経っていた。ロウズ家の息子と娘は、父を埋葬し、母を慰めるために急いでやってきてから、先週の日曜日に、アトランタでのそれぞれの生活に戻るために、やっと帰った。その二人の若者、プルーイットがレーガンにちなんでロニーと名付けた息子と、アンドルーズにちなんでジュリーと名付けた娘は父親似で、やはり人生はサクランボを盛ったボウルだと思っていた。あるいは、少なくともマルガリータを入れたボウルだと。二人は葬式のあいだ愛想がよく、アモレット・ストラムランダーのような一家の友人たちに、自分たちの新しい仕事や、新しい一群の分譲アパートについてしゃべった。二人はアモレットが好きだった（ルーシーは二人を産んだことをはっきりと覚えていなかったなら、アモレットが二人の母親だと断言できたかもしれない。というのも、二人はアモレット同様、巧みに幼稚っぽく振る舞ったからだ）。ロニーもジュリーも自分たちのライフスタイルが気に入っていた。それは、トレンディーな雑誌を真似たものだった。そうした雑誌は、父親の葬式の際、どう振る舞うべきかについて解説をしていない。おそらくそのためにロニーとジュリーは、葬儀とそのあとのレセプションのあいだ、年上の世代の人間に対して、例の一見陽気だが実は冷笑的な、まあ仕方がない、許してやろうという態度で振る舞ったのだろう。二人は、どんなものであれ、一家でなにかをするときは、そういう態度をとった。アモレットはあとで、「あの子たちは挫けずにほんとによくやったと思う」と、ルーシーに言った。

ルーシーは、自分の子供たちに悲しむ本能が欠けていることに、べつに驚きはしなかった。父親も、自分の葬式で、もし柩に入っているのが本人でなければ、まさにそういうふうに振る舞っただろうから。「子供たちとぼくは昼人間なのさ」とプルーイットは、妻が、戦争とか地震とか大量虐殺とかいった、人生のちょっとした不完全さについてなにか口にするたびに言った。「きみは夜に囚われてるんだ、ルーシー。それがきみの問題さ」それは本当だった。もしかしたらルーシーは北部で育つべきだったのかもしれない。北部なら空はここより早く暗くなり、大地は凍り、風景は黒と灰色に変わる。南部ほどは陽《ひ》も暑熱も光も昼間もない。人生は、ルーシーの判断では、昼間のものではない。人生は夜に囚われている。昼間は、ただの合間、本当のショーの幕間だ。家庭内暴力、ハイウェイでの大惨事、火事、中毒事件、感電死、窒息死やアニー・サリヴァン・ショッピング・センターの近くに潜んでいてまだ捕まらない狂人のような人物に関して報告する警官の連絡を警察無線受信機で聞いていると、彼女はいつも、人生とは本当はどういうものかがわかる気がした。不意に彼女は、自分が九一一番に電話をしたあと、ロウズ家に向かうようにという通信指令があったはずだと思った。彼女は、扉が開いたままになっている冷蔵庫の前の台所の床に夫が横たわっているのを発見したのだ。夫のわきには、バーベキューにした手羽先が盛ってあったボウルが砕けていた。警官は無線でこう言ったにちがいない。「心臓発作で死んだようです、男性、白人、四十八歳」

プルーイットは、自分になにが起こったのかよく理解しないうちに死んだ。ちょうど、ルーシーの昼人間の子供たちが、プルーイットの持っていたものの中でなんであれ自分たちの欲しいものを貰って車で帰ったとき（ロニーは父のゴルフクラブと黄色とピンクのカシミアのVネックのセーター、ジュリーは父のトヨタを貰った）、父が永遠にこの世から去ったということを本当には理解していなかったように。もしプルーイットが、数時間のうちに自分が死ぬことを知っていたなら、おそらく、アモレット・ストラムランダーと姦通していた証拠を湮滅しただろう。なぜなら、結婚式で立てる誓いは彼にとっては大変に重要なものだからだ。しかしどうやら、プルーイット・ロウズは、人生とは、壊れることのないプラスチックのサクランボを盛ったボウルだと、最後の最後まで思いつづけていたらしい。どうやら彼は、死が、ニタニタ笑っている死神が、ひょいと目の前に現われたのに気づかなかったらしく、そのために、びっくり仰天し、目をカッと大きく見開き、戸惑い、ルーシーに、「ぼくはどうしたんだろう?」と問いかけるような表情を浮かべて死んだのだろう。

アモレット・ストラムランダーも、翌朝、プルーイットが急死したことを〈ガーディーニャ・クラブ〉の会長であるグロリア・ピーターズから聞いたとき、そんなことはまったく予期していなかった。彼女は芝生の向こうからルーシーのほうに駆けてきて、「ネイル・サロンでグロリア・ピーターズから聞いたのよ!」と金切り声で叫んだ。まるで、そうやって悪い知らせを聞いたことで、その知らせがいっそう悪くなったかのように。もちろん、そのときは、ルーシーはプルーイットとアモレットが長いあいだ情事に耽っていたのを知らなかった。アモレットがプルーイットと密通していた事実が、アモレットにとってそのニュースをいっそう耐え難いものにしたのは確かだ。そして、グロリア・ピーターズの口から愛人が死んだことを聞いたというのは辛いことだったにちがいない。グロリア・ピーターズは、自宅のディナー・パーティーにアモレットをただの一度も招んだことはないのだ。そのパーティーでは、どうやら、家事アドヴァイザーの、あのマーサ・スチュアートのレシピによる料理が、お仕着せを着た本物のメイドによって運ばれてくるらしい。実のところ、プルーイットが死んだあとの、あの日の朝、アモレットが駆けつけてきたとき、ルーシーは、隣人の彼女にもっと早く知らせなかったことを実際に詫びたのだ。するとアモレットはルーシーの腕を摑んで啜り泣いた。「これであたしたち二人とも未亡人ね！」そのときルーシーは当然ながら、アモレットは死んだ自分の夫、チャーリー・ストラムランダーのことを言っているものと思っていたが、ひょっとしたら、愛人のプルーイットのことを言っていたのかもしれなかった。

プォーッ、プォーッ、プォーッ、間、プォーッ、プォーッ。プォーッ、プォーッ、プォーッ、間、プォーッ、プォーッ。

驚いたことに、午後の二時だった。ルーシーは、黄色いコーヒーマグの取っ手を指から垂らしながら、依然として台所の中央に立っていた。ルーシーは、アモレットが、どうぞと言われるのを待たずにコツコツという足音をさせ、フーフー息をしながら家の中に入ってくると、見つけた写真をバスローブのポケットに素早く仕舞った。アモレットはいつも、ルーシーがドアを開けるのを待たなかった。

「ルーシー？　ルーシー、あらあら、まあ、支度さえしてない。こんな時間に、バスローブ姿でなにをしてるの？　あたしが警笛を鳴らしたのを聞かなかったの」ストラムランダー夫人は小柄でスタイルのよい女で、腹の空いた鳥のように両手をひらひらさせながら素早くテーブルをぐるりと回った。夏物のコートを着ていたが、それは、靴とハンドバッグに合った色だった。アモレットは心臓を軽く叩いた。自分には心雑音があるということを人に改めて思い出させるために、いつもそうするのだ。「あの狂人がまだ捕まってないって知って死ぬほど怖いのよ！　そのこと、ラジオで聞いた？」

ルーシーは、聞いたと答えた。そして、あの若者が可哀相だと言った。

「可哀相！　あらまあ、あんたって、ほんとに変わってるわねえ！　さあさあ、劇に遅れないよう、早く着替えてね。あの気の毒な盲目で聾啞の少女が〝W－A－T－E－R《ウォーター》〟って指で空《くう》に綴りながら狂喜して舞台を走り回るのを見れば、あんたが自分の悩みを客観的に眺めることができるようになるのを、あたしは知ってるの。あたしの場合は、いつもそう」

「そう思うの？」とルーシーは気のない口調で訊いてから、プルーイットと一緒に寝ていた寝室に戻った。アモレットが、あとからついてきた。アモレットは、ルーシーのクロゼットからドレスを引っ張り出し、どれを着て行くべきかについて意見を述べさえした。

「ルーシー」とアモレットは、一着のドレスをベッドの上にひょいと置きながらルーシーに忠告した。「あの狂人がアニー・サリヴァン・ショッピング・センターで暴れてるからといって、それを世の中がすっかり駄目になった証拠と取っちゃいけないわ。なぜって、ほんとの話、大方の人間は正常な生活を送ってるからよ。もしあんたが、これまで自分を支えてくれていたプルーイットがいなくなったんで、絶えずそういう否定的な考えに耽っていると、とにかくずっと深いところに滑り落ちてしまうわ。さあて、この素敵な芥子色とベージュのシルクジャケットはどうかしら？」

ルーシーは、亡夫のバスローブのポケットに手を入れた。そして写真に触り、秘密の手紙の入っている箱の鍵を、てのひらの、ふくらんだ肉の部分に、ぎゅっと押し当てた。その鍵は、地下の小さな正方形の部屋で見つけた緑のブリキの箱を開けるための鍵だった。その部屋には松材の鏡板が嵌まっていて、格子縞の布を張った寝椅子があった。プルーイットはその部屋を自分の特別なプライベートな場所と考えていて、〝書斎〟と呼んでいた。晩になると、電気スタンドを修理したり、ガレージセールで買ったLPレコードのビッグバンドのアルバムを聴いたり、インターネットで株式投資をする方法を教える通信講座の宿題をしたりするために、いそいそとそこに降りて行った。そしてどうやら、アモレット・ストラムランダーに宛てたラヴレターを書きにも、そこに行ったらしい。ルーシーは、プルーイットの私的な空間を侵したことはなかった。何年ものあいだ、明かりを消した台所でブラックコーヒーを手にして坐り、外の闇を眺めながらルーシーは、プルーイットがひそかに下の〝書斎〟で、顕微鏡の上にかがんで生命の起源を探ったり、オペラを作曲したり、巧妙な犯罪を企んだりしている様子を想像することがあった。しかし、子供たちがアトランタに発った翌日、〝書斎〟のドアを開け、謎めいた試験管も、インクの染みのついた楽譜も、フォート・ノックス（合衆国金塊貯蔵所）を爆破するためのダイナマイトもないのを見て、べつに驚きはしなかった。

彼女が見たのは、電車の模型とラヴレターだった。どうやらプルーイットは、十数台の電車が通る、完璧なプラスチックの世界を造るのに、夜ごと、専心していたらしい。その世界は、八平方フィートの大きな板に載っていた。小さい家々と商店と樹木は全部、プラスチックの土と人工芝を敷いた板に置いてあった。一軒の小さな家の前にある線路のわきに、ちっちゃな父親と母親と少年と少女が立ち、電車が通過するのを見ている。ちっちゃな女は金髪で、ピンクのコートを着ている。アモレット・ストラムランダーにそっくりだ。

ルーシーは、ラヴレターを、電車の車庫の真下に当たる板の裏に作られた秘密の引出しに入っていた緑のブリキの箱の中で見つけた。アモレットからプルーイットに宛てた、法律用箋に書いた手紙、ピンクの花模様の便箋に書いた手紙、封筒の裏に書いて直接手渡されたものなど、数十通の手紙があった。プルーイット自身からアモレットに宛てて書いた手紙の下書きさえ、いくつかあった。内容はどれも、プルーイットとアモレットが経験した、相手に対する恋情に関するものだった。しかし、情熱が二人の姦通者を、二人の普段の人格を超えたものに高めたことを示すものや、《アンナ・カレーニナ》や《イングリッシュ・ペイシェント》の世界に似たものを、ルーシーはなにも見つけることはできなかった。苦悩や自殺を仄めかす文章はなかった。そうした手紙は、ペイントンのダウンタウンにある、プルーイットのギフトとカードとパーティー用品の店で売ってが、成長すると太った腹部膨満の虎猫になり、五年前、車に轢かれて死んでしまった）。もう一枚の写真は、アモレットが自分の寝室にあるホープ・チェスト（結婚準備用品を入れる箱）の上に坐っているところを撮ったものだ。アモレットは上半身裸で、手を、日に焼けていない乳房の下に、挑発的な仕草で当てている。二枚の写真を眺め、手紙を読んだあとルーシーは、全部箱に戻し、スイッチを入れてプルーイットの電車を走らせた。どんどんスピードを上げると、やがて電車は脱線して、プラスチックの村と農場のあいだを暴走してから床に落下し、胸がすっきりするような具合に転覆した。

今、浴室にいるルーシーは、寝室にいるアモレットが立てる音に耳を澄ました。アモレットが、その寝室を十二分に知っているのは明らかだ。アモレットは、まだクロゼットを引っ掻き回していた。ルーシーは鍵と写真をバスローブのポケットからハンドバッグに移した。寝室に戻ると、アモレットに訊いた。「プルーイットがいなくなって、とっても淋しい？」

いるヴァレンタインのカードに似ていた。レースの縁飾りのついたハート、抱き合っている太った幼児、クークー鳴いている太った鳩。アモレットは、こう書いていた。「とっても可愛い、可愛い方。ルーシーに、土曜の午前はずっと〈びっくりハウス〉で棚卸しをしなくちゃいけないって言いなさいよ。チャーリーは十時にゴルフに行くの。あなたの首にキス」プルーイットは、こう書いていた。「スイートハート、きみはきのう、飛び切り［凄かった、と書いてから棒線で消してあった］美しかった。きみはぼくにとっても優しい。ぼくは、ぼくの太陽であるきみなしには生きていかれそうもない」

ルーシーは、箱の底に、手紙の下になっていた二枚のポラロイド写真を見つけた。彼女は今、バスローブのポケットにある、その写真に手を触れた。その一枚は、丈の短いパジャマを着たアモレットがルーシーのベッドに坐り、抱き上げた仔猫に頬ずりしているところを撮ったものだ（ルーシーは、その仔猫がシュガーであるのに気づいた。それは、プルーイットがジュリーのために家に持ってきたのだストラムランダー夫人はクロゼットの前で両膝を突き、ルーシーのために選んでやったドレスに似合う靴を探していた。「あたしたち、みんなそうじゃない？」と彼女は答えた。「でも、時に任せましょうよ、ルーシー。あたしは心雑音があるんで、常に一日単位で生きてこなくちゃならなかったの、一日の苦労は一日にて足れりって聖書にもあるように。あたしたちの誰もができるのは、それだけよ。あの気の狂った男、自分の知ってる者だけを撃ってるようだけど、赤の他人も撃ちはじめるなんてことにならないように願うわ！」アモレットは自分のちょっとした冗談をおかしがって笑い、ベージュのパンプスを片手に持って、後ろ向きに這ってクロゼットから出た。「なぜって、いつでもどこでも撃ちたい気分になると見境なく撃つ異常者がいるから。今夜、《奇跡の人》の最中に、ああしたことが起こったら嫌ね。さあ、そのドレスを着て」

ルーシーは、そのドレスを着た。「下のプルーイットの書斎に行ったことがある、アモレット？」

「ううーん」華奢な女は曖昧に首を横に振り、丹念に整えた金髪を軽く叩いた。

「今、見てみたい？」とルーシーは訊いた。

アモレットは怪訝な表情でルーシーを見た。「今、プルーイットの書斎を見てる暇なんてないわ、ハニー。もう、うーんと遅れてるのよ。そのジャケットじゃ駄目。全然合わない。ときどき、ルーシー……これよ。あら、あんたはその気になると、とっても可愛い」

ルーシーは、自分の車のところに行こうと外に出た、亡夫の愛人のあとに続いた。アモレットは、早く来るようにとルーシーに大きな声で言った。「さあ、乗って。もし、ショッピング・センターの狙撃者を見かけたら、頭をひょいと下げるのよ！」アモレットは楽しそうに笑った。

二人の乗った車は、道端に沿って花を植えたペイントンの、もはや安全ではない通りを、タスカンビアに通ずる州間道路に向かって走った。ルーシーは、隣人のトヨタ（アモレットとプルーイットは、二台一度に買ったとき、特別割引をしてもらったのだろうか？）の緑のベロアのシートに、もたれるように坐り、目を閉じていた。アモレットは、なんの障害もない人間がウィンディキシー・ストアーズの障害者用駐車場を使ったということ、その事実とショッピング・センターの狂人は、近頃は南部も北部に似てきたのを証明しているということについて、ぺちゃくちゃしゃべっていた。それからアモレットは、自分は家のドアをデッド・ボルトでロックするようになった、そうして、暗くなってから奇妙な音を耳にし、強盗か強姦犯かもしれないと思って、そのショックで自分も頓死《デッド》ということになるかもしれない、と言った。ルーシーが、こう言ったのは、そのときだ。「アモレット、あんたはいつからプルーイットと寝るようになったの？」

小型のセダンは、ガタンと前方に揺れた。そしてスピードがどんどん落ち、ほとんど停まってしまった。ピンクの斑点がアモレットの頬に出来た。やがてその斑点は彼女のコートの色と同じくらいになったが、鼻は蒼白くなった。

「誰がそんなことを言ったの？」と彼女は、片手を心臓の上に置きながら、やがて囁くように言った。「グロリア・ピーターズ？」

ルーシーは肩をすくめた。「そうならどうだっていうの？」

「そうよ、そうにちがいないわ！　グロリア・ピーターズよ。あの人は、あたしを憎んでる」

ルーシーは、プルーイットが生前に隠しておいたタバコをハンドバッグから取り出し、火をつけた。「落ち着きなさいよ、誰かがあたしに言ったわけじゃない。あたしが証拠を見つけたのよ」

「どんな証拠？　ルーシー、あんた、なんのことを言ってるのよ？　すっかり誤解してる――」

煙を吐き出しながらルーシーは、ハンドバッグに手を伸ばした。そして、もっと若かったときのドライバーが、目をぎらつかせながら手で乳房を押さえているポラロイド写真を、ドライバーの目の前に突きつけた。

車はドシンと歩道の縁石に乗り上げ、ポストにぶつかって停まった。

二人の寡婦は、住宅街の大通りに停まっている車の中に坐っていた。生け垣として植えてある夾竹桃《きょうちくとう》の花が歩道に沿って咲いていた。そして、スイカズラの甘い匂いが空気をシロップのように甘いものにしていた。あたりには誰もいなかった。水着を着た、退屈そうな一人の十代の少女以外には。少女は、ローラーブレードで行ったり来たりして滑り、車の前を通り過ぎるごとに、車の窓越しに図々しく中を覗き込んだ。

ルーシーはタバコを吸いつづけた。そして、「あんたのラヴレターの全部をプルーイットの書斎で見つけたのよ」と付け加えた。「あんたたち二人、あたしが手紙を見つけるかもしれないってことを心配しなかったの？」

アモレットは肩をわずかに震わせながら涙を流しはじめた。そして顔をハンドルに押し当て、泣きながら話し出した。「ああ、ルーシー、これは最悪のことだわ。プルーイットは素敵な人だった、そうではなかったなんて考えはじめないで。あたしたち、あんたを傷つけるつもりなんてなかった。あの人は、あたしがほんのちょっとの心遣いをどれほど必要としているのか知っていた。なぜって、チャーリーは法律事務所の仕事にすっかりのめり込んでいて、あたしに目が二つあるのか三つあるのかも知らなかったし、チャーリーがあたしにしてもらいたがったことを、あたしができなかったときも、あたしに心雑音があるってことに、これっぽっちも同情しなかった」

「アモレット、そんな話は聞きたくないのよ」とルーシーは言った。

しかしアモレットは、ともかくも話しつづけた。「プルーイットもあたしも、とっても不幸せだった、あたしたちには、笑える、ほんのちょっとの機会が必要だったの。そうして、そんなつもりはなかったのに、ああいうことになってしまった。あたしたちは、あんたを傷つけたいなんてほんとに思っていなかったってことを信じてくれないの？」

ルーシーはタバコを深く吸って煙を吐き出しながら、そのことを、じっくりと考えてみた。「どのくらいのあいだだったのか知りたいだけ」

「あー、なにが、なにがよ？」とルーシーの隣人は啜り泣きながら言った。

「どのくらいのあいだ、あんたはあたしの夫とやってたのよ？　五年、十年、プルーイットが死んだ日まで？」

「ああ、ルーシー、違う！」啜り泣いていたアモレットは、今度は喘いでしゃっくりをしはじめ、イーックというような音を出した。「違う！　イーック。イーック。あたしたち、しなかった……チャーリーが死んでからは。フェアじゃないって、あたしは思ったの。イーック。イーック」

「チャーリーは一年前に死んだ。あたしたちはペイントンに十五年いる」ルーシーはタバコの吸いさしを、使われていない灰皿にぎゅうぎゅう押しつけて消した。そして、例の狂人がショッピング・センターのコンコースに面している店舗のガラスの正面を砕いている姿を、一瞬思い浮かべた。「ねえ、アモレット、〝フェア〟っていうくそいまいましい言葉があんたにとって一体どういう意味があるのか、見当もつかない」ルーシーは、もう一本のタバコに火をつけた。

アモレットはショックを受け、苦しそうに息をしながら体を縮めた。「そんなふうにあたしに話さないでよ、ルーシー・ロウズ！　あたしの車の中で、そんな言葉は聞きたくない」道徳的な見地から相手をたしなめたあとアモレットは、濛々《もうもう》と立ち込めているタバコの煙を必死に手で払いのけた。「ねえ、そのタバコを消してよ。あんたは普段、タバコは吸わないじゃない」

ルーシーはアモレットを睨みつけた。「吸うのよ。今、吸ってるのよ。あんたがあたしの夫とやってたように。あんたとプルーイットは、嘘つきのくそったれカップルよ」

アモレットはハンドルを回して窓を開け、空気をぐっと吸い込もうとした。「わかったわ、もしあんたがあたしたちを裁こうっていうんなら――」

ルーシーは笑って鼻を鳴らした。すると喉が痛んだ。「もちろん、あんたたちを裁くつもりよ」

「あら、そうなの、ほんとのことを言うと……」アモレットは今や、頭がバネの上に載っている玩具の犬よろしく、ルーシーに向かってうなずいていた。「ほんとのことを言うと、ルーシー、あんたの否定的な人生観と世の中に対するひどく批判的な態度に、プルーイットはときおり苛々したのよ。ときおりプルーイットは、一緒に物事の明るい面を見る人間を必要としたの」

ルーシーは、ふたたび鼻を鳴らした。「笑わせてくれる相手をね」

「あんたはわざと意地悪をしてるんだと思うわ」とアモレットは、しくしく泣きながら言った。「こんなふうに気持ちを乱したりしちゃいけないって、お医者さんに言われてるのに」

ルーシーは、昔からのブリッジのパートナーの丸い茶色のキャンディーそっくりの目を、じっと見た。この女は、実際、これほど愚鈍だったのだろうか？　プルーイットの電車に向かって手を振っている、あの板の上のちっちゃな母親くらいにぼんくらなのだろうか？　あまりに低能なので、どんな行動も許されるというのだろうか？　あたしはどんなことをしても、許されないというのだろうか？　しかし、アモレット・ストラムランダーをじっと見つづけていたルーシーは、その隣人の目の瞳孔の奥に、自己満足のほんのわずかな色が潜んでいるのを見た。一瞬浮かんだその色は、涙で濡れた目のまばたきの後ろに素早く隠れた。それは、アラバマ州ペイントンの歴史同様、味気なくて暗愚で独善的なものだった。

ルーシーは不意に、なにかをしたいという強い欲求に駆られた。そして、その感情に襲われたとき、ショッピング・センターの狂人がこの住宅街に駆け込んできて、車の窓から銃を自分に向かって投げてくれるさまを想像した。まるで、銃の台尻が自分の腹に当たり、ひどい痛みを覚えたかのようだった。ルーシーは、その銃を取り上げ、独善的なアモレットの目の中に弾丸を撃ち込みたかった。しかし、銃はない。おまけに、銃は、あの狂人にとってなんの役に立ったというのか？　狂人は、たぶん、もう警察に捕まっているだろう。ルーシーの口から言葉が飛び出た。とめる暇もなく。「アモレット、プルーイットはあんたと寝ていたとき、同時にグロリア・ピーターズとも寝ていて、あんたたち二人があれをやめたあとも彼女とは関係を続けてたってことを知ってたの？」

「なんですって？」

「グロリア・ピーターズの写真が、裸の写真がプルーイットの手紙の箱に仕舞ってあったのを、あんたは知ってたの？」

ストラムランダー夫人の顔は緑になった。正確には、淡黄緑色になった。ちょうど、プルーイットの顔色が、心臓発作を起こしたあと、救急車の担架の上で青になったように。アモレットも、息をとめていた。また息をしはじめると、恐ろしい音を立てて喘ぎはじめた。「ああ、お願い、そんなことは言わないで。ほんとのことを話して」と彼女はゼイゼイ息をしながら言った。

ルーシーは悲しげに首を横に振った。「本当のことを話してるのよ。グロリアのことは知らなかったのね？　なら、あの人は、あたしたち二人を騙したんだわ。あたしは書斎で何枚かのとっても醜い写真も見つけた、あの人が買ったもの。裸の女がかなりおぞましいことをされてる写真。プルーイットは、自分のあの書斎に、ありとあらゆる種類の雑誌やビデオを仕舞っていた。ああいうビデオになにが写っているのか、あんたは聞きたくもないと思うわ」（もちろん、夫とグロリア・ピーターズとがなんの関係もなかったのと同じように、そんな写真などなかったのである。アモレットが乳房に手を当てているポラロイド写真が、プルーイットの考えうる最も退廃的なイメージだったのは疑いない。プルーイットの抱いていたどの感情も、彼の店の強化ポリエステル製風船やグリーティングカードの文句から得たものなのだ）

「お願い、グロリアのことは嘘だって言って！」とアモレットは頼んだ。顔は、草のような緑色だった。

そう言う代わりにルーシーは車のドアを開け、外に出た。「あたしの問題は、真実を言うのをどうしてもやめることができないってことだって、プルーイットは言ったわ。そうして、それが真実。裸のグロリアが、あんたのしたのとそっくりのポーズをして笑ってる写真を見たわ。なぜ笑ってるかといえば、あんたのポーズを真似してるからよ。グロリアは手紙にそう書いたのよ、プルーイットがあんたの写真を見せ、自分はそれを真似たって書いてあった」

「ルーシー、やめて。気分が悪いの。なんか変だわ。後ろのシートから、あたしのハンドバッグを取って」

ルーシーは、その頼みを無視した。「実のところ、グロリアがあんたを虚仮《こけ》にしてるプルーイット宛の手紙を、あたしはたくさん読んだのよ、アモレット。グロリアがどんなにウィットに富んでるか、あんたも知ってるでしょ。あの二人は、実際、あんたをさんざん笑い物にしたのよ」

息ができなくなったアモレットは体を縮めて車のシートに深く坐り、お願いだからお医者さんを呼んで、なにかとっても怖いことが起こっているような気がするから、と消え入るような声でルーシーに頼んだ。

「そう、一日単位で生きなさいよ」とルーシーは隣人に助言をした。「そうして、物事の明るい面を見るのよ」

「ルーシー、ルーシー、行かないで!」

しかしルーシーはドアをバタンと閉め、夾竹桃の生け垣に沿って足早に歩き出した。そして、歩きながら夾竹桃の花弁を一握りむしり取り、前方の歩道に捨てた。ローラーブレードに乗った十代の少女がザーッという音を立てながら勢いよく間近にやってきた。ルーシーの赤らんだ顔の数インチ前に来ると、少女の目と口が大きく見えた。少女は車のわきをすっと通り過ぎたが、アモレット・ストラムランダーが前部座席にぐったりと坐っているのに気づかなかった。

ルーシーは次から次へとブロックを過ぎ、とうとう、夾竹桃の生け垣が終わり、小さな白い柱のある、屋根の勾配のゆるい煉瓦造りの平屋が建ち並んでいるところに出た。そうした家の庭には、芝が平らに戸口の踏み段のところまで生えていた。ルーシーはベージュのパンプスの踵がぐらぐらになったので、足を蹴るようにして両方の靴を脱いだ。それから、ジャケットを投げ捨て、ドレスを、ボタンが取れるまでぐいぐい引っ張ったが、まだ捕まっていない狂人が、自分のすぐわきを歩いているような気がした。そして、ドレスを縁石のところに、ひょいと捨てた。ルーシーがそうするのを見た一人の男は、動力芝刈機を押しながらマリーゴールドの花壇の中を駆けてきた。赤とオレンジの花弁が飛び散った。ルーシーはスナップを外してからブラジャーをその男の家の庭の、短く刈ったエメラルドグリーンの芝生の中に投げ込んだ。ルーシーは男のほうを見はしなかったが、男の姿は目に入った。ピザのヴァンを運転していた若者が彼女のほうにヴァンをぐっと寄せ、窓から喚声を上げた。ルーシーは頭をめぐらそうともせず、ストッキングを脱ぎ、その若者のほうに投げた。

パンティー以外はなにも身につけていないルーシーは、ハンドバッグを持ったまま歩きつづけた。ついに太陽は昼間の仕事を終え、夜が戻ってきた。ルーシーは、ヘレン・ケラーの生まれ故郷である郊外まで歩き通した。

パトカーが自分のわきで停まったときルーシーは、通信指令係のお馴染みの声が、パトカーの中の無線受信機から聞こえてくるのに気づいた。すると、閃光が彼女の目を照らした。そして、ヒューズ・パドルストン保安官代理が、自分の上着で彼女を包《くる》んだ。彼は、ペイントン市役所に勤めているルーシー・ロウズを知っていた。「いやあ。公共の場所で、そんな格好で歩いちゃいけませんよ、ロウズ夫人」彼は、ルーシーをしげしげと見た。「大丈夫なんですか？」

「あんまり大丈夫でもないわ」とルーシーは答えた。

「なにか飲んだんですね？　ある種の覚醒剤を、ひょっとしたら？」

「いいえ、パドルストンさん、ごめんなさい、プルーイットのことでひどく動転してたものですから、あたしはただ、あたしはただ……」

「シーッ。心配ありませんよ」と彼は約束した。

ペイントンの警察署では、禿げた、やや若い男に警官が手錠を嵌め、オレンジ色のプラスチックの椅子に鎖でつないでいた。ルーシーはぐいと体を振って自分に同伴している者から離れ、その男に近づいた。「あなたはショッピング・センターにいた方？」

手錠を嵌められた男は言った。「なんだって？」

「あなたは奥さんを撃った人？　あなたの気持ちがわかるから訊いたの」

両脇の二人の警官に二の腕を摑まれていた男は肘をぐいと動かし、「この女は気が変なのかい？」と訊いた。

「気が動転してるだけさ。夫を亡くしたんだ」と内勤の巡査部長が説明した。

プルーイットの弁護士は、一時間も経たぬうちにルーシーを釈放させた。一時間後、アモレット・ストラムランダーは、心臓の欠陥で病院で死んだ。グロリア・ピーターズは、心雑音などというのは家の掃除をしないで済ませるためのアモレットの口実に過ぎないと、日頃皮肉を言っていたのだが。

三カ月後、ルーシーは、アメリカ一の明るい町ペイントンの通りを裸で歩いて公共の秩序を乱した廉《かど》で審理を受けた。それはショッピング・センターの狂人の裁判が行なわれている法廷から廊下を一つ隔てた法廷で行なわれたので、ルーシーは、ついにその青年を見ることができた。青年はルーシーが思っていたよりも若く、ごく普通の風采で、悲しげな、戸惑ったような目をしていた。ルーシーは微笑みかけた。青年も一瞬微笑み返してから、頭を妻のほうに向けた。妻は今では、離婚訴訟を起こしていた。妻の顎には、花屋にいたときに飛んできた石膏のコクチョウの破片で付いた傷の痕が、まだあった。花屋の主人は彼女の隣に坐り、彼女の手を握っていた。

ショッピング・センターの狂人は、自分は妻とその愛人を殺そうとしたが、「へまをしてしまった」と、自分の弁護士が制したにもかかわらず証言し、有罪を認めた。ルーシーも有罪を認めた。勝手気儘《きまま》に公共の秩序を乱していたことを認めたのである。しかし、狂人の刑とは異なり、ルーシーの刑は宣告猶予になった。そしてその後、告訴は記録から抹消された。プルーイットの弁護士は裁判官に対し（その裁判官もルーシーを知っていた）、納得のいく弁論をした。夫が死んだための悲しみは、自動車事故のせいでさらにひどいものになり（その自動車事故で彼女の親友は心臓発作を起こした）、その結果、気の毒なロウズ夫人は〝一時的に理性を喪失した精神状態〟で歩道をさ迷い歩いた、と弁護士は言った。また、夫人はダッシュボードに頭を打ちつけたことさえありうるし、〝公共の場所で脱衣したとき、自分のしていることを意識していなかったことさえありうる、とも弁護士は言った。考えてみれば、ルーシー・ロウズは善良な市民で、市役所の吏員で、立派な婦人である、そして、もし一時的に錯乱し、自宅近くの閑静な住宅地でみずからをあらわにしたとすれば、彼女はそれを、感情的かつ肉体的ショックを受けた状態においてしたのである、というわけだった。彼女がふたたびそういう真似をすることはないのを約束する、とプルーイットの弁護士は言った。彼女は、二度とそういう真似をしなかった。

数カ月後、ルーシーは、州立刑務所にいる狂人を訪ねた。その際、〈びっくりハウス〉の閉店セールの商品の入ったとても大きな箱を、プレゼントとして持って行った。二人はしばらく話をしたが、会話は弾まなかった。ルーシーが、二人には共通するところがたくさんあると感じていたばかりではなく、殺人を犯しても捕まらない方法について多くのことを教えてやることもできたであろうにもかかわらず。

数を数える癖
Counting

フレッド・メルトン　阿部里美訳

フレッド・メルトン（Fred Melton）はワシントン州ウェナチー在住。フルタイムの歯科医であると同時に、《トーキング・リヴァー・レヴュー》《カリフォルニア・クオータリー》などに作品を発表し、高く評価されている。またロデオの一種であるブル・ライディング（牛乗り）をこなしたり、空手の有段者であったりもする。《トーキング・リヴァー・レヴュー》に発表された本作は、息子と共に鹿狩りに行った際に山中で出会った中年の農夫の言葉がヒントになったという。彼はメルトン親子に自分の土地での狩りを認めたが、ただ一箇所小麦貯蔵所だけには近づいてはいけないと言った。この男が、本作の種子になったそうだ。

最初に、僕がシャベルでやわらかい土をすくい、墓穴に落とす。一番先にそんなことができるのは名誉なことだ、と周囲の人たちは言う。野球のシーズンが開幕して、第一球目のボールを投げるのと同じだ、と。

　雪が、地面にぽっかりと開いた口へ吸い込まれるように、長方形の暗い穴の中に舞い落ちている。誰ひとり口を開く者はいない。感情というものがまったくない銀行員のジョン・バウチャード、休耕地になっている千五百エーカーの小麦畑の所有者で隣人のルシール・エマーソン、安っぽいカツラをつけたオーヴィル・マンスフィールド、その他に二、三人の人が体の前で両手を握り、頭を垂れて立っている。親族の参列者は僕一人だけ。

　僕は数を数えながらシャベルで土をすくう——二十八、二十九、三十。手を止めることができない。シャベルですくい続け、数を数え続ける。僕は泣かないと誓っていた。二十四歳にもなれば、人はそれまでに泣かない手立てを学んでおくべきだ。

　誰かが僕の肩を二度叩く。数人の参列者が小さな声で「かわいそうなアンプ」と言う。僕はシャベルを脇に置く。今ではいくつまで数えたのかわからなくなった。寒い日だというのに、汗が目に入り、ひりひりと痛む。折りたたみ椅子に腰掛けると、尻の下で軋んだ音がする。ウールのコートの襟を立て、寒さで疼く両手を太腿のあいだに突っ込み、穴をじっと見つめる。真っ白な紙吹雪のように、雪が静かに舞い落ちる。

　彼はひとりきりで死んだ。

　彼——僕の伯父、ケヴィンが生前に目盛りのあるヤード尺を真っ直ぐに立て、身長を測ったところ、背丈は五・五フィートもなかった。丸くて平べったい顔に、頭を覆う絡み合った髪。伯父はその髪について「逆毛がねじれて生えていて、この毛を梳かすのは何本もの豚のしっぽを櫛で梳かすのと同じようなもんだ」と言っていた。彼は青緑色の目で、農夫が物の距離を測るように人を品定めしていた。そして、太くて短い曲がった足の上にのったがっしりとした上半身。伯父のケヴィンは筋骨たくましい体をしていた——僕が知っている誰よりもたくましかった。また、伯父はいつも水の中にいるように動いた。ゆっくりと、慎重に。

伯父の生きがいは野球だった。伯父はシアトルの新設チーム〈レーニアズ〉でセミプロとして野球をはじめようとしていた。しかし、第二次世界大戦のために、セミプロになるチャンスを逃した。「くそっ、なんてことだ」と伯父は言った。「俺は背が小さいから、ホームプレートの後ろで立ったままキャッチャーができたのに」だが、フィリピンの戦地から戻ってきたころには、若いゆえに備わっていた全てのものを失っていた。「人間は何もかも失うこともある」と伯父は小さな低い声で言った。「でも、どんなときも家族がいてくれる」

僕はワシントン州東部のエンディコットという町のちょうど外れにある、五千エーカーの小麦農場の三代目として生まれ、そこで育った。町の人口は七百人を上まわり、町はパルース川の北側に面した丘陵地帯に佇み、訪れるはずのない明るい未来を待ち続けているように見えた。

僕を育ててくれたのは、礼儀正しい母親とこらえ性のない父親だった。姉のサラは小麦農場の典型的な農婦にありがちな考え方をしていた。家族以外の人をまったく信用しないのだ。そして、そのときの気分で何かをすることもない。人をこてんぱんにやっつけるとき以外は。父親はパルースの町で食事をし、酒を飲み、この町に息を詰まらせていた。父親がくつろげるのは、膝の高さまである緑の小麦が揺れながらどこまでも続いている畑に立っているときだった。夢の小麦。伯父のケヴィンと僕はふたりの夢を分かち合っていた。ブルックリン・ドジャースという夢を。

伯父は僕の家からまっすぐ三マイル西へ行ったところにある、僕の祖父から受け継いだ小麦農場に住んでいた。大半の人が、伯父は話し好きではないといった。しかし、僕はそう思わなかった。僕が野球を好きになって以来、いつも伯父とは野球の話をしてきた。「野球こそがエンディコットの町から抜け出す切符だ、アンプ」と伯父が言った。「たぶんね」と僕は答えた。「でも、僕がその切符を手に入れる前に、父さんが切符を破っちゃうよ」

一方、姉のサラはスタイルの良さと魅力という切符を自慢げにちらつかせていた。動く度によくはずむブロンドの髪、よく動くまつ毛。三つ折のソックス。やさしい話し方、魅力的な笑顔。エンディコット高校の美人コンテストでクイーンに選ばれ、最終学年には、〝五五年卒業生の中で最も結婚にふさわしい生徒〟に投票で選ばれた。サラは投票で選ばれたことに大満足していて、父親も母親も大変よろこんでいた。そして、僕も姉のことを崇拝していた。姉と五歳も離れていると、王者の賢さを備えているように思えたのだ。今はその王者も苦しんでいるが。

サラが高校二年生を終えた夏に、グレイハウンド社の長距離バスがジェイク・フィースを僕たちのもとに運んできた。

その晩、ジェイク・フィースが伯父の家に通じる砂利道を歩いてきたとき、僕は伯父のケヴィンと馬の世話をしていた。ジェイクが踏みしめる砂利の音に、馬たちがぴくっと耳を動かした。彼はさながら歩く案山子《かかし》のようで、片目がなかった。

「仕事を探してる」とジェイクが言った。

「この辺りでは、皆自分で自己紹介するもんだ。俺の名はケヴィン・アームストロング」

「ジェイクだ」彼は片足を柵の上にのせながら言った。

「苗字はあるんだろ?」

「フィース」

ジェイクの筋骨たくましい両方の前腕には、縦横無尽に紫色の血管が走っていた。そして、着古したTシャツの下に隠れている腕の力こぶ。左腕の力こぶの上に〈キャメル〉の煙草の箱がのっていた。彼が唾を飲みこむと、すらりと伸びた首の前方にある突起物のような喉仏が動いた。口の周りに無精ひげを生やしていたが、それでも数本の歯が抜け落ちてできた隙間を隠すことはできなかった。ジェイクはしゃべるとき、右肩から何か話を聞くように首を傾げた。

「こっちはアンプ。俺の甥っ子だ」

ジェイクはしばらく僕を見つめ、そのあと再び伯父のケヴィンのほうを向いた。「何か仕事はあるか？」

「まあね」伯父は辺りを見まわし、ジェイクが肩に掛けていた荷物をちらっと見て言った。「荷物はそれで全部かい？ ナップザックひとつだけなのか？」

「まあね」

「家畜小屋で寝泊りしてくれ」

その晩遅く、僕は伯父の台所でテーブルにつき、アイスティーの入ったきらきら光るグラスを両手で握っていた。そして、大さじに山盛り一杯の砂糖を入れ、砂糖の結晶が琥珀色のアイスティーの中を揺れながら落ちていくのを眺めた。

「新しく生えた歯を駄目にするぞ、アンプ」

僕はグラスを顔の前に掲げ、底に溜まった砂糖の山の分量がどれくらいか、頭の中で考えた。「もっと入れよう」

「十一歳にもなったんだから、もうやめとけ」

「いや、十一歳になってもやるんだ」

伯父は笑った。「もうひとつハンガーを取ってくれ」

「伯父さんはなんでそんなにアイロンかけが好きなの？ なんで古いオーバーオールにまでアイロンをかけるわけ？」

「こうやってるあいだに考えごとをするんだ」

「どんなことを？」僕は解けかけた氷の上にさらに砂糖を加え、グラス越しに伯父を見た。

「たいていは皆について考えてるよ」黒いアイロンが蒸気の音をたて、模型のタグボートみたいにアイロン台の上を端から端まで滑っていった。伯父のケヴィンは指先でまっすぐになったズボンの端をなぞった。「だいたい皆のことを考えてる。皆の生活について。皆の生活に何かしわ寄せというか、問題がないか、と。で、どうやってアイロンをかければ、この俺にそのしわを取り除くことができるかって」

「僕もときどきアイロンかけをするよ、ケヴィン伯父さん。

でも、しわが寄ったままアイロンをかけちゃうんだ。で、仕上がったときは前よりひどくなってる」

「なんとね」伯父はおかしそうに笑った。「でも、お前はアイロンかけをやってみる気になったわけだ。その話を聞いて、俺もこうしててよかったと思うよ——試しにやってみるなんて偉いじゃないか」そこで、アイロンを力強く押しつけたので、アイロン台の金属でできた脚の軋む音がした。伯父はアイロンを持ちあげ、僕のほうを向き、笑みを浮かべて言った。「ちゃんとアイロンのかかった洗濯物もいいけど、じつは、しわがあるのもそれほど悪くないんだよ」

僕はさらに数分間、伯父がアイロンをかけるのを見ていた。

「伯父さんは女の人が好き？」

「もちろんだよ」

「じゃあ、どうして結婚しなかったの？」

「結婚しようと思ったこともあるさ」伯父はそう言って、オーバーオールを腰の辺りで折り、ズボンの両足の長さが同じかどうか確かめてから、坐ってそのズボンを膝の上に置き、ぎこちない手つきで真鍮のボタンを留めていた。

「でも、俺が戦地に旅立ったとき、相手の女の人は別のことを思ってたんだ。それで、戦地から船で戻る一カ月前に、手紙をもらった」伯父は指を動かすのを止めた。「戦地に旅立つというのは……」そう言いかけて、ため息をついた。「男が経験する何よりもつらいことだと思ってた」伯父は再び立ちあがり、折りたたんだウールのソックスの山の上にオーバーオールをきちんと置き、コットンのシャツに手を伸ばした。そして、囁くような小さな声で言った。「でも、ときには、これから経験するどんなことより、家に帰るのがつらいってこともあるんだ」

僕は数分とも思えるあいだ、伯父がボタンダウンのシャツの襟をいじっているのを眺めていた。伯父のケヴィンがようやく僕のほうに振り向いた。「まあ……」彼はそこでウインクをした。「……アイロンかけのほうがつらいってことだ」

「あのジェイクって男は前に結婚してたと思う？」

「さあ、どうかな」

僕は台所の流しまで歩いていき、湯の出る蛇口をひねった。そして、グラスの底に溜まった砂糖の山をスプーンですくって捨て、スプーンの端をなめてから、グラスをすすいだ。「あいつはなんか怖いな。おまけに片目だしね」

伯父のアイロンが再び音をたて、蒸気を吐き出していた。

「俺たちだってどっちも完璧な人間じゃないだろ、アンプ」

「伯父さんはどんなときでも怖くないの？」

伯父は僕に笑って言った。「数を数えるんだ、アンプ。怖いときは、なんでもいいから、数を数えるのさ。忘れるなよ、いいな？」

「伯父さんもさっき言ってた戦地でそうしたんだね、そうでしょ？」

伯父の顔から笑みが消えた。「何も数えるものがないときは、自分の呼吸の数を数えるんだ」アイロンかけをしていた手が止まった。「そうすれば、少なくとも自分がまだ生きてるってことがわかるだろ」

「ジェイクの目は見えてると思う？　あの片目のことだけど」

「さあ、どうかな」

「僕はもう寝るよ」

「じゃあ、明日の早朝に」

僕は部屋の角を曲がる際に足を止めて言った。「今晩は伯父さんの部屋で寝てもいい？　今晩だけだから」

伯父のケヴィンは笑った。「かまわないよ」


最初の二週間は、僕もあまりジェイクの姿を見かけることはなかった。生まれたばかりの子馬が母親の傍を離れないように、いつも伯父の横にいた。伯父のケヴィンはほとんど毎朝、太陽がまだ眠りについているころ、僕にコーヒーを淹れさせ、そのあいだにベーコンをかりかりになるまで焼いた。僕は伯父の手製のパンが食べたい、とねだったものだ――パンを焼いてくれたら、皿洗いは僕がやるからと言って。「そんなことを言わずに、皿洗いはやっていいんだぞ」伯父は首を横に振りながら、そう答えた。「俺たちの取り決めで、お前はこの夏ここにいることになった。それは覚えてるだろ？　じゃあ、手はじめに外へ出て、あのおんぼろトラックを磨きあげるんだ」僕がドアのボルト錠をはずしているとき、伯父の叫ぶ声が聞こえた。「張り切ってやれば、筋肉もつく」

　僕は動かない平床型のフォードの座席に坐り、伯父の農場主になった真似をした。家畜小屋の真上の丘には、三つの穀物倉庫《サイロ》が建っていて、太陽の光がサイロを黄金色に染めた。三つのサイロは伯父の家を守る、巨大な金属の勇士のように佇んでいた。それぞれに、最大で三千万ポンドの小麦を貯蔵でき、高さは数階建ての建物に相当した。床一面に、蛇行しながら動くコンベヤーが水平に設置されていて、秋にやってくる空《から》のトラックに何トンもの小麦を積むのを待っていた。伯父のケヴィンの話によると、南隣のフィレスト・T・マンリーの遠縁の者があやまって半分ほど空《から》だったサイロに落ち、誰かがその男の身に何かあったのかと気づくまで、二年以上も小麦の下に埋まっていたそうだ。「もしコンベヤーがつぶれたブーツを吐き出さなかったら、その男が発見されることはなかっただろう」と伯父は僕に話してくれた。

　伯父は自分の農場にある三つのサイロに〈三位一体の神《ホーリー・トリニティー》〉と名づけていた。伯父を――そして、伯父と僕を危険から守る〈父なる神〉、〈神の息子〉、〈聖母マリア〉と呼んでいたのだ。数年後、伯父は僕に言った。「〈聖母マリア〉を決して空にしないことだ。俺たちが刑務所に入ることのないように守ってくれてるんだから」

　僕たちは一番最後に欠けたコーヒーカップを水きり台の上へ逆さまにして置くと、農場を突っ切るほこりっぽい道を何マイルもフォードで走ったものだ。伯父はしばしばトラックを止め、オジロジカを指でさした。シカはいつも大きくてりっぱな頭をこちらに向け、耳をぴくぴくと動かし、尾を緊張させると、最後に僕たちをちらっと見て、地平線のほうへ駆け出した。また、伯父と僕はフォードに乗りながらラジオをつけ、耳障りな男の声で天気予報が読みあげられるのをよく聞いた。たいていの日は、僕がふたつの約束――命にもかかわるので、自分の人生と同じようにトラックにしがみついていること、母親には絶対に言わないこと――をすると、荷台に乗せてくれた。丘の頂上へ行くときも、家に帰るときも、僕は目を閉じ、気持ちのいい夏の空気を鼻いっぱいに吸いこんだ。これこそが僕の人生でずっと続いてほしいと思っていたことだった。もちろん、伯父の傍で暮らしながら。

雨が少し降ったあとに訪れたある涼しい夏の夕方、湿った小麦が濡れたロープのような臭いを放ち、その臭いが目に見えない霧のように辺りにまとわりついていた。ジェイクの目に僕の姿が留まったのは、囲いの中でチャボに餌をやっていたときだった。僕は囲いの手すりの一番上に坐り、羽毛で覆われた頭を忙しそうに動かすチャボよりも高い位置から、結婚式でまく米のように種をばらまいた。そして、チャボが素早く目を動かし、鋭く尖ったくちばしを忙しく上下させ、餌を突っついている様子を見ていた。痩せたチャボは一心不乱にやわらかな土を突っついて餌を食べ、僕は取っておいた好物のパン二枚を手にし、かじっていた。

「それはそうと、〝アンプ〟なんて、変わった名前をしてるんだな」

「そう？」僕はもう少しでパンを落すところだった。ジェイクが僕のほうへやってきて、横に立ち、彼の頭が僕の腰の辺りにあったからだ。「あれは……僕の名前の頭文字なんだ」と僕は答えた。

「そういうことか。で、そこのチャボたちに、名前はあるのか？」

「えっ、何？」

「名前だよ。チャボは名前で呼ばれるのが好きなんだ」

「そんなことないさ」と僕は言った。「名前はないよ。こいつらは頭がすごく悪いんだ」

「お前、ふざけてるのか？」とジェイクは言って、囲いの一番上の手すりに手をかけ、這いあがると、僕の横に坐った。「こいつらは、言葉がどういうものか理解してるよ。ニワトリでも、とくにチャボは」

「あんな小さなチャボ《バンテイー》たちも？」僕はパンの欠片《かけら》を丸め、一羽の小さなチャボに放った。数羽がパンの欠片に向かって突進したが、その一羽は他の仲間を見ているだけだった。

他のチャボはタイルの床に落ちたビー玉のようにあちらこちらに動きまわっていた。ジェイクが笑った。

「あいつを見ろよ。俺が言ってるのは、あいつのことさ」ジェイクが僕を肘で突っついた。「他のを見てみるんだな。あいつらがあの小さなチャボに、どれほど萎縮してるかを。なんで萎縮してるかわかるか？」ジェイクは僕の返事を待っていたが、僕は答えなかった。「なぜなら、あのチビが、自分はタフだと思ってるからさ。あのチビを見ろよ。暑い夜のウシガエルみたいに、胸を突き出してるだろ」

僕は、ジェイクが褒めたそのチャボ《バンティー》にだけ名前をつけていた。が、そのことは口にしなかった。

「人間もまったく同じだよ」ジェイクは両膝のあいだに唾を吐き出した。下品なやつ。温和な人間で、昼下がりにあれこれ話をしているとき、口をすぼめて唾を吐く人はいない。「うちの爺さんはお山の大将《バンティー・ルースター》――ちょっとしたボスだった」

僕はかゆいところを掻くふりをして体重を移動させ、ジェイクから一インチ離れた。ジェイクはチャボを片目で見つめたままだった。

「〝うちの家畜小屋に大将はひとりで十分だ〟と爺さんは俺に言った」ジェイクはまた唾を吐いた。「俺が荷物を詰めているとき、爺さんが最後に言った言葉だよ」

「それはどのくらい前の話なの？」と僕は聞き、囲いの中にさらに種をまいた。

「ずっと昔のことで、思い出せないな」

ジェイクは口をつぐんだ。そして、手すりをつかみ、前に身を乗り出して、餌を奪い合っているチャボを見つめた。

「あのチビがどんなに素早いかわかるか？」彼は尖った顎を突き出し、小さなチャボ――伯父のケヴィンと僕が密かにジェイク・ジュニアと名づけた鶏――をさした。「この世の中じゃ、素早くないと駄目だ。あのチャボみたいに。堂々と歩き、目で他のやつらの動きを捉え、動き続ける。絶えず動き続けるんだ」ジェイクはチャボに向かって唾を吐いた。「動き続けてるかぎり、周りから傷つけられることはない」

チャボは小競り合いを続けていた。しかし、ジェイク・

ジュニアはいつもと同様、ジェイクと僕の横でじっと立ち続けていた。黄色いくちばしを半分開き、平然とした様子で無表情な黒い目を開けたり閉じたりしていた。そのチャボを見ていると、ジェイクのことを思い出してしまう――どちらも悪くない目は片方だけだった。

「あのチビのけづめを見たか？」とジェイクが訊いた。

僕はチャボのボスのはげ落ちたかかとを見た。「うん、見たよ」

「けづめはイコライザーなんだ。イコライザーってなんだか知ってるか？」

「ううん、知らない」

「物事の釣り合いをとるためのもんだよ」ジェイクは体を後ろに反らせ、ズボンのポケットに手を入れた。彼が取り出したのは、磨き込まれた黒い柄のようなもので、先端に飛び出た銀色のボタンが着いていた。僕は顔をしかめたにちがいない。というのも、ジェイクがくすくす笑いながら、「はじめて見る代物だろ？」と言ったからだ。

僕はただうなずいた。

「ほら、もっと近づいて見るといい」彼は手を僕の顔に近づけると、親指を銀のボタンのほうへ滑らせた。

カチッ！

柄の横から銀の光るものが飛び出し、僕はとっさに身を引いた。指を鳴らしたときのような音――が、ジェイクの親指はその音がする前に動きを止めていた――しかも瞬時に鳴らしたような音だった。しばらくしてから、僕は自分が目にしたものがなんであるかに気づいた。

「すごいね！」

「すごいか、まさにそうだ。こいつを持ってると」とジェイクは言って、くすくす笑った。「どんなしけた家畜小屋でも、自分が望めば、そこのボスになれるんだ」

僕の目は光るナイフの刃に釘付けだった。僕は興奮して震える指をナイフのほうへ伸ばした。

「このナイフのことなんか、考えないことだ」とジェイクが言った。「〝パパ！〟と叫ぶ前に、お前ははらわたまで切り裂かれてるよ」彼はナイフを折りたたみ、ズボンのポケットに滑り込ませた。そして、もう一度唾を吐いた。今回は前より多少勢いがなかったが。

「ところで、夜中に大声で叫んでるのは誰なんだ？」

「えっ？」僕はまだ飛び出しナイフのことを考えていて、すぐにはジェイクの質問に答えられなかった。「あれは……」僕はそう言って、家のほうに目をやり、体重を移動させた。「ケヴィン伯父さんだよ……ひどい悪夢を見る晩があるらしいんだ。戦争の夢だって言ってる」

「きっと日本人のやつらが憎いんだろ」

「伯父さんは……夢について話してくれないんだ。話せないって言ってるよ」

「じゃあ、お前たちふたりは一日じゅう何について話してるんだ？　玄関のポーチで話してるのを見かけたよ。伯父さんは疲れた顔をしてたが、お前はクリスマスの朝の子供のように笑ってた」

「野球の話だよ。ケヴィン伯父さんは野球がうまかったんだ」僕は興奮して心が高ぶるのを感じた。野球の話をしはじめるといつもそうなった。「ほんとにうまかったんだ」

「バットをスイングできたのか、あいつが？」

「もちろんさ。それに、キャッチャーもできたよ」

「冗談だろ」とジェイクは言って、囲いから飛びおりた。チャボたちがあちこちに逃げまわり、羽をばたつかせ、互いにコッコッと咽喉《のど》を鳴らした。ジェイクは振り向き、両手を交差させて囲いに寄りかかり、伯父の家のほうを見つめた。そして、威勢よく唾を吐き出した。両方の頬を膨らませ、咽喉からあがってきた唾を音をたてながら吐き出したのだ。そのあと、唾を吐いた地面を自分のブーツで蹴った。「野球なんてものは……」彼は歩きながら言った。「女々しいやつらがするもんだ」


六月は、僕たちがじっと立っている脇を駆け抜けるように足早に過ぎていった。六月の暑い日には、異物が収穫物の中に入るのを避けるため、僕はライ麦を引きずりながら畑を歩きまわり、異物を取り除いた。また別の日には、何台ものトラックを掃除して、オイルやラジエーターを点検し、七月中旬に収穫期がはじまった際、トラックが使えるように準備した——これが僕の仕事だった。そして、伯父のケヴィンが見ていないときは、赤い収穫機〈インターナショナル・ハーヴェスター〉の運転席によじ登り、大きな黒いハンドルをつかみ、自分で運転する真似をした。僕は毎朝のように緑色のトラクター〈ジョン・ディア〉のエンジンをかけさせてほしい、と伯父に頼んだ。ただエンジンの音が聞きたいから、と言って。これからはガソリンの臭いが僕のコロン代わりになる、と思っていた。

ジェイクは、伯父がいくつもの鎌の刃を取り替える手伝いをした。次に、ふたりは鎌置き場から円板すきのところへ移動した。この数年、畑の土は茶色いタルカムパウダー状になっていて、円板すきで畑を耕したことなどなかったにもかかわらず、常に先のことを考えて作業していたのだ。伯父の四千エーカーの畑を収穫するとなると、七月後半からほぼ八月いっぱいかかったものだ。ジェイクは口を開けば、日照り続きの暑いパルースの気候に文句をつけた。僕はジェイクからできるかぎり離れているようにした。そして、八月後半の暑い日をとても楽しみにしていた。その時期になると、伯父は鍬を一本と水筒ひとつだけを持って、アザミやヒユやアカザを刈りに、よく休閑地に連れていってくれた。ジェイクはいつも他に行くところがある――行くべきもっと大事な場所がある、と言って断わったが。

僕の父親は自分の雇用人のことばかり気にかけ、自分の五千エーカーの畑で波打つ美しい小麦のことばかり心配していた。そして、夜明け前から日が暮れるまで家を留守にしていたので、母親は昼食時、一日おきに伯父のケヴィンと僕のもとを訪ねた。ポンティアックでカリカリに揚げた大量のフライドチキンや、中央の窪みにバターをのせ冷たくしたマッシュポテトや、コールスロー・サラダを運んできたのだ。母親は兄のケヴィンと天気の話をした――もちろん、僕についても。

「この子が食べていればいいの……」母親は僕に向かってうなずきながら言った。

「アンプはちゃんと食べてるよ、ケイティ」と伯父のケヴィンは言った。「見れば、わかるだろ」

「電話を待ってるわ、ケヴィン」母親はそう言うと、車のほうへ向かった。

「その必要はないよ、ケイティ。俺には、アンプがいるからな」

その夏、僕はあまり姉のサラの姿を見なかった。サラはたまに母親の車で立ち寄る程度で、たいていは夕方、町へ行く途中だった。「あと二年よ、ケヴィン伯父さん」と姉は念をおすように言った。「二年たったら、私はここを出て行くわ」

そして、ある金曜日——エンディコットの町の大半の人たちが、思い出すかぎりこれほど暑い金曜日はなかったと言ったくらいの暑さだった——サラが車で砂利道を伯父の家に向かってやってきたとき、伯父は玄関のポーチでラジオを聞いていた。身を乗り出し、じっと聞き入ったり、パインの枝をナイフで削ったりしていて、ニューヨーク・ヤンキースがホームランを打つと、首を振った。僕が栗毛に白い差し毛のある雌馬に乗り、家と柵のあいだを走りまわっていると、ジェイクがめかし込んで家畜小屋から出てきた。給料日になると、彼は胸を張って歩き、実際より偉そうに振る舞った。ちっぽけな男のくせに、気取って嫌なやつだ。

ジェイクが車の前に出てきたので、サラは車を止めた。ジェイクは運転席側にまわり、ドアを開けて、手を差し出した。サラは車を降りようとしなかった。僕は馬で駆けつけた。

「やあ、サラ」と僕は言った。「どうしたの？」

「町へ行くんじゃないのか」とジェイクが答えた。「上等なスカートにしゃれた靴をはいてる」彼は勝手に納得してうなずいた。僕は馬から降りた。

「そのとおりよ、ジェイク、褒めてくれてありがとう」サラは頭の後ろに手をやり、蝶結びにした淡い黄色のリボンを直した。「何かいるものはないか、聞きに立ち寄ったの」

「そりゃ、ちょうどよかった」とジェイクが言った。

「わたしはケヴィン伯父さんとアンプに聞いたのよ」とサラが答えた。

「おいおい、今日は金曜日の夜だよ。町に行きたくても、俺の年になると、歩くのは大変でね」

「僕たちは何もないよ。ケヴィン伯父さんも僕も、必要なものは何もないんだ」

僕はジェイクの後ろにまわり、車の中をのぞいた。姉のサラはとても綺麗だった。髪の毛を後ろでポニーテールにしてまとめ、アイロンをかけたベージュのブラウスにカジュアルな白い靴という恰好だった。そして、プリーツの入った白いスカート。姉は薄い赤の口紅までつけていた。まるで母の車に坐ったグレース・ケリーのようだ。

「さあ、どうぞ、お姫さま。さあ、馬車から降りて」ジェイクは手を大袈裟に広げ、膝を曲げておじぎをし、いいほうの目で姉を見た。

「悪いけど、降りないわ、ジェイク」サラはハンドルを握りしめていた。そして、僕たちのほうをほとんど見ずに言った。「もう行かないといけないの。人を待たせてあるから」

「それじゃ、出発しよう」ジェイクはそう言って、車の反対側に走っていった。僕は玄関のポーチを見た。伯父の姿はなかった。ラジオの野球中継のアナウンサーが大声でわめいていた。僕はもう一度姉のほうを見た。

「大丈夫だと思うよ」僕は肩をすくめて言った。それから身を乗り出し、車の奥のほうをのぞくと、ジェイクがドアの把手に手をかけようとしていた。姉が何か言う間もなく、ジェイクがドアを開けた。「ケヴィン伯父さんは彼のことを信用してるよ」と僕は言った。

「そりゃ、そうだろ」ジェイクは車の座席に着くやいなや、そう言った。「俺を雇ったのは伯父さんなんだから、ちがうか？」彼は乱暴にドアを閉めた。「それに、町までは車でたったの十分だ、サラ。俺のために、あんたの大切な時間をそのくらい割いてくれてもいいだろ」

その二カ月後、僕がジェイクを探すと、彼はフォードのバンパーの上に坐り、指の爪の手入れをしていた。あのナイフ――イコライザーで。

「やあ、ジェイク」と僕は小さな声で言った。ジェイクは頭をあげなかった。「もうちょっとしたら僕の家まで荷物を運ぶから、そのトラックで連れてってくれる？」僕は練習したとおりに、なんとか言い終えた。

「午前中のうちに、やさしい伯父さんにでも連れてってもらったらどうだ？」彼は左の人差し指を口にくわえてから、地面に唾を吐き出した。

「伯父さんはいないんだ。僕の両親と一緒にスポーカン（ワシントン州東部の都市で、農産物の集散地）に行ったんだよ。そうだろ？」

「で、お前は何をしに行くんだ？」ジェイクは僕のほうに顔を向けた。僕はたまにしかまばたきしない、あの濁ったグレーの目をちらっと見た。

「サラに、家へ来て一緒にいてほしいと言われたんだ。姉さんは怖いんだよ。女の子がどんなもんか、わかるだろ」

僕が目をやると、ジェイクは左手の薬指の爪をかんだ。

「二日前に、お前の姉さんは町に行っただろ。あのときから、具合があんまりよくないと聞いたぞ」ジェイクは僕に非難がましく言った。彼は顎をあげ、僕をにらみつける際、口をゆがめなれなれしく笑った。

　なんでこいつは姉さんに何かしたみたいな言い方をするんだ、と僕は心の中で思った。僕の目が燃えているように感じた。僕は目をそらせた。

　それから、足をもぞもぞ動かし、両手をポケットに突っ込んだ。「だから姉さんは家に残ったんだ。ケヴィン伯父さんと他のみんながロバータ伯母さんのところに行ったのに」と僕は嘘をついた。「で、僕がしばらく姉さんと一緒にいて、様子を見てることになったのさ」口の中はおがくずのように乾ききっていた。

「この一週間で、お前がこんなにたくさん話すのを見たのははじめてだな。そんなおしゃべりをするからには、何かあるのか、俺に聞かせたいような何かが？」彼はイコライザーを折りたたみ、立ちあがった。「それに、お前は乗れるじゃないか。なんであの老いぼれ馬に乗って、実家に行かないんだ？」

　僕は体が熱くなるのを感じた。言葉に詰まり、胃がねじれて塊のようになった気がした。

「聞いてるんだよ」とジェイクは不満げに言った。「なんでかって」

「だって……それは……」

「煮え切らないやつだな。連れてってやるよ。今すぐ出発だ」

「今すぐ？　ほん気なの？」

「ごちゃごちゃ言うんじゃない、アンプ」ジェイクは半ば愉快そうに、そして、半ば怒った様子で口をゆがめた。「お前は俺と一緒に行くのが怖いんじゃないのか？」

「そんなことはないよ、ただちょっと……」塊となった胃がさらにねじれた。ケヴィン伯父さんの準備はもうできただろうか？

「なんだって？　ただちょっと……どうしたんだ？」ジェイクは身を乗り出し、両手を膝の上に置いた。

「なんでもないよ」

「ほんとに煮え切らないやつだな、なんでもないなんて」彼はまた体を起こし、意気揚揚とした様子だった。「それに」とジェイクは言った。「お前の姉さんのところを訪ねるのは楽しいからな」彼は悪くないほうの目で僕に目くばせをした。「さあ、行くぞ、荷物を積むんだ」

フォードは騒々しい音をたてながら三つのサイロ〈三位一体の神〉のほうへ向かって走った。トラックが〈聖母マリア〉のサイロの前を通り過ぎたとき、僕は祈りを口にした。

ジェイクはハイウェイ十六号線に入った。高速道路はすぐに蛇行しはじめ、僕の家までは曲がりくねった道が六マイル続き、その道沿いにはいくつものサイロが建っていた。僕は実家と伯父のケヴィンの家を行き来する度に、このサイロの数を数えるのが好きだった。サイロは十六あった。高速道路と同じ数字。

最初の五つを数えたところで、ジェイクが話しかけてきた。

「お前はなんでそんな訳のわからない態度をとるんだ？　女学生みたいにくだらないおしゃべりをしたかと思えば、次は貝みたいに黙り込む」ジェイクは悪くないほうの目で僕を見ているために、始終、首をあちこち動かしていなければならなかった。「お前は、この俺がガキを嫌いだと思ってるんじゃないのか？　それで、気をもんでるんだろ？」彼は再び高速道路に目をやった。「いいか、アンプ、俺は、女の子が好きなんだ。お前のケヴィン伯父さんとはちがって」ジェイクは伯父の名前を言う際、恋人の名前を口にするようにささやいた。そして、顎をあげ、目の前の何もない空間に向かってキスをした。「そうとも、俺はあんな変わり者の小男とはちがうのさ」

僕はサイロの数を数え続けた。数えることに集中していれば、頭をはっきりとさせておくことができる、と思った。他のことに気を取られずに済む、と。

トラックはさらに高速道路を進み、ジェイクはドアのほうに体を傾け、首もわずかに傾けていた。ガールフレンドが小さな声で内緒話をするのを肩越しに聞いているように。彼は下唇から煙草をぶらさげ、右手をハンドルの上に無造作に置いていた。

「ここを曲がって」十六個目のサイロを過ぎたところで、僕はうっかり口を開いてしまった。夕食時にげっぷをしてしまったように、慌てて両手で口を押さえた。

ジェイクが右手で僕の太腿を軽く叩いた。「俺が知らないとでも思ったのか、アンプ？　お前の姉さんがどこに住んでるかはわかってるよ」彼はそう言って笑い、フォードは舗装された高速道路を出て、砂利道を走りはじめた。

そして、最後の丘を頂上まで登り、砂利道を何の苦もなく降り、僕の実家の前に着いた。ジェイクは、フォードが停止する前にエンジンを切った。

実家で飼っている二匹のラブラドール・レトリーバー、ビルとウィルはいつもトラックを歓迎してくれるように飛び出してこなかった。家の右側に隣接した犬小屋の中から、二匹の吠える声が聞こえた。

「なんでばか犬を小屋に入れてあるんだ？」とジェイクが訊いた。

僕は家のほうをじっと見ていた。ケヴィン伯父さんに、このトラックの音が聞こえただろうか？

ジェイクが片手で僕の肩を叩いた。「おい、アンプ」と彼はばかにしたように言った。「お前に聞いたんだよ」

僕は尻の下から両手を引き抜いた。両手を暖めようと、手の上に坐っていたのだ。「うーん……そうだな……サラはときどき犬を小屋に入れておくんだ。どうしてかは、僕にもわからないけど」僕は伯父のケヴィンが家にいないか、その手がかりを探して、窓をつぎつぎと確かめていった。

「ちょっと待て、アンプ」僕がドアのほうに向き、トラックのドアを押し開けると、ジェイクがそう言って、僕のシャツの袖をつかんだ。

僕はその場で凍りついた。顎が震え出すのがわかった。

「ひとつ提案があるんだ」ジェイクが僕のシャツの袖を離した。ジェイクのオイルライター〈ジッポ〉の開く音がした。僕はトラックの床から顔をあげ、ジェイクを見ると、新たに煙草をくわえ、首を少し右側に向けていた。例のグレーの目は空《くう》を見つめ、ジェイクは唇のあいだに煙草を挟んでいた。煙草に火がついた。彼はジッポの蓋を閉じ、茶色の両手を顔から離した。「あっちの家畜小屋にすっ飛んでって、お前の伯父さんが馬と呼んでる老いぼれにまたがり、二匹の犬と一緒に夕方のお散歩にでも出かけたらどうだ？」ジェイクがまた煙草を吸った。「遠い……遠いところまで……お散歩だ。どこかに行ってろ」彼はそう言うと、トラックの屋根に向かって煙草の煙を吐いた。「そうすれば、俺がこの近所で姉さんに気晴らしをさせてやれるだろ」

僕の両足はつららにでもなったようだった。この足で立ちあがろうとしたら、両足とも音をたてて折れてしまうのではないか、と思った。

「なんてやつだ、犬がモモの種におしっこを引っ掛けてるみたいに、震えてるじゃないか」ジェイクはくすくす笑い、僕の腕を叩いて言った。「暗がりが怖いわけじゃないだろ、アンプ？　さあ、行くんだ」彼は顔を僕のほうへ向け、悪くないほうの目でにらんだ。「俺が姉さんを訪ねてるあいだ、辺りをひとまわりしてきたらどうかって、言ってるんだよ」

僕の目に涙が溢れた。トラックのダッシュボードも、フロントガラスも、家も——何もかも——かすんで見えた。僕はまばたきをした。そして、もう一度。しかし、声が出なかった。どうしてもしゃべれなかった。

僕は開いていたドアから飛び出し、全速力で家畜小屋へ走った。

「それでいいんだよ、おりこうさんだ！」とジェイクが大声で僕に言った。「走って、走って、できるだけ速く走るんだ」

僕は家畜小屋の脇に来ると、倒れ込み、体を丸めた。そして、両手を硬く握り締め、こぶしを両頰に押しあてた。何も考えられなかった。息もできなかった。頭の中がまわり出し、ぐるぐるまわり、さらにまわった。泣いたら駄目だ、と僕は思った。泣いたら駄目だ。それから、手をついて立ちあがり、小屋の角まで壁づたいに進んだ。そこで、頭を後ろの壁に押しあて、一度深く息を吸ってから、ゆっくりと首をまわすと、ジェイクが玄関のところで立ち止まるのが見えた。彼がドアノブに手を伸ばした。ウィルとビルが激しく吠えた。

ジェイクはドアノブをまわし、姉さんの名前を呼んだ。「サーラー」彼は足でドアを蹴って開けた。二匹の犬が急に黙った。僕は息を殺した。ジェイクが家の中に一歩足を踏み入れようとしたときだった。渾身の一撃。

野球のバットが太腿の真ん中を直撃した。太い骨が折れる音がした。ジェイクが悲鳴をあげた。彼は身をかがめ、気も狂わんばかりに折れた足をまさぐっていた。バットがもう一度振りおろされた。今度は背中だった。

「やつはナイフを持ってたよ、ケヴィン伯父さん！」僕はそう叫んで、家に向かって走り出した。「ナイフを持ってたよ！」

僕が一足飛びに玄関のポーチへあがったとき、ジェイクは顔を下に向け、戸口に続く踏み段の上に倒れていた。伯父はジェイクから目を離さなかった。ブーツの先でジェイクの右肩を持ちあげ、彼の体をひっくり返した。錆びたブリキの板を裏返すように。ジェイクは両手を上げ、顔の前で震わせていた。両手を前後に動かし、目に見えない悪魔を追い払おうとしているようだった。

伯父のケヴィンはジェイクの頭の上に身を乗り出して立っていた。ジェイクの震える両手に目をやってから、折れ曲がった足を見たあと、また手を見て顔をしかめた。

「この男の手を下にして、押さえてるんだ、アンプ」伯父はまだ僕のほうを見ずに言った。「両手を押さえててくれ」

「でも、こいつは……もう……」

「この両手で俺の顔に触られたくないんだ」冷淡な言葉が伯父の口をついて出た。伯父の言葉とはちがって聞こえた。

僕はジェイクを見おろした。彼は伯父の背後にある家の中をのぞこうとしているように、頭をのけぞらせていた。しかし、目はしっかりと閉じられていた。彼は口を開けたり閉じたりしていた。陸にあがった魚が呼吸困難を起こし、空気を吸おうとしているみたいに。ジェイクの大きな喉仏が伸びきった皮膚の下ですばやく上下していた。

伯父はジェイクの横に移動した。野球のバットをドアに立てかけ、震える手の脇にひざまずいた。それから、ジェイクの左手首をつかみ、手を乱暴に踏み段の上に置いた。ジェイクはまだ右手を震わせていた。左手がどうなったのか気づかない様子で。

「血がつくことはない」

「えっ……何？」

「ここに。この踏み段に」僕はブーツの踵をジェイクの左手首の上にのせた。ゴムに足をのせているようだった。そして、ドアの側柱に手を伸ばし、両手でしっかりと握った。

「さあ、こっちもだ」伯父は僕のもう一方の踵をしかるべき場所に移動させた。

僕は言われるままにした。もう一方のブーツの踵でジェイクの右手首を押さえた。ジェイクがうめき出した。僕は前を見続けた。玄関ホールに目をやり、さらに台所を見た。初めてこの家を見るように、自分の家をあちこち眺めた。そして、暖炉を見つめた。マントルピースを飾るピンク色の造花。凍りついた指のように立っている、何本もの白い蠟燭。僕は蠟燭の数を数えた。何度も、何度も。それから、暖炉をもう一度見た。木の写真たてに入った何枚もの写真。サラの、僕の、母さんの、海兵隊員の制服を着たケヴィン伯父さんの写真。

「血がつくことはない」と伯父のケヴィンは小さな声で言った。「一滴も」

僕は話すことができなかった。ふたりの大人の男より頭を上に突き出し、気取ったカウボーイのように、玄関口で両足を大きく広げ立っていた。足がひりひりと焼けつく気がした。伯父は水の中を歩くように、音をたてずに移動した。

僕が下を向くと、伯父はジェイクの喉の上に木のバットを横にして置いていた。それから、体を低くしてひざまずき、両手をバットの両端に移動させた。その姿は、パン職人が背中を丸め、巨大で不恰好な麺棒を使って、練ったパン生地を伸ばそうとしているように見えた。

僕は目を閉じ、上を向いて力いっぱいドアの側柱を握り、まわり続けている目の前の世界にしがみつこうとした。僕は数え続けた。

ジェイクの口からは物音ひとつ聞こえなかった。

伯父がバットを押さえつけているあいだの数秒が何年にも感じられた。伯父がようやく手を離した。しかし、何かがひび割れるような音も、押しつぶされるような音もしなかった。

僕がハイウェイ十六号線を走っていると、雪が斜めに吹きつけてきた。すでに薄暗くなっていたパルースの町は雪で一層暗くなった。フロントガラスのワイパーに氷がこびりつき、ワイパーが左右に動く度に、ガラスを引っかくような音をたてた。僕は十六号線を降り、砂利道を登り、丘の上で車を止めた。サイロがあった。〈三位一体の神〉がひとつ、ふたつ、みっつ――目の前に建っていた。尖った頭、大きな銀色の腹。

僕は寒くて仕方がない。これほど寒いと感じたことはない。

伯父のケヴィンの家は空虚と化している。からっぽの家。チャボはかなり前にいなくなっていた。

僕はエンジンをかけたまま車の中で坐っている。ワイパーを止めて。ジェイクがこの砂利道を歩いてきたときからずっと年数を数えている。今年で十三年。まだ数えている。あのあともずっと。僕は両手をきつく握り締めた。

サラも僕の両親も、二度とこの家を訪ねることはなかった。坂の向こうにある〈三位一体の神〉のもとに建つ家を。

三人はあの晩、伯父のケヴィンが玄関のポーチから姿を消したことを決して許せなかったのだろう。サラは自分の伯父——僕の伯父でもあるが——を見かけると、顔を背けたものだ。姉は伯父のことを〈彼〉と呼んだ。「また〈彼〉のところに行くの？」とよく僕に言った。「今日、町で〈彼〉を見かけたわ」と。しかし、伯父が先生たちに、姉は学校でどんな様子か、姉の成績はいいかどうか、姉に必要なことは何かないか聞いていたことを、サラはまったく知らなかった。また、姉がある養豚業者の太った息子と結婚式を挙げ、誓いの言葉を口にしたあと——その男も同じように誓ったが、こちらはただ形式で言ったにすぎなかった——〈彼〉がその式場をそっと抜け出したことも見ていなかった。が、僕は見ていた。

あの夏以来、僕が伯父のケヴィンとエンディコットを出て行く〈切符〉——野球について話すことはめったになかった。以前と比べるとほんの少しだけ、野球に対する興味を失った。毎年、秋には、伯父が秋まき小麦の種をまくのを手伝ったが、夜、伯父の家に泊まることは二度となかった。あの年、母親は「夜になると、アンプのうめき声がうるさい」と文句を言って、僕の寝室を一階に移した。

僕のブーツの踵の下でジェイクの指の震えが止まったあと、その晩に何があったのか、伯父は一切口にしなかった。「サラのところに行ってあげるんだ、アンプ」伯父はあのあとそう言っただけだった。しかし、それ以来、僕には、伯父の声が以前とはちがって聞こえた。

僕の少年時代の願いがかなった。伯父のケヴィンは遺言で僕に農場を残してくれた。

それから、僕はサイロ〈聖母マリア〉を空にしたことはない——そして、これからも決して空にはしない。

あたしのこと、わかってない

You Don't Know Me

アネット・マイヤーズ
漆原敦子訳

ニューヨーク生まれながら、ニュージャージーの養鶏農家で育ったアネット・マイヤーズ（Annette Meyers）は、成長するやすぐにマンハッタンに戻り、ウォール・ストリートでビジネスに携わるいっぽう、ブロードウェイでの演劇でも演出家、プロデューサーとしても活躍。そして、ヘッドハンターと元ダンサーのコンビが活躍する七冊の長篇ミステリを発表している。夫のマーティン・マイヤーズは俳優であり、同時に作家でもあり、夫婦でマン・マイヤーズ名義の合作も発表している。本作はアンソロジー*Flesh and Blood*のために書き下ろされた。

「何か聞こえる？　あいつら、何かしてる？」彼女はドアに耳を押しつけた。

彼には何も聞こえなかったが、彼女の両親のベッドルームの外で暗闇のなかに立っているのは恐ろしかった。もし両親が出てきて、二人が聞き耳を立てているのを見つけたら？　しかも両親は彼のことを知らず、彼がこの家にいることも知らない。彼は不安に襲われた。恐ろしいことがあるといつもそうだ。自分ではどうすることもできない。

「怖いのね。何を怖がっているの？　あれはあたしの両親よ。あんたのじゃないのよ」

「トイレに行きたい」彼は言った。汗がしたたり、メガネがずり落ちた。小便をしたくなった。

彼女はうんざりした顔をした。「もっといいことしなくちゃ。でないと、あたしとは付き合えないわよ」そう言うと、彼を引っ張ってアパートメントの反対側へと廊下を引き返した。この家はフロア全体を占める広いアパートメントで、専用のエレヴェーター・ホールがある。彼女には専用のバスルームがあった。

彼女があいつらの話をしながら戸口に立ってこちらを見ているので、用が足せなかった。彼女が話すことといえばその話ばかりだ。両親を嫌っているのだ。「いつも口うるさく干渉してばかりよ」そして、愚痴を言うような口調でつづけた。「どうしてそんな格好するの、ライラ？　男の子みたいよ。あなたはそんなにかわいい女の子なのに、ライラ」口調が変わった。「ねえ、アンソニー、あたしの格好、気に入ってる？」だぶだぶのトレーナーをたくし上げ、小さなアプリコット色の乳首を見せた。「あたし、男の子みたいだと思う、アンソニー？　どうなの、アンソニー？　かわいい女の子だと思う？」彼女は突っ立ったまま待っていた。

「ああ」アンソニーは答えた。自分の声がよく聞きとれなかった。いきなり小便がほとばしり出た。「きれいだよ」足が床に貼り付いてしまったような気がした。彼のポケットベルが鳴りだした。

ライラはトレーナーを下ろした。「もういいわ。ママに電話したら」

彼女に恐怖を感じた。もっとも、彼は何に対しても恐怖を感じるのだ。おしゃべりをやめてほしくなかった。彼女のような人間には出会ったことがない。とても自由で、したいことをし、行きたいところへ行き、言いたいことを言う。なぜいつも不平を口にするのか、アンソニーには理解できなかった。

「……あいつらが話をしているところなんて想像できないわ」ライラは言った。「本音で話すのはあたしのことくらいだし、そういうときでさえ、あたしをわかってるわけじゃないの」

アンソニーは震える手でジッパーを上げた。すでに十二時を回っていたが、最後の薬を飲んでいない。そう、そろそろ母親が文句を言いはじめるころだ。どうしてあの子は帰ってこないの？　学校がある日だというのに。その証拠に、またポケットベルが鳴った。彼女の両親が目を覚ますかもしれない。

だが、ライラは笑ってベッドに横たわり、両手を頭のうしろに組んで彼を見つめた。彼女のベッドルームはアンソニー母子の家がすっぽり収まるほどの大きさで、ベッドにはあの天蓋というものまでついている。彼女のバカな母親のバカげた思いつきだろう。アンソニーは腹立たしくなった。

ライラが勢いよく起き上がってベッドから出た。「ね、ビールでも買ってブラブラしない？」

アパートメントには裏口があり、裏階段がつづいている。二人はそれを使って外へ出た。ライラは、入ったときと同じようにアンソニーをロビーの通用口へ導いた。ドアマンは、顎がなくて薄い口ひげを生やした背の高いマヌケ男だ。ベニー、ライラはそう呼んだ。ドアを開けるとき、ベニーは訳知り顔でアンソニーにウインクした。

「さあ、アンソニー、何をぐずぐずしてるの？」ライラが背中を押した。アンソニーが歩道に立って振り返ると、ライラがマヌケのドアマンに何か手渡していた。

ライラとマヌケ野郎の関係が特別なものに思え、アンソニーは不快になった。彼女には自分だけのものでいてほしかった。「あいつと付き合ってるのか？」ポケットベルが鳴った。彼の行動を監視するために、母親が持たせたのだ。ライラの行動を監視できる者はいない。ライラが許すはずがない。

ライラは鼻で笑った。「なんでママに電話しないの、ベイビー？」

ちくしょう、アンソニーはカッとなった。ライラの腕をつかむと、彼女はその手を振り払って汚いものでも見るような視線を向けた。「二度とそんなふうに触らないで」そして、手の甲で思いきりひっぱたいた。指輪で頬に小さな傷ができた。彼女は終夜営業の食料品店に向かって歩いていった。


彼女とはじめて出会ったのは、ほんの二週間まえのことだ。アンソニーは学校帰りに公園で過ごすようになっていて、そこでは大勢の同年代の子どもたちが、ヒッピーや暴走族といっしょにビールを飲んだりマリファナを吸ったりしていた。アンソニーはそこでときどきローラーブレードをするのだが、口数の少ない彼は、じきに他の子どもたちからマリファナや酒をやらないことを理由にからかわれるようになっていた。

彼は毎日、二種類の薬を飲まなければならないので、酒などは、たとえビールといえども禁じられていたのだが、他の連中にはそのことを黙っていたのだ。不安の発作を起こすので、ふつうの公立学校には行っていないが、ハリソン校では問題がなかった。そこでは一クラスの人数が少なく、つねにいい成績を求められることもなかったからだ。

その日、公園にやって来たアンソニーは、ローラーブレードで小道を行ったり来たりしていた。野外ステージへ行ってみたが常連の姿はなく、ビールの空き缶を集めている二人のホームレスが目に入った。彼らはアンソニーに目を留め、池のほとりの窪地を指さした。近づいていくと、口笛や叫び声が聞こえた。喧嘩をしているのは、いつもその辺にたむろしている二人の少年だった。彼らは本気で殴り合い、蹴ったり草むらをのたうち回ったりしている。

「殺《や》っちまえ、切り刻んでやれ！」

アンソニーが声のする方に目をやると、丘につづく小道にぶかぶかのパンツとトレーナーを着た少女がいた。彼女は缶ビールを口に運んで飲み干し、二人に空き缶を投げつけた。その缶が、倒れた相手を見下ろすように立っている少年の頭に当たった。

立っている少年が少女を怒鳴りつけた。「何しやがる、あばずれ」その隙に、倒れていた少年が彼の股間を突き上げた。

少女は笑い声を上げ、ローラーブレードで走り去った。

「誰だ、あれは？」アンソニーは、喧嘩の見物をしていた少年のひとり、ロバート・パレデスに訊いた。

「ライラだよ。あの女はまともじゃないぜ。だが、喧嘩のことはよく心得てる。彼女が他の女をひどく痛めつけるのを見たことがあるな」

アンソニーは、彼女から少し離れてついていった。しばらくすると、彼女は肩越しにアンソニーの方を見るようになった。確かにまともじゃない。追い越しざまに通行人を殴りつけ、相手が大声を上げるころには走り去っている。一度など通りかかった自転車のスポークに足を突っ込み、その衝撃で乗り手が走ってきたタクシーの前に放り出された。タクシーは危機一髪のところで停まった。

彼女の笑い声が聞こえたが、姿は見えなかった。そのまま小道を進んだが、見失ってしまった。アンソニーは疲れていた。彼は、誰かがベンチに置き忘れたバックパックの横に腰を下ろした。あたりを見回し、バックパックを突っついてからもう一度見回した。そして立ち上がり、バックパックをつかんでその場を離れようとした。

「あたしのバックパックを持ってどこへ行くつもり、バカ野郎？」彼女が缶ビールを手に目の前に立っていた。彼女は一気にビールを呷《あお》り、バックパックをひったくってジッパーを開けると、缶ビールを一本差し出した。アンソニーはしばらくそれを見つめていたが、勢いよく蓋を開けて喉に流し込んだ。荒々しい、奇妙な感覚がからだ中を駆けめぐった。

そのあとは彼女といっしょに過ごした。ローラーブレードで公園の散歩道を走りながら、彼女は通行人に向かって「道をあけろ、大バカ野郎」「いつムショから出てきたんだ、マヌケ野郎？」などとわめき散らした。そのとき相手の顔に浮かぶ表情を見るのが、アンソニーには面白かった。彼女には力がある。

二人が池のそばの階段で足を止めると、他の子どもたちや顎ひげを生やした長髪のヒッピーや暴走族がマリファナを吸ったりビールを飲んだりしていた。誰もがライラを知っていて、その彼女といっしょにいることで、彼らのアンソニーを見る目がちがっていた。

「ビールをちょうだい」ライラが言った。「マリファナがあるわ」彼女は、バックパックから二つのポリ袋を取り出してちらつかせた。袋にはマリファナが詰まっている。

「ビールはもうないんだ」ヒッピーのひとりが言った。「だが、マリファナを少し、いいかな？」

彼女がポリ袋のひとつを宙に投げ上げると、男たちが一斉に飛びついて奪い合った。

アンソニーのポケットベルが鳴った。

ライラはもうひとつのポリ袋をバックパックに戻して訊いた。「あんた、何やってるの？　ディーラーか何か？」

アンソニーは本当のことを言った。「ママからだ」

「この子のママが、坊やに帰ってきてほしいんだって」ライラが大声で言った。「まったく、もういいわ」

彼は顔が熱くなるのを感じた。

ライラは笑った。「それ、どうしたの？」

アンソニーは手首の傷に視線を落とし、ライラに目を戻した。

「来なよ、ビールを買いに行こう」彼女が言った。

アンソニーはライラのあとから公園を出て、デリカテッセンまでついていった。ライラは、六缶入りのビールを二パック取って札を置いた。彼女のバックパックには、束になった二十ドル紙幣が入っていた。

「飲んでるのかい?」店員が訊いた。

「あたしに訊いてるの?」彼女は答えた。

通りに出ると、ライラがアンソニーに言った。「そうよ、あたしは酔っ払いよ。だからどうだっていうの?」

二人は池に戻って坐り込み、マリファナを吸ったりビールを飲んだりしながら、やがて日がとっぷり暮れ、警官が何度もやって来て懐中電灯を振りながら公園を出るように言うまで時間を忘れて過ごした。

家に帰ったアンソニーに、母親がしつこく付きまとった。

「いったいどうしたのよ? 薬を飲んでいないわ。どこへ行ってたの? どうしてポケットベルに応えなかったの?」

ライラなら言いそうな自由な答え方をしてみたかったが、頭のなかでことばを組み立てられないので黙っていた。だがライラを知った今、彼女のようにしたいことをしよう。もはやママが何と言おうと、その決心は変わらない。


アンソニーは離れていくライラを見送っていた。まるで彼のことなど何とも思っていないように見えるが、それが本気かどうかアンソニーは計りかねていた。指を触れると、指輪の傷が濡れていた。彼はメガネを外して目を拭った。

「何をぐずぐずしてるのよ?」通りのはるか先から彼女の甲高い声がした。

アンソニーはメガネをかけた。街灯の明かりで、かろうじてその姿が見えた。人々が彼女を振り返っている。まるで有名人のようだ。彼女はアンソニーがこれまで会った誰ともちがっていた。アンソニーはライラに追いつき、彼女がビールの六缶パックを二つ買うのを待った。彼女はアンソニーに一パックを渡し、二人は公園へ向かった。

空いちめんに闇が広がり、流れる雲が月を隠していた。雨が降ったわけでもないのに公園は湿っぽく、空気が二人に重くのしかかった。あたりは真っ暗で閉園時間を過ぎ、警官が巡回をしている。アンソニーより目がいいライラは、警官を見つけるたびにシーッと合図をよこした。

本物の夜型生活者《ナイト・ピープル》が野外ステージへつづく階段に坐り込

み、しゃべったり酒を飲んだりしていた。今ではアンソニーもほとんどの顔に見覚えがある。年齢はさまざまで、大部分が男だった。定職を持つ者もいるが、いずれブラブラして酒を飲んだり麻薬をやったりするほうが好きな連中だ。アンソニーは、幾人かが強い麻薬で意識を失うのを見たことがある。酔っ払いたちは、決まって最後には池のほとりで反吐《へど》を吐いた。

　年老いた黒人が階段に寝そべって道を塞ぎ、いびきをかいていた。からだから強烈な悪臭を放っている。「そこをどきな、クロ」ライラが怒鳴って蹴りつけた。男はうめき声を上げて空《くう》をつかもうとし、バランスを崩して転げ落ちた。しばらく石段の下に転がっていたが、やがて起き上がってよろよろと立ち去った。

　階段の最上段にアンソニーと座り、ライラは缶ビールを配りはじめた。アンソニーのポケットベルが鳴った。彼は電源を切った。

「マリファナを取って」ライラが言うと、アンソニーは彼女のバックパックからマリファナを取り出して渡した。

　二、三段下に坐っていた大柄な中年男が立ち上がった。彼はライラにビールの缶を上げてみせた。

「あら！」ライラが男を見つめた。彼を知っているようだ。

　男はもう一度ライラに目をやり、階段を上がってきた。シャツの袖をまくり上げ、裾は半分ズボンからはみ出している。ジャケットを抱えていた。

「よう」彼はライラの反対側に腰を下ろした。

「あたしを覚えてる？　更正施設《リハブ》にいたライラよ」

「ああ、更正施設《リハブ》にいたライラだ」彼はろれつの回らない口でそう言い、何度も頷いた。

　まるで、アンソニーが入会を許されない何かの会員制クラブに所属する仲間同士のようだ。アンソニーはライラににじり寄ったが、〝あんた、何様のつもり？〟と言わんばかりのライラの意地悪な視線に出会って少しずつからだを離した。

「ダニー・ボーイね」

「ああ」酔っ払いは、そう言って酔いつぶれたようだ。

　まもなく三輪のパトカーが、サーチライトをくるくる回しながらやって来た。夜間は閉園なのですぐに解散して公園から出るように、という警官の声が、ラウドスピーカーを通して響き渡った。

ダニー・ボーイはびくっとして立ち上がった。そして、ライラにとろけるような笑顔を見せると、バイクの車列に交じって立ち去った。

アンソニーはまっすぐ家に帰らなかった。ライラを追って歩き回っていたのだ。彼女は気づいていたかもしれないが、そんなそぶりは見せず、グレイのトレーナーのフードを頭の上まで引き上げていた。アンソニーは彼女のアパートメントまでついてきた。通用口まで来ると、ドアのところに口ひげを生やしたマヌケ男が立っていた。二人からはアンソニーが見えない。

「おやおや」マヌケ男が言った。「また厄介なことになりましたよ。お父さんが九一一に電話して、たった今警察が来たところですよ」

「ちくしょう」彼女はそう言って建物に入り、アンソニーには見えなくなった。


つぎの日の夕方、祖母に頼まれた食料品の買い物を済まして四階へ運び上げると、アンソニーはローラーブレードを履いてライラのアパートメントへ行った。そして、ドアマンの目に触れないところでマリファナを吸いながらライラを待った。

伐採者やハイカー、ローラーブレードをする者、通りの反対側の公園へ行く大勢の人々が彼の横を通り過ぎた。春なので誰もが外へ出てくる。通りの向こう側の茂みは、どれも黄色い花をつけていた。

タクシーが停まり、ドアマンが駆け寄ってドアを開けた。勢いよくタクシーを降りたライラが、アンソニーの方へ歩いてきた。ドアマンは、ぴったりしたスーツとハイヒールを身につけた背の高い痩せた婦人に手を貸してタクシーから降ろした。ライラの母親だ。もっともライラは小柄だし、痩せているかどうかはだぶだぶの服を着ているのでわからないが。

「ライラ」背の高い婦人が声をかけた。「どこへ行くのそれを飲むと勃起しなくなると、病院で聞かされたのだ。彼女といつもいっしょにいたかった。

〝アプリコット色の乳首。彼の舌とペニスを結びつける小さな乳首〟

「行きましょ」ライラがアンソニーの腕をつかんだ。「ローラーブレードを持ってこなくちゃ」

ドアマンと制服を着た別の男の前を通り過ぎ、彼女はアンソニーを連れて建物に入った。

「ローラーブレードは禁止されています」ドアマンがアンソニーを呼び止めた。

アンソニーは立ち止まった。

「気にしないで」ライラが言った。彼女が背中を押すと、アンソニーはつるつるした大理石の床を滑り出し、エレヴェーターを待っているライラの母親ともうひとりの女にぶつかりそうになった。彼はベンチに突っ込んだ。

帽子を被った女が小さな悲鳴を上げた。彼女はライラを見つめた。

「何かご用？」ライラが訊いた。

「どこでもいいでしょ」ライラは小声でつけ加えた。「くそばばあ」

「晩ご飯は何がいい？」背の高い婦人はライラの口答えを無視して訊いた。

「ほっといてよ」ライラは大声を出した。「友だちと話してるのがわからないの？」

「お友だちに、晩ご飯を食べていくかどうか訊いてみて」母親が言った。

「死んだほうがましだって言ってるわ」ライラは大きな声で言った。「そうでしょ、アンソニー？」

母親は途方に暮れたように首をすくめ、建物に入っていった。

母にこんな口を利くことなど、アンソニーには考えられなかった。

ライラにはぞくぞくさせられる。断崖に立って飛び込もうとするときのようだ。股間に触れると、あそこが大きくなっていた。いい気持ちだった。薬を飲むのはやめていた。

「最近の若い子は始末に負えないわ」

ライラはつかつかと歩み寄り、女の面前で犬のように吠えた。女は後退《あとずさ》りし、エレヴェーターのドアが開いても乗らなかった。

「お友だちのお名前は、ライラ?」

「パフ・ダディよ」

「アンソニーって呼んでたと思うけど」

「アンソニー・パフ・ダディよ」ライラが笑ってアンソニーをつついたので、アンソニーも吹き出した。

昼の光のなかで見るライラの家は、美術館のようだった。

「コーラはいかが?」ライラの母親が訊いた。

「パフ・ダディとあたしはローラーブレードをしに行くの」ライラはバックパックからローラーブレードを出して履いた。

「ライラ、お願いだから、アパートメントの人たちを困らせないで」

「そんなことしてないわ」

「早く帰っていらっしゃいね」母親が言った。そして、「お父さんは、あなたが遅くまで外にいるのを嫌がるのよ」とつづけると、ライラは猿の顔真似をしながら、母親のことば通りに口だけを動かしてみせた。

アンソニーは呆気にとられた。彼女はじつに自由だ。彼女のようでいられたらいいのに。

ベッドルームへ行くと、ライラはするりとトレーナーを脱ぎ、ひきだしから出したばかりの新しいトレーナーを手に取った。彼女のアプリコットが硬くなっている。ライラは手を止めた。「あたしを見てるの?」

アンソニーはたじろいだ。「いや」

「どういうこと? 見るほどの値打ちはない?」

彼は汗をかいていた。「まさか」

ライラは頭からトレーナーを被った。「こっちへ来て」

アンソニーは、ズボンのふくらみを隠そうとしながらライラに近づいた。

「もっと近く」アンソニーはぴったりとくっついた。ペニスが震えた。ライラはだぶだぶのトレーナーをたくし上げてアンソニーの頭に被せ、その顔に乳首を押しつけた。アンソニーは彼女の尻をつかんだ。暗がりで舌を触れると、彼女の汗が塩辛かった。彼女はアンソニーの股間に膝をすりつけた。「吸って」彼女が言った。

彼は果てた。

「バカ！」ライラはアンソニーを押しのけた。


ローラーブレードで公園を走り回り、ビールを飲んでいると、ライラがこう切りだした。「あいつら、いつも干渉してばかり。早く家に帰れ、あれをするな、これをするな」彼女はことばを切り、誰にともなく大声で言った。「あたしたちは疫病神《やくびょうがみ》さ！」白人の赤ん坊をベビーカーに乗せた中年の黒人女が目を向けると、ライラは甲高い声で怒鳴った。「何を見てるのよ、クロ？」

女はベンチに腰を下ろし、赤ん坊が泣きだした。

ライラは走りだし、アンソニーはあとを追った。「親父はあたしを突き出そうとして警察を呼んだことがあるのよ」ライラが言った。「あたしなんか、尊重に値しないと思ってるんでしょ」

「お父さんが、警察を？」アンソニーはショックを受けた。「で、警察は来たのかい？」

「あんなやつ、ぶちのめしてやったわ。そのときよ、更正施設《リハブ》に入れられたのは。あれはとんでもなく効果があったわ」

野外ステージに立ち寄ったときには暗くなりはじめていた。いつもの連中がたむろしていて、二人の男がスラップ・ボクシングをしていたが、二人ともひどく酔っているので機敏な動きや激しい殴り合いは期待できそうもない。

「マリファナ、持ってるか、ライラ？」年長のヒッピーが大声で訊いた。

「ええ」ライラは答えた。「ビール、ある？」

「あんまりない」

アンソニーのポケットベルが鳴った。彼はそれを無視した。

「これ、回して」ライラは、バックパックからポリ袋を出してアンソニーに渡した。彼女のバックパックに、十ドルと二十ドルの札が詰まっているのが目に入った。

「よう」ダニー・ボーイがライラの横に腰を下ろして肩を抱き、飲み残しのコルト四五・モルトビールを勧めた。

ライラは缶を傾けたが、ほとんど残っていなかった。彼女はダニー・ボーイに空き缶を突き返し、二十ドル札を取り出した。「アンソニー、ビールを買ってきて」

「身分証明書を持ってないんだ」

「なんて役立たずなの」ダニー・ボーイに聞かせるように言った。

アンソニーは、かっとからだが熱くなってめまいを感じ、気を失うのではないかと思った。

みんなの視線がアンソニーに注がれている。

「そら」彼女はアンソニーに二十ドル札を押しつけた。「さっさとしなさいよ。場所はわかってるでしょ。そっくり店員に渡して、あたしに頼まれたって言うのよ」

ダニー・ボーイは笑いながら空き缶を上げてみせた。「戻ってくるまでここで待ってるからな」アンソニーは、その缶をダニー・ボーイの顔に押しつけてやりたかった。

公園を出るとき、ポケットベルが鳴った。そしてまた、デリカテッセンでも。

店員がアンソニーに目配せした。「彼女の奴隷にされたようだな」

アンソニーは二十ドル札をカウンターに叩きつけた。店員が六缶入りのビールを二パックよこした。「いいか、彼女に用心しろよ。あの女はまともじゃない」

戻ってみるとライラの姿はなく、あたりは真っ暗になっていた。アンソニーは気が狂いそうで、ひとりひとりに訊いて回った。「彼女はどこだ？　どこへ行った？」

「あっちへ行け、マヌケ」ヒッピーのひとりが小突いた。

「あいつは誰とでも寝るんだ、とっかえひっかえな」

ポケットベルが鳴り、一同はどっと笑いだした。

「池へ行ってみろ」暴走族のひとりが言った。「ダニー・ボーイとそっちの方へ行ったぜ。だが、ビールは置いていけよ」

アンソニーは階段を下り、池につづく草深い傾斜地に出た。池の周りに薄暗い街灯があるが、何も見えなかった。彼女は姿を消してしまったようだ。しかも、あの酔っ払いといっしょに。アンソニーは足もとに注意していなかったので、切り株につまずいて宙を飛び、背中から落ちて息ができなくなった。

「ビールはどこ？」ライラがジーンズを揺らしながら、見下ろすように立っていた。だぶだぶのトレーナーの他には何も身につけていない。そのからだが傾くと、月明かりを浴びた瞳が光った。

「あっちに置いてきた」

彼女はアンソニーの顔にジーンズを落とし、素足を彼の胸に乗せてゆっくりと円を描いた。そして、彼に馬乗りになった。アンソニーはおずおずとライラに触れた。硬く、しかも柔らかい彼女の尻、ちょうどアンソニーのあそこのようだ。だがこの一週間、薬は一錠も飲んでいない。

「まったく、きっともう二度とお目にかかれないわ」

ライラはアンソニーを太ももで締め付けた。まるで、彼が馬で彼女はそれに乗る騎手のようだ。彼女のヴァギナがアンソニーのシャツを濡らした。

「すまない」彼は言った。

ライラはアンソニーから離れた。「映画でも借りましょ。親父の酒を飲むわ」アンソニーの顔からジーンズを取り、彼をベンチ代わりにして坐り込むと、バックパックからローラーブレードを出して突きつけた。「履かせて」

ライラの足は赤ん坊のように柔らかく、指は短かった。アンソニーはその指を口に含んで吸った。

「あんたが変態だってことはわかってたわ」彼女は足を引っ込めた。自分でローラーブレードを履き、いくらかおぼつかない足取りで走りだしてから、うしろを向いて叫んだ。「ねえ、来るの、来ないの？」

ブロックバスター・レンタル・ビデオでカンフー物を二本借り、通用口から彼女のアパートメントに入ると、ドアのところにマヌケ野郎がいた。「階段を使ってください」彼は言った。

アンソニーはローラーブレードを脱いだが、ライラは指が言うことを聞かないので癇癪を起こして引きちぎろうとし、それでも外れないのでますます怒り狂った。「ナイフ、持ってる？　切り取ってよ」ライラはアンソニーにつかみかかった。「聞こえたの？　切ってよ」

　アンソニーはナイフを取り出して刃を起こした。ライラは彼の手からそれをひったくり、革に切れ目を入れた。

「壊れちゃうよ」

「かまわないわ」壊れたローラーブレードをはぎ取り、裏階段のそばにあったゴミ箱に放り込むと、ライラはアンソニーにナイフを返した。

　二人は階段を使って十二階まで上がった。裏口のところで、ライラはアンソニーにバスケット・シューズを脱ぐように言った。「そうしないと」彼女はつづけた。「あいつらが出てきて、あれをするな、これをするな、って言うのよ。まるで囚人扱い」ライラは自分の鍵を使って入った。そこはキッチンだった。これほどきれいなキッチンは見たことがない。まるで、ここで食事をする者などいないかのようだ。

　ライラは落ち着きがなく、ベッドの上にビデオを放り投げたかと思うと、ひきだしをかき回したりクロゼットの底を探ったりしはじめた。「クスリ、持ってない？」

　アンソニーは首を振った。彼はライラが狂ったように動き回るのを眺めていた。彼女は部屋から出ていき、アンソニーは待った。ライラを見ているうちに、彼まで落ち着きをなくしていた。やがてウィスキーのボトルを手に戻ってきたライラは、グーッとひと息に流し込んでからアンソニーに勧めた。アンソニーは一口飲んでむせ返り、咳き込みながらボトルを返した。ひどい味だ。ビールより強い酒は飲んだことがなかった。

「クスリを手に入れなくちゃ」ライラは言った。「外に出ましょう」

　公園に戻って野外ステージの方へ行くと、皓々《こうこう》と照らす満月に惹かれて夜型生活者《ナイト・ピープル》が集まっていた。定職があり、マリファナや酒やその他もろもろのクスリを手に入れるカネを持っている連中だ。今ではアンソニーにも彼らの顔がわかるし、ライラのおかげで皆に知られるようになった。ライラが自分を選んだことで自信をもつようになり、今のアンソニーは、彼らの仲間だった。

　誰かが甘い香りのマリファナを回してよこし、二人はビールを飲んでクスリを使った。アンソニーは階段にひっくり返って月を見上げた。それは見ているうちに大きくなり、小さくなり、やがて、流し目をして鼻水を垂らした顔に変わった。

「どこへ行ってたんだ、ルル?」ダニー・ボーイがライラの横に腰を下ろし、彼女は自分のものだと言わんばかりにその肩に腕を回した。「どうだ、一発?」キスをするように唇を鳴らした。頭を上げていられないほど酔っていて、からだからは反吐の臭いがする。

アンソニーは、横にいるライラがからだを固くするのを感じた。彼女は、独特の悪意のこもった目で、ダニー・ボーイを見た。「もうやめて。あたしたち、池に行くのよ」

アンソニーは彼女のあとを追ったが、足の感覚がほとんどなくなっている。ライラもふらふらしているところをみると、同じ感覚らしい。

ダニー・ボーイは、自分も誘われたかのように立ち上がった。

池にはまだ誰もいなかったが、今に警官がサーチライトをつけて巡回をはじめると、野外ステージから追い払われた連中がここへ集まってくるだろう。池の水面は大きな黒い鏡のようだ。水際に立って覗き込むと、それが赤や黄色や紫に変わり、アンソニーはとうとうバランスを崩してしまった。

「危ないぞ、坊や」ダニー・ボーイがアンソニーのシャツをつかんだ。彼はひどく酔っていて、よだれを垂らしながらアンソニーに倒れかかった。アンソニーが押しのけると、布の裂ける音がした。

「おまえが破ったんだ」アンソニーはシャツに目をやった。頭のなかで、すべてが吹き飛んだ。ママに殺される。ダニー・ボーイに殴りかかったが、相手はすでにしゃがみ込んでいた。

「殺すのよ」ライラが叫んだ。「ナイフはどこ?」

アンソニーはナイフを取り出して刃を起こした。ダニー・ボーイはアンソニーを見上げ、月光を浴びて目をぱちぱちさせた。立ち上がろうとしたが、また崩れ落ちた。

「何をぐずぐずしてるの?」ライラが金切り声を上げた。

アンソニーは腕を下げ、ナイフを下手に構えた。近づいてきたダニー・ボーイを切っ先がとらえ、その腹に食い込んだ。ダニー・ボーイはナイフをつかんでアンソニーともみ合い、まるで、彼が抜かせまいとするのをアンソニーが抜こうとしているかのように見える。血が雨のように飛び散り、ダニー・ボーイはジャングルに棲む獣のように吠えた。最高の音楽、まさにそうだ。アンソニーはナイフを引き抜き、また突き刺した。音楽に合わせてリズムを取りながら、何度も、何度も。いい気持ちだ……とてもいい。とてもいい……

「いいわ」ライラが歌うように言った。「いいわ、いいわ、いいわ」

アンソニーは身震いした。痙性麻痺患者のようにからだが引きつった。精液がズボンのなかにほとばしり出た。

ダニー・ボーイは仰向けに倒れて動かなくなった。アンソニーは月に向かってナイフを突き上げた。刃がてらてらと赤く光っている。

「やめちゃだめよ、アンソニー」ライラが言った。「池に投げ込んでも、そのうち浮き上がってきて発見されるわ。切り裂いて内臓を出さなくちゃ。そうすれば沈むのよ。何かで読んだことがあるの」

アンソニーは面食らった。彼女は何を言ってるんだ？ポケットベルが鳴った。

「貸して」彼女はナイフをひったくった。「あたしがやる」彼女はダニー・ボーイのポケットを探って財布と身分証明書を取り出すと、財布を空にして身分証明書といっしょに屑籠に放り込み、その上から火のついたマッチを投げ入れた。屑籠は炎を上げて燃えだした。

ダニー・ボーイのぬるぬるした内臓がからだからはみ出していた。「さあ、運ぶのよ」ライラが言った。二人はすべてを池に投げ込んだが、滑るのでいくらか捨て残したかもしれない。つぎに二人で腕を片方ずつつかみ、池の奥深くまでダニー・ボーイを引きずっていった。

「全員公園から出ろ」ラウドスピーカーの声が聞こえた。

「さあ、ここから出ましょう」ライラが歩きだした。

遊歩道は真っ暗で、あたりは静まり返っていた。ただ、ダニー・ボーイの咆哮だけがアンソニーの耳に残っている。彼はライラに追いつき、二人はいっしょに公園を出ると、アパートメントの通用口を目指した。マヌケなドアマンが二人を迎え入れた。

「どうしたんです！」ぼんやりした明かりのなかで、ドアマンは目を丸くして二人を見つめた。「喧嘩でもしたんですか？」

「頭のおかしい浮浪者に襲われたのよ」ライラは言った。「ランドリー・ルームで汚れを落とすわ」

「どうぞ、ご自由に」そう言うと、ドアマンはきびすを返して立ち去った。

アンソニーとライラはランドリー・ルームへ行き、血液と泥を洗い流した。「ナイフをちょうだい」ライラが言った。「あたしが始末するわ」

アンソニーは彼女にナイフを渡した。二人は濡れた服を乾燥機に入れてコインを落とし込み、ライラが別の乾燥機から取り出した、誰かの清潔なタオルにくるまって乾くのを待った。そのあいだも、ライラは片時もじっとしないで室内を行ったり来たりしている。見ていたアンソニーは、疲れて床に坐ったまま居眠りをはじめた。

「起きて」ライラが狂ったように彼の頭を叩いていた。服を身につけ、裏の通路を通って彼女の家に入ると、ライラが言った。「シャワーを浴びたら」

温かい湯は気持ちがよかった。あとは服を着て家に帰るだけだ。自然に頭が下がってくる。

ライラがシャワーカーテンを開けて入ってきた。石鹸を取って両手で泡立て、泡だらけの手でアンソニーのペニスをつかんだ。「あんまり早く終わったら殺してやるから、能なし。本気よ」

「大丈夫だ」彼は呻くように言った。

彼女は左手をアンソニーの首に回して猿のように抱きつき、右手で彼のものを自分のなかへ導いた。アンソニーがつるつる滑るライラの尻を支えると、彼女は両腕を彼の首に巻きつけて腰を使いはじめた。アンソニーは気が遠くなりそうだった。

ライラはアンソニーの背中に爪を突き立てた。「突っ立ってるだけじゃだめよ、マヌケ野郎」

アンソニーは足を投げ出して仰向けになり、その上にライラを坐らせた。

彼女の叫びは二人に降り注ぐシャワーの音にかき消された。「バカな子ができると思う？」彼女は笑い、シャワーを冷水にして飛び出していった。

アンソニーは水を止め、そのままそこに横たわっていた。からだが動かなかった。ライラの話し声が聞こえた。誰と話しているのだろう？ 彼はシャワーを出て彼女のタオルを巻きつけた。ライラは電話をしていた。

「……よけいなお世話よ」彼女は言った。「ホームレスに襲われて、あたしは逃げたけど友だちがつかまった、って言ってるだけよ」受話器を置くと、アンソニーの姿が目に入った。

「なんで電話したんだ？」彼が訊いた。

「あいつの手首を切り落としておくべきだったわ」彼女は言った。「髪を洗ってくるわね」

アンソニーはライラのベッドで横になり、眠りに落ちた。


やがて、激しくドアを叩く音で目を覚ました。男の怒鳴り声が聞こえた。「ライラ！ そこから出てきなさい」

ライラがベッドのそばに立っていた。パジャマを着ている。「なんの用？ 寝てるんだけど」前髪が顔にかかっていた。

「すぐに出てきなさい。警察が話を聞きたいそうだ」

「ここにいて」ライラはアンソニーに耳打ちして部屋を出たが、ドアが半分開いていた。

アンソニーは、服を着てナイキのバスケット・シューズを履いた。出ていきたかったが、身動きがとれなかった。部屋を見回した。血痕は見当たらなかった。バスルームに入ってみた。やはり血痕はなかった。裏の通路を使って出られるかもしれない。キッチンで話しているということはないだろう。ドアを少し押し開けると、誰かに腕をつかまれて引きずり出された。

「おい、思いがけないお客さんだ、ピアス。さあ、そこから出てきて話を聞かせてくれ」制服は着ていないが、刑事だということがわかった。刑事はアンソニーを広い部屋へ連れていった。そこではバスローブを着たライラの両親が、怒りと不安の入り交じった表情でカウチに坐っていた。ライラは暖炉のそばの椅子に腰掛け、もうひとりの私服刑事が暖炉に寄りかかっていた。ライラがアンソニーにぞっとするような目を向けた。アンソニーは殺意を感じ、震えを抑えることができなかった。

刑事はアンソニーをライラの隣の椅子に坐らせ、メモ帳と鉛筆を取り出した。

「さて、どこまで聞いたかな？」ピアスという名の刑事が言った。「ああ、そうだ、匿名で九一一に電話して、友だちが公園で襲われたと言ったんだね」

ライラは答えなかった。

「これがその友だちかね？」ピアスはアンソニーに目をやった。

ライラはまたアンソニーに目を向けた。「彼とは二週間まえに知り合ったばかりよ」

アンソニーは小便をしたくなった。集中できなかった。彼女はナイフをどうしただろう？

「ドアマンの話では、きみたちは二時間まえに通用口から入ったそうだね。血まみれになって」

ライラの母親が口を手で覆って息を呑んだ。彼女の父親、髪の薄い小柄な男が妻のからだに腕を回した。二人とも蒼白だった。ライラは、アンソニーがセント・アン教会で見た聖母マリアのように光を放っていた。

「すてきな指輪だ」ピアスが言った。

ライラは指輪に目をやった。

ピアスは彼女の手をとった。「どうして血がついているのかね？」

信じられないことに、彼女が泣きだした。両親が駆け寄った。彼女は床に身を投げて泣き叫んだ。

「あたしたちが酒を飲んでたら、彼がやきもちを焼いてやったのよ」ライラはアンソニーを指さした。「人工呼吸をしてみたけど、手遅れだったの」

「やめなさい、ライラ」父親が言った。「不利な証拠になる」

アンソニーは動けなかった。彼女はアンソニーがやったと言ったのか？

ライラは父親に平手打ちを食わせた。「あたしにかまわないで、クズ！　警察が話を書き留めてることくらい、わかってるわよ。ちっともかまわないわ」

「娘は、きっと――」

ライラは金切り声を上げた。「あんたなんかにわかるもんですか」

「足を上げてみてくれ、アンソニー」エルナンデスが言った。アンソニーは足を上げた。エルナンデスは、ピアスにうなずいてみせた。「溝に血液がこびりついている」

「きみたち、散歩でもしないか」ピアスが言った。

「待ってくれ――」ライラの父親が止めた。

「ご同行いただいてもよろしいですよ」ピアスは言った。「子どもたちがどこで襲われたのか、その友達がどうなったのか、それを確認するだけですから」

「バックパックか何か、持っているか？」エルナンデスがアンソニーに訊いた。アンソニーはうなずいた。「来たまえ、それを取ってこよう」彼はゴム手袋をはめた。

アンソニーの寝たベッドがくしゃくしゃになっていることと、濡れたタオルが床に落ちていることを除けば、ライラの部屋は何ひとつ変わっていないように見えた。アンソニーのバックパックはベッドの横にあった。アンソニーがそれを手に取ると、エルナンデスが受け取った。「なかを見せてもらうよ」エルナンデスはそう言ってバックパックを開けた。「いいナイフだ」そして、言い添えた。「きみのものか？」

アンソニーはナイフを見つめた。エルナンデスが声をかけた。「壁のそばに立て、アンソニー、両腕と両脚を開いてな」彼はアンソニーのボディーチェックをした。「いい子だ」エルナンデスがバックパックを持ち、二人はリヴィングルームへ戻った。エルナンデスはピアスにうなずいてみせた。

「さあ、きみたち」ピアスが言った。

「娘は連れていかせないわ」ライラの母親が叫んだ。「夜の公園は危険よ」

「すぐ戻ってきます」エルナンデスは言った。「ちょっと散歩するだけですから。それに、私たちがいっしょなら安全です」エルナンデスがアンソニーの腕をとり、ライラはピアスに従った。

エレヴェーターに乗り込むと、ピアスはライラに動かないように言ってボディーチェックをした。「ご両親の前ではこんなことをしたくないんでね。だが、規則だからな」

「何を捜してるのよ？　彼を調べたらいいでしょ」ライラが言った。

彼らは正面玄関から建物を出た。人通りがないところをみると、午前三時か四時にちがいない。月明かりのせいで、公園はまるで映画のワンシーンのようだった。ライラの両親はアパートメントに残った。彼らがアパートメントを出るとき、ライラの父親はどこかへ電話をしていた。

ライラは獲物を追う猟犬のように先頭に立ち、まっすぐ池を目指した。月が皓々と照らし、まるで真昼のようだ。いや、あれはサーチライトやパトカーかもしれない。水際のある場所に張り巡らされた黄色いテープが、アンソニーの目に飛び込んだ。真ん中に半分水に浸かった黒い物体が横たわっている。テープの外には夜型生活者《ナイト・ピープル》の影がうごめき、彼らを公園から追い出そうとする警官たちが、ラウドスピーカーで叫んでいた。

ライラは甲高い声で泣き喚いていた。「彼が怖かったのよ。あたしも殺されると思ったわ」そして、ダニー・ボーイを見下ろして泣きじゃくった。「あんたを助けようとしたのに」

エルナンデスがアンソニーの肩に手を置いた。「きみには黙秘権がある……」

ハイスクール・スウィートハート

The High School Sweetheart

ジョイス・キャロル・オーツ
井伊順彦訳

ジョイス・キャロル・オーツ（Joyce Carol Oates）は、O・ヘンリー賞、全米図書賞、ローゼンダール財団賞を受賞し、ノーベル文学賞の候補にもなった現代アメリカ文学を代表する作家であり、劇作家、評論家である。同時にサスペンスやサイコ・ホラーの名手でもあり、《エラリイ・クイーンズ・ミステリ・マガジン》の常連でもある。またロザモンド・スミス名義の作品も多い。本作は《プレイボーイ》に発表された。

まるで目立たぬ男だった。けれど年を経るごとに、まずまず名が売れ、人から目標とされる存在になっていった。そんななりゆきにはRも自分のこととは思えぬほど驚かされた。むしろ大きな不安にかられた。わりに若くして、エンターテインメント系だが純文学調でもある小説の作者として名をはせた。作品を色分けすればサイコ・サスペンスだった。このジャンルで大成功を収められたのは、ジャンル独自の伝統を尊重し、文章に細心の注意を払っていたせいかもしれない。文体は締まっていて、筋は単純だが人物の複雑な心理がよく書けていた。Rはあるインタヴューのなかで、一文一文ていねいに書いているから、どの文も気を抜かずに読んでほしい、そう、難しいダンスのステップを踏むときのようにねと語っていた。彼自身バレーの振り付けもやればダンスも踊った。ときには、長年ミステリ作家として打ち込んできたのに、執筆に行き詰まり、もうだめだと思うこともあった。というのも、ミステリのことを何十年も考えていると、何か身も凍るような恐怖に襲われるときがあるからだ。いわば病的な、心の底から沸き上がってくるような孤立感だ。だがミステリ作家ならそんな感情を抑制し支配《マスタリ》しなくてはならない。だからRはどれほど苦しくても試練から決して逃げなかった。「逃げるのは、生きるに値せざる心よわき人間なりと自ら認めるに等しい」

Rは、人望ある人間にありがちなタイプだが、古くからの友人たちにとってさえ謎めいた部分が残る男だった。次第に、本人も気づかぬほどゆっくりと、年齢的な貫禄を身につけていった。また尊敬を集めるようにもなった。それは信頼感をかもし出すような外見のおかげだろうか。髪は細く美しい黄みがかった赤毛で、ふんわり頭に乗っている感じだった。額は高く、瞳の色は青々としていた。百八十センチをゆうに超える長身だが、平べったいといえるほどやせていた。手足は長いが筋肉には張りがない。それでも動作は少年のように俊敏だった。見たところ、まったく老いを知らず、いやそれどころか成熟とも無縁であるかのようで、幻想好きな北方人種の若々しさを保っていた。瞳は冷ややかで情に欠ける印象を与えた。心のなかでは、すうっと吸い込まれてしまいそうな、まさに白一色のツンドラと、見渡す限り真空地帯のような北極の空とを見つめているかのようだった。Rの結婚生活のことも私たちのあいだでは謎だった。なぜなら、誰一人として、連れ添って四十年になるという夫人の姿を見かけたことがなかったからだ。もちろん紹介されたこともない。夫人の名はBで始まるのだろうと、みなうわさした。Rの上梓した十一作の小説にはどれも、ただ一言、そっけなく、〝Bに〟という献辞が記されていたからだ。そのほかにも、きっとRはずいぶん早く結婚したんだろう、奥さんはミシガン州北部の小さな町の同じハイスクールに通っていた憧れの人だったんだが、文学の世界とは無関係どころか、だんなの仕事にも興味がないらしい。あの夫婦には子どももはいないね。そんなまことしやかなうわさも流れていた。

あるとき、Rはしぶしぶ受けたインタヴューのなかで、どういう風の吹き回しか、うむ、子どもは作らなかったよと認めた。「私もそれはやらなかった」

サイコ・サスペンスにおける誉れ高き一先達として、Rの存在は私たちの目にどれほどまぶしく映ったことか！　大きな動く人形のような彼に話しかけられたり、笑顔を向けられたり、握手してもらったりすると、自分までもえらくなったような気がした。ただ、よそよそしく冷たそうな光を放つ青い瞳を向けられると、多少いごこちが悪かったが。

所属している諸々の同業者団体から、Rはよく役職に立候補してほしいと要請を受けた。だが遠慮からか、自信がないからか、毎回辞退していた。「Rはその任にあらずです、わかってください！」だがようやく六十歳のときに我を折り、結局、アメリカ・ミステリ作家協会の会長に大多数の支持を得て選ばれた。本人は大いに感激したと同時に、そら恐ろしい気にもなったらしく、役員会の各メンバーに何度も電話して、本当に自分でいいのかと聞いていた。そのたびに私たちも請け合った。ええもちろん、お願いしますよ。

会長への就任式に臨んだRは、ご列席のみなさんに新作を読んでお聞かせしますと言った。わざわざこの席のために書いたそうだ。だじゃれ満載の長たらしくてまとまりのない演説なんかしません、先輩の誰かのまねはしませんよ（当然ながら、ここでどっと笑いが起きた。前会長はRを含め私たちの大半にとっては古くからの友人で、人気者なのだが、なにしろしゃべり好きの御仁だったからだ）。

そう言いつつも、Rはむしろ遠慮がちに舞台の中央に進み出て、ミステリ作家やその連れからなる五百人ほどの聴衆と向き合った。背筋をぴんと伸ばしている。北方人種特有の、青白く超然としていて端正な顔立ちをしている。上品なタキシードと白い絹のシャツを着て、ぴかぴか光るカフスボタンをつけた姿はいかにも美丈夫だ。髪は意外に白いものが目についた。以前と変わらずふんわり頭に乗っていた。額はずいぶん高く見えた。髪の生え際の骨が浮き出ており、それが額と髪との境になっている。後方の席からでも、例の特徴ある青い瞳は目立った。美しい抑揚のある音楽的な声で、Rは会長に選んでいただき光栄ですと述べ、退任してゆく役員諸氏に謝意を表した。それから、恐縮ながらと前置きして、〝不測の事態〟が生じて妻は出席できなくなりましたと言った。「みなさんご存じのとおり、私は会長職に立候補をしたわけではありません。紋切り型の表現を用いれば、青天の霹靂《へきれき》のようなお話でした。ですが、みなさんは私にとって家族のような存在だと実感しております。そんなみなさんのご信頼を裏切らずにすむよう、心いたしたく存じます。これから読み上げる物語を、どうぞお楽しみください！」この最後の台詞のときに声が震えたように思えた。それからRは、一瞬ぐっと声に詰まったが、感情のこもった口調で、十五ページほどの手書き原稿らしきものを読みだした。

ハイスクール・スウィートハート：ミステリ

まるで目立たぬ男だった。けれど年を経るごとに、まずまず名が売れ、人から目標とされる存在になっていった。そんななりゆきにはRも自分のこととは思えぬほど驚かされた。むしろ大きな不安にかられた。

わりに若くして、エンターテインメント系だが純文学調でもある小説の作者として名をはせた。作品を色分けすればサイコ・サスペンスだった。このジャンルで大成功を収められたのは、ジャンル独自の伝統を尊重し、文章に細心の注意を払っていたせいかもしれない。文体は締まっていて、筋は単純だが人物の複雑な心理がよく書けていた。

Rはあるインタヴューのなかで、一文一文ていねいに書いているから、どの文も気を抜かずに読んでほしい、そう、難しいダンスのステップを踏むときのようにねと語っていた。彼自身バレーの振り付けもやればダンスも踊った。ときには、長年ミステリ作家として打ち込んできたのに、執筆に行き詰まり、もうだめだと思うこともあった。というのも、ミステリのことを何十年も考えていると、何か身も凍るような恐怖に襲われるときがあるからだ。いわば病的な、心の底から沸き上がってくるような孤立感だ。だがミステリ作家ならそんな感情を抑制し支配《マスタリ》しなくてはならない。だからRはどれほど苦しくても試練から決して逃げなかった。「逃げるのは、生きるに値せざる心よき人間なりと――」

ここでどうやら読み違えたらしく、Rはどぎまぎして朗読をやめ、原稿にだまされたか裏切られたかしたとばかりに、視線をちらりと手元に落とした。だがすぐに落ち着きを取り戻し、あらためて読みだした。

「逃げるのは、生きるに値せざる心よわき人間なりと自ら認めるに等しい」

あれからもう四十五年！　私はまだRではなく、ローランドという名の十五歳の少年だった。誰もローリーとは呼んでくれなかった。やせぎすで内気で自意識が強く、成績はたいがいオールAだった。額や背中の一面に、赤いコショウの小さな粒のようなにきびが散らばっていた。バーバラというブロンド美人で人気者の最上級生にあこがれ、自分勝手な妄想を抱いていた。バーバラはインディアン・リヴァー・ハイスクールの誰からもバブズと呼ばれていた。今の私はもうローランド少年ではないから、あのころ本人が抱いていた自己嫌悪とは無関係に、彼の生き方を振り返ることができる。いくらか同情したくもある。好意はともかく、共感も覚える。許してやろうという気もある。

我があこがれの人《スウィートハート》は二つ年上だった。恥を忍んで白状するが、ただ勝手に私が自分のスウィートハートにしていただけの話だ。本人には同い年のボーイフレンドもいれば大勢の友人もいた。身を焦がすような想いで私がこっそり熱い視線を向けているとは、思ってもいなかっただろう。バブズという愛称――月並みだが、いかにもアメリカ的で、ともかく健全な名だ――を耳にすると、今でも私は内心どきりとするが、同時に希望や思慕の念が胸にあふれてくる。

当時の私は、同級生から向けられる露骨に値踏みするような視線が怖くなるにつれて、鏡を見るのが怖くなっていった。認めるのがつらい事実と向き合うことになるからだ。知能の高い若者によくある例だが、私は勉学面では早熟だが人間関係では奥手だった。空想の世界では、貧弱な肉体を抜け出して、思いのままの速さで地面を闊歩したり、空に舞い上がったりする姿を思い描いていた。自分という人間は知性だけでできているんだ、探求する精神だけでできているんだ、というイメージを抱き、そうすることで肉体から、あるいは下劣で異様な性的願望から解放されていた。現実の私は内気であると同時に自尊心が強かった。立ち居振る舞いには不遜なところがあった。労働者の街インディアン・リヴァーでは別格の医者の息子だ、という自意識があったからだ。ただ同級生からは、自分たちの都合のよいときだけ持ち上げられていることは重々承知していた。みな、口では私の存在に敬意を表するようなことを言うのだが、視線は私を素通りしていた。ああ、たしかに、お前は医者の息子のローランドだよな、チャーチ通りに並んでる大きなレンガ造りの家のどれかに住んでるんだろ、親父さんはぴっかぴかに黒光りしてるリンカーンの新車に乗ってるそうだな、でも俺たち、とにかくお前のことは好かないんだ。小学生時分から、私はうらやまれることと好かれることとの決定的な差を思い知らされていた。笑い声が起きる人の輪からは常にはじかれていた。もちろん一、二の友だちはいた。かなり親しい存在でさえあった。彼らも私と同じく頭はいいが孤独で皮肉屋《アイロニー》だった。ただし、まだ子どもだった私たちには、皮肉のなんたるかなど、失意と憤慨とが結合したところに成立する皮肉《アイロニー》の意味など、わかりもしなかったが。私にはひそかな夢があった。ハイスクールの二年生になったころ、我ながら驚くほどいきなり見るようになり、しかも愚かしいほどしつこく見続けた夢だったが、ブロンド美人のバブズという女生徒に対するものだった。バブズの父親は地元では腕がよいと評判の大工兼石工で、我が家にも出入りしていた。

どうしてバブズの前に出ると、そんな両家の間柄が気恥ずかしくてならなくなるのか、自分でも説明できない。バブズ自身はまるで気にしていなかったのに。

ああ、思春期よ！　人によって、幸福の素《もと》にもなれば毒素にもなる。〝女殺し〟の心は思春期に鍛えられる。レンタルのタキシードを着て、光り輝くカフスボタンをつけているRが、四十五年前のことを思い出すには、優等生の医者の息子としての恵まれた生活から、バブズ・ヘンドリックのボーイフレンド、ハル・マクリーフの生活に移り変わってみなくてはなるまい。つまり、将来はミシガン大学を総代で卒業することになる少年から、ハンサムなフットボール選手ながら成績はCクラスで、将来はインディアン・リヴァーの材木置き場で働くのがせいぜいの少年に変わるのだ。もし、きみになれるなら。ぼくでなくなれば。バブズのことを考えるときは、努めて彼女一人だけを思い浮かべようとし、ハルの姿はできるだけ頭から追っ払った。本物のバブズに会える機会は少なかった。学校や路上で思いがけず見かけたときは視線が釘づけになった。彼女の存在だけが神々しいまでにクローズアップされた。まるでガラスのなかに大切に保存された美しい生き物――チョウ、鳥、熱帯魚など――の標本を見る思いだった。口が動いているのはわかったが、声は聞こえなかった。私の方に笑顔を向けて、ハーイ！　と言ってくれたときでさえ、ろくに聞こえなかった。あの明るい挨拶は我が母校の人気の高い女生徒のあいだで流行《はや》っていたものだ。キリスト教の慈愛の精神が根底にあり、どんな生徒のことも無視するまいという心がけで実行されているらしい。私はあたふたしてしまい、しばらくしてからモゴモゴと挨拶を返すのが精いっぱいだった。面と向かってバブズの顔を見る勇気がないので、まぶたを半開きにした。小柄だがダンサーのように均整の取れた肢体や、まぶしいほどに輝くピンク色の口紅を塗った唇や、やさしげで大きな瞳などには、とてもまともに視線を向けられなかった。というのは、私の思慕の情や、なまなましく、かなう望みもなく、馬鹿にされて当然の欲望を、まわりの連中に悟られそうだと勝手に思い込んでいたからだ。ふと、あちこちから声が上がったような気がした（いや、熱に浮かされたようになって見た夢のなかでは、実際しばしば聞こえていた）。あざけりを含んだ声だった——「ローランド？　あいつが？」すると、思春期の人間独特の残酷な笑いが起きるのだ。半世紀近く経った今でさえ、あの笑いはRの空想の世界に響き渡っている。

だからといって、バブズ自身を心底からうらむ気にはなれない。私に対する自分の魔力のことなど、知るはずもなかったのだから。

それとも……？

バブズは最上級生だが、私はまだ二年生であり、彼女にとっては無に等しい存在だった。近しくなりたいがために私は演劇部に入った。バブズは花形部員で、校内のスターで、英語教師のミスター・シールズが演出する部の上演会では、いつも役をもらっていた。舞台に立つと、ぴちぴちしていて、かわいらしくて、いかにも元気はつらつというふうで、輝いていた。観る側としては、ただまぶしげに視線を向けるしかなかった。ただ正直なところ——私はこの物語では正直を旨としている——バブズの才能は、並み程度にすぎなかっただろう。それでもミシガン州インディアン・リヴァーの水準からすれば光っていた。演劇部では、私は舞台デザインや照明など、誰も引き受けたがらない役目を買って出た。シールズ先生が仕切るリハーサルの段取りも手伝った。バブズに対する私の尋常ならぬ思慕など知る由もない友人たちは驚いていたが、私はますますその他大勢の部員と時間を過ごすようになった。しかも、あまり注目されぬ仕事をすすんで引き受け、スポットライトを浴びる役どころは他の部員たちに譲って平気だった。

そんなことが続くうち、一種のマスコット的存在として、ローランドはローリーになった。私は天にも昇るような気持ちだった。

バブズもそう呼んでくれたからだ。「ねえ、ローリー。ちょっとお願いがあるのよ、ダーリン」――よくも気安く、私の心をもてあそぶかのように、そんな言い方ができたものだ！――「コーラを買ってきてくれない？　これ、お金ね」すると使命感に燃えたローリーは学校を飛び出し、通りを一ブロック半走ってスーパーまで行くと、バブズに頼まれたコーラを買って戻ってくる。それも一度や二度のことではなかった。気立てのよい犬よろしくハアハアいいつつ稽古場に戻ると、役をもらっている別の生徒から同じような注文を受ける。ローリーはまた学校を飛び出てゆく。いやな顔はできない。あいつ、なんでバブズのときだけ、などと言われるのが怖いから。

なんだか背中の方から、鈴を転がすようなバブズの声が聞こえてくる気がした。「いい子ね、ローリーって！　大好き」

ミーティングやリハーサルをしている最中、クリフォード・シールズと、一部の女子部員とのあいだには、とくに活気あふれるブロンド娘バブズとのあいだには、擬似恋愛的な、きわどい雰囲気がただよっていた。あけすけで卑猥とも取れそうな冗談が先生の口から連発され、その女子部員たちはほおを赤らめながら、腹が痛くなるほど笑っていた。シールズ先生も（結婚生活は長いし、大きな子どもたちもいるというのに）にやにや笑いながら、シャツのカラーを引っ張って襟を開いていた。ことによると、先生のきわどい冗談は、べつに深刻に思うほどいやらしくはなく、単なるおふざけのつもりだったのかもしれない。だがある種の底意ははっきり感じられた。なぜなら、演劇部員の大半はふつうの生徒ではなく、注目を浴びてしかるべき選り抜きの生徒だったからだ。ミスター・シールズは五十代で、腹が出ていて、脂ぎっていて、どす黒い顔をしていた。それに遠近両用眼鏡をかけており、針金細工のフレームをきらりと光らせながら、自分としては精いっぱいの冗談を飛ばしたり、えらそうに演説をぶったりしていた。そんな男だが、やはり一介の教師ではなかった。先生は赤褐色の刷《は》毛《け》のような口ひげをたくわえており、シャツのカラーが隠れるほど髪を伸ばしていた。二十代前半にはアマチュア劇団〈ミルウォーキー・プレイヤーズ〉に所属していた。おまけに若いころには、二十世紀フォックスのスクリーンテストを受ける寸前までいったのだったか、または実際に受けたのだったか、とにかくそんなことをそれとなく口にして、代々の部員たちを驚かせていた。が、一人バブズだけは、先生がクラーク・ゲーブルの代役を務めていたというハリウッドでの懐かしき日々をネタにして、大胆にも軽口を飛ばしていた（たしかに角度によっては、しかも贔屓目に見ると、先生には太ったゲーブルといったおもむきがあった）。

　あの悲劇が起き、次いでそれにまつわるスキャンダルが持ち上がった。インディアン・リヴァーを駆け巡ったうわさによると、シールズ先生は変態で、ある男子部員と女子部員に対して、本番に向けての練習と称して、自分の目の前で熱烈なラブシーンを演じろと強要したという。それに、先生はスケベ男で、個人練習と称して女子部員たちと激しいラブシーンをやってのけたという。また、他の部員たちの面前で、バブズに対して〝すうっと触れた〟り、〝触った〟り、〝なでた〟りしたという。バブズは真っ赤になっていたそうだ。それのみか、先生はジンを詰めた銀の携帯《ヒップ》用酒《フラスク》入れをブリーフケースに入れて持ち歩いており、そのビンからコーヒーやソーダにそっとジンをたらし、何も知らない部員たちに飲ませていたという。猥褻行為をするときにあまり抵抗されずにすむからだそうだ。演劇部に在籍した七カ月間に、私はそんな場面など目にしたこともなかった。だから地元警察に対してはすすんで先生の弁護をした（父親にはのちにひどく怒られたが）。それにしても妙なことだ――私たち部員の飲み物に先生が何か注いでいるところを一度も見なかったのに、どういうわけか私自身がそんな行動に出ようという衝動を覚えたのだから。バブズに対する狂おしい想いはどうせ報われまいと悟り、しかも(言い訳しているように取られると困るので、表現が難しいが)自分は根本的に無力な存在だという妙な確信があったせいだ。行動を起こすまでのローランドには、夢想していることを実行に移せるちからが自分にあるとは、とうてい思えなかった。被害者意識の強い彼には、そんな大胆で狂暴な一面が自分にあるとは、とうてい思えなかった。

用いたのは、銀の携帯用酒入れ《ヒップフラスク》ではなく、母親のごちゃごちゃしている薬箱にあったバルビツール剤のずっしり重い一服だ。ずいぶん前に処方されたものだった。注意散漫だが神経質な母親の目をうまく盗んだ。

我がハイスクール・スウィートハートを傷つけるつもりはなかった。自分には女神のような人なのだから。手を触れることさえ想像できなかった! からだが熱くなるような、とても口にはできない夢のなかで、バブズを、または彼女らしき女性の姿をはっきり〝捉えた〟。寝室の壁を突き抜けてこんばかりの父親の不審げな視線から逃れるかのように、私は上掛けを何枚も重ねて寝ながら、苦しさと恥ずかしさにもだえ、うめき、バブズの美のとりこになった自分を呪った。犠牲者はぼくなんだ、あの女じゃない。なんとかしてそんな病的な執着心から解放されたくて、やけになりつつあった。というのも父親から(私の心を読んだのか? 私の雰囲気や行動に、ある兆候を認めたのか?)、〝不純な交際〟や〝行き過ぎた自慰行為〟には走らぬよう、強く釘をさされたからだ。息子のおびえたような目や、にきびだらけのほてった皮膚に、罪悪感の表白を見て取った父は、露骨に苦い顔をして離れていった。それでも私は父に対して、ぼくの方が犠牲者なんだ! と叫んで救いを求めることなどできなかった。

学校生活では、バブズは仰ぎ見るような高みにおり、私程度の生徒には近づきがたい存在だった。廊下を歩いていたり階段を下りていたりしたときに、すっとからだが触れ合ったり、舞台裏の休憩室で、互いにほんの十五センチほど離れたところに座ったりしたことはあった。だがその十五センチが無限の距離に感じられた。ローランドまたはローリーのどんな言動も、バブズは意に介さなかった、動じなかった。そんなとき、自分が透明人間になったような気がして、なさけないが、ある意味で嬉しかった。自分に自信のある上級生の男子たちのように、好きな子の心を強引に奪ったり、その子を自分の方に無理やり振り向かせたりなど、できるはずもなかった。だから危険はなるべく冒さず、卑屈だが忠実な雑種犬のように振る舞った。誰かから「ローリー！」と呼ばれて使い走りをやらされても、ぼくは幸せな透明人間なんだと自分に言い聞かせた。広々としていて殺風景な舞台の上にいると、すきま風に吹かれることがあり、よくバブズから自分のセーターや恋人の上着を取ってきてと言われたものだが、それでも嬉しかった。セットも何もない舞台上で、バブズがまばゆいばかりの清純な美しさを発散すると、私は胸をときめかせた。この美しさがほんとにわかるのはぼくだけだと思い込むまでになった。そんなときは床にしゃがみ込み、バブズの完璧な卵型の顔や、ぴちぴちしていて均整の取れた小柄なからだを誰はばかることなく見つめた。そこにはまさに〝女優〟がいたからだ。実のところこの表現は、ローランドにのみ意味のわかる微苦笑ものの皮肉というにとどまらない。バブズを含めてインディアン・リヴァー校のスター連は、ローランドのようなその他大勢、すなわち自分たちにあこがれてくれる観客がいるからこそ、存在や〝才能〟を誇示できたのだ。だから演劇部員や、かなりのうぬぼれ屋で気取り屋のシールズ先生にとって、私はますます自らすすんで重宝な存在になっていった。好意と信頼を得たいがためだ。ローランドってやつは、ほんとにおとなしくて頼りになるなあ！　こんな部員はほかにいなかった。シールズ先生だってかなわない。たとえば、休憩室や誰もいない教室でバブズが台詞の練習をするとき、誰かが辛抱強く相手をしてやらなければならないのだが、そんなときこそ私の出番だった——「助かったわあ、ローリー！　あたし一人だったらどうなってたか！　あなた、うちの弟よりずっとかわいくて頭がいいわね」演劇部でテネシー・ウィリアムズの『ガラスの動物園』を上演することになり、なんとシールズ先生は、内気で繊細で足が不自由なローラの役にバブズを指名した。ローラは意欲的な女優なら誰もが望む配役だが、陰もなければ悩みもない元気娘ふうの容姿や子どもっぽい外向的な性格の持ち主には、どう考えても不似合いだった。バブズは意外に記憶力もなく、ウィリアムズ作品の詩情に富む台詞をなかなか覚えられなかった。それに、台詞を口にするときの感情の込め方を誤解していた。バブズがやたら大げさに泣いたりわめいたりするのには、さすがのシールズ先生もいらついたらしく、他の部員たちの前でもかまわず何度か辛辣な言葉を吐いた。あの事件後、他の部員はみな〝目撃者〟とされた。私でさえそうだ。私はそれまで耳にしてきたことを洗いざらい警察に話すほかなかった。

バブズには、ひとっ走りスーパーまで行って、一リットル用のプラスチック製ボトルに入っているダイエットコークとやらを買ってきてくれと、よく頼まれた。げっぷが出るほど多量の炭酸と人工甘味料とが含まれており、様々な化学薬品をも成分とする下品な味の飲み物だ。父の話では、それを飲んだ実験用のネズミに〝ガン細胞〟ができたそうだ。私は父の言いつけにはつい逆らいたくなるへそ曲がりの息子だったが、自分も口にしてみて、たしかに気持ち悪く、毒みたいな代物だと思った。それでもバブズはこれが大好物で、自分のロッカーにボトルを常備していたが、しょっちゅう切らしていた。コーラが缶入りでなくボトル入りだったこと、しかも、よくそれを開ける役目を務めては、紙コップに入れて役づきの部員たちに順に回していったのが私だったことから、あの行為を思いついたのだ。私には、いわばディズニー映画の楽しいおとぎ話ふうエピソードのような、罪のないひらめきに思えた。そうだ、コーラのなかに何かを混ぜてやろう。気取っていえば、眠りを誘う一服だ。それを飲めば、バブズはたちまち眠気を催し、ほんの数分うとうとしてくれるだろう。私は一人きりでまぢかに彼女の寝顔に見入ることができる。なかなか目を覚まさなければ、起こして家まで送ってやればいい。

バブズがローランドに家まで送られるんだ。

熱に浮かされたようにして何度も見ていたエロティック

な夢から、こんなむちゃくちゃな考えが生まれたのだ。あんな夢は不道徳で不潔だと自ら嫌悪していたが、同時にもっと見たいと願いもした。永久に頭から消し去りたいと思う反面、我が寂しき人生の数少ない本物の創作物のひとつとして大切にしていた。こうした心の葛藤から、夜になると毒キノコのように、世間からは病的と評されそうな主題について文字にしたいという衝動が生まれた。あの悲劇から、どんな芸術にも増して原理的かつ深遠な概念だとして、ミステリに対する私の執着心が芽生えた。我がハイスクール・スウィートハートに対する愛着から、Rの傑出した（実入りもよい）作家人生が生まれたのだ。アメリカ・ミステリ作家協会の新会長たるRの人生が！　Rはもはや十五歳ではないが、悪事をたくらみ、奸策をめぐらし、大胆な行為のリハーサルをしたローランド少年と、人間的にさほどの違いはない。性的な妄想に取りつかれた愚直な少年として、ローランドは世間を騒がすことなく、しかも自らにも犠牲者となる女生徒にもなんら影響を及ぼさずに、目標を達成できるとふんでいたらしい。

もちろん、ローランド自身はバブズを犠牲者とは思わなかった。あれほどの魔力の持ち主なのだから！

夢のなかと同じく、晩冬と早春とのあいだに訪れるあいまいな季節である三月の、荒涼としていて青みがかった暗い灰色の午後のこと、気温はマイナス一度にまで下がった。『ガラスの動物園』の練習が五時ごろ終わり、シールズ先生はバブズ以外の部員を家に帰してから、バブズに何か小声で言葉をかけた。二十分後、バブズが教室の外の廊下に姿を現わした。うつむいたまま、きれいな瞳をぬぐっていた。そばに私がひそんでいるのを見て（だがバブズは、自分の友だちのローリーに、まさかひそむ勇気があるとは思わなかっただろう）、けんか腰で言った。ねえ、台詞の練習手伝ってよ。三十分でいいから。

ローリーはおずおず返事をした。「いいけど」

バブズと私は舞台裏の休憩室に入った。いつもどおり彼女はせかせかと動き回り、テネシー・ウィリアムズの狂おしいほど詩的な、くり返しの多い言葉づかいをものにしようと、身振り手振りをまじえながら台詞を暗唱していた。

私が相手役の台詞を読み上げたり、ローラの台詞を教えてやったりしても、バブズはまるで自分のほかには誰もいないかのように私の方をろくに見なかった。私はローラの母親や、ローラの弟トムや、ローラに失望を与える来客ジムになったが、この場はバブズの独り舞台で、彼女は横長の鏡に映る自分の姿に目を釘づけにしていた。それにしても、蛍光灯に照らされ、かび臭く、そまつな家具があるだけの、薄汚れたリノリウムタイルの床が敷かれたこの部屋にいてさえ、バブズはなんときれいなのだろう！　悲しい目に遭うローラより、はるかにきれいだ。ぼくはこいつを愛してるし憎んでる。世界中のローランドやローラのために。

　グランドセントラル駅から五十分ほど北に行ったところの、緑に恵まれた郊外の富裕な街に私は住んでいるが、先日、ある運命のいたずらを経験した。毎朝の習慣として、運動がてらにチャーチ通りと交差しているバスキンググリッジ・ドライヴを歩いて村に入り、新聞を買ったのだが、そのとき彼女を、バブズ・ヘンドリックを見たのだ。ウエーブのかかったブロンドの髪を肩まで伸ばして、眉毛ぎりぎりのところで前髪を切りそろえ、ハイスクールの同級生たちと歩いていた。私は思わず立ち止まった。心臓がどきどきした。声をかけようかとさえ思った――「バブズ？　きみなの？」だがもちろん、今やRであり世間知らずの少年ではない私は、まず正体を見極めようとした。そして、当然ながらその子は我が懐かしのスウィートハートではなく、さほど似てもいないことがわかった。私はきまりが悪くなり、歩く方向を変えた。からだを震わせながら、よろめく足で歩き続けた。その日はずっと、今お聞かせしている物語を書いて自分を慰めた。私はもはや何枚も上掛けをかけてベッドに横たわり、忌まわしく甘美でエロティックな妄想を夜毎に抱く少年ではない。今や私があれこれ考える唯一の事柄は、おのれの作家人生にとって大切な、周到に計算され、容易に見破られない仕掛けの数々のみだ。

　繰り返すが、我がハイスクール・スウィートハートを傷つけるつもりはなかった。

　不安にかられたせいで、私はコーラにバルビツール剤を入れすぎたに違いない。母親の薬箱からつかみ取ってきたいくつものカプセルを割り、ティッシュペーパーに白い粉をそっと注いだ。そのティッシュをセロハン紙に包み、ポケットに入れて長いあいだ持ち歩いた。数カ月にも思えるほど長い期間だったが、実はせいぜい二、三週間だったに違いない。じっくり待っていれば機会は訪れるだろうと信じていた。あの三月の午後はバブズと二人だけで休憩室におり、誰もそばにいなかった。誰にも姿を見られなかった。バブズから飲みかけのコーラのボトルを持ってきてと頼まれ、私は彼女のロッカーに向かった。その間にバブズ自身は舞台裏の女子トイレに入った。こんななりゆきになるのはわかっていた。もう、やるしかなかった。私は白い粉を取り出し、化学物質を成分とする有毒な黒い飲み物にまぜ、栓を締め直し、逆さまにして軽く振った。バブズは気づかなかった。台詞を暗記することに必死でコーラの中味になど気がまわらず、ただぐいと飲み干しただけだった。立ち上がったまま、いかにももどかしげにしていた。そのうち、テネシー・ウィリアムズ作品のヒロインの本質は怒りだ、少女らしい言葉づかいの背後には作者自身も気づいていない怒りがあるんだと言いだした。「障害者はいつも怒ってるのよ。もしあたしだったらそうだわ、きっと」

ローランドは古くて汚いコーデュロイのカバーがしてあるソファにすわり、眠りを誘う一服が効き目を現わすのを今か今かと待ちながらつぶやいた。そうだね、うん。

バブズは台詞の練習を続けた。暗誦し、度忘れし、台詞を教えてもらわざるをえなくなり、思い出し、暗誦し、両腕を動かし、顔でも〝演技〟をした。役柄を練習すればするほど、ローラは人間を手玉に取る幽霊のようにバブズから巧みに逃れていった。カメの歩みのようにのろのろと十分がすぎた。ほてった顔に玉のような汗が噴き出てきたのを私は感じた。汗は肉薄の両ほおを伝わり落ちた。十五分がすぎた。次第にバブズは眠そうになり、なんだかおかしいわ、などとぶつぶつ言いだした。もう、くたくただからと、目を開けているのもつらそうだった。コーラのボトルを落としてしまい、まだ残っていた中味が染み付きのカーペットにこぼれ出た。そしていきなりバブズはソファの端にどっと倒れ込むや、眠りに落ちていった。

私は身じろぎもせずにすわっていた。しばらくはバブズの方に視線も向けなかった。魔法が効いた！　信じられないことだが、でも実際に起きたのだ。バブズのような女の子に対して、ローランドなどが現実にちからを発揮できるはずもなかったのに――でも本当にそうなったのだ。私は大得意だった。天にも昇るような心持ちだった！　同時に、自分がしでかしたことに対して、これ以上ないほどの悪どい策略に対して、心底ぞっとした。だがもう後戻りはできない。

やせぎすで頭がよくて内気なローランドではなく、計算高く冷酷ともいえる別な人格が、ソファからようやく立ち上がり、興奮にからだを震わせながらバブズを見下ろした。目覚めているときもきれいで生き生きしているが、寝顔はなおきれいだ。青白い肌は、いかにも繊細な感じだ。十七歳よりはずっと幼く見える。顔も青白く、皮膚には張りがない。眠っている赤ん坊のように唇を開けている。腕はしなやかだ。ぬいぐるみの人形のように脚を開いている。薄黄色のふっくらしたアンゴラ織りの半袖セーターを着て、チャコールグレーのプリーツスカートをはいている（誰も彼もが、ジーンズをはくようになった時代はまだ先だ）。私はささやいた。「バブズ？　バブズ？」聞こえたようすはなかった。バブズは深くて不規則で震えるような呼吸をしながら眠っている。まぶたがぴくぴくしている。私は気が気でなかった。いきなり目を覚ますのではないか、自分を見下ろしている私に気づいて、何をされたか悟って叫びだすのではないか。そうなったらどうしよう？　思い切って腕に触れてみた。そっと揺すってみた。「バブズ？　どうしたの？」ここまでのところは、べつに怪しいことが起きたわけでもない（はずだ）。学校で寝込んでしまう生徒はよくいたからだ。図書館や自習室で腕に頭を乗せて、すやすや寝ている姿はよく見かけられる。退屈な授業では、ほとんどの生徒が、ついコックリコックリしてしまう。ふだんから言動がオーバーな若き役者たちは、もうくたくただよだの、練習が厳しすぎるよだのと不平をいいながら、ひまをみては休憩室で仮眠を取っていた。なかには、ほんの数分だが秘密の時間が持てるとみた男女の部員が、みんなに不評の汚いソファの上で別な〝寝かた〟をしていた例もあったらしい。バブズたち人気者の部員は、ふだん何気なく会話を聞いていたところでは、夜遅くまで起きて友だちと電話で楽しくやり取りをしているらしい。バブズは劇のことを気にして、おちおち寝てもいられないようだ。だから、私相手の練習のさなかに、疲れ果てて寝てしまうということもありそうだ。こうなったからって、ぜんぜん怪しくないぞ！　まだだいじょうぶだ！

　だがローランドの振る舞いは次第に怪しさを増してきたのではないか？　鍵のかかっていないドアのところにそっと行き、外の気配を確かめてから、重い革の肘掛け椅子をずるずる引きずってきてドアにぴたりと押しつけた。不意にドアが開かないようにするためだ（校舎には、六時を過ぎてもわずかながら教師や生徒が残っている恐れがあった）。次に、窓のないこの部屋の明かりを消していった。ただし、切れかかってチラチラしているひとつの蛍光灯だけはつけておいた。ぐっすり寝ている憧れの女生徒に、ローランドはやさしく、そっとささやいた。「バブズ？　バブズ？　ぼくだよ。ローリーだよ」幸福な数秒のあいだ、立ったままじっとバブズを見下ろした。興奮しながら見ていた夢のなかでは、つかもうとする自分の手をするりと逃れていたバブズが、父親から相手にするなといさめられていたハイスクール・スウィートハートが、すぐ目の前にいる！　不純。行き過ぎ。自慰。ローランドは、あこがれの映画スターに触れるように、思い切ってまたバブズに触れてみた。ふっくらしたアンゴラ織りのセーターを着た彼女の肩や腕や、しなやかで冷たい指をなでてみた。息が自然に荒くなってきた。全身、汗だくだ。もっと顔を近づけたら、キスしたらどうなるんだろう（でも、バブズみたいな女の子に、そんなことができるのか）？　せめておでこだけでも。バブズはいきなり目を覚ますだろうか。叫びだすだろうか。「ぼくだよ、ローリーだ。きみのこと大好きなんだ」あることが頭に浮かんだ。嫉妬の刃が胸にずんと突き刺さった。ハル・マクリーフはこんなバブズの姿を今まで見てきたんだろうか。こんなにぐっすり寝ているきれいなバブズを！　自分の車に乗せたバブズに、あいつはどんなことをしたんだろう。キスか？ ディープキスか？ 触ったのか？ なでたのか？ ペッティングは？ あれこれ考えると冷静でいられなくなった。怒りが爆発しそうだった。

だがハルはここにはいない。このささいな舞台裏のエピソードのことなど、この〝リハーサル〟のことなどまるで知らない。知っているのは医師の息子、頭のいいローランドだけだ。

ローランドのからだは見るからに震えてきた。がくがくしだした。ふくらんだ股間がうずくが、ローランドは意識しまいとした。動悸も激しい。こんなことしていいのか。どうしてこんなことになったんだ。バブズの妙に冷たくてじっとりしている額に唇を押しつけた。生まれてはじめてのキスだ。バブズのつややかなブロンドの髪がソファの染みだらけの肘掛けにかかった。口がぽかんと開いている。不思議な青みをおびたまぶたはぴくぴくしている。まるで必死に開こうとむなしい努力をしているかのようだ。「バブズ？ 怖がらなくていいよ」ほおにキスした。ちからなく弱々しく半開きになっている唇にもキスした。よだれがほおを伝わっている。唇を味わったローランドは叫びだしたいほど興奮した。バブズのよだれをなめ取った。血を味わうように。ローランドはヴァンパイアだ。これがファーストキスだ！ 頭のなかが真っ白になった。バブズをぎゅっと抱きしめてやりたい衝動にかられた。誰がお前の支配者なのか教えてやる。だが、ぐっとこらえた。ローランドはそんなやつじゃない。悪いことはしないやつなんだ、誰も傷つけたりしないんだ（ほんとか？）。バブズはまじめなキリスト教徒の少女だ。ローランドだってまじめなキリスト教徒の少年だけれど。どんな悪い結果が二人に起きるというのだ？ ローランドが悪いことをしなければ何も起こるはずがない。二人とも神に守ってもらえる。バブズが妙に苦しげな呼吸をしていることにローランドは気づいた。ストレスをためている成人男性と同じく、息を吐きながら声を出している。だがそんな兆候から考えられる症状など、彼にはわからなかった。医者の息子だというのに。興奮で手足が震える。まるで拡大鏡をとおして見ているかのように、かすかにゆがんでいるかに思える手を伸ばし、ローランドは目の前のブロンドヘアをなで、指でもてあそんだ。うなじもさすった。ゆっくり肩や左胸をまさぐった。指先でほんの少し胸に触れた。目を奪われるほど美しいアンゴラ織りのセーターの上からだが。次にセーターの下に手を差し入れ、手のひらをカップ状にして（ほんとに自分の手か？）、小さくかたちのよい胸をそっと包んだ。次第にもっと大胆になり、なでたり、やさしくつかんでみたりした。「バブズ！ 大好きなんだ」胸をもまれた少女は、こんこんと眠りながらも快感を訴えるようにあえいだ（ように見えた）。それでも目を覚まさない。バブズが目覚められないことで、彼女に対するローランドの支配あるいは復讐は完成する。こいつの運命はぼくの思うがままだ。だけど、ぼくは思いやりを見せてやる。バブズはまるで無力で弱い立場にあった。たちの悪い男子生徒ならきっとそこに付け込んだだろうが、ローランドはそんな気にならなかった（本音なのか？）。口にするのも忌まわしい夢のなかでさえ、スウィートハートの純潔を奪ったことはない（少なくとも、目が覚めたときにはすべて忘れるようにしていた）。がらがらにしゃがれた声で、なかば頼み込むようにささやいた。「バブズ？ 怖がらないでよ、何もしないから。愛してるんだよ」また頭のなかが白くなってきた。ぼうっとして何も考えられなくなってきた。あの日、窓がなく薄暗いあの部屋の、汚いカバーのかかったソファの上で何が起きたのか、または何が起きるはずだったのか、ローランドはすべてを思い出そうという気にはなれない。対象を拡大したり縮小したりするゆがんだレンズをとおさなければ、あの出来事を見るつもりはない。

再び目も頭もはっきりしてきた。時計に視線を向けてほっとした。まだ六時半前だった。薬をもられた少女はまだソファに横たわっている。空気のよどんだ部屋中に彼女のいびきが響く。染みだらけの肘掛けに頭が無理な角度で乗っている。ぬいぐるみの人形を思わせるように、手足をだらしなく伸ばしている。意識が戻っていないのに、まぶたは半開きだ。白目をむいている。さすがに不安になってローランドはささやいた。「バブズ？ 起きて」はっとした。

舞台裏の奥の廊下から、がやがやと声が聞こえてきたからだ。男の声だ。練習を終えたバスケットボール部の部員たちかもしれない。ハル・マクリーフもいそうだ。どうしたらいいだろう。見つかったら何をされるかわからない。こんな場所にひそんでいて、平然とした顔などできるはずもないのだから。おまけに、意識のないバブズが、髪型も服装も乱れたぶざまな格好でソファに横たわっているのだから。あわてたローランドは震える指でバブズのセーターとスカートを直した。半泣きになって、頼むから起きてくれよと訴えた。お願いだから目を覚ましてよ。それでも、ディズニー映画の眠れる森の美女のように、バブズは目を覚ます気配を見せなかった。まるで呪いにかかっているかのように。ローランドのために起きるつもりはないといわんばかりに。

ここではっと思い当たった。もしかしたら、薬が強すぎたのかもしれない。目を覚ましてくれなかったらどうしよう（だが、何の薬が強すぎたのかはわからなかった。容器に半分あった六ミリグラムのカプセルか？　それともあの白亜色の無臭の粉か？）。

頭がかあっとした。だめだ、そんなことは考えちゃいけない。

ぼろぼろの台本が乱雑に置いてある棚の上に、ローランドは傷んだ薄い毛布を見つけ、バブズのからだにそっとかけた。よだれで濡れているあごの下まで毛布を引っ張り上げ、ブロンドの髪で顔を隠すようにした。薬が切れればバブズは意識を取り戻してくれるはずだ。しっかり目を開けてくれるはずだ。もしローランド――〝ローリー〟だ――の運がよければ、彼にされたことは覚えていまい。もし運が悪ければ……いや、そんなことは考えたくない（現に考えなかった）。そして、こっそりローランドは逃げ出した。誰にも見られなかった。ちらちらしている蛍光灯はそのままにしておいた。休憩室を抜け出て暗い舞台裏に行き、奥の廊下に進んだ。出口にいちばん近い道は通らない（そこを通ると、男子用のロッカールームに通じる廊下のとなりの廊下に出てしまう）。どうにか犯行現場から逃げ出せた。いや、べつに犯行なんて思っちゃいない（そうか？）。

〝ローリー〟ことローランドから成長して長い時が過ぎ、Rとして六十の坂を超えんとする今でさえ。その晩、医者の自慢の息子ローリーはチャーチ通りにあるレンガ造りの自宅に帰り、ほっと一息つくと、部屋に入って幾何学の宿題に夢中で取り組んだ。八時二十分のことだ。歳月というゆがんだレンズをとおして当時を見ると、ほぼ同時刻にバブズの心臓は停止したようだ。

春が訪れても、インディアン・リヴァー校で『ガラスの動物園』が上演されることはあるまい。

クリフォード・シールズは停職となり、給料も止められよう。ほどなく教員資格も失うだろう。演劇部員バブズ・ヘンドリックの遺体からバルビツール剤が検出された一件で、地元警察が捜査に乗り出したのだから。正式逮捕の裏づけとなりうる証拠はそろわなかったが、シールズが第一容疑者であることに変わりはない。手を下したのは彼だということは衆目の一致するところだった。四十五年後の今でも、私たちがインディアン・リヴァーでバブズの死を話題にすると、地元住民はいかにも腹立たしげにこう言うだろう。あの子の英語教師が、それまで何年も女生徒にいたずらをしていた酒飲みの変態野郎なんだがね、バルビツール剤を飲ませて、けしからん振る舞いにおよんだんだが、その途中で死なせたんだ。シールズめ、どうにか起訴は免れたが、もちろん人生はめちゃくちゃさ、離婚して、世間に顔向けできなくなって、何年かしてひどい心臓発作に襲われて死んだよ。

ご列席のみなさん、こんな疑問をお持ちでしょう。インディアン・リヴァー警察はほかに容疑者を見つけなかったのか？　可能性としてはイエスです。現実にはノーでした。今日でも小さな町の警察は人手不足で、目撃者や情報提供者が現われない殺人事件の捜査にまでは手がまわりません。休憩室の指紋を採取したところ、手がかりとなりそうな指紋がいくつも見つかったが、どれもこれも、シールズの指紋でさえ、なぜついたかの説明が可能だった。唾液や精液のDNA鑑定をしていれば犯人を特定できただろうが、当時はまだこの方法は未開発だった。それから、眼鏡をかけた内気な少年、医者の息子のローランドは、その他大勢の一人にすぎなかった。ハル・マクリーフは故人のボーイフレンドとして事情聴取を受けたが。ローランドは容疑者には挙がらずじまいだった。警察官にはけんめいに理屈のとおった説明をした。なんと（きまじめな性格から）、周囲から白い目で見られているシールズ先生の弁護までした。怪しまれそうな振る舞いはいっさいしなかった。意気消沈していた。感情が消えていた。心にあったのは驚きだけだ。ぼくがあんなことをするなんて。犠牲者のはずのぼくに、あんなことをしでかすちからがあるなんて！

自分の薬箱から睡眠薬のビンが消えていることを知っていたのかどうか、ともかく母親はその事実も、それがどういうことなのかも、まるで口にしなかった。

うわさでは（新聞には載らなかったし、ラジオやテレビでも流れなかったが）、バブズは亡くなる前に、〝胸の悪くなるようなむごい行為〟をされていたという。昏睡状態の獲物にそんなことができるのは、〝変態野郎〟ぐらいのものだろう。だがこの犯罪に関しては逮捕者は出なかった。だから裁判も開かれなかった。公表されてもいない。

（我がスウィートハートは、どんな〝胸の悪くなるようなむごい行為〟をされたのだろう。あの晩ローランドが休憩室を脱出して、バブズが息を引き取るまでのあいだに、別な誰かが入り込んだに違いない）

解明されぬままになっている謎《ミステリ》の忌まわしい恐怖。

みなさんはこうお思いでしょう。その人殺しは告白しなかったのか？

単純にお答えすればノーです。告白しなかった。なぜなら、自分が人を殺したとは思っていなかった（真実なのか？）からです。彼はまじめなキリスト教徒の少年でした。それに人から馬鹿にされがちな臆病者でした（今もそうです）。もっと複雑なお答えならイエスです。告白しました。長年にわたる〝傑出した〟人生において何度も告白してきました。執筆してきた小説すべてが告白の書です。それにまた、歓喜の表現でもあります。というのも、思春期に謎《ミステリ》めいた行為に手を染めたことで、自分の潜在能力を証明でき、もう二度と同じことをしなくてよいとわかったからです。以後、ずっと詩的な作風のミステリ作家として生き、その文体ゆえに賛辞をいただく次第となりました。ご列席のみなさん、こよい新たな賛辞を呈してくださいましたことに感謝申し上げます。

ふいに沈黙が訪れた。Rはことさらていねいに原稿をそろえ始め、「ハイスクール・スウィートハート」を読み終えたことを態度で示した。聞いていた私たち、友人やファンからなる聴衆は息を呑み、立ち上がることもできなかった。ショックを受け、どうしてよいかわからず、呆然と壇上を見つめるばかりだった。Rの作品は迫力に満ち、語りの仕方は見事だった――そうはいっても、どう喝采すればよいのだろう?

ハーレム・ノクターン

Harlem Nocturne

ロバート・B・パーカー　菊池　光訳

ロバート・B・パーカー（Robert B.Parker）は四十冊以上の長篇小説を発表しているが、短篇は非常に珍しい。マサチューセッツ州西部で育ち、野球ファンとなったパーカーだが、彼が子供のころは地元ボストンのゲームはラジオでは放送されておらず、コネチカット渓谷を通して届いたブルックリン・ドジャースの中継放送をもっぱら聞いていたという。

本作はオットー・ペンズラーの依頼で、野球ミステリ・アンソロジー *Murderers'Row* に書き下ろされた作品だが、後に長篇化され、『ダブルプレー』（二〇〇四年ハヤカワ・ノヴェルズ）となった。

ミスタ・リッキイは、あまり体に合っていないグレイのツイード・スーツにブルーのポルカ・ドットのボウ・タイを着けていた。時間をかけて葉巻に火をつけると、黒縁の丸い眼鏡越しに私を見た。

「ジャッキイ・ロビンソンをモントリオールから上げることにしたのだ」彼が言った。

「いよいよ決着をつけるわけだ」私が言った。

ミスタ・リッキイが微笑した。

「彼を守ってもらいたい」

「オーケイ」私が言った。

「そんなに簡単に?」

「あんたは金を払ってくれる、と思っている」

「彼をなにから守ってくれと頼むのか、知りたくないのか?」

「わかっている、と思っている」私が言った。「黒人であるが故に彼を殺したがる可能性のある連中。それに、彼自身」

リッキイが頷いて、葉巻をくわえたままゆっくり回していた。

「結構。〝彼自身〟が、きみが理解できないと思っていた部分だ」

私は謙虚な顔をしていた。

「ジャッキイは性格の強い男だ」リッキイが言った。「強引とすら言えるかもしれない。この実験が成功するためには、彼はその性格を押さえ込まなければならない。平静を保たなければならない。侮辱を甘んじて受けるのだ」

「で、おれは、彼がそうするよう、注意していなければならない」

「そうだ。同時に、誰も彼に危害を加えないよう、注意していなければならない」

「おれも、侮辱を甘んじて受けることを、求められているのか？」

「きみは、ジャッキイとわしとブルックリン・ドジャースが、差し迫った嵐を乗り切るのを助けるために必要なことをするよう求められている」

「できるだけやってみるよ」

「私の情報によれば、きみはいろいろなことができる。だから、今ここにいるのだ。きみはいかなる場合でも彼のそばに付いていなければならない。誰かに訊かれたら、きみはゼネラル・マネジャーを補佐しているに過ぎない。彼が黒人のホテルに泊まらなければならない時は、きみもそこに泊まらなければならない」

「おれはガダルカナルを生き抜いたよ」

「そう、知っている。メイジャー・リーグに黒人が一人入ることについて、どう感じている？」

「いい考えのように思えるな」

「結構。ジャッキイに紹介しよう」


彼がインターコムのボタンを押してなにか言うと、間もなく秘書がドアを開けて、グレイのスーツに黒いニット・タイを着けたロビンソンが入って来た。かなり大きな男で、スティールのバネで体を鍛えているような動きをする。どう見ても褐色ではない。黒だ。しかも、そのことを気にしている様子はない。リッキイが私たちを紹介した。

「とにかく、ボディガード向きの体格をしてるな」ロビンソンが言った。

「あんたも」私が言った。

「しかし、おれはお前さんのボディをガードしてるわけじゃない」

「おれの体は一年一万ドルの価値はないよ」

「一つだけ」ロビンソンが言い、話しながらリッキイを見ていた。「おれは管理者はいらない。あんたは、人々がおれを撃たないようにする、それはいい。それに、おれは人と喧嘩をしてはならないことはわかっている。それはあんたにやってもらわなければならない。しかし、おれは、行きたいところに行き、やりたいことをやる。それに、先にあんたに訊くことはしない」

「あんたの代わりにおれを死なせてくれる限り」私が言った。

なにかがロビンソンの目の中できらめいた。「気の利いた口を叩くな」彼が言った。

「おれは気の利く男なんだ」

とつぜん、ロビンソンがにやっと笑った。

「それなら、どうしてこの仕事を引き受けるんだ？」

「あんたと同じだ。金がいる」

ロビンソンが厳しい目で私を見た。

「なるほど」彼が言った。「どうなるか、見てみよう」

ロビンソンと私が互いに相手の品定めをしている間、リッキイは黙って坐っていた。今度は彼が口を開いた。

「絶対に気を緩めてはならない」彼が言った。ロビンソンを見ていたが、私も含まれているのがわかった。「きみは顕微鏡で見られている。酒を飲むことはできない。性的に軽率なことをしてはならない。物事について意見を述べてはならない。厳しくフェアにプレイして口をつぐんでいる。やれるか？」

「多少運に恵まれれば」ロビンソンが言った。

「幸運は決意の残留物だ」リッキイが言った。

生涯打率〇・二三九の男にしてはかなりうまいことを言う。

予期された状況が生じるのに、長くはかからなかった。ピーウイー・リースは支持の立場を取った。ディクシイ・ウオーカーはそうでなかった。球界のその他の者全員がその間のどこかにいた。

セント・ルイスで、走者が一塁でロビンソンをスパイクした。シカゴで、二塁に滑り込んだ彼が顔にタッチされた。セント・ルイスで何者かがフィールドに黒ネコを投げ込んだ。シンシナティで、彼は一度の打席で三回ビーン・ボールを投げられた。すべての開催地で相手チームのダグアウトからニガーという言葉が聞こえた。どれも私には関係のないことだった。ロビンソンの問題だ。それについて私は手の施しようがない。だから、ダグアウトの自分のコーナーに坐ってなにもしなかった。

私の仕事はフィールド外だ。

憎悪の手紙が届く。それについても私はなにもできない。球団は、殺すという脅迫状は回してよこしたが、なにしろ数が多くて、対処するのは時間の浪費だった。ロビンソンと私にできるのは、備えを固めることだけだった。私はあらゆる人間を危険人物であるかのように見始めた。

ジャイアンツとのダブル・ヘッダーの後、私は車を運転してロビンソンをアップタウンへ連れて行った。停止信号で灰色のツー・ドア・フォードが横に停まり、私はそのドライヴァーをじっと見ていた。信号が変わるとフォードは走り去った。

「おれはあらゆる人間を危険人物であるかのように見始めている」私が言った。

ロビンソンが私のほうを見て、彼独特の笑みを浮かべた。その笑みは、相棒、お前には想像もつかないよ、と言っていた。

しかし、彼は、「そうだな」と言っただけだった。

私たちは食事をするためにレノックス街のある店に寄った。入って行くと、みんなが目を丸くして見ていた。初めは、私は、ロビンソンを見ているのだ、と思った。次の瞬間、人々はまだ彼を見ていないのに気がついた。私だった。その店で白い顔は私だけだ。

「奥に坐ろう」私がロビンソンに言った。

「そうせざるをえないよ、お前さんが一緒では」

二人で店の中を歩いて行くと、みんながロビンソンに気づき、誰かが拍手し始めると、間もなく全員が拍手した。そのうちに、私たちが席に着くまで、全員が立って拍手し、歓声を上げ、口笛を吹いていた。

「たぶん、おれに対してではない」

「たぶん、そうじゃないな」

ロビンソンはコークを取った。

「酒を飲むことはあるのか?」私が言った。

「人前ではない」

「結構」

私は辺りを見回した。私のようなタフな男ですら、大勢の黒人ばかりの部屋にいると落ち着かない。ロビンソンと一緒なのがありがたかった。

二人ともステーキを注文した。

「フライド・チキン、頼まないのか？」私が言った。

「スイカも、頼まない」ロビンソンが言った。

とつぜん、部屋の中が静まり返った。あまりにも急激な静まり方だったので、私は思わず、腰の拳銃が抜けるようわずかに前屈みになった。スーツ、オーヴァコート、中折れ帽の白人が六人、表のドアから入って来た。黒人の店に入って来ても、そわそわしている様子はまったくない。ふんぞり返っていた。ボスのように威張っている一人は太った小さな男で、ダーク・スーツの上でオーヴァコートの前を開いていた。ピンクのフラミンゴを手描きしたブルーのシルク・タイを着けている。

「フランク・ディジアコモ」ロビンソンが言った。「この店の持ち主だ」

帽子もコートも脱がないで、六人が入り口に近い大きな丸テイブルに坐った。

「彼はハーレムのこの辺りを支配しているそうだな」私が言った。

ロビンソンが肩をすぼめた。

「バンピイ・ジョンソンが元気だった頃は」私が言った、「イタリア人はダウンタウンにとどまっていたな」

「黒人が自分の経営する事業を所有するのはいいことだ」

ディジアコモの隣に坐っていた大きな男が立って、私たちのテイブルへやって来た。ロビンソンも私も二百ポンド近いが、その男はべつの分類に属していた。太くがっしりした体で背が高く、首はほとんどなくて顎が大きく張っている。顔はきれいにひげを剃っていて、湿り気を帯びている感じだ。シャツは白く、糊が利いている。チェスターフィールドのコートの前が開いていて、コロンの強いにおいを放っていた。

「ミスタ・ディジアコモがシャンパンを一本おごりたいと言っている」彼がロビンソンに言った。

ロビンソンは、ステーキを一切れ口に入れて念入りに噛み、呑み込むと言った、「いや、結構だ、とミスタ・ディジアコモに言ってくれ」

大男が目を丸くしてしばらく彼を見ていた。

「たいがいの人間はミスタ・ディジアコモにいやと言わないんだ、黒」

ロビンソンはなにも言わなかったが、大男を見る目つきが厳しかった。

「俺たちがミスタ・ディジアコモに一本おごったらどうだろう」私が言った。

「ミスタ・ディジアコモは誰にも一本おごってもらう必要はない」

「どうやらお相子のようだ」私が言った。「寄ってくれて、ありがとう」

大男は長い間私を見つめていた。私が縮んで吹っ飛ばされなかったので、しばらくたつと彼は肩を揺すってボスのもとへ帰って行った。左手をディジアコモの椅子の背にかけて屈み込み、なにか言っていた。間もなく頷いて向き直り、肩を揺すって戻って来た。

「立て、小僧」彼がロビンソンに言った。

「おれは食事をしているんだ」ロビンソンが言った。

大男がロビンソンの腕をつかむと、彼はまるではじき出されたかのように椅子から飛び出して、右手で大男に見事な一発をくらわせた。ロビンソンはかなり大きな男で、鍛えられており、パンチの仕方を心得ていた。それで大男は倒れるはずだった。しかし、倒れなかった。二歩ほど後ずさりしてバランスを回復し、ハエがとまっているかのように首を振っていた。ディジアコモのテイブルで、みんながこちらを向いて見ていた。部屋の中で聞こえるのは、調理場の皿のカタカタというかすかな音だけだった。静まり返っているので、こちらを向いて見つめている人々の椅子の軋みが聞こえた。私は立ち上がった。

「坐れ」私がロビンソンにどなった。

「ここでは譲れない」ロビンソンが言った。「ダウンタウンなら我慢するが、ここではそうはいかない」

大男は頭がはっきりしたようだった。ディジアコモが坐っているテイブルのほうを見た。

「やれ、サニイ」ディジアコモが言った。「黒になにか見せてやれ」

大男がロビンソンに襲いかかった。私が二人の間に入った。大男はもう少しで私を踏み倒すところだったし、私が左を力一杯叩き込まなかったら、私たち二人とも踏み倒したはずだ。たぶん、ロビンソンのパンチとさほど変わらなかっただろうが、私がはめていたメリケン・サックが効いた。彼の足が止まったが倒れなかった。私は、膝で彼の股間を蹴上げ、もう一度メリケン・サックで殴った。彼は呻きを発してゆっくりと崩れ落ちた。初めは両膝を突き、次にゆっくりと顔を下にして床に倒れ込んだ。

部屋は墓のようだった。調理場の音すら止んだ。誰かの荒い息遣いが聞こえた。前にも聞いたことがある。私の息遣いだった。

ディジアコモのテイブルの男が四人立っていた。みんなが拳銃を持っており、みんなが私たちに向けていた。ディジアコモは坐ったままだった。かすかに面白がっているような顔をしていた。

「この中で撃つな」彼が言った。「二人を連れ出せ」

私は海兵隊から勝手に頂いたコルト・四五口径を身に着けていた。しかし、腰に差したままになっている。騒ぎが始まった時に抜いておくべきだった。

四人の一人、怒り肩の痩せた長身の男が、「外へ」と言い、手にした・三八口径の短銃身の拳銃を軽く振った。彼がガンマンだ。大切な物を扱うような拳銃の持ち方でわかる。

「断わる」ロビンソンが言った。

「お前はどうだ、相棒?」ガンマンが私に言った。

私は首を振った。ガンマンがディジアコモを見た。

ディジアコモが言った、「よし、ここで撃て。黒どもにまちがいなく後始末をさせろ」

ガンマンが微笑した。たぶん、人を撃つのがうまいのだろう。その仕事が気に入っているのが見てわかる。

「どっちが先に撃たれたい?」彼が言った。

隣のテイブルで、薄い口ひげを生やしてセルリアン・ブルーのスーツを着た小柄な黒人が、「ノー」と言った。

ガンマンがちらっと彼を見た。

「お前もか、小僧?」彼が言った。

私たちの反対側のテイブルで、きつすぎる黄色いドレスを着た大柄な女が、「ノー」と言った。立ち上がった。

ガンマンがちらっと彼女を見た。口ひげを生やした小柄な黒人も立った。すると、彼のテイブルの全員が立った。きつすぎるドレスを着た女が、ロビンソンと私の前に出た。私たちとガンマンの間に。彼女のテイブルの人たちが加わった。口ひげのテイブルの者も加わった。次の瞬間、部屋中の者が立って寄って来ると、周りを囲み、私たちとガンマンの間に容赦ない黒い壁を作った。私は拳銃を抜いた。ロビンソンは体重をつま先にかけて身動きもせずに立っていた。部屋の奥の壁際のバアから、誰かがポンプ式散弾銃の遊底を一往復させる音が聞こえた。それは、戦車の音と同じで、他のいかなる音ともちがう。人混みを通して見ると、丸顔のバーテンダーが両肘をカウンターにのせて、銃床の大半を切り落とした散弾銃で狙いをつけていた。

ガンマンがまたディジアコモの顔を見た。彼らは黒い顔の海の中の青白い顔の島だった。ディジアコモが初めて立ち上がった。もはや面白がっている顔ではなかった。人混みを通して私を見、ロビンソンを見、しばらく私たちの品定めをしているようだった。次に、林のような黒人の脚の中で、なんとか起き上がって床に坐っている大男のほうへぐいっと首を倒した。ディジアコモのあと二人の手下がそっと人混みを通り抜けて大男を立たせた。三人がまたディジアコモを見た。ディジアコモはもう一度私たちを見ると、物も言わずにさっと向き直って店を出て行った。ガンマンは残念そうに小型拳銃をしまって背を向け、ディジアコモについて行った。大男に手を貸している二人を含めた残りの連中がガンマンに続いて出て行った。

部屋は南極の日曜日のように静まり返って動きがなかった。ロビンソンがまた、「ここでは譲れない」と言うと、部屋の中の全員に聞こえて、部屋の中の全員が歓声を上げ始めた。

「みんなが野球ファンで幸運だったな」私がロビンソンに言った。

彼はどこかべつの世界にいるような目つきでしばらく私

を見ていた。そのうちにゆっくりと戻って来たようだった。

微笑した。

「そうだな」彼が言った。「幸運だった」

夜の息抜き

Midnight Emissions

F・X・トゥール　東　理夫訳

元ボクサーで、トレーナー、カットマンとしてボクシング業界では知られているF・X・トゥール（F.X.Toole）は、六十九歳で作家デビュー。初の作品集『テン・カウント』（ハヤカワ・ノヴェルズ）は二〇〇〇年に刊行されているが、このときトゥールは七十歳になっていた。本作はオットー・ペンズラー編のボクシング小説アンソロジー***Murder on the Ropes***のために書き下ろされた作品で、著者初のミステリ作品であった。本書刊行後の二〇〇二年九月十二日に死去。『テン・カウント』を原作とした映画《ミリオンダラー・ベイビー》（クリント・イーストウッド監督・主演）がまもなく日本でも公開される。

「ガイシャは、生きてるうちに切り刻まれた」ジュニアは言った。

そうさ、ジムでおれがいくつかの質問に答えていた時のことだよ。ジュニアは警官で、やつのテキサス訛りときたら、おれと同じように間延びして抑揚がない。それに当然、噛み煙草を口にしていて、銃を使わない方の手に持っていたコークの瓶に向けて、ひと筋噛み汁を落とした。やつの青い瞳は、色褪せたワークシャツより淡かった。

「まったくよ」彼は言った。「口の一方の端から耳たぶまで切り裂かれていたんだからな」

そうなんだ。テキサスで死体が見つかると、サツの連中が考えるのは、誰がやったかじゃなく、なぜそんな殺され方をしなければならなかったのかってことなんだ。

ビリー・クランシーは、ケニー・コイルがあらわれるだいぶ前に警察をやめていたが、ボクサー生活の後、しばらくの間サンアントニオ警察に勤めていたことがあった。その時まとまった金を手に入れて——ほら、黒人街でのアルバイトでだよ、わかるだろう？　で、その前に、あの古びた〈エル・ガロ〉、ダウンタウンのブランコ・ロードから脇に入ったところの〈ファイティングコック・ジム〉のことさ。あそこでおれは、ビリーをヘビー級ボクサーとして鍛えていた。アマチュアの時代から数えて、合わせて六年くらい一緒にやったかな。ビリー・クランシーには、アイルランド人のハートのすべてが揃っていた。身長六フィート三インチ、体重二二五パウンドの理想的な体格で、上半身にしっかり肉がついていた。ボクシングもきれいで、短距離走選手のように敏捷だった。だが、初めてのノックアウトを喫してからは、根性をなくしてしまったんだ。喧嘩っ早くなり、誰も相手にしなくなったよ。ロクでもない相手と八百長試合をやらされた時には、〈アイス・ハウス〉で出すロングネック・ビールの瓶みたいに床に転がったものさ。

　ビリーのやつは、アマチュアの時は連勝だった。だが、プロになってからの一二試合は八勝四敗で、鼻を折ったこともあるんだ――その八勝はKO勝ち、残る四回はKO負けだ。それでやつは、ボクシングをやめた。長いあいだ、ビリーとおれは別れわかれだった。だがその後、ビリー・クランシーは警官時代の金で〈クランシーズ・パブ〉を開いたんだな。それが大成功だった。パブではアイリッシュ・ミュージックと、コーンビーフ・キャベツ、樽から出すカフェリーのアイリッシュ・クリーム・エールに、アイルランドのダンドーク産のハープ・ラガーなどを出してアイリッシュ・ナイトを演出する時もあれば、メキシコ風の夜《メスキン・ナイト》もあった。マリアッチが流れ、客はコリードスを踊り、バンドが賑やかにランチェーラを演奏し、ノルテーニャ・ポルカに興ずる。それらすべてが、客たちに涙と笑いとを提供するんだ。シュリンプ・ナイトの夜は、国境のマタモロスからトラックで直送させた、プラムのジェリーより甘いメキシコ湾の海老が食べ放題だ。刺激的な催しや、ヒルビリー・ミュージックの夜もあったし、週末には、これまでにない最高級のジャズとブルースが聴けた。B・B・キングがまるまる一週間ステージに出たこともあったな。それでビリーはたんまり儲けて店をふたつ増やし、三つの町で六軒構えるまでになった。じきにビリー・クランシーは、サンアントニオばかりでなく北はダラス、南はヒューストンにいたるまで名の知れた大物になった。税金をきちんと納め、法律をすべて守り、まわりの人間を紳士淑女のように扱っていた。相手がどれほど埃まみれのブーツを履いていようと、どれほど色褪せたドレスを着ていようと、それにたとえスーツの色がオレンジ色や紫や緑色だったとしてもだよ。

　その頃には、ビリーはサンアントニオの由緒ある地区、モンテヴィスタに家を持っていた。やつのカミさんは、やたらといる室内装飾業をやっている手合いの一人で、その古い家を一〇〇年前に建った時のようにぴかぴかに保っていた。子どもたちはみんな私立学校に通っていて、オースティンにあるテキサス大学に入るような教育をされていた。できの悪い一人は、自分は農業大学の方がいいと考えていたにもかかわらずだ。

　そんなある日、ビリーが、川のそばで"Q"《バーベキュー》をやろうと誘ってきた。おれが仔豚の骨付きの背肉《バック・リブス》に目がないことを知っていたんだ。バーベキューの最中、やつは出し抜けに言った。「レッド、おれはもう一度やりたいんだ」

　わかるだろ、あいつは革と汗のにおい、そして男たちの笑い声――ようするに心躍るものが恋しくなったんだよ。それで、やつにできる唯一の方法で勝負の世界に戻ったというわけさ。ボクサーのマネージメントという方法でな。そっちの腕もよかったよ。その頃には、やつはもう四〇を超えていた。おれはというと――便所で座る時に濡れないようにきんたまを持ち上げなきゃならないくらいの年になっていたさ。だが、毎月年金がもらえるし、ビリーが抱えているボクサーから入る金のおかげで、かなりいい暮らしができるようになった。オストリッチのブーツや、ビーバーの毛を編み込んだエル・パトロン三〇Xのステットソン・ハットだって持っていたんだぞ！

　ビリーは心底、ヘビー級のボクサーを欲しがっていた。たいていのマネージャも、金ゆえにヘビー級を欲しがる。大金を稼いでくれるのが連中だからだ。ビリーも金は欲しかったんだろうが、むしろ自分が失くしたものを取り戻したがっているという感じだった。むろん、望みどおりのヘビー級を見つけるのは、ハイスクールのダンスパーティーでヴァージンを見つけるようなもんだ。

　考えてもみろや、二〇回か二五回見事に勝てば、とくに破壊力のあるやつなら、何百万ドルもの金になるヘビー級のタイトル戦をやることができる。確かに例外はあるがね。軽いクラスの連中は、ひっきりなしに試合したって、おそらくは二〇万ドルも手にすることはできまい。選手層が厚いというのが理由の一つだ。もう一つの理由は、身体が小さいということだ。ファンは、ヘビー級がキャンバスに倒れ込むのを見たいんだよ。

　ところが最近じゃ、ガタイの大きいやつらは、たいていボクシングじゃなく、殴りっこなしのスポーツに流れてしまう。最近のボクシング界では、たとえあんたが黒人だとしても不利にはならないが、もし白人のヘビー級なら大金が手にしやすい。だからおれが白人のボクサー――アイルランド人かイタリア人を見つけてやったら、ビリーが喜ぶだろうことはわかっていた。だが、デカイやつらを育てるには、こっちの背中や心臓がいかれるくらいまでトレーニングしなきゃならないんだ。だから身体を壊してまで本当にヘビー級を育てたいのかと言われると、おれには自信がなかった。

そうさ、トレーニングは骨の折れる仕事だ。ボクサーにとって肉体的にも精神的にもきついというだけじゃない。トレーナーにとっても、そいつはきつい。ボクサーってのは、おれたちをてこずらせやがる。勝てそうな試合の最中に、教えたことをみんな忘れちまうことがある。突然、コーナーの指示に従わなくなることもある。プレッシャーや、痛みや、酸素不足のせいで、すっかり頭が動かなくなってしまうんだ。六ポンドか八ポンドほども汗をかいて、身体が参りかけていて、混乱した頭は今すぐ休め、と叫ぶ。トレーナーはそうなることを知っているから、リング・キャンバスという世界で、たったひとり闘っている教え子についていてやらなきゃならない。トレーナーがついていれば、まだ甘美な勝利を狙える見込みがあると確信して、ボクサーは元気を取り戻す。そうさ、あの不可能を可能にする活劇ヒーロウ、レッド・ライダーみたいにな。

セコンドにつく人間はみな、勝つより負ける可能性の方が高いことをわかっている。たいていの人間にとって負け試合は、二度揚げした豆や焦げたトルティーヤみたいに何の役にもたたないものだと思っている。でも、勝てば皆からチヤホヤされるのだから、負けることは、前進するためのちょっとしたつまずきだってことを心に留めておく必要がある。

図体のデカイやつと組むのは、並大抵のことじゃない。精力を持て余す年頃のヘビー級ボクサーにどうやって、おまえは六十ポンドのペニスの代わりに頭を使えと言ったらいいか。ガレージのような身体つきをした人間にどうやって、勝つのは一番たくましい筋肉を持ったボクサーではなく、致命的な打撃を与えられるボクサーなんだってことを教えたらいいか。強く打つことが重要ではない、正確に打つことが大事だと、どうやってわからせたらいいか。誰かにノックアウトされたとしても、銃で人を殺す時のように逆上するなということを、どうしたらわかってもらえるか。ヘビー級のボクサーは上半身の力が恐ろしく強く、学校やそこらでの喧嘩でいつもそれを武器にして勝ってきたから、腰から上だけを使うやり方が身についている。それで、腕だけのアーム・パンチを放つことになる。アーム・パンチでは止《とど》めを刺せない。ジョージ・フォアマンがそうだが、彼のはめっぽう強いし、めったに外さないから、間違ったやり方のパンチでもまず大丈夫なんだ。知ってのとおり、ザイールでミスタ・アリと闘った時は大丈夫じゃなかったがね。

そんなわけで、ヘビー級の場合、重要なのは腰から上だけじゃなく腰から下も使うようにさせることだ。そして、パンチを当てることこそ最も重要なんだってことをわからせなきゃいけない。それができるようになる前に、しなければならないことがたくさんある。その第一が、バランスをとることだ。だが、激しい練習をしなきゃならないにしても、肉体を痛めるほどやってはいけないってことをどうやって連中に理解させるか。その一方で、すでに体得し、これまでそいつが拠りどころにしてきたものを損なわないようにするにはどうしたらいいか。これが自分だ、自分の闘い方だと彼がみなしているものを、どうしたら揺るがさないようにできるか。そして何よりも、プレッシャーがかかった時に、習ったことを忘れ、昔のやり方に逆戻りしないようにするにはどうしたらいいのか。

数試合、早い回にノックアウトで制すると、練習の手を抜こうとしたり、レベルを上げるために始めなきゃならないことを躊躇したりするやつが出てくる。いくばくかの賞金を手にして新しい車に乗りはじめると、多くが怠けて女の尻ばかり追いかけるようになる。傍目にも大量の一〇〇ドル札を持っているとわかるから、応じる女はたくさんいる。麻薬に手を出すやつもいるが、ごまかすから、手遅れになるまでこっちが気がつかないことがある。そうなるとこっちは、やつからできるだけ多くの金を絞りとらなきゃならない。ふつうは教え子のボクサーを身内のように大事にするが、相手がヤク中のクソ野郎となったら、ひん曲がった釘だってくれてやる気にはなれないもんだよ。

おれの好きにさせてくれ、とボクサーは目をギラつかせる。鼻はふくらみ、靴下は汗でびっしょり濡れ、心臓は檻から逃げ出そうとするみたいにあばら骨を打つ。馬と騎手を同時にこなすことはできないってことが、そいつには理解できないからだ。自分のようにでかくて、男前で、力があって賢い人間が、間違ったことをするはずがない、と言い張る。そもそもおれに間違っていると言えるような大物がどこにいるんだ、と声をひそめてつぶやく。

そんな風になると、やがて街中でも揉め事を起こすことになる。そうなったら、そいつの好きなようにさせるしかない。

ジムの内情を見たことのあるボクシング・ファンはあまりいないから、汗だくでうなり声を上げながら殴り合っているあの身体ばかりデカイでくの坊たちの、いったい何が大変なんだ、と思っているだろう。なら、お答えしよう。なるほど、そこに動く金額の大きさを考えれば、むろん連中は単なるでくの坊なんかじゃない。チームスポーツをする大男たちの方は、年間一五〇回以上の試合をこなさなきゃならないにしても、そして脚やら背中やらの手術を受け続けなきゃならないとしても、大半がボクシングに比べれば稼ぎが多く、苦痛はより少ないと考えている。一方、駆け出しのヘビー級ボクサーの中には、ジムに足を踏み入れたその日から、メジャーリーグのピッチャー並みの大金をもらえるはずだと考えているやつがいる。まだ一度もパンチを受けないうちから、NBAのドラフト第一位指名選手のようなつもりでいやがるのもいる。彼らが学ばなきゃならないのは、試合が課すありとあらゆる苦労と痛みを経験し、それを乗り越えたチャンピオンになるまでは、ハングリー精神のあるボクサーでいなきゃならないってことだ。ものになるヘビー級ボクサーは、黒色の綿花くらい希少な存在なんだ。

　ヘビー級では、白人は黒人より数が少なく、しかも愚かにも黒人よりもずっと楽な金儲けを夢見ることがある。自分は白人だから、黒人からタイトルを奪えそうな期待の星、ホワイト・ホープとして、タイトル戦まで勝ちやすい試合をさせてもらえるはずだ、なんてことをまくしたてるやつがいる。そういう手合いは――白人にかぎらず黒人にもいるが――あの明るいライトの下で勝つ肝っ玉も脳味噌もないボクサーだということが、一発でわかるよ。

　ヘビー級ボクサーはみんな同じように見えるかもしれないが、やる気、根性、心意気、それにウエボス――ウエボスは卵のことだが、メキシコでは〝きんたま〟を意味する――となると、シマウマの柄みたいにそれぞれ違っている。身体を作ることも大変だが、あいつらの胃袋は底なしだから、その身体の状態を維持することはもっと大変だ。だから、ふだんからせめてそこそこの状態を維持するように持っていく――研ぎすました最高の体調《トップシェイプ》、つまり試合の直前に達するべき状態にさせ続けてはいけないのだ。ボクサーが二日かそこら以上トップシェイプの状態でいたら、空腹に傷めつけられて野豚が狂ったようになってしまう。そういうことを乗り越えてもなお、まだあの血も固まるようなゴング前の待ち時間がある。わかるだろう、危険を避けるばかりでなく、骨と肉とをそれに立ち向かえる戦闘《ファイティング》マシンに作り変えるという作業は、スペインのご婦人方がかぶる黒いレースを編み上げる針仕事より厄介なものだ。試合するのは簡単だよ、あんた。難しいのはトレーニングなんだ。

　とにかく、一度トレーナーがヘビー級ボクサーを受け入れたら、動悸の鎮まる間がない。まず、ボクサーが動く時は、こっちも一緒に動かなきゃならない――リングの上でも、ジムの硬い木の床の上でも、ビッグバッグのまわりでもだ。母熊のようにボクサーを導き、相手が怠けないよう尻を叩くのが役目だ。ボクサーなら誰でも、しばらく試合をこなすと怠けるようになるが、とくにヘビー級はひどい。彼らの場合、あれだけの重さの身体を動かさなきゃならないし、人間だから、隠れる場所が欲しくなる。たいていは、ちょっとしたきっかけから気分が変われば、またやる気になる。だが、いつだって試合よりも練習している時間の方が長いから、チャンピオンになるために必要な自信と情熱は、食べる時も寝る時も闘志を燃やしていないかぎりあっという間に平常体温以下に冷めてしまうものだ。もちろん、一〇〇パーセントそんなことをできるボクサーはいない。おまけに、女の問題も出てくる。そんな時、パンチ・ミットを使った練習がいくらか役に立つ。これをやれば、パンチの切れがよくなるんだが、そればかりでなく、寝る時間が来る頃には疲れておとなしくなっているという効果もある。

　ビッグバッグだと、そばに人がいなければ適当にさぼれるが、パンチ・ミットをはめたトレーナーが次から次へとコンビネーションの指示を出していれば、ボクサーの方は金網製のサポーターを履かされているようなもので、余計なことはいっさいできない。逆にトレーナーにしてみれば、ミットをはめているのは六フィート五インチの長角《ロングホーン・キャ》牛《トル》並みの男が放つパンチを受けとめることを意味する。しかもそのパンチには、馬を倒せるだけの力があるんだな。それにトレーナーは何ラウンドも何ラウンドも、来る日も来る日もバッティング練習のボールになったみたいに、身体中にガツンと響く衝撃に耐えながらその強打を浴びるんだ。おれはもう、昔のようにはパンチングには付き合えない。動きを教える時か、試合が決まってそのための仕上げをする時ぐらいだな。それにしてもだ、バンタム級のボクサーのパンチング練習でさえ、あんたの目の玉を飛び出させることだろうよ。

　こういったことがいくらか報われる瞬間の甘美さは、ストロベリー・パイの上のホイップクリームより上だ。その瞬間とは、ボクサーが自分のことを内側からばかりじゃなく、外から見られるようになった時だ。ある日突然、ショートパンツを穿いた目の前の男を制するには、足をどう使ったらいいかをわかってくれた時なのだ。常にオフェンスとディフェンス両方の動きができるようになり、いつのまにか相手を倒すコツをつかんで意のままにできるようになり、もう水場の雄牛みたいにやたら角を突き出そうとすることはないんだとわかって、はにかみ屋の子どもみたいに笑みを浮かべる時だ。そんな時だよ、ああ、神よ、ひょっとするとおれは、汗と痛みを黄金と栄光に変えられる傑物を手に入れたのかもしれないって思うのは。

ボクサーに試合の準備をさせる時が、どんなトレーナーにとっても一番しんどい。パンチ・ミットを使った練習をひととおりやった後は、一時間くらい指が内側に丸まったままになって、ピックアップの〈ジミー〉で家に帰るとしたら、ハンドルに爪を立てた格好で運転しなきゃならない。背中の筋肉が張って、肩が耳のあたりまで吊り上がる。胸と肩がつながるところなんかは、帰りの道々、何かで切り裂かれたんじゃないかって気がする。肘は伸びきって、脚の付け根の筋肉は引きつってよろけさせる。おれの場合、あばら骨がピアノ線でつながれているから、ジムを出る時には、衝撃で身体中がビンビン鳴りつづけている。家に向かう間中、しきりとロングネックのローンスター・ビールのことを考えている。それ以外に考えるのは、祖母ちゃんが作ったキルトを引っかぶって、突っ伏して寝ることだけだ。

そうさ、おれが言いたいのは、そいつは障害者の仲間入りをするってことなんだ。なぜって、練習が始まったら、トレーナーは仕事柄ボクサーより数多くのパンチを受けるからだ。ただし、報酬はトレーナーの方が少ない。なら、トレーナーには他にどんな得があるのかって？　そうさな、確かに、あれだけのトレーニングと痛みを乗り越えたとしても、不安と疑念の塊だった人間を長年かけてボクサーに作り変える役目を果たしたあげく、金をちらつかせる人間にそいつを取られてしまうという危険を覚悟しなきゃならない。だが、言ったように、近頃じゃ優秀なヘビー級ボクサーは、ほんの数試合勝てばタイトルを狙える。それだけ勝てば、いきなり金無垢のティーカップで茶を飲めるってもんだ。チャンプになったら、最低一回だけはタイトルを防衛する。それが、二、三回防衛したとなったら、報酬はこれはでかい《ムーチョ》さ。つまり、チャンピオンが一〇〇〇万ドル稼いだとしたら、トレーナーは総収入の一〇パーセントを得るから――一〇〇万ドルだ。それだけあれば、不自由になった背中や手のことなんて忘れられる。

むろん、悪いことだって起こる。たまに自分のボクサーが一生忘れられないようなパンチを頭に受けるのを、なすすべもなく見守っていて心がつぶれる思いをする時だ。何かを訴えようにも言葉にならないボクサーの、その目がどんより濁ってさまようのを見る時は、はらわたが裏返るほどだ。気分はひどく落ち込むが、同時に、人生を夢に賭ける心意気のある我がボクサーを愛しくも思う。それに何より、たとえどんなに惨めでも彼には賭けるものは人生しかなく、そのたった一度しかない挑戦の機会を親身になって与えてやったただ一人の人間は自分なのだということは、はっきりしているんだからな。

しかしだな、くたびれ切った傷だらけの心のありったけを捧げてもなお、ボクシングを愛さずにはいられない本当の理由は、あの素晴らしいゲームに関われるってことだ――支払うものは多いがそれを払えば四角いリングのエベレスト、最高峰まで登りつめられるゲーム、炎と氷がひとつになって、一番でかくて一番優れた者だけが闘うことのできるゲームさ。それなんだな！

そういうゲームに関わったところで、勝てる見込みはごくごくわずかだってことをトレーナーは知っている。じゃあ、なぜおれは長い年月を無駄にする危険を冒すのか。なぜ心臓が参ってしまうような挑戦を続けるのか。なぜ一緒になって血を流すような思いをするのか。なぜ、ライプツィヒやヨハネスブルクなどという、体調が戻るまで二週間もかかるような遠いところに遠征していくのか。B・B・キングが、あのデカイ古びたギターを弾きながら、その答えを歌っているんだ。「おれはタチの悪い恋にひっかかってしまった」ってね。

ともあれ、ビリーのためにおれが確保できたのは外国人ばかり。それもほとんどがメキシコ人の小柄な男たちで、誰もが絞りに絞った一二四と四分の三パウンドといった連中だった。場所がサンアントニオだったからだ。中には、ウェルター級やミドル級の黒人ボクサーもいた。ビリーは自分が抱えているボクサーなら、たとえ希望と不安の間を揺れ動き、竜巻が来ないことを一心に祈っているような前座の若者であっても、例外なくチャンピオンのように扱った。見込みのあるやつには、即座に週に最低でも二ドル以上の返済不要の金を支払ってやり、ちゃんとしたところにある部屋を無料で貸し、きちんと体重を維持してさえいれば自分の店で何でも好きなものを食べさせるというように、充分な援助をした。あまり出来の良くない男には、仕事を与えて、たとえボクシングで落ちこぼれてもとにかく職にあぶれないようにしてやった。だから、誰もがビリー・クランシーを愛した。

たとえば、最初は皿洗いをやらされても、それから格上げしてもらってウェイターやバーテンになった。ウェイターの助手から始めて支配人になったメキシコ人もいた。ビリーは二ダースに近いメキシコ人の子供たちの名付け親で、彼らの誕生日とクリスマスのプレゼントも忘れなかった。そうやって面倒を見ていた縁で、彼らの結婚式に招待されもした。それがたとえメキシコの奥地に招かれる時でも、彼は決して断わらなかった。埃っぽい村《プエブロ》にあの大柄のアメリカ人《グリンゴ》が、特別注文で作らせた馬鹿でかい銀色のリンカンのタウンカーでやってくると、土地の人々の目は飛び出したものだ。ビリーはすぐに溶け込んでな、そうさ、それに、土地の言葉で冗談を言ったり人々を笑わせたりできるくらい、外国語をそこそこ話せるようになっていった。

ビリー・クランシーはいろんなことに首を突っ込んだが、絶対に羽目をはずさず、どんな娘でも手に入れられたろうに、決して女にちょっかいを出すことはなかった。司祭たちもまたいつだってビリーを気に入っていて、ベースボールの話をしたがった。遺体を袋に入れて穴に落とし込むんじゃなく、ちゃんとした埋葬をしてやる必要のある誰かの祖母のことで相談された時も、ビリーは決して拒もうとはしなかった。

ある時、あそこにいるインディアンのような瞳をしたかわいこちゃんにちょっかいを出さないのか、とビリーに訊いたことがある。敬意だよ、彼は言った。年長者と、そしてとりわけ若い男たちへの敬意からさ。男のプライドというものを奪っちゃいけないんだ。

「パーティーに招かれたら」ビリーは言った。「また招《よ》んでもらえるように振る舞うべきなんだ」

ビリーはそういうやつだった。食べさせてもらった場所では、糞《くそ》をするなということなのだ。

ビリーと取り決めたおれの仕事は、賞金総額の一〇パーセントを報酬として、ジムで彼のボクサーを教えることだった。試合をしなければ、金は入らない。試合が近づきつつある時以外は、何日もビリーと会わずに過ごした。といっても、ビリーは、おれの様子を見るためじゃなく、ただボクサーたちを気にかけてるってことを示すために、よく顔を出した。たいていは、ビスケットにかけるグレーヴィーソースより人当たりがよかったが、何かで悩んでいる時は、おれはすぐにそのことを訊いた。むろん、ビリーはそれについて多くを語ろうとはしなかった。話す必要がないと思ったか、話さない方がいいと判断したんだろう。

たしか、サンアントニオにあるビリーのすべての店を仕切っていた支配人が、ビリーの金を持って逃げたことがあった。ある月曜日、ビリーは週末までに入金した預入れ伝票があるものと思いながら、自分の事務所へ行った。ところが、そう、そこには金も、鍵束も、支配人さえも見当たらなかった。肝心の支配人は、事務員の若いメキシコ娘に銃を突きつけて金庫を開けさせたのだった。支配人にぶたれ、恐怖に小便をもらした椅子にダクトテープでくくりつけられた娘は、半狂乱になっていた。

ビリーは使用人に二、三本の電話をかけさせた。自分を騙した男は、はるかメキシコの南端のイスラ・ムヘーレス島にある故郷の町にいた。まさかそこまでは追って来ないだろうから安全だろうと逃げていったにちがいない。ビリーは一週間待ち、それからユカタン半島のメリダへ飛んだ。ちゃんと機能するエアコンがついた大型車を借りて、女の島《イスラ・ムヘーレス》とやらのちょうど対岸にあたる、椰子の木の茂る乾燥した小さなプエルト・フアーレスの町へと走らせた。

彼は土地の事情をつかむまで一日かそこらプエルト・フアーレスをうろついたから、地元の警察はビリーの姿を認めていた。それからおもむろに、桃色に塗られ、椰子の葉で葺いた屋根のいたるところが垂れさがっている掘建て小屋の警察署の前に車を止めた。わざと時間をかけてレンタカーから降り、彼はのんびりとした足取りで中に入っていった。おおかたの人間より、彼は一フィートは背が高かった。ビリーはスペイン語で地元の政府軍の大佐に単純な取引を持ちかけた。自分の望みはただ鍵を取り戻すことで、ついでに支配人の左右のきんたまも欲しい。大佐の取り分は、残っている金すべてだった。

その晩遅く、大佐がビリーの泊まっている、壁のペンキがかさぶたのようになったモーテルに、三つのキーリングに通した四六本の鍵を持ってきた。そして、島の沖に投げ捨てられ、熱くなった海水で茹であがった支配人の死体のポラロイド写真を見せた。彼はまた、支配人の二つのウエボス――彼の二つの卵を、コーン・トルティーヤにひとつずつ包んだものを渡した。ビリー・クランシーはそれを日干しれんがの塀の向こうにいる野犬に投げ与えた。

ビリーは、地元の人々がサンアントニオに電話で顛末を知らせる時間を与えるため、近くのマヤ遺跡を見て廻った。ビリーが戻った時、誰も何も言わなかった。彼のものは彼のものだということをはっきりさせたから、それ以降は使用人が盗みを働くという問題は起こらなかった。

ビリーに関する騒動で、おれが知っているのはもう一つだけある。その時の騒ぎのもとは、挫折した元ミドル級ボクサーで、ビリーの店で料理人をしていた黒人だった。ナイスボーイで、よく働くし、髪の毛は短く刈ってあって申し分なかった。最初はバーの手伝いをしていた。ところが、バーテンたちに、彼らのチップをくすねていることを見つけられてしまったのだ。バーテンは男を倉庫に連れ込み、うつぶせにして手を痛めつけようとした。彼は、黒人だからこんな目に遭わされる、と喚きだした。階上にいたビリーはそれを聞いて、バーテンたちを止め、一〇〇ドル札を二枚ずつ渡して帰らせた。ビリーは黒人の言い分を聞いてやったが、彼の悪事の証拠が見つけられなかったから、別の店に移らせて揚げ物専門の料理人をやらせた。そいつは料理がうまく、調理主任に頼まれればいつでも時間外勤務を引き受けた。やがて、そいつがキッチンで麻薬を売っているという噂が流れた。今度はビリーは即座に察知し、ひそかに知り合いの警官に麻薬を買う客のふりをさせた。

そうさ、わかるだろ、ビリーは場所がメキシコとかじゃないかぎり、自分の問題はいつも自分で片付けようとした。自分で物事を処理すれば、自分の話と他人の話とが食いちがうという事態にはならない、と言っていた。そんなわけで、ある晩遅く、ビリーはその男を彼の母親の家の外で待ち伏せし、男の車の二本のタイヤを切り裂いた。男が出てきて、タイヤが切られているのを見てひどく逆上し、ザリガニみたいに腕を振り回しはじめた。

ビリーが野球のバットをぶら下げて近づいていった。

「おいガキんちょ。おまえが売ってるブツを買いにきたぜ」

ガキ、と呼ばれて彼はひどく怒ったが、ビリーに食ってかかるほど愚かじゃなかった。それで逃げようとした。その死体が、彼が何をされたかをうかがわせた。脚を折られ、自分のきんたまを口に突っ込まれていたのだ。ビリー・クランシーのドアをノックした警官はついに一人もいなかったが、麻薬の問題も、その後ビリーの店では一度も起こらなかった。

ディーシー・スワンズがおれを引き止めて、ヒューストンの〈ブラウン・ボンバー・ジム〉で彼が指導しているというヘビー級ボクサーの話をしたのは、その二年後のことだった。ヒューストンなんかに行くつもりはない——たとえブラウン・ボンバー本人を見るためだとしても——とおれは言った。そんな必要はない、とディーシーが言った。

ヘンリリー〝ダークチョコレート〟スワンズはルイジアナの出身だった。彼の祖先の名はもともとシスネロスで、その血はスペインによる奴隷制時代にまで遡る。第二次世界大戦の時に家族が幼いヘンリリーを連れてヒューストンに移り、以前よりはましな暮らしを送るようになった。ヘンリリーのファイティングの日々は、ヒューストンの第五区の路上で始まった。彼が住んでいた界隈は物騒で、アル中の浮浪者が死ぬと、その犬が飼い主を食べるんだと言っていた。ディーシーは若い頃、かなり有能なライト級のボクサーだった。もちろん今は、もっと重い。ボクサー連中は彼をダークチョコレートじゃなく、縮めてDCと呼ぶようになった。食事に呼んでくれさえすれば好きな呼び方をしてかまわない、とディーシーは言った。

ディーシーは耳と首のあたりに白髪がぐるりと生えているだけの禿げ頭だったから、野球帽をかぶっていた。眼鏡をかけていたが、片方のレンズにはひびが入っていた。腰が悪く、少し足をひきずっていて、磨き上げた手製のメスキート材の杖を使っていた。手首くらい太くて、杖というよりこぶだらけの棍棒のようだった。それでも、老いたディーシーは、まだ動きが巧みだった。いざ動くとなれば、現在とダークチョコレートと呼ばれていた頃をへだてる年月は消えた。町のどこへ行くのでも、たとえバスがなくとも不具合を感じたことがないし、股間のものにも不具合はないと言っていた。ディーシーは、たまに黒人に見られる緑がかった青い瞳をしていて、彼に正面から見つめられると目をそらすことができなかった。

おれとディーシーが手を組んだのは、ボクシングの他のあらゆることと同じように、なりゆき上のことだった。ふたりとも背筋を伸ばして構えるタイプのボクサーだったから、動き方や、かわし方、カウンターの打ち方など話すことがたくさんあった。おれと同様ディーシーも、ボクサーの足は脳だと知っていた——足を見れば、どんなパンチが放たれるか、いつ放たれるかがわかると。ダラスとヒューストンには黒人ボクサーが多かったから、ディーシーは主にそっちを拠点にしていた。だが、サンアントニオにも教え子がいた。後日ディーシーは、白人のヘビー級でロスアンジェルス出身の大男のアイルランド人の若者、〈KO〉こと、ケニー・コイルをともなって現われた。それが単なる成り行きじゃない証拠に、ディーシーはおれとビリー・クランシーのつながりを知っていた。

ディーシーは、しばらくの間ヒューストンでのコイルのトレーニングをしていたが、その前にアラバマのカジノで、にわか仕立てのカットマンとして二度彼のセコンドについたことがあった。その時の対戦では、コイルは負けると思われていた。しばらく試合から離れていたからだ。ところが、二戦とも早い回にKO勝ちして、一七勝一敗、うち一五ノックアウトを記録した。コイルは六フィート五インチ、二四五パウンド、靴のサイズ一六という肉体から、両腕でパンチを放つことができた。一度の負けは、二年ほど前にカナダのヴァンクーヴァーでのことで、左の瞼にひどい切り傷を負ったせいだった。

彼は大物のヘビー級ボクサーのスパーリング・パートナーもつとめていて、時には何週間も続けてキャンプについていった。それは非常に貴重な経験になるが、どんなに頑丈なやつにとってもひどく過酷なもので、コイルは口も利けなくなるほどだろうと思われた。瞼のひどい傷と鼻が少し平べったいことをのぞけば、それほど無様な見てくれではなかったから、頭がいいのだろうという印象を受けた。それに、体型もよかった。それで人は、彼を好きになった。

ディーシーは抜け目のないやつだった。喋る時はいつも手を口に当てた。スパイに唇の動きを読まれたくない、望遠鏡で見られているかもしれない、と言うのだ。ディーシーは悪者で通っていたが、だからといって、善悪の判断ができないわけじゃなかった。まだ杖に頼らなくてもよかったある午後、おたがいに負けたフェアの会場での試合が終わって、二人でヒューストンを飲み歩いたことがあった。なかば酔っ払って、黒人街の薄汚れた魚料理の店に、なまずを食べに行った。店は目一杯混んでいた。尻のでかい店主は、よくあるイスラム式の金歯をしていた。歯にかぶせるだけの、星型に切り抜いた穴から白いエナメル質が見えるやつだ。思った通り、そいつはおれの肌を一瞥すると、出す料理はないとにべもなく言った。ディーシーはかんかんになった——黒人言葉や、下品な言葉を吐き、アッラーがてめえと、てめえの四人のハンカチ頭の女房を地獄に送るぞ、と言った。ディーシーがポケットを叩いて、その歯を切り取るか、折ってやる、と言うと、イスラム教徒の店主はウズラのように素早く歯を外した。

おれたちは酒屋へ行ってビーフ・ジャーキーを買い、しまいにはどこかのバッティング・センターで、ライ・ウィスキーのロックを飲んだり、ピッチング・マシーンからの球を打ちそこなって地面に転がったりしていた。まわりの連中は、リチャード・プライアーを見ているみたいに笑いだした。ひときわ大きな声だったのは、スタンドの横でスリーモンテ・カードでイカサマをしていたペテン師だった。縮れ毛の、ちびのデブ野郎だった。古いレタスの箱を店がわりにして、人から小銭を騙し取っていた。仕掛けを見破れる客は一人もいなかったが、ディーシーははなから見破っていた。そいつが外野に転がったボールを追いかけて数セントを稼いでいるみすぼらしい子どもたちの小銭まで巻き上げるのを、ディーシーはフェンスのところからこっそりと見ていた。

ディーシーはルイジアナから出てきた田舎者を装って一ドル賭け、ペテン師が三枚のカードをあちこちに動かした後で、一枚のカードを指差した。もちろん、外れた。当たるはずがなかった。そこで、本腰を入れて賭けつづけ、さらに二〇ドル、三〇ドルと失った。次に、金を取り返そうとするかのように、五〇ドル賭けた。賭博師はより巧妙にカードを操り、ディーシーは真ん中のカードを選んだ――ただし、今度は、ただ指差して賭博師がそれを表に返すのを待つんじゃなくて、二本の指でカードをしっかり押さえつけると、他の二枚のカードを先にひっくり返せと言った。自分のカードは最後にひっくり返すと言って、すべてのカードをよく見せるように要求した。誰にも当てられるはずのないゲームなんだ。賭博師は、いんちきがばれたことに気づいて、そろそろと逃げ出そうとした。ディーシーが当時持ち歩いていたパイプで、相手の向こう脛を何度か叩くと、すぐに――そうなることはわかっていたが――ペテン師はディーシーに金をみんな持っていってくれと懇願し始めた。ディーシーは本当にみんな持っていった。自分の金以外は、外野で働いているボロを着た子どもたちにやった――その晩、子どもたちはみな仕事を休んだ。

ある日ディーシーは、おれを脇に引っぱっていって、口に手を当てながら、自分とコイルと一緒に仕事をしないかと言った。今度ミシシッピのカジノで行なわれる一〇ラウンド戦にコイルが出るかもしれないという。その試合でおれがカットマンで、彼がトレーナー兼チーフセコンドをするようにしたいんだろう、とおれは思った。いいとも、老後の金が少し増えるもんな、とおれは答えた。

ところがディーシーは言った。「いや、レッド、カットマンだけじゃない。おれと一緒にフルタイムでコイルをトレーニングして欲しいんだよ」

おれはひとりごちた。破壊力のあるヘビー級、アイルランド系白人のボクサーか！

ディーシーは、自分がチーフセコンドをしても、もうすばやくリングの階段をのぼってロープをくぐるなんてとてもできないから人手が必要だと言った。もちろん、リングの中に入るのがおれなら、おれがチーフセコンドでかつカットマンということになる。これまでにだってやったことがあることだ。まかせとけってもんだ！

おれを選んだのは、ディーシーが言うには黒人《ニガー》やヒスパニック《ビーナー》で信用できる人間が、ジムには一人もいないからだそうだ。田舎っぺ《レッドネック》の白人も大したやつらじゃない、とも言った。まあ、それはディーシーのいつもの言い方で、人に接する時の態度とは別だった。ディーシーは誰にだって敬意を払っているんだ。

彼は言う。「ほら、あんたもおれも知ってるとおり、ボクサーの足は脳だろう。あの白人坊主の足はなってなくて、あんたは足の動きがいいときてる。トレーナーの取り分の一〇パーセントをふたりで均等に分けようや」

ヘビー級の五パーセントなら、相当の額になるかもしれない。

ディーシーは言った。「そうだな、それにビリー・クランシーも加えたらどうだ」

言ったように、ディーシーは抜け目がない。だからおれは、この取引は巣を張り巡らしている蜘蛛にキスをしてまでやりたいことだろうか、と自問した。なにしろ、ファンはプロもアマチュアでもボクシングをスポーツとして見るが、プロにとってはスポーツであると同時にビジネスでもあるのだ。もしかしたら、スポーツよりビジネスの部分の方が大きいかもしれない。おれだって他のみんなと同じようにビジネスの部分が好きだが、ヘビー級のボクサーは、他と違って痛い思いをさせてくれるものだ。だからおれは考える。ヘビー級特有のあの暗い穴に、自ら入っていく気があるのか？　と。それに、ビリー・クランシーから得た信頼を〈ＫＯ〉ケニー・コイルのために危険にさらす気があるか？　と。おれはディーシーに、クランシーを引っ張り込むのは少し後にしよう、と言った。

ディーシーは「いや、いいんだ、そりゃそうだよな」と言った。

おれも抜け目のないやつなんだよ。

実際のところ、コイルは一筋縄ではいかないやつだった。若い時に海軍に入り、軍のボクサーとしてボクシングを始め、対戦相手を次々とノックアウトしていった。艦隊のみならず残る三軍のタイトルもすべて勝ち取り、民間のアマチュア・トーナメントもほとんど制して、オリンピックに出るだろうと噂された。だが、オリンピックまであと三年くらいあり、コイルはすぐにもまとまった金が欲しかった。海軍にいては大金を稼げないし、フルタイムで練習できないというので、ある日いきなり艦長のところへ直接話をしにいった。自分は、三ドルでも言いなりになるような正真正銘のホモです、とでも言ったのにちがいない。近頃の軍隊では、その手のことを訊かれることもなければ答える必要もないが、そこへコイルが、自分の本当の願いは女になってバレエを踊ることだと言いだした。艦長はかんかんに怒り、彼を監禁室に放り込もうとしたが、コイルは、そんなことをしたら衛兵全員にフェラチオして、大統領にセクシャル・ハラスメントされたと手紙を書くと言って脅した。艦長は少しも躊躇せずに、コイルを元海軍のホモにしてやった。コイルはこの話をした時、例によって鼻を鳴らす笑い方をしながら、おれはガタイがいいだけじゃなく頭もいいだろう、と言った。本当にそうだとみんなは応じたが、コイルが自分で思っているほど賢くないことを、誰もがはっきりわかっていた——とくに、アマチュア時代に接触してきた、何人かのいかさま弁護士をぼってやったことを自慢しはじめた時はだ。なんでも、その弁護士たちはコイルに金を積んでよこし、プロになったら契約することに同意させたらしい。コイルは、本来ならアマチュアに手を出してはいけないことを知っていたから、海軍でのあの情けない芝居を打つまでもなく、彼らから二万ドル以上を絞り取った。弁護士がプロの契約を取りつけに来た時、コイルはそんなものお断わりだと言い、アマチュアとの契約は口頭であれ書面であれ無効だ、おれにはもっとでかい計画がある、と告げた。コイルいわく、弁護士のペニスをぐいと摑んだら聞き分けてくれたそうだ。その話をする時もコイルは笑った。

まずいことに、その弁護士の話を聞いた時には、おれたちはすでにコイルに深く関わりすぎていた。それを聞いた頃には、ケニー・コイルは身のほどしらずで、おれのいとこのロイヤルと変わらない嘘つきだということがわかっていた。本当の時刻は四時だとしても、ロイヤルのやつは四時半だと答える。そうせずにはいられないんだ。

ボクサーとしてのコイルの問題は、正式にトレーニングを受けていないことだったが、それがわかるくらいの分別は本人にもあった。他のトレーナーたちはもっぱらコイルのリーチとパワーを頼りにしたから、その分相手のパンチをくらうことも多かった。その場合に困るのは、相手を真正面にとらえて闘うことになるってことだ。コイルとの練習でおれが取り組んだのは、試合における角度《アングル》と、距離と、最小限の動作で間合いを詰めたり開けたりする方法だった。でかい人間は、酸素を浪費しないように気をつけなきゃならない。だが、まずコイルに教えたのは〝ビッチ〟だった。ビッチというのは、ジャブのことを言うおれの呼び名で、これをビン！　ビン！　と決められれば、観客は立ち上がって大騒ぎする。本当さ、ビッチほど素晴らしいものはないね。相手のパンチにお手上げだったコイルは、ビッチを好んで使うようになった。ビッチを使えば、自然にアングルがつく。アングルがつけられれば、チャンスが生まれる。そこへ、バン！　すべてはビッチから始まるんだ。おれは足の親指の付け根を軸にして動くことを教えた。コイルは、アザラシの子どもを襲うホホジロザメのような速さで、ビッチの基本となる右のつま先の使い方をさっさとマスターしたよ、まったくなあ。

なにしろ、ビッチをうまく使えれば、相手はめんくらって踵であとずさるから、そこをビッチでダウンさせることができるし、ワンツーワンのコンビネーションでちゃんとノックアウトすることだってできるんだ。コイルがビッチを身につけたことが、おれがあいつのことを真剣に考えるようになったきっかけだった。やつが明けても暮れても一心に練習するのを見ていたから、なおさらだ。毎日時間に遅れずに来たし、一度も弱音を吐かなかった。ディーシーとおれは、夢のなかで金の勘定をしはじめたが、おれがコイルの足が正しく動くと判断するまで、ミシシッピでの一〇ラウンド戦は見送ることに決めた。

コイルのパンチング練習に付き合うのは、他のヘビー級ボクサーの時同様、今のおれにとっても造作ないことだ。あいつらは身体が重いから、ちゃんと訓練を受けていないと足をもつれさせるし、おれは相手をロープやコーナーに追いつめる方法を心得ている。思い上がってんじゃないよ。殴り合いをしたら、連中はビッチだけでおれをノックアウトできるが、今は殴り合い《ファイティング》の話をしているんじゃない。ファイティングをボクシングに変えるものの話をしているんだ。

ビリー・クランシーがコイルの噂を聞きつけておれを呼び出し、なぜあの白人のことを秘密にしていたのかと尋ねた。コイルのことは秘密なんかじゃない、ただ、まだ早過ぎるんだとおれは答えた。

「誰が養っている」

「おれとディーシーだ」

ビリーは一〇〇ドル札を数枚よこした。おれは後でその六〇〇ドルをディーシーと分けた。

ビリーが言った。「コイルに、これからはおれの店で好きなだけ飯を食うように言ってくれ。ただし、店では酒とばか騒ぎは禁止だ。コイルの準備ができるのはいつだ」

「六週間くれないか。おれがやらせることに耐えられたら、はっきりする」

「試合に出すのか」

「その方がいい」

おれが彼の足を巧みに動くようにすると、案の定、コイルはもうチャンピオンになったかのようだった。ビリーはおれからそれを聞くと、ミシシッピのインディアン特別居留地で八ラウンドの試合を手配した。八ラウンドにしたのは、コイルにあまりプレッシャーをかけてはいけないし、おれも彼のトレーナーになったばかりだったからだ。わずか七五〇〇ドル——ただコイルを出場させることが目的の試合だったのだ。コイルに告げると、試合を了承し、対戦相手が誰かさえ尋ねなかった。まあ、コイルは一文なしで、ディーシーと黒人街で暮らしていたから、ディーシーにビリー・クランシーは金持ちだと聞いて、とにかくビリーに好印象を与えたいと思ったんだろう。

そうそう、それで、マルセーラス・エリスとの試合の第五ラウンドの中ほどで、コイルはヴァンクーヴァーで切り傷を負った方の目に頭突きを受けた。エリスは六フィート七インチ、体重二七〇パウンドの黒人だったが、ビッチのせいで、コイルに手も足も出なかった。だからエリスは頭突きで窮地を脱しようとしやがったんだ。レフェリーは頭突きを見ていず、あれは故意だというおれたちの言い分には耳を貸そうとしなかったから、その頭突きは減点されなかった。傷がひどくおれはアドレナリンを抜かしてすぐに次の手段であるトロンビン、つまり牛用の凝血剤一万単位を与えた。トロンビンは、モルヒネが効くよりも速く血を止めたが、傷が瞼にあったから、本当なら試合は中止されるべきだった。だが場所がミシシッピだし、カジノ側も客を不機嫌にさせたくないとあって、レフェリーは傷がひどくなったら次のラウンドで中止すると予告して試合を続行させた。

ディーシーは青ざめ、エリスの縮れっ毛頭を杖で打ってやる、と喚いた。

おれはコイルに、おれに言えるだけのことを言った。

「このままじゃこっちのせいで試合中止になって、負けるかもしれない。だからおまえはビッチを使ってエリスの野郎をいたぶり、それから右手をやつに打ち込んで人びとの尊敬を勝ち取るんだ！」

コイルは頷いただけだった。ガラガラヘビのように硬い表情で位置についた。六発の激しいジャブでエリスはふらふらになり、ビッチ以外のことに気が回らなくなった。コイルがアングルを使ったのはその時だった。バン！　コイルは神の右手のような右ストレートをエリスに当てた。なんと、エリスは五分間気を失っていた。木のように身体をこわばらせて倒れ、床に当たってうつぶせに伸びたと思うと、片方の脚をぴくぴくとひきつらせた。おれたちは雄叫びを上げて抱き合った。あの右は、人間の形をした稲妻だった。だが、功を奏したとおれが思ったのは、コイルの大きな右手じゃなく、コイルがああやってビッチを打ち込んだこと、それに、コーナーにいるおれの言う通りにしたことだった。

ビリーは、即刻コイルと契約を結びたがった。コイルが自分一人の住まいを無性に欲しがっていることを知ってはいたけれど、おれは、まだ待てと言った。それに、目が完全に治るかどうか、少なくとも一カ月は様子を見る必要があった。それが思ったより長くかかったから、ビリーはコイルに、こづかいとして週に三〇〇ドル払いはじめた。カジノの客が白人ボクサーが繰りだすあの右にすっかり魅せられたもんで、医者が目をきれいに治したらすぐにコイルを出場させる次の試合に、ビリーは二万五〇〇〇ドルの値をつけることができた。コイルは医者に許可されると、すぐにジムに戻ってきた。だが、なんとなく様子がおかしかったから、おれは帰って休めと言った。それでもコイルは、再びあのカジノで闘いたいと言って、もう何でもないことを強調していた。一八勝一敗、一六KOという男の、まじりっけなしの男性ホルモンが詰まった頭に何かを言ってきかせるなんてできるわけがない。ところが、おれとディーシーがコイルのロードワークに付き合っていたある朝、思いがけないことが起こった。コイルが突然胸を押さえて、走るのをやめた。顔はなかば青ざめ、今にも倒れそうだった。おれとディーシーは両側から腕を支え、コイルを車のところへ連れていった。心臓発作かもしれない、とおれは思った。急いで救急病院に行った。病院ではすみずみまで検査され、ありとあらゆる装置にかけられ、血液の酵素を調べられた。心臓発作ではないが、感染したらぶっ倒れるような急性ウィルスにやられたんだろうと言われた。コイルは、いつミシシッピで試合ができるようになるかと訊いたが、元気になるまでミシシッピのことは考えるな、とおれは言った。帰ろうとした時、医者がおれを傍らに連れていって、コイルが病気だとは断言できない、と言った。

「じゃあ何なのですか」おれは言った。

「わかりません。ただお知らせした方がいいかと思いまして」と医者は言った。

コイルは二日休んでから練習を再開したが、やがてまた力が尽きてロードワークを中断する羽目になった。鞭で打たれた子犬のようなありさまだったから、どこか悪いにちがいないとおれは思った。「でも走れなきゃ闘えない。あんたがそう言ったんじゃないか」とコイルは言った。

「タンクに空気が入ってなきゃ闘えないって意味だ。今のおまえは、タンクに穴があいてる」

「金がいるんだよ、おれは」

彼はハングリーなボクサーだった。確かにそれはこの上なく望ましいことだ。彼は喉が詰まるほど咳き込んでいるというのに、次の日も練習に来た。あんなに無理をするやつは見たことがなかった。だがその頃には、あのばかはパンチはおろか、走ることさえろくにできなくなっていた。それでも練習をしたがり、自分に心意気がないと思われたくない、と言った。

おれは言った。「おいおい、おれはおまえの心意気じゃなくて頭を心配してるんだ。このあいだの試合で稼いだ金があるだろう。休め」

「一〇〇〇ドルを残して、あとは全部兄貴の手術代にやっちまった。兄貴は脚が悪いんだ」

もちろん、後になって、女とビリヤードに金を使い切っただけで、障害者なんてどこにもいないことがわかった。でもその時は、おれはコイルに心意気があると確信していたから、危険を承知でビリーに時機が来たことを告げた。ビリーはコイルが弱っているのを見てとったが、ウィルスのせいだというおれの明るい言葉を信じて最長四年の契約をコイルと結んだ。そればかりではない。所有しているワン・ベッドルームのプール付きアパートメントの一つを無料でコイルに貸すと言ったし、コイルが年間三万ドルの利益を上げるようになるまで、返済不要の二五〇〇ドルの金を毎月払ってやること。これは契約書に盛り込んだ、とも言った。それと、ジムでの練習を再開できるほどに体調が戻りしだい、契約祝いとして六万ドルのボーナスをこっそり渡すとも口にした。コイルは一〇万ドルを希望したが、六万で話がまとまった。

ビリーは言った。「現金だよ、ケニー。だからこれについては税金を払わなくていい」

「きっとタイトルを取ってくるよ、ミスタ・クランシー」

「ビリーでいい」

ディーシーを見ると、彼もおれと同じようにペニスの先っぽを赤くふくらませて興奮しているのがわかった。案の定、コイルはほんの三日もするとジムに戻ってきて、練習とロードワークに励むようになった。ビリーは約束をたがえず、おれが同席している場で、一〇〇ドル札の束で全額をコイルに払った。金はいっぺんにたくさん手にすると、いやな臭いがするもんだ。

そうなることはわかっていたが、あのいかれ頭はすぐにのぼせて、五万ドル以上するBMWの四輪駆動の新車に金をそっくりつぎ込んだ。コイルはそのスポーツカーらしいデザインや、いかすサウンド・システムや、すごい馬力のことを自慢げに喋るようになった。タイヤやバッテリーを換える金がなくなっても、誰もびた一文くれないっていうのに。ああいうのを買うのは簡単だが、難しいのは維持することなんだ。

そのうえ、同じ頃、コイルの膝が蝶の羽みたいにかくかくと揺れるようになった。わかるだろう、ご婦人方はコイルを一瞥して、あんな大きな車を持っているし、クラブで一〇〇ドル札を見せびらかしているからいいカモを見つけたと思うわけだ。

ディーシーが訊いた。「今週は何回女とやった？」

コイルが言った。「人に言うようなことじゃない」

「毎晩やってたのか？」

「いや、してない」

ディーシーが言う。「いいや、してた。一でもゼロでも、あるいは二回でも、おまえはそう言うんだろう」

コイルが、そんな言われ方をしたのは初めてだというふうに、おれを見た。

おれは言った。「やつが言いたいのはな、膝がぐらつくのは、やりすぎの時だってことさ。脚がしっかりしてないとな、脳味噌のやつが、倒れないようにするのがなんでこんなに大変なのかと考えはじめるってことなんだ。そういう時、頭のやつはおまえをしっかり立たせることで手一杯になって、試合に注意を向けなくなる。いいか、頭が光より速く回るようにするために、脚をちゃんとさせなきゃいけないんだ。でなきゃ、しまいにはフガフガ鼻声でしゃべる負け役《オポネント》になっちまう。善人ヅラしたやつらは、おれたちトレーナーを非難したがるだろうがな。だがちがう、間違ったことをしているのはおまえと、おまえのちんぽこだ」

コイルが言った。「おれはボクサーらしく生きるボクサーなんだ」

ディーシーが言った。「そんなふうじゃ先は知れてるぞ」

「ディーシーの言うとおりだよ、ケニー」とおれは言った。

ディーシーは言った。「なあ、おまえの白いケツが黒くなるほどファックしたところで、なんのチャンピオンにもなれないんだぞ」

コイルは鼻で笑った。「女たらしのチャンピオンになるさ」

ディーシーは言った。「町へ出て、千人の女をたらしこんで、それでひとかどの男になったとでも思っているのか。はん、おまえが千人の女をたらしこんでるんじゃない、千人の女がおまえをたらしこんでるんだ——そしてタイトル戦も遠のくんだ、このばかが」

コイルは言った。「ボクサーには息抜きが必要だよ」

「なんだと？　おまえがしなきゃならんのは、もうちょっと我慢しろってことだけだ。それだけ深夜に出してばかりいりゃ、クソッたれの息抜きができるだろうよ！」

おれは口をはさんだ。「いいか、おれたちはおまえをレースに出場させて、一等でゴールできるようにしてるんだ。なのにおまえは、走路の柵に突っ込んでいこうとしてる」

「そうだ」とディーシーは言った。「おまえを訓練するのは、片っぽの掌に水を溜めておこうとするようなもんだよ」

コイルは考えこみ、頷いたようだったが、次の日やってきた時もあいかわらず膝がかくかくと揺れていた。

ふたをあけてみると、コイルは本当にどうしようもないやつだった。ビリーが、彼のナイトクラブの男子トイレの個室で、コイルが三人の若い女と一緒にいるところを見つけたのだ——しかも四人は便器のまわりで背を丸めてマリファナを吸っていた！　ビリーはコイルをぶちのめさなかった。が、コイルのことを、ぴかぴかの鎧を身にまとった白人の希望《ホワイト・ホープ》として見ずに、おれとディーシーと同じような見方——部分的に傷んだ桃のように——見るようになった。とすれば、傷んだ部分を切り取って傷んでいない部分を残しておくか。それとも、丸ごと捨てるかだ。ビリーは、残せるものはできるかぎり残しておくことに決めた。

ビリーはコイルに、最初に言ったようにばか騒ぎはよそでやるようにと告げた。おれの知っているビリーなら、もっと言いたいことがあっただろうが、彼は言わなかった。むろんコイルは面白くなく、ビリーに口ごたえしようとした。そこでビリーは、親切と弱さとを取り違えるな、と言った。コイルはその意味がわかったようで、ふたたびジムで練習に励むようになった——あいつは月二五〇〇ドルが惜しかったんだ。おれたちは、これでばかげた騒ぎはおさまったと思った。少なくとも、目につく騒ぎは。だが、マリファナのことは、誰が見分けられるだろう。それに、コイルがその他の面倒事に関わっていないとは、誰にも言い切れない。その頃には、おれは靴下入れの抽斗《ひきだし》に押し込められた猫のようにびくびくしていた。

おれはコイルに、おまえがビリーにした振る舞いは、ビジネスのやり方としてふさわしくない、と言った。

コイルは「あの人はおれのおかげで稼いでるんだぜ」と言い返した。

おれは言った。「いや、まだ稼いでいない」

こいつは悪魔なのかと思うほど物事が度を超しはじめたのは、その頃だった。

最初は、コイルに妊娠させられたという、警官の、どこにでもいるような娘にまつわる騒動だった——若い女を死んだように気絶させるドラッグ、GHBをコイルに飲まされたと娘は言っていた。その警官の娘が言うには、最後に覚えているのは、コイルのプールでふざけてキスをしたことだった。気がつくと、床の上に素っ裸で寝ていて、コイルが彼女をやろうとしていた。それで飛び起きて、急いで逃げたという。

コイルは、その時すでに二回やっていて、娘がもっとやってくれと泣き叫んだと主張した。

妊娠しているとわかってから、娘はサンアントニオ警察の巡査部長をしている父親に打ち明けた。一人娘だったから、父親は、ポーランド系テキサス人特有の頬骨の平べったい顔にうがたれた、青いやぶにらみの目に入れても痛くないほど彼女を可愛がっていた。その善良な男がロデオの雄牛のように暴れだしたもんだから、間もなく隣人たちは自分の家を出て、〈モテル6〉の広報担当係トム・ボデットに電話して部屋を予約しようと考えはじめた。

父親はジム・ビームのボトルを半分空けると、使い慣れた四四口径の六連発拳銃に弾丸を込め、ブーツと帽子を身につけてコイルを撃ち殺しに出かけた。

コイルは父親に、自分の命より娘さんを愛している、彼女と結婚したい、と言った。

父親は原則重視の人間だったから、殺すより結婚させる方がましだと考えて、コイルを放免した。

腹が目立たないうちに白いドレスを着て祭壇に上がれるよう、急いで準備が進められた。ところがコイルが、子どもが生まれるまで待たなきゃならない、自分が本当の父親だってことを血液検査で証明してほしい、と言いだした。警官は再び暴れ出してコイルを捕まえにいこうとしたが、娘が自分の身体を何かで刺したもんで、途中で引き返した。赤ん坊は死に、彼女自身も死ぬつもりだった。一家は悲しみに沈み、父親は四六時中酒を飲むようになった。娘は、おばと暮らすために北テキサスのナコドーチェズへ送られた。父親は、警察をクビにならないよう、怒りを鎮めるセミナーのようなものを受けなきゃならなかった。言うまでもなく、コイルは太腿を叩いて笑っていた。

二度目はスパーリングに関する騒動で、おれとディーシーにとっては、警官の娘の事件よりはるかに嫌なものだった。ある日突然コイルが、まるで初めてスパーリングをするかのようなスパーリングをしだしたんだ。誰にも彼にもパンチをくらっていた――スピード強化の練習相手としておれたちが連れてきたミドル級のボクサーや、挑戦を受けた高校アメフトのラインマンを相手に、まったくどうしたっていうんだ！　目がまた腫れ上がってしまい、前より長い休みをとる羽目になった。突然コイルは、爪先じゃなく踵で動くようになり、縄跳びをすると必ずよろけて壁にぶつかるようになった。アマチュアのライトヘビー級ボクサーにノックアウトされ、目の焦点が合わないほどグロッキーになって、とうとうディーシーが練習を中止するしかなかった。そういう時、たいていのボクサーはプライドのために練習を続けたがるものだが、コイルは違った。ずらかることができて喜んでいた。それを聞いたビリーは、即座にミシシッピでの次の試合を七万五〇〇〇ドルで手配した。コイルの様子を見きわめることだけが目的の、無能ボクサーとの一〇ラウンド戦だった。

対戦相手は身長六フィート、体重三二八パウンド、ルイジアナ州レイクチャールズ出身の田舎者の大きな黒人で、自分の名前さえろくに書けないやつだった。ところが、そいつは一ラウンド目に、やすやすとオーバーハンドの右をコイルの顔に当て、尻餅をつかせた。あんなに高くて見当外れなパンチなのにどうして見切れなかったのか、おれとディーシーは不思議だった。コイルは跳ね起き、これはたいしたもんだが、ただちにやるべきことをやった。

バン！　ビッチを目に三発、顎に右を一発、左フックをボディに一発、どのパンチも速くて見事だった。黒人は死んだ鯨みたいに完全に伸びてしまい、白人の観客は通路で星条旗を振りながら踊り始めた。くだらない試合だったが、コイルは、ジャック・ジョンソンをノックアウトしたかのように気取って歩き廻った。おれとディーシーはうんざりして、いちもつの張りもなくしてしまった。試合後の更衣室は、薄暗い夜明けのようにしんとしていた。

コイルは休みをとったが、休息が必要だったわけじゃなかった。二、三日戻ってきたかと思うと、今度はさっぱり来なくなるというふうだった。来ても、ごろごろ寝そべって練習をするでもなく、だぼらばかりを吹いていた。マリファナの臭いがしたし、髪の毛が脂ぎっていた。すると、うちのボクサーが揃ってだらけはじめた。流す汗がどんどん少なくなっていった。コイルがセックスのし過ぎで足をひどくふらつかせてやってくる時なんかは、いっそのこと来ないでくれと願うほどだった。ジムは、男娼と社会保障庁の常連でいっぱいの、クソいまいましい社交クラブと化した。コイルがペットのプードルみたいにごろごろしているもんだから、ビリーが抱えている他のボクサーたちも同じようにし始めた。確実に勝てる試合を断わるやつも出てきた。準備の整っていないボクサーを試合に出す気は毛頭ないが、身体を鍛えることを条件に金をもらっているならば、当然鍛えておくべきで、〈バターボール〉ブランドの丸々太ったクソ七面鳥でいていいはずがない。

おれはコイルに真剣にやらせようと試みたが、コイルは「おれは冷静《クール》なんだ、クールなのさ」と言うばかりだった。

「冷たい《クール》なら北極グマのおっぱいだってそうさ」とおれは言った。

そんな調子が三カ月続いたが、あいつに分別を叩き込めるほどおれは大物じゃなかった。もっとも、トレーナーのはしくれなら、誰もそうしようとは思わないだろう。ボクサーは自分の意思で闘うか、さもなければまったく闘わないものだ。ビリーは解決策を求めたが、おれには一つも思いつかなかった。金を欲しがっているテン・ラウンダーが、拳が痛いだの、親指をくじいただの、肘を痛めただのという理由で試合を避けるのを、どう解釈したらいいというんだ。むろん、コイルのやつが自分から給料の減額を申し出るはずもなかった。

ある日、コイルはベロアのスエットスーツ姿で、ヌード雑誌を見ながらくつろいでいた。灯りを点けてくれ、とコイルが言った。点いているとおれは言った。もう一度やつは点けてくれと言い、おれもう一度、点いている、と答えた。コイルが、それが最初で最後のことだったが、おれを怒鳴りやがった。

「クソ灯りを全部点けやがれってんだ！」

「おい」おれは言った。それからごく静かな声でもう一度言った。「おい、クソ灯りは全部点いてやがるぞ」

コイルは、おれを見上げた。「ああ、そうか、そうだな、レッド。どうも」

その時、こいつは世の中のことがよくわかってないんだと思った。

ラスヴェガスからビリーに、フランスで試合をしているアフリカ黒人との、二〇万ドルの試合について打診する電話があった。そのボクサーはドイツに大きな資金源を持っていて、タフな野郎だが、ケニー・コイルのようなパンチはなかった。コイルは、その二〇万ドルの試合をしたいと、即座に承知した。

おれもまた、これだけ苦労しているんだから、少しくらい楽しみがなければ割に合わないと思った。そのフランス《アフロ・フレ》黒人《ンチ》を打ちのめし、その後の二戦に勝つ。一試合二〇万、もしかしたら五〇万になるかもしれない。もしコイルが負けても、ビリーは投資した金をすべて、あるいはそれ以上取り返せるし、おれとディーシーもすぐに儲けられる。派手に勝ったら、タイトル戦ってことになるだろう。有色人種からボクシングを取り返せるかもしれない、大きな白人ボクサーがいるという噂が広まるはずだからだ。おれとディーシーにとって、唯一興味がある色物《カラード》はただひとつ、これからはおずおずせずに胸を張って銀行の列に並べるようにしてくれる、色刷りの二〇ドル札、五〇ドル札、一〇〇ドル札だった。言ったように、アマチュアとプロは同じじゃないし、ビリーは可能なうちにコイルで稼いでおくつもりでいた。おれとディーシーはそれに賛成だった。とくにおれは、それで責任から解放されるのだから大賛成だった。

だが、おれたちは二人とも、コイルに何があったのか測りかねたから、ビリーに頼んで、コイルの状態を確かめるために次のフランス野郎との試合にそなえた強力なスパーリング・パートナーを何人か連れてきてもらった。前とまったく同じで、コイルは打たれまくった。でもコイルが打つと、何てことか！　きまって相手はぶっ倒れた。あばら骨を折って肝臓をぶっつぶす、あの物書きのジェイムズ・エルロイが呼ぶところの〈ボディ・ロケット〉をコイルが放つと、連中はただ逃げ帰った。だがコイルは、当てずっぽうで振り回しているような感じだった。いつものことだが、スパーリング・パートナーのことは気にしなくていい。彼らは打たれるために雇われているんだ。ただ困るのは、コイルもまた打たれ、そして倒れるということだった。パンチをくらい、また膝が蝶のように震えた。マリファナを吸っているか、あるいは悪くすると——一晩中女どもとトイレにこもっていたんだろう、とおれたちは考えた。

ディーシーは言った。「わしは深夜の放出のことを注意したと思うがな。でも、あいつはちっとも聞きやしない」

だが、コイルは息を切らすことがなく、体力はあるようだった。おれとディーシーにとって、こんなことは初めてだった。絶好調だった男が、とくに毎日早朝にロードワークをしていた男が、こんなに急にガタのきたボクサーになってしまうなんてことはだ。いまいましいことに、事情がわかってみるとコイルはマリファナを吸ってなどおらず、ただリラックスしてよく眠れるようにと、トレーニングの後にビールを飲んでいただけだった。

苦労して作ったものが崩れていくのを見て、これじゃさしずめおれたちは、深夜〇時のシンデレラじゃないかとがっくりきた。何かがあることはおれもディーシーもわかっていたが、その理由がわからなかった。そんな時、ディーシーが口に手を当てておれのところにやってきた。

ディーシーが言った。「コイルは悪い方の目が見えていない」

「なんだって、ばか言え。コミッション・ドクターの検査に通ったじゃないか」おれは言った。

「見えてないんだよ、レッド、怪我した方の目はな。本当だ。この二日間、あいつの横で白いタオルを振ってみたんだが、怪我した方は瞬きをしなかった。見てろよ」

次の日、スパーリングのラウンド間に、おれがコイルにグリースを塗り、水を飲ませている時、ディーシーがコイルのいい方の目の横でタオルの端をちょっと振った。すると、コイルは反射的に瞬きした。次のラウンドで、ディーシーは反対側に立った。同じようにタオルを振った。だが、コイルの悪い方の目は、タオルがまったく見えていないらしく、瞬かなかった。おれが、コイルがことごとくパンチをくらう理由や、フロアがよく見えないから踵で動くのだということを知ったのは、その時だった。だから、パンチが来るのがわからなくて不意をつかれ、生まれて初めて打たれた人間のようにぐらつくのだ。そして、コイルが試合を避けている理由がわかったのも、その時だった——見えないから負けると怯えていたんだ。負けると知りながらも二〇万ドルの試合を承知したのは、大金が欲しかったからだ。おれは、このろくでなしを撃ち殺したいと思った。ビリーの金を騙し取り、目が悪いことを隠し、おれを馬鹿にしたこの男を。

目が見えないなら、試合ができないのがルールだ。ビリーに報告しなきゃならない、とおれはディーシーに言った。なんたって、ビリーはおれの身内みたいなものだから、正直に話さないのは彼の背中をナイフで刺すも同然だ。

ディーシーは、待てよ、と言った。これはコミッション・ドクターの落ち度だ、おれたちのせいじゃない。彼らに責任をとらせよう。ヴェガスにはばれないかもしれないし、コイルが試合でこっぴどくやられてどのみち引退せざるをえなくなるかもしれない。そうなってもビリーは金をおおかた取り返せるから、とディーシーは言った。ビリーがおれたちに腹を立てる筋はないさ。それも一理あった。

だが、おれたちの計画を台無しにした出来事は、ヴェガスのボクシング・コミッションがエイズ血液検査の用紙をファックスしてきて、最新の神経系の検査結果を要求し、それと視力検査表を使うそこらの目医者じゃなく、ちゃんとした眼科医による眼科検査の診断用紙をも送ってきたことだった。がぜん、コイルは上機嫌になった。眼科検査のことを聞くと、待ち遠しそうにしていた。おれとディーシーは、やつの目についてわかっていることを考えると、なぜコイルが検査を受けたがるのか腑に落ちなかった。

果たせるかな、眼科検査をすると、コイルの悪い方の目、カナダで傷を負った方の目はほとんど見えていないという結果が出た。神経の検査では、トレーニング・キャンプでさんざん打たれたために平衡感覚が狂っていて、そのせいで縄跳びがうまくできないし、殴られるとぐらつくのだとわかった。目の検査から、おれたちがすでに知っていることが証明され、本当なら届くはずのないパンチをくらう理由がはっきりした。つまるところ、どういうことかというと、例の二〇万ドルの試合は取りやめで、大金を賭けたコイルのボクシングの日々は終わったのだった。そして、おれのせいで、ビリーは六万ドルの契約祝いを払ってばかを見たのだった。健康体でいたらコイルが勝ち取ったかもしれない巨額の賞金は、たいした問題じゃなかった。

傷を負ったヴァンクーヴァーでの試合が、コイルの目が悪くなる発端だった。噂が広まらなかったのは、コイルがボクサーだってことをカナダの医者に言わなかったからであり、同時に、カナダにある無料の医療サービスで治療を受けたからだった。目医者は、手術は七〇パーセント成功したと言い、ただし、外傷のために一生見えなくなる可能性があるから気をつけるようにとコイルに告げた。負けたボクサーの例に洩れず、コイルが二年間ボクシングから離れていたせいで、世間は彼のことを忘れつつあった。そして、アラバマとミシシッピでの目の検査では、目を調べたカジノのえせ医者に一〇〇ドルを渡すという手を使った。後日、その経緯をおれに話して聞かせた時、コイルは海軍で演じた芝居の話をした時と同じように鼻を鳴らして笑ったものだ。

おれがコイルの計画を理解したのは、その時だった。そう、コイルはマルセーラス・エリスとの試合の後すぐに、また目が悪くなってきたことに気づいたが、カナダでの目の手術の件は明るみに出ないだろうと考えて誰にも言わず、自分一人の胸にしまっておいたのだ。そうすれば、ビリーからボーナスをくすねられるし、女の尻を追っかけるための月二五〇〇ドルも頂戴できるからだ。いつまで笑っていられることか、とおれは思った。

ただ、こうなった今、ビリーには何と言えばいいか。結局のところ、取引がまとまったのは、おれがコイルを推したせいだ。今じゃ、光り輝くおれの大きな白人ボクサーは、銅製の洗濯だらいのように黒ずんでしまっていた。おれはディーシーにこのことを話した。

ディーシーは言った。「あんたの言うとおりだ。だからあの狡猾な野郎は、戦地からこの南部へ来やがったんだ」

おれたちはコイルの虚をついた。コイルは検査の結果が出ているのを知らなくて、おれとディーシーは彼をリングのエプロンに腰掛けさせた。しょっぱなからコイルは相当に酔っ払っていた。

ディーシーは言った。「なぜ目のことを黙っていた」

コイルはしらばっくれた。「どの目のことだい?」

ディーシーが言った。「ケニー。ルールその一は、嘘をつくべからずだ。駄目になっちまった目のことだよ」

「駄目になった目なんてねえよ」

「目が駄目になってるはずだ、嘘つくな」とディーシーが言った。

「駄目じゃない、かすむだけだ」

「かすむだけでもヴェガスの試合には出られない。かすむってのは、そういうことなんだよ、こん畜生め」顎のまわりの筋肉を浮き上がらせて、ディーシーが言った。「たった今からおまえはクビだ。わしをコケにするちんぴらと付き合う気はない」

コイルの目が飛び出しそうに大きくなり、首がむくむくと赤く盛り上がった。「ちんぴらはそっちだ、おいぼれめ!」

コイルがディーシーの胸を強く突いた。ディーシーは倒れたが、肩で転がって受身をし、ボールが跳ね返るみたいに起き上がった。

ディーシーは言った。「おい、ルールその二は、殴るべからずだ」

コイルがディーシーを蹴ろうとするような動きをした。おれは、〈バック〉のナイフに手を伸ばしたが、それが尻のポケットから出るより早く、ディーシーが矢のような素早さで杖を使い、コイルの片方の膝と両方の向こう脛をバッ！　バッ！　バッ！　と打った。コイルは、猫がたくさん入っている袋のように床に崩れ落ちた。

「殺してやる、このおいぼれめ！　その棒でおまえの頭を叩き割ってやる」

ディーシーは言った。「ばか野郎、ダークチョコレートに向かって殺すなんて言葉は吐かない方がいいぞ」

コイルが喚いた。「覚えてろ、おいぼれ！」

ディーシーは言った。「おまえは墓穴を掘ったんだ」

ディーシーはよろよろと、杖を手に重い足取りで出ていった。コイルがまたディーシーの後を追おうとしたが、その時にはとっくにおれが〈バック一一〇〉を取り出して刃を開いていた。

おれは言った。「生きた犬の皮をはぐのを見たことはあるかい」

おれはコイルを外に連れ出した。ブランコ通りの〈テキサス・アイス・ハウス〉にさっさと連れていって、親友同士のようにロングネック・ビールを飲んで頭を冷やしたらいいと思った。〈テキサス・アイス・ハウス〉は年間三六五日無休の店で、看板には〝カウボーイになろう〟と書いてある。

コイルは言った。「テキサスのクソビールなら家にある」

〝テキサス〟と〝クソ〟を一息に言うのは我われテキサス人の好むところではなかった。その後、おれは、やむにやまれずコイルの家を訪れた。ノックすると、扉ごしに散弾銃の弾丸を薬室に込める音が聞こえた。

おれは言った。「おれだ、レッドだよ」

扉をあけたコイルは、ディーシーを探すため足をひきずりながらポーチに出てきた。

コイルは言った。「あいつを殺す。そう伝えてくれ」

中に入ると、床のあちこちにビールの缶が転がっていて、マリファナとセックスのにおいがした。コイルと眠そうな顔をした売春クラブのブロンド娘が、ほとんど素っ裸で寝そべっていた。女は、最初から最後まで一言も口をきかなかった。おれの先祖もゲラティやオケリーといったアイルランド系の名前だが、コイルの卑劣漢ぶりが明らかになるにつれ、彼と同じ人種だってことを恥ずかしく思った。

おれは言った。「目が悪くなったのはいつだ」

コイルはまだ脚をさすっていた。「カジノでマルセーラス・エリスに頭突きされるまでは何ともなかった。それより、なあ、あんたがトレーニングしてくれたら、おれはまだこのあたりで闘えるんだがな」

「二流どころのボクサーに戻れよ、そうしたらこのあたりで闘える」

「目は大丈夫、かすむだけだって。話を蒸し返すなよ、ったくよ」

「蒸し返してるのはおまえだ」

「あれは、この間のミシシッピのずっと前のことだったんだって。な？　それに、自然に治ってきてたんだって、わかるだろ？」

おれは何も言わず、コイルも黙っていた。やがておれは言った。「わからないのか。目の検査で落ちたら、ヴェガスはおろか、金の絡むどの試合にも出られない。今のおまえにつくトレーナーなんて、吸血野郎ぐらいだ」

コイルは肩をすくめ、短い笑い声さえ上げた。その時おれは、コイルが決して訊かれたくなかった質問、真実を話せばビリーの金を返さなきゃならなくなる質問をした。

「なぜビリーと契約を結ぶ前に、おれたちに目のことを話さなかった」

コイルは老獪になった。一分間近く、目をそらしてずっと遠くを見ていた。二度口ごもってから、こう言った。

「おれの目のことは、誰もが知ってた」

おれは言った。「ヴァンクーヴァーでも知ってる人間は多くないし、サンアントニオじゃ間違いなく誰も知らない」

コイルは言った。「ヴェガスなら調べられたはずだ」

おれは言った。「ここはヴェガスじゃない」

コイルは立ち上がった。おれのことを殴ろうと思ったのだろうが、本当はできることなら身を隠したかったのだ。その代わり、おれの腹に狙いを定めるように散弾銃を動かした。

彼は言った。「あんたにはもうトレーニングしてもらわなくていい」

おれは言った。「今度誰かを食い物にしたい時は、棺桶の中のママにしな。それなら仕返しもされないぜ」

それを聞いてコイルの背がピンと伸び、おれはそろそろ引き上げどきだと思った。扉が閉まった時、コイルと売春クラブのブロンドが笑いだすのが聞こえた。

おれは心の中で呟いた。「笑ってるがいいさ、ちんぴらの臆病者が——銃をおれに向けても撃てやしまい」

翌日、ピックアップを駆ってビリーの事務所に行き、一部始終を話した。自宅からそう遠くないんだが、それまで運転したうちで一番長い道のりだった。おれは、テキサスから出ていけ、このクソ白人、と言われるのを覚悟していた。ビリーはじっと話を聞き、それから密輸品のハバナ葉巻のモンテクリストに金色のダンヒルで火を点けた。じっくり時間をとると、二人分のヘネシーXOを注いだ。

ビリーには、おれが自分を蔑み、彼との友情を壊してしまったと思っていることがわかっていた。

おれは言った。「すまない、ビリー。決しておまえに迷惑をかけるつもりはなかったんだ」

ビリーが言った。「未来のことは誰にもわからないさ、レッド。わかるのは女だけだ。女は、いつ自分がやられるのかわかってるからな」

ビリーが冗談をまじえたのは、おれの気持ちを楽にさせるために違いなかった。そうでなかったら、おれは今すぐにもコイルを追いつめ、内臓をえぐり出すつもりでいた。だがビリーは、落ち着けよ、後で自分がコイルのところに行くから、と言った。おれは、一緒に行きたい、ミスタ・スミスとミスタ・ウェッソンを連れて行くからと言った。

「いいよ」とビリーが言った。「銃で撃ち合うことにはならん」

ビリーがコイルのところに行った時、あいつはまたマリファナを吸い、銃身が六インチあるばかでかいステンレス鋼の三五七口径ＭＡＧルガーを抱えていた。ビリーは瞬きもせず、コイルが飲んでいるのと同じアイスティーをもらえないかと言った。コイルが、これはダイエット用じゃないピーチ味の〈スナップル〉だと言ったが、ビリーはそれでいいから一杯おごってくれと言った。なごやかな展開だったが、コイルはルガーを離さずにいた。

ビリーは言った。「おれの見たところ、おまえがしようと思ってしたことじゃないようだな」

コイルは言った。「そのとおりす。エリスがしたんす」

ビリーは言った。「それでもおまえは、おれから六万をだまし取ったことになる」

コイルは言った。「それは考え方によりけりじゃないすか」自分の言ったジョークに、彼は声を上げて笑った。

「それに、誰もおれの目《アイ》のことを訊かなかったから、おれは嘘《ライ》をついたことにならない。どうす、おれだってアリみたいに韻を踏めるんすよ、ヒョッホー」

ビリーは言った。「コイル、作為の罪と不作為の罪ってもんがある。この場合は六万ドルの不作為だ」

コイルは言った。「証拠がないすよ。あんたの希望ですべて現金、税なしだったんだから」

ビリーは言った。「おれは六万ドルを返してほしい。ただで部屋を貸したことと、毎月おれからもらっていた二五〇〇ドルのことは忘れていいが、契約祝いのボーナスは返してもらう」

コイルは言った。「返そうにも残ってねえすよ」

ビリーは言った。「抵当に入ってないＢＭＷがあるだろう。それを渡してくれれば、それでチャラだ」

コイルは言った。「ビーマーはやらねえ。おれのボーナスで買ったんすから」

ビリーは言った。「目がやられていると知りながら受け取った金だ。詐欺だ」

コイルは言った。「おれは契約を守らせてもらうすよ。

おれの弁護士は、あんたには今月、それとひょっとしたら今後三年間にわたって、おれに二五〇〇ドル払う義務があると言ってる。あんたがあの不適切な相手と対戦させたんだから、すべての原因はあんたにあるって」

ビリーの腹のまわりには肉がついていて、コイルはあんたのことなどこれっぽっちも怖くないと言った。

ビリーはそれ以上、車の所有権証書を求めず、月二五〇〇ドルについての議論をせず、取りそこなった予想収入について一言も触れなかった。

「じゃあ教えてくれ」ビリーは言った。「いつおれのアパートから出ていって鍵を返してくれるつもりだ」

コイルがいつもの笑い声を上げた。「あんたがおれを立ち退かせた時すよ。しばらくそれもできないでしょうがね。目がこんなだから、おれは障害者なもんでね。ちゃんと調べたんだ」

ビリーは一緒になって笑い、コイルが右手にルガーを持っていたから、帰る前に右手でコイルの左手を握った。

ビリーは言った。「じゃあ、気が変わったら知らせてくれ」

「それはまずないな」とコイルが答えた。「あの警官の娘と結婚しようと思ってるんでね。ここはおれたちの愛の巣というわけさ」

おれとディーシーは一日二四時間コイルに呪いの言葉を吐いていたが、ビリーの方は気にしている素振りをまったく見せなかった。一週間ほどたった時、ビリーが、女房と子供が数日間オーランドのディズニーワールドに出かけることになったと言った。木曜日のこと、彼はおれとディーシーに、金曜の晩からヌエボ・ラレードへ行ってそこで週末を過ごそうと誘ってくれた。

ビリーは言った。「〈キャディラック・バー〉で目一杯飲んで、コイルの後味を洗い流そうじゃないか」

自分がおごるから、ボーイズ・タウンの売春宿で充実した時間を過ごさないかと、おれたちの意欲をあおった。おれは、しかるべき刺激があれば今でもムスコはちゃんと仕事するぞと言い、ディーシーもそう言った。だがディーシーは、コイルの件以来腰がひどく痛むから、キューバのアフリカ系宗教〈サンテーリア〉の儀式を取り行なう女のいるヒューストンに行かなきゃならない、と言う。彼女の使う、雄鶏の血で作る秘伝のマッサージ液のようなものが、ディーシーを唯一癒してくれるものだというのだ。

ディーシーは言った。「あんたらと一緒に行けないのはまったく残念だが、おれはキューバ女に会いにいかなきゃならんのだよ」

おれはビリーに、おれの〈ジミー〉に同乗してヌエボ・ラレードまで行ったらいいと提案した。あそこはサンアントニオから三時間くらい南下した国境の町だ。ちょうど行く途中の、サンアントニオからハイウェイ三五で、七〇か八〇マイルほど南下したところのディリーで、そこに住んでるいとこのロイヤルに届けたいものがあった。ビリーは、午前中に用事があるから、明日の六時に〈キャディラック・バー〉で落ち合おうと言った。こうしておれは、一人南へと向かいながら、卑劣なやつをまともに扱ってやったことに内心打ちのめされた思いをつのらせていた。

ロイヤルの嘘を聞き、彼のジャック・ダニエルズを飲んで一息つけるよう、朝早く出発した。六時一〇分過ぎに〈キャディラック・バー〉の前に車を止めると、ビリーのくたびれ切ったタウンカーが表に駐まっているのが見えた。ビリーは中にいて、顔一杯の笑みを向けてきた。新しい帽子とブーツを身につけたおれは、五〇歳に戻ったような気がして、ケニー・コイルのことも、やつが乗っているBMWもくそくらえだと感じられた。おれたちは、コイルのことなどたいした問題じゃないかのように笑っていた。が、心の底では、たいした問題だってことがわかっていた。

ウズラとドスエキス・ビールの夕食をとり、最後にメキシカン・スタイルに揚げたアイスクリームを食べ終えると、ビリーが真新しいモーテルに小ぎれいな部屋をとってくれた。おれの記憶するかぎりでは、おれたちは自分の車をモーテルに置いて、タクシーに乗ってボーイズ・タウンに行った。〈ハネムーン・ホテル〉〈ダラス・カウボーイズ〉〈ニューヨーク・ヤンキー〉といった店に入った。まったくおれときたらなんてことだろ、肌の浅黒い女たちに夢中になって、最後には、帽子に隠して持って帰りたくなるような小柄な中国娘を相手にしていたのだ。彼女と二晩過ごし、もう家には帰りたくない気分だった。

　はっきりしていないが、おれはビリーの様子を見るために、土曜日に一度モーテルに戻った気がする。ビリーの車はなくて、メッセージランプが点滅していた部屋の電話機には、おれ宛ての伝言が録音されていて、枕の上には五〇〇ドル分の紙幣が置いてあった。ビリーのメッセージは、海老を運ぶトラックが故障して、シュリンプ・パーティーのために別のトラックを借りなきゃならなくなったから、マタモロスまで行ってくるという内容だった。そんなわけで、おれはメキシコ風のスクランブル・エッグとライス・アンド・ビーンズをたっぷり食べ、かなりの本数の〈ネグラ・モデロ〉を空けた。例の中国娘のところへ戻る時もまだふらふらしていたが、ブーツとエル・パトロンの帽子はなくさずにいたから、自分では丈の短い草地に立つ背の高い犬のようなつもりだった。

　記憶が抜け落ちている箇所もところどころあると思うけれど、途中のどこかで、ボーイズ・タウン周辺の通りをさまよい歩くうち、小さい公園に行きあたって足を止め、目を凝らしたことを覚えている。メキシコ中の公園で見られる光景だった。街灯は、ぶらさがった裸電球にすぎず、まわりに虫が群がり、こうもりがすばやく飛びかっている。一四歳から一八歳かそこらの少年少女は、夜のパセオをする——パセオというのは、テレビも何もないために、大通りをぶらつく散歩のようなもので、家から出て異性と戯れるための手段だ。ところによっては、若者たちが公園で輪を作る。少年が外側、少女が内側に輪を作り、通りすぎる時に互いに顔を合わせられるように、内と外で反対方向にゆっくりと回る。少女たちは好きな少年に安い香水を吹きかけ、少年たちはお気に入りの少女の口に、ひとつまみの砂糖菓子を放り込もうとする。誰もが笑い、唾を吐き、気取っているが、半ズボンの中は今にも爆発しそうだ。あのあたりでは、人々はそうやって結婚する。

　もちろん、結婚はおれの頭にはなかった。何か別のものがあって、おれはもう少し本場ものの中国の酢豚を食べて頭の中を満たそうと、精一杯努力した。

翌日曜に、おれがおぼつかない足取りで帰ってきた時、ビリーは眠っていて、それでおれも眠った。記憶が間違っていなければ、日曜の晩遅くおれたちは別々に帰路についた。二人とも身体がガタガタで青い顔をしていたが、ラレードに戻った時のビリーの車はちゃんと洗ってあって、リアウィンドーにひびが入っていることを除けばすごくきれいだった。マタモロスでどこかの酔っ払いが車に侵入未遂をしたんだ、とビリーは言った。その証拠に赤くむけた拳をおれに見せた。

ビリーは言った。「今でもあんたに教えられたとおりにパンチできるんだぜ、レディ」

一人家をめざして運転している時、おれの脚はすっかりがに股になって、心臓があちこちの方向に跳びはねていた。それでも、永遠の眠りにつく時は、ボーイズ・タウンで娘たちをからかい、中国語を覚えながら死にたいものだと思っていた。

月曜になっても酒が抜けず、ビスケット・アンド・グレーヴィー、新鮮なサルサソース、揚げたコーン・グリッツ、一ポンド近いベーコン、トマト三、四個、大量のロングネック・ビールを仕入れに行けるようになるまでは、真っ青な顔で病人のように寝そべっていなきゃならなかった。テレビを見た記憶がないから、たぶんほとんど寝てばかりいたんだろう。

火曜日にジムに着いて初めて、ケニー・コイルのことを知った。泥の中で死んでいるのを、狩猟者が見つけたという。町外れのメスキート林で、焼かれたBMWのそばで死んでいた。発見されたのは日曜の正午で、噂によると死後一二時間くらいたっていたから、つまり土曜の深夜、午前〇時頃に殺されたことになる。ジムの人間が、警官がおれに会いにきたと言った。なんてこった、おれとビリーはメキシコにいたし、ディーシーはヒューストンにいたんだ。

内部の情報では、コイルは、警官が手錠のかわりに時たま使うプラスティック・ケーブルで、両手両足をひとつに縛られていたらしい。別の場所で、片っぽの膝骨を自分のルガーで撃たれていて、その後、特定できない鈍器で頭を割られた。脳味噌がだらりと飛び出していて、まるで葡萄の房みたいだったらしい。口の中に自分のきんたまが入っていて、たまがふたつとも収まるように、口の端が耳のところまで切り裂かれていた。おれの聞いた話では、コイルを見た警官は、自分の睾丸を食っている男なんて滑稽なざまだと言って笑いだしたという。もちろん警察はすぐに、これは自分たちの仕事だと認識したがね。

火曜日の朝に警官がジムに来た時、おれはまだコーヒーを飲みながら、正面の窓の外を眺めていた。隠すことは何もなかったから、その場を動かずにコーヒーをちびちび飲み続けた。おれは彼らに、今こうして話しているのと同じ話を、ディリーに寄ってロイヤルのやつに会ったところから話した。そうそう、警官のリーダーは、おなじみのジュニアで、ジュニアは例のどこにでもいそうな娘の父親だった。

おれはジュニアに、悲劇が起こった時、ビリーとヌエボ・ラレードに行っていたことを話した。〈キャディラック・バー〉のこと、テキーラを飲んで、ボーイズ・タウンで女をからかって遊んでいたことを話した。もちろん、ジュニアに関係ないと思ったたくさんのことは省いた。ジュニアの瞳はいっそう淡く、口は、喋る時に唇がほとんど動かないくらい引き締まっていた。彼は二つ、三つだけ質問をして、おれの返答に満足した様子だった。

帰りぎわにジュニアが言った。「痛い目に遭わなきゃわからないやつもいるってことだな」

ジュニアが去ると、ジムの中でふたたび噂話が始まり、縄跳びも始まった。北メキシコからテキサスにいたるすべてのボクシング・ジムが、コイルの身に起こったことを知っていた。おれの知るかぎり、警官は一度もビリー・クランシーの扉をノックしなかったが、それ以降は本当に、ビリーの抱えているボクサーは皆、四の五の言わずに汗を流して練習し、試合に備えるようになった。

ディーシーがバスを降りるのが目に入った時、おれは三杯目のコーヒーを飲んでいた。ディーシーにいつもと変わった様子はなかったが、ただ、こぶだらけの新しい杖を持っていた。前のと同じように、メスキート材の杖だった。けれど、ディーシーが近くに来ると、新しい杖はまだ生木だということが見てとれた。

おれは言った。「コイルのことを聞いたか」

「今帰ってきたばかりでね」とディーシーが言った。「あいつがどうした?」練習をしていた黒人ボクサーのひとりが、くすくす笑いはじめた。ディーシーはその若者を、あの緑がかった青い目で一瞥した。それで話はおしまいだった。

蝶を殺した男
A Lepidopterist's Tale

ダニエル・ウォーターマン　白須清美訳

ダニエル・ウォーターマン（Daniel Waterman）はケンタッキー州ルイヴィル生まれで、現在はアラバマ州タスカルーサ在住。《ボム》誌に発表されたこの作品が、彼のデビュー作となる。

妹のジェニーとぼくがスモークタウンにやってきて、通りの向かいに住んでいたスキートと兄弟になってから間もなく、一匹の野良猫が家の周りをうろつくようになった。野良猫の例に漏れず、そいつは二つの本能に引き裂かれて、どっちつかずの態度でつきまとってきた――脚にすり寄ってきながらも、決して頭を撫でさせようとしない。どこにでもついてくるくせに、抱き上げようとするとフーッとうなり声をあげる。

スキートはその猫を気に入った。しばらくの間は。ひ弱な猫で、脚も痩せ細っていたが、灰色の目は生き生きとして、今も誇りをたたえていた。スキートは反抗的な態度も構わずに食べ物やミルクをやり、あたりをうろつき回るのを見守っていた。あの頃でさえ、彼は何かの面倒を見たかったのだろう。だが誰だって、抱き上げられようとも可愛がられようともしない、愛嬌のない猫を、本気で必要とはしない。そのうち彼は、食べ物をやることも、甘やかすことも、家に入れることもしなくなった。しばらくすると、猫はいなくなっていた。拾われたか、どこかへさまよい出たか、死んだかしたのだろう――そのどれだったかはわからない。そしてスキートは、あの猫ととてもよく似ていたと思う。あの猫は、自分の運命を腫瘍のように抱えて生きていた。

それは子供時代のほんのちょっとしたエピソードで、これまで思い出したこともなかった。ジェニーが先週、涙ながらに職場に電話をかけてきて、スキートのアパートメントに来てほしいといってくるまでは。スキートは、ぼくらが八年前に家を出てから、町を転々として暮らしていた。スキートの住まいのほとんどは見たことがなかったし、見ようとも思わなかった。だが二年前、彼は思いがけなく、ぼくとジェニーが苦労して避けてきた場所のすぐ近くに現われた。ぼくらがともに育った場所の近くに。

それはスモークタウンだった。似たような長屋が、煉瓦塀のように何ブロックも軒を連ねている。面白みのない通りは、単調でみすぼらしく、空っぽで何もなかった。交差点で途切れたところに、ちらほらと店があった——コンビニエンス・ストアやコインランドリー、またはバー。焼却炉の巨大な煙突が町全体を見下ろし、そこから一日じゅう吐き出される煙は、この界隈の名物だった。

スキートのわずかな持ち物は部屋に置きっぱなしになっていて、家主はぼくらに処分するようにいってきた。どうやらスキートは、緊急連絡先としてジェニーの名を知らせていたらしい。もはや緊急の事態ではなかったが、ジェニーはようやく勇気を奮い起こして、何があるのかを見に行くことにしたようだ。仕事が休みの日に、彼女は角の公衆電話から電話をかけてきた。スキートは電話を持っていなかったし、これまで持ったこともなかったからだ。そして、ぼくにも来てほしいといってきた。すぐに。

「どうしたんだ?」ぼくは訊いた。

「とにかく来て」

「今はまずいよ、ジェニー。ここじゃまだ新顔なんだ。真っ昼間から、つまらない用事で外出するわけにはいかない」

「いいから来て。わかった?」

「待てよ」悲しみの発作にとらわれているだけだろうと思って、ぼくはいった。「今日のところはそのままにしておけ。明日は土曜で、仕事は休みだ。明日、手伝うから」

「それじゃあ駄目よ」

「何が駄目なんだ?」

間があって、息を吸う音がした。やけに長い。また煙草を吸っているのだろう。「とにかく来て」彼女はいった。

「行けないよ。ハルを呼ぶわけにはいかないのか?」妹が夫に電話することを期待して、そういった。険悪な沈黙が流れ、思い出した。ハルは決して悪い人間ではなかったが、ぼくの妹である妻からは、愛想をつかされていた。ハルに落ち度がないのは間違いないが、だからといって何の助けにもならない。ジェニーには独自の判断があった。どちらがいいとか悪いとか、功罪とかには関係なく。

「気にしないでくれ」ぼくはいった。

「彼はスキートのことを知らないわ」彼女はうめくようにいった。

「ジェニー」ぼくはため息をついた。

「ごめんなさい」少し態度はやわらいだが、まだ身構えていた。がっかりさせられた少女のように。「ねえ」妹は続けた。「見つけたものがあるの」

そのとき、法律事務所の所長のミスター・ローガンが図書室に入ってきた。電話をしているぼくを見つけると、彼はまっすぐに席までやってきた。ぼくは笑顔で、片手を上げて挨拶した。彼は身を乗り出し、広げた手を机の上に置いて、待った。

「何だ？」ジェニーに訊いた。

「見つけたものがあるといったの」

「それはわかってる。何を見つけたんだ？」

「だから、こっちへ来てよ」電話は切れた。

「ミスター・ローガン」ぼくは顔を上げていった。相手は読書用眼鏡の上で、眉を吊り上げていた。早くも残念な成り行きを予期してか、表情をなくしている。「ちょっと外出させていただきたいのですが」


スキートの住まいはアパートメントではなく、ぼくらが育った家の近所にある商店のひとつで、グランド通りとクレー通りの角にあった。しばらく車に乗ったまま、ジェニーがくれた住所をもう一度確かめ、それが間違っていることに気づいた。その商店はよく知っていた。ぼくらが育った家から二ブロックしか離れていない。ジェニーとぼくが子供の頃、そこは〈マーフィーズ・キャンディー・ストア〉で、その後〈バニーズ雑貨店〉になり、それから長いこと経って、酒屋兼バーになった——まるで店自体が、刻々と進化するぼくらの要求に応えるかのように。

今は空き店になっていたが、正面のウィンドーがそのまま残っていたのは驚きだった。だが、ガラスは真っ黒に塗られ、ナイトクラブのポスターやコンサートのチラシがべたべたと貼ってあった。ぼくは車のエアコンを止め、窓を開けて待った。

外の空気は熱く、よどんでいた。うつろな夏の日光、影と静寂、貧弱でみすぼらしい歩道に気持ちが萎え、ぼくはそこに座ったまま、夏が過ぎていくのを感じていた。通りの向こうでは、二人の子供が木の棒で叩き合っていた。背後でスクリーンドアが勢いよく閉まり、少女が自転車で横を走り抜けた。後ろの泥よけに、人形がむごたらしく縛りつけられている。突然、大きな黄色いキャデラックが轟音を立てて目の前の一時停止標識を無視し、開いた窓からステレオの音をさせて走り去っていった。

商店に目を戻したとき、ジェニーが暗い戸口から出てきた。待ち構えていたようにこっちを見ながら、重いスチールのドアを力強く骨ばった手で支え、空いているほうの手で中へ入れと招いた。ぼくは車に鍵をかけ、そっちへ行った。

ジェニーはツアーガイドのように後ずさりしながら、部屋の奥へと進んでいった。「見て」彼女はそういったが、ぼくには何も見えなかった。部屋はひんやりと湿っていたが、暗くて何もわからない。ジェニーが玄関のドアにつっかい棒をしておいたので、そこから入る弱い光が上っ面だけを照らしていた。薄汚れた天窓から注ぐ光が、奥のほうを明るくしていた。足を止め、妹を先に行かせて、目が慣れるのを待った。目が慣れると、質素でがらんとした部屋が見えてきた。長年踏みつけられて石のようにつるつるになった、さねはぎの古い木の床が、部屋の隅から隅まで張られていた。大きな二人用の机が片隅に置いてある。どっしりとしたオーク材の回転椅子が、そのそばにあった。部屋の突き当たりの床には、マットレスとスプリングが積み上げられていた。

先へ進もうとしたが、何か——紐のようなもの——が顔に触れ、その柔らかさにびくっとした。電気のコードだ。手を伸ばしてそれを引っぱった。

「驚いた」ジェニーがいった。「これ見てよ」

ジェニーは机を回り込んで、ぼくと向かい合っていた。

机を見下ろす妹の視線の先を追った。そこには箱がいくつかあった。ぼくらは目を見交わし、それから箱に視線を戻した。

「何だろう?」

「さあね」

机を回り込み、かがんでもっとよく見た。標本箱——蓋に蝶番がついていて、上がガラスになっている、ありふれた長方形の木の箱——が二つ、表を上にして置いてあった。ひと目でわかった。蚤の市をぶらぶらしながら、懐中時計やペンナイフ、古い万年筆、選挙キャンペーン用のバッジなんかを物色しているときに、それらが陳列してある箱だ——どれもはかない、暖炉の上をごちゃごちゃと飾る代物で、人はそれを蓄え、集め、ひそかな重要性を与える。ぼくは箱のひとつを覗き、もう一度ジェニーを見た。

「蛾?」ぼくは鱗翅類《りんしるい》学者ではなかったので、そう尋ねた。

「蝶よ」ジェニーが低い声でいった。「蝶ばっかり」

彼女は別の箱を、玄関のドアから差し込む弱い光にかざした。不意にその色彩——カラメル色、黒、黄、そして青——が、中から光を放っているかのように、透き通って生き生きと輝き始めた。その箱にも、もうひとつの箱にも、あらゆる種類の蝶が広い間隔を置いて、不動の姿勢で整然と並んでいた。羽は完璧なバランスで広げられ、まるで長い飛行かバレエの動きを終えて静かに舞い降り、お辞儀をしたところのようだった。だが、小さな黒いピンがほっそりした胴を貫き、コルク板に留めているせいで優美さは失われ、それがもう死んでいて、どんなダンスも踊れないことがわかった。

それぞれの蝶の下には紙の名札が糊づけされていて、スキートの不揃いでのたくるような字で正式名が書かれていた。メスグロトラフアゲハ、ベニシジミ、クスノキアゲハ、ウラギンモンオオセセリ、オオカバマダラ、アカタテハ、モンシロチョウ、タイマイ。読んでから、ぼくはどちらのほうがありそうにないか決めかねた——スキートがその名を発音しようとするのと、わざわざ時間をかけて書きつけるのと。

「まだあるの」ジェニーがそういって、指で招いた。部屋の反対側まで行くと、同じ箱が三つ、展示されるのを待つ美術品のように、後ろの壁に立てかけてあった。それらもやはり、蝶で埋めつくされていた。

「どこで手に入れたんだろう？」

ジェニーは数歩離れてから、腕組みをしてこっちを向いた。「知らないわ」彼女はいった。「本当よ」

ぼくはかがんで、しばらく眺めた。「たぶん、どこかで拾ったんだろう」

「拾った？　どこで拾ったっていうのよ？」

「さあね。買ったのかもしれない」

「やめてよ」妹はいった。ぼくは目を上げた。彼女は腕組みをして、かかとを支点に身体を揺らしていた。額にしわを寄せ、容赦なく指の皮をむしっている。

「それとも、見つけたのかも」ぼくはすかさずいった。

「路地とかで。研究所の外とか。博物館とか。ガレージセールとか。わかるものか」

「路地で拾ったというの？」

「買ったかもしれないさ、ジェニー。ぼくにわかるはずないだろう」

「引き出しを見て」

「なぜ？　何があるんだ？」

「いいから見て」

引き出しを見た。中に転がっていたのは、どれもスキートが標本を作るのに使った道具だった——色つきのピンが詰まった小さなプラスチックの箱、糊、テープ、コルク板、定規、エグザクト社製のカッター。

「別の引き出しも見て」ジェニーがいった。

その下の深い引き出しには、モスリンとチーズクロスが入っていた。そのうち二枚がハンガーに張られ、粗末な捕虫網を作っていた。古いコーヒー缶もあった。持ち上げると、つんとする匂いが漂ってきた——酢酸エチルだ——そうとわかって、すぐに元に戻した。それは昆虫を殺す毒瓶で、ちゃちなものだが、やはりスキートが自分で作ったものだった。引き出しの底には蝶の残骸が散らばっていた。死骸は乾いてほこりにまみれ、落ち葉のようにばらばらでもろかった。

引き出しを閉め、椅子を回して座った。「どういうことなんだ」

「わたしにもわからないわ」ジェニーは立ったままで、煙草を出し、火をつけた。ぼくは大げさに咳き込んだ。

「何もいわないで」彼女は釘を刺した。「このあたりじゃ一番有能な看護婦なんだから」

「その格好を見たらわからないな」

妹は煙を吸い込み、自分の姿を見下ろした。

「仕事に戻らないと」とうとう、ぼくはいった。

「これをどうしたらいいの？」

「知らないよ。後で話し合おう」

「このままにしてはおけないわ」

「今だけのことだ」ぼくはいった。「仕事に戻るよ」

妹は片脚から片脚へと、かわるがわる体重をかけていた。煙草を床に落とし、足で踏み消した。「わけがわからないわ」

「まったくだ」ぼくはそういって、立ち上がった。

「彼は何をしていたの？」


不思議がる妹を見ながら、ぼくは彼女がそれに気づき、思い出し、理解することがあるだろうかと考えていた。ぼくらの知っている誰よりも凶暴な男が、どうして蝶に取りつかれたかを。

「知らないよ、ジェニー。本当に行かないと」

だが、ぼくは知っていた。子供の嘘を無邪気な嘘というけれど、それは子供が無邪気だからではない。子供は自分が嘘をついていることを知っているし、その目的や結果がわかっているからだ。だが、大人になってつく嘘はずっとする。なぜなら、そのほとんどは自分につく嘘で、欺きたい相手はただひとり、自分だけだからだ。

スキートはかつて、医学史に残るような経験をした。といっても、彼の名は医学の教科書のどこにも載っていない。なぜかはわからない。わかっているのは、医者が今となってはひどくありふれているが、当時はまったく未知の方法でスキートの命を救ったということだ。

スキートが最初に身体に変調をきたしたのは、家に来てから間もなくのことだった。歩いたり、喋ったりするのが困難になり、ぜんまい仕掛けのおもちゃのネジが切れかけたときのように、のろのろと腕を動かした。母は看護婦で、こうしたことには目ざとかったから、ぼくらの誰よりも、たぶんスキート本人よりも早く、異常に気づいた。母はちゃんとした病院でスキートに検査を受けさせ、何週間にも及ぶテストの結果、医者はスキートの筋肉が衰えかけていると判断した。広く全身にわたって衰えているのだ。その病気には名前がなかったが、一般的に末端から始まると医者はいった。四肢と付属肢がまず鈍くなり、麻痺する。始めは腕と脚、それから指、爪先、舌。スキートは歩くことも食べることも、目を開けていることもできなくなるだろう。やがて麻痺は身体の内側へと広がっていく——腹筋から膀胱筋、ついには心筋が駄目になる。スキートは九歳だった。

医師はこれまでにもこうした症状を目にし、どうなるかもわかっていたが、治療に成功したことはなかった。それでも、ひとりの医師に考えがあり、スキートに試してみたいといってきた。それに、治療は実験的なものでリスクがないとはいえないし、ぼくらには金などとうてい出せなかったから、一切の費用——検査、投与、理学療法、入院費——は無料にすると。

母は二週間かけてそのことを考え、スキートの母親を探した。

ぼくらと暮らすようになる前、スキートは特別な子供ではなかった。スキートですらなかった。彼の名前はテッドで、はす向かいの同じような長屋に住んでいる、青白い顔をした子供にすぎなかった。テッドと母親は、シンシナティかどこかから越してきた。その界隈で未婚の母といえばテッドの母とぼくらの母だけだったし、年も近いことから、二人は仲良くなった。スキートの母は息子を連れてきてぼくらと遊ばせ、その間ポーチに座って、母ととりとめのないお喋りをした。母と飲みに行きたいときには、ベビーシッターに三人の子守をさせた。母もときどき飲みに行くのを喜んだ。

スキートの母親が、数日間——結局それは、永遠にということになったのだが――預かってくれと彼を連れてきたとき、ぼくは家にいなかった。ジェニーは家にいて、スキートの母が何だか急いでいるようだったのを覚えている。スキートの父親がオハイオかどこかで見つかり、連れ戻しに行きたいということらしかった。少しの間、テッドの面倒を見てくれない？　もちろん。

その夜、二階でスキートが眠り、ぼくたち三人が共同で使うことになる寝室にジェニーが向かってからも、ぼくはキッチンにいる母のそばに残り、予言的にも、スキートのママが帰ってこなかったらどうするのと訊いた。母は笑った。「テッドがいるもの、帰ってくるわよ」子供を捨てる母親などいるはずないという口ぶりだった。「あの人は苦労したのよ」自分もそうだとは考えもせずに、彼女はいった。それから数カ月の間、ジェニーとぼくはやきもきし、母は内心怯えながら、スキートの母親が姿を見せるのを待っていた。やがて、市のお役人が彼女の失踪に気づくか、この家によその子供がいることについて質問しに来るのを待つようになった。だが、誰も来なかった。母親も父親も、警察官も来ることはなく、そのうちにぼくらは心配するのをやめた。今でこそ、子供を赤の他人の家に置き去りにするのは驚くべきことだが、当時はそんなふうにたらい回しにされるのもおかしなことではなかった。実際、人の気を引かなくなったら、ほかのものと同じように捨てられたのだ。

スキートは母親がいなくなったのを気にもしていない様子だった。一度もそのことをいわなかったし、そのうちぼくらも口にしなくなった。そしてスキートが病気になってからは、二度とその話はしなかった。

スキートが病気になる前のわが家がぎごちない家庭だとしたら、スキートの体力がみるみる失われ始めてからは、居心地の悪さはますますひどくなっていった。母は仕事のないときには家にいて、食事を作るとき以外は部屋に閉じこもっていた。その間、ジェニーとぼくはスキートを乳母車に乗せて近所を散歩し、ポーチで一緒に過ごした。午後には三人でテレビを見た。夕食の支度をするために母が出てくると、頭もろくに動かせなくなったスキートが、目だけでその姿をどこまでも追った。それを感じ取った母は、ついスキートのほうを見てしまい、泣き出すのだった。彼のために何をしてやれるのか、母にはわからなかったし、ぼくたちにもわからなかった。そして、スキートの母親が見つからないまま一カ月が過ぎ、医師の診断が〝要注意〟から〝重篤〟になったとき、母は契約書にサインした。ただちにスキートの治療が始まった。

彼らがやろうとしていた実験は、さっきもいった通り、当時は試みられていなかったが今ではひどくありふれたもので、全身に大量の合成ホルモンを投与するというものだった。それが週に三回、四時間ずつ行なわれた——それに数時間の休息とリハビリが加わった。あの頃、スキートは朝、母と治療に出かけ、ジェニーとぼくは学校が終わるとその足で病院へ行き、治療を終えて休んでいるスキートを待った。それは、母が亡くなる数年前に受けていた化学療法と似ていなくもなかったし、同じようにスキートの小さな身体をめちゃめちゃに破壊した。彼はくたくたに疲れ、それから高揚し、さらには筋肉の痙攣に痛めつけられて悲鳴をあげた。〝休み〟の日には、過酷な理学療法のプログラムが課された。三カ月の治療を経て、筋肉が元通り動くようになったばかりか、めざましく発達し始めると、スキートは自分でトレーニングを続けるようになり、病院へ行くのは検診と月一度の検査入院だけとなった。

「まるで、いかれたチャールズ・アトラス（米国のボディービル唱導者）みたい」一年後のある晩、ジェニーが夕食の席でいった。そのとき、その場にいたのは、母とジェニーとぼくだけだった。スキートはすでにYMCAにトレーニングに出かけていた。彼は毎晩トレーニングに行き、ぼくたちをテーブルに置き去りにした。食卓を囲んでのお喋りに耐えられず、ほとんど毎晩のように、そんなふうにぼくらを残して出ていった。無作法でも、残念そうでもなく、気もそぞろに断固とした調子で出かけるので、まったく思いがけない感じがした。

「これからチャールズって呼ぼうかしら」ジェニーがいった。「スキートの代わりに」

「ああ、嫌だわ、その名前」母がいった。「スキートなんて、まるでちんぴらみたい。さもなければ田舎者か。どうして本当の名前で呼ばないのかしら」

ジェニーとぼくは顔を見合わせ、妹は目をくるりとさせた。

「テッド」ぼくたちは声に出していい、笑い出した。母もしぶしぶ笑みを浮かべ、すぐに一緒になって笑った。笑っている自分たちを恥じたが、それでも笑った。スキートは誰にとっても常に目の離せない子供だったので、ぼくらは笑いというかりそめの息抜きに逃げ込んだのだ。

スキートという名前は、病の初期に彼が唾を飛ばしながら喋ったところからきていた。筋肉の痙攣が始まり、舌を冒すようになった頃だ。微妙な発音——舌先を使うSやTの発音——では言葉にならず、よだれを垂らしながらシューシューいう音を立て、舌はいうことをきかなくなった。近所の子供にいわせれば、まるで蚊のようだった。当時、スキートはまだ学校に通っていた。そして、生まれたときから知っていて、ともに育ち、仲良くしていた子供たちは、スキートを残酷にからかうせいでぼくらとだんだん疎遠になっていった。彼らはスキートにあれこれ質問した。いつでも、考えられる限りの質問を山ほど浴びせた。スキートが喋るのを聞きたがり、しまいに彼が恥じ入って黙ってしまうと、ますます多くの質問を執拗に繰り返した。やがて我慢の限界にきたスキートが唾を飛ばして叫び、言葉が支離滅裂になると、彼を蚊《スキーター》と呼ぶようになった。

だが、その年の終わりにはほとんど回復したスキートは、クラスメートの呼び名を受け入れ、スキートと呼ばれたときにしか返事をしなくなった。言葉は元通りになり、彼はゆっくりと、几帳面な、正確な発音で名乗るのを楽しんだ。「おれの名前はスキートだ」彼がいうと、その言葉は不穏に響いた。

ある秋の放課後、硬く冷たい空気の中、ぼくらは通りの先にある〈ジェームソンズ煉瓦・タイル店〉の屋外駐車場を満たす、くすんだ秋の光の中にいた。荷下ろし場の真ん中にあるセメントの小丘には、この近所で唯一、背の高い木が生えていた。ぼくらはみな、その木につかまってぶら下がるのが大好きで、その日の夕方もぶら下がったが、その拍子に一番高い枝にあった鳥の巣を落としてしまった。巣は歩道の上を転がっていった。中には卵が二つと、かえったばかりのひなが二羽いて、そのうち一羽は落ちたときに怪我をしたようだった。つやつやとした生まれたてのひなで、生えかけの羽はまだ濡れて、髪の毛のように逆立っていた。そいつはもがきながらくちばしを開けたり閉じたりし、自由なほうの羽をパタパタ動かした。

「見ろよ、怪我してるぜ」誰かがいった。

「怪我してるんじゃない。卵からかえったばかりなんだ」

「いや、あれじゃない！　ほら！　体のきかないやつさ！」

誰もが羽の折れた小さな鳥を見た。しばらくして、ぼくはジェニーとスキートの姿を探した。ジェニーは隣にいたが、スキートはその場を離れていくところだった。彼はまっすぐに煉瓦の山に向かった。ぼくは群れの中から立ち上がって、それを見ていた。彼は赤煉瓦をひとつ、頭上高く掲げて戻ってきた。それは驚くべき眺めだった。ほんの数カ月前には、自分の腕を上げることもできなかったのだから。彼のやろうとしていることがわかって、ぼくはすばやく後ろへ下がった。一瞬間を置いて、ほかの子供たちもそれに気づき、わっと後ずさった。ぼくらは待った。スキートは何やらつぶやくと、煉瓦を高いところから落とした。ぼくらはゆっくりと近づき、惨状を見下ろした。血のしみと黄色い分泌物が、煉瓦の下に飛び散っていた。怪我をした鳥のひとつだけ残った羽は、まだ弱々しく動いていた。何人かが、悲鳴をあげて逃げていった。別の子供は目をみはり、「すげえ」とだけいった。そのうちに、誰もがのろのろと家路についた。だが、ジェニーとぼくは長い間、スキートと一緒にいて、ついに鳥が動きを止めるまで見届けた。帰り道、ぼくはスキートに、煉瓦を落とす前に何といったのかと尋ねた。彼はもう一度いったが、小声だったので聞こえなかった。「何？」ジェニーが聞き返した。彼は繰り返した。今度は大きな声で、容赦なく、はっきりといった。「おれは体のきかないやつじゃない」

スキートとの最後の出会いは、気まずいものになってしまった。ロースクールを卒業するなんて、ぼくにとっては奇跡といってよかった。成績が悪かったからではなく――ぼくは平均的な学生だった――そんなことができると考えたこともなかったからだ。ジェニーはそれがぼくにとってどんな意味を持つかを知っていた。それは彼女にとっても大きな意味があったし、母にとっても同じだとわかっていた。そこでジェニーは、卒業式を終えた六月の最初の土曜日に、セネカ公園でのピクニックを企画した。呼ぶのはぼくの友人で、ほとんどは大学やロースクールでできた新しい仲間だった。ジェニーはハルを連れてくることになった。家族はいないのかと新しいガールフレンドに聞かれたとき、ジェニーはぼくを見た。そして二人して「スキート」といった。

スキートは大人しいタイプのぼくたちの中で、異彩を放っていた。すばらしく大きな身体に、太い腕と首、そして刈りたてのクルーカットは、カーステレオを鳴らしてハッチバックの車を芝生に乗り入れ、降り立った瞬間から目立っていた。ぼくらは太陽の下で芝生に座り、ワインとチーズを楽しんでいるところで、酔いに任せたお喋りはスキートが来たことで途切れた。何と紹介していいかわからなかったが、彼がいることが不意にありがたく感じた。これから未来が始まろうとしている今、自分の無軌道で放縦な過去のせいで、まるで入墨でもしているように新しい友人やクラスメートと分け隔てられている気がしていたのだ。だが、その午後を過ごし、スキートがその場にいるだけのことにひどく苦労しているのを見るうちに、自分が恥ずかしくなった。ぼくの過去はスキートの現在であり、それを分け合おうとするのは間違いだった。特に、そこから立ち去ろうとしている今は。

バーバラとスタンが彼を呼び、仕事のことを聞こうとした。だが、常連客をこっぴどく殴ってバーの用心棒をくびになり、今は高利貸しのジミー・ラベンダーのところで取立てをやっていると聞けば、誰もどう答えていいかわからなくなってしまった。やがてスキートは木の下に座り込み、食べ物の用意をしているバーバラやマーガレットをからかい始めた。両手を頭の後ろで組み、マーロン・ブランドのように草の葉を嚙んでいた。そして、彼がぼくにウィンクをしてきたとき、バーバラは無言の嫌悪を表して去っていったが、ぼくはウィンクを返した。

彼は、ぼくには信じられないほどくつろいでいた。思い出せる限り、あれほど疎外されている感じがなく、存在感のある彼を見たことがない。彼に会えて嬉しかったが、向こうはもっと嬉しそうに、招かれたことを喜んでいた。まるでぼくとジェニーは彼のことを忘れていない――実は忘れていたのだが――のに、自分は目が回るほど忙しく、新しい生活にまぎれてぼくたちのことを忘れてしまっていたかのように。彼はそれを誇張しすぎた。その熱心さには、どこか虚ろで、壊れやすいところがあった。それでも彼はこういった――でかい取引をしているのだと。責任がある。仕事がある。今はこんな調子だ。こんなに幸せで、いい人生はない。出世するんだ。「今は自分の道を切りひらいているところさ」と彼はいった。まるでほかにも道があるかのように。

「法律家か」ふと話が途切れたとき、彼は首を振りながらいった。ぼくらはゴルフのパブリックコースのそばに立っていた。こっちを向いて微笑んだスキートは、ぼく自身よりも、そのことを誇らしく思っているように見えた。顔を仰向けて、こっちをじっと見た。それから、賞賛の表情は意地の悪い顔に変わった。「誰に想像できただろうな」彼はそういい、その言葉が発せられる間に、ぼくはすっかり誇らしげな気持ちをなくしていた。

スキートはぼくの脇腹をつついて、笑った。「おれをパクったりしないだろうな？」

「逮捕はできないよ、ぼくは法律家で、スキート」彼の腕を払いながら、ぼぼくはいった。「ぼくは法律家で、警官じゃないんだから」

「そうさ。だが、そういう意味で訊いたんじゃない。本質的な意味さ」彼はいった。「つまり、できるものならするつもりかってことだ」

「しない」

「しない？」

「しないよ、スキート」

「おれに味方してくれるってことか？　刑務所には入れな

いということか」

「そうだ」

彼の表情は、疑惑から怒りへ、さらには狂喜へと目まぐるしく変わった。最後に一度、鋭い目つきでぼくを見ると、彼は微笑んでいった。「だろうな、くそったれ」

先月、法廷に立ったとき、ぼくは宣誓をしろといわれた。法を守るという宣誓を。ぼくは、少しは法律のことを知っている。法を〝専門にしている〟といったほうが正しいだろう。だが、その言葉――〝法律の専門家〟――というのが、ぼくの耳にはいつでも奇妙に響いた。まるで奇術の専門家とか、魔法の教官とか、生かじりの黒魔術師とかいう感じがした。だが、そう考えると、さほど変ではないのかもしれない。完全に当たっているといってもいいだろう。たぶん、ぼくがやっているのは、幻想を倍に膨らませているにすぎないのだ――法律という幻想を。その疑問を、同僚に打ち明けたことは一度もない（この仕事で成功するこつは、そうすべきときには耳の聞こえないふりをし、口を閉ざすことだと、早いうちに学ぶものだ）。スキートは法律そのものは何も知らなかった。だが、限られた知識の中で、スキートにはおそらく、知っておくべき法がわかっていたのだろう。


先週の日曜の朝、ジェニーとぼくはふたたびスキートのアパートメントで会い、残った品を片づけた。わずかな衣服、食器、ホットプレートに汚い寝具、標本作りの道具、そして蝶の箱。マットレスとスプリングは、路地に捨てた。大きな机と回転椅子は、ジェニーにいわせれば〝骨董〟の価値があるかもしれなかったが、運び出すだけの元気はなかった。ぼくらはスキートの未払い分の小切手とともに、家主に預けることにした。床を掃き、鍵をかけて、部屋を後にした。朝の十時だった。それで終わりだった。

歩道で、ジェニーが新しい煙草を吸い終えるのを待ちながら、話をした。

「ハルはどうしてる？」ぼくは訊いた。同じ高校へ通ったのに、ハルのことはよく知らなかったし、理解してもいなかった。だが、彼のことを尋ねるのは、ある意味でジェニーについて尋ねることにもなった。二人の仲は相変わらず不安定なものだったから、訊いておこうと思ったのだ。

「哀れなものよ」ジェニーは投げやりにいった。煙草を吸い、こっちの反応を待った。ぼくは何もいわなかった。

「よろしくっていってたわ」

「ぼくからもよろしくといっておいてくれ」妹はいつも、スキートが彼女に見せつけた男らしさを基準に、夫を見ていた。あるいは、実際のところスキートは、ぼくたち二人の理想だった。スキートには悪意が感じられた。ぞっとさせられることも多かった。どこへ行くにも、硬い、岩のようなしかめ面をしていた。首筋の静脈が、生きた器官のようにぴくぴく動き、しばしば冷たい怒りを感じたときには、頬が紅潮した。だが、彼といると安心できた。

ジェニーはとうとう、ぼくらと外出するのをやめた。彼女は男とデートし、デートがないときは女友達と遊んだ。だがスキートとぼくは、どこへでも一緒に行った。ぼくらにとっての高校は、たぶん、誰にとっての高校とも変わらなかっただろう。そして、夜になると誰もが引き寄せられる公園や駐車場では、誰かがひどい目にあっていた。スキートがいる以上、それはぼくではないと確信できた。

ある金曜の夜更け、金曜の夜には誰もがたむろするダウンタウンの〈ホワイト・キャッスル〉の化粧室で、セント・ザビエル大学の学生が二人、鏡に向かってめかしこみながら、スキートとぼくについてあまり嬉しくないことをつぶやいた。何といったかはわからないが、何かをいったのは確かだ――たぶん〝ホモ〟みたいな言葉だったと思う。ぼくは気に留めなかった。だが、スキートは違った。彼はそれを待っていた。いつでも待ち構えていた。傲慢なあざけり、生意気な目つき、中指、お坊ちゃんの冷笑、執拗な悪口。彼はそういうしるしを予測するすべを身につけ、ぼくには決してできないやり方で同調した。ぼくなら、それに気づいても、肩をすくめる程度だっただろう。だがスキートは本気にした。彼にとっては、とても重要なことだった。

ぼくは隣の便器に向かっているスキートを見た。目が細まり、目の前のタイルに焦げ穴を作りそうなほど凝視している。それから、放尿を終えてジッパーを半分引き上げると、ぼくを便器のところに残したまま、断固たる足取りでそいつらのほうへ二歩で近づき、二人の顔を容赦なく殴りつけた——すばやく一発、二発と——二人とも——大学の名前入りのジャケットを着た、大柄な男たちだった——逃げる暇もなかった。ひとりの鼻が折れる音に、気分が悪くなった。

スキートはそれでやめなかった。ひとりの髪の毛をつかんで引き戻し、樹脂塗料を塗ったカウンターに頭を叩きつけ、そいつが床に崩れ落ちると足で蹴った。さらに、血だらけの顔を押さえて隅に縮こまっていたもうひとりをつかまえ、膝で腹を蹴りつけた。そいつは床に転がって、嘔吐し始めた。スキートはそれが終わるのを待って、髪の毛をつかんで顔を上げさせ、横ざまに顎を殴った。下顎が、まるで独自の命を持ったかのように見えた。化粧室を出たとき、レストランじゅうの目がいっせいにドアに向けられたが、スキートはゆうゆうとその間を縫っていった。ぼくもそれに続いた。

彼は、ぼくらがもぐりこんだ郡のクラブのパーティで、たくさんの男たちを相手に、怒りも楽しみもなくそんなことをした。バスケットボールの壮行会で、ほんの冗談に体育館の裏の暗がりでやった。セントラル・パークで、ぼくたちの車の横を気取って歩く黒人たちにも。ダンスパーティで、ダンスもできず理性もなくすほど酔っ払った男たちにも。

スキートが殺したゴードン・ラングという男は、ジェニーと二度デートしていた。ただの二度だったが、ゴードンはジェニーに相当な投資をした気になったようだ。酔って不機嫌になった彼は、醜く引き伸ばした口調で、ぼくの目の前で妹をあばずれだといった。それでぼくは、急にこの男に憎しみを感じた。それはブラッド・ボウマンの庭で行なわれたパーティの合間の、キッチンでのことだった。ぼくは目でスキートを探した。誰もが、彼のそばでは最大限にお行儀をよくしたし、彼が隣に立てば、相手はすぐに謝罪するか、あるいは逃げ出していった。彼を止められるのはぼくだけだったし、それも多くの場合、効果がなかった。

だがキッチンにはほかに誰もいなかった。誰も見ていないし、聞いてもいなかった。

ひとしきり脅し文句をいって凄んでみせた後、ゴードンは笑いながら去っていった。しばらくしてスキートが戻ってきたとき、ぼくはその話をした。「誰だ？　どいつだ？」スキートがいった。ぼくは通りへ歩いて行くゴードンを指さした。何も考えていなかったが、実はそのとき、ぼくは彼を殺していたのだ。ぼくはその場を立ち去り、新しいビールを飲みながら、もの思いにふけっていた。翌朝、ゴードン・ラングは二ブロック離れた近所の家の裏庭で発見された。頭に傷があり、深さ二フィートの金魚の池に沈んでいた。彼は〝溺死〟していた。その日一日、ジェニーは身内を亡くしたかのように泣き暮れた。たぶんそれが理由で、ぼくはスキートに聞いたことを妹にいわなかったのだろう――彼がやったのだと。ゴードンの頭を池の石にぶつけ、底に沈めたのだと。ジェニーは何も知らない。彼女は何も知らないし、ぼくも何もいわない。ぼくはスキートのようなやり方でジェニーを守ることはできなかった。けれど、ぼくにはぼくのやり方があった――二人の間の大事なことを、語らないことだ。

「夕食に来る？」縁石を下りて、自分の車に乗り込みながら彼女はいった。ぼくは独身なので、少なくとも週に二回は、妹と義弟と夕食をとっていた。

「何が出るのかな？」

「いつも食べているものは？」

「焼いたもの？」夏場はハルが料理をして、ぼくらはいつも、何か焼いたものを食べた。ジェニーはドアを開けたまま、車をスタートさせた。

「じゃあ、それにするわ。焼いたものね」

「ビールを持っていこうか？」

「お願い」彼女はいった。「それと、薬もね」

ジェニーが帰った後、ぼくはさらに数ブロック走って、三人が育った古い家を見に行った。そこは常に、ぼくが住む場所からさほど離れていなかった――この町では、どこもそう遠く離れてはいないのだ。だが、自分の家に郷愁を感じたのは、家を出てから初めてのことだったので、車を止めて見てみた。写真で見たら、どの家だかわからないだろう。今もあの通りに建つ家は似たり寄ったりで、番地からしか判別できなかった。クレー通り三三二番地。

今は、スキートの蝶の標本箱のうち三つがぼくのものになり、残りをジェニーが引き取った。それを手に入れてから、暇を見てパターソンの『昆虫のフィールドガイド』で名前を調べた。最初はすばらしく思えたものが、今ではそうでもなくなっていた。ガイドブックがそれを教えてくれた。かつて読んだ本のほとんどがそうだった——どんなものも、特別ではなくなるのだ。エキゾチックな名前とは裏腹に、蝶はどれも、郊外の庭や公園で簡単に捕まえられるような、ごくありふれたものだった。都会の路上でさえ、やすやすと捕えることができた。どこにでもいる蝶だったのだ。特別なのはひとつもなかった。

「わかるような気がするわ」ジェニーがいった。ぼくの向かいの長椅子に脚を組んで座り、三杯目のスコッチを、デリケートな生き物のように両手で包んでいる。ハルはその隣で、一時間ほど前から寝息を立てていた。たっぷりの食事とマリファナの後は、ハルはいつでも眠くなってしまう。だが、ジェニーは生き生きとし、お喋りになった。ぼくらはしばらく前から話し込んでいた。

「わかるような気がするって、何が?」ぼくは訊いた。

ジェニーは新しい煙草を灰皿に置いて、頭を長椅子にもたせかけ、天井を見上げた。「蝶のことよ」彼女はいった。

「なぜスキートが蝶を集めていたか」それは謎めかしたような口調だったので、酔った上のたわごとだろうと思った。だが、いい終えたとたん、妹は忘れたふりをした。グラスを見下ろし、それからぼくを見て、またグラスに目を落とした。それを見て、妹は何かを知っていると思った。

「なぜなんだ?」ぼくは椅子に座り直していった。

「ただの想像よ」妹はおどおどとぼくを見た。「突拍子もない話に聞こえるかもしれない」

「だろうね。何だい?」

「あのピクニックに行ったの覚えてる? 卒業記念のピクニック」

「ああ」

ジェニーは足元を見て、それから飲み物のグラスを傾けた。「やっぱりいいわ」

「駄目だ」ぼくはいった。「続けて」

「馬鹿げた話よ」

「本当に？」

ジェニーは少し怯えた顔で、いぶかしげにぼくを見た。彼女はかぶりを振ったが、それ以上何もいわなかった。


長い時間が経って、ぼくらはまだそこに座っていた。ジェニーは眠りに落ちて、ハルの肩に身体を押しつけ、ぼくは明かりを消した。二人は静かな寝息を立てていた。もし目を覚ますようなことがあったら、寝ているふりをするつもりだった。家に帰らないのを見たら、ジェニーはぼくの頭がおかしくなったと思うだろう。ぼくはそこにいて、二人が眠るのを見ていた。そこにいるのが心地よかったからだ。家族の中にいるのが心地よかった。愛する者と同じ部屋にいて、暗がりで立てている寝息を聞いているのが。ぼくらが同じ部屋に暮らしていた頃から、もう長い時間が経っていた。それでぼくはそこにいて、酒を飲みながら、ジェニーが話したがらなかったことに思いを馳せた。あの日、公園で、スキートはぼくの友達の前で蝶を殺したのだ。

その日は尻すぼみに終わった。誰もが酔っ払っていた。スキートはみんなが盛り上がるだろうと、何曲か音楽を用意していた。誰もそれには逆らわなかったが、求めてもいなかった。静けさを楽しんでいるふりをした。そして、彼がハッチバックを開けてテープを取り出そうとしたとき、一匹の虫——ミツバチなのかスズメバチなのか、それとも蛾なのか、ぼくにはわからなかった——が、彼の周りを勢いよく飛び回った。スキートは見るからに驚いて、飛びのいた。ぼくが顔を上げて彼を見たのはそのときだった。スキートは後ろへ下がり、前へ出て、器用にトランクに手を伸ばした。ビーチタオルを引っ張り出し、それを高く振り上げて、まだ飛び回っている虫を退治しようとした。まるで空気に決闘を挑む剣士のように、めちゃめちゃに振り回し、突き出した。もう一撃を繰り出そうと手を引っ込めた彼は、ふと大人しくなって、その手を力なく脇に下ろした。

「やっつけたのか?」ぼくは訊いた。本気で知りたいわけではなかったが、スキートに関心があるところを見せたかったのだ。

彼はおなじみの、暴力で恍惚となった表情でぼんやりとこっちを見たが、やがて身をかがめてトランクを覗き込んだ。太い親指と人差し指が、大きなオレンジ色の羽をした蝶をつまみ上げていた。オオカバマダラだ――今ならそれがわかる。彼はぼくらに見えるようにそれを持ち上げ、それから自分でも見た。羽を光に透かし、腹部を眺め、何度も引っくり返した。ひょっとしたら、それはぼくの買いかぶりかもしれない。彼はちっとも見ていなかったのかもしれない。どれほどの関心を持っていたかはともかく、やはりそれを見ていたジェニーが立ち上がり、ズボンの尻をはたくと、それはたちまち消え去った。

「死んでるの?」彼女は訊いた。

スキートはもう一度蝶を持ち上げて見た。肩をすくめ、蝶をつまんだまま、その手を脇に垂らした。

「殺したの?」まな板から顔を上げて、マーガレットがいった。彼女は首を振った。「嫌だ」と、おざなりに嘆いた。「殺したのね」

ジェニーはおどけたような声でいった。「ねえ、スキートが蝶を殺したわよ」

「まあ、ひどい」バーバラがいった。「蝶を殺すなんて」

「殺し屋だ」スタンがいった。

「殺し屋」バーバラが笑って、野の花を編むのに戻った。

「殺し屋」みんなが声を揃えていい、ぼくもそれに加わった。それまでは愉快に思っていたが、スキートの戸惑ったような目が円盤のように硬くなり、こっちに向けられているのを見て、ぼくは取り返しのつかないことをしたのに気づいた。

北の銅鉱

The Copper Kings

スコット・ウォルヴン　七搦理美子訳

スコット・ウォルヴン（Scott Wolven）はコロンビア大学卒。現在はニューヨーク在住。彼の作品は、《ハンド・ヘルド・クライム＆プロッツ・ウィズ・ガンズ》《スリリング・ディテクティヴ》などに掲載されている。二〇〇五年には初の作品集 *Controlled Burn : Stories of Prison, Crime, and Men* が刊行されている。著者によれば、本作の主人公たちを起用した連作を構想しているという。《ハンド・ヘルド・クライム＆プロッツ・ウィズ・ガンズ》に発表された作品。

去年の八月、女房に逃げられたあと、おれは住みなれたニューヨーク州北部をあとにして、車で西へ向かった。最初の計画では、シアトルまで行くつもりだったが、アイダホ州のモスコーで金がつき、動きがとれなくなった。そこで持て余した時間と関心を酒に注ぎこむうち、自分がかなりの大酒飲みであるのがわかった。

健全な大酒飲みであるには、孤独と酒と金のあいだで、絶妙のバランスをとりつづけなければならない。そのこつを習得すべく、日夜努力を重ねていた。とりわけ、金の部分のバランスを保つのにはいつも苦労していたから、ある土曜日の早朝、グレッグが訪ねてきて、即日現金払いの仕事をやらないかと持ちかけたときは、正直言ってほっとした。

グレッグは元フットボール選手の大男で、おれの住まい――寝室がひとつしかない、シンダーブロック製のちっぽけな小屋をとりかこむトレーラーハウスのひとつで、ガールフレンドとその息子とともに暮らしている。保険のセールスをやったり、ペンキ屋をやったりして生計をたてているが、おもな副業はバウンティ・ハンティング――賞金が懸かった犯人の捕獲や、行方をくらました債務者の追跡だ。アイダホ州からちゃんと免許を受けてやっているから、仕事の大半は、合法的な範囲とその周辺におさまっている。彼と知りあったのは、モスコーで暮らしはじめた最初の週に、逃亡者を捕まえる仕事を手伝わされたのがきっかけだ。おれたちは男を捕まえると、スポーカンにある連邦裁判所執行官事務所へ護送した。彼は受けとった報奨金の一部をおれに分けてくれたが、その金はあっというまに酒代に消えた。ガールフレンドのトレーラーハウスの近くでグレッグを見かけるたび、おれは挨拶がわりに手をふり、彼も同じように手をふりかえす。正式とまでいかなくても、互いをパートナーと認めてるってわけだ。その彼が、トレーラーハウスのあいだの曲がりくねった砂利道をのぼってくるのが見えたから、ノックされるまえにドアを開いた。

「よお」おれは声をかけた。グレッグはデニムシャツにジーンズ、タン皮色のハンティングベスト、そして黒のカウボーイブーツといったなりをしていた。

「酔っぱらうにはまだちょっと早すぎないか？」おれが右手に持っている缶ビールをあごでさしながら、彼は言った。「そいつは通俗的観念ってやつだ。アルコールが脳に影響を及ぼしはじめるのは、実際は午後になってからなんだぞ」

「なるほど」グレッグはそう答えてうなずいた。「ちょっとドライブにつきあわないか？　仕事を頼みたいって男がいて、引き受けたら今日のうちに現金で支払うと言ってるんだ」

「いくらだ？」

グレッグは重心をもう片方の足に移しかえながら、トレーラーハウスの向こうに目をやった。「そいつは引き受けてみなきゃわからない」

「だいたいのところでいいからさ」おれはドアの脇柱にもたれながら、生暖かくなったビールをひと口飲んだ。

「仕事ってのは行方不明者の捜索だ」彼は振り向いておれの顔をまっすぐ見た。「少なくとも数百ドルは手に入る、たぶん、銃はつかわずにすむだろう」そこでいったん言葉を切った。「いや、ひょっとしたら必要になるかもしれないな。だが、サツがからんでこないのはたしかだ」

おれはうなずいた。「乗った」それから頭をのけぞらせてビールを飲みほし、空《から》になった缶を家のなかへ投げこんだ。「あんたの銃を貸してくれないか？」グレッグが持っているベレッタを、おれは喉から手が出るほど欲しがっていて、彼もそれを承知している。

「いいとも。それじゃ、さっそく出かけるとするか」

おれたちは砂利道を下って、グレッグのみっともないトラックに乗りこんだ。そいつは相当ガタのきたトヨタのフォードアで、前部座席と後部のあいだに、警察の車と同じようなプレキシグラスの仕切りがこしらえられている。グレッグの運転で町を横切るようにして外へ出ると、そこから先は完全な農業地帯だった。何マイルにもわたるレンズマメとトウモロコシ畑が、地平線まで続いていた。

「いいところだな」おれはいつもの仕事着に着がえてきていた——ジーンズにワークジャケット、ブルーのTシャツ、そしてタン皮色のワークブーツ。ついでに、ジャケットのポケットに、ウイスキーのボトルを入れてきていた。そいつをとりだしてひと口飲んでから、畑が次々とうしろへ流れ去るのを眺めた。

グレッグはすぐにはそれに答えず、ダッシュボードの小物入れに手をのばし、なかからとりだしたベレッタをおれに渡した。おれはそいつをジャケットの右ポケットにしまった。「畑ってのはどうも性に合わない」グレッグが言った。「手間がかかるわりに、実入りは少ないからな」彼の視線はまっすぐ道路の先に向けられていた。その両脇に次次とあらわれては消えていく穀物畑の広がりには、目もくれなかった。「おれは町のほうが好きだ。どんなにちっぽけな町であろうとな」

荒れはてた教会の前を通り過ぎたところで、彼は車を右折させ、舗装されていない私道に乗りいれた。私道の脇には〈ライアン農場〉と手書きされた看板が立っていた。おれはもうひと口ウイスキーをあおった。車はそのまま進んで、納屋や畜舎にかこまれた白い家の前でとまった。正面の芝生の上に、斜めにかしいだピクニックテーブルが置かれているのが見えた。家の戸口にあらわれた老人が、正面のポーチを降りて、おれたちのほうに近づいてきた。もうひとり、白髪の老女も姿を見せたが、そちらはポーチのステップの上にたたずんだままだった。おれはウイスキーのボトルを助手席の下に置いてから、グレッグにつづいてトラックからおりた。

「やあ」老人の声は、トラックの荷台からなだれ落ちる砂利のようにざらついていた。「ハリー・ライアンだ」彼はいかにも農夫らしい身なり——デニムのつなぎに、グリーンの野球帽——をしていた。

グレッグはうなずいた。「グレッグ・ニューエルだ。こいつはパートナーのジョン・ソーン」おれもうなずいて、挨拶がわりに右手を軽くあげた。

「サム・ハーグから聞いたが、あんたはこういう仕事にぴったりの男だそうだな。タフな男だとも聞いた」ハリー・ライアンはグレッグを、次におれを見た。「わしが必要としてるのは、タフな人間なんだ」

「おれたちがタフなのはまちがいない」グレッグが答えた。

ハリー・ライアンはさらにおれたちに近づいた。「酒のにおいがする」

「ゆうべ玉突きをやってるときに、ブーツの上にこぼしたせいかな」おれは嘘をついた。

ハリー・ライアンはさらに一歩近づいた。「今朝いちばんに、口のなかにこぼしたようなにおいだ」

「おれの場合、タフでいるにはそうしたほうがいいんでね」

ハリー・ライアンは無言でうなずいた。

「女房に逃げられてしまったのさ」グレッグが口をはさんだ。

「そういうことか」ハリー・ライアンは両手をポケットに入れながらそう答えると、ピクニックテーブルのほうへ歩いていってベンチに腰をおろした。グレッグとおれがそのあとを追って、テーブルの反対側に立つと、彼はおれたちを見あげた。

「わしのせがれを見つけてくれ」そう言って、彼は封筒をとりだした。「あいつは仕事にありつこうとパンハンドル（細長く他州のあいだに入り込んでいる地域）へ行き、そこからこういう手紙を何度か送ってよこした。だが、三週間前から手紙は届かなくなり、風の便りすら聞こえなくなった」それから封筒をグレッグに渡した。グレッグはなかから便箋をとりだすと、おれにも読めるように腕を少し伸ばして持った。そこには読みづらい筆跡で、次のように書かれていた。

「父さん――これまでに九百ドル稼いだ、これからもっと入ってきそうだ。何もかもうまくいってる。かなり北のほうまで来てしまったが、いまはコッパー・キングズという採鉱場で働いてて、けっこういい賃金をもらってるんだ。もうしばらく懸命に働いて金を貯めたら、父さんと母さんのところに帰るつもりだ。愛してる、マイク」

「せがれを見つけてくれ」ハリー・ライアンはもう一度言った。「見つけてくれたら五百ドル払う」白髪の老女がゆっくりと体の向きを変え、ポーチのステップをあがって家のなかへ入っていった。スクリーンドアが木製のドア枠にぶつかって、音をたてながら閉まった。ハリー・ライアンはかろうじて聞きとれるほどの声で話しつづけた。「マイクはボイシ（アイダホ州の州都）で何かやっかいごとに巻きこまれたらしい。それがどういうものなのか、わしにはわからない。きのう、保護観察官と州警察の警官がここを訪ねてきたが、何も話そうとしなかった。マイクを探してるとしか言わなかった」彼はテーブルの上に一枚の写真を置いた。「これがマイクだ」写真には、真新しいピックアップトラックの横に笑みを浮かべながら立っている、ひとりの若者が写っていた。トラックの荷台にはドーベルマンがのっていた。

グレッグは写真を手にとった。

「これは息子さんの犬か？」

「ああ、マックスというんだ。マイクの言うことしか聞かないし、いつどこに行こうと必ず一緒だった」

「獰猛なやつなのか？」

ハリーは笑みを浮かべた。「マイクに命令されたら、喜んであんたの足を食いちぎるだろうよ。わしの見たところじゃ、銃より心強い味方さ」彼はどこまでも続く青空を見あげ、次にゆっくりと視線をさげて、まわりの畑を見わたした。それから立ち上がって、グレッグに金を渡した。

「二百五十、先に渡しておく。仕事をすませたら、残りもあんたらのものだ」そう言うと、ゆっくりと家のほうへ歩きだした。

「承知した」グレッグはそう答えてうなずき、おれもうなずいたあと声に出して言った。「ああ、任せておきなって」グレッグは写真をおれに渡し、ふたりでトラックをとめたところまで引き返した。ハリー・ライアンは一度も振り返らず、ポーチのステップをあがって家のなかへ姿を消した。おれはウイスキーをひと口あおると、グレッグが町まで車を走らせるあいだ、来たときと同じ光景がうしろへ流れ去るのを眺めた。

そのまま町を横切って反対側に出ると、グレッグはガソリンスタンドの外にある電話ボックスのそばで車をとめた。おれはなかにとどまり、彼がちっぽけなボックスのなかで続けざまに電話をかけ、笑ったり首をふったりするのを見ていた。やがて彼はボックスから出てきて、トラックに乗りこんだ。

「誰にかけたんだ？」

グレッグはおれの顔をじっと見て、すっと目を細めた。

「裏の世界についてのある知りあいと、旧交を温めていたのさ」

「誰にかけたんだ？」おれはもう一度尋ねた。

「スミッティと、おれの元ガールフレンドだ」スミッティはおれも知っている。グレッグの昔からのバイク仲間で、ボナーズ・フェリーのはずれでバーを営んでいる。ボナーズ・フェリーはパンハンドルの北端にある町だ。元ガールフレンドのほうは知らない。「スミッティが言うには、山のほうで採掘を再開した銅鉱があるそうだ。そこへ行けば何か手がかりがつかめるかもしれない。彼のほうでつてにあたって、どうやったらそこに入りこめるかつきとめてくれるそうだ。となると、おれたちには隠れみのが必要だ」

「何だって？」

「隠れみのさ。身元を偽るんだ、誰にも怪しまれずにそこへ入りこむには、そうするしかあるまい」グレッグはガソリンスタンドの駐車場で車の向きを変え、町へ引き返した。しばらく走ったところで脇道に入りこみ、赤い家の前で車をとめた。「ちょっと待っててくれ」彼が車からおりると同時に、玄関ポーチに女が姿を見せた。グレッグに向けた生き生きした表情からすると、いますぐにでも元ガールフレンドのリストからはずれて、ローテーションに復帰したがっているように見えた。ふたりが家のなかに消えると、おれはボトルをとりだしてふた口ほど飲んだ。頭をすっきりさせるためにコーヒーが飲みたかったが、手元にあるのはウイスキーだけだったから、気を落ち着かせてタフでありつづけるために、さらにふた口流しこんだ。

数分が四十五分になったとき、ようやくグレッグが玄関に姿を見せた。その手が握っている引き綱の先には、おれがいままで見たなかでいちばんでかい犬がつながれていた。毛の色は黒とタン色で、大きさは小さなポニーほどあった。グレッグがそいつを後部座席に乗せたとき、トラック全体がゆらゆらと揺れた。それから彼は運転席に乗りこんで、車を出した。

「ありゃあいったい何者だ？」

「ミスター・ラッキーさ。おれたちの隠れみのだ。あいつがおれたちをなかに入りこませてくれる」路面のくぼみにはまって車体が大きく揺れたとき、ミスター・ラッキーの頭がプレキシグラスの仕切りに勢いよくぶつかったが、本人は気づいてすらいないようだった。その頭はバスケットボールより大きかった。

「どういう品種だ？」

「ナポリタン・マスチフ。ほんものの闘犬だ」ミスター・ラッキーは後部座席にねそべったが、ひどく窮屈そうで、いくらかいらだっているようにも見えた。

「体重はどれくらいあるんだ？」

「さあな。二百三十か四十ってところじゃないかな。まさに闘うために生まれてきたような犬さ」

グレッグはボナーズ・フェリーへ向かって車を北に走らせた。そのあいだ、おれはずっと窓から外を眺めていたが、マイク・ライアンらしき人物は見かけなかった。車の右側に見えるロッキー山脈は、そのふところめざして進むにつれ、大きさを増していくように思えた。それから先を覚えていないのは、ウイスキーの酔いがまわって眠りこんでしまったせいだろう。

グレッグはスミッティの店で車をとめた。店の外の埃っぽい駐車場には、バイクが二台、ピックアップトラックが一台とまっていた。ふたりとも車からおりると、グレッグが先に立って店のなかへ入った。そこはジュークボックスと玉突き台がそれぞれ一台あるきりの、がらんとした薄暗いバーで、伐りだして縦に半分に割っただけの丸太が、そのままカウンターになっていた。その表面に、誰かが木工用バーナーを使って、〝おれたちは神を信じる（ドル紙幣の裏面に書かれている言葉）が、あんたは神じゃない〟と刻みこんでいた。店内には三、四人の常連客がいた。常連客にちがいない、というのも、いくらぼけっとした人間でも、スミッティの店にふらりと立ち寄ろうとは考えないからだ。アイダホ州のパンハンドルのような片田舎では、誰もふらりと立ち寄ったりしない。こうした地域では、あらゆることを考慮したうえで慎重に行動しなければならない。関係者以外立ち入ってはならない場所があり、地元の人間のあいだでは暗黙の了解ができている。おれたちが向かっているのは、そういう場所のひとつだった。スミッティは低い声でグレッグと言葉を交わし、おれに軽く手をふった。店を出たときには、午後もなかばを過ぎていた。おれたちがトラックに乗りこんでも、ミスター・ラッキーはぴくりともしなかった。

「スミッティの情報はたしかなのか？」

「もちろん。金ってのはそうやって稼ぐものだ」彼は別の銃——四五口径のコルト・コンバットコマンダーをダッシュボードの小物入れからとりだして、左足とブーツのあいだにすべりこませた。「万が一ってこともあるからな」おれもジャケットのポケットに手を入れて、ベレッタの安全装置をはずした。それから最後にもうひと口飲んで、ボトルを床に置いた。これで準備完了だ。

グレッグは曲がりくねった道にしたがって車を走らせ、ときおり、枝分かれした道を選びながら、山の奥へ分け入っていった。やがて鼓膜のぐあいがおかしくなり、かなりの高さまでのぼってきたのがわかった。四十分後、埃だらけの道を一マイルほど進んだところで、ようやく視界が開けた。

「どうやらあれがそのようだ」グレッグが言った。

前方に、鉄製のゲートとちっぽけな小屋が見えた。ゲートには男がひとり腰かけていて、小屋の壁にはライフル銃がたてかけてあった。車をゲートまで進めると、小屋にかけられた小さな看板の〈コッパー・キングズ採鉱場〉という文字が読みとれた。男はゲートから飛び降りて小屋のほうへ歩いていき、ライフル銃を手にとりながら、おれたちに声をかけた。

「今日の仕事はもう終わったよ、兄さんたち」男はライフル銃を両腕でかかえながら、おれたちのほうに近づいた。

「仕事は終わったし、新しく人を雇う予定もない」彼がトラックのなかをのぞきこむと、ミスター・ラッキーが立ち上がって見つめ返した。「おっと、なんともかわいらしいワンころだな」

　運転席の窓枠にもたれながら、グレッグは二十ドル紙幣を二枚かかげてみせた。「こいつを見てくれ。新しい二十ドル紙幣だ」それから手元に引き寄せて、じっくり眺めた。「ジャクソン（米国第七代大統領アンドリュー・ジャクソン）の肖像がかなり大きくなってる」

　守衛のふりをしている男はグレッグに近づくと、その手から二枚の紙幣をとりあげた。

　グレッグはそれをあごでさしながら尋ねた。「ほんものの新しい紙幣だと思うか？」

「こう薄暗くちゃわからんな」

「それじゃ、そいつを預かって調べてみてくれないか。実際につかってみなきゃわからないのはわかってる。でも、あんたなら調べられるはずだ」たんなる守衛だが、おれたちにはそう思われたがっていない男に、グレッグはわざとらしくにっこりと笑いかけた。男は同じような笑みを返すと、小屋のほうへ歩いていってゲートを開けた。

「このまま進んで、今夜の試合に出したい犬を連れてきたとチャーリーに言いな」銅鉱ではない何かを外部から守っている男が言った。

「どうやってチャーリーを見分ければいい？」

「あんたがいままで見たこともないような、図体のでかいバイカーがやつだ。それに、見たこともないようなでかい銃も持ってる」そう答えて、男はなかに入るよう合図した。

　グレッグが車を進めるにつれ、荒れはてた建物や採鉱用の機具、おおいをかけられたコンベヤーが見えてきた。建物の横にピックアップトラックが数台とめられていたが、採鉱がおこなわれている気配はなかった。

「におうか？」グレッグの問いかけに、おれはうなずいた。ガソリンとエチルエーテルがまじりあった独特のにおいだ。

「銅鉱だなんてよく言うぜ」グレッグが言った。「ここじゃ、メタンフェタミンが世界一の規模でつくられているんだ」おれは床に手をのばしてウイスキーのボトルをとりあげると、ひと口すすった。やがて前方に、大勢の男たちが見えてきた。たいていは、くつろいだようすでピックアップトラックの荷台に腰をおろし、互いに話をしたりビールを飲んだりしていた。そのほとんどが、あるタイプの犬を――ジャーマンシェパードからハスキーまで、品種はさまざまだが――連れていた。ときおり、そのなかの一匹が吠え声をたてた。チャーリーと思《おぼ》しき巨漢のバイカーが、立坑の入口の前に置かれたテーブルについていた。その立坑のなかから、人々のかすかなどよめきが、犬たちの吠え声とともに聞こえてきた。グレッグはトラックをとめると、ミスター・ラッキーに引き綱をつけて車からおろした。

「銃を忘れるな」彼は声をひそめて言った。おれも車からおりると、いっしょにテーブルまで歩いていった。ミスター・ラッキーに比べたら、まわりの犬すべてが小さく見えた。おれたちはチャーリーの前で足をとめた。

「その犬を今夜の試合に出したいのか？」チャーリーが尋ねた。彼は座っていても山のようだった。体重はまちがいなく三百五十ポンド以上あるだろう。彼がついているテーブルの上に、これまで見たなかでもっとも凶悪そうな銃が置かれていた。それはニッケルめっきされたショットガンで、銃身は短く詰められ、銃床の床尾にシリンダー型の弾倉が取りつけられていた。チャーリーはおれがじっと見ているのに気づいた。「こいつはストリートスイーパーっていうんだ。引き金をひくこつを覚えれば、十九発連続して発射できる。一発は薬室に、あとの十八発は弾倉におさめられているのさ」そう言って、彼はおれを見た。「あっというまに片がつく、どういう意味かわかるだろう？」

「ああ、わかるとも」

彼はグレッグとミスター・ラッキーに視線を戻した。

「それで、どうする？」

グレッグは首をふった。「いや。こいつはゲートを通りぬけるために連れてきただけなんだ」

チャーリーの顔に笑みらしきものが浮かんだ。「ここに来るんなら、もっとましな助っ人を連れてくるべきだったな」彼は地面につばを吐いて、グレッグを見あげた。「あんたがサツなら、ここがあんたの墓場になる」

「おれがサツに見えるか？」

チャーリーは肩をすくめた。「最近は外見だけじゃ区別がつかないからな。昔は簡単だった、磨いた靴をはいた髪の短い男なら、サツだと考えてまずまちがいなかった。ところが、いまじゃ――」彼はいったん言葉を切った。「ああ、そう簡単なことじゃない」

「たしかに。だが、おれは人を探してるだけなんだ」グレッグはマイク・ライアンの写真をとりだして、チャーリーの前のテーブルに置いた。そのとき、闘犬たちがたてるすさまじい音が立坑のなかから流れでて、建物のあいだに響きわたった。「この男に見覚えは？」

チャーリーはいったん黙りこみ、咳払いしてから口を開いた。「その若造はいっちまった。永遠にな」

「どういうことだ？」

「息をするのをやめた、どういうことかってそういうことさ。とくにめずらしいことでもあるまい」彼はグレッグを見た。「不慮の事故ってやつだ。よくある話さ」

「そりゃそうだ」そう答えた次の瞬間、グレッグは稲妻よりすばやく動き、おれは雷鳴のようにひと呼吸遅れて、それに続いた。彼はチャーリーを地面にひきずりおろすと、右足でその喉首を押さえた。と同時に、チャーリーの右目から一インチと離れていないところで、ミスター・ラッキーが口を開けた。おれはストリートスイーパーをつかんで、安全装置をはずし、背後にいる男たちに銃口を向けた。

「なあ、こっそり聞かせてくれないか」グレッグはチャーリーに言った。「その事故とやらについて話してくれ。それから、その犬をうるさがらせるのはやめといたほうがいい。かなり気がたってるからな」飛行中の飛行機のエンジンがたてるような低いうなり声が、ミスター・ラッキーの口からもれた。チャーリーはささやくような声で話しはじめた。

「その若造はボイシで保護観察処分を受けたあと、ここで働きはじめた。ヤクを運んだり、闘犬の試合に自分の犬を出して賭け金をせしめたりしてた。三週間後、やつが盗聴器を身につけてるのがわかった」チャーリーはいったん話すのをやめ、浅い呼吸を繰り返したが、グレッグが右足に力をこめると、しわがれ声でふたたび話しはじめた。「だから、犬たちと闘わせてやったんだ」

グレッグは足をおろした。ミスター・ラッキーはグレッグが引き綱をひくまで、同じ体勢のままだった。背後の男たちはひっそりと息をひそめていた。チャーリーはゆっくりと起きあがった。

「べつに悪気はなかった」グレッグが言った。「ただ、事実を知る必要があったんだ」

チャーリーは喉仏をさすった。「これからさき寝首をかかれないよう、せいぜい用心することだな」彼は憎悪にみちた目でグレッグをにらみつけた。ストリートスイーパーを構えたまま、そちらを振り向いたとき、おれの頭のなかでアドレナリンが一気に放出した。

「このヤク漬けの能無し野郎!」おれは大声で叫んだ。「ここから一時間以内のところに、ベトナム帰りの仲間を十人ほど待たせてあるんだ。やつらが銃を撃ちまくって、ここを地獄に変えるのを見たいか?」全身を震わせながら、チャーリーの鼻先から一インチと離れていないところで、ストリートスイーパーを構えた。「あいつらはあんたをなぶり殺しにするだろう。そうしてもらいたいか?」そう言って彼をにらみつけた。「そうして欲しいかと訊いてるんだ!」引き金にかけた指にいっそう力がこもり、酔いに後押しされた勇気が、やってしまえとしきりにささやいていた。

チャーリーは首を横にふった。そのあとは、おれたちがトラックに乗りこんで走り去るのをじっと見ていた。ゲートを通りぬけるとき、守衛の男とは互いに手をふって別れた。気の毒に、おれたちをなかに入れたことをとがめられて、明日の朝までには殺されているだろう。

モスコーの町に帰りついたときには、すでに陽が沈みはじめていた。そのまま車を走らせて町はずれにさしかかると、グレッグは咳払いしてから口を開いた。

「ほんとうにベトナム帰りの友人がいるのか?」

「いや」おれは答えた。

「まったく、おれまで騙したってわけか」

車を農場の私道に乗りいれて進んでいくと、ハリー・ライアンが家のなかから出てくるのが見えた。トラックからおりたときには、白髪の老女がポーチのステップに座っていた。ハリーとグレッグとおれはレンズマメ畑のそばまで歩いていった。ハリーはおれたちに背を向けて、どこまでも広がっているように見える畑に目をやった。

「せがれはどうしてた？　見つかったのか？」

グレッグは視線を地面に落とし、次にハリーの背中を見つめた。それから、夕焼けにところどころ赤く染まった青空を見あげた。「息子さんは元気にしてた」グレッグがそう言ったとたん、ハリー・ライアンはかすかなうめき声をもらした。「北のほうのコッパー・キングズという銅鉱で働いてるんだ、あんたに手紙で知らせたとおりにな」

ハリー・ライアンはうなずいた。その声を聞いたとき、涙をこらえているのがわかった。「また嘘をついているんだな」彼は言った。「嘘なんだろう、あんたらが思いついたいちばんいい嘘を、わしに聞かせているんだろう」もはや泣いているのを隠そうとはしなかった。「金はピクニックテーブルの上に置いてある」振り向きながらそう言うと、彼は家へ向かって歩きだした。おれがそちらを向いたとき、ポーチにいた老女の姿は消えていた。グレッグのみっともないトラックをとめたところまで引き返す途中、おれたちはテーブルから金をとりあげて、その場を去った。

解説

本書は、アメリカのホートン・ミフリン社が毎年刊行しているミステリ短篇アンソロジー『ベスト・アメリカン・ミステリ』シリーズの一冊である。

ミステリ評論家オットー・ペンズラーがシリーズ・エディターをつとめ、毎年交替で著名作家がゲスト・エディターとなるのが本シリーズの特徴で、本書（二〇〇二年版）ではジェイムズ・エルロイがその任にあたった。

シリーズの第一作にあたる一九九七年版ではロバート・B・パーカーが、その後もスー・グラフトン、エド・マクベイン、ドナルド・E・ウェストレイク、ローレンス・ブロックがゲスト・エディターとなっている（上記一九九八年～二〇〇一年版はDHCから『アメリカミステリ傑作選』として翻訳刊行された）。本書のあとの二〇〇三年版では、マイクル・コナリーがゲスト・エディターをつとめている（ハヤカワ・ミステリ近刊）。

ちなみに、この『ベスト・アメリカン』は、ホートン・ミフリン社の看板シリーズであり、同社からは

The Best American Short Stories、*The Best American Nonrequired Reading*、*The Best American Essays*、*The Best American Travel Writing*、*The Best American Sports Writing*、*The Best American Science and Nature Writing*、*The Best American Spiritual Writing*、*The Best American Recipes* といったジャンル別の作品集が、毎年刊行されている。

本書のエディターたちを紹介しておこう。

ジェイムズ・エルロイ（James Ellroy）は、一九四八年ロスアンジェルス生まれ。十歳のときに実母を殺害されるという経験をし、このトラウマに苦しんだという。一九八一年に『レクイエム』（ハヤカワ文庫）で作家デビュー。一九八七年の『ブラック・ダリア』（文藝春秋）で高く評価され、映画化もされた『ＬＡコンフィデンシャル』（文藝春秋）も含めた〈ＬＡ四部作〉が代表作である。

オットー・ペンズラー（Otto Penzler）は、ニューヨークにある「世界最大のミステリ専門書店」ミステリアス・ブックショップの店主であり、専門誌《アームチェア・ディテクティヴ》の出版人であり、ミステリ専門出版社ミステリアス・プレス社の創立者である。ミステリ評論家として三度もアメリカ探偵作家クラブ賞を得ているほか、本シリーズも含めた多数のアンソロジーを編纂している名アンソロジストで、かつ『エアロビクス殺人事件』（ハヤカワ文庫）などを著したミステリ作家でもある。

（Ｈ・Ｋ）

HAYAKAWA POCKET MYSTERY BOOKS No. 1768

この本の型は，縦18.4センチ，横10.6センチのポケット・ブック判です.

検印
廃止

〔ベスト・アメリカン・ミステリ ハーレム・ノクターン〕

2005年3月15日初版発行　2007年11月10日再版発行

編　　者　エルロイ&ペンズラー
訳　　者　木村二郎・他
発 行 者　早川　浩
印 刷 所　星野精版印刷株式会社
表紙印刷　大平舎美術印刷
製 本 所　株式会社川島製本所

発行所　株式会社　早川書房
東京都千代田区神田多町2ノ2
電話　03-3252-3111（大代表）
振替　00160-3-47799
http://www.hayakawa-online.co.jp

〔乱丁・落丁本は小社制作部宛お送り下さい
送料小社負担にてお取りかえいたします〕

ISBN978-4-15-001768-2 C0297
Printed and bound in Japan

ハヤカワ・ミステリ〈話題作〉

1798 さよならを言うことは ミーガン・アボット 漆原敦子訳

兄と結婚した謎の美女。不審を抱いた女性教師は兄嫁の過去を探るが……五〇年代のハリウッドをノスタルジックに描いたサスペンス

1799 上海から来た女 シャーウッド・キング 尾之上浩司訳

弁護士からもちかけられた殺人計画。それは複雑に仕組まれた罠だった。天才オーソン・ウェルズが惚れこんで映画化した、幻の傑作

1800 灯台 P・D・ジェイムズ 青木久惠訳

〈ダルグリッシュ警視シリーズ〉保養施設となっている孤島で、奇妙な殺人が発生。乗りこんだ特捜チームに思わぬ壁が立ちはだかる

1801 狂人の部屋 ポール・アルテ 平岡 敦訳

〈ツイスト博士シリーズ〉昔、恐るべき事件が起きて以来〝開かずの間〟となっていた部屋……その封印が解かれた時、新たな事件が

1802 泥棒は深夜に徘徊する ローレンス・ブロック 田口俊樹訳

出来心から急にひと仕事したくなってアパートへ侵入したバーニイは、とんでもない災難に見舞われる！　記念すべきシリーズ第十作